Biblioteca Era

Darío Jaramillo Agudelo
Cartas cruzadas

Darío Jaramillo Agudelo

Cartas cruzadas

Ediciones Era

Edición original, Alfaguara, Bogotá, 1995
Primera edición en Biblioteca Era: 1999
ISBN: 968-411-445-1
© 1964, Ediciones Era, S.A. de C.V.
Derechos Reservados para México
Calle del Trabajo 31, 14269 México, D.F.
Impreso y hecho en México
Printed and made in Mexico

Este libro no puede ser fotocopiado ni reproducido
total o parcialmente por ningún otro medio o método
sin la autorización por escrito del editor.

*This book may not be reproduced, in whole or in part,
in any form, without written permission from the publishers.*

ÍNDICE

I	Octubre 1971 / enero 1972	9
II	Enero / octubre 1972	43
III	Noviembre 1972 / abril 1973	105
IV	Diciembre 19, 1973 / octubre 19, 1974	141
V	Mayo / noviembre 1975	193
VI	Noviembre 1975 / mayo 1978	235
VII	Julio 1978 / mayo 1979	287
VIII	Agosto 1979 / agosto 1980	327
IX	Octubre / diciembre 1980	381
X	Enero / agosto 1981	409
XI	Septiembre / diciembre 1981	457
XII	Diciembre 1981 / febrero 1982	495
XIII	Febrero / mayo 1982	519
XIV	Agosto 1982 / noviembre 1982	549

I. Octubre 1971 / enero 1972

DE LUIS A ESTEBAN
Bogotá, martes, octubre 5. 1971

Mi amigo: Estoy enamorado, hermano. Perdida, locamente enamorado. La conocí antier, desde antier estamos encerrados aquí y, mientras en Bogotá llueve y llueve, nosotros no hemos sentido ni el día ni la noche. Es divina. Ahora está en la ducha porque tiene que volar a una clase, pero ya la verás cuando salga, ojalá desnuda para que observes esa porcelana, esta pequeña bailarina delgadita y frágil, sonriente y siempre fresca como una flor mañanera. Es hermosísima. Estudia periodismo y está enamorada de mí. Nos amamos. La adoro, mamacita. Se llama Raquel Uribe y es de Medellín. Imagínate, los dos de allá y venir a tropezarnos aquí. Claro que allá no habría sido posible: yo proleto, ella rica, de El Poblado o de Laureles. Tú debes conocer al papá. Se llama, creo, Rafael Humberto Uribe o Raúl Humberto Uribe, al fin ni sé, aunque no creo que falle en el Humberto. Qué importa, si lo único que importa es esta especie de delirio, de perfección. Tienes que venir rápido a conocerla. Juro que se harán íntimos amigos y que tendré celos de ustedes.
Brinda por mí, mi querido Juan Estorban.
Luis

DE ESTEBAN A LUIS
Medellín, martes, octubre 12 . 1971

Mi querido Lius: Lius viene de líos. ¿En qué te metiste? ¿En eso del amor? Pues si va en serio, enhorabuena, brindo, o mejor, brindaré esta noche, que voy a una fiesta con la gente de la emisora. Ésta es una rumba continua y no he tenido tiempo de seguir trabajando en mis poemas. Además no estoy enamorado como tú. Y estar enamorado debe ser mejor que ser poeta. Pero tengo que persistir y tener el libro listo para el concurso de Cúcuta. Los jurados son Quessep, Jaime García Maffla y Darío Jaramillo. ¿Qué sabes de ellos? Yo sólo conozco cositas de Quessep. Tengo que tener el libro en abril. Creo que se va a llamar *El azar de no ser*. Ya hablaremos aquí en Medellín. Porque vendrás, ¿no? Perdón: vendrán. Creo que aquí conoceré a tu porcelana.

Estás tan tragado que ésta es la primera carta donde no me dices que le dé vuelta a tu madre. Y tranquilo que no lo haré: apenas me vea la cara, doña Gabriela me va a preguntar qué pasa. Tu madre adivina todo sin que uno se dé cuenta cómo, de tal manera que me espero a que seas tú –qué dicha, Lucho– quien le informe a tu madre de tu romance.

Fanfarria. Platillos. A continuación, rataplán, breve retrato hablado de, fanfarria, Rafael Humberto Uribe, fanfarria, más conocido como Rafauribe en los círculos sociales de la capital de Antioquia. El señor ha sido el eterno empleado, administrador de una agencia de textiles de unos Restrepos. Como verás, Jaramillo, aquí en estas tierras todo es muy variado. No solamente hay Jaramillos, sino que también hay Uribes y Restrepos. Idea para una novela: todos los personajes tienen el mismo apellido, sin parentesco, desconocidos entre sí, todos Jaramillos. Don Rafa ha vivido en barrio rico sin ser rico. Tiene finquita en Rionegro o en La Ceja como cualquier rico. Como cualquier rico es socio del Club Unión y del Club Campestre. Pero vive de un sueldo que debe ser muy bueno, como su fama de que sabe todo de textiles. Su mujer lo dejó por un psicoanalista y ahora vive en Bogotá (la porcelana nunca te habló de ella, ¿verdad?). Él crió tres hijas como princesas, pero las princesas no heredarán nada. La mayor se llama Claudia y creo que vive hace años en Nueva York. La segunda se llama María y está casada con un tipo en ascenso. María se está llenando de hijos y el marido de billetes.

Él es del directorio liberal y personaje de toda campaña cívica que se arma en este departamento. Pero Rafauribe es insuperable: caballero de la orden del Santo Sepulcro, desfila en las procesiones de Semana Santa. Es amigo del arzobispo y de todos los señorones de la villa. Sus hijas se codean con la jai de la jai, pero no son sino apellido. Cuidado te desnucas que estás revoloteando alrededor de un heliotropo.

Preocupación pornográfica: ya casado, tendrás que bajar el colchón al piso: adivino que en ese maletero que tienes por cama no puedes hacer el amor cómodamente. De pronto se te quiebra la porcelana.

Celosísimo,
Esteban

✉

DE LUIS A ESTEBAN
Bogotá, lunes, noviembre 15. 1971

Juan Estonto: Eres un hijo de puta. Lo que más detesto es que no le puedo mostrar tu carta a Raquel. Me da pena. Pero tranquilo que el colchón baja hasta la tierra cuando tenemos tiempo. Además aquí hay un sofá. Y un baño. Y hasta una cocina, mi querido pornógrafo. Es la hora de recordar tu comentario cuando conociste mi apartamento: "es tan pequeño que no cabe sino una persona; si dos están ahí, es para hacer el amor; por eso no es pequeño sino pe-coño". Ahora vivimos juntos mi porcelana y yo. A propósito, te advierto que yo soy el único que puede llamarla "porcelana". Es parte de nuestro lenguaje privado. Nacimos el uno para el otro y ahora me parece imposible vivir sin ella. ¿Quién era yo antes de conocerla? Antier llegué y no estaba; después de dos horas, desesperado, me fui para la universidad donde estudia y me planté en una mesa de la cafetería. Ella pasó sin verme y cuando ya daba la espalda, de súbito, se quedó como paralizada, completamente quieta, y se dio media vuelta, se quedó mirándome, por un instante seria, perdida y después se enflechó hasta mi mesa con una sonrisa más grande que el planeta tierra y me dijo que había sentido mi mirada y que por eso había dado media vuelta. Yo no sabía cómo decirle que me vine hasta allí porque no podía estar sin ella. Y ella que me dice eso y a mí que se me

11

llenan los ojos de lágrimas de emoción, como si tuviera la prueba palpable de la materialidad del amor. Le encantan los Rolling Stones, los Beatles, Armando Manzanero. Confiesa que conmigo se está enviciando con Wolfgang Amadeus. Una obligación de toda persona debería ser Mozart al levantarse; habría menos violencia en el mundo. Ahora cerró la ducha, se seca canturreando algo que no alcanzo a entender. Está saliendo, veo su sombra contra la puerta del clóset, es un ángel, una aparición. Creo que no la dejaré ir adonde va ahora. Mentiras: debe vivir su vida. Si me vieras: yo que te decía que no toleraba a nadie mientras estudiaba, ahora me concentro como un campeón de ajedrez en su partida definitiva y ella camina a mi alrededor sin posar los pies sobre la tierra. De repente, aparece con un café en medio de las *Prosas profanas* o de *Los raros*. Navego dichoso en Rubén Darío y la tesis avanza. Adoro su prosa, pero sé que sería kitsch escribir hoy como él lo hacía. El que escriba con el oído de este tiempo, el que capture su poesía más esencial –que ignoro por completo– ése será el clásico de esta época, lo cual traduce el dudoso privilegio de que algún estudiante de tesis, enamorado, lo lea con gozo dentro de cien años.

En fin, divago, pero ya que estoy metido con los poetas: el título de *El azar de no ser* me parece cacofónico, filosófico y negativo. Habrá que ver los poemas; cuando vaya a la villa, Jaramillo los pilla... ¿De acuerdo, Juan Espinilla?

Ahora alzo los ojos y mi porcelana ya está vestida. Me dice:

–No trabajas en tu tesis...

–¿Cómo lo sabes?

–Porque cuando trabajas tus ojos están entrecerrados y ahora escribes con los ojos completamente abiertos.

Con los ojos completamente abiertos. ¿Se da cuenta, hermano, todo lo que la quiero? Aproveche, Juan Estuche, la lucidez de este crítico literario experto en el modernismo. ¡Ah!, ya sé lo que quiere decir "de Quessep conozco algunas cosas": que no has leído nada de él. En la biblioteca de la universidad, allá, debe estar *El ser no es una fábula*. Léalo, provinciano ignorante, que tiene muy buenos poemas. Quessep fue profesor mío y sabe jurgos. García Maffla es profesor en Los Andes y el otro no sé quién es. ¡Nombran unos desconocidos como jurados!

Aparece con dos cafés. ¿Te das cuenta? Ni siquiera la noto. Pero no deja de estar presente. Como el aire. Entre el aire de la frase anterior y ésta, hay una larga despedida, un abrazo en que temblamos en un beso largo, las lenguas jugueteando y luchando. Cada contacto de las pieles es un largo estremecimiento, una emoción del todo nueva.

¿Quieres confesiones? (Ya te veo aprovechando este momento mío de debilidad. Nadie está más indefenso que un ser enamorado. Ya te veo burlándote de mí por lo que te voy a contar, pero no importa, Juan Estrábico.) ¿Quieres confesiones? Pues has de saber que a mis veinticinco años nunca había hecho el amor estando enamorado. Y es algo distinto, nuevo, que tiene una intensidad que no posee la sola fuerza del orgasmo. La confesión es ésta: yo creía que era impotente o que tenía rastros de un puritanismo muy explicable para quien conozca a mi mamá. Sospecho que perdí la virginidad a la fuerza. En el vecindario vivía Stella –¿te acuerdas de Stella?– y Stella te hacía ver estrellas cuando se lo chupaba a uno. Las mamadas de Stella fueron la experiencia sexual más intensa que tuve hasta conocer a Raquel. Cuando, borrachitos adolescentes íbamos donde las putas, a mí me daba trabajo que se me parara y cuando, aún con todas sus habilidades profesionales, la puta de turno no lo lograba, mi paga era por su silencio. Cuando conseguía el repetido milagro de la erección hasta la eyaculación, todo lo que me quedaba después de una especie de descarga eléctrica, era un hastío infinito, una soledad infinita, unas infinitas –inexplicables– infantiles ganas de llorar. Ahora, por fin el amor.

La otra confesión es que leemos en voz alta los *Veinte poemas* de Neruda.

El padre visitó a la chica. Yo no estaba y no pude conocer al empresario antioqueño que me pintas. Pero Raquel quedó más tranquila. Es más: es perfecta. No sé nada de la madre; en todo caso no vive en Bogotá.

Sí, te veré en diciembre.

Un abrazo,

Luis

✉

DE ESTEBAN A LUIS
Medellín, lunes, noviembre 29. 1971

Luis Romeo: Siempre que me escribes, ella se está bañando: deberías escribirme con más frecuencia y así ayudarías de manera más sustancial al aseo y limpieza de tu amada. De tus confesiones me parece más vergonzosa la segunda. Aclárame si es mejor cuando calla porque parece ausente. Conociéndote, supongo que no te aguantarías una cotorra en tu casa, aunque se sabe que la poesía de amor está dirigida a seres que no pueden pensar, ni mucho menos hablar, como los enamorados. Es poesía para imbéciles. Paul Valéry escribe en *El señor Teste* que "el amor es ser tontos juntos". Como ciertas otras especies zoológicas, los enamorados sólo pueden comunicarse con gruñidos, suspiros y miradas. En el fondo, la poesía amorosa llenaría el vacío de palabras que supone estar enamorado.

De la lírica a la prosa: me encontré con tu hermana. Cuestión de químicas, amigo. Mucho maquillaje, absolutamente, notoriamente, a la última moda. En una inauguración de una exposición de pintura en Finale, adonde viene la flor y nata de este pueblo, todos emperifollados, si alguien pregunta por la vampira de la fiesta, de inmediato sabes a quién se están refiriendo. Cecilia se nota demasiado y puede hacer el ridículo; todavía no, porque es muy joven, es bonita y tiene un cuerpo espectacular y muy ostensible. Mira que procuro unos cuidados en el lenguaje que nunca he tenido contigo. Y, ahora que lo pienso, no tengo por qué tener: se ve como una puta. Una puta muy joven, bonita y cara. Si quieres mi pronóstico, termina levantándose un niño bien de Medellín y la llevará primero al altar y enseguida a Miami: lo verás. Me encontré con tu hermana y hablamos de nuestros únicos temas en común: tu mamá está bien y hace días no sabe de ti; le conté que recibí carta tuya y que estabas trabajando duro en la tesis. Salí bien, ¿no?

De la prosa a la prosa: hablas de un estilo de ahora, del clásico de nuestro tiempo. Yo creo que todo trabajo honesto y serio con la literatura debe ir en búsqueda del espíritu de un tiempo y de un lugar concretos. La cuestión sin resolver es el ritmo de la letra, que tiene que tener el mismo ritmo del tiempo. Ahora los sentidos se expanden. Hace cien años era imposible oír música cuando quisieras y ahora no sólo es posible, sino que puedes escoger estas piezas para piano de Liszt que escucho, junto con el murmullo de una Medellín adormilada, murmullo que no existía hace cien años. Y cada cosa te afecta de una manera distinta. No sé quien habla de que el vuelo de una mariposa en la China puede estar ocasionando la eclosión de una estrella a mil años luz. Quién sabe si el canto de un pájaro en un jardín de Andalucía sea el responsable directo de que te hayas enamorado. A manera de fianza, debo devolverte confesión por confesión. No, no he hallado el amor de mi vida (¡qué cursi me siento!), pero lo he reemplazado por otros componentes que rodean el sexo. Se trata de aprovechar las ventajas en el comportamiento que tenemos por haber nacido después del descubrimiento de la penicilina y del anticonceptivo. Estoy de acuerdo contigo en ese sentimiento de tristeza después de tirar con las putas. Las putas practican el oficio más antiguo de la humanidad, pero fuimos la última generación de adolescentes que remató sus borracheras en los prostíbulos. No creo que el oficio se extinga, pero se acomodará a las leyes nuevas que rigen el comercio de la carne; las putas se convertirán en mercancía especializada para una determinada clase de hombres: los que gustan de las putas. Quedarán también las profesionales para el sexo del turista –la premura del viaje impide la etapa de la seducción, el "cuento" se reemplaza por el billete–, pero ya no serán las iniciadoras sexuales que fueron para nosotros.

Nunca ha sido difícil encontrar una mujer para mí. Puedo decir, si quieres reírte, que nunca he tratado de violar a nadie y que –en cambio– hace como un año (¿ya te conté esto?) una dulce dama de unos sesenta, que lucía con elegancia un vestido de un azul profundo y brillante –los fulgores del vestido, los fulgores del anillo, los fulgores de pulseras y reloj y collares de la dama molestaban a mis ojos ebrios– secuestró a un muchacho de veinticuatro años, dormido de la borrachera, a su residencia de la Avenida La Playa y ya lo tenía en calzoncillos, cuando él se despertó por el frío de la madrugada en una habitación desconocida. Ese borracho era yo que, al verme así –borracho, solo, en lugar extraño, semidesnudo y temblando de frío– por reflejo comencé a vestirme, primero la camisa para dejar de temblar, luego el pantalón, todavía sin entender nada, dándome órdenes en voz alta, que es la manera como organizo mis relaciones con la realidad cuando estoy ebrio, las medias, un zapato, cuando en ese momento apareció la dama brillante en negligé. No pienses que exagero. Se abre una puerta sobre la habitación oscura y una luz que sale del vestier me muestra la silueta de la dama. Ahora le brillan las uñas. Aquí recordé que en la fiesta me tendió una emboscada, una conspiración de fulgores: una mujer que brillaba –ojos, joyas, zapatos, muñeca, pecho, vestido, uñas, orejas– me arrastraba a un carro, yo borrachito, repitiendo incoherente una frase que me parecía muy importante y parpadeando encandilado por los reflejos de luces que emitía la dama. Recordé todo esto y ahí comprendí que me iban a violar y, exagerando el tambaleo de borracho, de prisa salgo de la habitación. El apartamento es tan grande que no doy con la salida, me pierdo en corredores y saloncitos. Cualquier puerta puede ser una trampa, la habitación del marido, del nieto, del biznieto que es coronel. Por los ventanales se filtra ya la luz gris de la madrugada. La vampira aparece en la puerta de la alcoba. Una voz ronca le sale de algún lugar situado entre el plexo solar y la garganta, voz cascada, ronca de viciosa fumadora:

–No temas, no hay nadie –me quedo quieto, sin saber qué hacer.

–Olvidas tu chaqueta –y me la extiende.

Me devuelvo unos pasos y la mujer deja caer las pestañas, como vencida por la ley de gravedad del maquillaje, torciendo la boca en una especie de sonrisa perversa:

–Pensaba alegrar tu sueño. También puedo hacerlo con tu mañana.

–No gracias –respondí pensando como piensan los borrachos: párpado caído, sonrisa sensual, gestos inventados, copiados de revista.

Pero no iba a eso. En esta historia yo, Esteban, soy apenas un accidente, una víctima más de una cazadora nocturna de carne fresca. Lo que iba a contar, mi confesión, es una aberración que tiene como dos años, desde cuando empecé a trabajar: las mujeres casadas. Seducir mujeres casadas, hacer el amor con mujeres casadas, a escondidas del mundo. Así se añade un componente de cita furtiva, de peligro –real o inventado–, de sigilo, que es la sensación más próxima al romance que conozco. Es muy fácil encontrar mujeres aburridas con su matrimonio y creciente el número de las que están dispuestas a tener una aventura que las saque de "esa rutina que me va a enloquecer": la frase es parte de la rutina que las saca de su rutina. Pero lo que más dicen –todas se preocupan de dejarlo en claro– es:

–¿Sabes que tú eres el primero después de mi marido? A todas les contesto que sí, que es algo que se siente sin necesidad de palabras. De todos modos debes contestar que sí y no dejar esa pregunta sin respuesta a riesgo de que se sientan tratadas como putas y te armen drama, llanto incluido y "tú crees que me la paso con otros hombres para desquitarme del miserable de mi marido". La estrategia del berrinche es clara: involucrarte a ti. Ahora el culpable soy yo por creer, o mejor, por hacerle creer a ella que no es la primera vez que le pone cuernos a su marido. Demasiado complicado: aprendí que esa pregunta hay que responderla con un "sí" muy claro, bajo el peligro de que la aventura se te convierta en un melodrama, así ella te haya cabalgado como sólo una experta puede hacerlo y te haya demostrado en la práctica que es una auténtica veterana. Eso sí, siempre tendrás que oírle el cuento del marido. Es preferible oírlo antes de hacer el amor, pero sólo las más versadas te dan el anticipo. Con las novatas es tema post-coitum. Al respecto hay una ley general: ellas son inocentes y víctimas, no una palabra calificando a la otra como "inocente víctima" o "víctima inocente", sino las dos cosas, independientes, a la vez: inocentes y víctimas. El marido es un bárbaro, no la quiere, anda con otras mujeres, se consiguió una amante y en el dramatismo de las confidencias, sorprende la frecuencia de la voz quebrada que relata la golpiza del marido borracho. Tengo la respuesta:

–Tu marido no existe; existimos nosotros. De manera que esta aventura, querida, es un interludio de belleza, es como un sueño en una vida atormentada.

No conozco la primera que se sienta culpable. En cambio don Eusebio –en secreto, por lo gordo, lo llamamos don Eu-sebo–, mi jefe, veintiocho años de matrimonio, cada vez que tenemos rumba con viejas en la oficina, se pasa tres días con una cantaleta de "mi mujer tan fiel, tan querida, y yo tan borracho, tan sinvergüenza". En un acto de justicia, los experimentos de la psicología deberían encaminarse a conseguir que el sentimiento de culpa por poner cuernos en las parejas, se reparta más equitativamente entre mujeres y hombres.

Las citas son siempre sigilosas y a horas inesperadas. A las nueve y cuarto en tu casa; voy en mi auto a recogerte en la esquina de la emisora a las tres.

Lo máximo de vida social que logras es "esta noche puedo escaparme contigo a un barcito discreto", lo cual quiere decir que te pasas la noche entera en un lugar adonde no va nadie –esperando que aparezca el marido con seis cuñados– repitiéndote toda la noche: los bares discretos no existen.

El coito de las adúlteras es un coito lleno de pasión. Una vez que una mujer ha otorgado licencia a su asfixiante vida cotidiana, está dispuesta a sacarle todo el jugo que pueda y llega a la cama con el pudor extraviado entre la exasperación de su vida de ama de casa y con una mirada de deseo como respuesta a mi mirada de deseo, sin reticencias ni limitaciones para dar gozo a otro cuerpo y disfrutar del propio a plenitud, con alguien que está en lo mismo, dando placer a cambio de placer, ingrediente único y secreto de eso que ordinariamente llaman amor o, al menos, su mejor sustituto. Ella está en lo que está y esto descarta cualquier compromiso distinto de responder con igual desinhibición. Ninguna está interesada en dejar para siempre a su miserable marido. Los hijos son un argumento, pero el status y la seguridad también intervienen para que conmigo todo se limite a la relación física. "Simplificado el corazón, pienso en tu sexo", escribe Vallejo.

Existe un código de honor en la sociedad de amigos –íntimos– de Madame Bovary: es preferible no conocer al marido, pues será inevitable el sentimiento de que eres un traidor. Una vez me sucedió que conocía al tipo pero me parecía tan detestable, que al placer de los buenos coitos le añadí una deliciosa venganza con aquel hijo de puta, como sólo sabe disfrutarla a cabalidad un escorpión y más si el instrumento es una mujer desnuda y excitada dispuesta a vengarse del mismo atrabiliario. Pero de preferencia, el marido es alguien que no existe sino como tema, como amenaza abstracta y remota que obliga al sigilo. No es un ser de carne y hueso, concreto y cornudo, sino alguien distante que le presta encanto al asunto.

Es muy bella la historia que me cuentas del encuentro con Raquel en su universidad. De cómo las miradas pueden sentirse. No quiero decepcionar la pureza de tu emoción, pero has dado en la clave de la seducción de una mujer casada. Ocurre en un evento como los que cubrimos los periodistas, sucede en una oficina, en un aeropuerto, un teatro, en cualquier sitio, de repente un cruce de miradas, fijo, directo, un cruce de dos miradas que pueden estar a seis mesas de distancia, distancia que desaparece para las dos miradas que se miran, que se devoran y se desnudan. Ahí ya todo está dicho. Lo demás es mera táctica de acercamiento, manipulación de casualidades. Situarse por casualidad cerca del grupo donde ella está. Encontrarse en la puerta de salida por un azar estudiado desde antes en sus más mínimos detalles. Y el más manido y siempre eficaz truco universal: fuego para un cigarrillo. Lo demás es pan comido. Presentación, comentario banal sobre la fiesta, el clima, la dueña de casa y viraje brusco, siempre de parte mía: una flor a su belleza. Caen. Todas caen. Llegaron ya vencidas, pero mantenían, por orgullo, una cierta resistencia. Esa defensa también cae y lo que sigue son los trámites de un encuentro. Si logras pronunciar la palabra "aventura" tendrás mucho terreno ganado. Déjale saber donde trabajas: si la primera llamada es de ella, puedes darte por coronado. Por si te toca llamar a ti, toma la precaución de preguntarle a qué horas es prudente hacerlo. Así, con un ataque por los flancos, crearás la atmósfera de clandestinidad que requiere el adulterio.

Con las variantes que la escena o la dama generan, tal es el esquema básico del adulterio y la cartilla de instrucciones para el amante. Estoy por creer que así funciona todo, que el único azar es no ser. No ser, en tanto que estado continuo, ofrece apenas una alternativa, la alternativa de no ser, lo cual parece bastante monótono, mientras que el ser, por lo menos, te ofrece variedad de esquemas, pero esquemas al fin y al cabo, en los que la monotonía consiste en que el final es previsible. ¿Pesimista? Sí. Y negativo y metafísico. Pero no cacofónico sino eufónico, que es distinto, mi querido modernista: el azar de no ser.

Soy tu amigo,
Esteban

DE LUIS A ESTEBAN
Bogotá, viernes, diciembre 3 . 1971

Sólo con los niños pidiendo dulces el 31 de octubre, recordé tu cumpleaños, mi querido brujo. Veinticinco es un número muy redondo. Para que sufras, te repito lo que me dijiste en mi cumpleaños. A los veinticinco dejan de nacer células nuevas en el organismo. Terminaste de crecer, Juan Estéril.

Por tu relato, pienso que tu libro no se debe llamar *El azar de no ser* sino *El bazar del placer*. No te conocía tu veta perversa, alacrán, tan premeditada. Eres peligroso, además de anciano, y por eso prefiero ser tu amigo, así me toque bregar con un viejo verde. Das síntomas preocupantes; ya deliras: el verdadero final de la historia del muchacho que amaneció borracho y en calzoncillos es el de un viejo chiste; en la mañana entrará una mujer madura, muy digna, muy elegante, de la mano de tres niños entre los cuatro y siete años, evidentemente sus nietos, los situará al costado de la cama y les dirá:

—Fíjense bien como se pone de flaco y de feo un muchacho que no toma su sopa. Los niños que no se alimentan bien, terminan como este pobre borrachito que encontré en la puerta de la iglesia de San José esta mañana cuando fui a misa de cinco.

Viejo peligroso y alcohólico, es raro que todo esto le ocurra a alguien cuando apenas tiene veinticinco años. Pero para ayudártelo a soportar tienes a los amigos, como éste, que te quiere y que sigue ebrio de trementina y largos besos. Con un abrazo,

Luis

Postdata: Me quedas debiendo carta. No me contestes ésta, que en quince días estaremos allá. Tengo loca a Raquel hablándole de ti y se muere de los celos porque no le muestro tus cartas. Yo, fiel, encubro tus crímenes. Vale, Luis

✉

DE MARÍA A RAQUEL
Medellín, viernes, noviembre 5. 1971

Mi Maquel: Papá estuvo anoche aquí, en mi casa, invitado a comer, y me contó que estás viviendo con tu novio. Lo primero que tengo que decirte, hermanita, es que deseo de corazón que seas muy feliz y que ese amor te dure para siempre. En situaciones como ésta, una hermana mayor da consejos: el mío es que no te retires de la universidad y que termines tu carrera. Los hijos son una gran felicidad, pero creo que por ahora tienes cosas más importantes que hacer. Yo ni siquiera terminé el bachillerato y ahora me pesa.

Papá está muy preocupado porque viven en un sitio muy pequeñito, pero lo noté tranquilo con tu decisión:

—Se siente muy segura, con lo cual me quiere decir que nadie hubiera evitado que terminaras viviendo con tu novio. Yo lo tranquilicé con respecto a la familia de él: conozco a la mamá, doña Gabriela. Cuando necesito algo de repostería siempre la llamo a ella y he pasado muchas veces por su casa a recoger los encargos. Son gente decente, aunque no pertenecen a nuestro círculo social. Eso no importa mientras se quieran. Te espero en diciembre para conocerlo. Un beso de tu hermana,

María

P.D. Tráeme quesos de pera, M.

DEL DIARIO DE ESTEBAN
Medellín, domingo, noviembre 12 . 1971

La prosa se escribe sentado. Esto lo sé y mi disculpa para no escribir es que no tengo tiempo y que sólo puedo instalarme aquí en mi mesa, en mi casa, durante el domingo. También este diario sigue intermitente, cuando no abandonado por meses y meses.

Para cuando llegue, en una semana, le prometo a Luis que le voy a mostrar un libro entero del que apenas tengo el título *—El azar de no ser—* y tres poemas. Tres poemas que me sé de memoria, pero que ni siquiera he puesto sobre el papel. No hay tal libro y todo el tiempo le he mentido y me he mentido sobre el tema. No, *El azar de no ser* no existe, lo cual es una paradoja metafísica que hoy, en este estado de ánimo, me niego a ahondar.

Sé claramente que para escribir prosa es mejor estar sentado, a pesar de los cuentos conocidos de Hemingway. Con respecto a la poesía, que es lo que me interesa, no sé cómo debe ser: la memoria, el papelito en el bolsillo con algún apunte, la libreta al lado de la cama, alerta, para registrar el verso perfecto, la abstracción mientras camino. Me pregunto acerca de la disponibilidad para anotar el verso que aparece, nítido, como un deslumbramiento, y que expresa en forma de poesía una verdad nueva, una pregunta nueva, una relación entre varias cosas que las muestra a todas de manera distinta. Que sean nuevas y necesarias. Esencias. No sólo conformidades entre la realidad y sus percepciones –materia de las ciencias– sino verdades metafísicas. Nombrar esencias. Por necesidad implico el agotamiento de las vías filosóficas intentadas en pos de una metafísica totalizante. La única vía posible es la poesía. Tengo todo en contra para intentarlo y no me atrevo a contarle mi teoría poética ni a mi mejor amigo, seguro de que se burlará de mí.

Tengo todo en contra: no es muy verosímil que un hombre de veinticinco años, habitante de un país tropical, sin formación alguna en altas disciplinas del espíritu, que trabaja como reportero, esté bien dotado para hallar verdades esenciales. Quiero tomar el riesgo porque tengo todo en contra: éste es el azar de ser. A propósito: me mató Luis con el cuento de que uno de los jurados escribió un libro con un título que es una frase negativa con la palabra ser: *El ser no es una fábula*. ¿Pensarán que lo estoy copiando? Bueno, por el momento debo preocuparme por tener algo más que el título.

Luis llega la próxima semana. ¿Cómo será Raquel? Mi mayor preocupación parte de que Raquel está acostumbrada a una vida y a unos consumos estilo vacaciones en Miami, que Luis no está en condiciones de darle ni en su situación actual ni en sus planes de vida. De ahí se seguirá una de dos cosas: o bien Raquel se adapta a los niveles de vida de un profesor de universidad o bien Luis se domestica para el mundo del dinero y cambia de profesión, cuestión que me parece casi imposible: Luis tiene el vicio de renegar de la universidad pero adora leer libros, le encantan las teorías –no como artículos de fe sino como juegos de la inteligencia–, detesta la corbata, disfruta de un calendario que le proporciona mucho más de los quince días de vacaciones al año de un trabajo más lucrativo, tiene vanidad de profesor (que se gratifica con la publicación de sus materiales en revistas clandestinas y con invitaciones a congresos) y tiene la cándida convicción de que el contacto con la gente joven lo mantendrá siempre joven.

✉

DEL DIARIO DE ESTEBAN
Medellín, miércoles, diciembre 22. 1971

Antier llegó Luis. La víspera me llamó para que fuera al aeropuerto y allí estuve, aplastado por un calor infernal de dos de la tarde en un terminal repleto de gente, montones esperando tomar su avión con la cajita de dulces del Astor en la mano, distintivo universal de los viajeros que parten de Medellín.

Raquel es más pequeña que Luis. Parece una porcelana y mi amigo halló la mujer de su talla. Menuda, frágil, tiene el pelo liso recortado y las facciones finas. Una porcelana: esta analogía es tan evidente que tendré que preguntarle a Luis si no sospecha que esa palabra que él considera tan privada no ha sido el tratamiento que le dieron sus novios anteriores.

En un taxi la dejamos en su casa de El Poblado. Al despedirse me dio un beso en la mejilla y me dijo:

–Por fin te conozco: llevo dos meses oyendo hablar de ti.

–Sí –le contesté mirando a mi amigo–, por fin tengo con quien reunirme a hablar mal de Luis.

Después fuimos directo a la casa de Luis donde me invitaron al espléndido banquete que brindaba doña Gabriela a su hijo: un sancocho exquisito, con ají casero, un pedazo de torta, esa solicitud, esa amabilidad de la mamá de Luis y, como único tema, Raquel.

Luis me usaba como escudo para hablarle a su madre de Raquel. Ella lo miraba silenciosa, con esa sonrisa hacia adentro, de mero gusto por su hijo. Lo mejor de la reunión consistía en que no estaba allí la hermanita de Luis, que me exaspera con sus coqueterías. Cecilia quiere comerse a todo el mundo con sus ojos y con su lenguaje de mujer liberada. No creo que sea tan puta como llega a insinuarlo, pero sería la última mujer en el mundo con que yo me enredaría.

Solos, los tres, el único esfuerzo que teníamos que hacer doña Gabriela y yo era oír el monólogo de Luis sobre Raquel. Pocas veces vi un Luis tan expresivo, tan entusiasmado, tan locuaz. La exaltación del amor absoluto sacaba de su moderación natural al discreto profesor, al niño bueno que fue el mejor bachiller de su colegio.

Doña Gabriela le estaba diciendo a Luis, por enésima vez, que tenía que llevar a Raquel para conocerla, cuando sonó el teléfono. Era Raquel para invitar a Luis a comer con su padre al día siguiente a las ocho de la noche en un restaurante. Anoche.

Mientras Luis extendía la llamada en un tono de cuchicheo, yo me despedía de doña Gabriela. Él interrumpió su charla para decir adiós y para pedirme que nos viéramos a la hora del almuerzo al otro día. Así quedamos para ayer.

Puedo hablar de cientos de días de mi vida que he pasado, íntegros, con Luis por toda compañía. Desde los años de colegio, ciertos días que recuerdo con el horror de quien se siente abandonado; temporadas enteras juntos, en las vacaciones del colegio o de la universidad, bien en la finca de mis padres, bien en diferentes paseos, bien en Medellín o Bogotá. Pero nunca lo noté tan nervioso, tan tenso con respecto a algo, como estuvo ayer con la entrevista con su suegro. Largas especulaciones acerca de cómo sería el encuentro, silencios en los que el monólogo interior se venía hacia afuera, como si yo no estuviera allí, interrumpiéndose con frases dirigidas a nadie, como una conclusión:

–Juan Esteban me va a acompañar.

–A mí no me han invitado –le contesté desde la orilla más lejana de su ensimismamiento, sin lograr que me oyera.

Almorzamos en un restaurante cercano a la emisora:

–Es curioso que en ninguna casa paisa sirvan la bandeja paisa.

–Es una antología de bocados que nunca se comen todos juntos, pero que combinan bien: fríjoles, arroz, carne –molida o entera–, tajadas de plátano maduro, huevo frito, chicharrón, aguacate, chorizo, morcilla. Una antología. Una antología de colesterol y carbohidratos –comentaba mientras miraba la carta cuando llegaron por el pedido–. Bandeja paisa para mí.

–Que sean dos –añadí antes de que el mesero se alejara–. También le dicen "plato montañero" –observé– y creo que fue inventado en la Sabana y no en la montaña, en un restaurante de Bogotá.

–Anoche fue la primera sin Raquel en dos meses. Casi no pude dormir. A medianoche me desperté sobresaltado, con un miedo terrible, cuando en medio del sueño extendí el brazo y no estaba ella. Estoy tan compenetrado, que sentí que algo me faltaba, algo necesario que debía estar ahí y que no estaba. Y me desperté incorporándome, con esa sensación de desamparo total al despertarse a oscuras sin saber dónde se encuentra, a pesar de que me hallaba en el mismo cuartico azul de mis primeros dieciocho años –se concedió un silencio mientras depositaban frente a nosotros dos fenomenales bandejas y continuó tomando los cubiertos–. Esta mañana estuve con ella en su casa, solos. Su papá sale a trabajar temprano y muy a las ocho ella me llamó desesperada porque pasó igual noche que la mía, añadiéndole llanto. Me rogaba que fuera ya mismo. Hicimos el amor en su cuarto de toda la vida, que da a un jardín. Oíamos cantar los pájaros los dos desnudos en su cama. ¡Ah!, Esteban, no sabes cuánto la amo.

Si fuera por carta le hubiera respondido que la amaba hasta el punto de no haber dejado de hablar de ella desde que nos habíamos visto y que no me había preguntado por mí, ni por mis poemas, ni por mi trabajo. Que ni siquiera se había referido a los libros y a las películas y a los músicos recientemente descubiertos, que no había oído una sola palabra sobre su tesis.

Al café, más por deferencia, se interrumpió para hacerme las preguntas que yo le reclamaba en mi carta mental, pero que nunca le haría en acatamiento de la atmósfera de respeto entre los dos que procede de esa tarde del 31 de octubre de 1958, día en que cumplí doce años. Ese día caminábamos del colegio hacia su casa; Luis se detuvo frente a la Bolivariana y me propuso que hiciéramos un pacto de sangre. Allí mismo nos pinchamos las palmas de las manos y nos juramos lealtad y respeto eternos. Una hermandad.

A la pregunta sobre los poemas le respondí con la brevedad que sentí que su atención requería, prometiéndole (¡horror!) para "estos días" mostrarle mis poemas. En este punto, me agradezco que Luis no ahondó. La poesía no es de interés para los enamorados. A lo mejor el amor y la poesía se excluyen y se sustituyen, y algunos poemas se convierten en las únicas palabras que alcanzan a decirse dos enamorados, demasiado preocupados el uno por la piel del otro como para que importe el nivel verbal todavía. Se lo están diciendo todo con caricias. Lo celebro por Luis –nunca me imaginé que pudiera obsesionarse así por una mujer– y agradezco que esto haya sucedido ahora, pues adivino que acabaría descubriendo que no tengo ningún poema.

Hablándole del trabajo, le conté que por fin de año baja la cantidad de noticias y no hay que cubrir demasiadas actividades. Iba a dedicar estos días a mis poemas –menos mal no me dio tiempo–, cuando se adelantó para solicitarme:

–¿Te puedes escapar de la oficina por la tarde? Vámonos a caminar. Acompáñame hasta la hora de la comida –aquí una sonrisa que es la sonrisa más amistosa que he conocido–. Sé que voy a estar insoportable.

Caminamos toda la tarde por rutas conocidas, por calles y calles de Laureles y de la Bolivariana. Fuimos hasta su casa. Una de las cualidades que más me unen a Luis es que, a pesar de que casi siempre caminamos por los mismos lugares y nos detenemos en los mismos sitios, no aludimos al pasado. Una amistad que se funda en una hermandad de hoy, de siempre, que no se convalida evocando acontecimientos del pasado común, de un pasado común que sólo nombramos cuando nos referimos a compañeros de colegio, pero que no interviene como ingrediente de nuestra más profunda solidaridad. El único tema fue Raquel, con variaciones ansiosas acerca de la comida de esa noche, con don Rafa Uribe. Sin invitarnos, entramos a las tiendas adonde siempre nos detenemos desde hace años. Repasamos los árboles conocidos en las calles de nuestra memoria común y a las ocho en punto estábamos enfrente del restaurante. Advertí desde antes que allí no exigían corbata, pero él insistió en llamarla por teléfono. Colgó y saltó de la alegría, me abrazó como si yo acabara de convertir un gol en el minuto ochenta y nueve.

–No tuve que decir nada. El papá de Raquel te manda invitar.

Así que terminé en la famosa comida. Allí estaba, además de Raquel y su padre, María, la hermana de Raquel, que de entrada monopolizó a Luis en una conversación que duró toda la comida y que comenzó por las recetas de las tortas de doña Gabriela.

–¿Es verdad que usa panela molida en lugar de azúcar? –fue la última pregunta que oí antes de trenzarme en una conversación, más bien un reportaje, sobre la industria y la economía de la región con el conocido comerciante don Rafael Uribe. Raquel apenas si intervino, de manera que poco la pude conocer. Solamente cuando María le dijo Maquel en lugar de Raquel. Pregunté de dónde salía eso y todos los Uribe rieron. Ella explicó que cuando estaba pequeñita iba con María, les preguntaron por sus nombres y ella contestó:

–Maía y Maquel –se quedó Maquel.

A la comida siguió una larga caminada por las mismas rutas de nuestros eternos paseos. Esta vez por La Playa y el Parque Bolívar. Al contrario del resto del día, por la noche hablé mucho más yo, y estuve vehemente, haciendo los gestos de quien no tiene palabras, del que no ha organizado el cuento. Todo empezó cuando Luis me preguntó de qué hablé con su suegro.
–De economía –le contesté con cautela.
–¿Y cómo te pareció el señor?
–Ahí empecé. Apenas fue anoche y, como siempre me sucede, no recuerdo ni en qué orden lo dije ni cómo lo expresé. Ni siquiera las palabras son iguales:
El miembro típico de una clase en decadencia. Es una gente que se ha agotado a sí misma y que comienza a sentirse acorralada. Una casta de individuos que se creen de buena familia y que, cuando quieren reconstruir su tradición y hallar sus blasones, descubren que las familias mas viejas, cuando mucho, tienen cien años. Pocos pueden encontrar el negativo de su abuelo en la Foto Rodríguez. Todas son fortunas recientes, apellidos blanqueados por un golpe de suerte en una mina, por transportar mercancías o contrabando, por sembrados de café, por unas fábricas que montaron señores muy audaces que amanecían descendientes directos de algún noble de España cuando descubrían que podían construir casa en Prado. Todavía no habían llegado otros tiempos, los de El Poblado y Laureles. Creo que la cosa ocurrió justamente en ese punto. Ahí se originó el colapso en que ahora estamos. Después de los mineros y comerciantes y exportadores de café y fundadores de fábricas, vino la generación de la universidad y de los gerentes. Los señores que administraban. Los parientes pobres de los blancos ricos, distinguidos por su pulcritud, su dedicación y su falta de iniciativa. Más papistas que el Papa, son peores patronos que su patrono. Mi padre es un comerciante rico de un pueblo de Antioquia que se viene a Medellín en 1930. De sus cuatro hijos, los tres que él crió trabajan en sus negocios, ninguno ha fundado nada, a ninguno de mis tres hermanos se le ha ocurrido nada original en la vida. Mientras tanto él, a sus setenta años continúa haciendo billetes en la aparente vagancia de sus paseos por el exterior. Sospecho que cada vez que viaja, saca montones de dólares. Él se da cuenta de lo mismo que yo. Esto está en crisis. Aquí hay una decadencia, la de-

cadencia de una clase que se sintió eterna aun antes de llegar a tener pasado. Y que no se ha movido de esta tierra. Se quedaron aquí, con su lujo de provincia y su convicción de que son inamovibles, son orgullosos propietarios de unas propiedades caras y poco rentables, que no hay quien les compre. El síntoma más claro de los malos tiempos es que los únicos que se enriquecen ahora en Antioquia son los prestamistas y los usureros. A su alrededor pulula la gente que se ha ido viniendo de los pueblos y de los campos, Medellín es una ciudad de campesinos y de veinte o treinta ricos, también campesinos, en decadencia. Don Rafael me habló de la crisis en los textiles, de la estrechez del mercado, del costo del dinero, de la obsolescencia de la maquinaria. Le puso cifras a mi teoría sobre la decadencia de unos antioqueños de los cuales él es un ejemplo típico.

Hombres cicateros con ellos mismos y con el dinero, inclusive el dinero de los demás, esa avaricia no es más que el reflejo en feo de una austeridad que heredaron como principio religioso: ahora, mientras escribo, completo el cuadro de un estilo de vida que agoniza en un mundo que no corresponde a la aldea donde crecieron y que consideraron la única realidad posible. Esto no se lo dije a Luis, por supuesto, pero ahora lo pienso. Ahora puedo volver palabras lo que sentí cuando Luis me relató que, cuando yo me paré un momento de la mesa, el papá de Raquel les había dicho que ella seguiría pagando sus gastos. Viejo amarrado, seguramente pagará menos que en la pensión donde ella vivía.

DE MARÍA A RAQUEL
Medellín, viernes, enero 14. 1972

Maquel: Estoy muy preocupada por ti. A lo mejor te parezco demasiado señora, pero ambas debemos cuidar a papá. Y no te quiero regañar ni pelear contigo, pero tú sabes cómo se sentiría si supiera que tú estabas encerrada en tu cuarto y metida en tu cama con tu novio. Te pido el favor de que eso no se repita. Sería como volver años atrás, al tiempo de la crisis de Claudia. No te olvides que soy la que está cerca de él. Yo tengo mi responsabilidad, lo sé: por favor que eso no se repita.

No es ésta la única cosa que me atormenta, te debo confesar. Luis

me pareció buena persona y no creo que sea un bohemio. Pero, ¿no es comunista? Y otra pregunta antes de que me reviente: ¿fuma marihuana?
Te quiere,
María

✉

DE RAQUEL A MARÍA
Bogotá, sábado, enero 22 . 1972

Hermanita: Eres idéntica a papá. Ambos tuvieron siempre pánico de salir más allá de las puertas de sus casas. Me vine a estudiar a Bogotá por pereza de permanecer requinterna en la casa de don Rafael Uribe. Claro que me acuerdo de la que se armó, por ejemplo, la noche en que Claudia llevó a una muchacha a la casa y la metió en su cuarto. ¡El griterío de ambos cuando ella descubrió que era un travesti y lo sacó a patadas! Igualita que mi papá. Por las andanzas de Claudia, ambos están convencidos de que la marihuana te puede transformar en lesbiana. Eso no es así (sé que no te voy a convencer), pero por mi vida actual, que es con un hombre que amo intensamente, podrás deducir que no he probado la yerba. ¡Ah!, me olvidaba: Luis no es ni un bohemio ni un comunista: es un profesor de literatura completamente dedicado a su oficio.

Como te dije, estoy muy enamorada. Y me siento muy feliz con él y con la universidad. Cuando vaya a Medellín te daré gusto en lo que me pides. Y besos para papá y los sobrinos. Y para ti.
Raquel

✉

DE RAQUEL A JUANA
Bogotá, miércoles, noviembre 30 . 1983

Mi querida Juana: Cuando timbró el teléfono hace un rato, desde antes adiviné que era Claudia llamándome para concretar día y hora de mi viaje. Agradecí sus ansias de tenerme en Nueva York, que son cariño, pero sentí no poder precisar todavía una fecha exacta.

En todo caso, ya terminé con mis compromisos de trabajo, que eran muchos porque sustituí mi vida por la oficina, me drogaba con trabajo, permanecía dieciocho horas diarias en mis labores y por lo tanto me demoré entregando, a varios, todo lo que yo hacía. Realicé la visita ritual de despedida a Medellín –doña Gabriela, mi hermana–. Comprometí de nuevo a Esteban para que parta conmigo y de nuevo él dijo que sí, en unos términos –te aclaro– que no significan nada y más bien me traducen que él es doméstico, difícil de trasplantar. Como mucho, podemos esperar que nos visite en sus vacaciones. Organicé mi economía local. En fin, he cumplido con todos los rituales y he roto los lazos que me ligan a este lugar.

Pero aún me quedan algunas tareas pendientes, pocas, que no dependen de mí y que tengo que esperar. Esperar con plazo fijo, cuestión que permite dosificar la paciencia. Ya me titulé en esperar sin plazo y prometo que no lo vuelvo a hacer. Estoy partida antes de la partida: cancelados mis lazos aquí y todavía aquí. Mientras otra mitad mía está con ustedes, estorbándoles, porque es una mitad llena de incertidumbres, con la certeza única de que voy a empezar, certeza que arrastra esta otra mitad que ahora está en Bogotá, partida y tan decidida a partir, que ya no me detendría, cruzo los dedos, ni una llamada de Luis.

Como ves, todo esto es una cancelación. Con la bendición de comenzar de nuevo allá una segunda vida, tengo la opción de exorcisar la anterior, de contarla –de contarme– en una especie de informe final. Mientras espero, gastaré mis horas de agonía y prenatales escribiéndote en esta carta mi catarsis, no importa cuántas páginas se lleve, hasta terminarla, y entonces colocarle la fecha de ese día y partir con ella, llevándotela yo misma, correo de mi propia historia.

No sé contar historias. Apenas empiezo, comienzan a derivarse asociaciones y me voy en elipsis, dando vueltas, y las palabras, una tras otra, no pueden ser simultáneas como pasa con las cosas, varias al tiempo, y tienen la virtud de generar una verdad propia, un relato que se superpone, inexacto, como una camisa de otra talla, distinto a lo que sucedió. Escribí "lo que realmente sucedió", pero antes de terminar la frase ya el adverbio había sido sepultado por unos tachones. Aquí, antes de comenzar la historia, mucho antes de tratar de explicarte por qué no sé contar historias, podría atravesarse, como una mula muerta en la carretera, la especulación favorita de los novelistas, demasiado espesa para los primeros párrafos de esta memoria: de súbito no percibo acontecimientos, olores, palabras que oigo, asuntos que pasan a mi alrededor, sino una suerte de pulsasiones, de compases diversos de un vaivén que no diferencia, que suma y se licúa en una sola sensación.

Me imagino a Luis bostezando si fuera a él a quien le hablara. "Anda, entra ya en lo concreto." Yo me quedaría callada, sin saber qué decirle, sin pensar una réplica, tratando de adivinar sus palabras tras mi silencio. Todo dependía del humor en que estuviera, pero el chiste acabó por ser previsible:

–Contar historias es muy fácil. Se comienza "había una vez" y se termina "y fueron muy felices".

O podía callarme el resto de la noche bajo la ironía:

–En tu caso es mejor que no lo intentes.

No sé contar historias y menos ésta, que ya comenzó mal, por una escena imaginaria del final, de cuando ya no nos amábamos, de cuando nos sabíamos hasta el punto de aburrirnos, cuando nos rechazábamos seguramente por los mismos motivos que nos amamos.

Antes fuimos felices, durante unos años, ahora ya no sé cuántos. Tal vez esta carta me sirva para contarlos. Lo malo de ser feliz es que no te das cuenta. No piensas en la felicidad y el tiempo sólo se puede medir en fulguraciones. Unos instantes que se detienen mientras el almanaque quema meses; unos instantes. Este cuento comienza al revés: fuimos muy felices. Tengo claro cuándo me enamoré de Luis. Un domingo de octubre del 71. Llovía en Bogotá. Me enamoré de él en el instante en que lo vi. A él le sucedió lo mismo y todo nos fue dado desde ese mismo momento y lo que no tuvimos no nos importó. Ni nos dimos cuenta. Fuimos muy felices.

Todavía recuerdo la reacción de mi padre la mañana en que lo llamé a Medellín a contarle que estaba viviendo con mi amigo.

–Voy para allá –me dijo, y enseguida salió para el aeropuerto, que entonces quedaba entre la ciudad, a diez minutos de cualquier punto, y a la hora del almuerzo estaba timbrando en mi apartamento. Yo lo esperaba; si contestó que vendría, lo mejor era estar aquí, en esta misma casa, pendiente de su llegada.

Un abrazo, un beso en la mejilla, breve inspección a mi rostro y luego una mirada circunvalar al apartamento; con un solo golpe de vista podía recorrerse aquella cueva: contra la ventana, perpendicular a la puerta, el sofá; al frente la mesa –comedor o escritorio, según la necesidad–, en seguida de la puerta de entrada un espacio, un pequeñísimo espacio –"cuando sea grande va a ser una cocina", decía Luis– con una nevera que había que salir a la sala para poder abrirla. Al frente de mi padre, parado en la puerta, una pared llena de libros de arriba a abajo y de lado a lado y contra la pared de fondo un mueble extraño: abajo una estantería con puertas corredizas; arriba, subiendo una escalera, encima del guardarropa, la cama. Todo el que entraba allí decía que si uno se despertaba asustado en esa cama, se quebraba la cabeza contra el techo. Esteban comentó que esa cama era el único lugar donde era una ventaja la baja estatura de Luis. Yo, como él, nunca me llegué a descalabrar. A los diecinueve años me comparaban con una porcelana, a los veinticinco con una muñeca y ahora, si me comparan, no me cuentan con qué. Al lado de la cocina estaba la puerta del baño.

Sin dejar de abrazarme, mi papá recorrió el apartamento con la mirada y después sus ojos se volvieron sobre los míos. Me apretó un poco, diciéndome el "te quiero" con ese apretón. Recuerdo nuestras palabras como si fuera hoy. Al principio, por las ramas, él me explicaba cómo me encontró:

–Fui directo a la residencia estudiantil donde vivías y allá me dieron esta dirección.

Quería saber cómo estaba viviendo su tercera hija, pero tenía que hablar de trivialidades antes de atreverse a abordar el tema. Ya era un padre domesticado. Cuando yo tenía nueve años mi madre se enamoró del siquiatra que la trataba de alcoholismo y se fue a vivir con él. Mi padre se quedó de guardián de sus hijas. A esas alturas mi hermana mayor se acababa de casar a los diecisiete años con su novio adolescente. Tan pronto tuvo un bebé, se separó de su marido y regresó a vivir a mi casa. Claudia se emborrachaba a diario y peleaba con todo el mundo, en especial con mi padre, a la madrugada, cuando volvía hecha un desastre. A los dos o tres años de esta historia, en medio de una borrachera, una llorona y mil gritos, se decretó lesbiana. Mi padre quedó pasmado. En menos de un mes, con la ayuda secreta de mi padre, Claudia estaba viviendo en Nueva York. Después del abandono de mi madre, de la brutal confesión de Claudia, mi padre quedó ablandado y volcó por completo su amor en María, mi otra hermana, y en la niña de la casa que era yo. Ahora se venía desde Medellín hasta Bogotá a inspeccionar con quién vivía su bebé y toda la mañana, esperándolo, me pregunté cómo reaccionaría al llegar.

Se dio aún más tiempo. Me preguntó cómo iba en la universidad, averiguó por mi salud y mi economía. Luego, perdido en sus propias dudas, en sus cavilaciones de cómo empezar, guardaba silencio y respiraba hondo, aún no sé si por angustia o porque trataba de descubrir el aroma de la marihuana. Fue un silencio largo, que corté ofreciéndole café. Estaba en la cocina preparándolo, de espaldas a él, cuando preguntó:

—¿Cómo se llama?
—Luis —contesté sabiendo a quién se refería.
—¿Luis qué?
—Luis Jaramillo.
—¿De dónde es?
—De Medellín.
—De Medellín y Jaramillo puede ser cualquiera. En el directorio de Medellín hay veinte páginas de Jaramillos y eso que muchos no deben tener teléfono. Yo debería conocer a su familia. Cuéntame quiénes son y qué hacen.

Era mejor así. Yo de espaldas sin dejarle ver mi expresión, él protegiendo la suya de mi vista, sin alterar el tono de voz. Mientras colaba café yo barajaba respuestas a medida que él hablaba: los Uribes también tienen veinte páginas en el directorio telefónico y también hay Uribes sin teléfono. Pero no se trataba de pelear:

—Es profesor en la universidad. Allá trabaja de tiempo completo y está escribiendo la tesis.
—¿Profesor de qué?

En ese momento yo me daba media vuelta con un café en cada mano. Pude ver cómo se le abrían los ojos y las cejas se convertían en arcos que catapultaban toda la piel de su frente, formándole arrugas, al tiempo que abría la boca como para tragar aire cuando oyó mi respuesta:

—Literatura latinoamericana.

—¿Literatura latinoamericana? –breve pausa para tragar aire–. ¿Puede alguien comer de la literatura?

Nunca conociste a mi padre, querida Juana. No podía entender un mundo que no fuera el comercio, la religión, el golf y, al final de su vida, las telenovelas. Creo que nunca leyó un libro entero y palabras como "artista", "músico" o "escritor" las pronunciaba entre comillas y le ponían los pelos de punta. Para evitarlas usaba, en tono agrio, una que las resumía a todas:

—¿Un bohemio?

Sonreí mirándolo y le puse mi mano en la rodilla obligándolo a cambiar de expresión.

—Ése que llamas un bohemio madruga todos los días, de lunes a sábado, a las seis de la mañana para dictar clases a las siete. Vuelve a las tres o las cinco, según el día, y se instala a trabajar en la tesis y a preparar clase hasta por la noche.

Perversa de mí, yo sabía que el argumento de la madrugada era definitivo con mi padre. El mundo para él, exagero, se dividía en hombres madrugadores y hombres malos. Se quedó mirándome. Me puso su mano sobre la mía, que aún reposaba en su rodilla, se dio tiempo para un sorbo de café, luego otro, dar otra ojeada al apartamento, apretarme la mano como pidiendo sin palabras más café.

—¿Estás enamorada?

—Sí, señor.

—¿Han pensado en casarse?

—Yo no lo he pensado... –me demoré en contestar; era la primera vez que se me ocurría el tema.

—¿Y quieres seguir en la universidad?

—Claro que sí, papá.

Otro silencio, café, un apretón más. Ya lo sabía: él venía sólo a cerciorarse de en dónde habitaba su hija. Nunca pudo llevarles la contraria con eficacia ni a su mujer ni a sus hijas y tenía aprendida la lección. En esta ocasión se saltaba el drama y los gritos. No otra vez las histerias de cuando Claudia andaba en la rumba total, ni de cuando dijo que le gustaban las mujeres. No otra vez oponerse al matrimonio de María con tanta estridencia; todo marchó muy bien desde el principio –tapándole la boca– y esa pareja acabó por ser su consuelo multiplicado por tres nie-

tos, más el hijo de Claudia que se criaba como hijo de María. Eran su felicidad. Tampoco repetir otra vez esa queja de víctima de "su mamá las abandonó". Su razonamiento o su oración era que había hecho todo lo necesario para levantar una familia y nada había resultado como debía ser, excepto María. Pero él puso todos los medios, Dios lo sabía.
–¿Almorzamos juntos? Tengo que regresar a Medellín esta misma tarde.
–Quédate a conocer a Luis... Él regresa a las cinco.
–No... No puedo.
No insistí. Era evidente que aplazaba el golpe. Previsiva, tenía todo lo necesario para prepararle un sánduche de queso caliente y la mermelada de fresa con que lo aderezaba. Durante el almuerzo habló de todo, menos de que yo viviera con Luis. Le conté que en diciembre iríamos a Medellín. Que Luis pasaba la navidad con su madre y yo con él.
–Entonces en Medellín me lo presentas –sentenció.
De repente se fijó en su reloj y dijo que tenía que salir para el aeropuerto. Un abrazo, un beso, un apretón y salió. Poco después volvió a sonar la puerta. Se le había olvidado algo:
–¿Cómo es que se llama?
–Luis Jaramillo.
–¿Luis Jaramillo qué?
–Luis Jaramillo Pazos.
–¿Pazos?
–Sí, Pazos.
–¿Y cómo se llama el papá?
–Hice un infructuoso esfuerzo de memoria:
–No me acuerdo. Se murió hace muchos años –él me miró un instante en silencio, se llevó la mano a la mejilla y se rascó:
–Oye..., ¿cuánto hace que lo conoces?
–Un mes.
–¿Un mes?
–Sí, señor, un mes. Desde principios de octubre...
Silencio.
–¿Y ya sabes cómo se llama la mamá?
Sonreí:
–Sí señor, se llama Gabriela Pazos de Jaramillo.
–Adiós mi muchachita.

35

Otro abrazo, otro beso.

Ahora todo está sepultado por el tiempo, pero la escena pervive en mi memoria palabra por palabra, gesto por gesto, como si hubiera quedado más casada con esa visita que con el cura por testigo. No necesitaba a Luis en la ceremonia; tardé años en decirle "mi marido", tantos como en perderlo; era un asunto entre mi padre y yo. Cuando lo llamé a contarle, ahora lo sé, era para eso, para obtener su bendición conyugal. No era solamente un deber de lealtad, sino una necesidad íntima. Esto lo supe después, años después, en alguna amanecida de clínica, cuando papá se estaba muriendo.

En ese entonces todo era sencillísimo: conocí a Luis y me enamoré de él al mismo tiempo. Desde el primer día permanecimos sin separarnos ni un instante. Vivíamos juntos sin pensar siquiera en el asunto. En eso consiste el milagro del amor. No en que alguien se enamore; eso es muy frecuente. Lo escaso es que dos se enamoren, pero ni aún por escaso es milagroso este azar. El auténtico prodigio resulta cuando dos se enamoran al tiempo y ahí mismo se pueden juntar.

El día que me visitó mi padre, a la madrugada, Luis salió de la ducha, completamente desnudo, con un brassier en una mano y un calzón en la otra —mis prendas que estaban secándose en el baño— y gritó:

—¡Mierda, una mujer me invadió! —fue ahí cuando me di cuenta de que vivía con él. Mientras me reía a carcajadas él añadió con un toque de seriedad:

—¿No crees que debes avisarle a tu padre que vives con un hombre?

Entonces lo llamé por teléfono.

Pasa menos de un instante mientras en mi mente recuento los años de mi carrera, el grado de Luis, su beca para estudiar en Nueva York. Ésa fue la época en que nos conocimos tú y yo. Te confieso —¿en cuántas ocasiones te he dicho lo mismo?— que para mí no fue fácil tratar a la amante de mi hermana. No me atrevía a acercarme demasiado y, a la vez, sentía que debía frecuentar a Claudia. Y ella lo resolvió organizando esa comida ritual de los viernes: "en esta ciudad todo el mundo está demasiado ocupado y la familia no se puede ver si no es en una ceremonia: la comida semanal". Todos cocinábamos tomando vino blanco frío, emborrachándonos un poco y después de la comida Luis y Claudia hablaban de libros o veían deportes por televisión. Esa amistad de ellos dos nos volvió amigas a nosotras. Poco a poco fui venciendo mi pánico a la lesbiana y tú me acogiste como si fuera una hermanita menor. "Raquel cree que las lesbianas comemos gente", se burlaba de mí Claudia al principio, ayudándome a vencer mis temores. Hasta hoy, cuando te has convertido en mi única amiga, en mi paño de lágrimas.

Pero me desordeno; éstos son recuerdos de nuestra vida en Nueva York. Vuelvo al principio. Después del día en que nos conocimos llevábamos dos meses encerrados el uno con el otro –y cada uno con sus deberes académicos–, cuando nos fuimos a Medellín de vacaciones. Aquello fue un vértigo de novedades, pero estábamos tan embebidos entre nosotros, que no nos afectó demasiado conocer él mi familia y yo la suya.

Hubo al menos tres personajes nuevos en mi vida. Debería empezar con Esteban. Luis llevaba dos meses hablándome de Esteban. Me contó que cuando tenían doce años habían hecho un pacto de sangre.

Que eran hermanos. Me intrigaba Esteban y te confieso que me daban celos porque Luis se llevaba sus cartas y las leía en la oficina de la universidad, sin dejármelas ver, apenas leyéndome parrafitos, como si entre ellos dos existiera un terreno vedado para mí, lo único que no compartía conmigo. Años después, hace poco, apareció el paquete de cartas y admito que leí algunas, a pedazos, con una curiosidad de violadora, y entonces me di cuenta de que Luis me las ocultaba por pudor. Un pudor que no tenía mucho que ver con los párrafos que hablaban de sexo, pues habíamos compartido capítulos enteros del *Trópico de Cáncer* y de *Justine*. Este pudor tenía que ver con el humor directo, irreverente, con que Luis y Esteban se trataban por carta. Cuando estaban juntos prevalecía, no sin humor, un trato muy deferente entre los dos.

Pero por carta se trataban como dos enemigos y yo no hubiera resistido nada contra mi único Dios, el Luis de esos días, y hubiera odiado a Esteban. Lo hubiera odiado, además, por el modo como se refiere a mi padre en esas cartas. Luis hizo bien en no dejarlas a mi alcance sino cuando ya me podía reír con lo que decían.

Con Esteban pude crear un mundo aparte de la invasión de Luis en nuestras vidas: la mujer y el mejor amigo de Luis. De eso hablamos él y yo mucho después: la relación con la mujer es más intensa y la relación con el amigo es más duradera y más fiel. Relaciones tan diferentes

37

que los celos son una tontería: esto lo supimos pronto; que el Luis que me amaba a mí, tenía un amigo que no estorbaba para nada ese amor. Casi al conocernos tuvimos para siempre un tema en común, el oficio, y algo que ocultarle a Luis, una complicidad para criticar y detestar a Cecilia, su hermana. Esteban nunca se la soportó y desde el primer instante en que la conocí la he sentido como una mosca zumbona entre el cuarto. Un ser volátil, un ente gaseoso que por azar toma cuerpo, sólo por azar, como si fuera un accidente. Uno adquiere más capacidad para omitirlos, para mirar a través de ellos sin verlos y una destreza instintiva para caminar sin tropezar con ellos cuando están cerca. Cuando el personaje toma cuerpo y se trasforma –intermitente– en un asomo de materia sólida, esa sustancia vuela, aletea, zumba. En ocasiones –lo dicen los miles de años de estar matriculada en el curso "aprendizaje de Cecilia"– la insinuación de la materia sólida viene precedida de un aroma penetrante, ese sí casi sólido, la sobredosis más impregnadora de un olor dulce, el inconfundible perfume exclusivo de Cecilia Jaramillo Pazos. En tantos años, con tantos cambios en la moda y tanta intuición y puntualidad que ella tiene para acatarlos, las esencias han cambiado. Pero Cecilia se perfumó tanto y se maquilló tanto desde tan niña, que muy pronto acumuló materiales en su piel que le daban una esencia propia, un olor inconfundible, penetrante, único, que lograba vencer el aroma del medio litro de perfume de moda que siempre tenía encima. Juro que puedo entrar a un ascensor tres horas después de que Cecilia lo hubiera utilizado y a mí me olería a cuñada. Luis conocía el "olor a cuñada" –como él mismo lo llamaba sonriendo– y utilizaba esta información para escoger siempre el regalo perfecto para su hermana. El ataque más mordaz, más involuntariamente mordaz que nunca oí sobre Luis, lo pronunció un día Cecilia: "Luis me escoge los perfumes". Esteban y yo nos miramos con regocijo.

En ese diciembre conocí también a la mamá de Luis. Doña Gabriela es una santa. Creo que todo el mundo dice la misma frase de ella. Es una santa. Una mujer pequeñita, callada, diligente, amable. Me acogió con una naturalidad tan verdadera, que yo pude también ser muy natural –muy "auténtica"; entonces había que ser "auténtico"–. Para doña Gabriela, hay un ser perfecto sobre la tierra y durante muchos años ambas coincidimos en opinar lo mismo de Luis. Para ella yo era parte de la perfección de su hijo. En momentos más amargos, cuando la compenetración entre Luis y yo comenzó a resquebrajarse, temí que ese trato tan especial entre doña Gabriela y yo sufriera alguna fisura. Pero siempre, hasta hoy, ha sido la mujer más amable, más discreta, más oportuna, más práctica. Sin añadir lo que todos añadimos siempre: doña Gabriela es una santa.

A Luis también le correspondió una buena dosis de familia Uribe. Para conocerlo, mi papá decidió invitarlo a comer conmigo a un restaurante. Ambos se hicieron trampa. Lo esperábamos con María cuando él me llamó al restaurante.

–¿Qué pasa? Ya estás cinco minutos sobre la hora –le reclamé.

–No te preocupes; estoy con Esteban aquí al frente. Me olvidé preguntarte si a ese sitio se puede entrar sin corbata.

Tuve que trasmitirle la pregunta a mi padre:

–Luis está con un amigo aquí al frente pero no sabe si necesita corbata para entrar en este restaurante.

–Dile que no se preocupe, que puede entrar sin corbata –y añadió ese caballero que habitaba en mi padre–. Si está con un amigo, pregúntale si quiere invitarlo a comer con nosotros.

En ese entonces me pareció muy casual, pero hoy sospecho que ambos buscaron la manera de contar con un apoyo adicional para la ocasión.

A cada uno le favorecía la situación del otro. La presencia de un amigo de Luis, significaba para mi padre que no era propiamente una presentación formal del novio al suegro. Que estuviera allí María, era para Luis la oportunidad de conocer de una vez –dos pájaros de un tiro– a los parientes más inmediatos que yo tenía en Medellín. Para Luis era muy importante estar vestido como lo hacía todos los días. En ese tiempo su conflicto con la corbata era personal; la corbata era el símbolo de un confuso mundo de atrocidades y aburrimiento, de mentiras y arribismo, y se hubiera sentido incómodo con aquel disfraz que detestaba. Todavía me pregunto de qué hubiéramos hablado los tres solos. Casi todo el tiempo transcurrió con una doble conversación; mientras Esteban, embebido por completo en el tema, sometía a mi padre a un reportaje sobre el presente y el futuro de la industria textil, María comenzó por informarle a Luis que ella conocía a su madre y que le encargaba con

39

frecuencia tortas y pasteles y el tema de doña Gabriela se extendió entre ellos durante el resto de la comida, salpicado de alusiones a los diferentes sabores y a las recetas secretas. Esa noche, más tarde, nos reíamos Luis y yo de lo que se había oído en las conversaciones entremezcladas:

–Le echas a la masa un poco de exportaciones menores, incluyendo el algodón en hilaza derretido junto con la mantequilla. Mientras tanto alistas las almendras y los pedacitos de nuez, que los confeccionas por plan Vallejo y los reexportas.

Fue perfecto. Sólo en un momento mi padre asumió su papel, aprovechando que Esteban se levantó de la mesa. Se dirigió a Luis en tono amistoso:

–Hay un asunto que ustedes no han pensado porque no le confieren importancia. Pero para mí es importante. Y como para ninguno de los dos tiene trascendencia y para mí sí, supongo que les será fácil darme gusto en esto: mientras ustedes vivan juntos, yo quiero que Raquel se pague sus gastos.

Luis me miró con cara de "¿y éste de qué está hablando?" y yo le contesté con la misma cara y, por reflejo, respondí un "gracias papá" que le reconocía su generosidad.

Casi la víspera de mi regreso a Bogotá, una noche comíamos solos mi padre y yo. Lo que siguió lo interpreto como un miedo a abordar el asunto que lo tenía cavilando y que en mí se puede entender como falta de tema, como esa indiferencia que tenemos con nuestros padres porque los suponemos eternos. Tras un largo silencio, al fin se atrevió a preguntarme:

–No resisto resolver una curiosidad que tengo desde cuando estuve en Bogotá –bastó que yo enarcara las cejas, como preguntándole "¿cuál?", para que él siguiera–: ¿dónde queda la cama de esa vivienda?

Se rio y yo lo acompañé en su risa, compuesta con una mezcla de humor y de aprensión de papá antioqueño que se atreve a preguntarle a su hija dónde hace el amor.

–Al fondo del apartamento –expliqué– se ve un clóset de puerta corrediza, que va de pared a pared... Pues encima está la cama.

Se quedó con la boca abierta. Adivino que no entendía, que le parecía inconcebible que un ser humano (y, menos, ¡dos seres humanos!) pudieran acomodarse encima de un escaparate. Seguía mirándome pero

ya no me veía. Fue entonces cuando me aproveché de él y me gané su tranquilidad, contestándole:
 –El amor puede con todo.

Lo más molesto de aquellas vacaciones en Medellín, era que no teníamos un sitio propio –ni siquiera un miserable escaparate– para hacer el amor. Y necesitábamos hacer el amor todo el tiempo. La única solución era vernos de día en mi casa, mientras mi papá estaba en su trabajo. El problema consistía en que quedábamos limitados al horario de mi padre y teníamos vedadas las noches. Dos días antes de regresar a Bogotá, a principios de enero del setenta y dos, María nos sorprendió en mi alcoba. Ella se desempeñaba como ama de casa del caserón que habitaban mi padre y la sirvienta de toda la vida, y este papel la llevaba allá en horas en que mi padre estaba en la oficina. La habíamos eludido, pero una mañana entró con la libertad con que siempre entraba a mi cuarto y nos encontró desnudos, amándonos. Alcanzamos a verla, su cara como un tomate, cerrando la puerta. Ella tuvo que oír las inevitables risas de enamorados que nos provocó la situación y se puso furiosa.

Después me mandó una carta regañándome por el asunto y preguntándome si Luis era comunista y si fumábamos marihuana. Todavía recuerdo que le contesté diciéndole que era idéntica a papá, que pensaba que si fumábamos marihuana nos volvíamos lesbianas, como le sucedió, muy seguramente, a Claudia. María es tan puritana y anticuada como lo era mi padre y Claudia y yo siempre hemos disfrutado escandalizándola. (*Sigue.*)

41

II. Enero / octubre 1972

DE RAQUEL A JUANA (*continuación*)
Bogotá, miércoles, noviembre 30 . 1983

Después de las vacaciones en Medellín volvimos a Bogotá, al mismo apartamento donde vivimos los años siguientes. Todavía hoy, cada vez que paso por esa calle, una energía de aquellos tiempos felices me impulsa, autómata, a mirar a esa ventana del cuarto piso. Y recorro con la memoria el espacio que queda detrás, ese "garage de piso alto", como lo describió Claudia, y no puedo creer que yo haya cabido allí con Luis. Sin duda somos distintos. Él, de ese Luis de entonces, y yo muy diferente de aquella Raquel. Los que fuimos adolescentes en los sesenta hemos hablado de esa marca. A nadie le pasó tanto en esos años tan definitivos del crecimiento. Fue un remezón tan general que nadie dudaba de que estábamos ante un cambio geológico, el paso a una nueva era, la madrugada de un largo e inalterable y despreocupado día. Descubríamos principios nuevos y eternos, cuestiones permanentes.

Ahora miro todo aquello como algo anacrónico, como otra época ya desvencijada, cubierta aquí de lama, allí de polvo, más allá oculta bajo la capa de telarañas que le caen encima y me veo, también, bajo el azar beneficioso de un revoltijo. La situación me fue propicia: tuve unas libertades que sólo cinco años antes eran inconcebibles y eso contribuyó a que no rompiera con mi mundito familiar, al contrario de lo que había hecho Claudia. Luis y yo –hijos de nuestro momento– nos impregnamos de esa atmósfera espiritual, heterogénea y contradictoria, pero no militamos en ninguna de las rebeldías uniformadas de la época; ni hippies de la Calle 60, ni guerrilleros, ni siquiera devotos de los círculos de estudios, tediosos ritos donde un gurú que leía a Carlos Marx en voz alta, lo iba acotando con la interpretación más verdaderamente verdadera de la que era inútil disentir, sustituto de la misa dominical y del dogma católico. Éramos, cada uno a su manera, una mediana nueva clase profesional, bastante apáticos, desconfiados de todo credo colectivo, los mismos que ahora ni van el domingo a la iglesia, ni votan en el día de elecciones. Especulativos –enfermedad de cierto tipo de adolescente agravada por una época particularmente adolescente–, nuestra marca principal, acaso la que nos hace más detestables como generación, era la convicción de haber encontrado verdades definitivas. Antes que nada, nos sentíamos la encarnación de algo nuevo, distinto y –por fin– permanente sobre la faz de la tierra: qué ironía, una mediana información revelaba que esa novedad era mera ignorancia, y pocos años después la polilla le ha dado el sabor pintoresco y algo cursi de una nostalgia envejecida e irrecuperable. Creíamos en la autenticidad, en la lealtad, en la solidaridad, en la libertad, en asuntos que terminan con *d* de debacle. Eran nuestra moral, nuestras banderas. Poco después se añadiría la salud, lo que se traduce como una nueva forma de culto al cuerpo de una generación narcicista que –y éste es el aspecto grotesco de hacer el amor y no la guerra– quiere aparecer siempre más joven de lo que realmente es, y que inventó el trote mañanero, los aeróbicos, los gimnasios y las dietas calculadas con sumadora. La diferencia la marcan el avance tecnológico y la desaparición de los papeles de todas las edades: cuando yo era niña, existían adolescentes –como mis hermanas– y, una escala más arriba, jóvenes como los universitarios que las visitaban; otro peldaño más alto se encontraban los señores y las señoras de treinta y tantos –con bebés y barriga de embarazo– y seguías y había "gente madura", los señores de cuarenta y cincuenta. Y así. Hasta los abuelos, que eran la encarnación del viejo. Pero ahora no. Ahora sólo hay jovenes y viejos. Y a medida que el tiempo nos pasa, cada uno va corriendo la línea divisoria para quedar del lado de acá. Gimnasia, gimnasio, dieta, trote, bicicleta, grageas y panaceas para el cuerpo. Ahora mismo, pasados los treinta, me descubro ante el espejo explorando mi piel en indagación de las arrugas que no han aparecido, pero que ya anuncian los sitios exactos de mi rostro donde irán cavando su surco.

Dios oyó las oraciones de su madre para que Luis no se volviera marxista en una época en que todos lo fueron. Estudiantes y profesores, todos poseían en su cerebro la naturaleza más honda de Marx, su versión más auténtica —siempre: la autenticidad— ya fuera que se hallara a través de un gurú que, frase por frase de *El capital* leído en voz alta, explicaba las profundidades e intersticios del texto marxista, o mediante una autoridad que podía ser Lenin, Trotsky o Mao, o bien mediante la adhesión a un partido.

Pero Luis, en un medio donde no ser marxista equivalía a ser marginal, calladamente, como todo lo suyo, no enseñaba marxismo, no era marxista y no interpretaba nada desde la perspectiva del materialismo dialéctico.

Yo venía de una familia que ya conoces, y mi juicio al respecto era simplista al extremo. Todos los marxistas eran comunistas. Llegaría a entender el embrollo por las explicaciones de Luis, pero mi instinto —mi atavismo familiar si se quiere— me dictaba ese credo: no me gustaban los gobiernos comunistas; les falta la libertad que es necesaria para el hombre. Y no me gustaban los marxistas de las cafeterías de las universidades, porque a toda hora parecían furiosos. Pero la simpatía por el marxismo era generalizada entre la clase universitaria y esto te lo cuento porque puede ser la clave para explicar cierto aislamiento que vivíamos. Luis no tenía muchos amigos en un medio donde era considerado como un individuo sin compromiso político, un reaccionario, lo que equivalía a decir un leproso. Yo me habitué a estudiar sola, en primer lugar porque Luis no toleraba más sonido que el de la música cuando trabajaba —decía que a mí no me sentía— y luego porque descubrí que esa calma también me favorecía, que el tiempo me rendía más y que lo tenía a él al lado, que sabía todo y que me resolvía cualquier duda.

De manera que en esos años éramos una pareja más bien solitaria, en la que cada uno veía otra gente por razón de su actividad, pero entre nosotros dos colmábamos todas nuestras necesidades afectivas.

Viviendo en Bogotá, además, teníamos la ventaja de no llevar el peso de la vida con nuestras familias, las visitas, los compromisos, las llamadas. La familia era algo que quedaba muy lejos, allá en Medellín, mientras nosotros habitábamos en nuestro cielo privado. Me detengo en ese aislamiento y pienso que fue muy favorable para nuestra vida en común: hacer el amor, dormir, estudiar, cocinar, comer, ir a la lavandería,

45

el cine dos o tres veces por semana, largas caminadas, leer, conversar: una breve lista de actividades que resumen hasta agotarlas, todas las cosas que hacíamos entonces. A eso llamo años felices. A esa capacidad para estar juntos sin aburrirse, sin necesidad de nada ni nadie más, aprendiéndose las más prosaicas intimidades del otro sin que te estorben, intuyéndose al punto de enviarnos –por juego– mensajes telepáticos: pásame el salero y el salero era colocado al alcance de la mano.

Convivíamos en una especie de armonía, que variaba con los cambios de humor de Luis o míos, en los conflictos de trabajo que él tenía o en los pueriles problemas de estudiante que yo vivía como tragedias. Permanecíamos tan pegados y tan apegados, que el otro podía percibir estos humores desde sus primeros síntomas. Aprendí, por ejemplo, que cada vez que Luis tenía dificultades en clase o con sus compañeros profesores, al sentarse a estudiar por la tarde en la casa, omitía colocar un disco antes. "El silencio del neceser" –como le decía Claudia– se podía oler. Yo procuraba caminar de puntillas, sin tocar el suelo. Se trataba de sobrellevar ese silencio, esa falta de música que se convierte en una presencia viva: en un instante, es esencial un sonido de piano para que todo tenga consistencia y, en el siguiente, la irrupción de un violín es definitiva para que la tierra siga dando vueltas. Y nada. Silencio. El mundo ondula, como si fuera una carretera de pavimento hirviendo al sol y el auto delantero se ve como de gelatina. Todo pierde continuidad. Estábamos perdidos porque el piano no sonó, porque no irrumpió el violín. Luis se concentraba como si nada distinto ocurriera y leía su libro, tomaba notas, interrumpía con la consulta momentánea de otro libro, se hablaba entre dientes con murmullos, parecía tranquilo. Cuando llegaba la hora de comer, en su tono pausado me contaba lo que ya me había relatado la ausencia de la música.

Luis fue siempre calmado, introvertido, ordenado. A nadie le dio señas de tener una ambición oculta o unas ansias extrañas al trabajo que desempeñaba: "me pagan por leer libros que me gustan", decía. Y su talante era sereno, irritable con unas pocas cosas concretas: los ruidos mientras estudiaba, la impuntualidad, dos o tres compañeros de trabajo, el boxeo, el ruido de las limas de las uñas, la pólvora explosiva. Y dado al vicio académico de la ironía, ante todo la dirigía contra sí mismo como recurso para no tomarse en serio.

Tú me conoces y me sabes también introvertida y tímida. Ninguno de los dos estaba ansioso por nada distinto del otro y cabíamos perfectamente en ese espacio reducido. La claustrofobia se origina en las ansias, en el sentimiento de no hallarse en ninguna parte, en el hastío. Pero si todo deseo está satisfecho te sobra espacio hasta cuando estás empacada en una lata de sardinas. Para un visitante cualquiera, como le sucedió a mi padre, la cama era difícil de ver. No era muy cuerdo dormir encima de un clóset. Desde abajo, el colchón parecía peligrosamente cerca del techo. El observador sólo señalaba este peligro y, como mucho, captaba las dificultades de acceso a esa especie de camarote. Nadie, sin embargo, cayó nunca en la cuenta del mayor prodigio de la cama: no que estaba encima de un clóset –descalabrantemente cerca del techo, sobre todo si se veía desde abajo–, ni que tenía el largo de un clóset, sino que también tenía el ancho de un clóset. Estaba pensada para que durmiera una persona, una sola persona de baja estatura. Y en esa cama cupimos cinco años sin darnos cuenta de que era estrecha. Era un hábito sentir su pierna dormida junto a la mía, su respiración acariciándome la oreja, su mano desmayada sobre mi vientre. Cuando llegué a vivir con Luis, yo tenía la costumbre de envolverme con las cobijas y, sin darme cuenta, desde la primera noche me envolví con su cuerpo sin extrañar la vieja práctica. A veces, con frecuencia, bajábamos el colchón hasta el piso, corríamos la mesa de trabajo hacia la ventana y ejecutábamos gimnasias eróticas que la distancia habitual entre la cama y el techo no permitía. Por encima del desprecio, por encima del sabor amargo que se sobrepuso mucho después, puedo evocar con exactitud la precisa intensidad de su abrazo, sus manos deslizándose por mi espalda, él adherido a mí, su orgasmo cuando el mío se prolongaba en una especie de frenesí. Y también el sueño, la sincronización de sábanas y cobijas para cubrirnos a los dos, esos reacomodos del dormido, mi rodilla que cae sobre su pierna y la pierna automática de un dormido que recibe sin incomodarse el peso que no lo despertará, la media vuelta que concuerda con movimientos del otro, arrunchamiento tan preciso, que la orilla de la cama –y estábamos a la altura de un clóset– siempre nos quedaba lejos. Ese otro cuerpo era también parte mía, yo era extensión armónica de aquella respiración, de esos brazos y piernas que me envolvían.

A principios del 72, nuestro habitual aislamiento se alteró por una coincidente doble visita, que hoy recuerdo por el significado que adquirió años después lo que sucedió. Esteban nos anunció que estaría en Bogotá un viernes. Luis lo esperaba con entusiasmo y ese día se quedó en casa pendiente de su llegada. Ya oscurecía cuando apareció y su advenimiento fue celebrado con una botella de ron, de la que libamos los tres con un espíritu de juerga lleno de buen humor.

Como a las ocho, cuando los ojos nos brillaban por la euforia alcohólica, llegó sin aviso previo Maximiliano Henao, el marido de María, mi hermana, con un maletín de viaje en la mano. Siempre me dominó una idea de él: un individuo integrado por completo a los valores de la sociedad antioqueña, es decir, a nuestro parecer de entonces, un alienado. Era un joven político venido de un pueblo a Medellín a estudiar derecho, con dos talentos y dos carencias muy características: talento para hacer dinero –Esteban, periodista, nos explicó después que se lucraba con comisiones de contratistas del estado– y talento para aparecer en la prensa y la radio declarando sobre todos los tópicos; era una máquina programada para repetir lugares comunes. Una carencia notoria era la falta de imaginación; era un repetidor de simplonerías. Otra carencia era su falta de sentido para vestirse; si bien se peinaba como todos los políticos –el cabello partido en dos, del lado izquierdo, por una línea trazada con un instrumento de precisión, gomina– la ropa era combinada de la manera más absurda posible. Y usaba corbata, cuestión que lo distanciaba de Luis hasta el punto de considerarlo habitante de otro planeta y mirarlo de ese mismo modo. A mí me parecía ridículo y no alcanzaba a entender cómo mi hermana, primero, se enamorara de este cruce de Gardel y espantapájaros y, segundo, que –ya casados– con su buen gusto, no hubiera logrado cambiarle su apariencia.

Nadie lo esperaba y, a pesar de la borrachera que yo tenía, me asustó verlo allí justo el día en que estábamos con Esteban. Venía con cara de querer pasar la noche allí. Pero rápidamente después del saludo, Luis le presentó a su amigo periodista, de Medellín, "invitado a pasar la noche en el sofá". Quedaba tácitamente descartado que Maximiliano cupiera y él lo entendió con sólo mirar nuestra caja de fósforos. Por deferencia, Luis lo invitó a tomarse un trago con nosotros. Maximiliano le agarró la caña y aceptó:

–Bueno, pero sólo un trago para brindar por la prensa.
–Puedes escoger: ron o ron.
–Ron. Nosotros nos hemos visto en alguna parte... –añadió dirigiéndose a Esteban. Obvio, querida Juana Watson, su blanco era la prensa. Esteban captó la acción envolvente y la eludió con un zigzagueo irónico:
–Yo también te acepto un ron –le dijo a un Luis que maniobraba en la cocina. Y luego, dirigiéndose a Maximiliano–: Sí creo. ¿Me repite su nombre por favor? –estoy segura de que Esteban lo sabía y esto era un ablandamiento, un golpe al orgullo del político.
–Maximiliano Uribe –contestó impávido.
–Advierto que el tamaño de este apartamento –terció Luis– sólo admite que te llames Max.

Risas. Maximiliano también rio, no tanto porque tuviera sentido del humor –su falta de imaginación se lo vedaba– sino porque le encanta reírse a carcajadas. Esa noche descubrí el placer físico que la risa le produce a Maximiliano.

Después hubo un silencio embarazoso, largo. Ese silencio de tres que llevan varias horas bebiendo, hablando y riéndose juntos y que se ven sacados de su clima bruscamente por alguien extraño, un ser que desconocen pero que adivinan diferente a su modo de vida y asociado a instituciones que desprecian. Y el silencio del otro, que no necesita ser intuitivo para respirar la sensación clara de que interrumpió. Maximiliano intentó romper el silencio con el relato acerca de su presencia inesperada allí. Había llegado por la mañana en una comisión de antioqueños a hablar con algún ministro y no pudo regresar por la tarde, debido a la lluvia que obligó a cerrar el aeropuerto. El cuento de Maximiliano duró dos minutos y murió –sin comentarios y sin las preguntas de reportero que esperaba– en un silencio espeso. Espeso y prolongado. Sólo se oía el tintineo del hielo. Esteban salvó el bache parándose de improviso.

–Pongamos música –dijo.

Esteban tiene el vicio de excederse en el volumen del estéreo, de la TV, del receptor de radio. Vicio de los sesenta. Y aquí, exageró la nota con una intención que iba más allá de colonizar el silencio de la concurrencia. Se trataba de impedir cualquier conversación. Maximiliano se vio ante la única alternativa de acabar su ron lo más pronto posible y emigrar. Así lo hizo. Salió a buscar hotel con su maletica empuñada, después de comprometerse a llevarle saludos a mi hermana y de pronunciar un "tenemos que vernos en Medellín" dirigido a Esteban.

Bastó que sintiéramos cerrarse el portón del edificio para que recuperáramos el clima festivo que traíamos, con chistes y burlas contra mi cuñado.

–Esteban tiene la culpa de que haya salido huyendo como alma que lleva el diablo –dijo Luis riendo.

–Yo no. Los Rolling Stones.

–Bueno, pero mérmale un poco, por favor, o yo también me largo para un hotel.

Esteban le subió todavía más por un instante y luego lo dejó en un punto en que la conversación podía colarse por entre la música sin que la una afectara a la otra.

–Parece con ropa prestada por cuatro amigos diferentes –dije.

–Un secretario de notaría, un maestro jubilado y un indigente le dieron la muda que tiene, menos las medias, que se las prestó un futbolista o el señor obispo –completó Luis.

–A mí me parece más bien un disfraz. El disfraz perfecto para el papel que ha decidido desempeñar y que le ha producido los dividendos que le interesan –dijo Esteban–. Este tipo ha hecho carrera política desempeñando el rol de emigrado de un pueblo perdido y, a pesar de que es abogado profesional, es más bien un pueblerino profesional. Ese Max es sagax. Puede que no nos guste, pero es astuto, es sagaz, y sabe a la perfección todo lo mal vestido que está y, si pudiera empeorarlo, de seguro lo pondría en práctica. Ojo, muchachos, que eso es un disfraz.

En ese momento, la teoría de Esteban daba respuesta a mi pregunta de por qué María no intervenía en las ropas de Maximiliano.

Las burlas a costa de mi cuñado no se prolongaron. Vendrían más acontecimientos esa noche. Cuando uno es joven es demasiado radical, demasiado tajante en sus rechazos. Maximiliano representaba todo lo que nosotros no queríamos ser, todas las taras de nuestra sociedad, el uso personal del poder y el ánimo de lucro de los políticos, todo el patético arribismo de un individuo sin ninguna gracia especial, empeñado en ser cabeza de la tribu. Lo detestábamos y lo rechazábamos con esa grosería disfrazada de buenas maneras con que lo tratamos.

Hoy, después de tantos años, ya no estoy tan segura de ese juicio. Todavía pienso que Maximiliano es un somnífero, un individuo plano, con la cabeza llena de frases prefabricadas y con una terrible libretica entre el bolsillo –donde anota los chistes que lo hacen reír– y que aparece entre sus manos a la hora de amenizar la sobremesa, cada vez que invita a su casa. Pero él no se mezcló en todo el rollo que vino después. Y eso es lo de menos, pues no creo que lo haya hecho por convicción moral, sino por miedo a arriesgar todo lo que ya tenía. Te digo que es lo de menos. Lo que me impresiona es que María y él llevan casi quince años de casados, han criado tres hijos propios y uno prestado, han vivido juntos, sin alteraciones, y son muy cariñosos el uno con el otro. Cada vez que puede, María declara que sigue muy enamorada de su marido. Pues claro, me dirás, si es que María y Maximiliano son idénticos, igual de convencionales, igual de mojigatos, igual de provincianos, de limitados, de aburridos. Digamos que sí, que es cierto. Lo duro para mí, tan auténtica, tan periodista, tan descomplicada, tan libre, es que ellos encontraron toda la felicidad que quieren, a lo mejor una prosaica felicidad, del tamaño de su pobre y cuadriculada imaginación, no importa, pero en todo caso la felicidad que necesitan, la suficiente para sentirse gratificados. Por supuesto, me alegro de que mi hermana tenga su cielito burgués que a ella la conforta. ¿Qué me falló a mí? ¿Acaso lo que tuve en intensidad lo perdí en duración? ¿Cuándo se trocaron las cartas de mi baraja?

Me desvío de mi relato de aquella noche. Hablamos de que se estaba exportando marihuana de la costa atlántica a Estados Unidos. Barcos repletos de yerba. Esteban contó historias. Choferes o campesinos millonarios de la noche a la mañana. Gente "bien" engordando sus fortunas con cultivos de la famosa "Santa Marta Golden", la mejor marihuana del mundo. Para redondear, de la maleta de Esteban surgió la primera marihuana que fumé en mi vida. Esa noche también Luis perdió su virginidad con la cannabis. En cambio Esteban era un experto.

Yo estaba borrachita y por eso me sucedió aquello. Un terrible malestar físico, vómitos, mareo, náuseas, todos los síntomas de una enfermedad nueva para mí –mezcla de desaliento, indigestión, jaqueca, agitación nerviosa y ansiedad– que Esteban llamó "la pálida". Me dio la pálida. Luis se colocó de ángel guardián cuando devolví mis entrañas y luego me acostó piadosamente. Dormí hasta muy tarde al otro día, y quedé odiando la marihuana desde ese momento.

A los pocos días me enfermé. En secreto, siempre pensé que aquel virus no era más que una secuela tardía, la resaca final de la intoxicación de cannabis. Fueron tres días con sus noches de fiebre, de pesadillas —ese sueño agitado del que arde—, tos, congestión, indigestión. Fue horrible y bello a la vez. Mi amante se convirtió en mi guardián silencioso, eficiente, tierno, que tenía la virtud adicional de adivinarme el pensamiento, de adelantarse a mis deseos. El caldo ya estaba ahí antes de que yo supiera que quería caldo. Durante esa enfermedad me enamoré mucho más. Yo era como una extensión suya; él era una extensión mía: eso se comprobó apenas sané. Al otro día, Luis cayó en cama con síntomas idénticos a los míos y pude estar a su lado también adivinándolo, también anticipándome.

En esas noches de fiebre tuve una pesadilla con mi madre. Uno de esos sueños febriles, de apariciones, voces, flash-backs, sin hilo argumental, un incidente angustioso pero indefinible, poblado de gritos con una resonancia sobrecogedora, de gemidos que provenían de una niña que era yo.

Entonces me desperté y Luis me abrazó con ternura y yo sentí la seguridad que da el amor total y, por primera vez, hablé de mi madre con alguien distinto a mis hermanas.

A los pocos días reapareció Irene Medina, una compañera mía de colegio a quien, por fortuna, tú no conoces. Bueno: Irene es tan entrometida que, a lo mejor, tú la conoces; en todo caso, puedes tener la seguridad de que semejante chismosa debe saber quién eres tú; a esa bruja difícilmente se le olvidaría el nombre de la novia de mi hermana. Seguro.

Irene es como un ave de mal agüero. Estudió el bachillerato conmigo y siempre hizo todo lo que pudo por meterse en mi vida. Sobre todo cuando éramos muy niñas fue muy cruel conmigo. Ella fue la única persona que me agredió cuando mi madre se fue de la casa. Un día, saliendo del colegio —Dios mío, teníamos diez años— la gorda Irene se acercó a decirme:

—Raquel, ¿me presta su caja de colores hasta mañana?

Me quedé estupefacta. En nuestro inviolable código infantil, esa petición era imposible. Ninguna de nosotras se desprendía de su tesoro, de su caja de colores, por una noche, ni mucho menos para dejarlo en manos de otra niña. Esto era inconcebible, de tal manera que tardé en entender la pregunta y musitar un débil "no". Eso esperaba aquella gordita inmunda. Me estaba extorsionando. Buscaba un punto seguro de controversia para exhibir lo que sabía:

—Claro, tenía que ser hija de la mujer que dejó al marido y se voló con otro.

Ahora pienso que lo importante para la gorda era mostrar que sabía un asunto que nadie tocaba en el colegio. Pero más le valiera no haber abierto su bocota. Claudia venía conmigo. Estaba consciente de que una muchacha de diecisiete años no se podía avalanzar a aniquilar a golpes a una criatura de diez. Entonces se le arrimó, la agarró de la oreja y, mientras se la iba torciendo con lenta crueldad, le habló suave y amenazadoramente:

—Mira gordita, Raquel no te va a prestar la caja de colores y tú no te vas a meter más con mi familia.

La gorda se quedó llorando de dolor y de rabia, teniéndose la oreja que acababa de dar dos vueltas sobre su propio eje y yo me alejé abrazada por tu Claudia. Creo que nunca quise tanto a mi hermana mayor como aquella tarde.

Esa gordita mala se fue apaciguando con el tiempo, o su perversidad se escondió en algún pliegue de grasa de su cuerpo, pero yo bajé la guardia con los años, hasta el punto de que llegamos a Bogotá a la misma residencia universitaria. Mientras estábamos en el colegio, en Medellín, difícilmente podía decir que era amiga de ella, y he aquí que de repente vivíamos en la misma casa. Y no era fácil. Ahora que pienso en esa gordita entrometida, incansablemente locuaz, invadiendo mi cuarto de la pensión de estudiante, se me ocurre que ese fue otro motivo para irme a vivir más rápido con Luis. Fue un trasteo gradual; cuando iba a recoger lo que necesitaba, calculaba las horas en que Irene estaba en clase. Logré evitarla durante meses, hasta el día en que se encontró con mi hermana en Medellín y se ofreció para traerme algún encargo (eran sus ganas de hallar pretexto para venir a mi apartamento). Y María cayó en la trampa. Así que esta gorda que siempre me ha perseguido resultó un buen día en nuestra casa con una torta. Detalle que la gorda no mencionó y que, por lo tanto, ignoraba: la torta era comprada por mi hermana en casa de doña Gabriela. La visita se alargó más de lo que podíamos soportar. Llegada cierta hora imposible, le dije de frente que teníamos que madrugar, que le llamaba un taxi.

Esa noche, Irene Medina me perdonó la vida y se dio el gusto de sonreírme perversamente mientras lo hacía. Contó que la policía de Miami detuvo con varios kilos de cocaína a un muchacho de Medellín. No dijo delante de Luis que ese muchacho fue novio mío como un año, mientras yo terminaba el bachillerato. Se dio el gusto de añadir al regalo una dosis de chismografía.

Es bien conocida –acaso porque todos la sentimos muy natural–, la costumbre de ciertos pueblos de sacrificar al mensajero que trae alguna mala noticia. Yo no quería que Luis supiera quién fue mi novio antes que él. Tanto lo amaba que, por ridículo que parezca, pensaba que le debía fidelidad aún antes de conocerlo. O que era absurdo, inexplicable, que yo hubiera podido amar a alguien que no fuera él. Acabó de inhibirme su comentario cuando Luis identificó al personaje del chisme. Lo conoció en el colegio y le parecía un tonto bastante "chicanero" como se decía entonces por arrogante. La gorda disfrutaba oyendo las opiniones de Luis y me miraba con su risita de extorsionista. Llegué a sospechar que me iba a pedir de nuevo la caja de colores hasta mañana. Pero no. Se limitó a gozar con la situación y se dejó despedir con docilidad.

Días después –el mundo es un pañuelo lleno de micrófonos– Luis me preguntó si yo había sido novia de aquel niño bien de Medellín detenido en Miami por la policía que lo sorprendió con tres kilos de cocaína. "Sí", le contesté.

–¿Por qué no me contaste?

–No le di importancia y además me pareció que Irene contaba la historia con insidia y por eso decidí no mencionar el asunto.

–¿Lo quisiste? –me preguntó después de darse una pausa.

–Ésa es la época en que el novio es el amiguito que te acompaña a las fiestas. Pero en realidad no hay nada. Después no nos vimos más y no me volví a acordar de él sino hasta el día en que mencionaron el asunto.

–Menos mal... –dijo Luis.

–¿Menos mal qué?

–Menos mal que te ha mejorado el gusto –exclamó echándose a reír y lanzándoseme encima, diciéndome con su estrujón que, antes, era verdad, no había conocido el amor. Que esto, este abrazo, esta risa, eran el amor. Lo otro era un bailoteo, el necesario beso que daba para poder contárselo a las amigas, que me acosaban para que me apresurara a perder la virginidad y yo sin encontrar a nadie hasta el día en que apareció Luis y supe que era él. Y ahora él me abrazaba, me apretaba y me decía de esta manera que éramos una sola persona. Unos minutos nos quedamos quietos, yo tan alelada, que tardé en hacerme la pregunta que, tan pronto registré en mi cabeza, le formulé a Luis.

–¿Cómo supiste?

Volvió a reír con esa carcajada franca que me hizo quererlo tanto:

–Esteban me contó que el tipo salía con una de tus hermanas y yo deduje, pensando en Claudia y en María, que esa hermana tuya eras tú.

Cómo nos cambia el tiempo. Después de todo lo que ha sucedido no tengo energía para ver el aspecto irónico de la ingenua muchachita que era entonces. A todos nos pasa lo mismo: tendemos a amar a quien fuimos cuando éramos felices. Me gusta esa Raquel de diecinueve años que veía por los ojos de Luis, que se sentía completa. La otra ironía es esa especie de predestinación con la droga. A mi novio de la adolescencia –que hoy está en la política– lo detiene la policía de Miami con varios kilos de cocaína. Y al único hombre que he amado, lo pierdo por la cocaína. ¡Qué progreso!

Toda la adolescencia me la pasé fascinada con el amor, obsesionada con el amor. Todavía recuerdo esa especie de delirio de los catorce o quince años: el amor como tema. Varias veces –en mi casa, en casas de amigas– apagábamos todas las luces y, después de unos necesarios instantes de silencio, momento preciso del primer suspiro –hondo, desgarrador–, se oían a todo volumen las canciones de Sandro o de Manzanero. Hoy en día detesto al argentino; me parece demasiado melodramático. Pero, en aquel tiempo, "la noche se perdió en tu pelo" era el poema lírico más conmovedor de la cultura occidental. Nos criamos entre almíbar y con un platonismo que permitía que la noche se perdiera en un pelo abstracto, en el pelo de un muchacho que no existía. Esto no importaba. Yo era capaz de llorar, de llorar interminablemente por la sola emoción de oír "adoro la tarde en que nos vimos", así la tarde no hubiera llegado todavía.

El amor, el amor era algo demasiado importante, pero aún ignorado, aún inalcanzado. Esos noviecitos de aquellos años –hasta sus nombres he olvidado– no eran más que un tema de conversación. Nunca me ayudó tanto la timidez; alcanzaba, sí, a vencer las inhibiciones en las tardes de reuniones de adolescentes en que comparábamos cómo iba creciéndonos el busto; pero el pudor no me daba para esas pornográficas conversaciones sobre hombres, de unas casi niñas que lograban las más impúdicas descripciones que he oído en toda mi vida. Además, mi inexperiencia y mi ignorancia eran tales, que nada verdadero podía yo aportar. Nunca pasé de unos besos más o menos calculados con mi novio del último año del bachillerato. Si en una fiesta me invitaba a salir al balcón, eso quería decir, fiel al lugar común del cine, que deseaba besarme. Yo obedecía al ritmo impuesto, y nuestra salida era observada, registrada, cuchicheada por las otras niñas de la fiesta. Encima, como un lente que no perdía detalle, era seguro que estaban los ojos de la gorda Irene, la más chismosa de las chismosas del grupo, hasta el punto de que iba a las fiestas a eso, a fisgonear las parejas, a registrar los romances, a medir con su poder de observación la intensidad de los besos y arrumacos de los balcones.

Había que salir al balcón, al jardín, para mí, principalmente porque era un tema. No descarto que por allí desfilara una que otra pareja enamorada, pero, como ahora creo que es el amor, no lo recuerdo. Supongo que un amor verdadero era algo irreconocible para un grupo de niñitas de El Poblado y de Laureles; nuestra precaria noción del amor consistía en besos y bailes, en cines esporádicos, en ocasionales paseos.

Por lo que ahora sé –y no sé nada, pero es la verdad que acepto como tal– el amor es una casualidad que, si te ocurre una vez en la vida, ya te puedes justificar. Pero es una lotería; un milagro: lo viví como compenetración, como asentimiento, como una telepatía que ahorraba palabras, como una simbiosis que unificaba las sensaciones eróticas hasta un largo delirio que nos hizo incansables y sabios para hacer el amor.

Hoy, a estas alturas, cercenada, herida, malamada y desqueriente, me siento incapaz de enamorarme otra vez. Son tantas las llagas de la declinación de tan desaforada peste, que dudo si la felicidad de un momento alcanza a compensar las heridas del otro. Y la niña que amó el amor sin saber de qué se trataba, confundiéndolo con el lloriqueo de un cantante de moda, la muchacha que encontró el amor, ahora ya mujer, en ese límite indefinible entre la juventud y la madurez, está vacunada contra el amor, no cree que sea posible que venza todas sus resistencias íntimas y pueda entregarse totalmente a la locura del amor.

Ese primer año pasó como pasa una mañana llena de ocupaciones.

Aquí la única ocupación era el amor. En mis ratos libres, asistía a la universidad. Pero mi oficio era el amor.

Cuando cierro los ojos para verme en aquellos tiempos, me puedo observar sentada a la mesa leyendo, tomando apuntes, haciendo tareas. Luis al frente, enfrascado en su tesis, a veces hablándose a sí mismo en voz alta –"el amor es inmenso y eres pequeña tú", me llamaba desde Rubén Darío–. La música de entonces repitiéndose: Mozart, Satie, Chopin, Beethoven, dicho así parece una enumeración pedante, pero no es más que la renuncia al intento de describir el sonido de aquella música, el aire de aquella atmósfera, el volumen moderado de esos pianos:

–Lo único que me puede llevar a asesinar a Esteban es el volumen al que oye la música. Toda la vida hemos peleado por eso.

Yo sigo adorando el piano. Inevitablemente ese instrumento me suena a bosque, a caminar entre árboles, a la luz de las siete de la mañana, a plantas húmedas. Pero nunca más me ha sonado con la perfección que tenía en ese tiempo. (*Sigue.*)

✉

DE CLAUDIA A RAQUEL
Nueva York, domingo, enero 2. 1972

Mi Maquelita: María me contó que estás enamorada y viviendo con tu Luis (¿se llama Luis?). Estoy contigo en lo que necesites. Hablé por teléfono con mamá y ella te desea toda la felicidad del mundo. Mi Juana te manda un beso y dice que está ansiosa por conocerte. Siempre te recuerdo con mucho cariño, un beso,
    Claudia

✉

DE LUIS A ESTEBAN
Bogotá, domingo, enero 29. 1972

Distinguido reportero: Quedé odiando esa ciudad donde dos enamorados no pueden acostarse juntos. ¿Recuerdas la frase de Mastroniani –o de Claudia Cardinale– en *Vagas estrellas de la Osa Mayor?* *"Semen retentum, venenum est."* Aquí era algo más. Estoy incompleto sin ella y eso lo padecí en Medellín. Ni siquiera el gusto de estar en mi casa o de ver a mi único amigo, compensan esas ansias permanentes, esa sensación de sentirme amputado de mi Raquel. Mi Maquel.

Ahora sí que me sirve de refugio, en estos días en que tengo problemas en la universidad. Ya me descubriste. Te escribo para desahogarme de la mierda universitaria. Soy un profesor sin post-grado y, por el momento, víctima de esa estratificación. Soy un profesor novato y joven. Todo con el agravante de no militar. Ése es el verbo exacto: militar, como verbo, produce comportamientos de militar, como sustantivo. No militar en ninguna de las facciones de izquierda, genera una desventaja adicional para profesores tan nuevos y tan sin post-grado como yo, frente a tipos posiblemente más brutos, pero adictos –se dice "adeptos"– a alguna de las sectas que poseen la llave mágica para ejecutar la revolución.

Te imaginarás que no digo nada de esto allá, que allá no peleo. Me hago el bobo, paso por ser el menos conflictivo: anuncié con anticipación qué materias podía enseñar. Se supone que soy especialista –esto no quiere decir que las domine, tengo más vacíos que llenos– en literaturas colombiana y latinoamericana. Pero de esas cosas –¿secundarias?– hay poco en el programa. De América Latina algo, por culpa del boom. Pero casi todas las materias tienen nombres que, con honradez, reconozco que ni siquiera entiendo. Aparte de los consabidos Marx uno, Marx dos, Marx tres hasta la ene, que se pelean entre los chinos, los coreanos, los soviéticos, los albaneses, los puros, los caribes, los etcétera, sin que yo intervenga en la pugna por dictarlos, aparte de los asuntos de la religión, hay cosas como Historia de la Estética, Estructuras de la Novela, Lírica dos, Poética uno, Estética tres, todas con las mayúsculas que te cito, todas teoría. Teoría basada en un supuesto que nadie discute, que nadie menciona, a saber, que lo serio-profundo-académico es brindar interpretaciones totalizantes del mundo. Eso exigen todos, hasta los estudiantes, que lo hacen con la vehemencia y el dogmatismo de los adolescentes.

Teoría de la literatura: todas mis iras, de las que eres exclusivo destinatario, se deben a que he sido designado profesor de Teoría de la Literatura dos. Litera-tarados quedan los muchachos: tarados literalmente llegan de Teoría de la Literatura uno. Además, como adición, entre los estudiantes hay varios que se dedican a militar.

Todavía estoy convencido de que aceptaron mi propuesta de dictar un seminario sobre la literatura finisecular porque casi nadie sabe qué significa "finisecular". Y completaron mis horarios con seis horas semanales –dos grupos– de Teoría de la Literatura dos. Entonces pensé en el poco tiempo que le queda a un estudiante de literatura –después de tanto ladrillo sobre gramática, fonética, dialéctica y demás esdrújulas– para disfrutar de la fascinación de los buenos libros. Quisiera que gozaran con Las mil y una noches, con el Quijote, con cosas así. Establecer, a través de un proceso inductivo, la diferencia entre escribir bien y el arte de la escritura, que nos brinda el placer inigualable de los momentos de mayor goce intelectual y los recuerdos más gratos de la vida. Una guía de lecturas en que cada uno de estos muchachos se fabrique su imaginaria biblioteca personal, elaboren la lista de los autores más amados, enumeren los libros inolvidables y que son la verdadera Teoría de la Literatura uno, dos y tres, los libros amados otra vez. Una guía de lecturas con libertad de desviación.

Con la candidez de que soy capaz, el primer día de clases me aparecí con una propuesta muy similar, una lista muy amplia de los libros que podían escoger y el encargo de presentar informes periódicos de sus lecturas. Inocente de mí, esperaba que el programa propuesto les gustaría. Es más, la víspera, fantasioso, preví que los estudiantes me agradecerían la oportunidad de leer cosas como las que te dije.

No te imaginas el barullo que se armó. En la misma clase reclamos, protestas, una voz llena, firme, de profesor de gimnasia, se impuso sobre las demás:

–Queremos la definición del objeto. El programa habla de las contradicciones dialécticas de lo literario y de las estructuras del saber literario desde la sociedad feudal y su tránsito al capitalismo.

Era tajante y recibió aplausos y silbidos de aprobación. El tono limitaba con la agresión física. Estoy dispuesto a golpearte, decía debajo de "contradicciones dialécticas". Y cuando pronunciaba "sociedad feudal" se filtraba el anuncio fatal de un "me preparo a deshuesarte". No me quedó más refugio que mi única arma, la erudición, el tono neutro de profesor respetado sólo por lo que sabe. Hablé de que el Quijote fue escrito en una época donde algunos sitúan la metamorfosis del feuda-

59

lismo y quien lo deseara podía redactar su informe relacionando ambos fenómenos. De igual modo se podía analizar el poder creador del pueblo –no me atrevo a decir "proletariado"– a través de una compilación de tradición oral, como Las mil y una noches. O el subconsciente colectivo. O las formas de la libido. O la corrupción de las burocracias. Pensé que los había convencido. Pero no. Me equivoqué. Me equivoqué y ni siquiera me imaginé las consecuencias de mi error. La segunda clase del primer grupo fue el martes, después de la primera clase del segundo grupo. Ésa es la otra cosa: dictar la misma clase a dos grupos, decir un día y repetir al otro: yo soy incapaz de eso; a mí se me olvidan mis hipótesis de lectura –es decir, las teorías que mis alumnos escuchan con atención próxima al rebuzno– de un día para otro. Y esto no es falta de rigor, sino que los libros y yo y nuestra relación lector/texto cambian de un día para otro. Pregúntame a mí que intercalo a Neruda con *Piedra de sol*. Abrazo a mi amada.

Para resumirle al reportero: ayer había carteles por todo el lado del Departamento de Literatura. Sucede que soy reaccionario. Sucede que me exigen que cumpla con los programas universitarios. Además soy idiota útil de las clases dominantes. Todo eso está en cartelitos. Y en el tablero, cuando entré esta mañana, una caligrafía muy femenina había escrito: "rechazamos a los profesores frívolos y banales".

Ah, tú lo sabes, lo sentí como un elogio, como el más peligroso elogio que podía recibir, pues la fama de frívolo y banal es exactamente lo contrario al sistema de valores de la universidad, que exalta la solemnidad –así sea ella el disfraz del dogmatismo– y acepta el intrincamiento mental y la confusión como dignos sustitutos del endiosado valor de la profundidad. Ninguno de ellos sospecha que la más humana, la más auténtica de las profundidades, se encuentra en escritores que se negaban a aceptar teorías totalizadoras, que pertenecen al país de un escepticismo –a veces regocijante, a veces amargo– que me parece más coherente para entender el mundo que me rodea. Es más, casi siempre se trata de artistas que tenían que disfrazar con una sonrisa la agudeza de sus pensamientos y percepciones. Y son mucho más lúcidos que cualquier inventor de cosmovisiones interpretativas. Swift, Twain, Wilde, Cocteau, Cervantes, Cabrera Infante, Monterroso, Salinger. Frívolos y banales. Ninguno de ellos es Marcuse, o Lenin o Trotsky. Ni le dan al tobillo a Freud. Y me falta la eme de Marx.

En los cartelitos no paró todo, señor periodista. Ayer en la tarde fui citado por Juan David Jaramillo, alias doctor Probeta, vicerrector de la universidad. Hasta ayer, sólo había visto una vez a este personaje, dueño de todos los hilos y poderes de la universidad desde hace veinte años. Alguien, una tarde, me codeó señalándolo: mira, ahí va el doctor Probeta. Pero no le pude ver la cara, sólo la espalda de un señor que caminaba erguido, pausadamente, dándole cierta imponencia a cada paso, como admirándose de su poder de desplazamiento. Aun de espaldas, daba la impresión de que controlaba todo a su alrededor, que hasta los elementos físicos obedecían a este químico experto en explosivos, que en 1945 estaba con Von Braun ayudándole a fabricar cohetes. Después de la guerra volvió al país y al poco tiempo era vicerrector de la universidad. Hace más de veinte años detenta un poder absoluto. Frente a su oficina han desfilado rectores y rectores que no alteran su inconmovible —¿y eterno?— poder. Probeta les permite a los rectores hablar por teléfono con el ministro, hablar de política universitaria, dar declaraciones a la prensa y asistir a reuniones internacionales —que a él no le interesan— mientras él maneja la universidad. Tal vez por eso mismo, nunca ha aceptado ser rector. Que haya quien reine mientras él manda.

Juan David Jaramillo basa su enorme poder en una especie de mandarinato, un confucianismo práctico cuya teoría él ignora por completo hasta el punto de pensar que Confucio es un dios japonés. Esa falta de sistematización, sobretodo moral, le permite desplegar su poder con métodos propios de los mandarines. Te traduzco a términos menos eruditos y más vulgares: Juan David Jaramillo, sin subir la voz más allá de una especie de susurro que todos tienen que concentrarse para oír, controla el papel, la tiza, los equipos, los laboratorios, las bibliotecas, los trámites, los parqueaderos, las colecciones, los archivos, las cuentas, los contratos, el computador, las secretarias, los vehículos, los talleres, la imprenta, la piscina, los teléfonos, las copiadoras, las cocinas, la nómina y la expedición de copias auténticas de cualquier documento de la universidad, que es sin duda su más temido poder.

Ayer lo vi de frente por primera vez. Un cincuentón impecablemente peinado, impecablemente vestido de un azul oscuro, camisa de otro azul pálido y sobria corbata de un granate muy rojizo. No es muy alto pero aparenta más estatura por lo erguido que siempre está. Una sola expresión, siempre inalterable: la de una persona extremadamente ocupada, determinada a cumplir unos inextricables designios. Es un gesto tan permanente, que de seguro que el doctor Probeta duerme con cara de estar muy ocupado.

A este rostro le está vedada cualquier emoción. Ni te acoje ni te rechaza y esta neutralidad no es más que una forma de cosificarte. Frente a él, dudas de tu existencia. Lo grave es que alguien que no existe, está impedido para tener opiniones.

Con frecuencia, a manera de reflejo automático y repetitivo que convierte el movimiento en tic, el doctor Probeta se lleva la mano al nudo de la corbata, al parecer respondiendo a una obsesión de simetría que quiere registrar que todo esté en su puesto. Uno diría que con tanta compostura, no hay lugar a un brusco desplazamiento y, en efecto, allí estará siempre el bulto de tela, en el centro, incólume entre las alas del cuello. Pero la comprobación nunca es suficiente y allí volverá la mano maniática de esta estatua de cera, reflejando de manera gráfica su secreto: estar encima de cada cosa, hostigantemente encima, vigilante, acosante, inflexible para la acción y el veto, incansable. Éste es el personaje que descendió a la vulgar realidad de un profesor novato:

–Usted está creándole un problema a la universidad –comenzó, saltándose el saludo y señalándome un asiento–. Tengo aquí –agregó agarrando unos papeles– los programas de literatura y su propuesta de lecturas en Teoría literaria dos y le cuento que la universidad piensa que no coinciden.

Ahora descubría que el doctor Probeta no utilizaba la primera persona del singular, él no era un "yo", ni siquiera un "nosotros" episcopal y distante, él era nada menos que la universidad, definición que se podía intercambiar a manera de bustrofedón dialéctico en "la universidad soy yo". La universidad se dio una pausa mientras examinaba los papeles. La universidad hablaba en voz tan baja que tenía que hacer un esfuerzo para oírlo, cuestión que debe representar uno de sus placeres más permanentes y secretos. La universidad siguió hablando:

–Una simple confrontación de las lecturas que usted propone con los programas, indica que el Quijote se lee en Literatura española uno y que hay un seminario sobre Cervantes; que Rabelais, Stendhal y Víctor Hugo se estudian en Literatura francesa; que Cabrera Infante, Monterroso y Arreola se ven en Literatura latinoamericana. Y así todos, con excepción de escritores de libros para niños como Swift, Julio Verne, Mark Twain y Robert Louis Stevenson. Todo indica una actitud pueril y una innecesaria duplicación –se detuvo de nuevo. La diferencia entre este mutismo y su voz era mínima, un murmullo tajante, como un mosco que zumba contra una ventana y que produce intensos y efímeros silencios cada vez que choca contra el vidrio.

–De manera que...

–Perdón, no le oigo –me atreví a interrumpir.

–De manera que –recomenzó sin subir el volumen, con una especie de énfasis de verdugo– usted tiene que plegarse a su compromiso y dictar el programa de la universidad. Ya ha perdido dos clases, así que debe comenzar mañana con los temas de su curso.

Un breve y muy estudiado silencio durante el cual su mirada me hizo saber que se trataba de una orden inapelable. Luego añadió:

–Es todo –y se concentró en otro papel que tenía ante sí, sin esperar ninguna respuesta del insecto que estaba (¿estaba?) al frente. Asunto cancelado. El doctor Probeta atendía ya otro negocio con su eterna expresión reconcentrada, lejos de ese profesor joven, sin corbata (¿sin centro de gravedad?), que enseña cosas inútiles.

En definitiva, no pertenezco al universo moral de la gente que usa corbata. Somos especies zoológicas –y lógicas– diferentes. No los entiendo. Y les temo. La corbata es un símbolo de poder y, tomando en cuenta que el poder es, de por sí, una baja pasión, imagínate a qué grado domina esa baja pasión en una persona que exhibe tan impudorosamente su símbolo. Corolario: el poder de las mujeres, mucho mayor del que creen tener, es invisible porque ellas no usan corbata. Continúo.

Salí tan triste que no acataba a pensar en nada distinto de mi Raquel. Vine directo aquí y aquí la encontré y la abracé y la besé y suspiré como un adolescente con la mente en blanco. Hicimos el amor, con la lentitud, con la morosidad con que uno hace el amor como remedio para su propia tristeza o para su desconcierto más profundo.

Ahora tengo dos problemas jodidísimos: el primero es que estoy abocado a dictar seis horas semanales de unos asuntos que no me interesan, que en el fondo de mi alma me producen infinito desprecio y que, por lo tanto, me dan una pereza que tendré que superar a fuerza de tozudez y disciplina. El segundo problema es que estoy en la mira del doctor Probeta, que el doctor Probeta me tiene en su archivo de profesores con actitudes pueriles. ¿Me imaginas así? Con un abrazo muy pueril y con un beso de mi muchachita solamente para ti, sin ni siquiera con un pedacito para mí de ese beso exclusivo que te manda,

Luis

✉

DE ESTEBAN A LUIS
Medellín, domingo, marzo 5. 1972

Mi querido Luis pueril: Éste sería el último apellido que yo te pondría; no he dejado de reírme cuando me acuerdo del legendario Juan David Jaramillo, vitalicio poder de la universidad, de quien todos hemos oído cuentos –¿es verdad que odia que le digan doctor Probeta?– fumigándote con el adjetivo de "pueril". Tienes el consuelo –también pueril– de quedar al lado de los señores que quedaste, don Johnatan, don Julio, don Marcos, don Robert. Así, me pido ser pueril. En tu honor de experto en el modernismo, he fabricado la siguiente cuarteta:

Tuércele el cuello a la Probeta,
que el jardín se dedique a lo fútil
y que la universidad se meta
a enseñar todo lo inútil.

Aquí me interrumpo para disculparme por la tardanza en contestar. Supongo, conociéndote, que ya le encontraste el gusto a tus clases de Teoría de la Literatura dos.

Por lo demás, no creas que eres el único en volcar los problemas personales en nuestras cartas. También en mi vida provinciana suceden novedades y la última es una propuesta de trabajo que recibí. Como reportero radial llevo, tú lo sabes, el mismo tiempo que tú como profesor. Son dos años tragando realidad mientras tú habitas el delicioso útero de la universidad que te paga porque leas la *Canción del invierno en primavera*. Mientras tanto he asistido a escenarios de tragedias —inundaciones, deslizamientos, tiroteos, riñas—, he visto cadáveres, he entrevistado políticos, burócratas, celebridades locales y visitantes. Registré huelgas, eventos, desfiles, celebraciones. Asistí a asambleas de accionistas, a foros y saturé mi capacidad para oír discusiones y discursos. Me enteré, también, de los chismes más espantosos, de las más cínicas tropelías de todos estos personajes de zarzuela que componen la variopinta escena local.

Al salir de la universidad, pensaba reclamar parte de mi renta de hijo de rico y dedicarme a escribir. Te he repetido mucho lo que dijo mi padre cuando me atreví a proponérselo:

—Ni lo sueñe. El que escribe para comer, ni come ni escribe.

Y este comerciante pueblerino, este embajador de Fenicia que me engendró (ergo, de quien soy su engendro, su involuntario engendro) continuó con una larga cantaleta. Que él no iba a sostener vagos. Que tenía que ponerme a producir. Sabrás que, en sus labios, la palabra "producir" significa, unívocamente, ganar dinero.

Todavía lo veo paseándose por el salón de entrada de la casa. Acababa de llegar de un largo viaje, los maletines todavía yacían en la puerta a la espera de que algún criado los llevara a la alcoba, y él estalló al tropezar conmigo, irritado porque alguno de mis hermanos —unos sapos que nunca encontrarán la princesa que los bese, porque ella quedaría convertida en sapa— le delató en una de esas llamadas de negocios que mi progenitor —mi contragenitor— les hace desde Caracas o Amsterdam. Admito que la retahíla de mi padre no duró demasiado. No fueron más de cincuenta segundos en total. Sí, admito que no habló demasiado, pero te juro que es la conversación más larga que hemos tenido en mis veinticinco años de vida. Enseguida me notificó que mi hermano mayor, por instrucciones suyas, estaba encargado de encontrarme un oficio útil. Que hablara con él.

Terminé en esta emisora donde anuncian las empresas de mi quevediano Poderoso-caballero-es-don-papá, cuando me negué a trabajar en sus negocios porque era suficiente con ser su hijo como para pasar a ser también su propiedad.

Y me metí en esto que es una vorágine que no se detiene. A veces

65

comienzo a las seis de la mañana y a las ocho de la noche abandono este vertiginoso termómetro que no cesa de registrar noticias. Un trago. Otro. A veces una mujercita que se siente sola y que se deja consolar. Otras veces la rumba, la rumba que aquí está subiendo de temperatura de maneras nuevas para mí y que ya te contaré más detalladamente.

Así llevaba dos años cuando ayer me hicieron una oferta que, si la acepto, significará un cambio de rutinas y de intereses. Sin más preámbulos, te formulo una pregunta frívola, banal y pueril: ¿qué opinarías de que yo me dedicara al radio periodismo deportivo?

No, no me contestes. Piénsalo y respóndeme personalmente en un mes, cuando iré a Bogotá un fin de semana (ni modo de pedirte posada. En esa caja de herramientas donde vives no cabemos los tres, así ustedes dos sean modelos a escala, par de pigmeos).

Un cálido abrazo para ti y para Raquel.

Esteban

✉

DE LUIS A ESTEBAN
Bogotá, sábado, marzo 18 . 1972

Mi querido don Juan: Estamos felices de que vengas. Te esperamos ansiosamente. Esta carta es sólo para pedirte que me llames y me digas el día y la hora de tu viaje. Siempre aquí habrá un lugar para Juan Estorban. Aprovecho para acotar tu carta en los siguientes puntos:
- "¿Es verdad que odia que le digan doctor Probeta?". Creo que ésta califica para la lista de preguntas estúpidas, pero aún así te la contesto: no creo que le disguste que le digan doctor, y te aclaro que no voy a ser el atolondrado que ensaye a decirle "Probeta" para responder la otra mitad de tu tontísima pregunta.
- Tu estrofa tiene versos cojos. Te aconsejo que tu libro de poemas al no-ser sea en versos libres, pues rimando eres un fiasco.
- Desde ya tienes mi bendición para dedicarte a los deportes. Eso es como vivir de la poesía: de algo que le guste a uno. Y tú adoras esa vaina de veintidós tipos detrás de un balón. Raquel me preguntó un día que por qué no le dan un balón a cada uno y solucionan el problema.

• Me intrigan tus descubrimientos en la rumba. Si mi madre te oyera, pensaría que has inventado nuevas modalidades del pecado.

Pendientes de tu llegada, con un beso de Raquel y mi abrazo,

Luis

DE LUIS A ESTEBAN

Bogotá, sábado, abril 8 . 1972

Mi querido Juan Es-traban: "Los caballeros no se emborrachan, se encantan", decía Rubén Darío al segundo trago. No bebo mucho, pero qué sabroso es emborracharse una vez al año con un amigo. Fue delicioso ese alchólico fin de semana. Y con la otra novedad, no sólo para encantarse –como quería Rubén Darío–, sino para encannabitarse, que es lo mismo. No creo que sea algo que pueda hacerse todos los días, pero qué rica experiencia es esa dispersión de los sentidos, esa prolongación de cada segundo hasta hacer que el tiempo no pase. ¡Qué cambio! Cuando estábamos en bachillerato, "marihuanero" era una expresión para designar a un truhán callejero de la más baja estofa. Era el equivalente del atracador, de la rata. Años después, anónimo profesor y conocido reportero deliran de emoción con los colores de la música.

Somos –soy, yo más que tú– unos retardados generacionales. La virtud de mi madre me protege de algún modo, así no sea yo un puritano. En la universidad sobre todo en los últimos años, la yerba circulaba con amplitud y era inevitable tropezar con ella, abiertamente consumida, en las fiestas de estudiantes. Siempre observé que los fumadores, bajo el efecto del humo sagrado, se ensimismaban mirando al vacío, al parecer concentrados en la música o en una especie de des-yoización que los ponía a flotar, dispersos en el vacío etéreo que ocupa la distancia entre dos planetas. Me parecían bobos y aburridos, más cuando abandonaban su mutismo y lo cambiaban por una interminable risa tonta a propósito de alguna idiotez, que consideraban la mayor muestra de jocosidad sobre la tierra.

Ese espectáculo de bobaliconería me inhibió siempre a probarla. Yo no iba a parecer lo imbécil que lucía cualquier trabado de nuestras fiestas. Y también me inhibió la moda. Tengo resistencia contra la moda, contra lo que resulta haciendo –o leyendo, o vistiendo, o ¡fumando!– todo el mundo. Como en el bachillerato, cuando todos los alumnos amanecían con un yo-yo en la mano, y una semana después venían los campeones mundiales de yo-yo; al mes siguiente todos habían abandonado su yo-yo y estaban montados en patines. Por mi parte, siempre me negué a uniformarme, a acariciar el yo-yo en la temporada de yo-yo, a patinar cuando todos rodaban, a fumar marihuana en la época en que era un practicadísimo deporte universitario.

Ahora, cuando comienza a verse la cocaína en las fiestas, llegó el momento de probar la marihuana. Ahora, cuando se puede sacar una conclusión después de ver tanta gente trabada, una conclusión parcial pero importante, a saber, que de la utilización de ciertas drogas por los artistas –Huxley, Artaud, Barba-Jacob, Poe, Baudelaire, Michaux, Ernest Jünger, Walter Benjamin– no puede inferirse una relación causal entre la droga y la creación. Por un lado, en todos los casos había un talento, una mente en expansión. Por otro lado, dos proporciones lo confirman: la cantidad ínfima de creadores sobre la base del total de personas que usan drogas; y la poca cantidad de creadores que usan drogas sobre el total de los creadores. Sin contar la confirmación adicional de que no conocía –ni conozco– ninguna creación memorable de ninguna de las personas que he visto fumando marihuana. En la universidad hubo un grupo –que creció con los años– que, al contrario de pretender ocultarlo o siquiera intentar algún grado de discreción, más bien tendía a exhibir su gusto por la yerba. Se denotaba cierto placer en la transgresión, signo de los tiempos, transgresión convalidada por la confesión pública de John Lennon, o la aparatosa excarcelación de Mick Jagger o por lo que sucedía en los campus de Nueva York o San Francisco. Pero nunca ninguno de ellos mostró los frutos creativos de su cannabítica alucinación. En el grupo marihuanero más bien primaba cierta precaria relación con las obligaciones que imponían los cursos y una mediocridad específica, disuelta con facilidad en la mediocridad general, ese lodo compuesto de improvisación y desidia.

En todo caso, me siento bien a la penúltima moda, bajo la certeza de que no soy conejillo de indias. Nunca pertenecí a la vanguardia de tantas cruzadas que emprendió mi generación. Con la observación, aprendí que las vanguardias y las cruzadas producen mártires. Desde antes sabía que no tengo carne de mártir y cada día confirmo más que no existe una creencia que valga más que la vida de un hombre.

No entiendo, tampoco, cómo una planta tan inofensiva no sea legal. La sensación del viernes pasado –cuando, borrachito, la fumé por primera vez– no era de algo más fuerte que el alcohol, que es legal. Yo seguía, ante todo, ebrio. Tal vez la música me sonaba más desde dentro de mí, acaso la carcajada era más fácil, y más frágil la sutil –y ahora visible– cortina del tiempo, pero lo cierto es que la yerba se superponía como un adjetivo al sustantivo de la borrachera.

Después, el sábado por la tarde, cuando volví a fumar y quedaba sólo un malestar físico del alcohol, una somnolencia, sentí los efectos durante las dos o tres horas que duré despierto: un relajamiento general –que me condujo al sueño–, cierta demora de cada segundo, enredado en la música, la música invadiéndome por la piel, la conversación rebosante de juegos de palabras, de risas sin roces, de lenta euforia. Obviamente, como la natilla, no es algo que uno pueda probar todos los días –sería hostigante–, pero no produce una sensación tan subversiva ni tan alucinógena como para que esté prohibida y, sin duda, altera la percepción menos que el alcohol.

El daño adicional que genera la prohibición de la cannabis, es que queda situada del lado de los narcóticos que pertenecen a otros universos en términos de efecto sobre el cuerpo, de daño físico, de adicción, de inhabilidad para el trabajo. Con fumar marihuana –esa especie de yerba aromática– se viola el tabú de la prohibición; y la inhibición con respecto a drogas duras que existe por efecto de la prohibición, se deshace en humo.

Mi experiencia de novato me enseña que el efecto de la marihuana es muy limitado en cuanto a la alteración de la percepción –sin acercarse ni por asomo a una elación sagrada, que nunca sentí– y mucho menos en cuanto a la posibilidad de crear adicción física. Esto hace inexplicable que la generación de Viet Nam tenga que reivindicar tan agresivamente una planta que no merece la importancia que se le ha conferido. Estoy seguro de que, legalizada, sería un hábito tan exótico como el rapé o el tabaco de mascar.

En los sesenta y setenta se han producido unas revoluciones muy públicas y muy drásticas en asuntos que –ahí percibo mi desfase, mi valoración distinta– no son trascendentales. De la penicilina –que mató el horror a la sífilis– a la píldora –que acabó con el riesgo del embarazo– se completó la caída de los tabús. Somos los inventores de la promiscuidad. El sexo se ha convertido en algo importantísimo y se ha desligado del amor. A mí nunca me pareció así: tomo a la letra la expresión "hacer el amor", algo que, como su nombre lo indica, es imposible sin amor. Lo que sucedió con la liberación sexual consiste en que la ubicación de la moral ascendió unos centímetros, de los genitales a la panza, y los nuevos preceptos éticos se ordenan para la dieta.

Inofensiva, adjetiva, esporádica, mi tardía prueba de la cannabis tuvo el placer de la charla contigo, que me das tantas respuestas, que me propicias tan nuevas preguntas. Y el otro placer es el sueño de la traba; al principio un duermevela a oscuras, todavía con una parte de la conciencia en la vigilia alcohólica. Los ojos se cierran solos y veo paisajes de caleidoscopio, brillantes, variables, simétricos, multicolores. Entretanto el cuerpo se ha relajado hasta un punto en que no te quieres mover. Es como si el sueño te entrara por la punta del pie y fuera subiendo. En un instante preciso, basta que distensiones la barbilla y los músculos de la boca y quedas profundo, en un sueño que sólo interrumpirá el teléfono muchas horas después: la marihuana es, ante todo, un somnífero vegetal.

El pobre Barba-Jacob resulta excesivo y trivial cuando argumenta su perversidad con la marihuana. Soy un perdido, soy un marihuano. Después de probar la diabólica yerba de Porfirio, más bien me inclino a proponerla para preparar niños para la primera comunión. Y como cura para insomnes.

La experiencia no fue buena para Raquel. "Me gusta cómo huele", fue su comentario del sábado. Pero la víspera se enfermó como no lo había visto antes. Del estómago, de la cabeza. "Sentí que me moría", me dijo aludiendo al escalofrío que le dio antes de quedar dormida. Me contó que no oyó ni la música ni nuestra cháchara de borrachos que vieron la luz de la madrugada.

Enuncio la otra lección del fin de semana con el slogan de las llamadas telefónicas de larga distancia: "Telecom une a los colombianos". En definitiva, la familia es más llevadera vía Telecom que en la misma ciudad. No lo digo por mí; a mí me gusta estar en casa con mi madre. Pero es obvio que para Raquel es preferible el correo o el teléfono que el trato diario con la gente de su familia. ¿Te imaginas si viviéramos en Medellín, cómo serían las veladas con el cuñadito de Raquel que se nos apareció de regalo? Sin tener en cuenta el resto de la parentela. (Soy egoísta; a Raquel le debe ocurrir lo mismo con mi familia.) En cambio aquí, en Bogotá, no tenemos la obligación de ver a nadie, de visitar a nadie, de recibir a nadie.

No creas que me olvido de reclamarte tus poemas. Te oí, todo lo atento que pude, tu disquisición sobre la búsqueda poética. Y la he rumiado y rumiado. Y te concedo el beneficio de la duda acerca de lo tendencioso que puede ser un profesor que lee textos del modernismo y que, por lo tanto, piensa que el asunto de la poesía son las palabras y que cree en la autonomía del objeto verbal: del poema como realidad aparte. Por lo tanto, descartar el trato con las palabras como la materia de la poesía para centrar la búsqueda en el hallazgo de las esencias últimas (¿te estoy interpretando bien?) es desviarse a un problema propio de la filosofía. Y a un problema anacrónico, pues últimamente, además de padecer las exégesis marxistas, unos filósofos reptan en el nadir de la metafísica, reptan la rasa existencia sin esencia –bajo el riesgo inminente de amanecer convertidos en insectos o de ser poseídos eternamente por el delirio de empujar una piedra hasta la cima inalcanzada– y mirando al suelo con sus anteojos de fondos de botellas, se quejan del absurdo o no se quejan. Otros tratan de responder si es posible el conocimiento y muchos de esta especie comienzan señalando que la manera como yo enuncio el problema es tautológica. De manera que las esencias no están en el mercado filosófico, salvo para la historia, donde no pasan de ser una categorización aristotélica de puntos que hoy en día no parecen tan importantes.

Aun así, tolerante con los filósofos de provincia que se dedican a comentar fútbol, estoy pendiente de llegar a tu trabajo poético.

Raquel te manda un saludo tan especial, que mejor me voy. Y yo te envío un abrazo con la esperanza de verte muy pronto.

Luis

DE ESTEBAN A LUIS
Medellín, sábado, mayo 6. 1972

Mi querido Luis: Estoy feliz con mi nuevo trabajo. Me la paso viendo deportes, especialmente fútbol. Es divertido. La gente está de fiesta en estos escenarios, desprevenidos lamiendo un helado, bebiendo un refresco o una cerveza.

El nuevo oficio también me cambia las rutinas. El domingo estoy muy ocupado y, al contrario del resto de los mortales, es el único día de la semana en que no podría tener asueto.

No peleo más contigo acerca de la poesía. Añado, tan solo, que me tiene sin cuidado cuál sea la moda en la filosofía, que cambia de ortodoxia más que la medicina. ¿Qué discuten en Heidelberg, qué susurran en Oxford, qué sentencian en París los profesores? De paso, no te queda nada bien ese argumento en la misma carta en que escribes que estás a la penúltima moda. En filosofía, la penúltima moda pudo ser —si lo quieres— el vuelo ontológico de Hegel. En Hegel la esencia se denomina Absoluto. Por otra parte, la búsqueda del conocimiento fundamental no es monopolio exclusivo de la filosofía. Lo que afirmo es el fracaso del método argumentativo filosófico y la necesidad de arriesgar intuiciones. "No soy lector de soniditos", decía Macedonio Fernández de tu Rubén Darío. Con respecto a este punto, es mejor que esperes los poemas, que van con ésta, y ahí sí tu capacidad crítica puede poner a prueba mi tolerancia.

En contraprestación a todo este rollo, espero que me cuentes en tu próxima el planteo general de tu tesis de grado, que me pareció bastante atrevido cuando lo tocaste el sábado.

Fue delicioso estar contigo y con Raquel. Dos días me sirven para saber que le estorbo a los dos tortolitos y que dos noches son más de lo que pueden aguantar sin hacer el amor. Te salvó la propuesta de Raquel de que se bañaran juntos.

Me encanta Raquel. Como tantas mujeres pequeñitas, pertenece al género de la mujer-hormiga. Diligente, silenciosa, organizada, eficiente. En esa relojera donde ustedes viven, no se nota nada fuera de lugar. Y cocinando se destaca ese método, esa eficacia para todo. Igualita a ti. En el fondo, no podrías convivir con nadie distinto a doña Gabriela, la madre-hormiga, y creo que así es Raquel, la amante-hormiga, que te ama de verdad, como lo demostró cuando elogiaba tus espantosos espaguetis. Estuve esta semana en casa de tu madre. En compensación por tu nauseabundo remedo de un plato italiano, doña Gabriela me sirvió una sopita de plátano con ají casero, un pollo sudado con rodajas de papa y con una salsa espesa y consistente que traía la quintaesencia del sabor; y arroz blanco en su punto exacto. Exquisito. De remate, una deliciosa torta casera y un café cargado, espeso, para evitar la siesta con dignidad y para ayudar a una digestión plácida.

Doña Gabriela me hizo contarle mi visita a Bogotá. La borrachera del viernes quedó convertida en un "nos tomamos unos tragos". Riéndose me preguntó si habíamos cantado el himno nacional, en alusión al día de nuestra graduación de bachilleres, a las tres de la mañana, en la sala de su casa, oh júbilo inmortal, "cuando también se tomaron unos tragos", añade con malicia. Hoy todavía puedo ver a tu madre que se levantó a prepararnos "un caldito muchachos" después de que nos dijo que por favor, no cantáramos el himno tan duro, que la gente dormida no puede ponerse de pie como siempre obliga.

Tu madre me hizo describirle el apartamento cosa por cosa. Puso la cara que todo el mundo pone cuando le conté de la cama. Cecilia estuvo a raticos durante mi visita, pero allí estaba en el preciso momento de la explicación sobre el lecho y disparó la pregunta:

—¿Y cómo hacen el amor?

Menos mal tu madre le dijo "eso no se pregunta", porque de lo contrario habría oído que no los vi. O que no hacen el amor. O que tienen una ducha muy amplia. En todo caso, tú —hermano mayor— cuídale la virginidad a tu casta Cecilia.

Tienes razón en restarle importancia a la marihuana. Exageras un tris cuando dices que debe ser usada en la preparación de los niños para la primera comunión. En sí misma, es una planta inofensiva. Pero tiene un sentido simbólico. El florero era prescindible a la hora de organizar una comida para don Antonio Villavicencio, hace ciento sesenta y dos años. Pero tomó el carácter de símbolo. A mí me alegra que se produzca marihuana de buena calidad en este país. Cuando se legalice, tendremos un producto más de exportación. Mientras tanto, en la costa, la bonanza marimbera es pura rumba. Me contaron que uno de los nuevos ricos de la yerba está organizando la fiesta de los Vargas: Pedro Vargas, el mariachi Vargas, Chabela Vargas. El dinero llueve en Macondo.

Mientras tanto, en la rumba de este Valle de Aburrá irrumpe la cocaína: te has tomado tus destilados alcohólicos –o tus fermentados–, el mundo se empeña en demostrarte que da vueltas, la eterna dualidad de todo lo creado se te hace insoportablemente visible, y he aquí que aparece un polvito blanco que te clava el ancla, nada oscila ya más, y te otorga una lucidez y una habladera que te pueden familiarizar con el color del alba. ¿Sabes cuánto vale un gramo de coca en Nueva York y cuánto vale en Medellín? Sin mentirte, la diferencia puede ser de uno a cien.

Admito –salvo con respecto al sexo puro, libre de elementos extraños como la violencia o el amor– que asuntos como la droga o el pelo largo son trivialidades de la vida social. Lo importante de destacar es que, en virtud de la imbecilidad humana, la historia se va jalonando a punta de elementos adjetivos que la estupidez o la imaginación del hombre convierten en principales. Esto obedece a la debilidad para asumir los asuntos fundamentales, como la supervivencia en este planeta. ¿Por qué nos estamos gastando las reservas energéticas fungibles, como el petróleo? Porque una de las ideas fijas –y más tontas– que tiene el hombre es que es el rey de la creación; y que, como rey, puede hacer lo que le dé la gana con este jardín que gira alrededor del sol. Y mentiras. El hombre no es rey. Como mucho, vive como responsable de un planeta que le prestaron los hombres del futuro. Es un jardinero. Pero la riqueza de los ricos del mundo y el poder de los poderosos, impone que envenenemos el aire mientras el mundo entero discute sobre la marihuana.

Es curioso que un reportero deportivo sea más trascendental, más metafísico, que un profesor de Teoría de Literatura dos. Y más apocalíptico: cuando me acuerdo que sobre este planeta hay armas suficientes para destruirlo diez, cien, mil veces seguidas, percibo que estamos en las vísperas del final. Soy fatalista; creo que hay poderes secretos, hombres perversos que nos controlan –la ropa que vestimos, la música que oímos, nuestras opiniones– y que nos programan bajo esquemas que aniquilan toda libertad, toda posible expresión individual, y que pueden hacer predecible cualquier comportamiento humano. Ése es el otro atractivo que tiene el deporte: es la única cosa en que es difícil prever el resultado.

Abrazos para Raquel y para ti.
Esteban

✉

DE LUIS A ESTEBAN
Bogotá, lunes, mayo 29 . 1972

Mi querido Juan Esteban: Mi niña está enferma. Hace tres días tiene toda clase de males, de la garganta a la barriguita; a veces le sube la fiebre y le dan escalofríos. Vino un médico a declarar lo que ya sabíamos. Un virus. Cuidarse. Tomar tal y cual pastilla y esperar. A ratos duerme, pero la primera noche la diarrea y anoche la tos, no la dejaban dormir. Ni a mí, dedicado a tenerle bebidas calientes, cambiándole sábanas y piyamas que se empapaban de sudor cada doce horas.

Aquí sí que confirmo que la unión física no es más que una feliz culminación, algo más, destacable en intensidad, de esa forma que uno mismo toma con el amor. Expresado de la manera más egoísta: te necesito tanto, que no me puedes faltar, ni por ausencia, ni por enfermedad, ni por olvido. Te aseguro que puedo sentir sus síntomas y que el cuadro de mi preocupación por ella es tal (yo insistí, ante su oposición, en traer el médico) que en medio de su malestar, sonríe para tranquilizarme, para decirme, aunque no sea cierto, que está mejor.

Por el empeño de organizar la historia, te escribo su confidencia de la primera noche –más valdría decir "madrugada"–. Ya su pobre pancita estaba quieta, por fin dormía, sudorosa, con respiración afiebrada, mi niña dormía. Y, de súbito, se despierta llorando. Una pesadilla, una pesadilla sin argumento, la pesadilla delirante de la fiebre.

La tomo de la mano, le seco el sudor, le paso el agua, le limpio las lágrimas; mi pálida muñeca me cuenta que soñaba con su madre. La tranquilizo. Era solamente una pesadilla, un sueño con fiebre. Su cabeza contra mi pecho, mi mano deslizándose por su pelo. Se va apaciguando y con un "nunca te he hablado de mi madre", me contó la historia de Ester Fernández.

Raquel tenía diez años cuando su madre se fue con su sicoanalista. A ella no le dio tan duro. "Antes de irse, mamá me llamó aparte y me dijo que tenía que alejarse por motivos que yo entendería después, que siempre estaría conmigo, que se comunicaría. Cumplió y siempre se las arreglaba para comunicarse con nosotras sin que mi padre se diera cuenta. Así que la partida de mi madre no me trastornó tanto, acaso porque el afecto de mi padre y de mis hermanas se volcó sobre mí. Mi papá no toleraba que se mencionara a su esposa. Ella lo había abandonado y ésta era una humillación. Exhibía como defensa la ufanía masoquista de la víctima que afronta el deber con valor y resignación."

El matrimonio de los papás de Raquel iba bien hasta cuando doña Ester comenzó a beber más de la cuenta. Todos los días se tomaba un dry martini antes del almuerzo y, bajo diferentes pretextos para nuevos tragos, cuando oscurecía ya estaba bastante picada. Llegó a un punto en que el médico familiar la envió al sicoanalista en procura de una solución para su alcoholismo. A los pocos meses el doctor Arroyo estaba enamorado de Ester Fernández y ella de él. Y sicoanalista y paciente tiraron sus pasados por la borda y se vinieron a vivir juntos a Bogotá. Lo que sigue es una especie de teorema de la simetría: el sicoanalista enamorado hace una extraña trasferencia y cura del alcoholismo a su nueva mujer, pero se enferma él mismo y se convierte por varios años en un borrachito inveterado. Duraron poco en Bogotá. Como dos años. El sicoanalista abandonó su profesión y cuando logró dejar de beber, ya no tenía ningún interés por su oficio anterior. Se fueron a la Florida, él como un desmotivado médico de hospital, ella a trabajar en almacenes, y allí estaban, según Raquel, muy enamorados y vigilándose el uno al otro para no incurrir en una copa de licor.

Hacía varios años que Raquel no la veía. A veces recibía cartas, muy breves, muy afectuosas, con motivo de la navidad o del cumpleaños —y también sin motivo— diciéndole que se acordaba de ella. Y a veces recibía llamadas, pero no la había vuelto a ver. Claudia sí la había visitado varias veces, tenía un contacto más permanente con ella y, sin falta, le contaba en sus cartas alguna noticia de su madre. Don Rafael Uribe, o no sabía de estos esporádicos contactos de sus hijas con doña Ester, o no se daba por enterado. Lo principal es que no toleraba que le hablaran de su exmujer y él mismo no la mencionaba sino cuando era necesario y, en estos casos, se esforzaba en cancelar el tema con rapidez.

Raquel no tuvo mamá desde los diez años. Y, a pesar de que fue cuidada y atendida con mucho afecto por su padre y sus hermanas, ahora, el día que se enferma, se despierta sollozando y diciendo "mamá, mamá". Tendré que consentirla más y estar más pendiente de ella.

Son las seis de la tarde y el cielo está muy azul. De un tono claro, diurno, ha ido mezclándose con el negro de la noche. El viento enfría la tarde y mece los urapanes que van perdiendo su verde con la oscuridad y bailan con la brisa. Raquel duerme –o dormita– y de pronto descubro que no me he movido de aquí desde hace dos días con sus noches, y que no he hecho nada distinto de cuidar a mi niña y corregir unos pocos exámenes de fin de semestre. Menos mal que habían terminado las clases cuando cayó a la cama.

Ahora vienen las vacaciones, pero hemos decidido no movernos de Bogotá. Raquel tomará unos cursos de vacaciones y yo me encerraré a darle a mi tesis de maestría. ¿De veras quieres que te cuente de qué se trata? ¿Cierto que no? Me parece superfluo entrar en detalles: para eso espérate a que la escriba y la lees. Lo principal es la perspectiva histórica bajo la que quiero enfocar el asunto. Mi lectura parte del supuesto de que todavía estamos viviendo el gran cambio que significó el romanticismo. Que los movimientos posteriores –llámense simbolismo, modernismo, posmodernismo, vanguardias, surrealismo, expresionismo– no son más que episodios de ese gran movimiento espiritual, fruto del individualismo, que es el romanticismo. Para decírtelo como infortunadamente no lo puedo expresar en mi tesis, un historiador del año tres mil (ojalá entonces nos estudien los historiadores y no los arqueólogos, como lo implica tu visión apocalíptica) leerá nuestro siglo XX como una prolongación de la clase de hombres que surgieron en el XVIII y en el XIX, todos los cuales coinciden en sentirse "modernos". Románticos primero, como diría Roberto Ledesma.

Bajo esta perspectiva panorámica, el peso específico de cada cosa cambia con respecto al que tienen cuando se miran los ismos de los dos últimos siglos como corpus independientes de doctrina que van cancelándose unos a otros. Con mi enfoque, que evita esta fragmentación, el asunto se convierte en prevalencia de énfasis, en modificaciones formales, todo dentro de un conjunto de valores impuestos por el romanticismo.

Interrumpo. Una cucharada para la tos; un jarabe de olor almibarado. Tres palabras pronunciadas desde el sueño, media vuelta en la cama, y ha quedado de nuevo profundamente dormida. Creo que se despertó en un buen momento y que basta de mi tesis. En todo caso –ya le avisé por teléfono a mi madre, ya estoy de acuerdo con Raquel– pasaré estos dos meses próximos encerrado aquí, tratando de redondear un trabajo en el que, a lo mejor –y esto será accidental, pero nuevo– personajes como Rubén Darío, o José Asunción, o Vallejo, o Julián del Casal, o Huidobro, o Martí, terminarán viéndose como lo que son, el arquetipo del héroe romántico. Preveo que será delicioso. Trabajar día y noche y cocinar espaguetis para espanto de las visitas inoportunas. Y con mi muchachita, que ya tiene menos fiebre, y que saldrá únicamente a sus clases, a comprar algo de comida y a traerme con su cara y sus ojos y su pelo la dosis de sol que no tendré mientras permanezca aquí, atado a los versos de Rubén Darío.

Así que puedes estar tranquilo que no iré a esculcar en tu casa, a ver si descubro en tus papeles los famosos poemas que no llegaron con la carta, a pesar de que me los anunciabas en ella. ¿Se te olvidaron? ¿Venían en sobre aparte? ¿No los mandaste? ¿No los has escrito? Mi curiosidad no tiene límite, pero no podré llevar a cabo una inspección personal, así que me veo obligado a atenerme a tu palabra. La única manera de cancelar una discusión metafísica (cuando metafisiqueo, me siento un cretino): comprobando si los poemas son buenos.

En lo que tienes razón es en que yo tiendo a lo concreto –no la metafísica sino la patafísica: las leyes generales de un solo caso– y que tú no renuncias a los esquemas: el bueno, la mala (pueden faltar el bueno, el malo, pero la mala es fundamental), la niña, el galán, el terrible secreto familiar, el gran obstáculo, el viaje sin regreso, el sacrificio, la gran fortuna, el gran amor y vivieron muy felices.

Son como las ocho de la noche. Percibo la hora por el sonido de Bogotá. Si abro la ventana entre las seis y pasadas las siete, Bogotá suena con un ruido sordo, con un murmullo de motor lejano a toda máquina, como si un gran enjambre de avispas invisibles pasara cerrando oficinas, movilizando gente. Por ahí a las ocho el ronroneo baja de volumen y apenas se oyen carros aislados, individuales, superponiéndose al decreciente regurgitar sonoro.

Hace poco sonó el teléfono. A mí siempre me produce sobresaltos ese aberrante artefacto. De hecho, bien lo sabes, salvo que esperemos una llamada, lo mantenemos desconectado. Ahora funcionó porque olvidé desenchufarlo cuando hice un pedido a la droguería por la tarde. Así, con el timbre que retumbó en un apartamento donde no se puede acomodar ese sonido, se despertó mi Raquel. Era María Uribe para invitarnos a Cartagena una semana. Van ella, su marido, los cuatro niños y nosotros dos a un apartamento de dos alcobas. Hay una para nosotros y la chiquillería dormirá en la sala. Tenemos que pagar nuestros pasajes. Saldríamos la semana entrante. Raquel no necesitó consultar conmigo para decir que no. Su enfermedad, mi trabajo, el curso de vacaciones. No gracias. Saludes. Adiós. Me enteré cuando colgó. Todo lo que ambos queremos es estar aquí, en nuestro nidito, con nuestros trabajos y nuestra intimidad. Pero admito que mentí antes cuando me referí a los visitantes inoportunos. Prometo no prepararte pasta. Aparécete cuando quieras por ésta tu casa. Me retiro a la cocina a calentar un caldito para mi amada, a quien dejo en el micrófono. Con un abrazo,

Luis

Posdata de Raquel. Hola mi querido Esteban. Tengo un virus que de veras me vira y me devora. Pero pronto estaré completamente bien. Ya sabrás por Luis la invitación que nos hacen a Cartagena y que no la podemos aceptar: ¿por qué no te vas tú a gozar de la compañía de mi cuñado, ya que tanto la disfrutaste aquí? Mentiras: mejor ven a vernos muy pronto. Con un beso, Raquel

DE ESTEBAN A LUIS
Medellín, sábado, junio 10. 1972

Joven romántico: Ante todo discúlpame que, aun con tu conocida fobia al teléfono, te hubiera llamado cuando recibí tu carta. Pero quería saber de la salud de tu pequeña mujercita, que resultó de acero: ella misma contestó y mi sorpresa vino cuando me contó que ahora eres tú el que delira de fiebre y congestión nasal. También sabrás disculpar las llamadas posteriores, encaminadas únicamente a confirmar la noticia –como decimos los reporteros– de que el joven profesor, nuestro erudito en literatura finisecular, ha sido vencido por un virus analfabeta. Ignoro la trampa dialéctica que le pusiste a los bichos que te invadieron. De mi lado, comprobé que estabas curado cuando oí el habitual mal humor con que toda la vida has atendido el teléfono. Es como si te acabara de picar una de las avispas invisibles del enjambre que oyes desde tu apartamento.

Canceladas las alusiones a don Alejandro Graham Bell, dile a Raquel que no, que gracias por su amable invitación a Cartagena en compañía de su cuñadito. Por fortuna, estoy en los deportes y hasta ahora no he tropezado con él, como sería previsible, ofreciéndome una larga entrevista especial sobre el tema de moda, por ejemplo, el estancamiento de Antioquia, al que tipos como tu pariente concuñado (¡mierda!, ahí sí que te di una puñalada) llaman la decadencia de la raza. Imagínate, la raza. Como si esta mezcolanza dispareja y reciente de conversos y prófugos con africanos pudiera llamarse raza. Porque a los pobres indios los exterminaron, lo cual los hace merecedores del viejo mote que tanto los enorgullece, "los yankis de Suramérica". Y después siguieron con los indios vecinos, en el Sinú, mientras los parientes de los sinuanos que han sido desplazados por la ganadería extensiva, se consumen de malaria en las bananeras de Urabá, de propiedad, otra vez, de los ricos de Medellín, es decir, de "la raza". La definición de enfermedad tropical se la oí a un superexperto en salud pública, Antonio Ordóñez: enfermedad tropical es la que padecen los pobres en tierra caliente.

Yo tengo mi propia versión sobre la decadencia de este pueblo. Y perdona que la meta aquí, joven romántico, pero salto a ella por asociación cuando el tema es tu pariente. Convirtieron a Antioquia en Medellín y a Medellín en un hueco invisible, contaminado, habitado por campesinos gritones, acorralados, hacinados, sin trabajo, viendo crecer hijos e hijas que duermen y etcétera en un solo colchón que tiene la casa. Mientras tanto, los del cuento de la decadencia exaltan los valores rurales como símbolos de la raza –y déle con la raza– y contratan "obras de arte" –que tienen más de "sobras de arte"– que exaltan el maíz, el arriero, la madremonte, la minería, mitos anacrónicos para adornar una selva de concreto. Lo grave es que el monstruo se creció tragándose los pueblos vecinos y aniquilando las posibilidades de los demás pueblos, cuando ya había perdido todo oficio. Ya no es el epicentro agrícola que fue en la colonia, ni la pequeña ciudad de mineros o cafetaleros prósperos, ni la de instalaciones industriales para la cobertura del mercado nacional. Ya nadie que quiera poner una fábrica piensa en Medellín. Medellín no es cruce de caminos, nunca fue puerto y ya no es nada. Si no fuera por las olas, caramba, Santa Marta moriría. Créeme o no, asistimos a la muerte de una ciudad. Y las ciudades mueren lentamente, tanto, que cuando nosotros seamos abono de magnolias, todavía Medellín vivirá, pero podremos contar que vimos los primeros estertores de esta villa que nunca consolidó nada, que siempre ha sido habitada por tres clases de codiciosos, a saber, los futuros nuevos ricos, los nuevos ricos y los nuevos ricos en decadencia y que fueron ricos solamente por una generación, entre los que no falta el niñito bien que intente recuperar el honor perdido, enteramente fincado en la riqueza, llevándose una libra de coca para Miami.

Me conmovió mucho la historia de la madre de Raquel e, inevitablemente, la comparo con mi propia situación. Raquel adora a una madre que no vive con ella desde sus diez años; la adora porque siempre ha sentido su atención, su cariño, aun sin verla por muchos años. Mi experiencia cruel me dicta una hipótesis: a lo mejor es a causa de no verla que tanto la ama. Yo nací dieciocho años después de mi hermano más próximo. En verdad, no sé si debo mi existencia a las convicciones católicas de mis padres o a la dificultad que existía en Medellín en 1946 para conseguir un aborto sin riesgos. Si es difícil ahora, cómo sería entonces. Cuando vine al mundo fui abandonado a las sirvientas. Mis padres andaban ya en una vida que excluía el estorbo de un bebé. Siempre estuvo claro, incorporado al sabor de la más remota lactancia, que yo era alguien a quien no querían. Siempre fui un fastidio, una molestia. Yo no quiero a mis padres. Tampoco los odio. Hemos llegado a una reciprocidad absoluta: los exaspero y me exasperan. En ciertos momentos, hace tiempo, me hicieron sufrir. A ti te constan aquellos días de la adolescencia, cuando mis millonarios padres olvidaron dejar dinero para que yo comiera mientras ellos viajaban. No creo que fueran olvidos deliberados. Yo ni siquiera contaba. Nunca he contado. Y sospecho que, sin proponérmelo, los he hecho sufrir a ellos. Por lo menos les he estorbado siempre que regresan de sus eternos viajes, viajes que también me han ayudado a no odiarlos en reconocimiento por dejarme la casa sola, con todo y servidumbre, adonde puedo oír mi música a todo volumen. Y también ahora, remotas las noches de miedo a la oscuridad de un niño de cinco años abandonado en un caserón, lejos de los días de una adolescencia en que lo único que tenía era un amigo y el fútbol, reconozco que sumergido en este abandono explícito, en esa omisión que los capacitaba para mirar a través de mi cuerpo sin verme siquiera, aprendí mi soledad, me endurecí contra toda ternura fácil, aprendí a desconfiar del mundo y a no creer en los valores que representaban públicamente unos triunfadores en los negocios como mi padre, ese patricio que detesta a su hijo menor en los escasos momentos de su vida en que se le ha cruzado en el camino. Raquel –que ama a su madrecita– no tiene la culpa de que yo le gaste tiempo contigo a este tema que tengo resuelto hace mucho y ya no me quita el sueño que le arrebató a aquel niño y a este adolescente.

Tu reflexión sobre la palabra me ha calado y me obligó a replantearme todo mi proyecto poético. Tengo libretas y papelitos con montones de versos. Un arrume que crece en desorden y cantidad todos los días, a veces con la letra imposible de un borracho que ha registrado a oscuras entre un taxi en movimiento la verdad más definitiva y más lúcidamente pronunciada. Después, sometido el papelito a la simple prueba de la luz de la mañana –que coloca cada cosa en su sitio, según la ley de gravitación universal– la supuesta genialidad ética de medianoche resulta ser un insípido lugar común o, con más frecuencia, una frase incoherente.

Y, aunque no hablamos de eso explícitamente, le he dado vueltas al asunto hasta un punto, al menos un punto, que veo con claridad: no quiero ser un poeta que escribe como remedio contra la tristeza, la angustia o la soledad. O un poeta que se inspira cuando está borracho. Y sucede que con frecuencia estoy borracho y llego a casa y leo unos versos de Cernuda o de Guillén y, borracho, supongo que por leer tres versos geniales ya tengo aceitados mis mecanismos creativos y tomo papel y lápiz y escribo media frase y, borracho, me aburro del asunto y me voy a dormir con una grabación de Led Zeppelin a todo volumen.

De esta manera, sólo por una casualidad podré conseguir lo que quiero. Una poesía que, con el método intuitivo, penetre otros niveles de conocimiento. Puedo, sí, aprovechar en un ensamblaje los fragmentos que escribo. Pero lo esencial es un cambio de ideas y de hábitos con respecto a la certeza que me alumbra: una vigilia creativa, la voluntad de una obra consistente. Te estoy hablando de un proyecto que es novedad en esta parroquia, donde los poetas, en sus momentos iluminados, sólo producen epigramas. No renuncio a la iluminación, salgo en busca de ella. Te estoy hablando de un gran poema largo, de un poema río, de un texto-magma en el que me empeño, fiel a mis búsquedas anacrónicas, pero con una voluntad creativa que me permita lograr un texto desenvuelto en una estructura musical. Una estructura musical no muy complicada −al principio pensé en la forma sinfónica o de concierto sinfónico, por ejemplo el número uno de Tchaikovsky, pero eso rebasa el entrenamiento de taller que tengo−, así que por el momento estoy tratando de hacer una analogía verbal con la sonata *Claro de luna*, leit motiv del primer canto.

Aparte de un fundamento musical, el poema-magma funde en su corriente materiales de la más diversa procedencia que ni siquiera tiene la voz impersonal de la voluntad de ser, sino que es palabra desnuda, objeto de piedra y aire, de vísceras y de agua. Palabra y no voz: esto no descarta la elación lírica o la imprecación; a veces pienso que la imprecación viene de la tierra y flota en los ríos contaminados.

Entonces se trata de adoptar una forma verbal impersonal que efectúa una exploración en la noche. La asociación noctámbula con mi propósito, mi búsqueda de esencias ligada con nuevos caminos para alcanzar el conocimiento, es ahora clara y permite exploraciones por la vía de la imagen, de la enumeración y del collage. Además, tanto la estructura musical como el tema, obligan al desarrollo de un esquema dramático de búsqueda, prueba y desenlace que quiero usar deliberadamente con el fin de cuestionarlo: la aventura del Santo Grial, la aventura romántica por excelencia, debe ser destruida por una nueva fórmula de discernimiento en la que puede existir aventura, pero donde no hay héroes. Toda la capacidad de heroísmo se ha agotado en la supervivencia cotidiana.

Hace un mes que vuelvo práctica diaria esa "voluntad de poema" que me asedia. Horas fijas para escribir. Ejercicios de escritura. Y aparecen fragmentos que se ensamblarán, entrando en una pieza, en un mecanismo que funcione con una energía que salga de él mismo y que posea una unidad, un carácter único. Ahora soy más atrevido: para una versión mostrable del primer canto, dame un mes de plazo. Y para el poema entero, solicito un año. Por el momento trabajo con un título absolutamente clásico, *Nocturno*, que considero provisional.

Notarás mi entusiasmo, que puede ser excesivo con respecto a los resultados que consiga –eso tú lo dirás– pero que es corto con respecto a la diaria alegría que tengo al llegar a mi mesa de trabajo y en el silencio de esta casa escribir durante horas y horas.

Para que la envidia sea completa, debes saber que antenoche fui a comer a tu casa: sopa de arroz con menudencias de pollo, punta de anca, yuca sudada y lechugas con la mejor vinagreta que he comido en la vida. Dulce de guayaba, café y conversación con tu madre, siempre sobre ti. Tu pobre madre sólo tiene un defecto: cree que su hijo es perfecto. Ignora que eres profesor de Teoría de la Literatura dos y pariente de Maximiliano No-se-qué. Ese nombre tolera que uno se olvide del apellido.

De la conversación con doña Gabriela se me ocurre hacerte una pregunta a ti, que echas pestes de esta ciudad porque no hay lugar para que dos amantes puedan hacer el amor, una pregunta que aborda el problema por lo más simple: oye, cretino, ¿nunca se te ocurrió pasar la noche, o la tarde, con tu mujer, en la casa de doña Gabriela Pazos, encerrado en tu propio cuarto?

Como sé que te va a dar pena contestar esa pregunta, que te hará sentir un imbécil, mejor te dejo a solas, con el encargo de que le des un beso a Raquel. Tu amigo,

Esteban

DEL DIARIO DE ESTEBAN
Medellín, sábado, junio 10 . 1972

Estoy eufórico. Me gusta esa aventura que he emprendido. Todavía no logro un canto completo, pero tengo uno a punto y aún ignoro si será el primero en la secuencia de este *Nocturno*. Cómo me ayuda haber hablado con Luis. Y cómo me iluminan sus cartas, a veces con una luz que no es la que él proyecta, pero que de todos modos transforma mi visión. Este oficio cambia mis hábitos. Ensayé alcohol, coca y yerba, y ninguno ayuda a escribir. Reducen el tiempo de concentración y no compensan esto con intensidad y, más bien, conducen a una superficialidad que es lo contrario de lo que busco.

Las relaciones familiares son un enigma impenetrable. El misterio consiste en comprobar que Cecilia –ajena a ambos– es hija de doña Gabriela y hermana de Luis. Pueden enumerarse elementos que le hagan pensar a doña Gabriela que su hijo es la suma de las perfecciones. Buen estudiante, metódico con su tiempo y sus hábitos, de buen humor, en fin, alguien que no ha producido ningún trastorno a su madre y que nunca ha cometido ni siquiera una contravención. Pero no sé qué lleva a esa buena señora a ser tan generosa con su hija. Para doña Gabriela, Cecilia es perfecta:

–Nadie es tan hábil, tan rápido y a nadie le queda tan sabrosa la masa de las tortas, como a Cecilia. Le gusta mucho salir a cine y a reuniones y fiestas, pero siempre llega a la hora que me ha prometido.

Yo no entiendo. Me parece una vampira, una cabezahueca, ave nocturna de ésas que aparecen, muy hermosas y muy jóvenes, y con rapidez se marchitan y andan por ahí, florecitas ajadas, pálidas de tanto trasnocho y tanto vicio.

Más de las relaciones familiares. En la historia contada por Raquel-Luis, Ester Fernández es el arquetipo de la mujer que prefiere el amor al deber. Difícil decirlo de una manera más cursi. Y de pronto mi memoria retrocede y recuerdo una conversación de comedor de hace muchos años en mi casa, una de esas temporadas en que mis padres están en Medellín y, como siempre en esas ocasiones, está alguno de mis hermanos con su mujer, y todos conversan entre ellos y yo no desato palabra. Esa noche se comentaba el último escándalo social. Superescándalo. Era insólito que una señora de sociedad abandonara a su marido y se largara con otro, un personaje conocido, el sicoanalista de moda. En el comedor de mi casa, la mala era una mujer que dejaba tres hijas. Tal vez recuerdo todo esto porque siempre me interesé en los hijos sin padres, como yo. El malo, también, era el siquiatra que abusaba de su profesión para enamorar a una débil alcohólica. El mártir era el marido y las víctimas, tres niñas que se quedaban abandonadas.

Ahora, de nuevo vuelvo a oír la historia de labios de una de las "víctimas", de una de las hijas, y para ella la mala no es tan mala, es más, le tiene un gran cariño y todo el cuento coincide tan sólo en señalar al marido como mártir, acaso por la única razón de que él asumió ese rol desde el principio y es claro reconocerlo en él.

Ahora me atrevo a transcribir en este diario un fragmento del canto primero del *Nocturno*:

Naufraga el sol, entre colores se hunde llevándose el contorno
  preciso de las cosas,
se corren las cortinas de este cuento.
El azul era azul y es ahora negro.
Detrás de la pared negra de la noche queda el día: a veces, la grieta
  que abre un rayo deja ver la luz de tres de la tarde en la
  trastienda.
Pero ahora es la noche, dama negra, luna blanca, hora del
  sortilegio y del asalto, del dulce sueño, del huevo o la gallina.
Se dice que la noche habita en el fondo de los mares. La noche es
  líquida.
La noche es humedad, aguacero que se desata entre relámpagos,
  nubes ciegas que chocan en la oscuridad,
es pantano arrastrado por tinieblas,
la noche son los ríos depositando limo en los océanos,
la noche es humedad, sudor de cuerpos, saliva de lujuria, semen,
  savia reciclando oxígeno.

DE LUIS A ESTEBAN
Bogotá, jueves, junio 29 . 1972

Mi querido Juan Esteban: No pudieron los virus vencerme, como diría Gaitán Durán. Mi Raquel los derrotó en tres días y a mí me tuvieron una semana entera postrado en la cama. Ella me cuidó como un ángel de la guarda. Y me consintió. Ay, mi amigo, cómo la amo, cómo cambió mi vida. Ahora no entiendo cómo pude subsistir sin ella durante veinticinco años: sobreviví únicamente porque mis células adivinaban que ella aparecería, aunque yo no sabía nada. Vine a saberlo el día en que la conocí y soy feliz, completamente feliz, pero no entiendo cómo podría vivir sin ella, comer sin ella. Tengo todo lo que necesito, todo lo que quiero.

Después del famoso virus –que infectó el teléfono con tus llamadas siempre gratas– estuve bastante débil, pero pude trabajar con intensidad. Ahora redacto el capítulo final y tendré mi tesis, dos años de labor continua, el próximo 30 de julio.

Lo chistoso es que yo pensaba que el plazo de la universidad era hasta el final del año, y suponía que me había ganado un semestre, pero una carta muy seca vino a recordarme que "profesor Luis Jaramillo: la Universidad se permite notificarle que en su contrato de trabajo figura una cláusula mediante la cual usted se obliga a presentar su tesis de maestría antes del 30 de julio del presente año. Sírvase acreditar el cumplimiento de este requisito a más tardar en la fecha indicada".

Supones bien. Cuando habla la universidad, habla el doctor Probeta, y esto me preocupa. Sin trabajar con acoso, entregaré mi trabajo antes del 30. Eso no es problema. Pero veo a Juan David Jaramillo, el temible doctor Probeta, que me tiene entre ceja y ceja. Soy un profesor problema.

Vuelvo a leer tu último credo poético, tu punto de partida para escribir un poema largo. Eso me gusta mucho, principalmente que expreses con tanto énfasis esa voluntad de obra que te posee. Y también porque en Colombia decayó durante la última parte de este siglo la intención de hacer poemas largos, desde que aquí se escribió el más largo de todos, los 113.604 versos del poema de don Juan de Castellanos. Pero en el siglo XX no se han intentado en Colombia, como sí en México, donde se pueden enumerar la *Suave Patria*, de López Velarde; *Muerte sin fin*, de José Gorostiza; *Sinbad el varado*, de Owen; *Piedra de sol*, de Paz, en una larga tradición que parte de la Colonia y que aquí se perdió o que es tan marginal como Aurelio Martínez Mutis.

No quiero decir nada del argumento del canto primero que me mandas. No creo que sea suficiente, y más cuando forma parte de un poema largo, que debe leerse con otros parámetros. Creo, sí, que es un acierto ese metro alargado, versicular. No entiendo la relación del texto con la sonata de Beethoven. No puede ser algo literal. Tiene que ser una analogía, algo sin punto de comparación. Por favor, explícame.

Me molesta cómo te hieres con tu situación familiar. Dices que eso no te importa, pero en cada una de tus cartas encuentras el pretexto para referirte con desdén a tus padres. Lo duro, lo que a mí me duele, es que ese desdén también se extiende a ti, que hay parte de tu alma en carne viva. Y ya no es hora mi amigo. Ya todo pasó y tú demostraste que eras duro de pelar y de tan desolada infancia salió un tipo más o menos normal que tiene como única aberración la poesía. (Y la metafísica y las señoras casadas, añadiría si te quisiera extorsionar.)

Por lo menos no has tenido tentaciones más degradantes, como lo que contó una amiga de Raquel, la gorda Irene Medina: que en Miami está detenido el hijo de uno de los supergerentes de Medellín, uno de esos viejos que han sido eternos candidatos a gobernador y a ministro. Al muchacho lo agarraron con tres kilos de cocaína y está en un lío mayúsculo. Irene no quería contar de quien se trataba, pero se le zafó –¿intencionalmente?– el apodo de Ricitos. ¿Te acuerdas de Ricitos? En el colegio se creía superior a los mortales. A comienzos de curso, sin falta, llegaba con signos muy visibles –una camiseta, un bluyín– de que había pasado las vacaciones en Miami. Pues Ricitos corre el riesgo de veranear en Miami durante una larga temporada.

Bueno, joven reportero deportivo y poeta metafísico, suficiente atención te dedica este enamoradísimo profesor que ya casi tiene su maestría en literatura. Raquel te manda grandes saludos y una invitación a que vuelvas pronto. Con un abrazo,

Luis

P.D. Acabo de recibir una magnífica noticia. El señor director de *Eco* publicará un capítulo de mi tesis en su revista. Me citó en la librería donde trabaja y me entregó las pruebas de imprenta para que yo las corrija. Ahora que llegue mi bella niña voy a leerle en voz alta, para que me ayude con las pruebas de mi capítulo acerca de Rubén Darío y las vanguardias. Además de una información amplia sobre el asunto, el punto central del capítulo muestra que toda vanguardia, para serlo, tiene que fracasar. En la sacralización –creciente– de la originalidad como máximo valor en las artes, están surgiendo vanguardias cada cinco minutos, y casi todas mueren enseguida. Algunas sobreviven, y en su sobrevivencia automáticamente dejan de ser vanguardia y pasan a convertirse en ampliación o profundización de los paradigmas del romanticismo. Todo esto después del argumento más obvio: la originalidad, máxima aspiración de las vanguardias, es un valor romántico. Si ciertos especialistas, cada uno dueño de su verdad exclusiva, leen este artículo, de seguro habrá polémica. Vale. Luis

✉

DE ESTEBAN A LUIS
Medellín, sábado, julio 29 . 1972

Mi querido Maestro: ¿Es ése tu título, o se suman y te debo llamar "licenciado maestro"? O, para simplificar, ¿toleras que te llame Luis? ¿Reconoces ese nombre? ¿Puedo? Gracias, Luis. Celebro entrega tesis próximo título académico tapada boca doctor Probeta publicación revista *Eco* punto, abrazos, Esteban.

Sobra decirte que tengo enorme curiosidad de ver tu trabajo completo y cómo logras darle coherencia –¿lo logras?– a tan peregrina tesis. Prométeme que traes tu copia cuando vengas en diciembre a Medellín. ¿Regresará el licenciado-maestro a su tierra algún día, a ver a su madre y a su remoto amigo de la infancia? Apenas aparezca *Eco*, mándamela por correo, que ésa es una revista que sólo venden en la Buchholz y la envían a universidades alemanas. Te prometo que cuando sea grande, seré universidad alemana para recibir la revista que ahora te publica. Estoy feliz con esa noticia. Aparecer en *Eco* es consagratorio, mi querido Luis Eucaristía. Eres una hostia de la literatura. Estás consagrado. Te jodiste y yo estoy feliz de que todo vaya tan bien para ti.

Ya se sabía en Medellín el cuento de Ricitos. Parece que le seguían la pista desde viajes anteriores. Negoció con policías encubiertos e iba tan confiado, que llevaba la droga en la maleta, sin ningún disimulo. Ricitos debía creer que, como aquí es inmune a los efectos de la ley, allá también lo sería: No, mire, yo soy de muy buena familia y esta cocaína es para un té canasta con mis amigos de golf; ustedes, señores policías, dedíquense a la cocaína de la gente del barrio Antioquia, que para eso les pagamos. ¡El muy imbécil! El otro día contaron que es soltero y que hace tiempo salió con una de las hijas de don Rafa Uribe, una de las hermanas de, Raquel.

Al menos en un sentido literal, mi *Nocturno* quiere asociarse a la *Apassionata* –me cambié de sonata– y esa asociación literal tiene relación con el tiempo.

Debo interrumpirme aquí: este apoyo musical es un método de composición, un secreto del taller del poeta para conseguir objetos poéticos, universos de palabras. A pesar de que sigo la estructura –*allegro assai*, etcétera– de la *Apassionata*, ningún lector necesitará la ayuda de la música y no sospechará siquiera cómo lo hice, a no ser que tú lo reveles, caso en el cual yo diré que no se coman el cuento de ese licenciado maestro, que ése es el mismo loquito que cree que estamos en pleno romanticismo.

Volví a tu casa. Tu madre está feliz. Ya tiene el sitio de la pared donde va a colgar tu diploma de maestría, al lado de los de bachiller y licenciatura. Mierda, si eres un bachiller-licenciado-magister. Y ya comprometió a no se qué marquetero para que tenga moldura igual a la del marco de los otros diplomas. La euforia fue total cuando apareció en el comedor mi sopa favorita, la sopa de verduras. El resto del menú te lo imaginas: lengua cocida, puré de papas y el más maravilloso arroz blanco que conozco sobre la tierra.

Párrafo preocupado y entrometido. En la comida estuvo Cecilia. Después de tantos años, no tengo claro cuáles son tus sentimientos con Cecilia. Siempre que te he visto con ella, la tratas con una deferencia que tiene mucho de indiferencia, como si apenas la toleraras. Era alguien a quien había que hacerle las tareas y además explicárselas después. El otro Luis, esporádico pero real, es un Luis que está lejos de Cecilia, que se refiere a ella como "mi hermanita querida" con un afecto que nunca le he visto personalmente con ella. El caso es que a mí me preocupa mucho Cecilia. No sé nada de ella, ni siquiera estoy enterado de qué hace ahora, pero lo que observo no me gusta nada. Va demasiado a la moda, demasiado maquillada, demasiado perfumada, demasiado notoria. Y se ve en todos los sitios de moda. Al observarla, tan vampira, yo que la conocí de niña, me pregunto qué futuro quiere, qué persigue y, aunque no lo sé, no veo que vaya hacia nada favorable con esa vida que antes podía llamar "descocada" pero que, como andan ahora las narices, es más bien una vida "encocada", según sospecho.

Ya que mencioné la palabra narices, espero no haberlas metido donde no me corresponde. Como advierto que tú las metes regañándome por la forma como me refiero a mi familia. Y acaso tienes razón. Me aprovecho de las cartas que le escribo a mi mejor –a mi único– amigo, para exorcisar el demonio de la rabia que me produce el tema. Ahora que lo pienso, se trata siempre de una irritación retrospectiva: ¿cómo pudieron ser así de crueles con un niño indefenso? Y de ahí viene mi molestia, ante esa omisión sistemática con ese niño que sobrevivió por milagro. Ya no me hieren; miran a través de mí; veo más allá de su cuerpo atravesándolos con los ojos. No chocamos por una suerte de gravitación o tal vez por el tamaño de este caserón. Uno se va ablandando: la última vez que estuvieron en Medellín –ahora casi viven en Miami– los vi envejecidos. Él camina despacio, aún erguido. Ella tose mucho. Y me entró una especie de compasión, como si el tiempo se vengara en nombre de aquel niño y venciera la arrogancia de quienes nunca condescendieron a dirigirme la más mínima atención.

Por hoy, basta de hablar de esa cosa agridulce e incómoda que es la familia. Prefiero despedirme contándote que esta tarde me encuentro en la esquina de su casa con una dama muy especial, quien espera que me aproveche de su impudor de manera exhaustiva y que la sacuda, la ice y la estremezca hasta un punto que no puede alcanzar con un marido anónimo de quien se vengará a plenitud. Deséame que le saque a esta tarde todo el placer del mundo. Salud y saludos,

Esteban

✉

DE LUIS A ESTEBAN
Bogotá, domingo, septiembre 17. 1972

Juan Esperan: Me he portado mal contigo. Hace más de un mes tengo en lugar visible tu última carta que no contesto. Sucedió que después del esfuerzo final y de la entrega de la tesis, se apoderó de mí una especie de letargo, de incapacidad de hacer nada distinto a la inercia de las clases. Duermo diez horas diarias, hago el amor, converso con Raquel, oímos música: tenemos la manía de repetir y repetir un mismo disco durante varios días y luego cambiarlo por otro que se oye día y noche. Desde hace como un mes estamos con un disco de sonatas de Beethoven donde está tu *Apassionata*. Y con ella duermo y me arrullo.

Estaba así, en esa especie de autohipnosis que no me abandona, cuando antier volví a ser motivo de escándalo. Hay tres copias de mi tesis circulando entre tres jurados. Hace dos días el profesor Márquez, que lleva ciento catorce años como profesor de literatura española, montó en cólera pública contra mi tesis. Dice a voz en cuello por cafetería y corredores, en aulas y oficinas, que es una charlatanería. Hay otro que yo no conozco, que acaba de llegar de Europa, y que está encantado con mi trabajo; "original y refrescante", dice. Mientras éste ha opinado sólo cuando se lo preguntan, el profesor Márquez toma mi tesis como una ofensa a los más sagrados dogmas de la historia de la literatura y señala mi trabajo como una especie de burla que no toma en serio algunas teorías en boga. Como en los esquemas que te encantan, en este pequeño drama falta por conocer la opinión del tercer jurado, un cura retirado que es profesor de filosofía del arte; no lo conozco, pero desconfío de alguien que haya sido sacerdote de cualquier religión y también desconfío de los profesores de filosofía del arte. No me falta sino que se asome el doctor Probeta a derramar ácido sulfúrico en este cuento.

Entre el párrafo anterior y éste hay dos horas que me tomó ir a la librería Buchholz por el número de *Eco* con mi artículo, que va con ésta. Le conté al director la división de opiniones sobre mi tesis y me aconsejó que le mostrara la revista al profesor Márquez, que ha mandado más de diez artículos sin que le publiquen ninguno y se va encontrar en la revista un trabajo contra él que está peleando.

El examen de grado es en quince días y a mí ya se me olvidó qué digo en la tesis. Ay, qué cursi soy, amigo mío, pero mi única memoria es Raquel. Así que tendré que releerme completo para enfrentarme a don Pro, don Contra y don Cura. Cruza los dedos.

No te preocupes por Cecilia. A mi linda hermanita le encanta disfrazarse y a veces exagera la nota, en un gesto de tímida. Pero es buena. Créeme. No es descocada ni está encocada. Se esconde tras un disfraz para satisfacer su curiosidad de muchachita por los sitios de moda. Y te lo garantizo: sí la quiero muchísimo. No soy efusivo con ella. Nadie es efusivo con nadie en mi casa, pero todos nos queremos muchísimo.

En cambio me conmueves cuando escribes sobre tus padres. Es posible que tu exasperación sea retrospectiva, pero no es más que el rescoldo de una autocompasión que tú no mereces tenerte. Pobrecito el niño que ustedes no atendieron, no determinaron, no criaron. Pecados de omisión, que no son los pecados favoritos de la gente perversa. Dos viejos egoístas nada más. Un poco más egoístas que tú o que yo –quién sabe–, pero sin ningún otro baldón. No te tomaron en cuenta para amarte, pero tampoco para golpearte. Basta de conmiseración con ese niño, que no la merece. Me consta, pues fui su amigo, lo conocí. Y esa falta de atención creo que le sirvió para aprender muchas cosas. Por ejemplo, cocinar, lavar, planchar. Y para desarrollar algunas de las buenas cualidades que ahora tiene el adulto. Su independencia, su intuición de la gente, esa serenidad aprendida a punta de pesadillas infantiles y de los momentos de infinita tristeza que vienen con la adolescencia.

A propósito, qué distinto es el tono de las cartas. Se presta para confidencias que uno no se atrevería a intentar en una conversación. Por eso comprendo que tus padres no te obsesionen particular y cotidianamente y que tu veneno sea esporádico y se reconcentre en ciertos párrafos de tus cartas, ahora más moderadas, como esta última donde te conmueven los signos de vulnerabilidad que comienzan a dar tus padres. Todos vamos envejeciendo, amigo mío. A los veintiséis puedo contarte que el hombre crece hasta los veinticinco. Después se le empiezan a morir las células.

Con un abrazo para mi decrépito amigo –y con un beso de la hermosa muchacha que amo– se despide tu amigo,

Luis

✉

DE LUIS A ESTEBAN
Bogotá, domingo, octubre 15 . 1972

Mi querido Juan Estéreo: Hoy iba en un taxi por la tarde cuando oí tu voz comentando un partido de fútbol. No presté atención a lo que decías sino a la forma como lo decías. Me sorprendió tu aplomo, la seguridad con que pronuncias frases tan poéticas como "el visitante no penetró a predios enemigos" o "la defensa controló el terreno", que parecen sacadas de un manual de guerra. Y no es extraño: los torneos deportivos no son más que sustitutos de la guerra, sucedáneos de la agresividad colectiva.

Llegué directo a casa a escribirte, mientras espero que mi otra mitad regrese, pues anda donde una compañera haciendo una tarea. Así aprovecho para hacerte el prometido relato de mi examen de grado. Pero antes quiero advertirte que tus amables llamadas para preguntarme cómo me fue con los tres profesores, no te eximen de tus cartas. Hace rato te escribí y no sólo guardas silencio sino que me comprometes a hacerte una crónica de grado. No, amigo mío, me debes carta y tus cartas me hacen tanta falta, que no debería enviar ésta hasta cuando reciba una tuya.

Me das otra razón para odiar el teléfono. No tus llamadas, sino que la creciente facilidad para hacer llamadas de larga distancia lleva a la extinción del género epistolar. Ya la gente no se sienta varias horas ante el papel a inventar palabras para sus amigos, a especular, a hacer confidencias incitadas por el recogimiento de la escritura. Ahora levantas una bocina, saludas saludando un artefacto negro y mandas besos a través de un alambre metálico y gritas "aló, aló", mientras alguien –como cuenta Salinger– dice un "te amo" inaudible desde el otro lado de la línea. Suena el timbre y, como el perro de Pavlov, interrumpimos nuestra tarea, obedientes caminamos a tomar una bocina helada y decimos "aló" a la nada de una voz que interrumpe –siempre interrumpe– y que aún no sabemos a quién pertenece.

El teléfono acabará matando la correspondencia. Y pensar que todo buen poema no es más que una carta en versos y que las novelas que prefiero fueron escritas como quien le habla al oído a otro –o a sí mismo– de la misma manera que se habla en las cartas. Con la novela será cada vez más así, la novela como carta, como murmullo de una historia interior, de la manera como un alma se modifica con el tiempo; ésta será la novela de los novelistas y se dejará el relato de trama-nudo-desenlace para las computadoras, que rápidamente sustituirán a los libretistas de televisión. El otro día leí en una revista que en alguna universidad norteamericana –estamos en una época en que todo lo nuevo sucede en un campus de los Estados Unidos– programaron un computador para que escribiera una novela de intriga, amor, suspenso y pasión. La máquina escribió una obra maestra de la brevedad: "¡Dios mío! –dijo la marquesa– estoy embarazada y lo malo es que no sé de quién". Es lo mismo que decía Valéry, que él no escribiría novelas porque no veía ningún valor artístico en escribir "la marquesa salió a las cinco": y Cortázar, por joder, comenzó *Los premios* con esa frase.

Quedan las cartas, que un dogmatismo reduccionista, como es el estilo de ahora (verbi gratia, la historia es la historia de la lucha de clases, vamos de culos para el socialismo científico) podría proclamar como único género de la literatura, instancia de la poesía, del relato y del ensayo.

Ah, cómo me complazco diciendo herejías académicas después de aquel lunes 2 de octubre, hace quince días. A la hora fijada, cinco de la tarde, estaba yo en el salón de entrada. Llovió toda la tarde y desde hacía rato se escuchaba el rudo golpeteo de un aguacero, disculpa útil para los dos examinadores que aún no llegaban. Los atascones de vehículos, los ríos en las calles imposibles de cruzar, los semáforos se atrofian, los frenos fallan y se producen golpes entre carros que atrancan otros carros, los charcos humedecen las partes íntimas de los motores, que entonces se niegan a seguir en marcha. Todo es un caos y la habitual impuntualidad bogotana gana una disculpa fija, que no importa que sea verdadera o no, completa con un argumento el rito de llegar tarde. Todo nos llega tarde, hasta el examen, diría un Julio Flórez en este trance.

Yo apenas me mojé. En la tensión de la expectativa me fui caminando cuarenta cuadras desde acá hasta la universidad. Casi llegando me recibió una llovizna más bien refrescante, mezclada con ese aire frío de Bogotá que creo que es el mejor reconstituyente cerebral que existe.

Esperaba en el salón de entrada de la facultad cuando muy temprano, quince minutos antes de la hora, el profesor Márquez llegó con su maletín del período neolítico, apenas me miró para no saludarme, y siguió hacia el saloncito de juntas del director, donde sería el examen. Unos minutos después de la hora llegó Sanmartín, el profesor que sabía que estaba a mi favor. Entró cerrando un paraguas y me saludó con una leve inclinación de cabeza, sin detenerse en su camino hacia la sala donde se celebraría mi ejecución.

En ese momento se apoderaron de mí unas irresistibles ganas de orinar. Supe que no era ese reflejo de la vejiga que se puede aplazar un rato sin pensar en él; si no iba enseguida a un baño, o comenzaba a expeler chorritos de orina por las orejas o me orinaba en los pantalones, o ambas cosas. A esto se añadió uno de esos temores infantiles que siempre acompañaban eventos llenos de tensión, como los exámenes orales: y si mientras busco un baño llega el otro examinador y no me encuentran, ¿tendré qué esperar a que fijen una nueva fecha para dentro de dos o tres meses? Y lo peor: yo no llegué al examen y le sapean todo al doctor Probeta. En fin, mil fantasías aterradoras que, aún así, no lograban superar las irresistibles ganas de hacer pipí de inmediato. Me fui a buscar un WC y cuando regresé, aún no aparecía el fiel de la balanza, el cura López, el desconocido y nada cofiable profesor de filosofía del arte, cuya opinión sobre mi tesis nadie sabía. Pero ya no me importaba; me poseía un relajamiento físico tan placentero, que lo único que tenía interés para mí era haber salido de mi urgencia, de mi tortura en el bajo vientre.

Esperé otro rato. Márquez salió en cierto momento y me preguntó:

–El profesor López lleva casi una hora de retraso. ¿Sabe usted de él?

Cuando le dije que no, se dio media vuelta refunfuñando para sí algo que no alcancé a entender.

Escampó. Ya no se oía el tamborileo del aguacero. El tiempo comenzó a pasar más lentamente, cuando irrumpió en la puerta un individuo de unos cuarenta años, flaco, flaquísimo, chivera, gafas y una gabardina empapada, sacada del fondo de un baúl donde estaba doblada en un millón de pliegues desde la segunda guerra mundial. Eran más de las seis de la tarde y el delgadísimo profesor parecía muy consciente y muy preocupado con su retraso. Estaba, además, agitado por la larga carrera que pegó para llegar, apenas escampó. Se detuvo un momento para tomar aire y ahí me vio. A pesar de que nos encontrábamos como dos colegas que se saludan con un gesto en un corredor, nunca habíamos conversado. Sin embargo vino hasta mí y con mucha cordialidad me dijo:

–Perdone que lo haya hecho esperar tanto rato para una cosa tan aburridora como un examen. Me agarró el aguacero en la biblioteca y allá quedé sitiado sin poder llamar porque los teléfonos también se dañaron.

Le agradecí con un "muchas gracias", pero con toda el alma: en ese momento cualquier palabra amable significaba para mí una demostración de amistad y una gentileza que harto necesitaba. Después me dijo, poniendo esa cara de confidencia en que son expertos los curas:

—Y perdone también por tomarme la libertad de darle un pequeño consejo que, además, es confidencial: el profesor Márquez está muy irritado; me da la impresión de que hay algo oculto en la tesis —que yo no pude descubrir— que lo ofende y lo amarga. Mi consejo es que usted conserve la calma. Mi consejo es que en este examen no se deje arrastrar por la emoción, que mantenga control.

Era tan pública y tan permanente la diatriba del profesor Márquez contra mi tesis en las últimas semanas, que en todas mis cábalas de cómo sería el examen, sin darme cuenta, yo estaba cargado, listo a replicar, dispuesto a burlarme de mi antagonista en desquite por sus sátiras a mi tesis, dispuesto a colocarme en plan de gallito tan pronto comenzara la pelea. El consejo del cura López —¿por qué me lo dada?— me reveló que no se trataba del santo tribunal de la Inquisición practicando una ordalía. Y lo mejor: que yo, en frío, podía sustentar con idoneidad los puntos controvertidos de mi trabajo.

López me sonrió amistosamente, con una sonrisa curtida por el color y el aliento del tabaco, y siguió al salón donde me degollarían. Caminé detrás de él, pero fui detenido en la puerta con una señal. Vi cómo los tres examinadores cuchicheaban durante unos breves minutos que a mí me parecieron equivalentes a la eternidad.

En ese preciso momento sentí de nuevo, otra vez, unas irresistibles ganas de orinar. Como si mi tensión se licuara en la vejiga. Supe, también, que si entraba en ese estado iba a tener la mitad de mi cabeza concentrada en el control de los esfínteres y decidí volver al baño. Tres gotas mal contadas fueron esta segunda orinada, nada más. En cuanto regresé, los jurados con sus miradas me invitaron a seguir y a sentarme a la mesa alrededor de la que ellos estaban. En ese momento pensé en Raquel. En su insistencia en acompañarme. Era capaz hasta de orinar por mí. Pero yo le pedí que no viniera, que no perdiera clases por estar conmigo en una antesala. Pensé en ella como si invocara un oráculo, como la fuente toda de sabiduría y de lucidez que yo pudiera poseer.

Un primer round se refirió a la parte informativa de la tesis. Cada examinador me interrogaba una vez y así dieron tres vueltas para un total de nueve preguntas. El cura hacía las más eruditas y las más difíciles, pero yo me acordé de todo, de tal manera que los primeros minutos, cuando estaba más nervioso, me favorecieron. A medida que contestaba me sentía más seguro y más tranquilo. Después siguió una ronda más polémica, sobre los aspectos interpretativos. Sanmartín me pidió que hiciera una breve exposición de las tesis principales de mi trabajo. Luego Márquez tomó la palabra e hizo una larga disertación en contra de los puntos que yo acababa de exponer. Duró por lo menos treinta minutos. Cuando terminó, yo no sabía qué hacer. ¿Ese discurso era una pregunta? Y, en caso afirmativo, ¿cuál era la pregunta? Hubo un silencio que cortó Sanmartín para decirme:

–Sírvase referirse a la argumentación del profesor Márquez.

Estuve tan prudente que, ahora mismo, quince días después, no me reconozco. Comencé diciendo que, sin duda, la interpretación del modernismo que el profesor exponía era una de las teorías más aceptadas desde el punto de vista académico. Que tratándose de interpretaciones basadas en datos ciertos, no cabía hablar de que una cualquiera excluyera a las demás, sino más bien que su diferencia consistía en darle valor distinto a cada hecho. Añadí que la mía era una nueva versión que no intentaba oponerse a las tradicionales sino iluminar el asunto desde otro ángulo. Comparé el fenómeno con un escenario teatral que es iluminado por diferentes reflectores. Pues bien, el mío era un nuevo reflector colocado a mayor altura, para observar el modernismo en el contexto de la historia del espíritu. Con pedantería, hice referencias eruditas al término "moderno" y a su origen en el siglo XVII, justamente por el tiempo en que surgían las filosofías individualistas. Cuando terminé, arrancó de nuevo Márquez. Supe que lo tenía apabullado cuando no insistió en sus argumentos anteriores –la diferencia sustancial entre modernismo y romanticismo, las explícitas declaraciones antirrománticas de los modernistas, que yo comparé con las declaraciones antirrománticas de los románticos– sino que expuso el más tonto de los argumentos académicos, el más formal:

–Su tesis no tiene marco teórico.

Para los creyentes en la religión del marco teórico –los "marco-traficantes"– éste es un pecado capital. Usted puede haber descubierto el remedio contra la gripa, y demostrarlo, pero si no va un marco teórico con el remedio, el marcotraficante no le reconocerá eficacia, aunque ella sea evidente: después de todo la eficacia no es el fuerte del marcotráfico. Ni le parecerá "serio". Y eso sí es un pecado. No importa que sea cierto o falso, útil o inútil lo que usted haga: pero es esencial que sea serio. El valor académico por excelencia es la seriedad. La seriedad. Me he burlado tanto de los marcos teóricos que, por reflejo, ya iba a comenzar con mis ironías, cuando recordé el consejo del cura. Tenía que tener calma. Mientras me daba la orden de la ecuanimidad, mientras tomaba una bocanada de aire buscaba por donde empezar, Sanmartín se dio el lujo que yo no podía darme:

—Tal vez el profesor Márquez haya oído hablar de Fernand Braudel. Márquez —te lo he contado— es un viejo profesor de literatura española que ya está al borde de la jubilación. Sabe trozos enteros de Calderón, de Bécquer, de Machado, de Lorca. Pero es un analfabeta en cualquier otra cosa. Y Sanmartín es un maestro de la diplomacia. No le sacaba en cara su ignorancia, sino que le daba la oportunidad de confesarla. Y le ahorraba la confesión con un quite maestro al añadir:

—Braudel es un profesor de historia de la escuela francesa. Expuso la teoría de la larga duración; así como hay hechos de relevancia histórica que acontecen en breve tiempo —la corta duración—, así también hay fenómenos históricos que suceden en la larga duración, durante un período extenso. El ejemplo que se me ocurre es la transición de la sociedad feudal a nuevas formas de asociación humana. En general, los movimientos espirituales se desarrollan en la larga duración. Lo que quiero decir es que la tesis del señor Jaramillo está enmarcada en la teoría braudeliana de la larga duración.

—El profesor Sanmartín tiene razón —terció López—. Propongo aprobar la tesis, sugiriendo que se incluya una explicación breve de la teoría de la larga duración en la introducción del trabajo.

—De acuerdo —dijo Sanmartín.

Todos miramos al enemigo de la tesis. Estaba reducido hasta un punto que se necesitaba microscopio para poder verlo:

—... De acuerdo —musitó.

Un sol estalló en mi pecho, una tonelada de piedra que me oprimía el plexo solar se hizo humo. Toda la tensión de meses, se disipó en ese instante.

Los tres me dieron ritualmente su mano de felicitación, gesto que también llevaba consigo una especie de bienvenida al gremio, de saludo iniciático. El que más me conmovió fue Márquez.

—Las ciencias humanas no existirían sin la diversidad de opiniones. No comparto la suya, pero le reconozco que está coherentemente respaldada. Añada a la introducción unos párrafos sobre... sobre ...
—Braudel —lo auxilió Sanmartín.
El más efusivo fue el cura López. Ya saliendo, me invitó a un café que no podía eludir. Este cura es amable, es respetuoso conmigo, me busca y cuando estamos juntos —ésa y otra vez en los últimos quince días, lo que significa que batí mi marca personal de frecuencia de ver alguien desde que vivo en Bogotá— me hace sentir que le doy compañía, que disfruta de mi charla. Sin embargo, a mí no me gusta. Nuestra educación religiosa me volvió anticlerical. No me gustan los curas. No me gusta el gremio. Desconfío profundamente de los vendedores de creencias. Por eso me parecen tan clericales nuestros marxistas universitarios. Me entran sospechas cuando oigo un sonido específico, absolutamente reconocible, que es el tono de voz de cura. Un sonido ahuecado, una falsa inspiración, una grandilocuencia pausada, solemne. La voz de cura no está reservada para la predicación o la ceremonia. Hasta dando clases de anatomía o de química, un cura habla con voz de cura, como nos consta a ti y a mí por nuestra experiencia del colegio. El tono de cura no tiene cura. Oyendo los sermones de semana santa que sintoniza mi madre he comprobado, además, que el tono de cura es más acentuado a medida que se sube en la jerarquía, de manera que los obispos y arzobispos lo convierten, casi, en un monótono canto a capella. Sospecho que en el Vaticano tienen en cuenta esta habilidad para los ascensos. Entonces, a pesar de esa disponibilidad, a pesar de su ayuda en el examen, a pesar de esa voluntad que muestra de convertirse en amigo mío, por reflejo, yo siempre me pongo en guardia cuando me empieza a hablar.

Salíamos del recinto donde fue el examen, Sanmartín y Márquez adelante, López y yo atrás, y le estaba yo aceptando su invitación al cura, cuando héte aquí que diviso a Raquel entrando al edificio en ese preciso momento. Me temo que empujé a los examinadores que iban delante en el impulso incontenible por abrazar a mi mujercita y por contarle lo que había sucedido. No recuerdo bien lo que pasó entre el instante en que la vi y el momento en que tuve otra vez conciencia de mí mismo, ya abrazado a mi Raquel. Lo que observé, mirando por encima del hombro de mi muñeca, fue la sonrisa de mis tres examinadores, los tres, incluyendo al dueño de varias semanas de prédicas contra mi tesis. La gente adivina el amor cuando ve el encuentro de dos enamorados y se complace con el resplandor que sale de ellos, en esa fosforescencia que produce sonrisas de asentimiento a la vida.

En la puerta se repitió la ceremonia de despedida de Sanmartín y Márquez, entremezclada con la presentación de Raquel a ellos como mi mujer. López se quedó con nosotros para tomar el café prometido. Fuimos a uno de esos locales anónimos situados al frente de la universidad. Noté que López y Raquel congeniaron y llevaron el peso de la conversación. Esto me ahorraba palabras. Yo estaba vacío por dentro, a punto de salir flotando por el aire, distraído y muy cansado. Eran más de las ocho. Lloviznaba. El hambre nos atacó y el café fue el epílogo de unas empanadas que sustituyeron la comida de esa noche. Recuerdo las empanadas pero olvidé la conversación, de la que el cansancio me ausentaba. Recuerdo sensaciones. La risa de Raquel por algún chiste del cura, las ráfagas de viento que sacudían los árboles de la calle, mi mano sobre la pierna de Raquel, el cigarrillo del cura –siempre tiene uno en la mano o en la boca– su olor a tabaco, que parece venirle de los huesos. Lo demás lo tengo borrado.

El profesor López nos trajo hasta la casa. Al llegar, busqué los restos de tu última visita, media botella de ron. Eso necesitaba. Un trago. Y otro. Y acompáñame. El alcohol me reanimó lo suficiente como para contarle a Raquel, palabra por palabra, lo que pasó en el examen, y que hoy te resumí dándome cuenta de que olvidé casi todo. Que, como el recuerdo de la cafetería, el examen es ahora la observación de los tics del profesor Márquez –llevarse la mano a la oreja cada veintitrés segundos, mover la palma de la mano extendida recostando el dedo meñique contra la mesa, como si cortara papas mientras habla–, el color azul pastel de las paredes, el piso de baldosas formando arabescos, el eco que rebotaba en algún lugar visible y que le daba resonancia a cada palabra que allí se dijo. Pero esa noche repasé con mi niña cada gesto, cada frase del rito.

Hasta cuando llegamos a Braudel, que es la parte cómica de este cuento. Ya adivinaste, seguro, que nunca pensé en Braudel mientras escribía mi tesis. Lo mío eran conclusiones a partir de la observación inductiva: "Quién, que es, no es romántico", dijo Rubén. Braudel era una aparición, un regalo de Sanmartín en pleno examen. Al calor del roncito nos reímos de la suerte. Borrachitos buscamos el único libro de Braudel que yo he leído, hace tres milenios, hace mil olvidos, del que tengo un recuerdo muy grato y muy vago y que nunca tuve en cuenta para mi tesis. Entonces Raquel me recordó que el cura, muy amablemente, ofreció prestarme unos libros de Braudel.

Fue así como volví a ver al cura López. Lo busqué en la universidad, le solicité los libros y él se comprometió a llevármelos a la casa en la tarde de ayer a las cinco. Y a las cuatro, preciso, se largó uno de esos aguaceros del octubre bogotano y me quedé sitiado en la biblioteca, sin poder llegar a casa. Era mi venganza con López por su retardo el día de mi examen. También yo me retardé una hora. Por fortuna, me esperó un rato afuera, mi ángel de la guarda llegó y lo invitó a entrar a tomar café y a mirar caer la lluvia. Cuando abrí la puerta los encontré conversando entretenidísimos. Entré con facilidad en una charla que se prolongó hasta la tortilla que preparamos entre los tres a la hora de la comida. El cura resultó ser un excelente cocinero y un tipo con sentido del humor. Cuando se despidió nos quedamos conversando acerca de él. Le dije a Raquel que no me gustan ni los seminaristas, ni los curas, ni los excuras, ni los ordinarios del lugar, que son los obispos. Y le precisé el origen de mi prejuicio acerca de la voz de cura.

—Pero tienes que admitir dos cosas —me replicó mi muchachita—: una, que es muy buena gente, muy simpático y muy especial contigo y, dos, que le cae mal la misma gente de la universidad que a ti te cae mal.

Era verdad. La charla versó sobre la gente que conocemos y pudimos constatar, por los apuntes que afloran, por los chistes que arriesgamos, que nuestro juicio coincide. Contraataqué:

—¡Eh! Pero uno tiene que ser muy fanático para meterse a cura.

—Ése es tu prejuicio. Admite que es pura prevención tuya, tara de alumno de curas. Y si era un fanático, renunció a la sotana por razones muy humanas.

La miré interrogándola.

—Sí..., se salió de sacerdote porque se enamoró y quería casarse.

—Uy, te alcanzó a contar toda su biografía.

—Casi. También me contó que después de cuatro años de matrimonio, se está divorciando.

Raquel mostraba la compasión que tienes por alguien que te simpatiza. Estaba complacida de que aceptáramos su invitación de ir a comer en su casa la semana próxima, que yo apoyé con el exclusivo interés gastronómico en un pescado al horno que nos prometió. Estoy cansado. Llevo un montón de horas aquí sentado distrayendo el tiempo de la demora de Raquel. Cuando pasa algo así, me pongo nervioso como un adicto que necesita su dosis. Estoy enviciado con Raquel. Por fortuna, acaba de llamar a avisarme que ya viene. Eso me devuelve la calma. Repaso esta carta y observo que me extiendo demasiado. Termino, más bien, salvando del olvido una de las frases célebres que te oí pronunciar esta tarde: "con un cabezazo preciso, el hombre infló la red". Suena como un alejandrino.

Raquel te manda un beso y yo una palmada en la espalda, con mi afecto, Luis

III. Noviembre 1972 / abril 1973

DE RAQUEL A JUANA (*continuación*)
Bogotá, miércoles, noviembre 30 . 1983

En diciembre del 72 se graduó Luis y al día siguiente nos fuimos para Medellín. El grado fue una ceremonia más bien burocrática. Una cita con el decano para la entrega del diploma. Apenas para el estado de ánimo de Luis, que andaba triste y preocupado por Esteban: sus padres murieron en esos días con un intervalo como de una semana.

Todo el trámite del grado sirvió para que conociéramos a Germán López. Aparte de su familia, creo que soy la única persona que lo llama por su nombre de pila. Para todo el mundo es el cura López. Germán fue jurado en el examen de grado de Luis, le ayudó mucho –aquí la memoria me falla, creo que otro de los examinadores se oponía a aprobar la tesis– y casi contra la propia voluntad de Luis fue haciéndose su amigo y ganándose su confianza.

A mí me cayó bien desde el principio. Eso fue el día del examen de grado de Luis: a la salida, terminanos comiendo con él. Días después nos invitó a su casa –un apartamento repleto de libros y de papeles por todas partes– y allí sedujo la simpatía de Luis con sus dotes de cocinero. Nos anunció –aún ahora lo oigo decirlo– un pescado al horno y nos recibió con unos langostinos al ajillo.

Hoy tiene el mismo vicio de invitarte a un plato e, invariablemente, servir otro.

–Ven a mi casa que tengo un lomito con salsa bernaise –me dicta por el teléfono.

—Eso quiere decir que me vas a dar faisán —le contesto con un chiste que los años no han oxidado para la risa de ambos.
—No. Te prometo un lomito, ensalada y un poco de arroz.

Cuando llego, como es su costumbre, hay otra cosa.
—Oye, me prometiste un lomito.
No me escuchaste bien —contesta impávido sin anunciar la risa que vendrá después—. Te dije que conseguí un salmón fresco de puro milagro.

Seguimos siendo amigos y todavía en estos tiempos conversamos tardes enteras. Después de aquella prima que le quitó la sotana (y los pantalones), Germán ha tenido otras tres esposas en estos quince años, más otras damas momentáneas en finales e intervalos de sus matrimonios. Y, a pesar de que la pareja puede alejar a los amigos —y que el amigo siempre te espera al final de tu amor—, mi amistad con Germán nunca se alteró con sus cambios de mujeres.

—El único eterno es Dios. Es un imposible que el amor humano pueda ser eterno —repetía su chiste teológico, gracejo de creyente; Germán, retirado del ejercicio sacerdotal, no ha dejado de ser fervoroso practicante de un catolicismo que nunca menciona en público y que, con dificultad, trata en privado.

Al otro día de la graduación nos fuimos para Medellín. Mi Medellín de diciembre del 72 es la casa de Esteban. Y es, también, mi amistad con él. Luis llevaba el propósito de acompañar mucho a Esteban y cuando me habló del punto —más veces que las que acostumbraba, reflejando la preocupación por su amigo—, fruncía el ceño en un gesto que años después se convirtió en hábito.

Cuando llegamos a Medellín, ya Esteban había olvidado su luto. La primera noche, borrachito, dijo que, después de muertos, descubrió que sus padres siempre habían estado muertos para él. Y lo manifestó sin tono trágico, en medio de una conversación nos explicaba que, desde que se conoció, tenía la costumbre de colocar uno de sus discos a todo volumen apenas entraba a la casa; varias veces le sucedió que su padre o su madre se asomaran a reprimir el origen del estruendo, cuestión que lo habituó a averiguar previamente si sus padres estaban allí; la única diferencia consistía en que ahora no tenía que investigar si ellos habían llegado antes de colocar su rock a todo volumen.

La mansión donde Esteban era ahora único habitante es inmensa. Está rodeada de jardines y la entrada es un camino con árboles a lado y lado. Yo crecí en una casa grande, pero ésta es más grande que una casa grande. Un gran salón, corredores anchísimos alrededor de un gran patio, otro salón, la biblioteca, comedor para veinticuatro personas, laberíntica zona de servicios. Recintos superlativos, ostentosos, decorados con bronces, con pedroneles, canos, eladios. En otra ala están las habitaciones. Sólo entré a la de Esteban: construyéndole una cocina –que le cabe– es un apartamento completo.

Ahora, cuando Esteban era el único rey de este imperio, nos pasamos allí las vacaciones. Le hice una trampa a mi padre, inventada por el mismo Esteban.

–Digan que llegan un día después y pasan esa noche en mi casa.

Luis no necesitaba esa coartada. Esa noche comimos un espléndido banquete en casa de doña Gabriela y después partimos para los predios de Esteban. Luis le advirtió a su madre que yo había anunciado a mi padre que llegaría a Medellín al otro día, como si doña Gabriela fuera capaz de decir una mentira.

Esteban nos cedió su habitación y se alojó en otra. Nunca habíamos dormido en una cama tan ancha y tan distante del cielorraso, así que hicimos el amor como si estuviéramos encima de un campo de tenis por colchón. Nunca antes habíamos rodado como ahora podíamos en estas dimensiones superiores a nuestros hábitos. Pero estábamos tan acostumbrados a nuestro lecho, que amanecimos el uno contra el otro como si no existiera más espacio.

En esa temporada puedo localizar el origen verdadero de mi amistad con Esteban. Por la mañana –temprano– él mandaba al chofer por mí –vivíamos cerca– y nos quedábamos conversando hasta cuando Luis llegaba. Descubrimos gustos parecidos en música y teníamos una profesión en común, que para él era ya una rutina diaria y para mí apenas un sueño confuso. Después se nos unía Luis y mientras yo me quedaba horas en la piscina, ellos conversaban interminablemente. Al final de la temporada, Luis y yo decidimos pasar las noches juntos en casa de doña Gabriela. Cuando le avisé a mi padre por primera vez que no llegaría, puso cara de pocos amigos, pero se dejó convencer con mi argumento:

–Llevamos más de un año viviendo juntos. Sería peor que a estas alturas yo no quisiera pasar la noche con Luis.

Un año es sólo un parpadeo luminoso de la memoria. Algo más de catorce meses, hasta aquí, que se prolongarían aún varios años y que, más allá de lo anecdótico, no son un recuerdo coherente, ordenado –¿cómo era cada día?–, sino que aparece como un destello y como una determinada sensación física de dicha, una felicidad que estaba en todo el cuerpo, en la forma de tomar el aire, en la manera como lo descubrían la mirada o el oído, en el tacto de una piel, la piel amada, en fin, una sensación irrecuperable, que vuelve a la manera de carencia, como una amputación, y se aleja antes de volverla conciencia y de que pueda fijarla en palabras.

No conozco la seducción de la conquista. Durante varios años de encantamiento, la cotidiana seducción se operaba a partir de la aceptación previa del uno por el otro. Conquistábamos un territorio sin resistencia y, por lo tanto, sin incertidumbres. Nos dábamos el placer del coqueteo, del halago, del chiste privado, del jugueteo de la pareja enamorada. Juego sin reservas, sin prevenciones. Nos miramos y nos enamoramos y nos amancebamos en dos noches que duraron una noche de más de tres mil noches. Lo amé antes de saber sus costumbres, ni de dónde venía, ni su signo del zodiaco. Me amó a partir de esa primera mirada que nos cruzamos, antes de saber que soy zurda, que me gustan las novelas de Víctor Hugo, la limonada sin azúcar, las canciones de Aznavour y de Manzanero y los mariscos. Ya enamorados, lavando la ropa interior de ambos en el mismo lavamanos, nos fuimos enterando de nuestros hábitos, de nuestros gustos, y construimos un mundo de ambos, un planeta para dos, como decía Vonnegutt que es el amor. Y en medio de esos sucesivos descubrimientos, se operó esa seducción sin mentiras de quienes están viviendo un amor total en cada cosa que hacen.

Pero no conozco la seducción previa al amor. Esas faenas de juego felino con la presa, de coqueteo a ver qué resulta con alguien que simplemente te gusta, te atrae como piel, como manera de moverse. Aquí te pones y te quitas máscaras y perfumes; aquí te mientes: mis compañeras vivieron largos noviazgos de fachada: se compartía una vida social, se mentía con mentiras tan toleradas que ni siquiera se admitían como mentiras; en unos casos ella se negaba a acostarse con él hasta el matrimonio; en otros casos, crecientes, el deseo se adelantaba al altar. Pero siempre había un proceso de conquista de territorios no poseídos.

En aquella mecánica de coqueteo para el noviazgo o el matrimonio que se observaba a mi alrededor, no era posible una seducción más sutil, menos activa, ese acomodamiento del uno con el otro; por ejemplo las posibilidades eróticas de comprobar que a ambos nos gustaba la misma temperatura del agua en la ducha, la manera como se consolida la alianza a través de los odios comunes, como descubrir que ambos detestábamos la música andina o el olor del tabaco. Y lo más difícil –el amor nos hace olvidar ese tipo de dificultades– el acomodamiento en los gustos encontrados; es curioso: fue tan natural esa transacción en las divergencias de hábitos, que no puedo recordar casos concretos de concesiones que yo le hubiera hecho o que percibiera en él algún esfuerzo de convivencia que se impusiera como precio por todo lo demás que vivíamos. El ejemplo que se me ocurre, es la relación de dos amigos como Esteban y Luis que eran, más que amigos, hermanos, pero que nunca podrían vivir juntos; al uno le gusta la música a todo volumen; el otro la prefiere bajito. Esteban bebía y fumaba. El primero noctámbulo, el segundo diurno como las aves de corral. Te hablo de amigos que pueden ir juntos al fin del mundo, pero que no se aguantarían en la rutina diaria y que, a lo mejor, debilitarían su afecto con los roces de la convivencia en un solo espacio. Entre dos que se aman, como Luis y yo nos amábamos, ese aprendizaje se opera sin dificultad; ya ni recuerdo si dormía antes con las cortinas cerradas, el caso es que Luis nunca las cerraba; ignoro cuáles de mis hábitos y cuáles de mis gestos se modelaron ante el espejo de Luis. Qué le aprendí, qué cambió él en mí, qué modifiqué en él.

Al poco tiempo, avanzando el primer semestre del 73, me separé por primera vez de Luis. Él viajó por una semana a Estados Unidos invitado a una universidad y yo me quedé sola en Bogotá. Casi me enloquezco. Creí que no podría sobrevivir sin él. Oía su voz a medianoche, lo sentía dormir a mi lado, me llegaban vahos de su olor, me llamaba de pronto desde la cocina o el baño. Su ausencia era como una pesadilla. Fue tal mi desespero, que me aproveché de mi recién adquirida confianza con Esteban y le escribí una carta contándoselo; y después de que Luis llegó, recibí una carta parecida que él me había escrito cuando estaba lejos. (*Sigue.*)

DE ESTEBAN A LUIS
Medellín, sábado, noviembre 11 . 1972

Mi querido Luis: Hace quince días que mi padre está en la clínica. Todos los días voy un rato. Entro en la alcoba, lo saludo y le pregunto cómo sigue. "Regular", me contesta, y ahí desfallece la conversación. Ninguno tiene nada más que añadir. Entonces me retiro a la desnuda salita de muebles metálicos y allí leo dos o tres horas mientras cumplo con el deber impuesto por las costumbres. La situación tampoco me acerca a mi madre, a quien observo decaída. Sus ojos están hinchados de llorar. Claro, llevan mil años juntos y de pronto una enfermedad se lo arrebata y ella se siente desamparada y se encierra a llorar.

La situación propicia que descubra un rescoldo de cariño por ellos. O no, es más bien un cariño nuevo, teñido de compasión por su decadencia física. No te extrañes si te digo que el asunto me ha alterado mucho más de lo que yo mismo esperaría. Hasta el punto de que no he podido concentrarme a escribirte.

Aquí otro cuento que es el mismo cuento: en el periodismo deportivo radial se escribe poco. El trabajo se surte grabando entrevistas y contándole el cuento a un periodista que trabaja exclusivamente redactando. Por eso he perdido la capacidad de concentración para escribir y, por la noche, aquí en mi mesa de trabajo, no logro plasmar nada desde que mi padre está en el hospital. Cada noche me siento aquí, con tenacidad, frente al papel en blanco; pero termino llenando la hoja de dibujitos intrincados, único signo posible de mi confusión. Hasta hoy que, impulsado por la culpa, después de releer tus dos últimas cartas, trato de escribirte unos párrafos.

En estos momentos sí que son importantes tus cartas para mí; una forma, la más cálida, de compañía. Y más cuando, impunemente, decides quedarte en Bogotá durante el próximo diciembre. Tu madre tampoco te lo va a perdonar. Es más, es muy seguro que te borre de su testamento donde, adivino, te deja de herencia su fórmula secreta para preparar pastel de guayaba.

Si, como lo temo, el problema es tu nuevo motivo de odio a esta villa, a saber, que en Medellín no hay un lugar donde dos amantes se puedan acostar, te ofrezco dos alternativas: que pases las noches con Raquel en casa de tu madre; dos, yo consigo un apartamento que esté vacío en las horas del día; me comprometo.

Tu cuento del examen de tesis es muy divertido. ¿Cuándo es el grado? ¿Cómo es el grado? ¿Les ponen capa y toga? Si la respuesta a la última pregunta es afirmativa, te prometo que voy a la ceremonia. Mientras tanto, perdona que sea tan breve.

Te espero y, entretanto, va un beso para Raquel y un abrazo para ti.

Esteban

✉

DE LUIS A ESTEBAN
Bogotá, sábado, noviembre 18 . 1972

Mi muy querido Juan Esteban: El mismo día en que llega tu carta donde me escribes de la enfermedad de tu padre, hace diez minutos, me llamas para contarme que tu madre ha muerto.

Nunca la conocí. Apenas la vi de lejos algunas veces, sé de sobra tus relaciones con ella y, aun así, esto no obsta para que esté conmovido y preocupado por tu estado de ánimo. Y Raquel lloró pensando en ti.

No quiero imaginarme ninguno de tus sentimientos. Sé que son muy confusos y que se irán aclarando con el tiempo. En todo caso, no tienes por qué sentirte culpable por no haber pasado en tu casa la misma noche en que ella amaneció sin vida. Fue algo inesperado y repentino.

Tu amigo que siempre está contigo,

Luis

✉

DE LUIS A ESTEBAN
Bogotá, viernes, diciembre 1 . 1972

Mi querido Juan Esteban: Cuando recibí tu llamada esta mañana, no podía creerlo. Lo mejor que puedo pensar de tu padre es que se murió de amor. Me dices que cuando se enteró de la muerte de tu madre, ya no quiso vivir más. Se murió de amor y, pienses lo que pienses de él, esto es hermoso.

111

Siempre que hay una muerte, uno se tiene que repetir que la muerte existe para los que sobreviven, que para ellos es el dolor y ese sentimiento de impotencia ante lo único inevitable.

Desde aquí, sin poder acompañarte como quisiera, te mando un abrazo y te renuevo mi promesa de estar contigo muy pronto, en este mes de diciembre. Te pienso mucho.

Luis

✉

DEL DIARIO DE ESTEBAN
Medellín, domingo, diciembre 10. 1972

Trato de aclararme las cosas. De convertir en unos párrafos la confusión, los malos sueños, este aire espeso, esta tiniebla del alma, esta mirada gris, el horror de las ceremonias religiosas de estos días. La vida entera de resentimiento y de frustración que se me vino encima cuando la muerte le ganó la partida a una reconciliación que formaba parte de mis fantasías secretas. Allá, en el fondo de mi alma, en esa zona que uno mismo no admite como propia –compuesta de asuntos que no nos atrevemos a pensar– siempre conservé la esperanza de que llegaría un día en que tuviéramos alguna relación, que hubiera un guiño, una seña de cualquiera de ellos y que yo, con toda la represada necesidad de afecto que siempre tuve, sin reclamos, aceptaría con gusto. Pero la muerte se me adelantó. Siempre me sentí huérfano y, al revés de los demás huérfanos del mundo –que antes tuvieron y luego perdieron a sus padres para siempre– yo fui un huérfano con la eterna esperanza inalcanzada de dejar de serlo, de amanecer un día sonriendo con mi padre, oyéndole a mi madre un comentario amable. Y en quince días se liquidaron esas esperanzas. Ahora me queda una sensación agridulce, que no es justa conmigo, que tengo que matar a fuerza de crueldad con esos seres que tanto quise querer. Es posible que la voluntad de amar sin conseguirlo no sea otra cosa que el rencor. De no poderlos querer, los detesto, me exasperan.

El viernes 17 de noviembre amanecí en un hotel con una pájara triste que llegó conmigo de una fiesta multitudinaria. La borrachera fue salvaje y ninguno de los dos tenía cocaína para espantarla. En medio de la vorágine alcohólica se me acercó a decirme que estaba muy sola y que me deseaba. La arrastré a un hotel, pero allí nos dimos cuenta de que no podríamos hacer el amor en el estado en que estábamos y lo aplazamos para por la mañana. La mujercita amaneció llorona y culpable y todo el cuento fue un fiasco. Apresuré ese deber erótico tan ambivalente: ella quería, pero parte de su cuento consistía en hacerse la difícil, para lo cual tenía que fingir que no deseaba hacer el amor. Yo no quería, pero la situación convertía mi indiferencia en una ofensa y esto me obligaba a mostrarme solícito y seductor, como si de veras la deseara. Terminamos en un coito apresurado y sin gracia, de ésos en que tan pronto acabaste no quieres ver más a la dama y lo único que deseas es despedirte ya. Y así fue.

Llegué a la casa como a las once de la mañana del sábado con el peso de toda una noche de alcohol. Iba con todo ese vacío de sexo sin placer, pensando que yo no tenía ningún deseo de ese cuerpo que acababa de abrazar lánguidamente, que me había dejado tanto hastío, y mi mal humor aumentó cuando vi los carros de mis tres hermanos frente a la casa. Ahora, trasnochado, sin afeitar, con los ojos enrojecidos y una especie de fastidio íntimo, tendría que saludar a mis hermanos.

La noticia me la dio la mujer de mi hermano mayor con una brusquedad digna de la arpía codiciosa que siempre ha sido:

–Su mamá amaneció muerta y usted ni siquiera estaba aquí.

No le contesté, pero su marido la paró:

–Él no tenía obligación de estar aquí –y vino a abrazarme, a entregarme un poco de la tristeza inmensa que lo poseía.

Yo no entendía nada. Todos esos días –hace dos semanas de esto y parece que han pasado siglos– yo esperaba malas noticias de mi padre. Que de súbito me llamaran a la oficina o a la casa para avisarme que agonizaba. A mi madre la veía como un testigo, como la principal víctima de la enfermedad de mi padre, de su muerte que todos veíamos venir. Ella lloraba mucho. Lloraba encerrada en su cuarto y –a pesar de que su vanidad le imponía aplicarse remedios matutinos para deshincharse los párpados– era inevitable observar las huellas de ese largo llanto en su rostro. A media noche, cuando llegaba, la encontraba deambulando por la casa o sentada en una poltrona, a oscuras, vestida como si fuera a salir. Cuando no lograba eludirme, con voz enronquecida por el llanto me daba unas parcas "buenas noches". Se hacía mandar las comidas a su habitación y, a veces, venían las amigas, damas muy encopetadas llenas de joyas –compañeras de su juego de cartas semanal cuando estaba en Medellín–, o las mujeres de mis hermanos. Pero eran visitas silenciosas en que apenas se dejaba acompañar. Todas las tardes, después del almuerzo, se iba para la clínica. Se pasaba la tarde sentada al lado de la cama de mi padre, le tomaba la mano y así se quedaba durante horas. Mientras él estuvo en la clínica, nunca les oí hablar. Pero ella le adivinaba todo, como si él le pidiera lo que necesitaba con presiones de su mano, en un sutil juego del tacto. Así oscurecía sin que prendieran las luces, sin que casi se movieran.

Un día dejó de comer. Como desde el jueves. Me di cuenta por la mañana cuando observé que la bandeja con la comida de la noche estaba intacta, colocada al lado de su puerta. Pensé en la inapetencia que le producía la preocupación por mi padre. Pero era otra cosa. Tenía ganas de morirse. Como si adivinara que no podría sobrevivirlo. Sin él, el aire sería insuficiente. Tenía miedo de habitar un mundo donde no estuviera mi padre. No sé si esto era amor o si se trataba de ese acostumbramiento que es el más semejante sustituto del amor. O si era una división de tareas tan estricta entre uno y otro, de dos seres que siempre han permanecido juntos, que cuando uno de los dos presiente que el otro le va a faltar, se enfrenta al horror del vacío, a la impotencia para realizar por sí mismo las tareas que correspondían al otro, a la certeza de no poder ver una madrugada sin percibir la respiración de su otra mitad que duerme al lado. Se dejó morir. Renunció, incapaz de continuar en la brega del llanto y de esperar la muerte de mi padre. Bien podía ser un extraño gesto de egoísmo: permito que tengas el dolor de mi muerte, porque soy incapaz de sobrellevar el dolor de la tuya. O de valentía: ven, no temas a la muerte, yo te abro el camino, allá te espero cuando pierdas el miedo de morirte, que es lo único que te ata a la vida.

Y en la noche de ese viernes se durmió –presumo– con la intención de no despertarse nunca más.

Esa misma noche, yo había tomado ron por litros, dormí mal, como se duerme en un lugar extraño, des-hice el amor juntándome con una mujer triste y llegué avanzada la mañana siguiente, con cara de sonámbulo. El reclamo de mi cuñada de que yo no estaba ahí, me caló. Ahora pienso que era un conflicto que yo mismo me ponía para no pensar en lo principal, que mi madre estaba muerta. Me fui a mi cuarto y lloré. Bajo la ducha, afeitándome, vistiéndome como las circunstancias lo exigían, lloré. No era el llanto de amor por mi madre. Era un miserable llanto de lástima por mí, por haber perdido para siempre la esperanza de establecer una relación de cercanía que esa mujer engreída y elegante impidió toda la vida, desde cuando yo tenía la precaria memoria de un niño con pesadillas, con miedo a la oscuridad, y que no puede recurrir a nadie porque la madre está de viaje o ahí, pero remota, aunque habite en la misma casa.

El dolor se localiza en la boca del estómago, como si toda la tristeza se convirtiera en una materia sólida que presiona las vísceras y hace fuerza allí, entre el esófago y las ganas de vivir. Entre el hígado y el alma, decía Norman Mailer.

Cuando volví a la sala, ya mis hermanos habían convenido enterrarla esa misma tarde, avisando a unas pocas personas para evitar invitaciones a través de la prensa. Se trataba de una conspiración de silencio con mi padre. Temían por su vida si llegaba a enterarse de la muerte de mi madre. Así que siguió una vorágine de diligencias con médicos, funeraria, cura y cementerio, de la que no recuerdo nada. Sólo un sol rojizo de cinco de la tarde, una llovizna ligera cuando salíamos del cementerio, mis hermanos, sus mujeres y sus hijos metiéndose en sus carros apresuradamente, igual que los invitados y el chofer de mis padres llamándome con la bocina mientras yo miraba a todos lados, desamparado, sin transporte. Entre el carro venía toda la servidumbre de la casa, que devotamente asistía al entierro de la patrona.

Me llevaron a la casa de doña Gabriela. Tenía un hambre salvaje. Ella me dio comida y no preguntó nada cuando le dije que venía del entierro de mi madre. Ella sabe cómo eran mis relaciones con ellos y se limitó a respetar mi silencio y a satisfacer mi apetito. Cuando volví a la casa esa noche, abrí la puerta y mis pasos resonaron solitarios en el salón de entrada, supe que nada había cambiado, que la casa seguía tan vacía como cuando ella estaba viva, que podía estar de viaje o dormida, dos buenas metáforas de la muerte que mi madre representaba para mí mientras vivió.

Como tantas noches de mi vida, cuando llegaba a esta vacía casa de ricos donde yo era el único habitante junto con unas sirvientas que desde muy temprano se encerraban en sus habitaciones a ver telenovelas, fui hasta el salón principal y puse un disco de rock a todo volumen. Mi sistema secreto de meditación trascendental. Ensordecerme con los Rolling, con Pink Floyd, con Bowie y llegar a las alturas, las hondas, las profundas, las abismales alturas del conocimiento. El vacío de la mente, la supresión de todo pensamiento, de todo deseo, convirtiendo el cuerpo en una caja de resonancia, en un instrumento de percusión y sentir las vibraciones del sonido en las plantas de los pies y en los músculos del abdomen. Estuve allí muchas horas dejando repetir dos o tres veces cada cara de cada disco, impregnándome de música para lavar ese confuso día.

Esa noche, entredormido, recibí la madrugada pensando en mi madre. Hacía años la había odiado. Pero esto quedaba en las noches de terror o en los rápidos gestos de indiferencia que me hacía cuando yo era un niño. Ahora, y desde hacía tiempo, no sentía nada por ella, acaso cierta exasperación cuando volvía de alguno de sus sempiternos viajes. No me importaba demasiado, pero la prefería lejos que cruzándose conmigo a las horas de comidas y compadeciéndola por el esfuerzo que tenía que hacer para saludarme.

No la conocí. Nunca supe cómo era. Cerraba los ojos, ahora los vuelvo a cerrar, y veo a una mujer delgada, erguida, de pelo muy negro –es probable que ese color negro tan profundo fuera una secreta tintura de su peluquero de Nueva York o de Miami–, siempre muy bien puesta, elegante y muy sobria, más bien callada, abriendo la boca para dar órdenes a las criadas o al chofer, o al jardinero, nunca metida en la cocina, ni cosiendo, ni llevando a cabo por sí misma cualquier labor doméstica. Nunca le vi usar las manos más que para asir la baraja, la copa, el cigarrillo.

Recuerdo la adoración de mis hermanos por ella y el tintineo de su risa lejana mientras habla por teléfono con alguna de sus amigas, recuerdo el eterno cuchicheo entre mis padres. Ellos siempre estaban hablando en voz baja, cuando estaban solos o en esas grandes reuniones y comidas que organizaban –yo siempre llegaba a la mitad, sin tener idea de lo que ocurría–, cuando los veía llevando dos conversaciones al tiempo, una pública con sus invitados y otra privada, entre ellos, inaudible para los demás.

Pero detrás de esa fachada, de esa imagen, no poseo nada que la identifique más allá de las previsiones del zodiaco. Es una imagen de cartón, un alma que nunca pude asir, que nunca existió para mí.

Durante dos o tres días no me atreví a volver al hospital donde mi padre. Mis hermanos habían convenido ocultarle la muerte de mi madre. Decían que su estado de salud no resistiría la noticia. Y yo temía que él pudiera leer en mi cara la verdad de todo y que era inútil que tratara de evadir el asunto. Y así fue.

Al martes o miércoles siguiente volví a la clínica. Entré a saludarlo y él me hizo señas de que me acercara a la cama. Me dijo:

–Usted es el único que puede decirme la verdad. Sus hermanos me han contado que su mamá no ha vuelto por aquí porque ha estado un poco enferma. Yo no les creo...

Estaba muy débil y se dio una pausa. A mí se me encharcaron los ojos y sentí la boca seca, como si el desierto del Sahara estuviera situado entre mi lengua y mi paladar. Me miró y continuó:

–... No le voy a decir a nadie que fue usted, pero quiero que me confirme lo que ya sé: que ella murió.

Incapaz de hablar, le dije que sí con la cabeza y él, por primera vez en su vida, pronunció la palabra "gracias" dirigiéndose a mí con un contenido que iba más allá del gesto con que se recibe la pimienta que te pasan.

Esa tarde hizo llamar a un notario que se encerró con él por más de tres horas. Después entró el capellán del hospital que permaneció poco rato, pues no creo que mi padre sintiera culpas o pensara que alguno de sus actos pudiera ser pecado. Al otro día nos hizo ir a los cuatro hermanos al tiempo. Con la inocencia que sólo pueden fingir un actor o un negociante, nos preguntó cómo seguía mi madre y luego anunció sin dramatismo que presentía la muerte muy cerca. Lo que siguió fue una conferencia con instrucciones de negocios, tan fría y tan objetiva como todas sus cosas. Yo casi ni oía. Mis tres hermanos hacían una primera fila frente a él y yo, detrás de ellos, no alcanzaba a oír los detalles relacionados con propiedades y con inversiones. Cuando terminó, tajantemente nos mandó a todos a trabajar.

Dos noches después entró en coma hasta su muerte. Al contrario de los funerales de mi madre, éstos fueron un acontecimiento social. Hasta el gobernador apareció por la casa. Se moría un prócer de esta sociedad que ha convertido en héroes a los hombres capaces de enriquecerse. Era tanto el gentío, que nadie notó que yo estaba ahí, nadie se me acercó a darme un saludo, salvo el gerente de la emisora donde trabajo. Y algunos personajes locales, que he conocido en mi trabajo de periodista, miraban extrañados a un reportero que no relacionaban con la familia del finado.

Para mí, él era mucho más claro que mi madre. Su pasión dominante era el dinero y el dinero se conseguía madrugando a trabajar, comprando barato y vendiendo caro. Sus juicios sobre la gente medían el bolsillo y fluctuaban entre dos extremos: un pobre diablo que no tiene donde caerse muerto y un tipo muy respetable que está muy rico. Aunque estuviera predestinado a heredarlo, por mi falta de interés en los negocios, yo pertenecía para él a la primera categoría, y este juicio sobre el adulto Juan Esteban justificaba retrospectivamente su desprecio por el niño que yo había sido. Después he pensado que ese desprecio, esa indiferencia suya, que lo llevaban a omitirme, eran preferibles al trato de peones que les daba a mis hermanos mayores, representantes suyos en los negocios, que cambiaban el pánico que le tenían y las humillaciones que recibían y los gritos de sus órdenes, por el status y el dinero que les daban sus empresas.

La última sorpresa suya la recibí ayer cuando, a las cuatro y unos minutos, me llamó mi hermano mayor a la emisora para decirme que hacía una hora me esperaban en la notaría para abrir el testamento de mi padre. Le contesté que nadie me había avisado y él me reveló que lo sentía, pero que se le había olvidado y que ahora el notario exigía que yo estuviera presente.

Con mis padres muertos, pensé, no cambiaba la situación. Yo seguía siendo el excluido, el invasor, el que no contaba para nada. Y no era extraño. Nací dieciocho años después que el menor de ellos, cuando ya no vivían en la casa. El mayor ya estaba casado y los otros dos estudiaban en los Estados Unidos. De manera que ni siquiera viví nunca con ellos y nunca se había dado ningún acercamiento distinto a conversaciones de rutina. Para mí son tres señores muy aseñorados que trabajan como unos auténticos esclavos, ganan buenos sueldos que entregan a sus mujeres y no piensan nada distinto de su pobre rutina, por física incapacidad para hacerlo. Honrados y sin imaginación. Tenaces y mediocres. Los pobres se pusieron pálidos cuando resulté ser el más favorecido en el testamento. Al terminar la lectura, el abogado declaró que, en adelante, cualquier decisión en las empresas de mi padre requería necesariamente de mi aprobación. Para mis adentros, tuve la certeza de que esta preferencia se debía a que yo le había dado la noticia de la muerte de mi madre. Era su agradecimiento póstumo y yo debí haber sonreído.

Lo más repugnante fue el cambio súbito que se operó en las tres mujeres de mis hermanos. Antes eran tres señoras distantes y, ahora, después de oír al abogado, se disputaban invitándome a sus casas a comer. Con hipocresía, me impuse cierta urbanidad para negarme sin sarcasmos. Mis hermanos, en cambio, acostumbrados al miedo, apenas si me insinuaron que teníamos que hablar de negocios. "Otro día", les dije, argumentando que tenía que volver a la emisora.

Ahora se me ocurre que también pudo ser la última venganza de mi padre. Obviamente, esa venganza me engrandece a sus ojos de una manera que, según los antecedentes, no parece del todo posible: que admitiera, en un último gesto, que mi independencia era una actitud más digna que el servilismo de mis hermanos. Su arrogancia natural y el fundamentalismo de su carácter, le hacía proceder con avasallante seguridad en todo, convencido de lo que hacía de una manera que convertía cualquier discusión en algo superfluo y, por tal, inadmisible. Se trataba de comportamientos y de decisiones que no pasaban por su torrente verbal. Nacían como propósito puro y pasaban de la voluntad a la acción; sólo porque existen las órdenes –es decir, inducir a alguien a la acción–, existían las palabras. Ahora lo veo: no tenía creencias, tenía intereses; interés en que Dios estuviera de su lado y para eso cumplía estrictamente con sus contraprestaciones –misas y limosnas–, interés en que el estado estuviera de su lado, y con ese fin entregaba cheques para las campañas de todos los políticos.

No lo lloré y la noticia de su muerte fue la consumación de un propósito que se hizo delante de mí, que yo conocí desde antes y que confirmé cuando llamó al cura, al notario y a los hijos, como en el segundo acto de cualquier drama ya sabido. No lo lloré y no lo lloro. Si no hubo ese acercamiento que tanto deseé sin confesármelo, por lo menos se dio esa escena final, la de la claridad absoluta de nuestra distancia. Preguntarme si mi madre ya estaba muerta porque yo era el único que le diría la verdad, era decirme que reconocía que yo no lo quería, que yo no le diría la mentira piadosa que impone el afecto. Y, necesariamente, significaba su distancia atreviéndose a la pregunta.

Nada ha cambiado. Estoy tan solo como siempre estuve. No cuento con nadie. Mi única familia fue la de Luis, familia precaria, familia prestada. Y mi único hermano ha sido él, hermano desde ese día en que niños, nos hicimos ese juramento de sangre que nunca ha perdido importancia para mí, y cada vez más deja de ser un rito infantil para convertirse en el testimonio más fehaciente de solidaridad que he recibido en toda mi vida.

En todo caso, este doble golpe de los últimos días no me ha cambiado; no he sentido dolor, ni ningún vacío. La mayor alteración ha consistido en los ritos de la muerte, la funeraria, la iglesia, el cementerio, las caras de circunstancia, pero en el fondo nada distinto. Murieron antes de llegar a ser mis padres, perdieron la oportunidad de tener otro hijo. En mis peores momentos de la adolescencia pensé (y a lo mejor está escrito en algún cuaderno de este diario) que existo porque las técnicas para el aborto eran demasiado primitivas en 1946. No creo que la dificultad para encontrar un médico dispuesto a realizarlo fuera un obstáculo. Ellos viajaban desde entonces por todo el mundo y lo hubieran hallado en alguna parte. De feto, estuve por toda Europa y fui en barco de Nueva York hasta el Havre.

La poesía me ha consolado en estos días. No sirviéndome de ella como un vomitorio de todo este cuento, sino como un universo autónomo donde puedo alucinar de la misma manera que la música es capaz de llevarme con ella a un mundo sin tiempo. Sigo con mi nocturno:

Un piano. El piano que sostiene la luna.
Desde la luna oculta tras el monte, un piano leve, un piano ausente,
un piano que no puede con el azul del cielo.
Ya los árboles son negros pero no es negro el cielo
y la luna con su música de piano prepara sus ritos:
bendecir a la bruja, alargar su sombra cuando alargue la marea,
*   asistir como testigo de la muerte, parpadear en partos, coitos, brindis.*

La noche es una campana. Las voces que de día se ahogan entre
   voces, resuenan en la campana de la noche,
   igual que se amplifica el goteo del agua que de día se esconde entre
   albaraca.
Siempre se oyen los ladridos de los perros a la luna, a la luna pálida
   y la sirena que hace hermanas a patrullas y ambulancias golpea
   los tímpanos del insomnio con sonidos de muerte.
El silencio absoluto también aparece detrás de los fantasmas. El
   silencio entra en bodegas y en estadios, en mercados y oficinas.
El silencio se para en las esquinas donde los semáforos le dan
   órdenes a nadie.
Son las tres de la mañana y hace tiempo aprendimos que ésta es la
   hora permanente de las almas solitarias.
Nadie es el amo de la noche. No hay rey de las tinieblas. Demonios,
   brujas, seres voladores y sin nombre se disputan un trono que no
   existe.
En la oscuridad no hay un poder distinto que la misma oscuridad.
La sombra es una tinta que escribe los destinos, una tinta que
   mezcla con sangre y con alcohol, con semen y con la materia
   líquida del sueño.
El músculo duerme, la ambición descansa. Pero unos pocos
   sostienen con su vigilia los andamios de la noche,
algunos resisten pocas horas, el proyeccionista, el actor, el mesero
   el taxista; a las once los músicos trabajan. Intentan derrotar el
   silencio con los encantamientos de la música,
sonarán hasta la una y después declinarán en sueño o borrachera,
   sucumbirán al silencio de la noche.
Otros padecerán la agonía de pasar de claro en claro, condenados
   a ver la madrugada, a descubrir de nuevo el contorno de las
   cosas, vigilante y locutor, enfermera y policía,
la puta que venderá la noche de su sexo y el asaltante que viola
   cerraduras entre el carbón del aire.
También está la vigilia del insomnio, esa porción de locura que la
   noche le brinda a algunos condenados,
no pegar el ojo, luchar contra el sueño, ver un desfile de sombras,
   cambiar de posiciones en la cama sin caer en el sueño,

> sin caer en el sueño, pensando en nada con los músculos tensos
> como alambres
> hasta el instante mortal en que el gris se filtra entre cortinas y dice
> que llegó la cordura del día y que de nuevo ha ganado el
> insomnio.
> *Todas las noches son pedazos de una misma noche, una noche sin*
> *fin, un cilindro que gira eternamente.*

✉

DE LUIS A ESTEBAN
Bogotá, sábado, marzo 3 . 1973

Mi amigo: Todavía no salgo de mi sorpresa. Ayer me entregaron en la facultad una carta procedente de los Estados Unidos. Un profesor me dice que leyó mi artículo sobre Rubén Darío y que en la misma revista se enteró de que tengo un libro sobre el mismo tema. Me invita a exponer uno de los capítulos en un seminario que se realizaría el mes entrante en Saint Louis, Missouri. Imagínate. Logré engañar a los gringos.

La carta se quedó en manos del decano y, ayer por la tarde, por segunda vez en mi vida, fui citado a la oficina del vicerrector. A las cinco y media de la tarde me recibió el doctor Probeta con sus dedos revisando recurrentemente la perfectísima simetría del nudo de su corbata y su apariencia de maniquí, para decirme que me invitan con todo pagado, que tengo permiso de una semana y que cuidadito resuelvo cambiar el tema como es mi costumbre aquí. No me dejó hablar. Tan sólo quería hacerme saber que dependo de él. Que entre más de mil profesores, a mí me distingue por mi nombre y porque trato de hablar de temas distintos al programa de mis clases. Estoy feliz. Estoy feliz y tengo una enorme preocupación: ¿cómo voy a poder vivir sin Raquel? En poco más de un año no nos hemos separado ni un solo día y, de cada día, hemos estado juntos más de doce horas.

Nunca he salido de este país y no tengo ningún temor al respecto. Tampoco me da miedo el público de especialistas que voy a tener. Pero no sé cómo voy a sobrevivir sin mi muchachita. Todavía no tengo las fechas precisas del viaje, pero ya te estaré contando.

Necesito que me aconsejes qué capítulo llevo. Va un beso de Raquel y mi abrazo internacional.

  Luis

✉

DE ESTEBAN A LUIS
Medellín, viernes, marzo 16 . 1973

Señor catedrático: Puedes estar tranquilo que tu mujer sobrevivirá a tu ausencia y que los que te queremos estamos felices, incluyendo a Raquel. Y tu madre y tu hermana. Anoche estuve allá y ya sabían la buena nueva por tu llamada. Están contentísimas y quien oiga a doña Gabriela pensaría que tú eres una celebridad en todo Norteamérica. Cecilia hace la lista de las cosas que te va a encargar. Una enumeración que le hizo a tu madre advertirle que tú no vas de compras sino a dar una conferencia.

  Anoche también estaba presente otro personaje. Supongamos que te pregunto que si recuerdas a Moisés Zuluaga; estoy seguro de que me vas a contestar que no. Pero si me refiero a "Pelusa", de inmediato lo localizas en tu memoria del colegio.

  Pelusa era uno de esos personajes visibles. Su gloria personal consistía en que fue subcampeón departamental de motociclismo. Esto lo convertía en una celebridad en el colegio. Todo el mundo sabía quién era Pelusa. Iba como uno o dos cursos adelante de nosotros, pero tenía el hábito de perder años y lo alcanzamos y sobrepasamos. Supongo que no lo echaban porque era uno de esos malos estudiantes que no molestaban en clase, uno de esos vagos simpáticos que toleran los curas por razones no tan gratuitas −siempre pienso mal de los curas y tú me contagiaste esa alergia−: porque su papá era rico. ¿Lo era o es una calumnia mía? Por lo menos ostentaba una motocicleta y vestía con ropa cara. Mientras estuvo en el salón llevaba una chaqueta de cuero que todos queríamos. Yo estaba convencido de que si yo tuviera una chaqueta como ésa, de inmediato reencarnaría en piloto de la RAF en 1943. Y si no hubiera sido por esa chaqueta y por el ruido que alcanzaba a producir su moto, que era como la fanfarria de un vanidoso −ahora vengo yo− me hubiera olvidado completamente de ese personaje.

Anoche, en tu casa, no lo reconocí. Ni las varias veces que lo he visto en eventos sociales lo asocié con el Pelusa del colegio, ese fantasma indisolublemente ligado a una prenda de cuero negro y a la explosión aturdidora de una motocicleta de hace un montón de años. Mientras él estuvo en tu casa, no lo relacioné con el Pelusa de mi memoria. Yo acababa de conocer a un tipo llamado Moisés Zuluaga, un individuo sin nombre que vi antes en galerías, conciertos y lugares "in". Él tampoco me reconoció, o no lo dijo. Comió con nosotros y, apenas se tomó el café, se despidió. Cuando partió, se oyó una explosión, esa típica notificación de yo-existo que los motociclistas le hacen a quien se encuentre en un radio de doscientos metros cuando prenden el motor de una patada.

El Moisés que conocí anoche, el que no estaba marcado por mi recuerdo de Pelusa, es un tipo alto, que saca pecho cuando camina, de pelo claro, cara redonda y una sonrisa muy agradable hasta el instante en que empiezas a sospechar que no se trata de la manifestación de un espíritu alegre, sino del gesto estudiado de alguien que se cree muy hermoso. Y lo es. Sólo que cómo afea la ufanía de la propia belleza. El tipo se siente un adonis. Peinado –o despeinado– cuidadosamente. Vestido a la moda con el mejor gusto. Y bastante silencioso, sospecho que porque no tiene nada que decir.

Después de que se fue, Cecilia me dijo en palabras lo que era obvio para mí, que Pelusa le encanta, que ella le gusta al tipo y que están saliendo juntos hace como un mes. Asumiendo el papel de suegro –cuestión que tu madre se encargó de anotar– pregunté a qué se dedica Moisés Zuluaga y me contestó con uno de esos ambiguos "trabaja con el papá", que uno se queda sin saber si se trata de un vago encubierto por un sueldo de la empresa familiar o de un tipo dedicado a entrenarse a conciencia en los negocios de su padre. Heredero, otro heredero, y en mi condición actual no debería yo decirlo, pero eso es un estigma en una sociedad donde ninguna fortuna ha durado más de tres generaciones.

Como ves, ejerzo de hermano mayor en tu ausencia. De hermano mayor de tu hermana y también como tu hermano mayor, a pesar de que naciste unos pocos meses antes que yo. Ejerzo para advertirte que leas cualquier capítulo de tu tesis menos dos: uno, el que ya publicaste –supongo que está al alcance de los especialistas que concurren a congresos de profesores de literatura– y, dos, el que se refiere a las relaciones de

Rubén Darío con la poesía francesa −"en París reinan el amor y el genio", dice el epígrafe del mismo Rubén− por una razón de honestidad intelectual: tu francés, me consta, a pesar de que es mejor leído que hablado, no es lo suficientemente bueno como para decir que estás sobre terreno conocido. No dominas el contexto de la literatura francesa. No quiero decir que el capítulo sea malo. Por el contrario, utiliza muy bien las fuentes, pero es el punto en que tienes menos instrumentos y referencias.

A veces temo darte consejos: no recuerdo que hayas seguido ninguno en la vida. A lo mejor por eso te ha ido tan bien.

Superfluo agregar que me traigas un disquito de rock. Ya conoces mis bajas pasiones. Con un abrazo para ti y un beso para Raquel.

Esteban

✉

DE LUIS A RAQUEL
San Luis, Missouri, lunes, abril 2 . 1973

Mi amor: desde el día en que te conocí no había estado ni un solo día sin ti. Por las noches me despierto asustado, palpando el vacío donde no estás.

Te extraño. Me haces falta en todos los instantes. Quisiera tenerte a mi lado cuando camino por el campus de la universidad. Siento que tus dedos no estén entrelazados con los míos cuando descubro un paisaje del Magdalena firmado por Church en el museo de la universidad. Te ansío a mi lado cuando miro el atardecer en Miami.

Por carta uno se permite tonos y temas que no son fáciles en la conversación. No me imagino a mí mismo diciéndote que tu madre es una mujer encantadora, que es una mujer feliz. Que me trató con confianza, con deferencia. Que hizo muy gratas las horas que estuve con ella y con su marido. Por eso te lo digo por escrito en esta carta que puede ser que reciba yo mismo en nuestra casa o que a lo mejor se pierda para siempre en los vericuetos de los correos.

Llegaré el sábado a encerrarme contigo hasta el lunes. A mirarte, a tocarte, a olerte, a pasarte mi lengua por tu cuerpo, a degustarte. A cerciorarme con los cinco sentidos de que estás ahí, al alcance de mi brazo.

A oír tus historias. A hacernos el amor interminablemente. A dormir contigo a mi lado, dándome el calor que necesito para descansar sumergido en el líquido del sueño.

Anoche me descubrí diciéndote que había coca-cola en la nevera de la habitación; necesité que no me contestaras para darme cuenta de que deliro por ti. Esta mañana la ilusión –¿será ilusión?– fue al contrario: me desperté porque oí tu voz que decía: "son las siete".

Estaba en una conferencia cuando supe que tenía que salir de inmediato, que me estabas esperando en la puerta del edificio, frente a los árboles florecidos de la entrada. Me di cuenta de que todo era un absurdo cuando ya estaba en el corredor, que tú no podías estar ahí, que me encuentro aquí solo, incompleto, enfrente del árbol donde te imaginé esperándome.

¿Para quién mi beso si tú no estás acá, con quién mi goce de los descubrimientos, si no es contigo al lado, para qué la noche sin tu cuerpo junto al mío, sin tu suspiro, sin tu gemido, sin tu beso que me hace flotar fuera del tiempo?

Ay, mi amor, la felicidad que me das cada día cuando compruebo que me amas, con la distancia, se me vuelve un sentimiento de tristeza. Y más tristeza se me acumula cuando te quiero aquí, a orillas del río de Huck Finn y tú me estás necesitando allá en nuestra cama precaria. Desde aquí alcanzo a sentir tu amor. Desde allá quiero que te cobije toda la corriente de amor que exhalo y que no puede detener mis pensamientos en ti en ningún instante. Te amo, te amo, te amo.
Luis
P.D. Algo que tengo que dejar escrito, pues es tan importante como lo son todas las profecías: doña Ester me dijo que algún día estaremos juntos, contigo, en su casa. Beso, beso, beso, Luis

DE LUIS A ESTEBAN
Saint Louis, Missouri, lunes, abril 2. 1973

Mi amigo: Aquí te utilizo, te pongo de pretexto para escribirme una carta que te enviaré a ti, pero que en verdad me estoy escribiendo yo mismo para ordenar la vorágine de cosas que me han sucedido en estos cuatro días.

Lo primero es la cursilería de las lágrimas, como me apresuro a llamarla antes de que tu lengua viperina se meta en mi amor. Raquel, mi Raquel, mi porcelana delicada se quedó llorando solita en el aeropuerto de Bogotá. El asunto serio es que yo tampoco pude evitar dos lagrimones que sequé robándole un pañuelo a mi dama. Duro, muy duro estar sin ella.

Despidiéndome, Raquel me contó que su madre iría al aeropuerto de Miami a recibirme y que, en lugar del hotel adonde pensaba pasar la noche, mi suegra me hospedaría en su casa. Se trataba de una conspiración que planeó ella misma y me advertía que la señora Ester Fernández me iba a gustar.

Viniendo de quien venía, acepté de buen grado ese pequeño complot. Existe otra razón adicional: con mi pobre experiencia de viajero internacional, te imaginarás mis temores y mis torpezas de ignorante. Encontrar quién me lleve y me traiga, quién me dé un paseo por la ciudad y me hable de cómo es la vida del lugar, termina siendo una bendición.

Al salir de la aduana del aeropuerto de Miami, vi a lo lejos a una mujer cuarentona, pequeña, que sostenía un cartelito con mi nombre. El trayecto hasta ella daba una curva por detrás de una escalera, tiempo único, de extraña superioridad sobre la señora: yo la identificaba, la observaba sin ser observado por ella, que aún no me veía. Una mujer menuda, muy delgada, de piel rojiza como quedan ciertas pieles muy blancas cuando se exponen largamente al sol. Un rostro fresco, de facciones dibujadas con delicadeza, sobre todo la nariz, graciosa, respingada; a esa nariz le debe doña Ester ese aspecto joven, sin arrugas, salvo unas pocas huellas que los malos ratos han dejado en su frente, y que sólo vería más tarde, de cerca, y no ahora, que la examinaba impunemente mientras arrastraba mi maleta.

Bajo la conciencia de que dentro de pocos instantes, y por las próximas veinticuatro horas, no tendría la soledad necesaria para sobrevivir —y aún menos para asimilar el torbellino de sensaciones nuevas— con un trasfondo de timidez, cometí una crueldad adicional con la señora. El cura López, mi jurado de tesis, que es un cocinero de alto tute y un gastrónomo muy refinado, me dijo en Bogotá que tomara en serio la recomendación:

–Uno de los platos más exquisitos del planeta, a pesar de no estar en la carta de ningún super-restaurante de lujo, todo lo contrario, es el perro caliente que venden en un snack-bar que queda exactamente a la salida de la aduana del aeropuerto de Miami. Es el único que hay, no tienes manera de perderte y no te puedes privar de esta maravilla gastronómica.

Así que me tomé mi tiempo deteniéndome en ese sitio a pedir un hot dog con cerveza. El calor era intenso, húmedo, y yo tenía hambre. Mientras salen todos los pasajeros de mi avión con su maleta, la señora va a esperar. Así, hambriento y acalorado, me tragué una deliciosa salchicha con mostaza y me bebí mi cerveza holandesa mientras miraba el perfil de la diminuta dama vestida con pantalones cortos, camiseta blanca y zapatos blancos de caucho, como si viniera de jugar tenis. La veía ajena, distante, sin pensarla en su verdadero significado para mí, hasta que me di cuenta de que la dama se veía demasiado joven como para parecer la mamá de Raquel, y menos la mamá de dos hermanas mayores que Raquel y, todavía menos, muy dignísima abuela. En su exterior es el polo opuesto a mi madre, también pequeña y menuda, pero que tiene toda la apariencia de una señora muy aseñorada, muy pudorosa en el vestido, mucho más envejecida en las maneras. Esta mujer que veía con un cartelito en la mano, tan abuela ella, más parecía una atractiva dama de treinta y largos, muy cuidada, muy sobria, muy incrustada en un régimen que la mantenía lozana, alentada, joven.

Al acercarme de lado, recibí el don de volver a ver, ahora en su origen, el pelo de Raquel. La señora tiene una cabellera sedosa, lisa, brillante, más oscura que el oscuro pelo de mi remota amada. Cada que la nombro, ansío tenerla a mi lado para abrazarla, y búrlate lo que te dé la gana, envidioso.

–¿Doña Ester?

–¡Ah!, Luis. Mucho gusto en conocerte, no te vi salir –y me dio uno de esos abrazos exactos y completos de alguien que quiere darte confianza y sabe cómo, tomándote el brazo derecho con el brazo derecho que pasa ajustado a tu espalda y, luego, un apretón breve y distinto a la presión que antes ejercía la mano que después de ese apretón se queda asiéndote. Así me conquistó, aunque faltaba el estoconazo definitivo, que vino enseguida:

–Antes de que vayamos a buscar el carro, te voy invitar a una cosa deliciosa que venden acá: ¿te gustan los perros calientes?

Ahí me mató. La señora es otro miembro de la confraternidad secreta que considera esos hot dogs como un refinamiento culinario. Estoy obligado a añadir que antes de aquella segunda salchicha, yo también me incorporé a ese club. Otro perro caliente, otra cerveza, esta vez con la compañía de la mamá de Raquel, que resultó encantadora.

De ahí en adelante comenzó mi aventura en otro país, bajo el experto pilotaje de mi suegra. Me impresionó la relación de los habitantes con los automóviles. Formulado con simpleza, es que si no tienes carro, no existes. El carro es una armadura, un símbolo de status, el único compañero durante varias horas al día, el medio necesario para ir de la casa al trabajo, del trabajo al mercado, del mercado a la casa –sin mencionar estaciones más esporádicas como la playa, el cine, el gimnasio (oye, el gimnasio es importantísimo)–. Sin carro no existes, eres inconcebible.

Después de la aventura homérica del laberinto –versión fabricada en Detroit– consistente en buscar un carro entre el millón de carros del parqueadero, nos embarcamos en la red de superautopistas que conectan el aeropuerto de Miami y la ciudad de Fort Lauderdale, media hora al norte de Miami. Vas al lado de automóviles que marchan a la misma velocidad. Pocos llevan pasajeros y la ley general es que en cada carro no va sino un solo individuo mirando al frente. Robots. Las autopistas no tienen aceras. No hay peatones y, si hubo alguna vez un peatón, es seguro que se derritió bajo un sol que cae vertical y despiadado a la una de la tarde. La luz es muy brillante y me obliga a entrecerrar los ojos para que no me hiera. Aquí corroboro que el brillo no sustituye la transparencia de una luz que no conozco sino en Bogotá. La señora, experta en las crueldades del lugar, lleva unas gafas oscuras que le atenúan los reflejos del sol en los biseles y en los vidrios de los carros y le disminuyen la agresiva intensidad a esa luz atolondrante. El aire acondicionado del carro zumba y ese zumbido me hace caer en la cuenta de que doña Ester habla bajito, que su voz tiene una calidez y un poder envolvente, que procede de cierta ronquera que la favorece mucho. El tono, además, facilita pasar por encima del tremor del aire acondicionado. En cierto momento, se pone en evidencia mi ignorancia del clima, cuando bajo la ventanilla, un vaho de aire hirviente me incendia la cara y la velocidad del auto rompe un viento que parece disparado por el fuelle que alimenta la llama del día.

Una virtud de doña Ester: no hace juicios; cuenta cosas, señala hechos, describe. Desde el carro me va mostrando. Allá queda el mar, esta zona se llama tal, Miami Beach está en esa dirección. Vamos para el norte. De repente llegamos a un cruce de varias autopistas; un nudo de puentes se entrecruzan en diferentes direcciones, a varias alturas –laberinto de alta velocidad– puentes larguísimos y curvos, pétalos de cemento de una flor asimétrica, olorosa a perfume de escape. Yo miraba asombrado, reclamándome en secreto que ignorara la existencia de esta obra única, comparable a la torre Eiffel, a la Estatua de la Libertad, al Obelisco. Símbolos. Así veía de gigantesco ese ramillete de viaductos, irrepetible, nuevo, con esa belleza un poco monstruosa de todos los grandes monumentos. Yo detallaba la intersección mirando arriba y atrás, moviendo la cabeza para seguir el curso de uno de tantos puentes que de repente se me perdía en una curva, debajo de otro puente. Doña Ester me sacó de la inocencia con el simple dato de que, en lo que nos faltaba de camino, nos encontraríamos otros tres puntos en que la soga extendida de la carretera tenía aquellos intrincados nudos donde, por ejemplo, los carros tomaban a la izquierda para llegar por el aire a la derecha.

En el fondo, la noticia de que estas monumentales esculturas eran repetidas, me dio la clave de que yo las desconociera y también de que me felicitara por esa grata ignorancia que me proporcionó la delicia de un descubrimiento que sólo estimarán, como yo lo estimo, los arqueólogos de otros milenios comparándolas con las rayas Nazcas del desierto del Perú.

Doña Ester habló de un pueblo al norte de Miami, pero yo no dejé de ver construcciones por la carretera por donde me llevó:

–Te voy a sacar de la autopista principal, que es más rápida pero más monótona, y te voy a llevar por una carretera que pasa al borde del mar en algunos pedazos.

Ella describía, nombraba, sonreía. Y se rio cuando le dije que su descripción semejaba una letanía: hoteles, centros comerciales, playas, hoteles, casas, centros comerciales, hoteles, casas, etcétera. Nunca vi tantos hoteles en un solo día. Volvió a reír y me contó:

–De ellos vivimos. Y de la gente rica que tiene un apartamento donde vive o a donde viene de vacaciones.

Esta historia es aparte y pertenece a la picaresca. Se trata de un trabajo honrado, mezclado con una muy ingeniosa treta comercial. Fort Lauderdale tiene una larga calle —serán diez cuadras— frente a la playa que es, digamos, el centro de la ciudad. Allí confluyen los turistas de los hoteles cercanos, allí hay almacenes y restaurantes y bancos y más hoteles y ventorrillos de cosas inútiles, característicos de los centros de turistas. La playa está llena de gente todo el año. Y allí nos detuvimos frente a un señor que, bajo una ancha sombrilla, se dedicaba a pintar el paisaje marino. Era un hombre alto, de unos cincuenta años, fornido, del color canela típico del habitual visitante de la playa y con una expresión maliciosa, aun en el momento en que estaba, de mucha concentración, a tal punto que no se dio cuenta de que un auto se estacionaba a pocos metros de su espalda. Vi al pintor —estábamos frente a su perfil— pero ignoraba que lo buscábamos a él hasta el instante en que se inclinó a besar a doña Ester. Entonces supe que se trataba de su marido, el doctor Arroyo.

Vinieron las presentaciones y luego unos minutos de espera mientras él recogía todos sus implementos de pintor y los colocaba en una caja diseñada para el efecto; luego plegó en varias partes el caballete y, apretando un botón en el mango del paraguas, recogió la tela contra la varilla central. Era un inmenso paraguas con tajadas rojas, blancas y azules que se dejaron caer como los pétalos de una gran flor que se marchitara en un instante.

Cruzamos la calle porque tenían que hacer algunas compras en el supermercado, pero se detuvieron en una elegante vitrina que querían mostrarme. Sobre una muy sobria tela oscura, iluminados con una luz concentrada en ellos, había tres cuadros medio pliego que representaban paisajes marinos. A su lado, en una discreta placa con números plásticos, el precio, mil dólares cada uno, y el nombre y dirección de una galería de Nueva York. No diría que se tratara de obras maestras de la pintura universal, pero sí de paisajes muy alegres, muy coloridos, bien hechos. Y bien pensados en términos de producto artístico para decorar los apartamentos y hoteles que se construyen por todas partes en esta ciudad.

El doctor Arroyo se instala diariamente a pintar allí. Detrás, bajo otro paraguas, se sitúa doña Ester con un libro y una pequeña exposición de

131

las obras del doctor Arroyo. Allí las ofrece entre trescientos y quinientos dólares cada una. El truco consiste en que tienen vitrinas en tres centros comerciales, idénticas a la que me mostraron a mí. A la gente le gustan las pinturas, observa los precios y, después, en una aparición inolvidable de sus vacaciones, tropiezan en la playa con el pintor en persona, que vende sus obras sin el recargo del intermediario.

El médico soñó toda la vida en convertirse en pintor. Y lo logró comenzando los domingos a ejercitar una buena habilidad y unos conocimientos que tenía archivados. Es, además, un buen grabador y tiene un taller en la terraza de su apartamento. Hace series de grabados que colorea a mano. Así decora hoteles. No se siente un gran artista, ni siquiera pretende ir a una galería en busca de una exposición. Aunque no habla mucho, sí dice con mucho entusiasmo que le encanta pintar, que le encanta dibujar, que le encanta el grabado. No trabaja sino en formato de medio pliego:

—No es ni muy grande ni muy pequeño, cabe en cualquier casa, es un formato versátil.

Como ya de seguro supiste, la dirección de Nueva York no es más que una oficina donde les reciben el correo. Una buena división del trabajo: Arroyo hace lo que más le gusta hacer. Ella administra. Le consigue los materiales, hace las ventas, maneja las cuentas. Y ella disfruta con lo que hace. Moraleja: la gente que trabaja en lo que le gusta se ve joven, relajada, contenta, sin acosos. Así se ven la mamá de Raquel y su marido. Y viven en el último piso de un edificio desde donde se ve el mar de varios azules que Arroyo ya se sabe. Un apartamento muy confortable que me hizo más notorio que ya pasaron las vacas flacas para esta pareja de enamorados.

No sé cuántas páginas llevo y ni siquiera he abierto la maleta en mi relato. Me temo que te fatigue, pero temprano te advertí que ésta es una carta que te envío a ti, Juan Estolerancia, pero que me escribo a mí mismo, primera memoria de la madre de Raquel, primer día de una realidad pensada y construida en otro idioma.

Desde el apartamento, vimos el atardecer sobre el mar, los tres sentados en un balcón que podía aislarse con el aire acondicionado de la casa. De manera que en un clima perfecto, un quinteto de Mozart de fondo, los tres sentados sobre cojines en sillas de mimbre, por ratos guardábamos silencio ante el espectáculo del mar incendiado, de la naranja solar, ahora roja, hundiéndose entre nubes, ahogándose entre el mar, hirviente de rojos de todos los tonos, moneda ardiendo que cae en la alcancía del mar.

Durante los minutos de este espectáculo, guardamos el silencio que imponía el momento. Hay un instante en el crepúsculo en que las cosas brillan más, como decía un poeta que detestas. Más tarde nos trasladamos a la cocina, una inmensa cocina con comedor incorporado, y allí la conversación se encendió junto con la estufa, mientras el matrimonio preparaba una exquisita comida. Yo miraba atónito el equipamiento de la cocina; un aparato para cada tarea. En todo el rito de preparación me hablaron de "una comida con salsas trocadas", como la llamó doña Ester, que resultó una aventura para mi paladar: un jamón prosciuto con salsa tártara, ensalada de lechugas y tomate con salsa caliente de champiñones y salmón al horno con vinagreta. Después vino un café fuerte, mejor que cualquier bebida que yo me hubiera tomado en el país donde se produce el mejor café del mundo. Y, de remate, una pastilla de menta pura para sustituir el cognac, según declaró el doctor Arroyo.

–Desde que pinto, no necesito el alcohol –declaró.

–Antes el cuerpo me pedía un Cointreau después de la comida, hasta el día en que descubrí las pastillas de menta –dijo la exalcohólica.

Ella no entendía cómo podían gastarse la cantidad de dinero que costaba llevarme a Saint Louis a hablar de un poeta. Para ella, esto pertenecía al terreno de las cosas incomprensibles de la cultura norteamericana. Arroyo me preguntó sobre quién iba a hablar y cuando lo supo comenzó a recitar de memoria:

Mar armonioso,
mar maravilloso,
de arcadas de diamantes que se rompen en vuelos
rítmicos que denuncian algún ímpetu oculto,
espejo de mis vagas ciudades de los cielos,
blanco y azul tumulto
de donde brota un canto
inextinguible,
mar paternal, mar santo,
mi alma siente la influencia de tu alma invisible.

—Eso parece la descripción de uno de tus cuadros —comentó doña Ester en un juicio cargado de amor.

—Creo que exageras —contestó sonriente—, pero Rubén Darío bien pudo conocer los grabados de Whistler o las pinturas de Turner.

Me llamaba mucho la atención que este exsicoanalista exilado tuviera a Rubén Darío tan vivo en la memoria. Se lo dije.

—Me sé muchos más poemas de él, desde "juventud divino tesoro" hasta "ya suenan los claros clarines".

—Era algo que no te conocía —anotó doña Ester.

—Es porque nunca te he contado quién escribió "señora, amor es violento".

Doña Ester se sonrojó con la mención pública de una frase que, de seguro, pertenecía a su lenguaje más íntimo. Lo cierto es que estas revelaciones le confieren una nueva dimensión a mi poeta. Tiendo a creer que Rubén Darío es un poeta de otra época, que pertenece a una sensibilidad extinguida. Mis categorías académicas me proporcionan argumentos de sobra para esta creencia: las vanguardias, la tecnología, el siglo veinte, poetas como Neruda, como Octavio Paz, para quienes estamos metidos en este conocimiento cerrado de la literatura, hacen que divise a Rubén Darío como un producto arqueológico, adalid de una sensibilidad anacrónica. Pero resulta que mucha gente se sabe a Rubén Darío, que él es su idea actual y viva de la poesía. Y no es lo que llaman la cultura popular. Es el concepto de un médico, un profesional de otra cosa distinta al estudio de la poesía y que tienen, en definitiva, una concepción del asunto que me reveló doña Ester cuando me pidió que dijera yo un poema de Rubén Darío; le contesté que no me sabía ninguno y ella comentó:

—Entonces, mejor que vaya mi marido a su congreso, que él sí se sabe los versos.

Después de la carcajada, el doctor Arroyo me defendió con un argumento aún más cruel:

—Allá van a decir cosas sobre Rubén Darío y no cosas de Rubén Darío.

En cierto momento el doctor Arroyo pidió permiso para ir al taller de grabado, en la segunda planta del apartamento, terraza del edificio. Tenía que preparar ciertas cosas, nos dijo como pretexto.

Entonces nos instalamos otra vez en aquel balcón, a oír las sirenas de policías, ambulancias y bomberos, sonido que es el verdadero sonido de las noches en las ciudades de Estados Unidos. Doña Ester inició una conversación de amor por sus hijas. Se quejó de que hacía muchos años no veía a Raquel. Se quejó de que es la que menos conoce, pero se consoló enseguida diciéndome que sabe que es feliz. Ha visto con frecuencia a la hija que vive en Nueva York y habla de ellas con amor y, en su lenguaje, las supone niñas todavía. Raquel es "mi bebé". Para ella, no han crecido.

–No me pregunte cómo lo sé –añadió parándose–, pero estoy segura de que nos volveremos a ver aquí, con usted y con mi bebé... –luego dijo, invitándome a seguirla–: Venga vamos al estudio de mi marido.

–¿... No interrumpimos?

–Él no está trabajando –sonrió–. Se escapó de nosotros para ver la trasmisión de béisbol por la televisión. Delira por ese juego.

En efecto, a todo el frente de la mesa de trabajo está el aparato de TV y el doctor Arroyo sentado, con un buril en la mano, repartiendo su tiempo entre la pantalla, la plancha metálica y un dibujo a plumilla que le sirve de guía.

–Adoro el béisbol. Es el único deporte pensado para la televisión desde antes de que la inventaran. Se puede ver todo y, a la vez, trabajar. A mí me ayuda a trabajar.

Me mostró grabados, que cambiaban con el color que tenía cada copia, no sólo debida a la impresión del grabado mismo, sino a la intervención, a posteriori, de pinceladas de acuarela. Me mostró sus plumillas llenas de detalles que no eran tales, sino efectos gráficos que te daban la impresión del detalle elaborado. Dibujos hábiles. Me mostró instrumentos y me habló de su oficio con tanta devoción que por un rato se olvidó del partido de béisbol. Ya tarde me despedí para pasar la noche en un cuarto con su baño.

Aquí abrí la maleta. Mira mi atrevimiento. Muchas, demasiadas páginas después de iniciado el relato de este viaje, el viajero llega a la primera noche, a la maleta, a la piyama, al cepillo de dientes. A la tentadora ducha después de un día de sustancias nuevas, de espacios distintos en mi vida.

Luego el esquivo sueño mientras los huesos se depositan sobre la inesperada blandura del colchón, acostumbrados a otra superficie en su exiguo palomar bogotano. Sin Raquel. Sin Raquel.

Al otro día, martes, muy de mañana, una autopista nos llevó otra vez al aeropuerto de Miami. Miles de carros a la misma velocidad, idéntica hasta el punto que tuve la ilusión de que todos los carros estaban quietos y que la cinta del paisaje se movía hacia atrás. Doña Ester manejaba, muy concentrada entre los stops del carro delantero y el bómper del carro siguiente. Hora pico. Todos como autómatas en una misma dirección, mientras el otro lado de la autopista está casi vacío.

–¿Por qué no me declamas el poema que dijiste anoche después de que Luis se fue a acostar?

–Ése no lo sé completo. Anoche me atranqué en un punto y me tuve que saltar una parte que tengo borrada. Mejor te digo otro que no me has oído...

–Sí, sí, sí –dijo ella entusiasmada–, te descubrí otra profesión. Pronto te pondré a declamar en las playas de Miami.

–Si me prometes que no lo haces, me convierto en tu recitador particular.

–Pero dínos el poema –insistió doña Ester.

–¿...No le molestará a Luis?

–No, no, así repasa lo que tiene que ir a decir en San Luis.

Hubo un silencio anunciatorio que dejó oír tan sólo el rrrrrr de los motores de los carros que se dirigían hacia el sur por la autopista noventa y cinco. Y, de repente, desde la banca de atrás se oyó la voz del doctor Arroyo diciendo "rey de los hidalgos, señor de los tristes" con una voz que hacía justamente eso, decir el poema, pronunciando con toda claridad cada palabra sin añadirle ningún énfasis, sin dramatismo ni tono declamatorio. De repente toda la serpiente de vehículos que se desplazan hacia Miami se detiene. Un choque. Entonces el traqueteo de vehículos se adormila cuando la voz del doctor Arroyo va en

Ruega casto, puro, celeste, animoso;
por nos intercede, suplica por nos,
pues ya casi estamos sin savia, sin brote...

En ese momento los carros reiniciaron su isocrónica carrera hacia Miami. Fue hermoso oír entera la *Letanía de nuestro señor don Quijote* en un lugar tan extraño como una autopista pensada en otro idioma, repleta de carros que van a cincuenta y cinco millas por hora. Allí me fue trasmitida una emoción absolutamente actual, de mi tiempo, propia de mi sensibilidad de hijo de los sesenta. El poema fue escrito ayer por la mañana. Y fue escrito por un gran poeta. Y esto me dio el ánimo que significa descubrir que no llevaba a San Luis un acápite de esa inmensa acta de defunción de vieja poesía que es la crítica académica. Traje a esta ciudad una lectura acerca de un poeta que se oye con naturalidad, como sedante para alguien que conduce por una autopista y como iluminación de poesía a quien lo dice y a este cándido profesor de Teoría de la Literatura dos. Otra despedida. Un esfuerzo por agradecer en su justa medida sus amabilidades y su acogimiento. Gente grata que vive una vida apacible. Pareja que se descubre cosas, como que él conserva en la memoria versos que no repetía hace más de veinte años.

Del aeropuerto de Miami, largas horas de vuelo hasta el aeropuerto de San Luis. Aquí voy "por estos aeropuertos de mi Dios", como dice César Fernández Moreno. Y al llegar al de San Luis, ciudad sin aduana, casi en la boca del avión, veo una muchacha con un cartelito que dice "Luis Jaramillo". Una estudiante de la universidad que me llevará al hotel y me conducirá a mi conferencia. Habla español casi a la perfección, sin acento. Está en el programa de doctorado y se dedica a estudiar el Lazarillo de Tormes. Otra vez superautopistas hasta el hotel, muy cerca de la universidad, que tiene un campus gigantesco.

En San Luis vivo el primer choque con mi inglés. Ese inglés plano, apto para recibir o dar instrucciones, para información concreta, pero que no logra dar el salto a la comprensión de la intimidad del idioma, de su estética y de su moral. Explico mi limitación con un ejemplo. A mí me dicen que alguien mide un metro con setenta y yo tengo la categoría mental que me permite calcular esa estatura. Pero si el dato es que mide cinco pies y cuatro pulgadas, me pierdo. ¿Me están hablando de Pulgarcito o de Goliath? Ni idea. Pues bien: lo mismo es con el idioma. Con el sentido del tiempo que denotan las conjugaciones de sus verbos, con su manera propia de dividir el mundo; en un anuncio descubro que la cerveza pierde en inglés su calidad femenina y una determinada marca es "The king of beers". Hay una poesía inherente a cada idioma, un sentido del humor, otro del tiempo, unas metáforas implícitas, unas categorías previas, que yo desconozco del inglés y que me interesa conocer. Para nosotros una mariposa es una mariposa hasta cuando su nombre en inglés nos obliga a mirarlas como mantequilla que vuela.

El congreso es muy concurrido. Hay más de cien profesores de literatura en español. Ayer miércoles se dedicó todo el día a Rubén Darío. Leí mi ponencia. Fui aplaudido al terminar y me defendí bastante bien en una nutrida sesión de preguntas en las que no apareció nadie interesado en controvertir tesis o datos, sino gente pidiendo aclaraciones. En suma, me fue muy bien en el asunto al que vine. Lo enfoqué como una clase para alumnos que han preparado el tema y no me puse nada nervioso. Eso me ayudó mucho. Recibí felicitaciones y conseguí dos buenos amigos que me propusieron que me viniera para su respectiva universidad a estudiar los cursos de doctorado. Lo pensé antes, pero lo veía como un proyecto remoto. Ahora, con ofertas concretas, me parece más posible en uno o dos años. Me han dicho: "Escríbame; tiene el puesto asegurado y unas clases". Me pregunto qué dirá Raquel de todo esto.

He paseado por la ciudad; mi lazarillo de Tormes me llevó al arco que simboliza la ciudad, a la calle donde nació T. S. Elliot, al estadio de los Cardenales, donde la ciudad oficia los ritos de su verdadera religión, y al pueblo de mi amado Mark Twain. Esto fue un regalo, poderle hacer un homenaje silencioso a mi escritor favorito. Todo este turismo fue hoy, jueves. Mañana se acaba el congreso y el sábado tomo un avión que tiene que salir a la hora exacta, pues tengo apenas dos horas de margen en Miami con la partida de mi vuelo para Bogotá.

Todo ha sido perfecto. Estoy invitado y además me pagan cien dólares. Me llevan de paseo y puedo oír conferencias que me interesan. Una conferencia sobre los años oscuros de los novelistas del boom, García Márquez, Vargas Llosa, Cortázar. Una dama alemana habla sobre los cronistas de Indias. Algunas cosas se salvan en esta competencia de erudición y aburrimiento. El hotel es cómodo, me traen el desayuno a la cama, demasiado ancha, demasiado fría, demasiado solitaria.

A lo mejor esta carta te llega días después de que yo esté en Bogotá. No importa. Queda como testimonio. Con un abrazo que baja por el río Mississipi, se detiene un instante en Nueva Orleáns, atraviesa el Caribe, se mete por el Magdalena, se desvía por el Cauca hasta la desembocadura del Porce, y lo remonta hasta Medellín, hasta tu casa, hasta tu hombro.

Luis

DE RAQUEL A ESTEBAN
Bogotá, jueves, abril 5 . 1973

Mi querido Esteban: Desde alguna posdata a una de las sagradas cartas que te envía Luis, no te escribía. Y perdóname que, de entrada, te confiese que lo que desearía de verdad es escribirle a él, a Luis, pero el correo es más lento que su regreso. No así mi prisa por decirle a alquien, si no es él, que sea su mejor amigo, que me estoy volviendo loquita sin él. Se trata de algo más patológico que la simple afirmación de una mujer enamorada. Me hace falta de día y de noche, lo extraño, en todos los instantes tengo conciencia de que está ausente. Pero es algo más. Hay un fantasma aquí. Dormida, en ese duermevela de quien se despierta a medianoche sola durante un instante necesario para reacomodar el cuerpo, te juro que he sentido su respiración, que me he topado con él, ahí, inmediato, material. Otras veces –muchas más ocasiones de lo que pueda parecer un encantamiento casual, hasta convertirse en una sensación posesiva y constante– oigo su voz desde la cocina, desde el baño, al lado en mi oído; siento su olor, sus pasos. Y todos los objetos que me rodean están insuflados de su presencia secreta pero real. En cada cosa ha quedado el registro indeleble de su tacto, de su mirada, de su sola presencia: entonces, de súbito, soy parte de un espacio que invoca a Luis, que lo requiere como parte de su oxígeno propio; aquí me confundo con los discos, los muebles, las ropas, los utensilios de cocina, soy otra materia sumada a las demás materias que componemos el territorio de Luis, las cosas que necesitamos, el aliento de Luis, la presencia de Luis, las caricias de Luis. Somos un sistema gravitacional autónomo donde el planeta mayor ha desaparecido y todos los objetos estamos marchitándonos sin encontrar nuestro centro.

    Perdóname, Juan Esteban, esta libertad que me tomo contigo y que me acerca a ti y, por lo tanto, a otra parte de Luis. Un beso,
    Raquel

IV. Diciembre 19, 1973 / octubre 19, 1974

DE RAQUEL A JUANA (*continuación*)
Bogotá, miércoles, noviembre 30 . 1983

En mitad del semestre siguiente, a principios del 74, volvimos a Medellín en un viaje de un día para otro. Nos invitaba doña Gabriela a una comida en su casa. El prometido y el suegro de Cecilia irían a pedirla en matrimonio. A esas alturas yo ya sabía quién era el novio de Cecilia. Habíamos tropezado con la pareja entrando o saliendo de la casa de Luis. Yo lo conocía desde antes, como amigo de mi hermana María, uno de esos tipos que todas comentan lo buen mozo que es, lo bien vestido que va, la clase de bailarín que es. Lo tenía registrado en mi memoria con esas famas, aunque a mí no me parecía más que un figurín, un individuo dedicado a vivir su papel de niño bonito, demasiado creído como para ser verdaderamente bello...

Si a Luis Jaramillo lo amé a primera vista, si su madre me dio confianza y acogimiento a primera vista, también desde el primer instante detesté a Cecilia Jaramillo. He aquí un sentimiento puro: ella no me ha hecho nunca el menor daño, y aún así no la soporto. Es algo tan gratuito, que casi defiendo la pureza de esa alergia, esa irritación que siempre me ha producido Cecilia.

Ese sábado la odié. Después de un día entero de empingorotarse y disfrazarse regresó a casa y la emprendió a gritos contra Luis –que estaba conmigo en la sala– porque se tenía que poner corbata para la comida: no podía presentarse así como estaba a la hora de la comida. Sin levantar la voz, Luis la descolgó. Doña Gabriela impuso la paz con tres palabras, pero yo me di cuenta de que la muy arpía de Cecilia, regañando a Luis se dirigía a mí. Reclamándole cierta elegancia a su hermano, reprochaba mis pantalones de bluyín y mi camisa de hombre. La odié. Me dio rabia. Casi lloré sintiéndome invasora, ajena al rollo de esa noche, me encerré en el baño más a pasar la ira que a cualquier otra cosa y, de súbito, me metí en el pellejo de la muy detestada Cecilia y caí en la cuenta de que tenía razón; que si yo fuera ella, arreglada así, con un motivo tan emocionante para ella como esta ceremonia social, exigiría, aunque no me atreviera a decirlo, cierta presentación de los concurrentes, en especial de las mujeres. Salí del baño a pedirle a Luis que me acompañara donde mi hermana. Ella me prestaría la indumentaria para que la bruja enana de mi cuñada no se pusiera histérica. Dicho y hecho. No olvido la cara de Luis cuando me vio. Me dijo que estaba disfrazada de María y ese comentario me afectó hasta el punto de que me sentí incómoda toda la noche.

Creo que conoces esa paradoja íntima de sentirse mal por hacer el bien, que fue justo lo que sucedió esa noche antes de que llegaran los invitados. Mientras Luis y doña Gabriela conversaban en la cocina, yo hacía de dama de compañía de Cecilia frente al espejo, dándose los últimos toques y preguntándome cada diez segundos que cómo se veía, si tal detalle estaba bien, si esto otro era mejor así o asá. Y yo, exhibiendo una bondad y un espíritu de solidaridad que no sentía, contestaba sus preguntas, la atendía con solicitud, de manera que se sintiera segura y tranquila. Esto duró hasta la llegada del novio. Juro que ella oía un vals de Strauss cuando bajó la escalera. El novio la esperaba al pie, vestido como un maniquí. Atrás iba yo, en el pellejo de otra, asqueada por lo hipócrita que era soportando las pequeñas obsesiones histéricas de Cecilia. Hoy sé que el amor puede con todo, que no eran hipocresía aquellas atenciones a Cecilia, sino otra forma que cobraba mi amor por Luis. Así como mi fastidio hacia ella se originaba en mi amor por Luis. Odiaba que aquel ser de parpadeos y uñas largas fuera parte de su vida y me parecía imposible que fuera su hermana.

La comida estuvo deliciosa, como es habitual donde doña Gabriela. El papá de Pelusa hizo buenas migas con la dueña de casa y los tórtolos se fueron pronto. Nos quedamos con Esteban, que nos hacía reír con sus exageraciones sobre la cantidad de gente que iría a la boda.

Poco después volvimos a Medellín, al matrimonio. Pero ese tiempo, muy breve, está dominado por una imagen de Claudia que sólo vi una vez y que me puso muy mal. Como tres o cuatro días antes del matrimonio apareció Claudia en el apartamento. De milagro estaba Luis para recibirla, pues había adelantado el viaje. Cuando la vi recibí una impresión tan dura, que todavía hoy la recuerdo con claridad: Claudia estaba inflada, gordísima y muy fea y muy descuidada. Se lo dije de entrada porque me puse muy triste. Todo traducía, con simpleza, que mi hermanita estaba muy mal. Esa misma noche comprobé, además, que estaba muy alcohólica. Nos emborrachamos. Yo, que no bebía ni gota, acaso por el susto de ver tan maltratada a mi Claudia, acaso por simple solidaridad con ella cuando me invitó a que la acompañara a un trago, terminé profundamente dormida en brazos de Luis. Él, con prudencia o con sagacidad –ambas son sus virtudes y defectos– nos dejó solas esa noche y regresó en algún momento que el alcohol limpió de mi memoria como si limpiara un vidrio, justo apenas para depositarme en la cama sin que yo nunca haya entendido la forma en que lo hizo, con seguridad ayudado por mi hermana.

Esa noche le oí a Claudia su drama contradictorio. Una angustia, una falta de sentido frente a todo lo que hacía:

–Me gustan las muchachas jóvenes y rubias y mi amante es mayor que yo y pelinegra. Me gusta salir a los bares y a los espectáculos y mi mujer es una anacoreta. La amo y la maltrato. Me protege y, necesitándola, me rebelo contra su protección. Me porto como una cerda. No quiero que me quiera y entonces hago lo posible para no quererme yo misma, que es la garantía perfecta para que nadie lo quiera a uno. Y me dejo engordar como un zepelín y me emborracho y digo impertinencias y la llamo a medianoche a fastidiarla y, cuando se asoma por la mañana preocupada, a consolarme, encuentra en mi lecho a alguien que conocí la noche anterior y que ni siquiera sé cómo se llama.

Claudia lloró esa noche y me hizo llorar a mí de sólo verla llorar a ella. Entre mujeres, y más si son hermanas, el llanto es contagioso.

–Y la adoro. Y sé que tendría que dejar esta inconsistencia, esta vida viciosa y promiscua, que no me deja más que un vacío y un conocimiento terrible de lo que es la gente. Y con eso dejaría de mortificarla. Y todo iría mejor.

Y lloraba. Llorábamos. Yo, sin saber la falta de quién lloraba, el amor

de quién. Tú eras apenas un nombre, un nombre pronunciado con inmenso respeto por Claudia. Más que ternura, había en su expresión una especie de devoto fervor:
—La parte pura, la parte intocable de mi vida. La amo.
Y seguíamos bebiendo y llorando, Juana. Yo no sabía de qué persona concreta me hablaba. Su amor. Su norte. Alguien sin un rostro, sin una manera de moverse y de hablar, sólo un nombre, palabras para mí pero que, desde entonces lo supe, tenía la virtud de sacar lo mejor de Claudia, podía ayudarla a dominar ese demonio que ella tenía por dentro, ese demonio del desorden que la estaba inflando de grasa. Esto, te lo confieso, era lo que más me aterraba. Mi hermana mayor siempre me pareció muy bonita. Aún ahora, cuando galopa hacia el medio siglo, me parece que tiene mucha gracia. Y lo que yo veía era un ser abotagado, que se movía a pedazos, por zonas de su cuerpo. Al dar un paso desplazaba con lentitud esa mitad de la mole de su tronco. La otra mitad se movía en cámara lenta, mientras el otro pie se desplazaba. Le conté tres pliegues de grasa en la panza. Al tercer paso jadeaba como si fuera una fumadora compulsiva. Ese espectáculo de un paquidermo en la familia, de alguien que se descuida tanto, que se pone en el trabajo deliberado de afearse —una mujer tan linda como Claudia, que tenía fama en Medellín—, esa gorda borracha que yo, ebria, veía delante de mí respirando por la boca, todo eso me daba la medida de su derrumbe interior. Entonces te amé, te agradecí que tuvieras la piedad de amar a mi pobre hermanita.

Ella sabía en qué consistía todo su problema y estaba tan baja de defensas frente a mí, que vencía su orgullo y lloraba de autocompasión sin pudores. Pero no encontraba una salida, no la volvía palabras o propósitos. Por el contrario, ni siquiera venía a visitar a la familia. Si acaso a Boris, que siempre será capítulo aparte. Claudia venía de rumba. Traía teléfonos de amigas y estaba simplemente atónita por el precio del gramo de cocaína. Venía a meter toda la perica que pudiera. Venía de rumba. Me preguntó si yo tenía coca, con cara de quien sabe la respuesta por anticipado.

—No. Una vez probé la marihuana y no me gustó.
—Yo sabía, yo sabía. Tú eres una zanahoria.
Zanahoria, para ti, inmigrante, viene de sano. Úsase en masculino o

femenino, como adjetivo: zanahorio, zanahoria. Le informé que Luis tenía un íntimo amigo de Medellín que tal vez sabía dónde conseguir lo que le interesaba.

Yo bebía más despacio que ella, que venía de otra noche de alcohol, pero la veía doble mientras ella le echaba más trago a su mole de carne sin que se le notara nada, a pesar de que ella se declaraba completamente ebria. Andaba yo en ese estado en que uno arrastra las sílabas y todo resuena con ecos desconocidos, cuando a Claudia se le metió llamarte a Nueva York y besarte por teléfono y decirte sin avisarme antes:

–Te voy a pasar a mi hermanita chiquita. Tú la conoces. Yo te he hablado mucho de ella. Y me dio la bocina. No recuerdo nada de lo que hablamos, salvo algo que me repetiste dos veces en ese tono tuyo tan cálido, que obliga a que uno registre cuidadosamente el mensaje:

–Cuida mucho a Claudia. Por favor, cuida mucho a Claudia.

Le devolví el auricular a mi hermana que chachareó otro rato contigo, con unos remilgos que no le conocía. Cuando colgó, volvió a lo que antes había repetido de mil maneras, que te amaba, que eras perfecta, que tú comprendías todo. De pronto se detuvo un instante:

–Dos veces me dijo que soy más cariñosa por el teléfono que en persona. Dos veces. Se puso telegráfica –y me explicó en qué consiste la divertida teoría–. Juana se puso telegráfica. Juana baja el tono. Cuando habla suave es que va a estar dura. Suelta una frase. Una sola frase, como un telegrama. Y luego la repite en el mismo tono suave. Y la frase te penetra en el cerebro y se te queda marcada y te deja pensando. Y volverás a recordarla cuando la frase es una advertencia o una profecía. Juana es una bruja.

Claudia borracha y lúcida, riéndose de físico gozo cuando hablaba de ti, no adivinó que yo conocía ya la Juana telegráfica, ésa que aparece tan pocas veces, según contaba mi hermana. "Cuida mucho a Claudia, cuida mucho a Claudia."

Como en toda buena borrachera de confidencias, después de hablar contigo se repitió el ciclo depresivo y el llanto. En cierto momento, con camaradería, Claudia trató de volcar la conversación sobre mí, pero la felicidad no resiste muchas palabras y yo apenas pude darle información sobre Luis, darle cuenta de esa vida recogida que llevábamos y el tema se marchitó en minutos y volvimos a lo gorda y lo fea que estaba. Y ella repitió palabras sobre su derrumbe, en su inconsistencia, a la manera cruel como atentaba contra lo que más quería. Más alcohol, más llanto. Y otra vez lo de vengo-de-rumba, aquí algo aparece o me hundo.

Claudia pasó esa noche en Bogotá y salió a la mañana siguiente para Medellín y llegó diciendo que quería llevarse a Boris con ella para Nueva York de un modo tan contundente, que María me llamó esa noche, alarmada, a preguntarme mi opinión, y yo contesté que ella era la mamá. Y ahí entendí que Claudia consideraba que, acaso, la responsabilidad de cuidar a Boris fuera su tabla de salvación.

Mis otras dos noches con Claudia fueron el fin de semana siguiente, en Medellín, en la casa de Esteban. Ese caserón señorial, en medio de cuadras de terrenos otorga un alto grado de aplomo cuando estás cometiendo un delito o cuando eres un encubridor. Hablo de las ganas de no estar ahí cuando Esteban mostró la cocaína y cuando Claudia no esperó ofrecimientos para aspirar de una manera que me pareció grotesca. Era obvio que nos ofrecerían y que ese Luis y esa Raquel dijeran que no, que gracias. Fue una reunión eufórica; Claudia sacó a relucir todos sus encantos, que tú bien conoces, y su talento de cocinera. Fue una noche deliciosa hasta el final, cuando se fue dejándonos a nosotros en casa de doña Gabriela.

Aquí empieza otro drama, también cíclico. El drama de Claudia con mi padre y con mi otra hermana, la repetición de aquellos griteríos, de aquellas asonadas de que fui testigo en mi infancia. Hoy puedo ver las cosas más en el fiel de la balanza, pero entonces, para mí, era que Claudia estaba enferma y deprimida y que había que comprenderla. Hoy pienso también en las trasgresiones que la sola presencia de Claudia les significaban a mi padre y a María. Fuera de que no podían dejar de verla como una lesbiana todo el tiempo –ésta es una lesbiana, ésta es una lesbiana– el comportamiento de Claudia violentaba sus propias rutinas y costumbres. Así sucedió aquella noche, cuando desapareció con una buena provisión de cocaína entre su descomunal anatomía y se perdió hasta el otro día. Esto era la primera vez que sucedía desde que había vuelto y mi padre se puso furioso, una de esas iras crecientes, que María contribuyó a alimentar cuando le dijo por teléfono que le había tenido que mentir a Boris, ella que no decía mentiras.

Ese día se casaron Pelusa y Cecilia, motivo de nuestro viaje a Medellín, y es memorable para mí. Estuve más perdidamente enamorada de Luis que nunca. Estaba hermosísimo. Él, tan anticonvencional, tan irritable con ciertas prendas, se hacía el sordo a mis elogios sobre su belleza, que ha quedado para siempre en unas fotos que conservo: a éste fue a quien amé, a éste que después no sería el mismo. Esa noche lo amé y fui feliz toda la noche, en especial cuando nos quedamos solos.

Estábamos en plena ceremonia, en la iglesia, cuando reapareció Claudia. Esa noche sólo la vi a momentos, en medio de la fiesta multitudinaria y de la que se escapó con Esteban, a quien llamaba desde entonces "mi parejo". Y con su parejo se perdió esa noche, como muchas posteriores hasta el día en que la hepatitis le cayó del cielo a nuestra bienamada Claudia.

La hepatitis la trasformó. En la antigua medicina, el hígado era la parte esencial en el engranaje de los humores que impregnaban el alma. Y fue la convalescencia de una crisis del hígado el tiempo justo que necesitó para limpiar su ánimo y transformar su cuerpo. Ella misma se echaba flores cuando la llamaba por teléfono desde Bogotá, dizque a darle ánimos durante su enfermedad, y oía una voz eufórica, la voz de una Claudia distinta. Se adelgazó y la debilidad del hígado la convirtió en cuasi-abstemia. Y estaba contenta y decidida a llevarse a Boris.

De la última vez que la vi durante ese viaje, en aquella fiesta de matrimonio, también tengo gratos recuerdos de una Claudia muy divertida, muy aguda, irreverente y sobrada de lote. Nos hizo morir de risa, enfrentó las iras de mi padre y de María parapetada en el gentío de la fiesta, prendió el baile de puras ganas de bailar con Pelusa, que le parecía divino, en fin, hizo toda clase de inofensivas travesuras, y luego nos despedimos, ambas convencidas de que nos veríamos antes de que ella regresara a Nueva York, pero nada, le cayó la "bendita hepatitis", como ella la llamaba, y la trasformó en esa flaca rozagante de facciones finas, con una mirada que resplandece, que parece un imán, y que tanto hemos amado tú y yo.

La hepatitis, esa autoinmolación, esa limpieza iniciática que llevaba a Claudia a bendecirla –"santa hepatitis"–, además le sirvió a Claudia para dirimir el conflicto de si Boris se iba a Nueva York, como ella manifestó desde el primer día –todavía por los tiempos de su gordura, cuando el tufo de sus palabras se encargaba de restarles elocuencia– o si el niño continuaba la vida de hijo putativo de María y de Maximiliano.

El día en que cayó enferma, me llamó a contarme la mala nueva por el teléfono. Y añadió el relato de una discusión que tuvo esa misma mañana, ella en la cama, todavía sin saber qué era aquella peste que le impedía moverse y que le hacía ver todo como esas películas a color que se envejecen y las imágenes se ven entre rojizo y amarillo quemado. A su lado Boris, tomándola –tirándola– de la mano, la acosaba para que se levantara y fueran a la piscina de Esteban y en ésas entra mi padre y dice dirigiéndose al niño:

–Ella está intoxicada del ron que se bebió anoche –y luego, marcando las sílabas con brusquedad, le cantaletea a Claudia–: ¿cómo va a lograr lo que quiere si Boris la ha visto borracha?

–Por favor, papá –contesta ella sin ánimos para irritarse– no me regañe delante de Boris. Más bien pregúntele a él si me ha visto borracha.

–No, no la he visto –se adelanta Boris con la expresión maliciosa, de quien arriesga la confesión de una falta pero no resiste exhibir el trofeo– pero ella tampoco me ha visto a mí borracho.

"Este niño siempre sale con unas cosas...", traduce la cara del abuelo.

–¿Cómo así que yo tampoco te he visto borracho? –pregunta Claudia.

Boris deja pasar un silencio largo, mueve la cabeza y al fin se atreve, juntando las manos por la espalda para mostrar inocencia:

–Abuelo: ¿se acuerda del día en que me enfermé de indigestión y estuve mareado y vomité y usted iba a llamar al médico?

–Sí, sí, me acuerdo –contesta don Rafa sin saber para dónde va el niño.

–Y, ¿se acuerda que varios días después usted estuvo buscando una champaña finísima y la botella no apareció? –no le dio tiempo de contestar y agregó lo que ya adivinaste–. Pues no era indigestión sino borrachera y mi mami no me vio.

La carcajada de Claudia cortó dos regaños que se le atropellaban a mi padre, uno para Boris y otro para ella.

A nada le temo más que a la apatía. A esa absoluta falta de interés por cualquier cosa. Comienza –¿y termina?– como una sensación física. Ansiedad. Una desazón que nace de ignorar qué quiere uno –y que se resuelve en mala digestión y malos sueños– y no querer nada, nada, nada. No querer ni a los que quieres. Intuyo, con imprecisión, como una foto movida que, con tantas púas adentro, no deseo ver a quienes amo para no hacerles daño. No me amo, ergo no puedo amar. Con el fermento de la ansiedad, mi alma está vinagre. Mis energías no alcanzan ni para modificar la expresión y los ademanes de aburrimiento. Como un abanicar de pavos reales se asoma a tus pupilas el hastío. Y por la noche, sin el sueño, que no llega, ese gesto se deshace en fatiga, en músculo tenso, en un agotamiento físico que tiene su frontera más próxima en el insomnio o en ese duermevela agitado que te cansa más que la vigilia. A nada, te repito (me repito) le temo más que a la apatía. Me paralizo. Soy incapaz de cualquier tarea y la culpa por los deberes incumplidos termina por avasallarme, por añadir un elemento más al malestar físico, al sueño agitado, a las ansias y a la cataléptica indiferencia con todo. Remolinos. Remolinos a la vez que escombros, escombros de una ruina. Como si lo peor de esta guerra interior no fuera el momento en que perdí, cuando las últimas resistencias del espíritu –si el espíritu existió– cayeron derruidas por la erosión de la apatía. No, ahí no fue lo peor, lo peor vino sobre estos restos que yacen en desorden, escenario en ruinas de guerra, de abandono, de una pequeña muerte en el corazón y en las vísceras. Todo se va descomponiendo y faltan fuerzas para intentar siquiera reconstruir la ciudad del alma.

Eso he padecido. Años de aniquilamiento. Un ciclo, una metamorfosis de mi alma perpleja. Escribiendo esta carta recojo los pedazos que guardo de mí, los empaco en la memoria para partir con ellos, para iniciar el aprendizaje de algo nuevo en que sean útiles mis conocimientos en ansias y desencuentros. Perdona, mi Juana, que me interrumpa en el relato, pero ésta es la forma de mi llanto.

No tengo el llanto fácil. Ser la niña mimada de un padre y dos hermanas, de una madre tierna que mandaba regalos secretos, pudieron convertirme en la criatura más melindrosa del valle de Medellín. Pero no fue así. Nunca utilicé las lágrimas como instrumento de persuación o de chantaje sentimental. Yo era la menor, el "bebé". Todos en la casa me atendían con cariño, con exceso de cariño. Pero ni así me convirtieron en una muchachita consentida. La manera de ser de Claudia, aparte de sus conflictos, siempre me favoreció mucho, pues me enseñaba ciertas tareas y me estimulaba para que aprendiera a defenderme sola, a no depender de nadie.

¿Por qué me devuelvo y regreso a mí con la misma dureza con que me acostumbré a tratarme? Acaso porque me veo en el espejo de esa Claudia de 1974, cuando llegó a Colombia aquella gorda depresiva, viciosa y promiscua. Yo no me desfogo con alguna adicción o con la putería. Pero, igual, me siento cancelada, sin caminos, detenida ante un muro inaccesible, sin regreso a ninguna de las cosas que hayan sido mi vida hasta aquí. ¿Se paga la felicidad?

Como con la Claudia del 74, me queda la exigua esperanza de que aparezca alguna salida, una "santa hepatitis" brindada por la casualidad. Claudia sacó una ganancia adicional de ese viaje, que fue su amistad con Esteban, eternizada hasta hoy. Es curioso: yo le tengo afecto a Esteban, me entiendo bien con él, pero me temo que, en el fondo, no soy más que la mujer de Luis, nuestra relación pasa por Luis y no alcanza los grados de confidencia que tiene la amistad entre Claudia y Esteban.

Aparte de las prescripciones originadas en la hepatitis, llevarse a Boris para Nueva York le puso a la vida de Claudia un orden que, de no ser por la presencia del niño, a lo mejor hubiera perdido continuidad. Por lo que vi un poco más de un año después, tú fuiste providencial. Boris ha hecho siempre lo que le da la gana y es infalible para salirse con la suya. Desde niño. Y nadie era capaz de pararlo en seco, de llamarle la atención. Con él había que negociar, cambiar una cosa por otra. Hasta que apareciste tú en su vida. A nadie le tiene más respeto. A nadie vi que atendiera con más consideración que a ti. Nunca, él lo ha reconocido siempre, tú le has levantado la voz o lo has amenazado o regañado, pero por alguna virtud secreta, siempre has representado la autoridad para Boris. Eso fue esencial para facilitar la convivencia entre Claudia –de todos modos anarquista, enemiga de toda autoridad hasta el punto de ser incapaz de ejercerla– y nuestro Boris, el Boris-Maquiavelo, que llamaba Esteban. (*Sigue.*)

DE ESTEBAN A LUIS
Medellín, martes, enero 15 . 1974

Mi querido profesor: Tu temporada navideña en estos pagos siempre me deja un sabor grato. Fueron deliciosos esos días de piscina en esta casa donde sólo se oye el ruido sabatino de los sobrinos y el sonido de Santana que ha sido exhumado y puesto a todo volumen para mi renovado placer.

Llevo ya casi dos años dedicado a mi poema. He escrito mucho, con la voluntad de plasmar un poema extenso; sin modestias, un gran poema. Como te dije cuando estabas aquí, ya no se llama *Nocturno*. Se trata de una noche concreta, tomada como arquetípica, pero es una noche determinada, y éste es uno de los casos en que el artículo indeterminado es más determinado que el artículo determinado. Es más concreto "una noche" que "la noche". En el título, además de una descripción literal del tema, hay un obvio homenaje a José Asunción Silva. Ahora el poema se llama *Una noche*. Sigo pensando en la duración y división de la *Apassionata* como una referencia para la composición, hasta el punto de que ya identifico pasajes enteros con partes del texto.

Me preparo para hacer un primer gran ordenamiento de fragmentos mediante la introducción de un nuevo criterio estructural. Gran poema igual a rito, a ceremonia, a misa. A sacrifico, comunión, salvación. Entonces el primer movimiento de la sonata coincide con un introito y un ofertorio. El segundo con un sacrificio, una trasmutación, un prodigio. El tercero con la oración, la comunión y la bendición. Misa pagana, rito de los elementos, ceremonia de la oscuridad.

La poesía no es una profesión, pero sí es una obsesión. Trabajo mucho y estoy contento con mi trabajo. Me emborracho al menos una vez a la semana, también mínimo cada siete días me cazo una pájara experta y me pierdo en los máximos goces de la carne. Pero todos los días lucho con mi noche a troche y moche.

Todo el año pasado viajé cada semana a otras ciudades a comentar los partidos de fútbol que juegan de visitantes los equipos de Medellín. Eso, de paso, me especializó en las seducciones de hotel. Pero, aún así, escribí versos en Pereira y en Cúcuta, en Santa Marta y en Ibagué. Tengo la mitad de mi vida hipotecada a este poema. Eso me aterra y me hace feliz.

Comienzo hablando de mí y de mi noche, pero lo que quiero desde hace días es contarte mis preocupaciones por algo que hablamos en diciembre. Te noté muy ansioso por irte este próximo septiembre, cuando apenas acabas de iniciar las gestiones. Lo primero es que no creo que puedas completar los requisitos –contando con la burocracia de tu universidad y con sus ene instancias– en un plazo que permita que la universidad de Estados Unidos decida para este año.

Mientras tanto, sé que te vas a poner ansioso y que vas a perder tu centro, inquieto por empujar una maquinaria que no está a tu alcance. A ti no te pasa nada si piensas en irte el año entrante. Entonces ya Raquel habrá terminado todos los cursos de su carrera. Y no te aceleras. Y haces tus trámites sin el acoso de los plazos perentorios.

Cruzo los dedos para que este atrevido consejo no llegue tarde. Con mi abrazo, Esteban

✉

DE LUIS A ESTEBAN
Bogotá, martes, abril 16 . 1974

Mi querido reportero: Eres testigo de una parte pero te mereces la crónica entera, con toda mi ineptitud para la vida social y los roles familiares.

La primera alarma vino con una llamada en que, con atropellamiento, mi hermana me contó que se casará en julio. Me dijo lo que yo sabía ya, me confirmaba mi observación de diciembre cuando tropecé con los tórtolos varias veces en la casa. Lo sabía y no me daba ni frío ni calor. En el plan de vida de Cecilia estaba implícito que algún día se casaría. Predestinada al matrimonio por sus hábitos, sus cualidades, la idea misma que tiene de la vida. Y apareció este novio que me deja indiferente: se gana la vida con su familia, tiene un buen sueldo, les regalan un apartamento. Vale decir que tienen solucionada su vida doméstica. Y lo menos que uno debe preguntarse cuando comienza un matrimonio es cuanto durará. Si los matrimonios se llevaran a cabo teniendo en cuenta su probable fracaso, pocas parejas llegarían al altar.

En cuanto al tipo, lo recuerdo desde el colegio: si él no te asocia con tu glorioso pasado de goleador, a mí sí me recordaba porque cuando estábamos en cuarto de bachillerato ofreció pagarme por entrar a un equipo para un trabajo de investigación en grupo. El trato era que yo hacía el trabajo y él pagaba por firmar. Lo comprometí con la condición de que no pondría su firma si él no se lo aprendía de memoria antes de entregarlo. Entonces Pelusa me pidió rebaja. Teniendo que hacer algo, debía pagar menos. Le dije que no había trato y él, en vista de mi firmeza, se allanó a la condición y cumplió aprendiéndose el trabajo de pe a pa entre un sábado y un lunes.

Con ese antecedente, Pelusa no me había olvidado. Se acordó desde el primer día en que su novia, recién conocida, le dijo cuál era su puerta. "La misma casa de Luis Jaramillo", le dijo a una Cecilia que le contestó "es mi hermano". La noche en que lo vi por primera vez con Cecilia, me saludó repitiéndome frases enteras de aquel trabajo que aún no se le borraba de la cabeza.

No le tengo ni simpatía ni antipatía activas a mi cuñado –¡qué extraña suena esa palabra!–. Es un tipo más sagaz de lo que parece y eso no llega a preocuparme. Era a Cecilia a quien le correspondía decir con quién se quería casar y resolvió traerse el muchacho más pinta del colegio.

Hasta aquí el acta de mi indiferencia. Sigue la preocupación gorda: a mi madre le cambia la vida. Ahora vivirá sola y se cancela una implícita conformidad que siempre he tenido, que estoy tranquilo en Bogotá porque las mujeres de la casa están juntas y se acompañan. Ya no será así.

Le dije esto a mi madre y apenas sonrió con esa sonrisa tan de ella, que no es hilaridad sino dulzura, y me respondió que estuviera tranquilo, que ella se ocupaba todo el día con sus tortas y que, además, siempre Dios la acompañaba.

Ya me iba a despedir, alérgico al teléfono, convencido de que la llamada era sólo para darme la noticia. Tu hermana se casa y chao. Pero no. Cuando una hermana se va a casar, el único hermano comienza a desempeñar su papel en la comedia. Ya no soy el Luis de mi familia. Ahora soy el monigote del padre muerto. Ahora represento a la familia, suplanto al capitán de la nave, me dirán tal cosa y tendré que contestar tal otra.

–El próximo sábado viene Moisés con su padre a pedir la mano de Cecilia –me explica mi madre por teléfono–. Cuadramos que fuera un sábado para que usted pudiera estar y contestar a la solicitud.

–Pero usted me dice qué contesto –le bromeo.

–Yo tengo unos ahorritos y con parte de ellos les compré pasajes de avión. Vienen el sábado y se regresan el domingo.

Siempre tiene unos ahorritos. Siempre la generosidad de mi madre

153

me deja mudo. Musité un gracias que ella no me permitió terminar para decirme que bueno, que nos esperaba, que nos bendecía, que adiós.

En Medellín tuve una garrotera con mi hermanita, que estaba nerviosísima. Todo el día anduvo en tareas de vestuario y de peinado y cuando llegó a la casa como a las cinco, elegantísima, estrenando vestido, peinado, arreglo de uñas, maquillaje, todo, se quedó mirándome como a un insecto:

—¿Y usted, va a estar vestido así?

—Sí. A mí me invitaron a comer a mi casa y voy a comer en mi casa como estoy vestido en mi casa.

Siempre que hay una discusión, mi madre interviene para darle la razón a todo el mundo. A ella le dice que todos entendemos que esté tan nerviosa, pero que tranquila, que todo va a salir perfecto. Después se voltea adonde yo estoy y me dice que, por favor, me limpie los zapatos y me peine para recibir a los invitados. Cecilia cambia de histeria y Raquel me llama aparte y me pide que vayamos en taxi un momento a casa de su hermana.

—¿No quedamos en que mañana verías a tu familia? —le murmuro sin entender.

Ella me explica que se sintió muy mal vestida con el reclamo de Cecilia sobre la ropa; que yo me podía disculpar pero que ella está incómoda.

Entonces siguió una especie de maratón hasta la casa de María Uribe donde Raquel Uribe se disfrazó de María Uribe en media hora. Mientras yo hablaba del clima con Maximiliano y cuatro, o veinte, o mil niños me pasaban por la espalda, la panza, las piernas, una hermana preparaba la fachada de la otra para una comida de sábado. Cuando aparecieron en la sala no pude eludir un sonrisa al descubrir a mi Raquel entre ropa prestada y detrás de un maquillaje que la convertía en una señora, que la disfrazaba de María. Ella se dio cuenta hasta el punto de que esa noche, cuando pasó todo, se metió a la ducha y regresó a la cama más Raquel que nunca, como si quitándose el afuera ajeno recuperara su verdadero adentro, perdido durante unas horas.

Cuando volvimos eran casi las siete. Raquel, acuciosa, subió a acompañar a Cecilia, a calmarle los nervios, a ayudarle en los últimos toques de su indumentaria de princesa. Me quedé con mi madre en la cocina.

Revisaba que todo estuviera en su punto, le daba instrucciones a su ayudante de repostería convertida en la mesera de la noche con un delantal contagiado de la idea platónica de blancura. Se lo comenté a mi madre, no de una manera tan filosófica y ella, llamándome con el dedo, me llevó al cuarto de atrás donde vi colgado un delantal todavía más blanco, que tenía de repuesto por si el primero recibía alguna mácula durante los preparativos. Ahí sonó el timbre de la puerta y mi madre y yo nos miramos con extrañeza. Era demasiado temprano para que llegaran los invitados. Fui a abrir y eras tú, demonio del alcohol, que me decía parado en la puerta de la calle, sin entrar, entregándome un paquete:
–Los invitados pueden pedir whisky y yo sé que en esta casa no hay. Yo llego a la hora de la comida, chao –y te diste media vuelta dejándome con el señor Johnnie Walker aferrado a mi mano.

Yo ni siquiera sabía que estabas invitado a la comida: mi madre piensa en todo. Hasta en invitarte, en la hora en que debes llegar, una vez que se ha representado la zarzuela. Eras necesario. Eras parte de la familia.

Tengo una particular sensibilidad para percibir los disfraces. Para mí está claro que si me pongo una corbata, hay otro Luis ajeno, desconocido, que me sale en palabras, en el mismo modo de moverme. Y el Luis que soy yo, el que ahora te escribe, se repliega a ver actuar al otro, al invasor, al de corbata. Así veía a Raquel, poseída por una gemela de su hermana María. Esta sensación de fiesta de disfraces se acentuó cuando Pelusa y su padre entraron a mi casa tres minutos antes de la hora convenida. Ya sabes que ellos tienen un taller de reparación y compraventa de carros. En otras palabras, el papá de Pelusa es un mecánico próspero, que por próspero que sea no deja de ser mecánico, un individuo que se viste con un overol de trabajo durante diez horas diarias. De manera que el señor se coloca el Everfit como quien se instala en una armadura. Alguien que llega a su casa después de un día entero de pintura y aceite y –en lugar de la piyama– se cala su traje de paño. Evidentemente, vive en una casa sin mujeres –la madre de Pelusa murió hace años, su hermana vive casada en Estados Unidos– y esto se nota en las arrugas del vestido, en el ángulo del nudo de la corbata, en esa apariencia patética de quien está todavía mojado por la ducha vespertina de manera que le escurren por el pelo algunas gotas mal secadas.

Pelusa tiene también el mismo disfraz. Saco y corbata. Pero en él no es el obligatorio uniforme para un compromiso social. Aquí se trata del vestido de fiesta. Narciso, demasiado consciente de su propia belleza, cada prenda que luce ha sido estudiada con cuidado. El resultado es una estampa impecable, tan perfecta que me parece artificial.

En un escenario donde todos están disfrazados –y de esta generalización se salva mi madre– quien no lo está, quien –como yo– se ha negado a trasmutarse, termina sintiendo el desacostumbramiento ante la fachada que los otros presentan.

Saludos, servir; un trago –aquí subrayo que todos pidieron aguardiente y que tu whisky quedó añejándose–, sentarse en el silencio de quienes se acomodan a la vestimenta y repasan las palabras rituales que se pronuncian en una ceremonia en que ninguno de los concurrentes tiene experiencia.

Habla el padre. Habla duro, acostumbrado como está a dar órdenes en campo abierto. Más bien parco, nada elocuente, limitado en su expresión y en una situación tan artificial, se ve obligado a rebuscar cada palabra, dejando unos huecos largos, de un silencio sonoro, tan indefenso que yo –que estaba obligado a contestar y por tanto a callar mientras terminaba– sentía el impulso, el reflejo condicionado de pedagogo de decirle la palabra siguiente, tan desamparado estaba, expuesto a una situación atípica y formal. Lo simpático es que, tratándose de un rito social de los paisas (padre-novio pide la mano a padres-novia en comida en casa de padres-novia con asistencia de ambas familias en pleno) nadie se sabía el libreto. Me gustó que el papá de Pelusa, tras el embarazoso silencio inicial, rebuscando palabras a tropezones, se lanzó a la liturgia, decidido a salir con rapidez del asunto.

Me demoro en mi repaso: el gesto adelantado al verbo que no le llega a la garganta, el ademán que no acompaña a la palabra sino que la induce, la empuja casi. La voz que se apaga, que se atranca, que se obliga a una leve tosecita. Me demoro en mi repaso, en el intento de eludir mi respuesta. Cuando ya casi terminaba –y no me obligues a repetir aquellas palabras desleídas en dubitaciones: mientras el mecánico recién bañado y ahorcado con una corbata las rebuscaba y luego las soltaba con su volumen un poco subido– a mí me sudaban las manos tratando de hallar por dónde comenzar y qué decir.

Cuando terminó, otra vez el silencio corrió por cuenta de todos. Me tocaba a mí. Alcancé a mirar a mi alrededor. A mi izquierda, en dos sillas, el papá de Pelusa y mi madre. A mi derecha, en el sofá, los dos tórtolos listos para el clic del fotógrafo inexistente y al frente mi muchachita, desamparada entre un vestido de su hermana y sin mi abrazo. Todos me miraban y yo me frotaba el sudor de las manos. La tensión se me vuelve sudor y el sudor me produce taquicardia. No hablo de causas sino del orden en que se van sucediendo. Todos me miraban y yo contesté hablando de que lo principal era que Moisés y Cecilia se habían escogido entre los dos y que de nuestra parte eso era suficiente. Cuatro líneas, respuesta de catecismo Astete. Otro silencio, interrumpido por Pelusa:

—Creo que es la primera vez que un compañero de colegio me llama Moisés.

Risas. Íntimamente le agradecí el chiste, que nos sacó a todos de la ceremonia obligatoria en que ninguno de los concurrentes conocía las fórmulas sacramentales.

¿De qué manera seis personas que, como grupo, tienen un común denominador tan precario pueden establecer un clima, un ritmo, en una reunión ocasional? Aquí se logró por dos factores, aparecidos al azar. El primero fue un detalle genial de mi Raquel. Dijo "pongamos música" y se paró a colocar un disco; aquí estuvo el acierto: los boleros de Toña la Negra revelaron una complicidad entre los nuevos consuegros. Mi madre murmuraba "mentiras tuyas" y el padre de Pelusa se deshizo en frases de admiración por la jarocha. El primer trompetazo de la siguiente canción lo hizo exclamar: "¡Ah, este amor salvaje!" Se las sabía todas. El bolerazo autorizó a los novios —que hablaban en murmullos— para tomarse de la mano. Raquel vino a sentarse en el brazo de mi silla.

Así iban las cosas cuando llegaste, a las ocho en punto en que, según mi madre te había citado, ávido del formidable banquete que fue, además, el segundo elemento que le dio ritmo a la reunión, convertida en un intercambio de recetas, pues el señor también resultó cocinero. Me salto esa parte porque tú la viviste y, en verdad, no hay en ella nada memorable. En confirmación de que la ceremonia de la noche había surtido su efecto, a la despedida Cecilia salió con ellos, con su novio y con su suegro. Al señor lo dejaban en la casa y ellos se iban a celebrar. Nos invitaron a acompañarlos pero tu intervención fue feliz: es el momento de que ustedes celebren solos. Así nos quedamos un rato contigo y con mi madre y pude apreciar la metamorfosis en suegro que te suele pasar cuando pisas mi casa.

Comentaba mi madre que la fiesta de la boda sería, según voluntad de los novios, restringida solamente a los amigos y entonces prendiste motores de suegro y nuestras risas eran el acompañamiento natural de tus exclamaciones:

—¿Sólo los amigos, doña Gabriela? Pero si ese par son amigos de medio Medellín. Los amigos de Cecilia y de Pelusa no caben ni en esta casa; ni siquiera en este barrio.

—Cálmese, Esteban —decía mi mamá entre risas— que está hablando a los gritos.

—No, esto tiene que ser solamente la familia —insistías—. Que los amigos vayan a las despedidas de solteros y a la fila de fiestas que siguen, pero a la boda sólo va la familia.

—Y tú llevas a la novia de tu brazo... —se atrevió a decir Raquel.

—Pues no. Eso le toca aquí al joven que tendrá que estar elegantísimo. Pero yo sí voy a estar en la fiesta poniendo discos de Toña la Negra —replicaste muy ufano sin esperar la descarga de mi madre.

—Si usted va a poner la música, yo me pido controlar el volumen.

En todo, joven expósito, le has obedecido a mi madre con una veneración que no alcanzo yo a tenerle, pero eres incorregible con el volumen de la música que oyes. Corrígete muchacho.

Y, entretanto, prepárate para acompañarme a la boda que será a mitad de año, sólo con la familia como tú has ordenado. Una fiesta de siete.

¿O exagero? Con mi gran abrazo.

Luis

✉

DE CLAUDIA A RAQUEL
Nueva York, martes, abril 30 . 1974

Mi Maquelita: Te veré. Te veré muy pronto. Con mis ahorros, tomaré vacaciones de verano en Colombia. Voy de rumba. Sin Juana y de rumba: cuando se lo digo a ella, se estremece. Y le dan convulsiones cuando le

cuento que un gramo de cocaína vale cincuenta centavos de dólar en esa tierra bendita. Dice que me voy a convertir en una aspiradora. Veré a mamá en Nueva York, pues ha dicho que vendrá antes de mi viaje. Llego a Bogotá, así que ojalá tú estés allá. Beso, beso, beso...,
Claudia

✉

DE ESTEBAN A LUIS
Medellín, domingo, mayo 5. 1974

Mi querido profesor: Sigo como suegro, donde el titular murió hace años y el suplente se niega a ejercer: he contratado un fotógrafo, aparte del fotógrafo oficial, para que deje registro del profesor Luis Jaramillo vestido para una boda; copias del burguesito para los duros de la izquierda de la universidad; copias para extorsionar al profe Jaramillo, que tanto se las pica de insobornable ante los formalismos. Ja, ja, ja.

En desempeño de mis funciones de suegro, he realizado una investigación sobre la familia Pelusa. Porque eso fue lo primero que encontré. Que el sobrenombre tiene por lo menos tres generaciones y quizás más. Yo me preguntaba la relación entre ese apodo y el Moisés Zuluaga que conocía en el colegio. Nunca sospeché que fuera la herencia. En el aviso de la puerta dice "No-sé-qué Motors", pero toda la clientela conoce el sitio como "el taller de Pelusa", compraventa y taller acreditados que manejan el papá y un tío de Pelusa. Gente honrada, conocida, próspera: casa en El Poblado, finquita en La Ceja, viajes anuales a Cartagena o a Miami. Lo que llaman gente bien, propietarios de mediana empresa. El que vaya a "No-sé-qué Motors" verá allí a nuestro Pelusa vestido con un mameluco y con una llave inglesa en la mano. Dicen que es un buen experto en mecánica de motocicletas. Cecilia tendrá, pues, un buen vivir si –y aquí se me sale el más encarnizado suegro– le merman a la rumba –siempre quise, tú lo sabes, regañar a Cecilia por eso– pero ahora, sosteniendo una casa, no pueden seguir de maniquís.

Otra confesión de suegro: me tranquilizó saber el oficio de Pelusa. No lograba imaginármelo en ningún trabajo en que use la cabeza. Tú dices que es un tipo astuto, pero a mí siempre me pareció que esa parquedad en las palabras, más que denotar sagacidad, indicaba que no tiene nada que decir. Era un estudiante maquetas y hasta ahora no he conocido a nadie que se haya acostado bruto en el colegio y se haya levantado inteligente ya grandecito. Puede que los haya. Pero la bestia de ayer es la misma bestia de hoy. A veces alguien –Pelusa– tiene una habilidad desconocida en los tiempos del colegio –arreglar motocicletas– y esto les da una salida. Para algo sirven las manos.

Sigo de suegro: antenoche comí en tu casa. Doña Gabriela y yo, pues Cecilia anda en toda clase de ágapes diarios de despedida de soltera. Tu madre, como siempre, irradia serenidad. Ella sabe que todo saldrá bien. Me cuenta que estuvo conociendo el apartamento que le regalaron a Pelusa. Está encantada. Y que están contratando la fiesta de matrimonio en el Club Campestre o en El Rodeo.

–... Resultó lo que usted decía –me cuenta–. Hicieron la lista de sus amigos y son una multitud. Tuvieron que tachar nombres.

–¿Y la fiesta no la paga la familia de la novia?

–Moisés dice que tiene unos ahorros y que él paga la fiesta. Yo les voy a regalar el ponqué. Será la más deliciosa torta de novia que prepare en mi vida.

Te espera, pues, un club de golf, tu indumentaria de suegro en la mesa principal, fotógrafo, clic, clic, abrazos, tufos de champaña y una mezcla de olores de perfumes comenzando por el de tu hermanita, que bien puede emborrachar al más abstemio y dejarlo narcotizado hasta el otro día.

Sigo viajando casi todos los fines de semana detrás de los equipos locales cuando juegan de visitantes. Como por castigo, a la única parte adonde no he ido es a Bogotá, pues la emisora toma el sonido de la trasmisión local de allá. Los viajes son de sábado por la tarde a lunes, o entre semana de miércoles a jueves. En esta rutina he extendido mis aficiones a las damas de hotel, entre las que distingo con nitidez dos clases principales. Una, es la huésped, una mujer sola que está en una convención, en algo relacionado con su trabajo. Vendedora profesional, alta o mediana ejecutiva. La ves de maletín en el lobby o conversando con sus congéneres de profesión a la salida de la sala de conferencias. Soltera o casada, ella se siente fuera de su hábitat natural, nada la vigila, ni la mamá, ni el marido, ni los vecinos, ni los hijos. Lejos, ella se siente en la libertad de violar normas, de comer más de la cuenta, de emborracharse un poco, de quedarse hasta tarde haraganeando en la piscina. La vida del hotel les impone hábitos distintos a los propios, hábitos que pueden ser transgresiones a la dieta, a la madrugada diaria. Vencidos los primeros preceptos, se pueden vencer todos –nadie las ve– y son presa fácil en el bar, al borde de la piscina. Un breve romance de una noche de sábado, interludio erótico en la convención de dentistas o de vendedores, en los asuntos de trabajo en ciudad ajena. Lo simpático con las viajeras es que siempre son falsos los datos de uno y de otra. El fin de semana pasado, en Barranquilla, yo era un vendedor de ropa que venía de Pereira acostado con una abogada del Incora que me dijo que es juez de la república. La debí denunciar por usurpación de funciones públicas. Pero así, desnuda, no había mentiras posibles: éramos dos cuerpos insaciables, saciándonos interminablemente.

La otra clase de las damas de hotel son las que, para llamarlas en el lenguaje del fútbol, juegan de local. Viven en la ciudad y merodean en los hoteles buscando huéspedes. No son propiamente las putas, que cobran una tarifa y que no pueden entrar solas al bar del hotel, sólo acompañadas de un huésped. En cambio estas pájaras pueden ocupar con toda libertad sus lugares de cacería, la barra del bar del hotel adonde, por azar, llegará la presa. No es la dama con argolla habitual de Medellín, que se cruza contigo en algún evento, ni es la turista que le añade un toque de romance a su viaje de negocios. Estas pájaras de hotel tienen una doble vida permanente. Eluden al habitante de la misma ciudad. Pareciera que quisieran tomar un seguro, una garantía de que el asunto es ocasional, afianzándose en que siempre la pareja será un viajero. Todas tienen un toque de vampiras con el encanto de un cínico romanticismo: el bar, el hotel, la casualidad, el brindis, la mirada, la mano. La palabra clave es "deseo". Deseo significa ganas de ir a la habitación, directo a la cama.

El cinismo, que es común a todas estas sabias pájaras treintonas de los hoteles, te lo puedo ilustrar con este cuento. Hace como tres meses fui a Cali. Sábado por la noche, barra del bar del hotel, una mujer de pelo azul, de piel morena y ojos claros. Deliciosa aventura, desde una especial intensidad erótica hasta –cosa rara en este deporte– una conversación divertida. Le dije que me llamaba Carlos.

La semana pasada regresé a Cali, sábado por la noche, mismo hotel, mismo bar, misma mujer.

–Hola, Carlos –me dice en el mismo instante en que yo lucho íntimamente, tratando de recordar la falsa identidad que le había dado.
–¡Te acordaste de mi nombre! –comento con sorpresa.
–"¿Quién no se llama Carlos o cualquier otra cosa?" –me sorprende aún más con la cita de Vallejo.
–"¿Quién al gato no dice gato gato?" –completo con una sonrisa para darle a entender que conozco el verso. Ella también sonríe y me dice, tras una pausa:
–Lo grave es que Vallejo no da la fórmula para el caso de las mujeres... ¿recuerdas cómo te dije que me llamaba?
¿Cínica ella? Mi propio cinismo estaba probado con el nombre de Carlos. No, no recordaba su nombre y ella me pescó esta desmemoria en la expresión, y riendo se contestó:
–No importa. ¿Quién no se llama Carlos o Carlota o cualquier otra cosa? Somos Carlos y Carlota –estaba un poco borracha y contenta y de un humor desparpajado:
–Somos los mismos en este club de la aventura en el que nadie ha escrito las reglas pero donde todos los miembros las sabemos. La primera es, como lo prescribe el bolero, "miénteme más, que me hace tu maldad feliz". Ahí tienes el verso de Vallejo: todos los hombres se llaman Carlos, excepto los que sí se llaman Carlos. Es un club. El club de los amores de una noche. El error de los hombres es creer que se trata de un club de sólo mujeres, mujeres aburridas y necesitadas de sexo. Los hombres del club son lo mismo. La misma clase de gente interesada en la disipación, en la desinhibición.

Lo que dijo Carlota –no fue mucho más, pues rápidamente pasamos a la acción– era nuevo para mí. Y me golpeó mucho después: el hastío furioso de la mujer que le pone cuernos a su marido es el mismo aburrimiento de su pareja ocasional, de su instrumento de venganza. Aburrimiento y ansias de sexo, como sólo somos capaces de sentir los escorpiones.

Sigo con el poema. Trabajo y trabajo pero tengo problemas con la edición musical que estoy empeñado en darle. Durante dos años trabajé con la *Apassionata* de Beethoven. Tengo fragmentos enteros ensamblados a la sonata, que además me coinciden con la secuencia ceremonial del poema. Pero hay un tono de exceso, típico del compositor, que no quiero para mi poema. Por momentos el piano repite, como evocando, el tema principal del primer movimiento y la música te pone a flotar. Pero, por ejemplo, en el principio y el final del primer movimiento hay un patetismo, un dramatismo de apocalipsis que no cabe en mi poema. Puede que asistamos al fin del mundo, a la muerte, pero en el poema la expresión no está tocada de esa emoción de la sonata. El poema largo es frío, los elementos se acumulan por yuxtaposición; la poesía es una atmósfera, un tono, un sentido y no arrebatos o énfasis. El segundo movimiento es perfecto para el sacrificio ritual; en esta música se puede intercalar el milagro de la transustanciación de una materia común en objeto sagrado. De un tono narrativo el piano va, sin prisa, llegando a un clímax ascendente donde insiste en un mismo fraseo obsesivo, la palabra mágica, la sangre convertida en vino, o viceversa, el momento −precedido de un silencio, el piano que murmura−, el instante crucial en que el reino de la noche se revela en su contorno oscuro, sin dioses, sin noción de bien o mal, sin historia. Casi que estoy copiando un verso.

Lo mismo me pasa con la tercera parte −oración, comunión, bendición−; la *Apassionata* es demasiado desgarradora, demasiado reiterativa para un poema que no quiere ser ni lo uno ni lo otro. En fin, lo que quiero decirte es que tengo descartada la *Apassionata* en particular y a Beethoven en general para apoyar en ella o en él la estructura de mi nocturno. Debo encontrar algo más de hoy, menos enfático y que sea un solo instrumento: la combinación de varios instrumentos me hace perder la nota y me confunde.

Por todo lo dicho, adivinarás que estoy perdido. No logro definir una referencia musical para el poema. Sí, confieso. No me tortures más. Confieso. No tengo más que fragmentos, atérrate, como sesenta páginas, pero me siento vencido cuando trato de darles un orden. Lo máximo que he logrado −y ahora estoy en esa labor− es reunir pedazos que pertenecen a una misma secuencia. Asi tengo armadas algunas, pero me quedé huérfano, sin el punto de apoyo para una estructura formal. Señor profesor: ¿qué hago sin estructura formal? Con un abrazo −formal− para ti y un beso −estructural− para Raquel,
    Esteban
    P.D. Más fragmentos de *Una noche*.

No se va el sol. Es la oscuridad que lo desplaza.
El sol está allá lejos, mintiéndonos el día, pero la noche es parte de
esta tierra, sale de la entraña.
Esta misma tiniebla que ahora me ronda, le da la vuelta al mundo
cada noche,
sale de las almas, esta oscuridad atraviesa los mares, brota de la
arena en los desiertos como otro espejismo,
esta oscuridad sabe de selvas, remontó el lodo de nuestros tristes
ríos, el hielo de esta noche conoce el Himalaya.
Este planeta irradia sombra, la noche es lo suyo, su materia prima,
su savia.

DE LUIS A ESTEBAN
Bogotá, viernes, julio 5. 1974

Mi querido Juan Estorban: Es gorda y grande. No parece de la familia. Jovial y expansiva, extrovertida, directa, irreverente. Es todo lo que no son su madre o Raquel.

Raquel me había contado que Claudia, su hermana, vendría durante el verano a Colombia, pero contábamos con que llegaría, según lo anunció, la próxima semana, justo la víspera de nuestro viaje a Medellín al matricidio de Cecilia.

Así que te imaginarás la escena. El domingo trabajé hasta la madrugada. Alcancé a ver la luz del lunes, embebido en la prosa modernista, preparando una conferencia que quiero que salga muy bien, con miras a publicarla como artículo en alguna revista. Me demoré en dormirme, atiborrado, bombardeado por las fulguraciones de la prosa de Rubén Darío. Poco después, cuando mi niña se levantó para ir a la universidad, ni siquiera la sentí. Es posible que mantenga mucha actividad durante el sueño, pero Raquel dice que paso de persona a cosa. Soy materia inerte ajena a toda animación, a cualquier movimiento. Supe después que eran las once de la mañana. A esa hora me sacaron del sueño unos golpes en la puerta; y me llevaron, todavía dormido, a abrir como un autómata. Lo que vio quien estaba frente a mí fue un sonánbulo, alguien que pertenecía al mundo del sueño. Lo que me despertó fue un abrazo efusivo, avasallante, que me envolvió:

—¡Qué gusto! Soy Claudia, la hermana de Raquel. Tú debes ser Luis. Desde ese instante no paró de hablar. Sí, el viaje era para la semana entrante, pero tuvo una pelea con su amante un día, y a la madrugada siguiente estaba en el aeropuerto buscando un cupo para venirse antes. Eufórica, tocándome el hombro, me contó cómo, llorando, todavía un poco borracha mientras hacía cola en el despacho de Avianca, apareció su novia con flores para despedirla. No cambió la decisión de viajar; había empacado todo en una larga borrachera que duró toda la noche, no tenía obligaciones allá, estaba en el aeropuerto como está un viajero siempre en la estación de partida —te juro que ésa es la etimología—, con el alma partida, partida en dos partes separadas por la distancia del viaje. No cambió la decisión pero quedó reconciliada con su Juana.

Esto me lo contó mientras le ayudaba a entrar y a acomodar dos gigantescas maletas; una la metimos debajo de la mesa —"todo lo que hay entre esa maleta es para Boris", dijo— y la otra en el rincón del sofá al lado de la puerta. Un inmenso maletín —"de mano", me dijo; "será de mano de orangután", le contesté— cayó en el sofá; me contó que durante el viaje lo había cambiado de mano todo el tiempo con las flores.

Ahí me fijé en las flores por primera vez, que no soltaba todavía, como si teniéndolas en la mano tuviera la mano de su Juana. Entonces se metió en la cocina donde vio nuestro único florero que viaja con frecuencia de la mesa a la nevera, cuando hay que despejar la cancha para estudiar o corregir trabajos y todo objeto decorativo o culinario desaparece. Lo bajó hasta el poyo y con destreza intercaló las flores amarillas que traía entre las ramas casi plateadas de eucaliptos que ahora nos aromaban la cocina.

Así sea para explicar que adelantó el viaje, no es fácil que alguien que acabas de conocer te hable tan explícitamente. Que la pelea, que la amante, que la borrachera, que los besos, que las flores. Esto me gustó; me pareció auténtico y sincero. Además, creo, ella venía predispuesta a ejercer su poder de seducción sobre mí, a abrazarme de entrada, a tratarme como a un viejo amigo.

Mientras Claudia le introducía unos toques de color a nuestro florero, yo terminé de despertarme acomodando el equipaje. Entonces, descalzo, sentí helados los pies y me vi ridículo en mi piyama y supe que se me venía a goticas una orinada matutina de ésas en que uno despacha largamente la labor que la vejiga desplegó toda la noche.

Como a la una llegó Raquel para almorzar y lo que encontró fue a un Luis en piyama, con suéter y con medias, sentado en el sofá riéndose y conversando con su Claudia. Ambas lloraron emocionadas. Se miraban, se abrazaban, se volvían a mirar, alternativa e interminablemente. Había pasado más de una hora de cháchara y a estas alturas, yo había descubierto ya la risa de su madre, el pelo sedoso y las finas facciones de la familia, estas últimas un poco perdidas en el abotagamiento de la cara de Claudia.

Raquel, con un cariño animal, pasándole la mano con suavidad por la cara, le decía que estaba muy gorda y muy fea, que se tenía que poner bonita, que así no la quería. Claudia, con remilgos, le prometía enmendarse y no volver a comer chocolates ni a desayunar cereales. "Los chocolates me enloquecen", le confesaba contrita.

Muy amo de casa, dejé el idilio familiar del sofá en la intimidad del reencuentro. Claudia le repetía, con más detalles, las mismas historias que ya me había contado a mí, mientras yo preparaba sánduches para los tres y calentaba café.

Noticias, todas buenas, de doña Ester y del doctor Arroyo. Claudia subió el volumen para que oyera, de nuevo, los grandes saludos que ellos me mandaban, lo simpático que yo les había parecido. Repetía para que Raquel se sintiera orgullosa de su Luis.

Observándolas, me di cuenta de que las debía dejar solas. Que debía inventar algo. El azar se encargó de un mejor plan.

Mientras almorzábamos, llamó el cura López a invitarnos a comer. Acepté de inmediato y le advertí que iría solo, además con el interés de secuestrar un libro de su biblioteca que necesitaba. Le expliqué acerca de nuestra visita y de las ganas que ella y mi Raquel tenían de estar solas. Raquel me miraba conversar por el teléfono y sonreía agradecida. Ella tenía que salir para la universidad muy pronto y allí se pasaría la tarde. De manera que no podía estar con su hermana sino hasta por la noche. Entonces, la fatigada viajera durmió su cansancio y su trasnocho en el sofá y yo le hice una larga siesta a mi almuerzo, que en verdad era mi desayuno después de cuatro horas de sueño. Y Raquel, al llegar cuando ya oscurecía, nos despertó.

Puedes estar tranquilo, que no te voy a contar mi conversación sobre *Los raros* con el cura López, ni la película que fui a ver con él después. El caso es que cuando llegué, como a medianoche, encontré una fiesta. Las dos hermanitas estaban en una gozosa borrachera. Era la primera vez en mi vida que veía a Raquel con más de un trago encima. En la emoción del encuentro sucumbió a la invitación de su hermana y su habitual timidez estaba aplastada por un entusiasmo y una locuacidad desconocidos para mí. En cuanto entré, se me avalanzó y me arrastró hasta el sofá y se me echó encima. "Quería que llegaras para que me cargues", me decía en un delirio de alegría.

Fue el día en que más llamadas de larga distancia había hecho en la vida, contaba Raquel. Muy temprano, apenas salí, Claudia llamó a Boris, su hijo. Hablaron una hora enterita. El niño, que ahora tiene como ocho o nueve años, vive con María, pero todos los años va a Nueva York de vacaciones. A Boris debemos que Claudia haya madrugado al otro día para Medellín. La llamada adicional fue mucho más tarde y estaba contagiada de alcohol, una llamada romántica de Claudia a su novia.

Tal vez para necesidades afectivas a larga distancia, para anunciar un viajero que llega, para buenas o malas pero definitivas noticias, el teléfono tenga alguna utilidad. Para lo urgente, para lo irrevocable, para lo fatal. Acaso eso lo justifique. Pero, por eso, también es posible que sea tan atemorizante.

No pasaron diez minutos de mi llegada, cuando Raquel, borrachita, se quedó completamente dormida encima de mí. En cambio Claudia, veterana, seguía firme, ebria pero lúcida.

—¿Quieres conversar un rato o prefieres dormir? —me preguntó de frente.

—Dormí toda la tarde. No tengo sueño.

—Entonces, acostemos a la niña.

—¡Perfecto!

Raquel dormía con una sonrisa dibujada en sus labios. No se inmutó cuando, con cuidado, se la entregué a Claudia que la llevó hasta nuestro zarzo, donde yo me subí a recibirla. Allí quedó, inerte, moviéndose apenas con los reflejos de quien llega a su propio lecho y acomoda el cuerpo según las leyes del sueño.

—¿Quieres café? Mientras me tomo un trago, te tomas un café —escribiéndote me doy cuenta de las muletillas que uso conversando: repetí otra vez el "¡perfecto!" de antes.

Sé que –cínico– no crees en el amor. Pobre de ti. No puedes entender cómo se me llenó de luz el corazón cuando la hermanita, borracha pero lúcida, me contaba que Raquel está enamorada de mí y que es feliz. Cierto grato calor se apoderó de mí. Uno no se casa con la pareja. Uno también se casa con la familia de ella. Con el padre y María –los primeros que conocí– la relación ha sido formal y distante. Con la madre y Claudia, que aparecieron después, todo fue más cercano, más visceral.

Me contó también cómo Raquel, con todo amor, ya con tragos, la había regañado porque estaba gorda como una vaca y me habló de su hijo maravilloso que vio una vez un charco de aceite bajo el sol que reflejaba el prisma y le dijo "mira mami, se derramó el arco iris" y del día en que vieron una película en blanco y negro y el muchachito le preguntó a la salida: "oye mami, ¿cuando estabas chiquita el mundo era en blanco y negro?" No recuerdo más cuentos del muchachito, pero duraron dos tazas de café.

–Seré descendiente de Herodes –comenté– pero detesto los niños.

Me contestó que ella también los odia, que al único que quiere es a su hijo pero –y aquí una confesión– lo ama de vacaciones, libre de reglas, dejándolo antojarse de todo y admitió que no sabía tenerlo de otra manera, atado a prohibiciones, sometido a una disciplina en la que ella no distingue entre las normas importantes y las adjetivas.

–María se queja cada vez que él vuelve de estar conmigo. Dice que viene insoportable y que a veces tiene que castigarlo. A lo mejor eso es necesario, pero yo no tengo noción de castigo. Ni siquiera tengo claro un criterio de orden en mi propia vida; tengo un trabajo bien pagado que me permite pasar largas temporadas sin trabajar, bebo mucho, llevo una vida a la deriva y eso sí que no le conviene a mi niño.

–¿Te interesa tener una noción de orden en tu vida? –me atreví a preguntarle, picándomelas de agudo. Se tambaleó un poco la pregunta.

–Mi caos. Así lo llama Juana. Y ésa es la causa de que ella estalle periódicamente y peleemos. Mi caos... Sí, me gustaría acabar con él pero no sé dónde está la punta del ovillo...

–Viviendo con el niño –me atreví–, eso te obliga con el único mandato que acepta un anarquista, que es el mandato del amor.

Se quedó pensativa un instante, tomó la copa de aguardiente y la vació en un movimiento de bebedora experta. Todavía callada, apuró un sorbo de agua con hielo y dijo:

–... Podría ser, podría ser...

Te cuento en detalle este episodio porque dos días después, hoy, cuando te escribo, ya sé que –por mi entrometimiento– se armó un conflicto familiar. Nadie sabe, ni Raquel –por fortuna–, que fue idea mía. Apenas aterrizó en Medellín, Claudia le notificó a María su intención de llevarse al niño a vivir a Nueva York. Acto seguido, María se montó en un drama que incluyó llamada a Raquel. "Papi dijo que no es buen ejemplo para Boris que viva con una lesbiana": yo no oí estas palabras, pero las adivino a partir de lo que escuché contestarle:

–Mira María, puedes estar segura que Claudia no le va a enseñar a Boris a ser lesbiana.

–...

–Aquí lo importante es que Claudia es la mamá, Boris es su hijo y ambos tienen derecho a vivir juntos.

Yo, el prudente, el que nunca toleraría que nadie se metiera con mi familia, de bocón, de doctorcito Freud, desaté una jarana familiar que ignoro cómo se discernirá.

Como si no guardara contradicción con el tema del niño, Claudia me declaró que venía de rumba. Primera vez en seis años que volvía, entusiasmada con la idea de conseguir cocaína, de aspirarse toda la nieve que sea capaz. De frente, me preguntó si yo tenía o si sabía dónde se consigue. Puso cara de no creerme cuando le conté que no la he probado en mi vida, que ni siquiera la he visto nunca. Claudia, ya gringuizada, con candidez, está convencida de que aquí la cocaína es como el café, para todo el mundo. Por lo que preveo, la gordita lleva un torrente de conflictos a Medellín. Quiere el niño y quiere la rumba: ¡la que se va a armar!

Esta carta debe llegar después de que nos hayamos visto en el matrimonio de mi hermanita. No lo olvido: hace como dos años me escribiste que se casaría con un niño bonito y se iría de luna de miel a Miami. Se le abona a tu vieja teoría de que todo es previsible según la lógica, sin necesidad de facultades adivinatorias.

Estremecido por mis deberes de padre de la novia,
Luis

P.D. No te perdono si, en respuesta, no me escribes tu crónica del matrimonio. Raquel te manda un beso y te pide que no me cuentes a mí que ella te manda un beso. ¿Entiendes a las mujeres? Vale, Luis

✉

DE LUIS A ESTEBAN
Bogotá, miércoles, septiembre 4. 1974

Cuán Estonto: Dejé pasar todo agosto sin atreverme a mandarte este reclamo. Esto no es una carta. Esto es un reclamo. Sé que estuviste lanzado a la rumba con Claudia, pero eso no es pretexto para que te calles de esa manera. Le diré a mi madre que no te invite más a comer. ¿Cómo te parece mi venganza?

Todavía me debes la crónica del matrimonio. Me sirvió mucho el consejo –¿o regaño?– que me diste cuando estaba tan ofuscado con la vestimenta que me tocó llevar: fue simpático vivir todo el ceremonial como una obra de teatro, como una puesta en escena en la que yo tenía un papel y, por lo tanto, un disfraz.

A pesar de trabajar con las patadas –del fútbol– la cabeza te funciona bien.

Pendiente de tu crónica, sin abrazo, que no te mereces,
Luis

P.D. De nuevo, Raquel te manda un beso y no quiere que yo me entere. ¿Será porque dudas en contarme ese secreto que has decidido no escribirme? Luis

✉

DE ESTEBAN A LUIS
Medellín, domingo, septiembre 15. 1974

Mi querido Luis: Perdona la demora. Pero no creas que me puedes amenazar con la supresión de las invitaciones de tu madre. Yo tengo mi propio romance con ella, un romance en el que no tienes ninguna influencia. Eso nunca lo comprenderás, así que no me amenaces con imposibles: desde que tengo doce años es mi más persistente y fidelísimo amor platónico. Cumplo tarde con la famosa crónica solicitada, por todo lo que ha sucedido en el entretiempo.

Yo estaba en la tercera banca de la iglesia. Olía a azahares, un olor penetrante mezclado con todos los olores de los invitados. Pero dominaba ese aroma floral que más tarde identifiqué como el perfume de tu hermanita y que, por un misterio químico-amoroso, impregnó la iglesia desde antes de que ella entrara.

El órgano trató de comenzar en un tartamudeo de notas y después se deslizó con tropiezos por la melodía que le daba entrada a la novia, del brazo de su padre de ocasión. No obstante tus temores, lo primero que noté fue tu aplomo. Estabas acomodado a tu papel, libre de esa obsesión por no sentirte disfrazado. No. Allí estaba Luis Jaramillo, un Luis que nunca había lucido semejante pinta pero que era el más puro, el más auténtico Luis. Un Luis posesionado de su papel llevando del brazo una mujer de aire.

A tu hermana le faltan alas, parece condenada a caminar cuando su fragilidad le impone el vuelo. Llevaban el ritmo preciso, ni muy despacio ni muy de prisa. Frente al altar los esperaba otro figurín. Pelusa estaba elegantísimo, consciente de la situación, concentrado en la música de los clic de los fotógrafos por encima de los acordes del órgano.

Todavía sonó la música durante un rato después de que ustedes ya estaban dispuestos a la ceremonia. Luego, sólo se oyó la voz del cura, esa voz ronca de tu tío, que parece débil pero que cubre toda la audiencia sin necesidad de micrófono. Dos o tres veces antes, a lo largo de la vida, vi a tu tío el cura, invitado a comer en tu casa, pero muy pocas veces le oí la voz, de tan callado que es. Marca de familia. Lo que sí me consta es que para tu madre sólo existen dos seres perfectos en el mundo. Ojalá no esté tan equivocada con el segundo, el padre Pazos, como lo está con el primero, la suma de las perfecciones, su hijo Luis.

Me llamó la atención tu Raquel. Con su vestido negro, sobrio, sencillísimo. Y con ese collar de perlas como único adorno. ¿Tienes novia con collar de perlas? Pues ahí está el dinero para pagar las llamadas de larga distancia de las hermanitas Uribe. Estaba hermosa tu Raquel sin gota de maquillaje, con esa frescura única, como si viviera en una temperatura distinta a los veintiocho grados de Medellín en julio.

¿Alcanzamos a comentarlo? La hermana de Pelusa, venida de USA, con su marido gringo sin idea de español, es una versión femenina de Pelusa. Parece una modelo; impecable, erguida, pendiente del ángulo de la barbilla, de perfil que le presenta al fotógrafo. A su lado un gringo con un vestido de fibra sintética, de color demasiado claro para las costumbres locales. Todos tuvimos que oír en la fiesta la historia de que la caja de maquillaje se derramó entre el equipaje sobre el vestido del tío Sam y el pobre tío, con sonrisa estólida, vagaba por la fiesta con el aspecto de vendedor de carros de Miami con la indumentaria apropiada para tolerar el sol de los pantanos de la Florida. Supongo que por la confusión de no entender nada, por el embarazo de estar vestido como no correspondía, mister Wasp se puso una borrachera sublime. El último recuerdo que tengo de él son sus ciento noventa centímetros en posición horizontal, desparramados en un sofá, durmiendo un sueño beatífico sin oír los ruegos de su esposa de que se levantara.

Me desordeno. Apenas estoy en la iglesia. Miré alrededor y, aterrado, descubrí que no conocía a nadie. Podía reconocer alguna gente pero hablar, lo que se dice hablar, no lo había hecho prácticamente con nadie.

Capítulo aparte merece la llegada de Claudia. La ceremonia estaba en plena marcha cuando algo me obligó a mirar atrás. Entonces vi a Claudia que entraba a la iglesia tambaleándose. Yo la conocí la víspera, cuando llegaste a mi casa con Raquel y con ella. Y, como a ti, me fascinó esa espontaneidad, esa capacidad para ser directa sin agresividad. Sin agresividad, al menos, con sus amigos, con la gente que no se mete con ella. No olvido la frase que me dijo apenas nos presentaron:

–Luis me contó que iba a conocer un amigo que me conseguiría coca.

–¿Estás pensando –contesté dirigiéndome a ti– que no soy periodista sino expendedor de drogas?

Claudia soltó esa carcajada suya, estruendosa, que ahogó las de ustedes.

–Lo que Luis me dijo –explicó– es que perteneces al sector consumidor.

Fue un caso de simpatía a primera vista, que ya verás cómo se ha incrementado después. Esa noche –tú lo debes recordar– ella me tomó del brazo y declaró:

–Tú eres mi parejo –dejó una pausa para divertirse con mi cara de desconcierto–. No te preocupes –añadió después– que yo soy lesbiana.

Observé cómo Raquel enrojecía con la confesión. Claudia también enrojeció, no por su desparpajada declaración sino por el rubor de Raquel; entonces me soltó para abrazar a su hermanita:

–No te apenes, Maquelita; no voy a dar escándalo, pero aquí estamos en confianza –la besó en la cabeza, con ternura la besó y luego regresó a tomar mi brazo. Raquel le contestó con su cariñoso y repetido insulto:

–Tú eres una gorda fea y yo quiero a mi hermana bonita.

Fue una noche deliciosa ese banquete de la víspera; los cuatro riéndonos en coro. Nunca me había comido una carne tan tierna y tan sápida como la que preparó Claudia esa noche en mi casa. Después le he insistido que la repitiera pero ella me contesta cambiando el "tú" habitual por un "usted" distanciador:

–¿Le pediría usted a Picasso que repitiera *Las señoritas de Avignon*?

Claudia prometió que se iría de rumba esa noche, siguiendo las informaciones sobre bares y sitios de moda que le di. Estaba feliz con la provisión de perica que le proporcioné de mis no muy abundantes reservas. En cambio, a ella le pareció una cantidad digna del tesoro de Alí Babá. Estaba fascinada y sólo esperó al café para probarla. Raquel y tú dijeron que era la primera vez que veían la cocaína en la vida. Claudia les ofreció y tu muchachita, como la llamas, preguntó sobre los efectos. Ninguno se atrevió a aceptar cuando enumeramos a dos voces:

–Quita el sueño –dijo el uno.

–Quita la borrachera –dijo la otra.

–Te hace sentir más lúcido –dijo el uno.

–Más lúcido de lo que realmente eres –dijo la otra.

–Es para la gente de la noche –sentenció Claudia a manera de conclusión.

Vuelvo a la iglesia. Claudia está entrando a la iglesia. Noto que, en esta hora vespertina, lleva el mismo vestido de la víspera. Ella me ve, me hace un guiño y, con discreción, se acomoda en una de las bancas de atrás. Su padre, María y Maximiliano, no notaron su llegada. A la hora de la comunión, la muy perversa se metió en la fila hasta llegar a la altura de la banca donde yo estaba y se acomodó a mi lado saliéndose de la fila.

–¿Cómo está mi parejo? –me dijo al oído.

Le contesté que bien con un gesto de la cabeza.

–Entonces casémonos ya. Podemos ahorrarle peluquería a las señoras. Tuve que aguantar la risa.

–Huele a una mezcla de pachulí y melaza –murmuró cerca de mi oreja, añadiendo una risita de celebración de su propio chiste, risita que fue reconocida dos bancas más adelante por alguien que estaba a tu lado, Raquel, que miró hacia atrás, vio a Claudia y, mirándola mirarla, simuló un suspiro de descanso al verla aparecer por fin tras una noche y un día de estar perdida. Al voltearse de nuevo vi cómo te murmuraba al oído la buena nueva de que Claudia estaba allí. Claudia, que tenía un tufo alcohólico como para tumbar aviones, siguió haciendo chistes el rato que estuvo a mi lado en la iglesia. La voz del cura parece una trasmisión de onda corta, comentó de tu tío. Y de tu nuevo cuñado dijo, con ese adjetivo de las señoras de Medellín, que estaba pispísimo, pero que se le olvidó el espejito para estarse mirando. Poco antes del final me pidió que nos escapáramos rápido, que no quería saludar a su padre y a su hermana en el atrio sino en la fiesta.

La marcha nupcial, adelante los novios, enteramente novios, entregados a su papel por dentro y por fuera, en segunda fila papá-novio y mamá-novia, luego la modelo de Vogue con su gringo atolondrado, después mis amigos Luis y Raquel más lindos y más transparentes que toda la honorable concurrencia. Los amé en ese instante cuando iban llevando el compás de Mendelssohn, abstraídos en el rito, sin verme amarlos. Después seguían más parejas maduras, señoras cincuentonas muy empolvadas, todas desconocidas para mí, todas pertenecientes a esa especie de mujeres anónimas de la clase media de Medellín o venidas de los pueblos, que tienen una relación genética muy próxima con los fiscales encargados de los interrogatorios en la Gestapo. Siempre te preguntan suponiendo algo:

–¿Así que usted es el hermano de la novia? –fue una de las frases que oí de dos damas de la Gestapo–. A la primera le dije que no. "Entonces ¿cómo te llamas?" El error consistió en contestar mi nombre y apellido. Ella se vino a la carga con la pregunta sobre mi segundo apellido en plan de localizar mi parentela, cuando Claudia, siempre Claudia –mi pareja–, vino en mi rescate al observar que padecía una ordalía. A la segunda bruja que me hizo la misma pregunta le contesté que sí; entonces me envolvió en un beso perfumado y declaró:

—Se veía divino en la iglesia.
Ese beso te lo entregaré a ti, su verdadero propietario, a la primera oportunidad, para lo cual necesito un olor a jazmín dulce y una señora con bigotes.

Apenas nos dimos tiempo de saludar a los novios en el atrio. Allí, cuando le di un beso a tu hermana, ella me dijo:
—Usted me regañaba mucho, pero ya verá cómo me voy a ajuiciar.

Me llamó la atención que tu hermanita recordara mis cantaletas. Claudia me arrastró hasta el carro y tomamos rumbo a la fiesta. Estaba muy borracha y, ya solos, se deshizo en elogios a la cocaína que le había regalado. Otro pase. Deliciosa. No irrita la nariz, no te da ansias. Buenísima.

La sorpresa que encontré en la fiesta, que no observé en la iglesia a pesar de que allí estaba, fue contar entre los invitados a mi hermano mayor y a su mujer. El papá de Pelusa lo invitó porque allá mandan todos los carros de la compañía, me explicó cuando nos saludamos.

Claudia tomó en serio lo de su parejo y estuvo conmigo toda la fiesta. Allí se encontró con su padre y su hermana al tiempo. Estaban furiosos y ella fingía que no lo notaba.

—Boris me preguntó por ti esta mañana —decía María con voz neutra, disfrazando la recriminación—, pero yo le dije que habías salido desde temprano.

—Esta noche también llegaré tarde, pero allí estaré para llevarlo mañana a una piscina adonde nos invitaron.

Más tarde le pregunté a qué piscina los invitaron:
—A tu casa. Te vas a hacer muy amigo de Boris. Verás.

Lo mejor de la fiesta fue el pastel de bodas que se sirvió. Doña Gabriela se empeñó en extremar sus habilidades profesionales. Una masa de textura indescifrable, una masa muy negra con pedazos de frutas secas o de nueces, con un fondo de humedad, con una especie de dulzor suave que no empalagaba. ¡Qué torta!

En la mesa principal se hizo un círculo de íntimos amigos: el cura, Pelusa-padre y tu mamá. Conversaron toda la noche. Al lado de esta pequeña secta estaban los novios. Cuando repetí el chiste de que a Pelusa se le olvidó el espejito, Claudia me comentó:
—Cuidado, no te burles. Es verdad que cada vez que pasa frente a un

cuadro o a una vitrina se mira su reflejo vigilando cómo se ve. Te admito que es muy narciso. Pero es bello, mi amigo, bello de una manera que no somos tú o yo. A él se le nota su belleza y eso cambia a la gente. Los que son así no necesitan demasiado de otras virtudes, porque con el poder de seducción de su sola presencia consiguen cosas que los demás no alcanzaremos nunca. Así como existe una aristocracia de la sangre o del dinero, existen sus iguales, los aristócratas de la belleza, los que tienen la puerta abierta sin tocar el pomo. No se trata del poder de seducción para acostarse. Es una virtud distinta a provocar el deseo, es una fascinación que puede ejercer la belleza y que logra doblegar las voluntades por la sola merced de su presencia. Los demás estamos predispuestos a darles gusto, a allanarles el camino por el mero placer de disfrutar de las irradiaciones de la belleza.

Mi memoria de reportero me dice que no tergiverso, acortándolo, el largo discurso de Claudia sobre Pelusa. Sin solicitarlas, me proporcionaba respuestas adicionales sobre la supervivencia de Pelusa en el colegio. ¿Sólo el vago inofensivo? ¿Sólo el niño rico? Pudo ser que en aquel medio tan estudiadamente austero, sin mencionarlo, acaso sin saber que era un motivo, también existía ese poder secreto de la belleza.

–Un poder ilímite mientras se posee –decía Claudia– pero efímero. Ya tengo casi treinta años, jovencito, y eso basta para haber visto cómo se marchitan ciertas flores. Mírame a mí, que parezco una vaca y antes paraba el tráfico, no como lo hacemos las vacas aturdidas que nos atravesamos en el camino, sino porque se detenían a mirarme. El derrumbe consiste en basar todo en ese poder de seducción. En no tener algo más perdurable como sustituto para apoyarnos, para no quedar sin nada cuando la belleza nos abandone para habitar cuerpos más jóvenes. La belleza es Dios. Dios es joven.

–No siempre fue así...

–No, no siempre ni en todas partes. Mis amigas de Nueva York dicen que Dios es negro. Si algo se ha producido en los últimos años es la deificación adolescente de una libertad sin límites, el sexo dejó de ser un tabú y reivindicamos el sexo como una fuente eterna de placer, descubrimos el sexo-para-siempre como lo descubre un adolescente para su adolescencia. Impusimos la imagen y el ruido, destrozamos los convencionalismos vigentes, todo lo que hemos hecho es endiosar lo joven, adorar la inmadurez ignorando que el tiempo también nos pasa, que nuestros dioses de libertinaje y anarquía, de alucinación y belleza, se transforman y nos abandonan cuando envejecemos. Entonces ahora inventamos las dietas y la grasa se volvió una grosería.

—Eso no lo deberías decir tú —me atreví a comentar.

—Eres un insolente —me contestó—, pero el regaño de Raquel y la cara de Boris que me preguntó si iba a tener un hermanito, me dieron una bofetada. Lo que no me explico es cómo me puede querer Juana...

—Pues hay más Claudia, mucha más Claudia para querer —le contesté.

Se reía a carcajadas y simuló pegarme una bofetada acariciándome la mejilla. Esto es algo hermoso en ella. En este medio de gente huérfana de caricias, ajeno a lo táctil, Claudia te conquista tocándote, se apropia de ti poniéndote la mano en la rodilla mientras te conversa, pasándola por tu cara como si ese ademán fuera parte de su risa, abrazándote mientras camina a tu lado. Y tiene el arte de no hostigar, de darte ese calor físico, ese contacto animal, sin avasallamiento, con la precisión del instinto.

Me dijiste que hiciera una crónica de la fiesta y no te he hablado sino de Claudia. Heredé a Claudia, conseguí una amiga. Quiero redondear la fiesta para volver a Claudia, aunque ya te dije lo que más te interesaba oír, que te luciste, que no parecías —ni estabas— disfrazado.

Poco a poco hubo alineaciones generacionales. De pronto vi cómo el papá de Raquel conversaba con tu madre y con el papá de Pelusa. Doña Gabriela en asamblea de consuegros que se disputaban atenciones y deferencias con tu santa madre. Esa señora irradia algo especial que todo el mundo nota. En otro ángulo, Maximiliano y María flanqueaban a mi hermano. El político y el gerente; en mis parpadeos con cinco tragos entre pecho y espalda, podía observar que ambos, gerente y político, son como partes de un mismo engranaje, completamente adueñados de toda la ideología de la raza antioqueña, que ellos ven en decadencia por la simple razón de que son sus arquetipos y ellos mismos están en decadencia. Burocracias. Engoladas burocracias, burocracias poseídas por un sentimiento de predestinación fatalista y por un orgullo ajeno, fincado en cosas que otros comenzaron.

En estas fiestas siempre hay alguien que nadie sabe quién es. Un colado que se bebe y se engulle la fiesta y que habla con todo el mundo. Los parientes de la novia piensan que es de la familia del novio. Y viceversa. Así, el colado hace su propia fiesta. Va a eso, a gozar de una impunidad que se descubre después. Aquí no faltó. Claudia y yo lo bautizamos con el significativo apodo de Pantagruel. Un rato lo observamos, cerca de la puerta por donde aparecían los meseros con las bandejas de licores y al lado de las mesas donde iríamos a servirnos la comida. Pantagruel vino a lo que vino. Varios días después tu madre, riéndose, me contó que ella también observó al individuo y, con posterioridad, supo que era colado un día hablando por teléfono con el papá de Pelusa.

Como a medianoche, después del banquete, se marcharon los novios y la fiesta empezó a declinar. Entonces Claudia y yo nos fuimos de rumba.

Esa noche comenzó una larga noche de tres semanas. En buena hora renuncié a la designación de mis jefes para ir a trabajar al mundial de fútbol. Fue un mes con una deliciosa rutina. Me levantaba a mediodía a ver el primer partido por la televisión. Como a las tres llegaban Claudia y Boris –a veces, muy pocas, con los niños de María–. Pasábamos la tarde en la piscina, frente al televisor, conversando, nadando, leyendo. Cuando oscurecía, los dejaba en la casa de don Rafa Uribe o de María, y yo me iba a la emisión vespertina del noticiero deportivo. Como a las ocho, recogía a Claudia y nos íbamos a beber a bares o a fiestas. Así transcurrieron tres semanas dementes, con tres intermedios de fin de semana, cuando yo trabajaba de reportero en los campos deportivos de la ciudad y ella se perdía en una zona vedada para mí, ese mundo –real o imaginario– habitado sólo por mujeres que se aman y se desean y detestan a los hombres y se reúnen en lugares que ignoran quienes no pertenecen a la secta y se reconocen con señales secretas y ruedan por el mundo sin dar a conocer nada de aquello.

Sí, hablábamos de sexo y me atrevía a confidencias con ella de asuntos que sólo he tratado contigo. Mi pasión por las mujeres casadas que buscan venganza, mi debilidad por las aventuras de hotel. Allí encontramos un punto en común, la afición por las aventuras en los hoteles, que en el escenario de Nueva York ofrecen connotaciones que yo no conozco. Para Claudia, el bar del hotel es el lugar de la aventura a las dos de la madrugada o en la solitaria mañana del domingo. Recordé a Carlota cuando Claudia repitió mi propio hallazgo. En las aventuras de hotel se camina por la cuerda floja del cinismo. En este juego todos saben lo que quieren y esto puede llevar a una deliciosa desinhibición en la cama. Pero también a un cinismo vulgar que conduce a la desolación, al irritado vacío.

También hablamos del amor, esa cosa que creo que existe sólo porque está comprobado que dos seres humanos pueden vivir juntos y felices, en el espacio donde apenas cabe un perro, que no sea san Bernardo o gran danés. El amor, que no existe, pugna por existir en gente como tú. Entonces leen a Neruda y se dicen cosas cursis mientras agotan el deseo. Para otros, éstos no los conozco pero Claudia hablaba de ellos con el ejemplo de María y Maximiliano, el amor es construir sus vidas según los valores dominantes, se trata de una sociedad de intereses comunes, comprometida en la duración por los plazos que significan el ascenso social y la crianza de la familia. Claudia también habló de su amor, de su Juana, y me expuso su mundo ético mientras cocinaba en mi casa, en esa cocina que ella, bromeando, argumentaba como una razón adicional para casarse conmigo.

Mi generación pudo separar por caminos distintos la actividad sexual y el amor. Sin rechazar la idea de que, por un azar afortunado, se mezclen y alcancen la gloria del coito con amor y sin que sea contradictorio que tengas relaciones sexuales aparte de tu rollo amoroso. El amor es una solidaridad, un respeto, una capacidad de encantamiento recíproco que, a veces, no siempre, llega a la cama. Por supuesto, Juana no piensa lo mismo. Juana no es promiscua y cuando se da cuenta de mis andanzas, arma unas pataletas bárbaras por lo puta que soy.

De tanto oír hablar de Juana, tu otra cuñada, creo que la conozco. Juana es mucho mayor que Claudia. Tiene cuarenta y cinco años "pero se ve de treinta y tantos" y lleva quince en Nueva York trabajando como instrumentista de cirugía en un hospital y "llenando las paredes de su casa con diplomas y diplomas". Juana le inventó profesión a una Claudia muy joven y muy despistada que conoció recién llegada a la Gran Manzana. Claudia maneja equipos de radiología. Estudió una carrera que duró dos años, algo así como un contrato de aprendizaje en el mismo inmenso hospital donde trabaja Juana.

—Me disfrazo de astronauta en mi trabajo. Tenemos que usar unas especies de armaduras para evitar radiaciones. Es un trabajo muy bien pagado y debo estudiar mucho para estar actualizada en nuevos descubrimientos y en tecnologías que aparecen todos los días. En los dos últimos años hemos cambiado equipos tres veces por la única razón de que los anteriores se han quedado obsoletos.

Coquera respetable, Claudia es poco dada a la marihuana. Dice que esa cosa es para monjes budistas y para relojeros. Sin embargo, no se negaba a acompañarme algunas veces con un pito. Entonces, al contrario de todo el mundo, se volvía locuaz pero se tornaba fantasiosa y algo cómica. Hablándome de la radiología, desarrolló una patafísica muy divertida sobre la transparencia de la materia:

–La opacidad es una categoría y no una parte de la esencia –interrumpe mi yo metafísico.

–Sí, lo esencial es la transparencia, una transparencia que permite ver adentro de la materia y también a través –se callaba un instante, lo alargaba dejando en el aire la sensación clara de que seguiría hablando–. Fíjate lo que esto significa en el plano de los comportamientos. La transparencia. La libertad absoluta en la alcoba y en la calle –otro silencio, un sorbo de alcohol–. Dicen que los griegos hacían el amor en la calle...

–Muy incómodo –le interrumpía yo, adelantando mi carcajada al chiste, antes de que ella soltara el estruendo de su risa.

Claudia lleva siete años en Nueva York y hace seis es amante de Juana:

–Es un récord de duración –dice Claudia–. El secreto es que cada una tiene su propia casa. Ella va a mi apartamento, yo voy al de ella y ambas abrimos siempre con nuestra propia llave. Ya supondrás en las que me habrá encontrado. A veces pasamos la noche juntas en una o en otra casa. Pero cada una tiene su propio territorio. Lo principal con ella es la compañía. Nos divertimos mucho cuando estamos juntas. Con ella lo más importante no es el deseo, pero la amo tanto que puedo sacrificar cualquier aventura por estar con ella.

Claudia, con sus propias teorías sobre el poder de la belleza y la territorialidad, no aplicaba ninguna para entender a su hijo Boris. ¡Qué personaje es tu pequeño sobrinito! Lo primero es que es muy bello. Un diminuto deportista de nueve años. A él puede aplicársele, literalmente, la teoría de su madre: el modo como el mocoso utiliza en su provecho el poder de seducción de la belleza, su astucia, su inteligencia. A Claudia la maneja con el dedo meñique. El muchachito es vivaracho y locuaz como su madre y posee un humor derivado de su fantasía de niño. ¿Un angelito? Sin duda Boris es un ángel, un ángel caído, un ángel

180

perverso, es más, es el ser humano con mayor capacidad de extorsión que he conocido en mi vida. Un pequeño y adorable Maquiavelo. Un imperialista que se apropia de los territorios con una facilidad que me molestó. Por fortuna, pude ocultar mi susceptibilidad el tiempo suficiente para caer en la cuenta de que, con su naturalidad, Boris develaba una carencia mía.

Ahora soy el único habitante de este caserón. Salvo una servidumbre milenaria y distante que duerme en las habitaciones de atrás, que aún no están convencidos de que soy el amo, nunca lo estarán, y que –en secreto– todavía esperan que el día menos pensado mis padres regresen de uno de sus viajes. De resto, yo soy el único habitante de esta mansión. Viví aquí veinticinco años de mi vida con el aire de un huésped incómodo. Cuando nací, se me adjudicó el cuarto de mi hermano mayor, entonces casado ya. Estaba tan de prestado, que mi madre siempre se refirió al "cuarto de Francisco". A pesar de esta crueldad, que nunca me importó demasiado, edifiqué mi reino en esta habitación, hice mío ese fragmento del jardín que se domina desde mi ventanal, coloqué mi maravilloso planisferio en la pared donde sobrevivían unos dibujos de cuando Francisco tenía cinco años, coloqué la cama en el ángulo que me convenía para divisar un pedazo del cielo. Este cuarto ha sido mi planeta propio en lo que llevo viviendo. Durante las ausencias de mis padres, o sea casi siempre, también frecuentaba la sala, alrededor del equipo de sonido, enfrente de una hermosa vista del jardín y de una parte de la ciudad. También me apropié de la cocina, a donde desde niño voy con frecuencia en busca de comida o de alguna prenda de vestir y donde, durante años y a ejemplo de los señores de la casa, fui siempre dejado de último, nunca maltratado, más bien atendido con cierta ironía, como a alguien que, pese a todo, vive en las habitaciones de los señores. Hoy sigue la misma servidumbre, las dos mujeres de la casa, el jardinero y el chofer y mi única exigencia es que se entiendan con la oficina para asuntos de dinero y que no entren a esta parte de la casa cuando yo no los llame.

Aún hoy, señor y dueño, hay partes de la casa que no recorro desde hace años, por tabú que no me sé explicar y que se me reveló como tabú a raíz de la exhaustiva exploración que Boris hizo de la casa. Después de probar la piscina desapareció sin que Claudia y yo nos diéramos cuenta. Cuando regresó, descalzo, en vestido de baño, traía unos binóculos en la mano. En su expedición, que había pasado por la cocina, donde lo colmaron de jugos y tortas, no dejó rincón de la casa sin un detallado reconocimiento. Inclusive llegó –y ésa fue mi oculta molestia– al vestier del cuarto de mi madre, que yo había pisado una vez en mi vida hasta ese día, y que Boris bautizó como el "cuarto de los tesoros", con razón, pues allí estaba toda esa parafernalia de aparatos, cámaras, relojes y curiosidades que acumulan los viajeros.

El pequeño demonio tiene, además, una memoria de elefante: a partir de ese día podía preguntarle por el paradero de objetos que yo no veía hacía años. Gracias a tu sobrino –acostúmbrate, tienes un sobrino y ese sobrino es un ciclón–, a quien le pregunté un día, pude rescatar una cajita de música traída de Alemania y que toca *Para Elisa*. Esa cajita era un recuerdo perdido de mis cinco o seis años, el recuerdo en carne viva de un niño que está en la sala, fascinado, hipnotizado, jugando con el estuche de madera y nácar e irrumpe la madre disfrazada de bruja –no olvido el vestido negro– y dice "niño, con eso no se juega" y la toma con su mano larga, huesuda, delgada, y la cajita desaparece para siempre de su vida, salvo en forma de memoria ingrata, por años, y luego persistente por las ganas de volver a oír aquella música. Hace poco, con la nostalgia de ese hermoso objeto, sonreía a solas cuando se me ocurrió el plan perverso de poner a prueba el conocimiento que Boris tiene de esta casa. A la próxima oportunidad se lo pregunté.

–He visto tres cajitas en el cuarto de los tesoros, pero puede haber más en el armario que está con llave.

Al lado de una caja de plata que tocaba *La cucaracha* y de un estuche tallado que traía *Mack, the Knife* en su interior, allí estaba la cajita de madera con *Para Elisa*. Y aquí es cuando puedes formarte una idea de la clase de sobrino (ja, ja) que tienes. Ante mi alegría por el hallazgo del fetiche –adivinarás que este rescate me ahorra todo un tratamiento de psicoanálisis–, Boris se sintió en posición de cobrar. Pidió los binóculos. Desde el principio, desde cuando los descubrió, los convirtió en su juguete favorito, fuente inagotable de placer. Y yo sabía que terminaría regalándoselos. Esos binóculos eran ya suyos pero, en un gesto de poder, tal vez por necesidad de afirmar mi propio ego –deteriorado por consentir siempre a las peticiones de Boris– me negué a pagar ese precio por el hallazgo de la cajita de música. Boris era el único que ignoraba que esos binóculos eran ya suyos. Y yo no condescendía a informarle, yo que era a quien él debía seducir para hacer suya semejante maravilla.

–Bueno, no me los regale. Al fin y al cabo se puede ver de cerca pero no se puede oír lo que dicen.

Hasta cuando perdía –¿perdía?– Boris encontraba un argumento para minimizar la batalla. Y el argumento le servía para volver a la carga:

–Regálame los binóculos, Esteban –me decía dos o tres días después–. Regálamelos que por ellos no se puede oír de cerquita.

Ya te vas formando una idea –apenas aproximada– de este perverso angelito que tiene la virtud mágica de echárselo a uno al bolsillo. Boris el manipulador: los niños de María, todos menores que él, lo adoran y él desempeña su ambivalente papel de hermano mayor utilizándolos y cuidándolos; ellos hacen lo que a él se le ocurra. Y con su capacidad de apropiación territorial, Boris el conquistador es la única persona que tiene un cuarto para él solo en esa casa. Dos de los niños viven en un cuarto, el bebé con los papás en otro y su majestad vive en habitación aparte. O vivía, porque cuando María vio que podía poner aparte al más pequeño y pasar al cuarto de Boris al mayorcito, el pequeño demonio armó el drama de que, claro, él era recogido, que ésa no era su casa, que si querían él se pasaba a la cocina, o que le pedía posada a su abuelito –lugar donde se asila periódicamente–. Y la pobre María, pobre en argumentos, sobre todo para discutir con este Perry Mason, no sabía qué contestarle y cómo consolarlo. No, Boris, aquí todos te queremos mucho, ésta es tu casa, etcétera. Pues el increíble Boris terminó cambiando la mitad de su cuarto por una bicicleta que Max le compró en compensación. El arte del mocoso es tan sutil, que todo esto sucedió mientras Claudia estaba aquí y él logró que ella no se enterara sino hasta el día en que conoció la bicicleta.

Claudia llegó a Medellín con la idea de llevarse a Boris para Nueva York. No sé de dónde la sacó y si lo supiera se lo contaría a don Rafa Uribe y a su hija María para que envenenen al culpable, tal vez un cuñado entrometido. En nuestras tardes de piscina y cháchara y mundial de fútbol, en nuestras noches de fiestas y bares y coca y yerba y alcohol, pude seguir el proceso de este drama familiar, desde el rudo enfrentamiento inicial, cuando se sube la voz y se queman los argumentos ofensivos.

—María cree que el lesbianismo es contagioso. Se trata de algo tan nefasto que ni siquiera debe nombrarse pues con la sola mención puedes enfermarte. A ella le aterra que una leprosa como yo toque a sus hijos, incluyendo a Boris, a quien considera propio por el hecho de haberlo criado. El asunto la abochorna tanto, que nunca se refiere a él: peligraría. Apela entonces a los argumentos más simples. El niño tiene un hogar, mis hijos lo adoran como a su hermanito mayor, mi marido lo quiere, es buen estudiante en el colegio, allá lo quieren: su discurso está impregnado de la idea recurrente de por-qué-cambiar-si-las-cosas-están-muy-bien, con la velada amenaza de que llevármelo es un riesgo, una incertidumbre, "jugar con el destino de un niño". Su estrategia consistió en tratar de aliar a Raquel —con quien fracasó— y a mi padre.

Sobre todo los primeros días, fue brava la pelea entre don Rafa y Claudia. A los gritos y con portazos, cuando el señor salía a trabajar por la mañana y tropezaba —como años atrás— con una Claudia que entraba ojerosa y flotante, entre el agotamiento del alcohol y las ansias de la coca, a lo mejor procedente de un lecho donde había cometido los más horribles pecados:

—¿Cómo es posible que una borracha como usted nos quiera hacer creer que se va a responsabilizar de un muchachito? —la acribillaba sin darle lugar a una respuesta, alejándose entre los refunfuños de quien no quiere oír y agregando el estruendo elocuente de la puerta al salir.

Conversando conmigo, Claudia se arrepentía repetidamente de haber manifestado su intención al llegar y eludía con ellos la discusión final, aplazando todo enfrentamiento. Un día, sin embargo, harta de oír la misma cantaleta de su padre, a la hora del almuerzo, en la mesa del comedor, cuando don Rafa no tenía cubierta su huida habitual y cometió el error táctico de recriminarla de nuevo y de gritarle que una sinvergüenza no puede criar un niño, ella le replicó:

—Ya no sé qué creerle, papá.

Él se repantigó en su silla, sin alcanzar a admitir como posible que exista alguna inconsistencia en su comportamiento o en sus principios.

—¿Cómo así que no sabe qué creerme?

—Pues desde el día en que mi mamá se fue de esta casa, usted se pone digno cuando declara que es inconcebible y que es antinatural que una mujer abandone a sus hijas. Y cuando yo quiero criar a mi hijo, usted se pone del lado de lo antinatural y de lo inconcebible.

El señor se quedó mudo y malhumorado, con esa irritación de quien ha perdido, de quien ya no puede repetir el reclamo airado que trae hace varios días.

Esa tarde, cuando pasé por Claudia, estaba radiante, con aire de triunfo. Sabía que no había ganado la batalla definitiva pero, al menos, se había quitado de encima la cantaleta de su padre:

—Ahora sólo me podrá decir borracha, pero no me sacará a Boris en sus regaños —declaraba con una sonrisa de oreja a oreja.

Ni borracha le pudieron decir después. Pasamos un poco más de tres semanas en un intermitente túnel de alcohol y nieve y humo, aventurando, cada uno por su lado, en la dulce concupiscencia de la carne. Nunca me excedí tanto, pero admito que Claudia me superaba. Cuando a mí me vencía el sueño o el cansancio, ella apenas comenzaba. Entonces se refugiaba en esa geografía de mujeres que viven para ellas y entre ellas su secreta confraternidad de la carne. Tres semanas de excesos que se cortaron bruscamente el día en que, como ella lo decía, "comencé a orinar coca-cola y me volví color amarillo". Hepatitis. El resto del tiempo en Medellín, un mes largo, Claudia lo pasó en la cama, convalesciente. Adelgazó de una forma acelerada, de manera que la Claudia que se fue era una mujer grande, de amplia contextura, pero sin grasa, con una linda cara y un cuerpo grandote y exuberante.

—Esto no es una enfermedad —me decía riéndose cuando la visitaba—. Esto es un tratamiento de belleza. Me restauro por amor a Juana.

Claudia llegó al fondo de la confidencia en alguna borrachera. Estaba aquí de vacaciones por primera vez en siete años porque necesitaba huir un tiempo de Nueva York.

—Me estaba odiando a mí misma. Esta gordura monstruosa es la prueba visible de ese odio.

Nada le funcionaba. Se ponía unas borracheras monumentales y patéticas. Se había despertado en camas que, por la mañana, la avergonzaban y le daban asco. Se sentía indigna del amor de Juana y, a la vez, le buscaba pleito y trataba de fastidiarla. En suma, no le hallaba una dirección a su vida y, acorralada, huía hacia el origen, no porque allí fuera a buscar el hilo perdido, sino por la coincidencia de que su tierra natal era también un lugar donde se proveería de coca barata, buena y fácil. Hasta el regalo de esa hepatitis que la obligaba a un reposo que su espíritu también ansiaba, que le servía de dieta obligada para recuperar su peso y una belleza perdidos y que la determinaba a dejar el alcohol por prescripción del médico. Ahí se le acabó a don Rafa el argumento acerca de las borracheras de Claudia.

Durante su enfermedad no disminuyó mi contacto con Claudia y con Boris. A ella la visitaba casi a diario y en la casa de su padre repetíamos el rito de nuestras charlas de las tardes y de los silencios de dos que leen y se hacen compañía. La hepatitis de Claudia no era una razón para que Boris dejara de ir a mi casa. Aun sin yo estar, sin anunciarse, Boris se presentaba allí a pasar largas tardes de piscina, a explorar los recovecos de la casa y a dejarse consentir en la cocina con ese insuperable aire de dueño que le valió que el día que partió feliz de la mano de su madre para Nueva York, se llevara colgados de su cuello los binóculos que yo, finalmente, le había regalado.

Sabrás, y si no lo sabes podrás suponerlo con facilidad, que el viaje de Boris no lo decidió la insistencia de Claudia o su veda de alcohol, o el resignado asentimiento de María, o el aire de víctima patentado por don Rafa. Lo decidió Boris con una jugada maestra. El papá de Boris —marido separado de Claudia— es un matemático muy famoso en el medio académico, uno de esos genios raros de las matemáticas, un poco mítico, que figura en enciclopedias especializadas por sus muy originales respuestas a algunos problemas clásicos. El tipo se volvió a casar y tiene dos niñitos con su actual esposa. Es muy buena gente y con frecuencia invita a Boris con quien se la lleva muy bien. Pero Boris odia a su mujer y hace toda clase de perversidades y travesuras. Por supuesto, ella tampoco se soporta a Boris. De manera que, para el papá, es muy cómodo que a Boris lo tenga la familia de la madre. Pues a este extorsionista le bastó decir que si no se iba con su mamá, a lo mejor su papá querría vivir con él, para que don Rafa y María admitieran su viaje a Nueva York. Después, conversando con Boris, descubrí que su papá no había dicho nada y que él lo utilizó para imponer su voluntad. Todo esto lo hace con su cara linda de niño bueno que expresa que está enamorado de ti a perpetuidad y sin condiciones. Si le preguntas, te aclara que no es una conspiración, que él no planeó nada, que todo resulta por azar.

–¿Cómo se te ocurre decir que tu papá te va a llevar a vivir con él?

–Yo no dije eso –me contesta impávido, robándose un casco de la mandarina que me como–. Lo que dije es que yo me iría a vivir con mi papá, que es distinto.

Dejó pasar casi dos meses de discusiones sin expresar con claridad su opinión. Al abuelo le daba a entender una cosa, algo parecido a la tía, lo contrario a la madre. En medio de una discusión, Claudia dijo que por qué no le preguntaban a Boris, y don Rafa contestó que un niño a esa edad carece de elementos de juicio.

–Fíjate cómo te quieren para todos –le dije un día mientras chapoteábamos en la piscina–. Tu abuelo, tu tía, tu mamá, todos te quieren. Vas a tener un montón de casas.

–Mi malastra no me quiere –contestaba tirándome un poco de agua y dándose media vuelta para alejarse del tema con tres brazadas que lo llevaban a la orilla.

Boris acabó decidiendo y ahora mismo debe estar en su escuela de Nueva York. Fui testigo del único sermón que Claudia ha pronunciado en su vida. Le dijo a su hijo que no le prometía todo lo que tiene aquí. Que llegará a su propia casa pero que debe responder por su parte. Allá uno mismo tiene que limpiar, nadie va detrás cogiendo lo que dejas tirado, tienes que acompañarme a la lavandería con tu ropa y vas a quedarte solo a veces. Allá no es fácil la vida, pero es distinta. Tienes que estar decidido a cumplir con todo esto si te quieres ir.

Por una vez le vi a Boris una expresión ensimismada. Oyó con atención, no contestó nada, pero era obvio que comprendía a la perfección la magnitud de su compromiso. Miró a la mamá con unos ojos que significaban cualquier cosa y se fue caminando muy despacio, pensativo, a refugiarse en la piscina. Claudia y yo lo dejamos ir, mirándonos entre nosotros y dejando pasar un silencio largo, surcado de dos o tres sorbos de limonada o de café.

–Nunca te había oído hablar así.

–Yo tampoco me había oído.

–Ni nunca le había visto esa cara a tu hijo...

–... Ni yo tampoco.

—Tienes que arrancarle un compromiso más claro. No te contestó nada.

—Lo sé.

Entre Claudia, Boris y yo se creó otra durable confraternidad: nuestra identidad en los gustos musicales. Los tres deliramos con los Rolling, con Zeppelin, con Pink Floyd. Aquí lo nuevo es la música que trajo Claudia, discos que me dejó como herencia cuando vio mi devoción. Sólo una vez antes, fugazmente, había yo oído a Charlie Parker, el saxofonista que, se dice, sirvió de base para "El perseguidor". Fue durante una entrevista de radio con Cortázar. Claudia me regaló *Charlie Parker at Storyville*, grabado en dos sesiones, marzo y septiembre de 1953. Es una música maravillosa que administra sus propios inesperados y larguísimos frenesís, casi obligándolo a uno a escucharlo a oscuras.

También me regaló un disco afirmando que es un clásico: Thelonius Monk y John Coltrane, piano y saxofón juntos. Uno de los hitos en las grabaciones de jazz, me cuenta Claudia. Y debe serlo: me paso horas y horas oyendo esa especie de delirio, esa música, totalmente nueva para mí, que sin embargo corresponde a una memoria dormida, a un clima de mi alma que nunca se había expresado hasta conocer esta música.

Me regaló una antología de cantantes negras. Ya sé de dónde viene Janis Joplin. Hay dos que me entusiasman, Ella Fitzgerald y Billie Holiday. Boris descubrió que Ella canta una de las canciones de las cajitas de música, *Mack the Knife*.

Y de manos de Claudia vino la solución a los problemas musicales de mi poema. Es curioso: nos hicimos confidencias sobre estados de ánimo, sobre el pasado, sobre comportamientos sexuales, sobre opiniones acerca de la gente, pero nunca le conté que me interesaba escribir poesía. Claudia me regaló el disco completo de la musicalización de Duke Ellington para *Anatomía de un asesinato*. La banda sonora tiene una estructura sinfónica que se acomoda a mi idea y estoy trabajando muy duro en los ajustes que Duke Ellington impone.

No existe la ceremonia de la noche. Ella misma es rito y diosa, la
   oscura, la caótica.
Aquí está la noche. Ella viene de la entraña de la tierra, sin historia,
   la noche es el sustrato de todo lo que sobrevive hasta mañana, la

noche entrega la dosis de oscuridad que la materia necesita para ser materia.

La noche: socavón, fondo del mar, palo de ébano, ónix, conciencia de criminal, alma del usurero, cortina, casa de la luna llena, vigilia del fantasma, hora del vampiro, ámbito de la misa negra, condición de la bruja, clima donde maduran la pócima y el vino.

Noche murciélago, noche búho, noche gata en celo sobre los techos que cobijan el sueño del tendero, la secretaria, el estudiante.

Onomatopeya del silencio, monja, puta, dama, hembra, madre parturienta, oscura alforja de quietud, ensalmo.

La morfina es noche que te inyectas y el sueño es la noche que en tu cuerpo reina.

Bueno, mi amigo, con esta sobredosis de carta y un beso para Raquel,

Esteban

✉

DE CLAUDIA A RAQUEL
Nueva York, miércoles, octubre 2. 1974

Mi Maquelita: Abrazo. Abrazo. Lo que más resentí al regresar fue no poderte ver sino al principio. En esto hay un componente de orgullo que sabrás comprender: quería que me vieras después de tus regaños –que te agradecí– sobre lo gorda y lo fea que estaba.

Reconozco que, además del sentimiento de culpa, yo no aporté mucho más. Me ayudó santa hepatitis que me sacó de la rumba y también de ese proceso depresivo que traía. Ya supondrás las discusiones y peleas que tuve al principio con don Rafa. Se enfurece cuando le digo "don Rafa". Yo soy su papá, me sentencia con ofuscación. Y también con María, tan amable pero tan cuadriculada. Tenían razón: las tres primeras semanas estuve lanzada a la perdición de la noche, en parte acompañada por Esteban. No les hice los escándalos de épocas pasadas, pero llegaba a la madrugada y mi papá se enfurecía y le daba la queja a María que ponía un disco que –supongo– a ti también te ha obligado a oír: yo soy la que está aquí, la que cuida a papá. No le repliqué nunca a María, procurando no enfrentarme con ella. Recordaba el consejo de mamá que insistía en que cada una de las tres hermanitas es muy distinta, que antes de pelear con María –sabía que contigo no peleo– me pusiera en su pellejo. Dio resultado.

Mi gran adquisición de este viaje es Esteban. Un nuevo colono en mi corazón. Mi parejo. Y Luis, por ser tuyo, por los tres días que pasamos y por todo lo que Esteban lo ama. Lo adora. Pero con Esteban me pasé tres semanas todas las tardes y todas las noches. Y después vino a visitarme día de por medio. Y se hizo amigote de Boris. Esteban tiene la facilidad de igualarse, de nivelarse, de no actuar como representante universal de lo adulto ante los niños. Es un tú a tú que Boris asimila muy bien. El niño se iba solo para donde Esteban, a la piscina, hasta cuando él no estaba. Y Esteban lo llevó al estadio, a ver partidos profesionales de fútbol y el muchachito se divirtió como un loco.

No conocía a nadie como Esteban, más pesimista y más crítico con la hipocresía y la decadencia de esta sociedad en ruina. Escuchar sus diatribas reforzaba las causas de mi huida y mis disentimientos con la patria chica.

Me impresionó mucho la libertad y la tolerancia con las drogas. Cuando me vine para acá, a fines de los sesenta, fumábamos marihuana en algunas fiestas. A mí no me gustaba. Odio todo lo fumable –cigarrillo, puro, pipa, cannabis–. No me gustaba, pero fumaba porque todos en la fiesta fumaban y para sentir que, con todos, violaba las reglas; fumaba para sentirme mala. Y éramos los malos quienes fumábamos. Una minoría de jóvenes de la clase media en compañía de la "bohemia artística", como dice papá. Ahora, no la marihuana, asunto de guajiros, sino la cocaína, se consume en un amplio círculo no identificado con el hampa o con ese grupito de malos de la clase media que permanece renovándose, a medida que los primitivos integrantes envejecemos o nos moderamos o nos consumimos en el suicidio o en el deterioro. No es esta pequeña secta de corrompidos sino más o menos todo el mundo. Una vez que me metí en la noche, la nieve apareció siempre. Por casualidad, sin buscarla, te la ofrecían como parte del paseo. No pienso que todo el mundo esté consumiéndola, pero tampoco creo que la cosa esté restringida a esa vanguardia viciosa que siempre ha existido en Medellín. Un grupo generacional, menores de treinta y pico, de clase media y alta, muchos profesionales casados con buenos trabajos y todos bebedores. Hombres y mujeres, todos bebedores. Lo otro es lo que te dicen cuando saben que vives en Nueva York. Ahora el negocio es "coronar" un envío de cocaína a Estados Unidos. La diferencia de precios es de uno a cien, o algo así. Dos veces me propusieron que llevara un envío. Imagínate, yo vendiéndole coca a todos en este hospital. Me vuelvo millonaria. Pero uno debe tener muy claro a qué lado pertenece: yo soy consumidora, no traficante.

Era consumidora. Juana no pudo creer el cambio. Después de la hepatitis no puedo beber y, por lo tanto, no necesito la cocaína. Lo digo en serio: aunque no entiendo por qué la coca o la cannabis están prohibidas por la ley, el día que quieran combatir el consumo de cocaína, tendrán que prohibir el consumo de etílicos: lo uno va con lo otro. Lo mejor de todo es que no me hace falta beber.

La vida ha cambiado mucho con Boris aquí. Al principio tuvo miedo y lloró en la escuela; extrañaba su colegio de Medellín y a María, a los niños y al ábaco humano que es su padre. Y preguntaba por su tía, sin olvidar que sus primeros cinco años fueron vividos al lado de la tía Maquel, hasta cuando María tuvo su primogénito.

Ahora está feliz y agarra el inglés a una velocidad imposible para un adulto. Me ayuda en todo y es adorable conmigo y con Juana. Juana me da una ventaja adicional. Este niño, a quien Esteban llama Boris Maquiavelo, atiende sin chistar a lo que Juana le dice. Así que cuando yo pierdo el control de la situación –en verdad nunca lo tengo del todo– Juana interviene y Boris es dócil con ella.

Esta carta es para decirte que mi viaje fue incompleto con tan poquito de ti. Esos días cercanos a mi llegada, esa borrachera deliciosa de mi primera noche en Bogotá, contigo, la abstemia; esa otra noche en Medellín con Esteban y con Luis. Recuerdos muy vivos pero insuficientes. Medellín sin ti no es Medellín, mi Maquelita. Me hizo falta ese ojo del afecto que no se calla nada y nos despierta o nos pone alertas. La fea y gorda hermanita, que estaba triste, ahora está bonita y delgada y contenta. Mamá vino a visitarme o, mejor, como supondrás, a visitar a Boris, y se puso feliz de verme así. Ella te manda un beso.

Luis también me gustó mucho. Aparte del tamaño –ustedes son unas reproducciones a escala, unas reencarnaciones de gnomos–, se me parecen mucho en lo silenciosos, lo diligentes, lo ordenados, lo pulcros. Con Luis estuve apenas dos noches, pero poseo un bombardeo de información vía Esteban. Para Esteban, Luis es perfecto. El mejor amigo, el más leal. El tipo más inteligente, el que más cosas sabe. El ser más divertido, la mejor compañía del mundo. A Esteban le creo; pero más le creo a lo que vi. Y lo que vi es que ustedes se adoran y conviven a la perfección en esa cajetilla de cigarrillos donde viven.

Ojalá ese proyecto de venir el año entrante tenga feliz culminación. ¿Alcanzas a tener terminados tus estudios? En todo caso, si vienen, será la oportunidad de estar juntas el tiempo que nos debemos la una a la otra. Con todo mi amor,

Claudia

V. Mayo / noviembre 1975

DE RAQUEL A JUANA (*continuación*)
Bogotá, miércoles, noviembre 30 . 1983

Recuerdo el intervalo entre la visita de Claudia a Colombia y nuestro viaje a Nueva York como una especie de maratón, de carrera contra el tiempo. Para mí, se trataba de conseguir todos los créditos de mi carrera en agosto de 1975. Tengo grabada esa fecha con un hierro candente. Mi rutina de tres años fue tomar todos los cursos de vacaciones. Cuando hago memoria retrospectiva, pienso que el asunto comenzó como una manera de justificar que no pasaba vacaciones en Medellín. Preferíamos ese mundo privado, nuestra nación de dos, frente a esa distorsión de las costumbres que significa siempre la presencia de los parientes. Cortas apariciones para pagar tributo a los cariños familiares, pero nunca prolongábamos demasiado las temporadas por fuera del nido. Cuando a Luis se le volvió una obsesión continuar su doctorado en Estados Unidos, la fecha de agosto del 75 se convirtió en una meta para mí. Terminando los cursos de vacaciones de ese año, acabaría también todas las materias de mi carrera. De esta manera, nos podríamos ir en septiembre, él a comenzar su pe-hache-de —como le escribía Esteban en los sobres de sus cartas— y yo sin saber muy claramente a qué, apenas con ideas muy vagas. Entonces no desperdiciaba el tiempo en vacaciones. De algún modo ese ser débil que hay adentro, temeroso del cambio, imponía por años y años la misma rutina, el mismo sustrato material que rodeaba nuestro amor.

Todavía recuerdo con un escalofrío el problema en que resulté metida en mayo de 1975. En ese momento no me faltaban sino tres materias para terminar la carrera. El embrollo comenzaba con un reglamento que sólo permitía hacer dos cursos de vacaciones por estudiante. Si me aplicaban la norma significaba que estaba condenada a tomar una sola materia en el semestre siguiente que se prolongaba hasta diciembre. La beca era para septiembre: yo no podría resistir tres meses separada de Luis; era algo inconcebible. Él se puso pálido cuando le conté el problema en que andaba. Se desplomó sobre el asiento y me dijo que no, que eso era imposible y repitió en voz alta la frase que íntimamente yo había elaborado para mí, que no podría sobrevivir solo, separado, sin mi compañía. La otra alternativa consistía en dejar inconclusa mi carrera, pero me conoces lo suficiente como para saber que yo ni siquiera la consideré hasta cuando algún burócrata de la facultad la insinuó, y Luis tuvo la delicadeza de no mencionarla, a sabiendas de que si lo hacía, viniendo de él, yo dejaba de inmediato la carrera.

—¿Perder casi cuatro años por no cursar una sola materia? Eso es absurdo —le contesté al secretario de la facultad cuando me dijo que era la solución que proponía.

—Bueno, pero ¿por qué tiene que viajar precisamente en septiembre y no aplaza su viaje hasta terminar la carrera? —me preguntó a manera de respuesta. Ahí me sirvieron las conversaciones con Luis, esos interrogatorios simulados que ejercitamos la víspera de mi entrevista con el secretario de la facultad. No podía contestar que vivía hacía tres años con alguien que se iba a un doctorado y que no concebía que la vida fuera posible sin él. Así de redundante y, a la vez, así de simple. En mi universidad no era bien visto el concubinato, pero tenía que tener una respuesta convincente y discreta.

—Es un asunto muy personal, doctor, pero se lo diré con mucho gusto. Mi novio se va del país en septiembre a sacar un doctorado y me ha propuesto que nos casemos y que nos vayamos juntos.

Sin embargo, mi argumentación principal eran mis calificaciones. Yo era una excelente estudiante y mis promedios eran tan buenos que —le decía al secretario— yo tenía el derecho a que la universidad confiara en mi capacidad para hacer tres y no dos cursos de vacaciones. El tipo, muy secretario, muy guardián del tesoro del reglamento, me contestó de nuevo con las normas en la mano:

—Mire, aquí dice: no se pueden tomar más de dos cursos de vacaciones por estudiante. Mire usted misma; el reglamento no contempla ninguna excepción.

—Por lo menos tengo derecho a que el comité considere mi solicitud.

Salí de su oficina con este único logro, que un comité, con la segura oposición del secretario, estudiara mi petición.

La decisión fue a mi favor y durante muchos años pensé que los argumentos acerca de mis antecedentes académicos inclinaron la balanza. Todo muy limpio. Una decisión equitativa que tomaba en cuenta las razones del peticionario. Eso pensé hasta hace muy poco, una noche de placeres gastronómicos en la casa de Germán López, el cura, una noche en que recordábamos viejos tiempos, como es mi vicio en esta etapa de cancelaciones en que nombro el pasado para matarlo y me dedico horas y días enteros a escribirte esta carta, que no sé si te enviaré, pues va cumpliendo, en zig-zag, su principal cometido, servirme de vomitorio de todo este cuento de mi vida.

En la tensión de la espera no hablábamos de otra cosa que de la reunión del comité que decidiría todo, y así se enteró el cura López en una de las comidas en su casa. Yo angustiadísima, Luis dedicado a cuidar mi tensión. El cura nos interrogó sobre los miembros del comité, habló de los que él conocía y dijo que conversaría con ellos sobre mi caso. En ese entonces, ni me fijé en su promesa.

¡Ah!, un pequeño ejemplo de la forma como marcha este país, donde cualquier diligencia está condenada a fracasar si no hay una intervención providencial que incline la situación a nuestro favor. Me limito. Esto no debería quedarse en una crítica al sistema de privilegios que aceita las ruedas oxidadas de nuestra burocracia; se trata más bien de un juicio de pesimista sobre el fondo moral del género humano. No somos justos, verdaderamente justos, sino con los que amamos. La cercanía impone unas reglas de equidad, de consideración con el vecino, el próximo —el prójimo—. Con los demás, con el ciudadano abstracto, con el ser remoto y sin rostro, aplicamos una justicia abstracta, tan abstracta, tan alejada de su realidad, que se convierte en una forma de crueldad. Supongamos que un comité remoto, que no sabe nada de Raquel Uribe, fijándose tan sólo en la norma, oyendo el argumento del secretario que dice que no hay excepciones decide que no, que Raquel Uribe está condenada a vivir incompleta durante tres meses. Este comité tan jurídico, tan aplicado al ordenamiento, con seguridad es más injusto que aquel que recibe el soborno de un soplo del cura López, vea, ayúdele a esta muchachita, fíjese lo buen estudiante que ha sido y no le dañe su vida de pareja. Germán es lo suficientemente discreto como para haberse callado su intervención. Sólo hasta esos días vengo a enterarme de cómo logré el beneficio de aquel comité. Fue mejor así, no saberlo, creer en una suerte providencial, aplazar unos años el descubrimiento de que no existe la justicia, sino que existen los amigos.

El mismo cura me ayudó luego con el apartamento. Lo arrendó por los dos años que duraba nuestra ausencia. Lo usó como oficina de una investigación que dirigía y nos permitió guardar parte de nuestras cosas en el clóset y encima, en nuestra cama. Fue uno de esos negocios en que todo el mundo queda contento, sobre todo yo, que aseguraba el regreso a nuestro nido, al pequeño escenario de nuestro grande amor.

Un breve viaje a Medellín, la visita de Esteban durante un fin de semana, acaso estos fueron los únicos paréntesis en esa vida de encierro entre nuestra pequeña caja de fósforos. Temimos, dos veces, la interrupción de Pelusa, que llamaba anunciando que pasaba por Bogotá con rumbo a Miami. Al principio nos alarmaba que viniera a dormir en nuestro nido, pero no, en ambas ocasiones se trataba de un trasbordo de avión en Bogotá, sin tiempo siquiera de venir al centro. Luis, pensando en favor de su hermana, interpretaba estas llamadas como una alerta, mire, su cuñado va a pasar por Bogotá, es mejor que lo sepa para que no se sorprenda demasiado si él se ve obligado a aparecer. Para mí, menos benévola con Cecilia, la llamada previa era una manera de presumir, mire, mi marido va para Miami, mire, la segunda vez, mi marido viaja con frecuencia a la Florida. Luis alcanzó a soltar en voz alta una pregunta que era para sí y que, por supuesto, yo no me atreví a contestar:

—¿A qué irá tanto Moisés a Miami?

Al fin llegó el día. Recuerdo cada detalle de ese día de principios de septiembre de 1975 que volamos desde Bogotá a quedarnos dos años en Nueva York.

Ese día te conocí. Ese día, en la confusión del gentío en la sección de equipajes de uno de los terminales del aeropuerto Kennedy, cuando todavía falta una barrera por superar entre los que llegan y los que esperan, después de una aduana menos compulsiva que lo que se volvió años después con los portadores de pasaporte colombiano, al mismo tiempo, casi, Boris me vio a mí y Luis divisó a un niño que gritaba "tía Raquel, tía Raquel". Él me los señaló y entonces los vi a los tres. Ese día, primer día frío del otoño, antes de tomar el rumbo del aeropuerto, los tres –Claudia, Boris y tú– fueron de compras y se regalaron sendas chaquetas para el invierno. Ese mismo día, en esa misma fiesta de compradores de fetiches –una chaqueta de cuero siempre pertenecerá a la categoría de los fetiches– le regalaste a Boris la primera gorra de marinero griego que tuvo. Ahí tras las rejas de la aduana, lo veía el primer día en que usaba la prenda que tantos años ha hecho parte de su indumentaria. Se veía hermosísimo con su pelo negro abundante, tapándole las orejas con unos bucles de azabache brillante y con la gorra, negra también, que le quedaba perfecta, que lo embellecía más.

Todavía en el aeropuerto, con la candidez intacta, me pareció una licencia adicional que ustedes tres vinieran idénticamente vestidos. Bluyines los tres, chaquetas de cuero los tres. Ahí te vi detrás de un Boris que gritaba "tía, tía", y al lado de Claudia, lo que me permitía medir tu estatura, idéntica a la de Claudia, de contextura más delgada, con tu cara huesuda, marcada cada facción, con el porte erguido, tu mirada tranquila, tu boca –que es lo primero que todos mencionan cuando se habla de tu cara– siempre cerrada con una expresión parecida a una sonrisa.

Abrazos, saludos, presentaciones. El recién llegado ignora las complicaciones de otra cultura. En el caso de Nueva York, la escasez de tiempo, la sujeción a horarios, la necesidad de ajustar el comportamiento a compromisos fijos, medidos, exactos. El reinado del reloj. De esta manera –y aún lo recuerdo porque cuando supimos, les agradecimos y les reprochamos el gesto– para poder estar los tres en el aeropuerto, Claudia había canjeado el turno de trabajo, Boris aplazó una clase de español y tú te gastaste tu día libre consiguiendo un carro prestado para conducir al trío uniformado hasta el aeropuerto. Luis no evitó el chiste:

–Antes de reconocer a Claudia, cuando los vi, vestidos idéntico, pensé que los tres pertenecían a una secta.

Boris preguntó:

–Mami, ¿qué es una secta?

Nadie contestó, envueltos como estábamos en la euforia de los saludos, del cómo te fue, de la narración atropellada de las novedades del viajero, de las preguntas del cándido que estrena un lugar desconocido.

Llegamos con todos nuestros problemas de vivienda ya resueltos. La universidad nos adjudicaba un apartamento y ya Claudia, muy diligente, con un papel de autorización que yo le envié, había recibido y revisado el lugar y llevó lo que hacía falta, hasta un mercado. Fuimos directo a ese segundo piso, con vista a la pared de una mole de apartamentos idéntica a la nuestra, donde vivimos varios años y que a nosotros, viniendo de donde veníamos, siempre nos pareció enorme. Eran dos espacios más o menos amplios, uno con cocineta, adonde teníamos el estudio y adonde llegabas a instalarte en el sofá, y el otro, un cuarto con una cama, absoluta novedad en la rutina diaria de nuestras vidas y que supimos aprovechar a cabalidad en esos cuatro años en que nuestro amor se afianzó y nuestra capacidad de goce erótico se amplió con la sola extensión de su territorio habitual.

Todavía hoy te agradezco, le agradezco a Claudia la manera como prepararon nuestra llegada. Desde un aparato de radio, discos y cassettes que nos pareció una maravilla de la tecnología, y por el que tú te disculpabas diciendo que lo tenías archivado, pero que era la solución que encontraron a mano. Y una pila de discos al lado:

–Éstos son en préstamo –advertía Claudia.

Todo, todo listo, un esqueleto de apartamento amoblado que ustedes vistieron amorosamente con sábanas y toallas, con la olla que sobraba, con las cacerolas y los platos y cubiertos. Entré al baño y encontré cepillos nuevos para los dientes y pasta dental y jabón, cada detalle listo.

Te recuerdo esa noche. Estuviste parca, como siempre. Pero atentísima a darnos informaciones básicas para el recién venido. Dónde hay un mercado cerca, cómo funciona la lavandería del edificio, qué hacer con las basuras, por cuál lado del vecindario es mejor no caminar a medianoche. Nos hablabas de la programación de televisión, pidiendo excusas porque el aparato era en blanco y negro, a nosotros que nunca tuvimos un televisor. Datos sobre el subway. Información. Recuerdo tu risa, tu blanca dentadura que según contabas muy ufana, salió varias veces en propagandas de dentífricos. Yo traía temor frente a una situación que no sabía cómo manejar: ¿cómo sería mi relación con la amante de mi hermana? Tu risa, tu mirada, tu manera de tratar a Claudia y a Boris, vencieron las primeras resistencias y me hicieron olvidar mis temores desde esa noche. Tu naturalidad y tu acogimiento. Esa reserva y esa distancia que tienen el arte de trasmitir que no se trata de rechazo, la sensatez de todo lo que decías, eso hizo todo más fácil para mí.

Esa noche, mucho más tarde –y casi amanecimos–, cuando nos quedamos solos, Luis me decía enumerando todas aquellas dotaciones de nuestra nueva casa que provenían de Claudia y de ti, que con los sobrantes que no usan en dos casas modestas de Nueva York se podía dotar un lujoso apartamento de Bogotá.

–Como quien dice –concluía– que es mejor comer mierda en dólares.

La experiencia de mi vida me ha enseñado a confiar en la primera impresión. Ese asentimiento previo que es la amistad, nace de un instinto, de una sensación visceral que se produce en nuestro metabolismo en el mismo instante en que entramos en contacto –por la palabra o la mirada– ese segundo en que dos desconocidos dejan de serlo y se convierten para el otro –por una pregunta, por un tropezón– en individuo diferenciado de los demás seres anónimos que circulan alrededor como parte de la masa. En ese instante algo involuntario me dicta si tengo la disposición de acoger al recién conocido. En esos momentos se generan unas energías tan claras, que diría que desde esa primera noche de llegada supe que todo iría bien. Tanto a mí como a Luis nos gustaban los tres seres uniformados que nos recibieron en el aeropuerto. Y esa sensación es siempre recíproca.

Como grupo, entre Luis, tú y yo aportábamos el silencio y Claudia y su hijo toda la extroversión y la vivacidad que correspondían a los cinco. A la vez, las relaciones de cada uno con los otros eran bastante buenas. Para mí, tú eras la única nueva; de resto, Claudia es mi hermana favorita y Boris pasó sus primeros años en mi casa y yo fui la hermanita mayor que lo consintió hasta el punto de que siempre que está triste o está mal, termina buscándome para que lo consienta, le acaricie el pelo o le haga cosquillas por la espalda mientras él habla con la boca aplastada contra la almohada. En cambio Luis, apenas vio antes una vez a Claudia y a Boris, pero se entendió bien con todos. Nunca estuvo muy cerca de Boris –Luis nunca será muy afín a los niños– pero se entendían bien y a veces iban juntos a cine, a algún espectáculo o pasaban por ciertos lugares favoritos de ambos, como el zoológico. Cuando apostaban algo –a Boris le encantaba apostar– invariablemente era una invitación al zoológico; antes de perder, Boris ya sabía que iría al zoológico y después de perder, su capital disponible era suficiente para invitar a Luis a un helado. Perdiera o ganara, Boris terminaba en el zoológico. Luis siempre se entendió muy bien contigo, una amistad de apasionados por las mismas formas del arte. Todo nuestro amor por el jazz y las cantantes de blues proviene de ti. Y Luis decía que sólo iba a las películas que tú le recomendabas. Tú eras su guía de la ciudad, las exposiciones, los espectáculos que Luis escogía provenían de su oráculo, que eras tú.

Con Claudia hubo un primer enigmático saludo que nunca pude aclarar. Ya en el apartamento, Luis le agradecía toda la diligencia de tenerlo habitable para nosotros y ella le contestó:

–Tengo más que agradecerte yo ciertos consejos.

Ambos vigilaron con la mirada si yo había escuchado y esto me intrigó. Después de sus cartas con Esteban, éste era el primer secreto que Luis me guardaba. Una complicidad con mi hermana. Nunca me atrevía a preguntar cuál era ese consejo. Aceptaba a priori que había sido para bien y que significaba un buen principio entre ellos dos. ¡Ah!, y no debo olvidar que ambos compartían a Esteban, que se convirtió en materia de conversación entre ellos. A todo esto se añade la pasión por espectáculos deportivos, regocijo de Boris. El béisbol los enloquecía, pero iban a todo, a hockey, a básket, a fútbol, en fin, para mí esas excursiones eran la oportunidad de esperarlos en tu compañía en alguna de las casas, en largos y deliciosos coloquios sobre todos los temas de la tierra.

Yo tenía apenas vagas nociones sobre lo que haría. Alguna cosa, algo relacionado con el periodismo. Mi gran impedimento para intentar un posgrado era que no tenía el título de mi universidad y no hice ninguna gestión de ingreso con la debida anticipación. Fue, entre otras, una de las lecciones que aprendí antes de llegar. Allá todo se debía gestionar con anticipación. Desde una entrada a teatro hasta un tiquete de avión, pasando por la mesa del restaurante, la peluquería, todo, todo exigía reserva previa.

Cuando supe que íbamos para Nueva York estaba demasiado concentrada en mis estudios y luego envuelta por todos los trámites de salida, hasta el punto de que tuve tiempo sólo para organizar el viaje en cuanto a los requisitos para partir, pero nunca llegué a plantearme los asuntos de la llegada sino cuando estuve allá. En Bogotá, tenía la tranquilidad de que la beca de Luis incluía la vivienda. Al menos teníamos un lugar. Y estuve mucho más tranquila cuando dos semanas antes de partir me llamó Claudia para decirme que le habían entregado a ella nuestro apartamento, merced a una carta de autorización que firmó Luis, y que no nos preocupáramos, que encontraríamos hasta mercado en la nevera.

Así fue, pero el precio que pagué fue encontrarme de súbito instalada con comodidad en una casa que sería mi hogar, en una ciudad desconocida y anonadante, sin tener más que ideas vagas sobre cómo gastaría mi tiempo allí. Luis, que era capaz de olfatear mis pensamientos antes de que lo fueran, cuando apenas tenían el carácter de temores, adivinó mis incertidumbres desde el primer día.

Llegamos el sábado 5 de septiembre de 1975. Ustedes se fueron tarde. Claudia decidió que le ponía la piyama a su hermanita menor. Era su manera de preguntarme si todo estaba bien, de modo que ustedes se despidieron a la madrugada, dejándonos a la disposición de nuestra intimidad en su nuevo escenario.

Luis tenía que presentarse al lunes siguiente, de manera que tuvimos el domingo para nosotros dos, primero durmiendo largamente, luego largamente caminando por las calles solitarias del sector de Wall Street, viendo al viento barrer unas avenidas solitarias donde los pasos resuenan. Con el asombro de los recién llegados, quien nos observara pensaría que teníamos tortícolis al ver nuestras cabezas levantadas, persiguiendo con la mirada la altura de los edificios.

Mientras caminamos, luego sentados en el Battery Park, mirando sin ver la Estatua de la Libertad, Luis me hablaba de que yo no tenía vacaciones desde hacía tres años, que debía comenzar por descansar. Era una de esas conversaciones extrañas en que cada uno escucha al otro atentamente —íbamos abrazados—, pero contesta con otro tema. Yo le respondía que él se ocuparía tanto, que ya no estaríamos juntos. Luis guardaba silencio, como para almacenar en la memoria la resonancia de nuestros pasos en la calle solitaria, y luego se refería a que yo tenía que dormir y descansar mucho y que podía aprovechar para recorrer la ciudad y conocerla. Después de otro silencio, entre el toc toc de nuestras pisadas, le decía que yo no tenía planes fijos, que no sabía qué iba a hacer. Por el momento te esperan los museos, los cines, las calles, los parques. Y me apretaba más y me decía que no me preocupara sino de averiguar en dónde estábamos y cómo demonios nos devolveríamos hasta nuestro apartamento. Seguí los consejos de mi amado. Por lo menos durante un mes dormí hasta tarde. A mediodía salía con un plan previamente discutido contigo, con Claudia, con Luis. Al principio, como una semana que Boris tenía antes de regresar a la escuela, salía con mi sobrino. Mi primer Nueva York es la ciudad de un niño. Antes que pisar cualquier museo, ya había visitado dos veces el zoológico y me preparaba a repetir el parque de diversiones de Coney Island. El Central Park, la Estatua de la Libertad y se me cortó la respiración en la terraza del Empire State. Probé toda clase de helados y aprendí dónde hallar mis favoritos en el mercado cercano. Tragué crispetas, algodón de azúcar, perros calientes con el mismo apetito de Boris. Recuperé su edad y me reía con él a carcajadas, corrí persiguiéndolo o escondiéndome por parques y avenidas, me metí con él a almacenes de juguetes, a juegos mecánicos, me detuve –robándole su asombro– ante los maromeros, los faquires, los músicos, los tragavidrios, los tragafuegos, los bailarines. Conocí la Nueva York de Boris, diurna, colorida, brillante, bullosa, llena de multitudes, habitada por niños y por padres treintones con caras de turistas.

Por la noche llegaba cargada de crónicas para Luis. Él abría la puerta como a las siete y yo le tenía algo de comer y mucho que contar. Él intercalaba una parca narración sobre la universidad. Estaba en una etapa de ubicación, de aprender dónde quedaba cada cosa que se necesita para el trabajo. Pero no tenía la medida del tiempo ni las dimensiones de lo que su doctorado lo obligaría a hacer. Me mencionaba los profesores a medida que los conocía. Todos amables, todos distantes, dispuestos a tener unas muy cordiales y muy neutras relaciones de trabajo. Conversábamos un rato y luego se enfrascaba en los deberes académicos, en libros y fotocopias. Yo, a su lado, leía algún libro. De repente, él se interrumpía, le quitaba el volumen al disco, y me leía algún párrafo o verso que le llamaba la atención por bello, por insólito, por cómico...

Un mes o más, primero con Boris y luego sola explorando un Nueva York más adulto, me di vacaciones. Mientras Luis establecía sus rutinas con claridad, yo seguía de turista. Hasta el momento en que el asunto de qué haría yo en Nueva York comenzó a pesar demasiado en mis caminadas por una ciudad en la que ya rondaban los vientos del otoño.

Largas conversaciones con Luis, debate familiar en una de nuestras comidas de los viernes, y a principios de octubre estaba estudiando fotografía en una academia que me quedaba a una caminada larga del apartamento, armada solamente de entusiasmo y de una cámara que tú me prestaste.

Para cuando vino mi madre, en noviembre, a la cena del día de acción de gracias, nuestras rutinas diarias estaban establecidas. Cuando vivíamos en nuestra caja de fósforos bogotana, Luis y yo pasábamos muy poco tiempo separados. Nuestra simbiosis era física. Se trataba de un cuerpo único, con un solo centro de gravedad, tan simétrico que su mitad era diestra y mi mitad zurda, que se desplazaba armónicamente por el pequeño espacio que habitaba, suficiente para ese cuerpo de dos, que también podía yacer con placer en un pequeño espacio de un metro de ancho.

En Nueva York, para empezar por la cama, el cambio era radical. Aún amanecíamos arrunchados en un solo nudo de sueño y movimientos instintivos, y nos sobraban kilómetros de cama a lado y lado, pero podíamos acostarnos a leer o a ver televisión el uno al lado del otro. Todavía más, podíamos estar ambos en la casa sin vernos la cara, cuestiones imposibles en nuestro apartamento de Bogotá.

Además del cambio de escala en cama y casa, está el más anonadante y el más notorio cambio de escala. El cambio de ciudad. Luis, comprometido en un programa de doctorado que equivalía a un confinamiento en bibliotecas. Luis, habitante de un cubículo en la biblioteca de su universidad y yo llegando con una tajada de pizza caliente. Encima de eso, y como pago por parte de la beca, Luis dictaba clases de español. Me pasé dos años enfrascada en el aprendizaje de la fotografía. Me caló el mensaje de Esteban. Dos palabras. Reportería gráfica. La teoría radicaba en que, además de unos pocos pioneros y de uno o dos excelentes intuitivos, en Colombia no se había desarrollado el concepto de información gráfica y mucho menos el de edición gráfica.

Durante mucho tiempo me metí en cuartos oscuros. Soy paciente y minuciosa y eso me sirvió para aprender muchos trucos con los líquidos de revelado, con la ampliadora y con los lentes. A oscuras, en laboratorios fotográficos, asimilé la lección –¿será la única?– que me ha servido para todo en la vida. Que el paso del tiempo es irremplazable. Que un plazo no se adelanta por la espera o las ansias, que los relojes son inflexibles.

De aquella simbiosis física de habitantes de una caja de sardinas pasamos a una convivencia menos inmediata, pero que no rebajaba en el enamoramiento, en la insaciabilidad del uno por el otro. Cierro los ojos y lo que más recuerdo son nuestras mañanas, esas tres horas, de seis a nueve, a veces hasta mediodía, de consentimiento, de erotismo, de interminable conversación, preparando unos súper desayunos de mitad de mañana, antes de salir cada uno a rodar en lo suyo, frenéticamente. Creo que fue Esteban quien dijo que la principal diferencia entre Nueva York y las ciudades colombianas –por encima del idioma o del tamaño– es la velocidad de la gente al caminar por la calle. De la indolencia a la robotización.

Todo iba bien, todo era muy bello, pero el recuerdo más intenso de esos tiempos fue el reencuentro con mamá. Intenso, por el grado de emoción de esos dos días. Pero impreciso. En mi memoria se enciende la luz de una especie de dichoso frenesí, pero no registro conversaciones. Puedo repetir palabra por palabra ciertos momentos con mi padre. Con ella sólo guardo una sensación de felicidad, una plenitud en la que, de súbito, aparecen objetos, atmósferas, como el lujo a media luz de la cafetería del hotel donde se hospedaba, la frescura de su rostro, su manera única de decirme su amor con caricias.

Claudia me advirtió que, a pesar de que mi madre anunciaba que estaría para el día de acción de gracias, nunca avisaba el día y la hora de su llegada, fiel a su empeño de no darnos molestias. Había hablado con ella varias veces por teléfono, pero cuando oí su voz a las seis de la mañana de aquella víspera del día de acción de gracias, comencé a temblar de la emoción. La noche anterior, tarde, arribaron a La Guardia y se hospedaban en el hotel Plaza. A las siete, o antes, ya estaba con ella. La adoré. Por bella, por gentil, por elegante y, sobre todo, por ser mi mamá. Nunca he sido consentida, pero adoraba –todavía adoro, lo confieso– que mamá me llame "mi bebé".

Conocí también a Mariano Arroyo y también me encantó ese señor amable y perdidamente enamorado de su mujer. Ese día fue perfecto. Claudia llegó a la hora del desayuno y se despidió con rumbo al hospital. Mariano dijo que iría a buscar unos materiales de pintura, de manera que nos quedamos solas mamá y yo todo el día, caminando por las calles más elegantes, haciendo compras ociosas y otras no tanto –me regaló varios implementos de fotografía–, conversando y acariciándonos encantadas la una con la otra y felices.

Esa noche, Mariano y mamá nos invitaron a comer en su hotel. Allí se reunió toda la familia, excepto tú. Era notoria la simpatía de ellos por Luis. Mi padrastro –qué extraña palabra– recitó cosas de Rubén Darío que todos gozamos, excepto Boris que dijo que no entendía nada. Y al otro día la gran cena, ya con toda la concurrencia, tú incluida, en casa de Claudia.

Fueron apenas dos días, pues al otro mamá madrugó para regresar, pero para mí fueron el rescate de mi madre, volverla a conocer, restaurar la memoria de la bruma perdida del tiempo y convertirla en aquella adorable señora. Después, a lo largo de esos años, volvería a verla varias veces. (*Sigue.*)

DE RAQUEL A CLAUDIA
Bogotá, domingo, mayo 11. 1975

Mi amada hermanita: Te escribo por una tarea específica que más adelante te contaré, porque quiero relatarte todo desde el principio.

Hace como quince días estaban mi papi, María, Max y los niños en la finca de Rionegro. Subieron desde el sábado, pasaron la noche allí, muy juiciosos fueron a misa de doce el domingo, volvieron a almorzar, se dieron un banquete y cuenta mi papi que él se quedó como adormilado, meciéndose en el corredor, cuando sintió que pitaban en la entrada. Nunca se equivoca en esa percepción y él mismo fue hasta la portada a ver quién era. Un señor, más bien un muchacho, dice papi, se bajó de un Mercedes Benz elegantísimo y saludó por el nombre a don Rafa. Él se dejó conquistar por ese detalle y por el elogio que le hizo de lo bonita que se veía la finca. Ahí quedó sin defensas y, con orgullo, lo invitó a que la conociera. El muchacho se mostraba entendido en tierras y esto hacía que papi disfrutara aún más de sus propias explicaciones. Al final, cuando ya se despedían, el tipo le preguntó que cuánto creía él, mi papi, que valía la finca. Se quedó pensativo y dijo: "creo que tanto es un precio". "¿De veras cree eso?", le contestó el tipo con una nueva pregunta. "Sí, es un precio justo." "Pues yo le doy diez veces más."

Mi papi no sabía qué decir. Primero le dio un ataque de miedo, disfrazado de amor a la tierra. "Yo quiero mucho mi finquita. Usted me preguntó un precio, pero eso no significa que está en venta." El tipo se le puso duro y alegó que de todas maneras él había establecido un precio y se le había ofrecido una cantidad diez veces mayor. Que él consideraba que sí habían cerrado negocio. ¿Insólito? Ni tanto, mi hermanita. En esta sociedad en decadencia, como dice Esteban con la boca llena, esto ha ocurrido varias veces. Alguien surje de la nada y te ofrece una suma exorbitante por tu propiedad. Y no se trata de gente conocida por su fortuna. Nuevos ricos de los barrios populares. Choferes de taxi, mecánicos, obreros, pequeños comerciantes que se han enriquecido de un día para otro con la cocaína. Debe haber gente que la trae desde Bolivia o Perú y aquí se levantan un kilo y corren el albur de llevarlo o de mandárselo a sus parientes de Miami o del Queens. Las propiedades de Rionegro y La Ceja, las casas de El Poblado, son los botines más apetecidos. Y dicen que las haciendas ganaderas del Cauca y del Magdalena.

La conclusión del cuento es que papi va a recibir una millonada por su finquita. Los ojos le alcanzan a brillar cuando pronuncia la cifra –dice María– pero también está triste y se siente culpable por venderla. Está ligado al sitio adonde fue todos los fines de semana por más de treinta años.

Al otro día, el señor del Mercedes –María dice que tiene pulsera y cadena de oro al cuello, que cada una debe pesar una libra y que siempre lleva en la mano una carterita repleta de billetes–, se le apareció a mi papi en la oficina. Quería empezar el papeleo ya, la escritura tenía que estar pronto, el dinero estaba listo. Mi papi se puso en eso y desenterró la escritura y descubrió –con horror– que la finca no es sólo de él, que la mitad figura a nombre de mi mamá. De manera que para que la venta sea legal, mi mami tiene que firmar el papel que te envío y autenticarlo ante un cónsul colombiano.

La tarea es urgente y no creo que mi mami ponga ningún problema. Ojalá que no, porque cuando papi se dio cuenta de que no era el único dueño, creyó que le serviría de pretexto para deshacer el negocio, y le dijo al comprador que se había dado cuenta de que la finca tenía una copropietaria que no veía hacía quince años. Entonces el tipo se puso temible. Y, por teléfono, con grosería, le advirtió que mejor consiguiera esa firma si no quería que su mujer fuera viuda en lugar de separada. Ya sabes con qué clase de gente resultó negociando mi papá: lo importante que es la firma de mami en el papel que te envío. Cuando esté listo, por favor lo más pronto, devuélvelo directamente a Medellín.

Aprovecho para contarte que estoy metida en una vacaloca. Desde hace dos años tomo curso de vacaciones para tratar de terminar estudios antes y poderme ir en septiembre con Luis. Y en este momento estoy tratando de que me reciban en tres cursos de vacaciones, en lugar de los dos –máximo– que admiten. Si lo consigo, habré terminado mi carrera en este agosto y voy a quedar de clínica de reposo, pero lista para graduarme. Lo malo de todo es que yo no pedí admisión en ninguna universidad –pues no sabíamos adonde admitirían a Luis para el doctorado– entonces voy sin un plan concreto.

También puede suceder que no me permitan hacer los tres cursos de vacaciones. Entonces el dilema consistirá en irme sin terminar o en retrasar mi viaje hasta diciembre. Cuando hablamos de esto, Luis –y también yo– no sabemos qué decir. Para él es incómodo que deje mi carrera sin terminar. Y creo que ninguno de los dos se atreve siquiera a pensar cómo sería vivir sin el otro. Parece imposible, al menos para mí. De manera que ya ves lo importante que se ha vuelto conseguir que me admitan en tres cursos de vacaciones.

¡Qué torpe soy! No sé si te dije lo principal. Que parece que Luis fue admitido en la Universidad de Nueva York, que por fin vamos a estar cerca, como lo decías en tu hermosa carta de fines del año pasado. Sólo dependemos de un requisito que debe llenarse aquí, en la universidad de Luis. Él está muy contento, pero un poco tenso porque el vicerrector es enemigo suyo y lo va a perseguir y se le va a atravesar. Ojalá no sea así: yo ya me siento abrazada a ti y paseando con mi sobrino favorito por esa ciudad que no conozco.

Con un beso para ti y otro para Boris,
Raquel

DE LUIS A ESTEBAN
Bogotá, domingo, agosto 10 . 1975

Mi querido Juan Esteban: Hace casi un año que no nos escribimos. Si no fuera por el regalo de tu visita de hace quince días –por fin conocí el estadio de Bogotá y te vi en plena acción de comentarista de fútbol– estaríamos incomunicados desde mi viaje de diciembre. Según lo prometido, te cuento el epílogo de mi epopeya. Me voy. Tengo listo hasta el último papel, firmado por el vicerrector de la universidad. Te aclaro: el vicerrector encargado. Por un golpe de suerte, Probeta se fue de vacaciones y mi trámite salió mejor de lo que yo mismo esperaba.

La lata que te di el sábado que llegaste, a la larga resultó injustificada. La víspera, ese viernes, fue muy duro para mí. El viernes de la crucifixión, cuando me llamó el doctor Probeta a la vicerrectoría para decirme que "usted llena todos los requisitos con su solicitud de licencia, pero quiero informarle que hay otras solicitudes, y vamos a resolver por los méritos de cada una". Era su manera de notificarme que haría lo que estuviera a su alcance para impedir que me fuera.

De manera que fue una bendición que vinieras a tu trasmisión deportiva, una bendición para mí y también, con más razón, para mi Raquel. Mi muchachita lleva tres años sin vacaciones de julio, dedicada a adelantar la carrera para poder viajar conmigo. Este año, por sus altas calificaciones, logró que la dejaran hacer las tres últimas materias en cursos de vacaciones. Tú la viste, enloquecida, presentando trabajos finales. Tu aparición disminuyó la tentación que me asediaba de descargar mi pesadumbre en Raquel, contándole la amenaza del doctor Probeta. No me sentía capaz de cargar a solas con ella, de manera que tu llegada fue mi salvación y a ti te tocó, mi amigo, ayudarme a llevar la cruz de mi incertidumbre; y lo lograste, tú lo lograste, que mi niña no se diera cuenta de lo que sucedía.

Lo que siguió fue una lección moral gratuita e inesperada. A la semana siguiente a tu domingo bogotano se reunía un consejo académico que evalúa solicitudes como la mía. Fui a averiguar y la reunión se aplazó para esta semana que acaba de pasar. El vicerrector es el secretario del bendito comité y el lunes me asomé a averiguar impulsado por la prisa que tengo. La secretaria me informó que el doctor Juan David Jaramillo salió para una reunión internacional, que el comité lo convocaría el vicerrector encargado para el miércoles siguiente. ¿Recuerdas al profesor Márquez? El viejito que habló pestes de mi tesis y que acabó aprobándola. Después de eso, cuando me lo cruzo en los corredores o en la biblioteca, siempre me saluda muy amable, por el nombre. Pues el profesor Márquez representa el área de humanidades en el consejo académico y habló bien de mi trabajo allí hasta el punto de que el vicerrector encargado, un delegado de derecho bastante parlanchín, a la hora de entregarme la carta me contó los elogios de Márquez. Una lección de la vida.

Tú me prometiste que en diciembre irás a visitarnos. Allí te esperan, además, tu pareja Claudia y tu socio Boris. Sé por anticipado que esa visita será crucial para mí. Tengo miedo. Tengo el miedo del cambio, el miedo a otro lugar, otra rutina, otro idioma. No es un temor paralizante, pero está ese interrogante de lo desconocido, una gran ciudad, nueva para mí, y nunca me sentí tan pequeñito y tan anónimo.

Cuando tú llegues llevaremos tres meses y a ti te tocará desempeñar el papel de recién venido y podrás observarme de un modo que a mí me queda imposible. Entonces me aprovecharé de ti, mi amigo.

El cambio de vida, sin embargo, ya comenzó. Lo más ostensible es que Raquel y yo no somos ahora estudiantes sino tramitadores de papeles en esta enorme y vericuetuda burocracia que se debe pasar como prueba iniciática para poder cortar con un sitio e irse para otro. Con frecuencia se habla de que uno de los grandes cambios de la sociedad feudal a la capitalista fue la libertad de movilización. Se supone que los siervos no podían trasladarse de una tierra a otra, mientras que nosotros, Raquel y yo, asalariados de la sociedad burguesa, tenemos soberana libertad de tomar nuestros corotos y de irnos de la seca —en Bogotá hay racionamiento de agua— a la meca —del capitalismo.

Mentira. Antes tienes que atravesar una densa cortina de papeleos, sellos, funcionarios, requisitos, permisos, certificados, traducciones oficiales, pago de estampillas, filas interminables ante ventanillas de donde te mandan a otra ventanilla que funciona en otro horario y en otra calle.

Para ejercer el famoso derecho de largarse de un lugar, la burocracia coloca tantas trabas y exige tantas diligencias, que uno tiene que dedicar por lo menos un mes de tiempo completo para que unos papeles le reconozcan ese derecho. En algunos pasos eres el señor K que va interminablemente de un lugar a otro, de donde te regresan al primero. En otros te transformas en una especie de objeto, cuando más en una res que va directo al degollamiento: en esos momentos estás ante el funcionario omnipotente, que ni te mira, pero que puede tirar abajo tus planes si lo desea; pienso en el señor del consulado, que puede decidir, inapelablemente, que no le concede la visa a Raquel. O en el Probeta de turno, que siempre te perseguirá. De esas comparecencias ante Dios Todopoderoso no nos queda ninguna por hacer. Ya, para nuestra tranquilidad, Raquel tiene su visa –no durmió la víspera de ir al consulado– y el inefable Probeta anda en la cola del mundo.

En todo este universo de verdades documentales, donde un papel no vale si no está respaldado por otro papel, donde una firma no es nada si no está convalidada por otra –y ambas con sus sellos respectivos–, en esta laberíntica red de oficinas públicas, de filas y antesalas, hemos pasado mi niña y yo las dos últimas semanas.

Confieso, querido padre, que dos veces he perdido por completo la paciencia. Odio que me quiten el turno. En este mundo donde hace dos siglos el hombre redacta el código mínimo de convivencia, los derechos del hombre, el listín de la ONU, creo que falta el derecho de turno. Ese derecho que facilita al máximo la vida en las grandes ciudades. Desde la fila ante el cajero del banco hasta el turno en el trámite burocrático, todo iría mejor si ese sagrado derecho –que, en otras palabras es el derecho a que otros no dispongan con abuso de nuestro propio tiempo– se respetara en todos los niveles de la vida.

Haciendo fila ante una ventanilla en los trámites del pasaporte, un señor muy tieso y muy majo, corbata a la moda, bigotes plateados muy cuidados, uno de esos especímenes bogotanos diseñados a imagen y semejanza de un Londres que sólo existe en sus corazones y en las tradiciones de su familia, muy majo y muy tieso, mirando a nadie de la fila, se vino hasta la ventanilla colándose olímpicamente. Sublevé la fila. Ey, colado, dije de manera que me oyeran dos muchachos adolescentes que estaban detrás de mí. La mecha subversiva se encendió con eficacia y los dos jóvenes armaron un tropel secundados por toda la fila y por las filas del lado que perseguían otras ventanillas. Colado, colado. Fue buenísimo. Es el único triunfo de la democracia en el que he sido testigo directo. El cachaco reculó hasta el extremo más lejano de la cola cuando la empleada se negó a atenderlo, mandándolo con el dedo sentencioso a ese turno fatal que llega otra vez donde ella y ella lo condena a volver mañana, porque ya son las cuatro y un minuto y aquí sólo atendemos hasta las cuatro.

La otra fue menos honrosa. Era un papel en una oficina pública. Siempre que íbamos a reclamarlo, el papel todavía estaba para la firma. Veíamos sacar documentos y documentos ya rubricados del despacho del firmador. Pero nada del nuestro. Dos, tres veces y nos decían lo mismo mientras los demás recibían su tesoro con la sagrada firma del firmador. El ojo de la periodista desentrañó el nudo. Como al cuarto intento, Raquel me codeó de pronto:

–Ese muchacho que está recibiendo el papel lo estaba entregando la última vez que vinimos –me señaló un tipo con pinta de recién salido de la universidad, con unas gafas de vidrio como fondos de botellas de cristal. Venciendo mi timidez, me lancé tomado de la mano de mi niña:

–Perdón señor. La última vez que vinimos por nuestro documento, usted apenas traía el suyo. Ahora vemos que lo reclama y el de nosotros todavía está para la firma. ¿Será que hicimos algo mal?

El tipo sonrió y dijo en voz baja:

–Lo que pasa es que aquí hay que dar dinero o las cosas se atrancan.

Me encendí. Después de mil vueltas, de dos mil estampillas, de nosé-cuántas autenticaciones, dinero aquí, pague allá, y suelte más por nada, por sellos que no quieren decir nada y encima ¿pagarle a un hijo de puta? No. Y no.

Raquel me oyó toda la perorata. El tipo, por supuesto, no; se volteó diciendo "o pagan, o aquí se mueren". Echar la perorata me calmó, pero no estaba dispuesto a pagar. Pedí hablar con el firmador.

–Sí, le podemos dar audiencia para dentro de quince días.

–Pero señorita, éste es un asunto urgente. Hay algo que él debe firmar y no ha salido. Y he visto gente que ha venido después y se ha ido con su firma.

–Lo siento, no los puede atender hasta dentro de quince días.

–Ése no es el problema, señorita –intervino Raquel–. Soy periodista y nos han dicho que aquí hay que pagar por la firma del jefe.

Santo remedio. La secretaria, que nos atendía a través de las rejas metálicas verticales de una ventanilla, de tal manera que sólo veíamos tajadas de secretaria, con instinto defensivo contestó:

—¿Tienen el número de radicación?

Lo teníamos. El número de radicación es un número mágico. Sin él no vales nada delante de una ventanilla. Si te lo piden y no lo tienes, perdiste la jugada. Con el número de radicación la burocracia debe dar un paso, lento, anodino, pero justo el movimiento que esperas del monstruo. La secretaria tajada apuntó el ábrete sésamo en una libreta y se dio media vuelta. Vimos cuando entró a la oficina del firmador invisible. Se demoró el tiempo suficiente para que Raquel y yo nos miráramos, primero desconcertados, luego entre risas. Se oyó la puerta del despacho del firmador y vimos otra vez detrás de la ventanilla las varias tajadas de secretaria con un papel en la mano:

—El documento se había refundido en otros papeles de archivo —nos dijeron dos mitades de boca— pero aquí está firmado. Y no podrán decir que pagaron por la firma.

El poder de la prensa, me dijo Raquel, para que te ahorres el comentario, tú, todopoderoso señor de los estadios, el dueño de cabinas adonde sólo entran los gurús con salvoconducto para circular en los territorios vedados de camerinos y oficinas, en los vericuetos de la inmensa mole, con salvoconducto para entrar en el terreno sagrado después de los noventa minutos de la ceremonia.

Raquel está mucho más serena que yo por motivo del viaje. Al principio, su única preocupación era el apartamento. ¿Adónde vamos a volver?, me preguntaba. Y yo —cínico— la tranquilizaba diciéndole que primero quería resolver el problema de adónde vamos a llegar. Todo en orden, por favor, niña. Pero ella no me hizo caso. Resulta que el cura López contrató una investigación y tendrá que dirigir un equipo de gente. Cuando le contó a Raquel que no le gusta recibirlos en su casa, Raquel le propuso alquilarle el apartamento: nosotros guardamos los libros y los chécheres entre el clóset y también encima —en nuestra camita— y el cura López trabaja aquí con todos sus sabios. Todo coincide: la investigación del cura durará los mismos años de nuestro viaje. Sincronización perfecta. Así ya Raquel sabe que volveremos a nuestro nidito.

He gastado esta carta en diatribas contra la burocracia, cuando tengo un cuento para ti, que tanto hablas de la decadencia del curubito antioqueño y del empobrecimiento del espíritu empresarial. Un tipo lleno de alhajas de oro se le apareció a don Rafa Uribe, le preguntó cuánto valía su finca de Rionegro. Don Rafa le contestó que por equis suma estaría muy bien pagada. El tipo le dijo que le daba diez veces más y después lo obligó a que se la vendiera. Te acorto el cuento para llegar a lo que sucedió la semana pasada. Después de los consabidos papeleos –hasta por hoy– el lunes pasado firmaron la escritura y de allí salieron para la casa de don Rafa, donde el comprador descargó varios bultos con billetes:

–Ahi están sus millones. Cuéntelos y me llama si no están completos.

Siete bultos de fique en la alcoba de don Rafa, repletos de billetes. Esa noche durmió con ellos allí. Amaneció enfermo por el olor húmedo que desprendía el dinero. Allá fueron por la mañana María y Maximiliano. Ellos querían instalarse a contar dinero, pero se impuso el sentido común y el nuevo millonario llamó al banco de donde le mandaron un camión blindado; empacaron los siete bultos y al yerno codicioso a quien don Rafa mandaba como testigo del conteo. El dinero, si quieres un epílogo sobre la honradez de los nuevos ricos, estaba completico. Y que viva Macondo.

Adiós Macondo. Nos vemos en diciembre en Nueva York. En vos confío. Va un beso de Raquel –en papel sellado– y un abrazo mío –en tres copias,

Luis

✉

DEL DIARIO DE ESTEBAN
Medellín, viernes, octubre 10. 1975

Al principio era un placentero encuentro donde intervenía la casualidad. La conocí en un viaje a Cali el año pasado. Dos viajes más y el azar la tenía allí para unas noches plenas de sabiduría sexual. Así pasaron los meses y al final del año me acordé de ella. En enero fue el primer viaje de fin de semana a Cali y desde cuando supe que iría, ella estaba presente en mi deseo. No conversando, brindando, sonriendo. Se me aparecía desnuda, gimiendo, diciendo más, más. Todo el tiempo pensaba en ella, excitado y ansioso. Fui al mismo hotel. Sábado, bar, caminaba por el vecindario, pero todo fue inútil, no la vi, no apareció y me devolví a la habitación tan triste, que me negué a enlazar a una sustituta de Carlota. No, yo quería acostarme con Carlota, ella era la única que tenía el poder de satisfacer mi deseo. Y mi única información acerca de ella era un nombre inventado a propósito de una cita de Vallejo, una descripción vaga –no podría entrar en precisiones como el lunar de la nalga izquierda–, un recuerdo lleno de ansias. En fin, no tenía por dónde iniciar una búsqueda y me estaba enloqueciendo. Me veía con la lengua explorando sus más sagrados lugares mientras su boca hacía de émbolo en mi centro de gravedad, repasaba detalle a detalle todos nuestros coitos desaforados y no me conformaba con una reemplazante. Tenía que ser Carlota y Carlota era una sombra, un pelo azul, un ser sin nombre de tres noches caleñas. Un ser con la capacidad de esfumarse. Lo reconozco: ella podía decir lo mismo de mí. Mujer sin nombre, hombre sin nombre, sólo una pareja desnuda.

¿Será esto el amor? Nada en común, excepto el deseo. Ni siquiera una memoria que compartir. Sólo dos seres desnudos que no tolerarían relaciones en otro plano. Ahora ya no existía. El bar, el comedor, el lobby, el vecindario estaban vacíos de ella y con ese mismo vacío regresé a Medellín.

Durante dos semanas estuve inquieto, sin poderme concentrar. Entonces vino un viaje a Pereira y yo tomé el avión a Cali desde el sábado con la intención de madrugar al otro día, e ir por tierra hasta Pereira y estar allí a la hora del partido. Fue un golpe de suerte. Apenas llegué, me instalé con un libro en el hall de entrada del hotel. Desde allí podía vigilar el bar y era visible para quien entrara al hotel. Estaba tan tenso, que no podía concentrarme en el texto que me acompañaba. Terminé de vigilante de la puerta, pendiente de toda persona que llegara al hotel. Como siempre sucede en estos casos, no una sino dos veces mi mirada se chocó franca, insinuante, con damas que entraban de cacería al hotel. Ya había oscurecido, eran como las siete, y nada que Carlota entraba. Yo comenzaba a sentir el cansancio de la espera, las ganas de un trago que me relajara un poco. Estaba tan concentrado en mi observación –el libro definitivamente en mi regazo, cerrado– que en tres horas de espera la vejiga hizo un esfuerzo adicional y acumulé una formidable orinada que ahora me presionaba con un poco de dolor.

Tenía que suceder: me paro para buscar un baño, doy con el baño –que es en el bar–, salgo abstraído pensando si me instalo en la barra a esperar otro rato, jugando a la ruleta rusa de terminar la noche solo, borracho, aburrido, insomne, camino distraído y estoy a la distancia del saludo cuando –¡oh aparición!– allí sentada, esperando su primer trago, me mira Carlota con una sonrisa maliciosa.

Llevaba un mes pensando en ella, y de ese mes la mitad tan obsesionado que no me había acostado con ninguna otra mujer, por la simple razón, extraña en mí, de que no deseaba a ninguna distinta de esta mujer de humo que ahora tenía ante mí. En lo único que había pensado –¿se llama "pensar" a eso?– era en un "desnudo anudamiento" como lo llamaba en mi poema, poema abandonado un mes por esta obsesión que sólo podía acompañar con la repetición maniática de la voz de Mick Jagger: I can't get no satisfaction. Nunca en el mes anterior la vi como ahora, en la penumbra del bar, ese pelo suyo que despide destellos de luz por el solo brillo de su negrura, ese perfil marcado por una luz que venía de atrás y que le delineaba unas hermosas facciones, un vestido fresco, de algodón, que le dejaba ver el contorno de sus senos pequeños y erguidos, la mano, con un diamante en el dedo anular, una mano grande, delgada, sensual, que sostenía un cigarrillo. Ni la vi saludándome, ofreciendo un trago, soltando alguna frase cínica sobre nuestro interés común, la cama. Solo la pensé en pleno orgasmo, delirando, llevándome al fin del mundo. Y ahí estaba frente a mí, sonriendo, desde ya cómplice en la aventura que buscaba y, también, desprevenida y honesta con respecto a su propio fin y con respecto a lo que ella se había convertido para mí.

Decidí contárselo todo, pero después. Ahora en el bar, fingiendo de nuevo la colaboración del azar, se trataba del rito del deseo, de ese acercamiento a través del brindis, del apunte, del roce de la mano con la mano, del primer beso que calibra la carga de fuego que cada uno trae.

–Estás caliente –me murmura en un instante del beso en que toma aire.

–Tú me calientas, muchacha –le digo entre saliva y otra lengua.

Poco duramos allí. Muy abrazada, como ella no se lo esperaba, la llevé hasta la habitación.

Este abrazo –me dijo al llegar– es lo más parecido al amor que he sentido en muchos años.

No le contesté. Venía al caso; ése era el tema que pensaba tratarle. Pero todavía no. Además, yo no quería llamarlo amor. El amor es un compromiso de vida, una responsabilidad, un respeto cotidiano y activo entre dos que a veces se acuestan. Esto es otra cosa que el habla popular ha bautizado. Encoñamiento. Una enfermedad, una obsesión.

No le contesté. Le ofrecí un trago, lo pedí por teléfono, añadí a la escenografía el sonido de mi grabadora de reportero que dejaba oír a los Rolling, intercalando besos entre una tarea y otra, tuve tiempo para cerrar las cortinas —una cortesía con ella, que las veces anteriores se empeñaba en sellar el lugar de cualquier fisgoneo, de toda luz—. Entretanto, secuencia perfecta, arribó el mesero con bebidas y unos cubos diminutos de queso amarillo.

La ceremonia fue una fiesta, una fiesta que duró hasta la madrugada en un incansable ejercicio erótico. A medianoche nos dimos un gran banquete que pedimos a la habitación y varias veces reiniciamos el juego bajo el inspirador golpe del agua de la ducha.

Ya se veía una luz lechosa que entraba por ambos extremos de la cortina. Amanecía, no habíamos dormido ni un minuto y toda nuestra charla gravitó sobre el sexo y la comida, algunos chistes, en fin, conversación anodina, que era uno de los mandamientos de este club de la aventura. Y yo tenía que hablar, tenía que conseguir lo que me había propuesto y no sabía cómo decirlo. Ahora mismo no recuerdo cómo me expresé, pero el mensaje esencial era éste: que deseaba verla más a menudo, que para lo único que la quería era para hacer el amor. Tuve la debilidad de confesarle mi abstinencia sexual de los últimos días porque no deseaba a ninguna sino a ella.

—Con razón estuvo insaciable esta noche —se dijo de modo que la oyera, sonriendo; caminó en dirección al baño. Cerró la puerta y oí cuando hundía el botón del seguro, dándome el mensaje de que no la siguiera a la ducha. Se batía en retirada, como si quisiera estar sola para rumiar una respuesta o, peor aún, como si huyera del tema. Es posible que no se haya aislado más de cinco minutos, pero sobre mí pasaron tres glaciaciones. Al fin salió y camino de la cama me dijo:

—Tú vives en otra ciudad y vienes aquí dos o tres veces por año. ¿Con qué fundamento hablas de vernos más a menudo?

—Mira, yo soy comentarista deportivo...

—No quiero saber quién eres ni qué haces —me interrumpió con brusquedad.
—Está bien, está bien. Escúchame. Yo soy comentarista deportivo y viajo todos los fines de semana a la ciudad donde juegue como visitante cualquiera de los equipos profesionales de Medellín. Así que todos los fines de semana estoy en un hotel distinto —mientras yo hablaba, a Carlota se le iba iluminando el rostro—. Mi pregunta es si tú puedes viajar, si podemos vernos cada sábado en una ciudad distinta.
—¿Y tú qué estás haciendo aquí en Cali, si el partido de hoy no es con ningún equipo de Medellín?
Me obligó a confesarle que estaba allí por ella, que me vine hasta Cali a buscarla y dispuesto a madrugar para Pereira el domingo.
—¡Carajo! No has contestado nada.
Se levantó. Desnuda se paseó con las manos agarradas por detrás, sobre las nalgas y con la cabeza gacha, como si buscara las palabras en el suelo.
—Mira, después de lo que yo he vivido, y nunca lo sabrás, no puedo creer en el amor y me niego a él porque sé que me hace daño. No me interesa el amor, no quiero la intimidad de nadie, no deseo compartir mi vida diaria, no estoy dispuesta a exponer mis hábitos de cada día a la vigilancia de un testigo que, con el exiguo pretexto del amor, me imponga la civilizada obligación de respetar sus manías cotidianas. Siento la necesidad física de hacer el amor de la misma manera que me da hambre o que el cuerpo me pide sueño o ejercicio. Una función biológica que se satisface con un hombre. Ese hombre es útil, como el profesor de tenis, mientras satisfago la necesidad, mientras transcurre la clase —aquí se regaló un silencio breve, que me taladró por las frases que no dijo en ese punto y que yo me imaginaba horas más tarde por la carretera. Aquí me debió decir, y la prudencia la acalló, que si ella necesitaba un hombre mañana, cuando yo no estuviera, pues qué lástima, pero ella vendría al bar de ese mismo hotel a buscarlo. Pero se calló, no lo dijo y dejó ese silencio abonado para mis imaginaciones posteriores. Volvió a agachar la cabeza, a buscar palabras en el piso y luego me miró, esta vez con su formidable sonrisa:
—No obstante, aunque no lo creas, es posible que nos veamos en otras ciudades, los sábados. Es cuestión de que establezcamos un calen-

dario y que me des la lista de hoteles y, si por circunstancias de la vida, me queda posible hacer eso, tener contigo una cita semanal, cada vez en una ciudad distinta.

A medida que hablaba, yo sentía una emoción nueva, desconocida para mí y localizada en mitad del pecho. Me incorporé de un salto y me lancé con los brazos abiertos a tomarla contra mí, a besarla, a hacerle de nuevo el amor cuando ella extendió la mano deteniéndome:

–Eso es posible, pero con una condición inviolable. Me seguiré llamando Carlota. Te seguirás llamando Carlos. No sabrás nada de mí ni me dirás nada de ti. Nos encontraremos para hacer el amor, para comer y beber, pero no existiremos más que como cuerpos desnudos que se satisfacen, no como vidas que llevamos por fuera de nuestra cama de hotel.

Cuerpos, no vidas. Yo estaba dispuesto a aceptar cualquier condición y acepté ésta sin chistar, en medio del abrazo que traía preparado desde la cama. Tuvimos tiempo de otro interludio erótico antes de un desayuno que hicimos traer al cuarto y que engullimos mientras nos citábamos en un hotel de Ibagué, todavía lo recuerdo, para el siguiente fin de semana.

Así transcurrió todo el primer semestre de este año. Encuentros en diez ciudades de Colombia. Cometí el pecado –Luis nunca lo sabrá– de ir a Bogotá, estar allí desde un sábado hasta un lunes sin que mi amigo se enterara. La rutina era la misma. Al llegar, cualquiera de los dos se encaminaba al bar del hotel donde se instalaba a esperar al otro que tarde o temprano aparecería. Enseguida nos internábamos en la habitación de donde yo salía el domingo para el partido, hacía mi trabajo y a las ocho de la noche del domingo regresaba al cuarto del hotel de donde ella no se había movido.

Perdí el semestre para todas las cosas distintas a encontrarme con Carlota. No tenía el menor interés en acostarme con las pájaras de la noche. Mi cuerpo estaba enviciado a ella y no reaccionaba sino cada semana, en hoteles de Armenia o Santa Marta, de Manizales o Barranquilla. También descuidé mi poema y el trabajo. Hasta me olvidé de Luis. No le escribí y no deseaba hacerlo, principalmente porque me resistía, aún me resisto, a contarle esta historia absurda. Es el miedo a sus burlas y el miedo a admitirle a alquien que padezco una enfermedad parecida al amor pero más grave, más incontrolable.

Nos vimos como quince fines de semana seguidos y ella no cambió. Ni yo. Ninguna confidencia, ninguna información sobre nuestras vidas. A veces, en mitad de la noche, me preguntaba silenciosamente si era casada, si tenía hijos. Pero nada, ella impasible, se dedicaba con empeño a nuestra industria erótica, a refinar el conocimiento de mi cuerpo, a gozar a fondo con el suyo. Según su comportamiento, lo único que le interesaba era el sexo y no mostraba ninguna curiosidad adicional por mí ni daba indicios de su propia intimidad. Esto me aumentaba un vacío cada vez que nos veíamos. Mi consuelo, que debería ser suficiente, era que yo le gustaba, a juzgar por los viajes semanales que se imponía por el solo placer de encerrarse desnuda conmigo durante tres días.

Mi curiosidad por su vida era creciente. Al principio apenas un gusanillo, una especie de orgullo de reportero que, no obstante, respetaba la ética implícita de nuestro cuento: cuerpos y no vidas. Después, ahora por ejemplo, me arrepentí de no ceder a la tentación cuando, muy al principio, descubrí su bolso abierto y en él, ahí, encima, a mi alcance mientras ella se duchaba, estaba su tiquete de avión. Bastaba abrirlo para conocer su nombre. Pero se impuso ese respeto por el otro, esa exigencia que uno se hace y de la que uno mismo es juez, que ordenaba respetar el tabú. Después he tenido todo el tiempo para reprocharme esos refinamiento de la moral que me cerraron caminos.

Siempre tomábamos alcohol pero, dos veces, nos emborrachamos, una al principio, otra al final del semestre y siempre por la misma causa, el retraso de los aviones. Tres o cuatro horas adicionales de aeropuerto para el uno, se traducían en la misma espera para el otro en un bar, de manera que el saludo tenía el aliento de la media docena de copas y toda la ansiedad del retraso y nuestro encuentro se resolvía en una buena borrachera a cambio de una tanda de coitos y caricias mañaneras. La primera vez la borrachera fue cómica, ella se disfrazó con sábanas y toallas y nos desinhibimos en un inesperado plan de payasos. Pero la segunda ocasión, a principios de junio, otra vez en Cali, la borrachera se me convirtió en el desenlace de toda mi curiosidad acerca de ella y de su vida. Ya muy borracho se lo dije; quería saber de su familia, de sus hijos, de sus aficiones, de su oficio, de sus amigos. Con el atropellamiento de las copas le añadí que estaba dispuesto a contarle de mí, a que ella supiera de mi vida. Me desahogué en una retahíla de borracho y solté el taco en el corazón que se me había ido formando a lo largo de todo el semestre.

El error táctico que cometí fue estar más ebrio que ella y ella lo aprovechó y convirtió mis peticiones en un melindre producto del alcohol. Estábamos ambos sentados en el sofá de la habitación y yo hablaba con pasión de mi interés por su vida y ella, cínica, me puso la mano en el sexo y me dijo:

—La única vida nuestra es esto —y me apretó con lujuria, convirtiendo mis reclamos en un revolcón erótico que se prolongó hasta el sueño.

Por la mañana, después de hacer el amor, cuando aludí a mi borrachera, ella guardó un largo silencio. Estábamos desnudos entre la cama y su mano le dijo a la mía, tomándola, que tenía el asunto en la cabeza. Después, aflojó la presión de sus dedos y dijo:

—Eres muy cándido. No te das cuenta de que somos esto y nada más que esto. El secreto de tu interés por mí es el mismo secreto de mi interés por ti. Es estar juntos así como estamos ahora. Es una estupidez querer algo distinto, traer aquí mis problemas o mis odios. Acabaríamos hablando de dinero y de la familia y ambos temas son detestables. El encanto de esto es la irrealidad que le confiere un lugar de paso, sin nada tuyo o mío; y la falta de tiempos es su mejor cualidad. Entre nosotros nunca habrá pasado, porque ninguno lo tiene cuando entra a este cuarto. Ni siquiera un pasado común porque la memoria de un coito jamás tendrá la más mínima parte de la intensidad de un coito. Entre nosotros sólo ha existido el presente, el encuentro cada sábado concreto y un futuro que depende del deseo: la casualidad del próximo encuentro, del próximo hotel. Todo es irreal y esto es lo único que hace que nuestros encuentros sean reales. De resto no existimos ni como nombre, ni como oficio, ni como familia, ni como nada. Y no te digo de mí, pero piénsate conmigo incrustada en lo que tienes que hacer todos los días y te das cuenta de que sería absurdo, que no funcionaría, que no tengo lugar allí. Nosotros somos esto —y me pasaba la palma de la mano sobre mi pecho desnudo— y nada más. Pero esto es suficiente.

Se calló un rato, como esperando que el efecto que cada palabra suya causara en mí fuera calando con lentitud, como un líquido espeso que penetra en un material poroso.

—Cuando me buscaste aquí mismo, hace seis meses, para cambiar por un compromiso lo que antes fue pura casualidad entre miembros de un club de lujuriosos, cuando me buscaste, mi primera decisión íntima fue rechazarte. No te voy a contar mis miedos pero los tenía. Sin embargo, primaron las razones para aceptar tu propuesta. El deseo. Las ganas de hacer el amor contigo. Como ésas fueron las únicas razones, recordarás las condiciones que te puse para aceptar esta vuelta a Colombia a través de sus hoteles. Era asunto del cuerpo, no de la vida. Seguiríamos Carlos y Carlota. Ésa fue mi condición y tú no tienes derecho a saber con qué estás jugando —otro silencio y luego, una octava más alto, con énfasis—. Olvídate, olvídate, además, de ese remedo del amor que tú sientes. Tú y yo somos incapaces de eso que llaman amor, cualquier cosa que sea. No te mientas.

Uno se habitúa a su propia dureza. Ni siquiera la considera dureza. Es, apenas, la dosis de desprendimiento, de aniquilación de sentimientos necesaria para vivir tranquilo. Aquí un callo de impiedad para resistir el asedio de los mendigos, allí algo de hielo para mantener a distancia a las criadas y al chofer, más acá una pequeña coraza para no condescender al llanto de la adúltera desnuda que tienes frente a ti, todo un sistema de vida para que una gran pasión nunca tenga entrada en la intimidad. Y, al final de una enumeración que podría continuar, he aquí que uno se encuentra endurecido, sin necesidad de presumir, sin necesidad de estar diciendo "soy un duro, soy un duro". Se trata de la comprobación de que hay una parte del alma que ya tiene costra, que es insensible, que está anestesiada. He aprendido eso de mí, pero cuando oí el tono de Carlota, cuando vi su expresión esculpida en piedra —robot habla de lujuria—, me sentí débil y vulnerable en comparación con esa impasibilidad, esa indiferencia, ese cinismo que por primera vez lograba herirme, no sé si porque mi orgullo íntimo de tipo duro se resentía o porque, de verdad, esta impaciencia y estas ansias son el amor.

Porque, si esto es el amor, aún tengo más razones para despreciarlo que cuando creía que no existía. El amor, una ansiedad, una contradicción a toda lógica, una necesidad de adicto, siempre insatisfecha, donde una dosis no gratifica sino que genera el tembloroso e imperativo deseo de la próxima dosis. Carlota tenía razón. Ella no ocupaba ningún lugar en mi vida. No la podía imaginar instalada en mi casa, no me veía viviendo en Cali sólo por ella. Tenía razón. Sólo nos conocíamos desnudos. Estoy más familiarizado con sus pantaloncitos interiores que con su repertorio de vestidos. Ella tenía razón, pero eso que en este párrafo se llama amor me exigía, por fuera de toda lógica, saber más de ella, estar más con ella. "Sin saber nuestros nombres, el mundo nuestro sólo existe en esta cama. De resto es una ilusión", dijo en algún momento. Una contradicción ansiosa, una pasión sin saciedad posible. Y sin fuga: ni el trabajo, ni el poema, ni la búsqueda de mujeres aburridas, sólo aturdirme con la música para no pensar. El tema, nuevamente, se desvaneció en caricias. Siguió un coito largo, lento, donde prolongamos cada instante hasta agotarlo y fuimos subiendo, subiendo, sin prisa, con toda la sabiduría, el desparpajo, la capacidad de goce que teníamos acumulada a lo largo de un semestre entero de aplicado aprendizaje. Después nos demoramos en la ducha y en el desayuno y, fiel al rito de la despedida le conté que el siguiente fin de semana sería en Barranquilla. Estábamos en Cali, y por eso no me extrañó que se despidiera allí, que partiera con rumbo a ese mundo donde tenía un nombre y cargaba con un pasado. En Cali el paseo sólo nos duraba hasta la mañana del domingo, al contrario de las demás ciudades donde se prolongaba hasta el lunes. Se despidió, como siempre, con beso y abrazo, luego una sonrisa y después la palabra "Barranquilla" como un santo y seña antes de cerrar la puerta.

 El sábado siguiente no es un recuerdo sino una pesadilla. Todavía me descompongo físicamente cuando vuelve a mí esa formidable borrachera, ese llanto solitario entre un cuarto donde, además, no funcionaba el aire acondicionado. Estuve en el bar hasta que me echaron, mucho más tarde de la medianoche, esperando en vano. El barman cerró y, piadosamente, me sirvió de báculo y me depositó en mi habitación. Carlota no llegó. Y tampoco la vi al sábado siguiente en Pereira. Entonces, una semana después, en lugar de partir para la ciudad que me correspondía –¿Bucaramanga?– me fui para Cali y me instalé desde las dos de la tarde en el bar. Limonada natural, le pedí al hombre que ya me conocía de antes y no entendía mi abstinencia. Pero yo necesitaba estar lúcido para el momento en que apareciera Carlota.

 Tarde, como a las ocho, irrumpió en el bar y, por primera vez, observé que yo manejaba la situación, que mi presencia la desconcertaba.

–¡Hola! ¿Otra vez el azar?

–No. Vine a buscarte...

–... Y a hacerme preguntas incómodas.

–No preguntas incómodas, ni reclamos. Sólo vine a buscarte porque quería verte.

–¿Apenas verme?

–Obviamente no. También quería tomarme una copa contigo. ¿Quieres un trago? ¡Barman! Un whisky para la señora –ella sonrió, cediendo posiciones–. Y también porque deseaba hacer el amor contigo.

–Y, además, saber quién soy y de dónde vengo y cosas tan triviales como mi familia y tan concretas como mi nombre.

–Tu nombre es Carlota –dije ganando un tanto que ella me premió con otra sonrisa. Aproveché para irme al ataque:

–¿Por qué no fuiste a Barranquilla?

–¿Te das cuenta? No puedes evitar las preguntas incómodas. Más bien te invito a tu cuarto.

Acepté, dejando sin resolver el tema de su incumplimiento. Yo estaba dispuesto a todas las concesiones. De nuevo, mi único deseo era acostarme con ella y estaba decidido a declararme vencido en todos los terrenos con tal de conquistar su cuerpo. Y así fue. Ninguna mención al tema, dos tragos más, risas, hambre, comida, otro formidable duelo erótico que se prolongó por varias horas.

Por la mañana, a la hora de nuestro ritual desayuno, cuando se pronunciaba la palabra mágica de la ciudad siguiente, ella habló, habló sin que yo dijera nada:

–Dejemos las cosas al azar. Seamos Carlos y Carlota que se encuentran por casualidad, un sábado sí, de pronto un sábado no, en el bar de este hotel. Y nada más. No más esta maratón de ciudades, no más esta trampa en que uno empieza a pedir más, justamente lo que yo no estoy dispuesta a dar. Cortemos aquí cualquier compromiso distinto del deseo dispuesto por el azar en el primer piso de este hotel y punto. Lo demás es veneno.

Mi cabeza me decía que ella tenía razón. Lo demás era complicar una relación demasiado directa y desprovista de todo compromiso. Para ella no era el drama de unos enamorados. Inclusive tuvo la decencia de no mencionar esa mala palabra, amor. Para ella se trataba de una molestia adicional en su vida, un viaje en avión cada semana, cuando podía irse al bar del hotel de su ciudad, segura de que su elegancia, su cuerpo delgado, su mirada entre azul y gris, todo su aspecto le haría fácil conseguir el cuerpo de un hombre que la saciara.

—Tienes razón —me oí decirle, enterándome al oírlo de lo que pronunciaba mi boca. Abandonemos todo compromiso. Yo renuncio a mis curiosidades, a mis ansias. Tú prométeme que cuando vengan a Cali los equipos de Medellín, tú harás lo posible por venir a este bar la víspera. Prometido. Beso y adiós. Ella se fue y yo me quedé un muy largo rato allí aplastado, frente a una taza de café cada vez más frío, dándole vueltas a lo que acababa de suceder.

Lo que siguió conmigo no se ha detenido. Ya no pienso en ella obsesivamente, como llegó a ocurrirme. A veces se aparece en la memoria y desde ese domingo de julio voy cuesta abajo. Tristes borracheras diarias con los compañeros de oficina, borracheras con grandes cantidades de licor, gracias a las cualidades resucitativas de la cocaína. Todos los días llego a la una o dos de la mañana, directo a dormir. Y estoy dedicado de lleno al trabajo, todo el día en función de noticias y comentarios de deportes. Me gusta mi oficio pero siempre mantuve una cierta distancia con él, unos horarios en que prevalecía el uso de mi tiempo libre. Ahora no, ahora estoy completamente dedicado al periodismo deportivo. En detrimento de mi poema, que ya ajusta diez meses de desatención, hasta el punto de que ni siquiera lo he releído. Y pensar que este proyecto comenzó para un concurso literario en 1972. Tres años y estoy condenado a volver sobre él, sin piedad. Pero en esta cura de alcohol y trabajo —*alcoholic and workaoholic*— he logrado reducir a Carlota a la categoría de una molestia menor, una especie de leve dolor de cabeza que no impide tomarse el próximo trago, grabar la próxima entrevista.

Entretanto, Medellín se agita y de sus guaridas salen mujeres solas, excitadas, directas, decididas a todo. Y yo vuelvo a las andadas, a estas aventuras de una noche.

Hubo un momento en que me sentí verdaderamente mal. Me enfermé de una de esas gripas interminables que me tiró como cuatro días a la cama. Carlota se me aparecía por todas partes, aunque yo estaba de vuelta en el club de la promiscuidad callejera. Estaba tan mal, que decidí viajar a Bogotá un fin de semana a estar con Luis y con Raquel, aprovechando la trasmisión de un partido.

Llegué decidido a contarle el cuento a Luis. Un esfuerzo contra el introvertido que hay en mí y también contra el orgulloso individuo que no admite que es presa de la confusión. Pero no tuve oportunidad. Como siempre, fue delicioso estar con ellos, que llevan una recogida vida de monjes dedicados al estudio. Allí el tiempo pasa con cierta perceptible serenidad que no le conozco a otro lugar y que con seguridad está copiado del alma, alma única, de esa parejita amada. Viven tranquilos, viven felices, les gusta todo lo que hacen. Y van a su tiempo, sin dejar entrometer otros relojes en sus vidas. Luis lleva su ritmo, tiene su propio reloj mental sincronizado con el de Raquel. Juraría que se duermen al mismo tiempo y que se despiertan en idéntico instante.

Cuando estuvimos juntos —ella preparaba trabajos finales para sus cursos— Luis se adelantó a contarme el problema que le quitaba su tranquilidad. Otra vez amenazado por un tipo que lo ha perseguido siempre. Luis, muy preocupado, se aguantaba solo el chaparrón, pues no quería soltarle el asunto a Raquel, dedicada íntegramente a terminar contra el tiempo los últimos cursos de la carrera.

Existe cierta homeopatía entre los amigos. Recibir la carga de un problema del otro, así sea apenas por vía de la confidencia, alivia las propias penas. Frente a la encrucijada de Luis, que involucraba a Raquel, mis andanzas con Carlota eran apenas una aventura un tanto pornográfica. Así, sin necesidad de contarle nada, todo el cuento de Luis me sirvió de paliativo. Al fin, también, el lío de Luis se solucionó y en este momento está en Nueva York, esperándome para diciembre. Todo el tiempo he guardado para mí solo este rollo de Carlota. Y está bien. Aún ahora que lo he puesto por escrito —con la intención de matarlo, de dejar a mi Carlota como mariposa fijada con alfileres de una vitrina de entomología—, no sabría cómo contárselo a Luis y la tengo aún en carne viva hasta el punto de sentirme demasiado susceptible a los chistes que Luis se daría el lujo de endosarme. Y vino la compensación de su confidencia como descarga a toda la tensión que yo guardaba. Llegué un sábado y la víspera se le vino el mundo encima, de manera que allí estaba yo en el momento preciso en que necesitaba soltar el cuento. Sentirme útil para alguien que quiero anuló mi necesidad de contar mi novelita erótica.

Luis fue por primera vez al estadio de Bogotá. Lo metí por todos los recovecos, siguió todas mis bromas a la perfección. Lo llevé a las zonas más vedadas, argumentando que él me iba a reemplazar en el trabajo. Nos divertimos como dos niños de diez años en toda la aventura y luego lo tuve en la cabina durante la trasmisión. Eso hemos sido siempre. Un par de amigos de diez años, dos tipos que van a descubrir juntos el mundo.

Reconfortante fin de semana, sin alcohol y sin mujeres, encerrado en la vida retirada de mis amados amigos, cocinando allí mismo delicias caseras, conversando de libros y de planes, sintiéndome leal a la confidencia de mi confundido amigo, aclarándome en el caos del otro.

Al volver de Bogotá caí enfermo de una gripa fulminante. Ocho días en cama. Ocho días que no me sirvieron como la hepatitis a Claudia, pues volví a mis andanzas de borracho, pero que me revelaron facetas desconocidas de mis tres hermanos. Desconocidas y amables. Desde la muerte de mis padres ellos han respetado mi independencia y me han preguntado siempre que es necesario consultar al mayor accionista. Pero cuando me enfermé me llamaron todos los días, se aparecieron una vez a visitarme y, sin ser entrometidos ni serviles, me dijeron desde lejos que están ahí.

No debo mentirme. A estas alturas de octubre resucito estos cuadernos, hago un recuento necesario, gracias a este último fin de semana cuando estuve –por supuesto– en Cali.

Llegué temprano a la ciudad, acosado también por la fiebre del trabajo y volví al hotel, directo, al bar, como a las ocho de la noche. Escogí una mesa frente a la puerta; había una pareja en la barra, que no observé sino hasta después de que el mesero, como a viejo conocido, me trajo sin pedírselo un whisky en las rocas y lo colocó frente a mí. A contraluz de la puerta vi una mujer con pelo ensortijado, de gafas negras, muy delgada, muy bien vestida. Su parejo era una espalda, un hombro por encima del cual yo veía la silueta de la cara de una mujer de pelo rizado. Un estremecimiento fue la seña de que ella me miraba; entonces fijé mi atención en ella, explorándola a distancia, entre la penumbra del bar y contra el haz de luz blanca que entraba del lobby del hotel. Cuando se cercioró de que yo la observaba se quitó sus gafas oscuras –pensé en Greta Garbo– y el rostro que adiviné fue el de Carlota. A partir de ese instante coloqué mis codos sobre la mesa y la barbilla sobre mis puños para no perder detalle y para que me viera mirarla por encima de ese parejo que se me había adelantado.

El momento de suerte vino cuando la espalda se movió y su dueño abandonó la butaca con rumbo a los baños. La orinada salvadora. Ella, que había cambiado su pelo liso por unos ricitos que la rejuvenecían, aprovechó el momento y vino hasta mí.

–Me recuerdas a una amiga –le dije con una sonrisa.

–¿Se llama Carlota? –preguntó siguiéndome el juego.

–No. Creo que esta noche se llama Greta Garbo. Con esas gafas oscuras y esas facciones marcadas, se llama Greta Garbo.

Se rio y me dijo:

–Dime en qué habitación estás y espérame allí, mientras me despido de mi amigo.

Le di el número de la habitación, dato que recibió con un guiño para regresar a la barra a despedir al orinador inoportuno.

A los pocos minutos estaba en mi alcoba, regalada por el mismo azar que ella impuso para nuestros encuentros delirantes.

Ahora estoy más tranquilo. Sigo igual de borracho, igual de coquero, igual de puto. Pero ya Carlota –o Greta, ¿son la misma?– no me hiere. Tal vez me estoy curando de una infección de amor.

La esperanza para salir de mi marasmo es el viaje a Nueva York. No será muy largo, apenas quince días, pero suficientes para compartir con Luis, para ver a Claudia. Es curioso: me siento más inclinado a contarle esta historia a Claudia que a Luis. Su amoralidad, su promiscuidad, acaso la hacen más apta para desenredar el ovillo que, a estas alturas, comienza a desenredarse solito.

DE LUIS A ESTEBAN
Nueva York, sábado, noviembre 1 . 1975

Mi querido Juan Estema: Eso eres, amigo, un tema. Un tema recurrente de conversación cuando me veo con Claudia. Ahora me explico que tu crónica del matrimonio de mi hermana fuera más bien el elogio de Claudia. Esa mujer te adora, Juan Estema. Y ha logrado conmigo algo de lo que tú serás el primer aprovechado cuando vengas en diciembre. Soy un incurable aficionado a los espectáculos deportivos. Y eso que llegué cuando la temporada de béisbol –mi deporte favorito– estaba en las finales. Pero logré cuadrar horarios para ver algunos juegos por televisión. Ya estuve en el Madison Square Garden viendo baloncesto y fui a ver un partido de fútbol americano con profesora al lado, Claudia, y con comisión de acusaciones al otro lado, Boris, diciéndome "bruto, no entiende" y tomándome el pelo durante dos horas o más. Este país vive para la guerra, necesita de la guerra. La guerra es su espectáculo favorito, su culpa favorita. Pero como no se puede sostener una guerra permanente –la receta es una por generación– tienen los deportes, unas guerras con soldados criados para soldados del fútbol, soldados del baloncesto, según la habilidad, el tamaño, la estatura. El fútbol, por ejemplo, es un sustituto no demasiado metafórico de la batalla cuerpo a cuerpo. El lenguaje es el de la guerra, pero hay reglas muy claras para proteger a estos soldados que vamos a ver en completo ambiente de fiesta y de batalla y que ganan millones y aparecen en los anuncios de desodorantes y de pantaloncillos. Soldados limpios. Símbolos. Cuando llegues, ya tendré aprendidos los intríngulis reglamentarios del fútbol americano y con la ayuda de Boris –a propósito, ¿qué le hiciste a ese muchachito que a cada rato pregunta cuándo vienes?– te recitaré los nombres de las principales estrellas del deporte.

¿Existes? No tengo una carta tuya desde el año pasado y este mismo año ya casi se termina. No te veo desde ese providencial fin de semana en que llegaste a Bogotá enviado por el duende de la felicidad, para oírme los miedos de que el doctor Probeta se atravesara. No, yo no quiero piedra en mi camino. Pero cuando se me vino el mundo encima, allí estabas tú para llevarme al estadio y consentirme. Ahora soy adicto a los estadios. ¿Existes? Desde que estamos aquí no sé nada de ti, salvo que estuviste comiendo en mi casa hace como quince días, según me contaron el día que llamamos. Llamamos: en la exigua economía estudiantil –tan escasa de tiempo y de dinero– eso significa que yo me sentía culpable de que doña Gabriela no supiera nada de mí. Casi se muere del susto y de la felicidad. Le pude contar que la víspera mi hermanita me llamó desde Miami para saludarme. Ellos van con frecuencia porque Pelusa importa repuestos para el taller.

Para no haber escrito, no te puedes disculpar con la trivialidad de que no te he enviado la dirección. Si invades la casa de mi madre para obligarla a que te cocine, bien podrías descender de tu pedestal para preguntarle mi dirección. Juan Esturma.

¿Existes? Al menos existes como tema. Claudia, Boris y yo lo alimentamos.

—Cuando venga Esteban lo vamos a llevar a la Estatua de la Libertad, —dice Boris.

—¿Cuántas veces has ido a la Estatua de la Libertad? —le pregunta Raquel a Boris. Sin oírla, Claudia interviene:

—Esteban tiene que ir al Museo de Arte Moderno.

—Y tiene que subir a la terraza del Empire State —grita Boris con entusiasmo.

—Él va a querer ver deportes —anota Claudia sin oír a Boris.

—¿Cuántas veces has subido al tope del Empire State? —le pregunta Raquel a Boris, que se ríe con ella.

—A Esteban le va a encantar el restaurante del Parque Central —anota Claudia, sorda a "los niños", como llama a Raquel y a Boris.

—Me dijeron que está cerrado durante el invierno —intervengo con mi nota de experto.

—Oye Raquel —dice Boris— ¿es cierto que a Esteban le encantan los leones, los tigres, las jirafas, los osos polares y los orangutanes?

—Si vuelves otra vez allá —le advierte Raquel a Boris— te van a declarar propiedad del zoológico y te van a encerrar en una jaula.

—Entonces vamos al zoológico —interpola Claudia, tomando a Boris y acariciándolo— así nos deshacemos de esta pequeña bestia.

—Sería bueno averiguar si por esos días hay algún concierto de rock en Nueva York. Esteban se nos muere de la dicha si le tenemos esa sorpresa —intervengo.

Durante todo el rato, Juana, desde la cocina, ha oído la conversación sonriendo con el juego de "los niños", atenta a las palabras de Claudia y a las mías. De repente dice:

—Van a pasar dos cosas: que ustedes no van a hacer nada hasta cuando venga Esteban y que Esteban va a tener que quedarse un año aquí para aceptar todos los programas que ustedes le inventan.

Sí, sí existes, te informo. Eres un tema. Y eres todos los planes de esta pequeña colonia que se reúne ceremonialmente en una comida semanal, sin excluir los encuentros entre algunos de sus miembros. Tienes que venir. Tienes que venir pronto.

Nuestro apartamento, comparado con el de Bogotá, es sencillamente una mansión en la que necesitas mapa para no perderte. Aquí hay un sofá cama esperándote, todavía sin saber la fecha precisa de tu llegada. En un papel aparte va mi dirección y el teléfono por si lo necesitas. Como en la novela de Conrad, puedes pedirle a mi madre, que es la tuya, que te cosa a la ropa una etiqueta con esa dirección antes de despacharte a Manhattan.

Advertencia final: cuentan cuentos horrorosos de las mulas, la gente que pasa cocaína de contrabando por los aeropuertos. Se repite la historia del paquete que alguien le entrega al pasajero con el encargo de que ene-ene lo recibe acá. Por favor, Juan Estema, no le traigas encomiendas a nadie.

Avísanos tus itinerarios. Con un abrazo,
Luis

✉

DE ESTEBAN A LUIS
Medellín, jueves, noviembre 20 . 1975

Mi querido Luis: Sigo siendo el mismo lujurioso cazador de aves nocturnas, que niega otra posibilidad de amor distinta a estos cortocircuitos ocasionales en los que importa más la intensidad que cualquier otra gratificación anodina. Existo.

Sigo siendo el mismo reportero radial que se conoce todos los recovecos de estadios y canchas, he conversado con las celebridades deportivas locales: darle la mano a Cochise es tocar la eternidad, recibir el saludo de Zubeldía es ser depositario de una revelación. ¿Lo alcanzas a comprender? Si no, pregúntale a Boris. Existo.

Sigo siendo el mismo anacrónico buscador de armonías secretas, como querían tus modernistas que fueran los poetas. ¿Persigues a Martí en Nueva York, y a Darío, y a Barba, y a José Eustacio. Sigo buscando las claves secretas de la noche con la ayuda del alcohol y otros polvos mágicos, sigo tratando de traducir en palabras esa sustancia que siempre se me escapa.

   Sigo siendo el mismo descubridor de los secretos de los amigos, para que ellos crezcan –qué modesto soy– y ahora resulta que mi mejor amigo es aficionado a ir a los estadios, y todo a mis espaldas, mi mejor amigo, vean cómo es la vida, resulta instruyéndose acerca de los reglamentos de un deporte desconocido para mí, para mí, profesional de la información deportiva. Con todo lo que ya sabes de seguro me puedes aclarar una duda que tengo: ¿cómo los norteamericanos, con todo su avance tecnológico que los ha llevado a la luna, no han podido diseñar hasta ahora una pelota completamente redonda para su fútbol? Enigmas del progreso. Dudo, luego existo.

   Soy ese mismo sordo bárbaro que sigue oyendo mi música mientras las vidrieras que separan el salón del jardín tiemblan con el guitarreo de Jimmy Hendrix o con los gemidos de la voz de Janis Joplin. Últimamente, también, y ya –supongo– serán nombres contagiados a ti por Claudia, la voz conversada de Billie Holiday que diciendo se convierte en una música que explora los límites del tiempo. Después de oírla, mi noción del canto cambió por completo; y esto es apenas aproximativo: también cambió lo que entiendo por oscuridad, por desgarramiento, por quintaesencia de la sensualidad. Yo, que niego el amor, estoy perdidamente enamorado de Billie Holiday, luego existo.

   Sigo siendo, como siempre sucedió, el mejor hijo de tu madre. Periódicamente me aparezco a su casa, previo anuncio, y me prepara unos deliciosos banquetes que mejor no te describo para ahorrarte envidia. Busca en tu diccionario bilingüe palabras como sancocho, ajiaco, misteriosas fórmulas del trópico como sopa de plátano, pollo sudado, jugo de curuba, bizcocho de novia. Me cuenta que habló contigo por teléfono, me llama ese mismo día, me muestra tu última carta llena de mentiras para mi pobre madre, donde no le mencionas tu aberración por los estadios, ni tu disipada erudición sobre las temporadas de los restaurantes, ni tus paseos con conocida lesbiana corrompiendo a un muchachito en los zoológicos. No, en la carta a tu madre eres el mismo aplicado estudiante del colegio y de la universidad bogotana. Hipócrita. Eres un hipócrita.

   Tu madre me cuenta que Cecilia ha viajado varias veces a Miami, donde Pelusa tiene negocios. Supondrás que doña Gabriela le dice por su nombre bíblico –¿Abraham? ¿Moisés?–, después me muestra la cantidad de implementos de repostería que le ha traído tu hermana de los almacenes de Miami, y se hace lenguas ponderándome todo el trabajo que le ahorran las maquinitas y los instrumentos que le regala Cecilia. Y luego, riéndose, me cuenta que todo el mundo se queja, que la vida está muy dura, y me habla de su vecino y de los trabajos que pasa con su pensión de jubilado, pero que ella no, que a ella le va muy bien, que le alcanza para todo, que tiene unos ahorros y que te va a mandar conmigo unos dolaritos de aguinaldo para que te des un gusto, y que tiene pláticas a interés y que vende todo lo que hace y que si horneara más pasteles, más pasteles y más tortas vendería. Tengo mamá, luego existo.

Existo. Existo también, no lo olvides (a mí se me olvida con frecuencia) como heredero. Ahora resulta que una de las compañías está negociando la casa del papá de Raquel para construir unos edificios de apartamentos lujosos. Me cuenta mi hermano que si don Rafa aporta una plata resulta al final con tres apartamentos. El viejo dijo: yo tengo tres hijas, necesito tres apartamentos. Si la plata alcanza para cuatro, mejor hagamos tres más grandes. Yo tengo tres hijas. Negocio con la familia de tu mujer, luego existo. Mis hermanos dicen que la tierra se va a poner carísima, sobre todo en El Poblado y, aprovechando la gente que conocen le están comprando sus casas y sus terrenos a todos estos herederos empobrecidos. Ya saben, además, cuáles son las tierras que necesitamos. Especulo, luego existo. Me lucro de la renta del suelo urbano, ergo *soy* un capitalista. Y los capitalistas existimos, te lo juro.

Tengo un amigo en Nueva York, luego existo.

Si no existiera, no me habrían vendido los pasajes para ir a visitarte el día y la hora que te conté por teléfono. Porque también existo para llamar por teléfono al recibir tu carta alarmada, preguntándome si existo. Allí estaré tomando y entumiéndome. ¿Tema? No. Existo, me verás. Me verás contraviniendo tus preceptos, pues tu madre me ha pedido que les lleve una torta especial para el día de Navidad, o para antes, si se antojan, advierte como si adivinara que Boris existe. Así que llevaré encargos, arriesgándome a que tu madre sea traficante aunque no lo creo, porque también es mi mamá y el único error que ella ha cometido en la vida eres tú.

Dale un gran abrazo a Raquel, háblale de la reportería gráfica, dile sólo esas dos palabras, reportería gráfica, ¿las recordarás? A ver, repita conmigo, reportería gráfica.

Un millón de abrazos a Raquel y otro millón para Claudia. Un sopapo para Boris y un abrazo para ti,
    Esteban

VI. Noviembre 1975 / mayo 1978

DE RAQUEL A JUANA (*continuación*)
Bogotá, miércoles, noviembre 30. 1983

Pocas semanas después, para la Navidad y el Año Nuevo del 75, Esteban nos visitó por primera vez. Un extraño Esteban, delgado, ojeroso, con la piel reseca, fumador compulsivo. Un Esteban distinto al individuo que yo conocía, pero que conservaba ese prodigioso don de comunicarle una especial serenidad a Luis y a la mismísima Claudia. Y aun así como llegó, consumido, estaba poseído por esa virtud. Te hacía sentir seguro. Su actitud te decía "mira, tú tranquila, yo estoy aquí, no te preocupes, basta que me hagas una seña". Esteban es sólido y duro y continúa así aunque esté derretido por dentro.

Personas como él se pueden alimentar del afecto de los demás. En Esteban fue patente la metamorfosis. Llegó acabado y se fue pleno. Sé que dejó algún problema en Colombia y que el afecto que dio y sintió entre nosotros le cicatrizó su herida.

En pocas ocasiones los celos son un sentimiento hermoso. Fui testigo de uno de esos escasos momentos, cuando Claudia y Boris llegaron con Esteban a la casa. Luis se paseaba nervioso, cada treinta segundos miraba por la ventana, decía en voz alta estupideces del estilo de "si él no hubiera llegado, Claudia nos llamaría desde el aeropuerto", cuando sonó el timbre. En medio de los saludos y de los abrazos, mi hermana, señalando a Esteban, le dijo a Luis:

–Tú lo vas a querer para ti todo el tiempo, pero te advierto que yo lo voy a querer para mí solita varios días.

Por toda respuesta, Luis le dio un beso a Claudia, que ella le devolvió con afecto. Y Esteban, a quien adiviné muy vulnerable al cariño, muy necesitado de sus amigos, los abrazó con una sonrisa. Todos demasiado conmovidos como para que Boris no bajara la nota:

–Un momento, que yo también tengo derecho a una parte de Esteban –carcajada general, que molestó a Boris. Nuestro pequeño Maquiavelo le tenía un horario agotador por el resto de la semana. Lo repitió. Por la respuesta de Claudia deduje que el tema ya se había debatido entre el taxi:

–Y quedó claro que Esteban saldrá contigo esta semana solamente el viernes. Mañana él va a descansar todo el día. Y el jueves va a estar con Luis. Te queda el viernes para tu zoológico o tu Empire State.

–Pero no me regañe.

–No te estoy regañando.

Esa noche, Boris se puso difícil y, por eso, Esteban y él no se entendieron bien durante los primeros días. Boris, según su costumbre, se quejó conmigo. Y si dije que Esteban es duro, nosotros estábamos criando la roca de Gibraltar. Boris, todavía niño, era un duro que podía pronunciar las frases más hirientes y más asombrosamente atinadas. Esteban no pudo refutar el argumento demoledor de Boris:

–Esteban no es amigo mío. Él no vino a visitarme a mí sino a mi mamá y a Luis.

El resultado fue que, después de que Esteban reconoció que Boris tenía razón en sus reclamos de amor no correspondido, no sabía cómo reparar a Boris y este pequeño explotador se aprovechó sin piedad del gesto de debilidad de Esteban.

Al llegar, Claudia denunció en público la palidez y el agotamiento que denotaba Esteban.

–Entre todos nos vamos a dedicar a cuidarlo.

Así fue, pero un poco al contrario. Él se dedicó a cuidarnos a todos mientras conocía sin prisas parte de la ciudad, y esto le sirvió de terapia para olvidar sus penas.

El Esteban que llegó de Medellín a nuestra comida del viernes era un estropajo consumido por varios meses de angustia y alcohol, más la dosis letal de un día de andanzas con Boris. Tú, como siempre, pusiste las cosas en su lugar con el argumento que escondiste hasta la noche:

–Esteban va a venir varias veces a Nueva York. No lo acosemos. Que él escoja qué quiere conocer y con quién quiere estar sin que esto se le convierta en una maratón.

–Pues que empiece quedando bien con los niños –intervino Boris.

–No –interrumpiste la carcajada–. Cada uno hace una lista y hoy jugamos a ver qué quiere Esteban de nuestra lista –fue un juego estupendo hasta que tú y yo sucumbimos al sueño en la cama de Claudia y Boris, quien fue acostado a los pocos minutos. Quedó el conciliábulo que nunca se había reunido, Claudia, Esteban y Luis.

Estoy segura de que allí Esteban les relató el origen de su estado. Desde el día de su llegada nos contó que llevaba varios meses bebiendo mucho y mezclando trasnocho, cocaína y cigarrillo. Lo presentó como la descripción de sus males. Pero era obvio que éstos eran apenas los síntomas, que existía una causa, una causa que fue ampliamente examinada aquella noche por Esteban, mi hermana y mi marido. Nunca supe de qué se trataba.

El resto de la visita de Esteban se repartió entre el apartamento nuestro y el de tu novia. Ella llegó a compartirlo –¿exagero?– una o dos noches contigo y con Boris, pero las más de las veces Claudia expulsó a su hijo para tu casa y se quedó hablando sin parar con Esteban. La mayoría del tiempo lo pasó con Luis. Se quedaban todo el tiempo que podían, o daban largas caminadas de exploración de la ciudad. "Somos amigos peripatéticos", decía Luis.

Llegó a suceder, dos mañanas, que Esteban y yo nos quedamos juntos. Hablamos de fotografía. Esteban lo instala a uno en su propia pasión. Yo estaba embebida en la parte técnica. Y más en el cuarto oscuro que en la cámara, pero tenía, como todo fotógrafo, un sueño dorado, una reflex Leica. Valía un ojo de la cara. La última mañana que pasé con Esteban me invitó a pasear por la calle de los almacenes de fotografía y, una vez allí, me pidió que le mostrara mi sueño. Caminamos hasta el almacén, donde me dijo:

–Mis hermanos me dieron un montón de dólares para el viaje, que no me he gastado porque ustedes me han invitado a todo. Yo te quiero regalar esa cámara.

Entonces Raquel, la niña que no lloraba, aun siendo la menor, la consentida. Esa misma Raquel, sin saber por qué, estalló a llorar. Me sentí ridícula y me sequé en el hombro de Esteban. Todavía hoy adoro mi cámara y la conservo entre mis tesoros. Esa misma noche, fiesta de despedida de Esteban, estuve insoportable, de reportera gráfica, tomando las fotos que aún guardo.

Las visitas que más recuerdo de Esteban son las dos primeras. A lo largo de los años de Nueva York, él volvió varias veces, por períodos siempre variables pero siempre dichosos para todos nosotros, el club de esperadores de Esteban, como lo bautizó Claudia. Pero de todas las que más recuerdo es esa primera, de diciembre del 75: cuando él llegó nosotros no acabábamos de llegar todavía, todavía éramos inexpertos en la ciudad, por no decir que en el vecindario.

La segunda fue muy poco después, sorpresiva, inclusive para él, breve, pero que marcó un cambio en Luis. Digamos que por esos días nació la tentación, y que más tarde aparecería la oportunidad. Por lo pronto, a raíz de ese segundo viaje de Esteban, algo cambió en Luis. Hubo una ruptura, un viraje, brotó una semilla que tenía muy adentro, que era parte de él y que ni él mismo la sospechaba.

Esta transformación puedo determinarla ahora, en lectura retrospectiva, bajo el conocimiento de lo que sucedió después. Por entonces, Luis y yo hablábamos del cambio que él notaba en Esteban. Me lo dijo la misma noche de diciembre en que él arribó a la casa con Claudia, un Esteban agotado, reseco, pálido. Las ojeras, de tan pronunciadas, parecían un maquillaje, al que se le añadía la sombra de las cuencas que formaban sus ojos hundidos. Se le notaba la alegría de encontrarse con Luis, alegría momentánea, apenas el velo efímero de los humores que lo maltrataban desde hacía meses. Ya muy tarde, a oscuras, entre la cama, conversando en murmullos después de hacer el amor, Luis hablaba de lo consumido que encontraba a su amigo. El tema, por lo notorio, había sido público. Mucho alcohol, mucha cocaína, poco sueño, decía Luis. Silencio. Un silencio que no es ese silencio final, anterior al sueño de los enamorados. Más bien un intervalo pensativo, que en Luis significaba que estaba tratando de convertir en códigos verbales el asunto que tenía entre manos, un silencio para poder enunciar. Al rato me dijo:

—Le noto una expresión nueva, una cierta forma de apretar los labios, de mordérselos, que no le conocía antes. Muchas veces lo he visto mal, triste, deprimido, pero nunca le vi ese gesto...

Yo no entendía de qué hablaba. Ahí, en el sofá de la sala, dormía su mejor amigo, que llevaba un montón de tiempo en la rumba y que estaba físicamente mal y mal de ánimo. Y Luis, en lugar de pensar en algo así como sopitas y sueño y consentimiento (en los días siguientes nos prodigamos en las tres cosas), se refería a un ademán perdido, a un gesto que sólo individualicé cuando Luis me habló de él y no cuando en realidad lo había visto.

–¿Qué importancia puede tener un gesto, un tic, si él está mal?

Luis se revolvió un poco en la cama:

–Es como si estuviera más viejo. Como si uno fuera adquiriendo sus maneras definitivas, como si uno descubriera los modos que el cuerpo va a usar hasta la muerte para manifestar las marcas que la vida le va dejando –una pausa, se dio tiempo para una caricia–. Inevitablemente me miro en el espejo de Esteban. Crecimos juntos, tenemos la misma edad. Verlo me sirve para saber cosas de mí. Y hoy descubrí en Esteban su primer gesto de adulto. Ya dejamos de crecer.

La línea de sombra. Esa última estribación de la adolescencia que ocurre pasados los veinte, cuando todavía somos furiosamente jóvenes y en la confusión y el horror del último delirio adolescente, cuando creíamos que todo iba a rematar en una revelación, en una especie de apoteosis, en una sabiduría profunda, y quedamos depositados en la prosa urticante de los días planos de los adultos. Somos adultos. Dejamos de crecer.

Esa noche no entendí muy bien. Se trata de un asunto cuya intensidad uno no capta sino hasta el momento en que lo descubre en uno mismo. Y a mí no me había sucedido. Pasarían algunos años para que yo pudiera entender a cabalidad la importancia que Luis le daba.

El segundo viaje de Esteban, por completo inesperado, ocurrió en pleno verano del 76, algunas semanas después del 4 de julio del bicentenario. La fiebre de las fiestas y desfiles había pasado y un buen día Luis recibió una llamada de su amigo en que le contaba que venía en viaje de negocios familiares durante cuatro días. Llegaba al hotel Plaza e incluía todo un itinerario para nosotros. Casi que puedo repetirlo día a día, tal vez porque nosotros vivíamos una modesta vida de estudiantes, con lo necesario, o casi, pero nada más allá. Y entrar en la habitación de Esteban en el hotel Plaza fue atravesar el umbral de un mundo de lujo que sólo conocíamos en las películas. Un inmenso salón con chimenea, comedor, dos sofás, muebles y lámparas elegantísimos, y no una sino dos alcobas a lado y lado del salón, cada una con un inmenso baño casi tan grande como la alcoba misma. Tanto la sala como los cuartos tenían vista sobre el Parque Central a la altura del sexto piso. Anonadante. Allí fuimos llegando. Primero Claudia y Boris, después Luis y yo, por último tú. Los seis estábamos como niños chiquitos admirando cada cosa, cuando tocó el maître, trayéndonos una carta todavía más refinada que la habitación.

—Voy a pedir el plato más caro —advirtió Boris, que puso cara de decepción cuando notó que la carta venía sin precios.

Fue un gran banquete. Cada uno pidió algo distinto a los demás y todos probamos de todo. Nunca nos sirvieron tantos meseros:

—Hay cinco meseros. Uno para cada adulto porque a los niños nunca nos tienen en cuenta —dijo Boris, recalcitrante predicador de los derechos del niño.

—Herodes sí los tuvo en cuenta —anotó Esteban con la complaciente carcajada de todos, menos de Boris, que puso cara de no entender el chiste.

Al final del banquete, Luis y yo decidimos amanecer en el hotel, ante la insistencia de Esteban.

—Hay alcoba para ustedes. Raquel tiene su primera tarea a las diez. Tú tienes tu mañana libre, me acompañas a la firma de los contratos y luego nos vamos a almorzar juntos. De paso, me sirves de pretexto para no asistir a las celebraciones del negocio.

Así fue. Nos quedamos conversando después de que Claudia se despidió a besos de Luis y salió contigo y con Boris, pero a mí me venció rápidamente el sueño y me fui a dormir dejándolos en una formidable discusión acerca de la poesía o de la música rock, que eran sus temas predilectos.

A la mañana siguiente nos despertó Esteban seguido de un mesero que servía el desayuno que se adelantó a pedir para sorprendernos.

Luego Luis y yo nos metimos juntos a la ducha e hicimos el amor bajo el agua del hotel de cinco estrellas. Luis dijo que, después de nuestro baño, al hotel le aumentaban las estrellas; que él vio constelaciones enteras. Ah, cómo fuimos de felices.

Los dejé solos. Y solos anduvieron todo el día. Juntos fueron a la famosa firma que traía a Esteban a Nueva York. Edificio Pan Am. Piso con tapete donde se te hunde el zapato, paredes enchapadas en madera con cuadros donde lo primero que ves es la firma del pintor. En la sala adonde Luis acompañó a Esteban a su diligencia colgaba un Van Gogh. Todo esto lo contaban a dos voces esa noche en la comida semanal en tu casa.

–¿Quién es Van Gogh? –preguntó Boris.

–Eres un ignorante –le espeté.

–Si tienes un Van Gogh, quiere decir que perteneces al círculo exclusivo de millonarios del mundo –explicó Luis sin explicar nada.

–¿Qué es un Van Gogh? –insistió Boris.

–Van Gogh era un pintor que vivió muy angustiado y murió en la miseria, hace muchos años –explicó Claudia.

–Y, ahora, si firmas un contrato delante de un cuadro de Van Gogh –añadió Esteban– quiere decir que estás negociando con alguien que tiene mucho dinero.

–También quiere decir que te compraron. Y que te acabarán colgando como al Van Gogh de la sala, o al Picasso de la oficina o al Andy Warhol del corredor –remató Luis.

Esa segunda noche, Claudia reclamó que cómo era eso de amanecer en el hotel Plaza, que ella se invitaba. Boris prefería quedarse contigo para que lo llevaras por la mañana a una piscina. Esa noche fue la de Esteban y Claudia en el hotel. Casi amanecieron conversando y se regalaron, al igual que nosotros, abundante desayuno en la alcoba, las cortinas abiertas mostrando la luz del verano sobre el Central Park.

El sábado, después de mediodía, Claudia llevó a Esteban a nuestra casa y, a su vez, fue depositada allí una limusina negra que, según nos contó Esteban, estaba a su disposición desde el primer día, pero él sólo se enteró esa mañana, cuando recibió el mensaje de que el chofer del próximo turno se demoraba media hora, entretanto que el chofer de la noche no podría quedarse. Ahí se enteró, entre burlas de Claudia, que lo insultaba por provinciano.

Nos dimos un gran paseo en limusina. Tomamos el ferry de Staten Island, pasamos mirando la Estatua de la Libertad a la derecha, y luego dimos una gran vuelta que nos regresó por entre túneles a la isla de Manhattan. Entre túneles, inspeccionando la dotación de botones de la limu-

sina, descubrí que podíamos poner casetts. Como siempre, Esteban nos hizo el milagro y de su bolsillo apareció Lou Reed, *Walk on the Wild Side.*
 –Esto ya es música vieja –le dije entre el volumen que Luis pugnaba por bajar mientras Esteban lo empujaba para evitarlo. Al fin, él mismo moderó el estruendo poniendo cara de gran consideración con Luis.
 –Siempre quise oír esto aquí, en Nueva York.
 –Y si oyes la letra –le dijo Luis– notarás lo apropiada que es para oír entre una limusina que pasea por las calles de Nueva York.
 Fue un largo, larguísimo paseo entre aquella vitrina móvil que se desplazaba majestuosa, todos abriéndole paso como a un dios. Y lo era, como símbolo del dinero y del poder. Fuimos a comer a un pequeño restaurante francés de la cincuenta y algo con Quinta Avenida, escogido por el chofer de la limusina como el mejor de la ciudad. El mismo chofer descolgó el teléfono e hizo la reservación. Al llegar, nos esperaban con sendas corbatas y sacos para Luis y Esteban, que se miraban sin entender qué ocurría mientras los demás nos burlábamos de ellos a carcajada batiente.
 Valió la pena el disfraz, reconoció el mismo Luis después de la sopa de cebolla, los caracoles, el pollo al vino, el lomo con mostaza que tengo grabados en mi memoria, todo intercambiado con júbilo de puesto a puesto, con epílogo pirotécnico de una crêpe suzzette como postre colectivo. Vino, moderada cantidad de vino tinto escogido por el maître y, al final, cointreau o benedictine, algún soñoliento licor concentrado y extravagante.
 Esteban sacó una tarjeta dorada que le entregaron en la oficina de sus hermanos, comentó ignorando lo que sabe cualquier impuntual televidente norteamericano, que esa tarjeta plástica era una especie de carta de presentación para crédito ilimitado y garantizado. Pidió la cuenta y le respondieron que era una invitación de Smith, Smith, Smith and Smith. O de Cohen, Cohen, Cohen and Cohen, en fin una de esas firmas de ene nombres idénticos que, sitas en Park Avenue o en Wall Street, manejan la economía del mundo, los sembrados de arroz en Indonesia, las minas de oro y diamantes en Suráfrica, las explotaciones madereras en Oregón, Canadá y Suecia. Wasp, Wasp, Wasp and Wasp. Gracias mister Wasp junior tercero, o algo así, salió diciendo Luis mientras Esteban observaba, para comentarnos luego que el chofer de la limusina firmó

la cuenta de la comida. A él le preguntó Esteban por almacenes de productos fotográficos. Yo contesté su duda y, sintiéndome útil, le pedí precisiones sobre lo que buscaba. Me respondió con la marca de cámara que él mismo me regaló antes, Leica, y que yo disparé desde nuestra comida en el cuarto de Esteban infatigablemente durante los últimos tres días. Yo era experta en el tema. Pero no estaba segura de que los almacenes estuvieran abiertos en sábado por la noche.

–Es verano –dijo Esteban descolgando el intercomunicador para darle al chofer la dirección que yo le dictaba. Le preguntó si estaría abierto y éste le contestó con las mismas dos palabras que Esteban había dicho sin que lo oyera y que el mismo Esteban repitió para nosotros: es verano.

–Esteban regresará en el verano, pronosticó Juana –añadió el mismo Esteban con voz sorda.

–Juana dijo muy humildemente anoche que ella se equivocó. Ella dijo "Esteban vendrá con el verano", es decir, al principio del verano –aclaró Luis, fiel a la precisión del lenguaje.

–Ella siempre busca una salida para negar la exactitud de sus profecías –dije yo–. Esteban regresará en el verano.

–¿Es éste Esteban? –preguntó Luis con una frase que fue celebrada como un juego de palabras, con risas, pero alcancé a oler que con ella se abría una grieta entre los íntimos amigos.

En el almacén de Leica, Esteban preguntó por un flash que le encargaron y se dedicó a seguir mi curiosidad sin que yo lo notara. Anotó mentalmente mis comentarios y mis expresiones de emoción ante ese lente o aquél implemento. Luego, separando el flash que solicitó al principio, hizo que me mostraran mis antojos –mi cámara colgando, recostada sobre mi abdomen– uno por uno separó los implementos que costaban una pequeña fortuna, sacó su tarjeta mágica y pagó todos mis deseos antes de que yo me diera cuenta de que me estaba regalando todo aquello.

Después, mucho después, a la semana siguiente, en nuestras conversaciones sobre Esteban, Luis me señaló que ni siquiera compró el flash. Que el fingido encargo que tenía que conseguir allí era un falso pretexto para colmarme de regalos.

Esa noche de sábado, previo paso por el apartamento a recoger y dejar cosas, limusina esperándonos en el lugar más próximo, volvimos a pasar la noche en el hotel Esteban.

Al otro día, domingo, yo tenía trabajo, así que dejé al par de mancornas después de otra aventura gastronómica, un desayuno que incluía salmón ahumado, huevos preparados frente a nosotros, en una pequeña estufa que apareció sobre ruedas. ¿Cebolla? ¿Tomate? ¿Jamón? ¿Tocineta? Café, crema, pan fresco y caliente, mermelada de naranja.

–Los millonarios –comentó Luis– sólo conocen la mermelada de naranja.

–Algún día se convencerán de que el Remi Martin de las mermeladas es la guayaba –dijo Esteban.

–Este campesino –me dijo Luis codeándolo con una sonrisa– cree que el caviar de los dulces es el bocadillo.

Recuerdo la discusión porque después, ese mismo día, Luis y Esteban fueron a un almacén de exquisiteces gastronómicas. Llevaron al apartamento quesos, jamones, patés, pescados y carnes curadas, encurtidos, antipastos y –de sobremesa, como prueba de que es posible hallarlo en los mejores delikatessen– una pasta de bocadillo *from* Vélez, Santander.

Luis llegó esa noche colmado de regalos. Ropa y libros para él, discos para Claudia y para mí. Papá Noël de verano, le confesó a Luis que quería satisfacer todos nuestros antojos y los suyos, pues no se privó de prendas y de música. Solventó la queja accidental de que tu reloj fallaba, enviándote conmigo una pequeña joya que todavía te vi en la muñeca la última vez que estuvimos juntas. Y a Claudia le dejó la manera de comprar la bicicleta que Boris llevaba varios meses soñando, dibujando, describiendo en palabras, llevándonos a mirarla en los almacenes en que él sabía que podía comprarse. Papá Noël.

Papá Noël y hasta aquí todo perfecto. Sólo que despertó en Luis una actitud que yo desconocía, que aún hoy creo que él mismo ignoraba de sí mismo. Un buen día, de mañana, casi con la misma sensación del despertar, al penetrar la primera luz de conciencia en nuestra sangre, sabemos a plenitud que ya somos adultos, que esa noche, mientras dormíamos, ya no crecimos más. Que este aire gris, que esta monótona madrugada con la boca seca del sueño como parte de todas las percepciones, son la revelación que esperábamos. Una inteligencia adicional, que no todos poseemos, que yo tampoco, pero que pude sustituir por tu don de consejo, nos enseña que todo lo que sigue es cierta constancia, cierta curiosidad, cierta vigilancia. A partir de esa noche te quedará un rictus en la boca, em-

244

pezarás a amar el dinero o la gimnasia, anclarás de una manera imperceptiblemente distinta en la realidad.

Para volver a Luis, ese primer síntoma –me repito, éstos son mis análisis de hoy, entonces yo no percibía así las cosas– puede darse a la manera de una brusca nueva relación con la realidad que nunca antes existió. O no era consciente, me corrijo para implicar que era algo que ya existía en Luis, que era parte de él, como tú me decías argumentando que no en vano él era hermano de Cecilia e hijo de una mujer en quien estos instintos estaban morigerados por la subordinación a los valores religiosos. Nuevo o latente, lo cierto es que no fue claro sino con este segundo viaje de Esteban, que fue una excursión al país de las maravillas. Luis se volvió codicioso. El dinero se convirtió en algo suma e inesperadamente esencial en la vida. Y en la medida en que el asunto tomó importancia para él, también cobró más frecuencia como tema de nuestras conversaciones o de esas divagaciones en voz alta que hace un enamorado en presencia del otro. El dinero.

Esa obsesión comenzó la semana siguiente al weekend de Esteban con nosotros. Por un lado, Luis atribuía el famoso gesto de adulto de Esteban a sus responsabilidades de millonario. Ambivalente, por otro lado Luis se quejaba de que cómo era eso, que llevaba un año en una Nueva York de veinte cuadras de radio, y de pronto se daba cuenta de la vida que disfrutaban algunos allí, que bastaba una pequeña pieza de plástico teñida de dorado, con tu nombre en relieve, que cargas en la cartera. Mira, Raquel, yo nunca me percaté de que detrás de las vitrinas que uno mira en la Quinta Avenida, esos maniquís irreales que portan joyas diseñadas por Picasso o por Tiffany, detrás de esos vidrios que aislan la fantasía de la acera, quedan unos almacenes donde te venden por cientos, por miles de dólares, ese montón de maravillas, de joyas finísimas, de prendas elaboradas con un algodón tan suave y tan fresco como la idea misma de algodón, de libros llenos de láminas perfectas y multicolores.

Desde entonces, Luis no quiso seguir siendo pobre. Él tenía que levantar dinero.

–Es difícil que un libro sobre los eneasílabos de Rubén Darío salga en la lista de los más vendidos del *New York Times* –le dijiste algún viernes en que habló de volverse millonario.

Lo otro que sucedió es que, sin abandonar esa fraternidad, esa solidaria camaradería, algo se rompió entre Luis y Esteban, una grieta que se hizo visible con el chiste de Luis: –¿es éste Esteban?–, grieta abierta en el aire, abismo momentáneo entre dos que se aman.

Ya como en enero o febrero, Luis le escribió a Esteban y éste contestó con una carta que Luis me mostró aterrado, confuso, sin saber en qué ofendió a Esteban. Era una carta furiosa, con varias mentadas de madre intercaladas en el texto, llenas de amor y de rabia. Luis quería llamarlo por teléfono, pero estrenaba el hábito de quejarse de falta de dinero –antes, igual, tampoco teníamos plata en los bolsillos, pero nadie se lamentaba–, y renunció a hacerlo.

Varios días meditó la carta de respuesta, que finalmente salió por el correo después de leérmela.

Este incidente me permitió entrometerme en el mundo privado de Luis, que era su correspondencia con Esteban. Allí descubrí la dureza con que se trataban por escrito este par de amigos, cuando personalmente eran todo gentileza el uno con el otro.

Hay algo que nunca cambió en Luis a partir de aquella primera transformación que aquí descubro, el brote de la codicia, y que tantas otras metamorfosis inesperadas provocó en él. Siempre fue invariable su amor por Esteban. Aquel pequeño malentendido, que se resolvió finalmente con una llamada de Esteban cuando recibió la carta de Luis, llamada que éste celebró invitándome a gran cena esa noche, aquel incidente, digo, me reveló en toda su dimensión lo importante que Esteban ha sido siempre para Luis.

En cierto momento de sus vidas, la adolescencia, los primeros años, es posible que –dentro de un gran afecto recíproco– Luis, el mejor estudiante, haya sido más necesario para Esteban, el mejor deportista. El uno encontró hermano y familia en el otro. Pero después, a partir de su visita en limusina, Esteban era un tipo mucho más sólido por dentro y por fuera que Luis, aunque Luis supiera más cosas. Esteban, a fuerza de una infancia difícil, supongo, ha sido un individuo vacunado contra el amor. Un puto, dice él. Heredó un montón de dinero y se lo gasta en viajes y viejas, como lo expresó Luis en célebre fórmula. Pero, aparte de ese azar, en Esteban hay una pureza fundamental que no existe en Luis. Esteban no tiene ambiciones, cuestión que le da la apariencia de un cínico y que lo vuelve poco de fiar en cualquier organización –Esteban siempre se burlará de los mitos y los ritos establecidos–, lado amargo de su pureza, raíz de su soledad. Ya por sus cuarenta, después de años y años de burlarse del amor, le he oído a Esteban la queja de su incapacidad para comprometerse con una pareja estable. Ese desprendimiento, que tantas desgarraduras íntimas le ha causado, le sirvió para tomar distancia con Luis. No creo que en estos últimos años haya dejado de estar pendiente de él ni un solo día, leal a sus juramentos de hermandad eterna, pero siempre fue claro con Luis en el punto de que no quería mezclarse con sus actividades.

Pienso en el lugar común acerca de que la intensidad del amor hace que dure poco. Intensidad que no tiene la relación de dos amigos y que puede durar toda la vida. Esteban y Luis serán eternos amigos, pero ya hace varios años que se acabó el amor de Luis por mí. ¿Será ésta la forma de decirlo? Podría enunciarlo de otras maneras. Por ejemplo, que primero yo cambié mi manera de amarlo y que él no soportó ese cambio. Por ejemplo, que él se enamoró de otra, cuestión que yo nunca sabré. Por ejemplo, que –en cierto momento– era más mi rabia que mi afecto, rabia porque no contara conmigo para cambiar su oficio. Por ejemplo, que él descubrió antes que yo, que el Luis que yo amaba no existía sino en el pasado, y este nuevo Luis supo que yo no podría amarlo a él.

Cualquier cosa que te escriba puede ser cierta. Y ninguna excluye a las demás. Te hablo de lo peor del amor, toda esta etapa del olvido. Duramos casi diez años en una especie de encantamiento. Han pasado como cuatro desde cuando adiviné que todo había acabado y he gastado todo este tiempo en un proceso doloroso de olvido. Un dolor ligado a ese leve rescoldo de esperanza –contra toda lógica, contra toda razón– de que las cosas podrían volver a empezar. Mentira. Sí, mentira, me lo he repetido un millón de veces y necesito seguir repitiéndolo contra el corazón en carne viva.

Frente a esta ambivalencia del amor, la lógica de la amistad se resuelve con toda naturalidad. Después de su primer incidente, la correspondencia entre Esteban y Luis disminuyó y fue sustituida por aquellas llamadas telefónicas que Esteban nos hacía, y que se convirtieron en parte integral de nuestras comidas de los viernes. Era una manera de adaptarse Esteban a las necesidades de tiempo de Luis, que estaba sumergido en su tesis de doctorado y, con dificultad, habría podido escribir cartas.

Luis logró una proeza académica. Al ajustar tres años, en la mitad del 78, recibiría su doctorado y ya le habían propuesto quedarse un año más como profesor invitado. Entretanto, yo descubrí que el reglamento de mi universidad concedía un plazo de tres años después de terminar los cursos para presentar la tesis. En mi caso, los tres años se vencían en el verano del 78. Me quedaba un semestre cuando me enteré del asunto. Nuevamente el cura López me ayudó, por un lado quedándose un año más con el apartamento de Bogotá y, por otro, consiguiendo una prórroga de un año a cambio de que yo me presentara personalmente con un plan de trabajo.

La siguiente visita de Esteban fue en el verano del 77. Mi recuerdo de entonces es Esteban ayudándome a armar la tesis. Yo llevaba todo el tiempo metida en la fotografía y, fiel a su frase de hacía años, me indujo a preparar un plan hermosísimo, que después se reflejó en mi trabajo: un año en el Washington Square, ensayo de reportería gráfica, del que me he sentido siempre tan orgullosa y que, además, como se empeñaba Esteban, me dejaba el tiempo para dedicarle buena parte de mi último año allá para estudiar un poco de televisión.

En enero del 78 ocurrió uno de los acontecimientos de mi vida. Cuando vivíamos en Bogotá, sólo contábamos con un disco de Satchmo como nuestro único contacto con el jazz. Predispuestos al género, tu discoteca y la de Claudia se encargaron de alimentar ese interés y de transformarlo en una pasión. Ya era pasión esa noche del invierno del 78 –uno de los más hermosos recuerdos que guarda mi memoria– en que llegaste a mi casa con tu compañera de trabajo de hospital.

–Vine con Alberta, perdona por no avisarte que la invité a comer con nosotros –me dijiste tomándola del brazo, como entregándomela, mientras descargabas en la mesa un hermoso surtido de mozzarela, prosciuto, alcachofas y pimientos en vinagre –¿me falta algún ingrediente de aquella noche memorable?–. Alberta es enfermera en el hospital y la invité a venir conmigo aquí. Estoy segura de que se van a gustar mucho ustedes dos.

Luis y Claudia estaban en algún espectáculo y, tú, como era tu costumbre, te reunías conmigo a comer y a conversar mientras ellos regresaban. Fue una velada deliciosa, llena de humor, aun para tratar el problema de

Alberta. La oficina de personal del hospital había descubierto que ella tenía setenta y cinco años y no sesenta, y que por lo tanto estaba en la edad de retiro forzoso, además de que ya tenía el tiempo de jubilación.

–Los logré engañar mucho rato –decía Alberta con una sonrisa blanquísima, sus labios inmensos pintados de rojo carmesí, el pelo entrecano peinado hacia atrás y recogido con una moña.

–Y a todos has engañado. Nadie te creería que tienes ni siquiera los sesenta que confesabas. Cualquiera pensaría que admites esa edad sólo para desanimar a los posibles novios y que en realidad eres más joven –comentabas abrazándola, mientras su sonrisa se transformaba en una carcajada abierta que nos contagiaba como por encanto.

–¿Cómo no los voy a engañar, si ingresé al hospital al mismo tiempo que "la morsa", el actual director administrativo, que jadea por todas las escaleras, mientras yo me deslizo por corredores y salas con mi paso de bailarina?

Entonces Alberta se puso en pie y comenzó a bailar la música de piano, clarinete, bajo y batería que sonaba en mi emisora preferida. Era un espectáculo. Se movía con una gracia, con una sensualidad, con una naturalidad, que yo me imaginaba al pobre administrador reptando, arrastrándose de manos y pies por una escalera infinita, la boca seca y abierta recogiendo del suelo un oxígeno precario, mientras Alberta volaba como un ángel, se deslizaba con gracia y la música se transformaba en un gesto de éxtasis, de gozo, que iluminaba su rostro.

La canción se acabó y tú y yo, sin convenirlo, al tiempo la aplaudimos, como espontánea expresión ante la maestría de Alberta para la danza.

–Ahora sé cuál es tu venganza –dijiste entre risas–. Si el administrador empezó al mismo tiempo que tú, también tendrá que jubilarse.

–No muñeca –contestó todavía riéndose–, aunque no lo creas, yo comencé en el hospital con cincuenta ya cumplidos.

–¿Y qué hacías antes? –pregunté al calor de los vinos.

Ella escondió su sonrisa un instante:

–Estudiaba para conseguir el grado de enfermera.

–Eso quiere decir que comenzaste a estudiar a los cuarenta y cinco. Entonces, ¿qué hacías antes? –le preguntaste.

–Me descubriste. Voy casi con el siglo y les voy a contar otro secreto: yo era cantante. Desde muy joven fui cantante profesional. Había un circuito de varias ciudades donde tocaban orquestas de músicos negros. Trabajábamos en donde sólo entraban negros y grabábamos discos que se vendían en los barrios negros. Unos empresarios me llevaron a Europa y en Londres canté por primera vez ante blancos. Cuando llegó la guerra, fui con la orquesta a entretener a las tropas en el frente –aquí la voz de Alberta se tornó más ronca– y vi soldados heridos, vi soldados muy jóvenes amputados de las piernas o de los brazos y entonces me ofrecí de voluntaria para trabajar en los hospitales del ejército. Aprendí en el frente de batalla, en los hospitales de campaña. Cuando terminó la guerra me encontré con que me había enamorado de un oficio que no podía ejercer, aunque lo dominara, porque no tenía el título. El mismo ejército me ayudó a financiar la carrera y en 1950 entré al hospital recién graduada.

Un trago. Las tres tomamos un buen sorbo de vino y tú dijiste:

–Cántanos una canción –estábamos eufóricas, contentas con la compañía y con el calor de los vinos.

–Hace mucho que no canto más que debajo de la ducha. Pero no es mala idea volver a mi profesión anterior el mismo día en que me despiden del hospital porque ya no les sirvo.

Se paró, apagó el radio y comenzó conversando, pero su conversación era cantada, con voz profunda, que venía del centro hirviente de la tierra. No se movía. Sólo decía una melodía triste, la conversaba y cada palabra le salía con una música que llegaba de un alma más profunda y más antigua que su propia alma; estaba comunicada con algo ulterior, oscuro, profundamente erótico, y su voz lo transformaba en canto. Voz ronca, como el sonido de un río encañonado en un abismo, voz llena, como una revelación súbita. Más de diez frases fueron dichas en aquella inmovilidad. De repente comenzó a moverse al ritmo de la música que marcaba su canto y chasqueaba los dedos para que tú y yo, también con chasquidos, lleváramos el ritmo. Entonces una mano semejaba llevar una antorcha y la otra, extendida, daba vueltas sobre su estómago, mientras ella imitaba instrumentos, la trompeta, el saxo, el clarinete, y hacía música sin palabras, con la boca, repitiendo sílabas que se deslizaban por su cuerpo, ondulando en un delicioso contoneo de caderas.

Llegaron Luis y Claudia. Ella saludó a Alberta como vieja conocida. Él, con las copas de un viernes a la una de la mañana, me preguntaba con una sonrisa quién era aquella señora negra que nos cantaba.

Conversación, repetición de la historia de Alberta para consumo de los recién llegados. El grupo se cohesionó de inmediato; estábamos con la misma euforia alcohólica. Más vino. Luis y yo en el suelo, recostados contra el sofá, en diagonal a Alberta. Ruegos de que vuelva a cantar. Ella está sentada y sin que se sepa desde cuándo, su boca está zumbando como un contrabajo, zumb, zumb, zumb, luego un tarareo cómico, lleno de gracia. Un silencio medido, calculado por ella para cerciorarse de que su canto altera la forma como el tiempo pasa. Y luego un fraseo de contador de cuentos, una voz del algodonal o del pantano, un eco atávico transformado en música: *The Love I Have For You*... La letra era de una sencillez que nos atrapó a Luis y a mí, ante todo porque Alberta cantaba con una posesión absoluta, decía la canción envolviéndonos con la mirada, embrujada ella misma, envuelta en música, "you never find a love like the love I have for you".

Nunca más volví a ver a Alberta. Conservo todavía, sí, la cinta que me mandaste de cuando cantó en un lugar del Village casi un año después.

Ahora, cuando ejecuto esta minuciosa arqueología de mí misma, he vuelto a oír –y ya lloré– con esa versión de *The Love I Have For You*, donde un piano que parece inventado por Erik Satie conversa con ella, mientras la soledad se me convierte en un escalofrío que me recorre los brazos hacia arriba y se riega por el cuerpo y se desliza hasta el vientre.

También conservo el disco que rescató Luis días después en un almacén y que ella nos firmó cuando se lo mandamos contigo –"en recuerdo de mi último día de enfermera y de mi regreso a las tablas"–. *The London Sessions*, 1934. En la carátula aparece con el rostro más lleno que cuarenta años después, el pelo más negro, brillante, también recogido con una moña, pero esta vez encima, y no detrás, de la cabeza: pensándolo bien, ésta sería la única diferencia entre la cantante y la enfermera. Mi Alberta preferida, sin embargo, es aquella mujer madura, la de voz más ronca, más profunda, más coloquial. Alberta debe tener ochenta y largos ahora, si está viva, lo que me parece muy probable. ¿La volviste a ver? ¿Sabes de ella?

The Love I Have For You se convirtió en nuestra canción, el himno de nuestro amor y, después, cuando me dediqué día y noche, sin reposo, a olvidarlo –y a sufrir por la inconfesada esperanza de que volviera– me sirvió de látigo, y la repetí y la repetí sólo para mantener viva la llama que primero me ligaba a la vida y después me quemaba. *The Love I Have For You*. (*Sigue*.)

✉

DE CLAUDIA A ESTEBAN

Nueva York, domingo, noviembre 30 . 1975

Mi querido Esteban: Estamos ansiosos. Lo único que falta advertirte es la razón de Boris: que empaques la piscina de tu casa en el equipaje que traes. Si te queda espacio, acomoda en la maleta toda la energía que puedas, pues te tenemos montones de planes y de paseos. Mejor que seas buen turista, porque estás programado al minuto, tres horas diarias de sueño y luego a conocer la capital del mundo. ¿Rumba? Olvídate. Aquí nadie bebe, nadie fuma, nadie nada. Sólo cultura. Te dolerán las corvas y la cintura, se te hincharán los pies, te dolerá la espalda de tanto turismo, de tanto espectáculo. Ésas sí son vacaciones. Juana dice que para que puedas cumplir todo lo que hemos proyectado contigo aquí, tendrás que quedarte por lo menos unos seis meses, así que, de una vez, cambia tu fecha de regreso.

Sin negar que lo anterior sea en serio, mucho más serio es el grado de ansias que tenemos Juana, Luis, Raquel, Boris y yo, miembros de tu Club de Esperadores.

Según tu anuncio, llegarás como regalo de navidad en el vuelo de Avianca del martes 16 de diciembre. Boris y yo te recogeremos en el aeropuerto y te depositaremos donde tu amigo Luis. Él llegará a su casa más o menos a la misma hora que nosotros. De ahí hasta el sábado –y, esto, más que el objetivo relato de tu itinerario, es una advertencia– estarás en manos de Boris. Durante esos tres días mi Juana y yo estaremos ocupadísimas, adelantando los turnos que nos dejarán libres a la semana siguiente. Raquel y Luis trabajarán su última semana antes de las vacaciones de fin de año. En cambio Boris ya estará fuera de la escuela para ese día, de manera que repetirás la historia de Raquel, a quien le sucedió algo semejante al llegar. Prepárate para osos polares, tigres, leones, elefantes, ruedas de Chicago, carros chocones, etcétera. Como te dije, ésta es una advertencia y no tomaré a mal que, por casualidad, se te presente un imprevisto de última hora y tengas que posponer el viaje para el viernes o el sábado siguientes. Esta decisión puede ahorrarte una Nueva York más propia de un público que se orinó en la cama la noche anterior. En guarda del honor de Boris, te aclaro que mi hijo no hace pipí dormido, pero eso no te quita que los compañeros de excursión que te toquen en los paseos de Boris, sí hayan mojado la última piyama que se pusieron.

Éste es el momento de confesarte que te escribo por puros celos. Ayer me llamó Luis para leerme párrafos de tu carta. Nunca he sido gran corresponsal, pero me lancé a escribirte por el único placer de recibir una carta tuya, que ya me debes por el solo motivo del envío de ésta.

Estamos muy ansiosos de tenerte con nosotros. Con un beso,
Claudia

✉

DEL DIARIO DE ESTEBAN
Medellín, lunes, diciembre 8. 1975

Estoy enfermo, infectado, poseído por el virus de Carlota. Releo mis páginas de dos meses atrás. Fui sincero. Sentí que me curaba, sin sospechar que todo era efecto de acabarla de ver. Pero el tiempo pasa y su falta me enferma. Me emborracho a diario. Y tengo un mínimo de dos encuentros por semana con alguna de un repertorio de mujeres que llaman por la tarde a la oficina a contarme en la tercera frase de conversación que su marido está hoy por la noche en Bogotá, o que van a estar solas por la tarde. Entonces, en ciertos momentos que son para la plenitud del cuerpo, cuando debería flotar, Carlota se me aparece. El recuerdo de la intensidad de nuestros orgasmos convierte el coito presente en una especie de remedo, de movimiento reflejo para producir un efecto glandular y una descarga eléctrica, no esa experiencia totalizante y prolongada.

El problema consiste en que se nota. Ellas, gatas perceptivas, pecadoras que se están vengando sin sentir culpa, odian cualquier rasgo de ausencia, cualquier parpadeo que signifique que estás con otra. En términos más utilitarios, pierdo destreza en la cama por culpa de mi fantasma. Y pierdo goce, lo que es peor.

Este último sábado me iba a ir a Cali. Contra mis obligaciones de trabajo, contra el supuesto del que parto, a saber, que se trata de una adicción y que –por lo tanto– padezco de síndrome de abstinencia. Y, lo peor, que si interrumpo el tratamiento y me aplico una nueva dosis de la droga, pierdo todo lo que he logrado y tendré una recaída. Llegué hasta el aeropuerto y me hubiera montado en el avión para Cali. Pero me sentí miserable ahí, en la sala de espera, y adiviné que el lunes estaría peor, que no puedo insistir. Desistí cuando hice la composición de lugar de esa noche con Carlota. Mis ansias se convertirían en drama y me veía rogándole que nos volviéramos a ver, que sólo en Cali, que yo voy todas las semanas, por favor. Me sorprendí construyendo esta conversación imaginaria, rogándole, y me devolví para la oficina, llamé a una de mis pájaras y le hice el amor con una rabia que ella confundió con pasión, en beneficio de mi autoestima. La pájara pensando que soy buen polvo y la realidad era que ella se enardecía como no podía enardecerse con su marido, de la misma manera que yo me violentaba por no estar con Carlota.

A las ocho de la noche del sábado yacía con toda la desolación de mi renuncia, con todo el vacío de mi furioso coito verspertino, aquí en esta casa, metido entre el silencio. Inevitablemente recalé en Carlota y Carlota se me convirtió en una especie de vacío en la boca del estómago durante mi largo insomnio del sábado. Por primera vez dejaba de ser deseo de fundirme con ella, miserable punto de comparación secreto con todas las mujeres que se acostaban conmigo. Ahora era otra cosa: la noche entera pensando que no soy nada para ella. Que, igual, intercambiable por mi cuerpo, esa misma noche se encontró con el cuerpo de un agente de seguros o de un consultor internacional y se acostó con él. Esto me descompuso, ahuyentó el sueño y me produjo ese dolor, esa hiriente conciencia de que las vísceras querían opinar al respecto. Odio la palabra, pero he comenzado a delirar de los celos por una mujer que sólo reconocería desnuda y para la que no existo.

Ya estoy en los tiempos en que me he demostrado a mí mismo que, aún con precariedad, con el apoyo del alcohol y del trabajo, sobrevivo sin ella. Y, cuando se me aparece, que es a casi toda hora, ya sé que su imagen no es ella sino un invento mío que la mejora, que si me atrevo a volverla a buscar, me llevaré el fiasco de comprobar que la realidad es más anodina que mi fantasía. A la vez que la única manera de quitarle persistencia a la obsesión, es evitando otro encuentro.

Siempre prejuzgué y acepté el lugar común establecido de que hay una especie de simetría entre el amor y los celos. Que los celos son la célula cancerígena que brota del cuerpo del amor o que, isocrónicos, van ligados al tiempo del amor, como una especie de complemento circunstancial de éste. Pero no siempre es así. Hace como un año creía que estaba enamorado de Carlota. Después descarté mi pasión y comencé a matarla, con dolor, dentro de mí. La pensé tanto, sin tenerla, en tantas tristes borracheras, que salí maltrecho (¿salí?) de ellas y tan herido por el desamor, que ya era incapaz de amarla. Mientras nos vimos cada semana, ni siquiera se me ocurrió pensar que se acostaba con otros. Y, ahora, cuando ya no me veo con ella, cuando sé que no podría amarla, siento por ella un dolor físico, ese mismo dolor que se llama celos, y me da rabia pensar que soy prescindible, que no cuento para ella. Los celos son siempre en plural. Pasión sin singular. Se trata de muchos sentimientos al tiempo, todos obsesivos, y que pueden ser contradictorios.

Vi la madrugada del domingo y sólo me pude dormir después de que me fui a la cama con *Cántico* de Jorge Guillén y leí y releí versos y terminé escribiendo un "Intermezzo guilleniano" para *Una noche*:

No es luz o tiniebla
la diferencia;
es muy otro el asunto
de oculta ciencia:

la manera propia
como pasa el tiempo,
el misterio nuevo
del cantar del viento,

la forma como las cosas
pierden contorno:
lo uno pierde unidad
y se funde con el todo.

No es la luz o su falta
la diferencia.
La diferencia es que falta
la diferencia.

Probado también está
que la especie humana
no podría resistir
una noche larga:

pagar con la locura
tamaño privilegio
de una noche perenne,
ése no es precio.

Es el miedo a la locura
empujando este planeta,
es la locura del día
lo que cordura nos deja.

Hay pedazos de la noche
que se cuelan en el día
como hacen los amantes
cuando corren la cortina,

o cuando en la sala de cine
la película proyecta
un haz de luz y una historia
en lo oscuro de una veta.

Hay pedazos de la noche
escondidos en las minas,
ocultos entre los árboles
y entre las casas vacías,

entre selvas, entre ríos
hay pedazos de la noche
y entre su canto algo oscuro
tiene el sinsonte.

Hay noche en todos los pianos,
en las violetas hay noche
y siempre hay noche en la lluvia
y en las más amadas voces.

Necesito un desprevenido calor que sólo pueden darme Claudia y Luis. Sólo a ellos me abandono. Boris me produce otra reacción. Es tan incansable, tan absorbente, tan seductor, que lo saca a uno fuera de uno mismo. Todo comienza a funcionar alrededor de él, todos somos satélites de Boris.

Este viaje es parte de un proceso de curación. Voy a reemplazar el alcohol y la putería por una buena dosis de cariño familiar en una ciudad desconocida (y descoñocida).

Es el momento, en un exorcismo, de reunir un cartapacio con todo –y todo es todo– lo que he escrito sobre la noche. Mi poema. Mi gran poema y llevarlo de paseo a la capital del mundo para leérselo a Luis. Tengo casi treinta años y nunca he publicado un verso mío. Fantaseando en secreto, a veces pienso que si mi nombre llega a salir en un diccionario, ahí dirá "poeta colombiano". Fantasía pura. Para llegar allá tendré que publicar mi noche algún día; el día de mi noche. No me da la imaginación para verme metido entre el grupo de escritores de la parroquia. Una o dos veces he estado con ellos en fiestas y siempre están diciendo cosas inteligentísimas. Son unos tipos sencillos, con mucho sentido del humor y uno se muere de la risa oyéndolos hablar. Y yo no soy así; a mí me cuesta mucho elaborar una idea y no tengo esa habilidad verbal tan apabullante. Me anonadan. No pertenezco a ese mundo. Quisiera, pero no. Mi única pasión es el poema: ¿qué dirá Luis?

Mi otra intriga. Mi mejor amigo es Luis. Mi más nueva íntima amiga es Claudia. Con más precisión: ellos dos forman todo mi mundo afectivo; lo demás que hay en él, está ligado a ellos, como doña Gabriela. El asunto es que me repaso y mi cercanía es diferente con cada uno de ellos: con Luis siempre ha sido una la relación cuando estoy con él y otra cuando hay cualquier testigo, aun Raquel o doña Gabriela. Ignoro qué pasará juntándonos los tres. Es algo que depende de una química que se da o no se da. Lo que no ignoro: que los necesito, que necesito abandonarme a ellos, esa solidaridad animal que está más allá de toda crítica. Son la clase de amigos que lo quieren a uno también en esas épocas de la vida en que uno ya no se quiere nada.

DE LUIS A ESTEBAN
Nueva York, domingo, enero 25 . 1976

Mi querido Juan Estábano: Sí, eres un tábano. Todo el tiempo rondándome, cansón. Quince días (¡horror, mucho más!, como veinte días) de mi vida soportando al hermanito inexperto y bobo. Menos mal Claudia te guarda alguna consideración y te cuidó algunos días y noches. No me imaginaba yo contratando baby-sitter para el retardado mental que nos visitaba. Si no hubiera sido por la torta que mi mamá me mandó contigo, te hubiera depositado en un hotel. Cansón.

No todos los reproches son para ti, Juan Esturma. También yo me recrimino, no sólo por ser amigo tuyo sino, aún más, por motivo de que, siendo como eres, me hagas falta y tenga que reconocer que tu visita me hizo bien y que –después de todo– te quiero.

Todos tenemos nuestros defectos y hasta yo, que soy perfecto, te tengo a ti.

Debería seguir otro párrafo dedicado a los celos. ¿Tratas de conquistar a mi mujer con tan espléndidos regalos como la máquina de retratar que le obsequiaste? Y a mí no me queda más remedio, en lugar de la escenita que te tenía montada, que agradecerte tu gentileza y contarte que a Raquel la cambió tu regalo. Me vi obligado a pellizcarla cuando se le ocurrió la genial idea de que te quedaras hasta el 4 de julio con nosotros, para la celebración del bicentenario. Me horroricé. Con quince días aquí, sólo yo me doy cuenta de lo tonto y lo provinciano que eres. Pero si te quedas más tiempo, hasta Claudia, que finge tan bien su amor por ti, se vería obligada a reconocer tu triste verdad.

Ninguna desgracia viene sola. Encima de que nadie aquí te quiere, resultaste poeta. No te quiero repetir lo que te dije cuando me forzaste a leer tus poemas. No sé qué resulte al ensamblar los fragmentos en un solo poema. Será una nueva y distinta unidad. Te puedo repetir, sí, que como poemas autónomos, como partes de un libro y no de un poema, están bastante bien. Algún día tendrás que renunciar a tu pudor y lanzarte a que te lean y te critiquen: no pienses tanto en la inmortalidad. Cuando seas inmortal, hijo, estarás muerto. Por el momento, debes reunir esos poemas en un libro –si insistes, en un poema– y publicarlo. Si logras que una o dos personas se fijen en ti, eso será lo más semejante a la inmortalidad que puedes conseguir. Amén.

Ni Claudia, ni Juana, ni Boris se enteraron de que escribes versos, aún peor, versículos; lograste engañarlos. Por otra parte, no te conocía tu capacidad para convertirte en un niño de diez años. Llegué a pensar que ésa es tu verdadera edad. A todos nos impresionó –fue motivo de conversación anteanoche, en nuestra comida ritual– tu capacidad de asimilación del universo de un niño y, sobre todo, la resistencia física que significa seguirle el galope a Boris.

Juana, la más parca, demuestra un gran afecto cuando se preocupa de decirme no una, sino dos veces, que te escriba diciéndote que siempre te estamos esperando.

En cuanto a Claudia, bueno, Claudia está perdidamente enamorada de ti. ¿Qué le hiciste? ¿También la sedujiste, como haces de hotel en hotel con tus amores de una sola noche? ¿Te volviste lesbiano? Me encanta esa intimidad, esa cercanía, ese mundo propio que tienen ustedes dos. El amor de ustedes me ha acercado a Claudia. Por ti, a quien compartimos, ella y yo nos queremos más.

Éste es el momento de recordarte que te tengo en mis manos, que si no sigues mis órdenes al pie de la letra, le cuento a Claudia que escribes versículos. Estás en mi poder. Obedece y regresa pronto,

Luis

✉

DE CLAUDIA A ESTEBAN
Nueva York, domingo, enero 25. 1976

Mi querido Esteban: Aprovecho que, al llegar a casa de mi hermana, me encuentro a Luis escribiéndote, para borronarte unas líneas mientras espero a Boris y a Raquel que están patinando en el Rockefeller Center. Ah, muchacho, nos haces tanta falta, me haces tanta falta, que estás obligado a volver. Cuando le repito esto a Juana, ella me contesta:
—No te preocupes. Volverá con el verano.
¿Volverás con el verano?
Juana es bruja. Si no lo sabías te lo informo: volverás con el verano. En todo caso, vuelve. Te necesitamos. Todos. Un beso.
Claudia
P.D. Y no te olvides de tus deudas. Mi carta del año pasado me da derecho a una respuesta. De lo contrario, interceptaré la correspondencia que le escribes a mi cuñado y yo te seguiré contestando por él. Vale.
Claudia

DE ESTEBAN A CLAUDIA
Medellín, sábado, febrero 14. 1976

Mi querida Claudia: Lo que llaman buenas maneras me hubiera llevado a escribirte antes de que me reclamaras, sólo para decirte que no me olvido de nuestras noches de simple conversación, de las películas que vimos, de tu tortuosa y delirante traducción de las cartas de Silvia Plath, de los paseos por la ciudad, la excursión a tu cuadro favorito, el paseo en coche por el Parque Central blanco, de icopor, quieto, solo, oscuro.

Nunca estuve a solas con Juana. Pero siempre, en la mezcla de palabras que se armaban cuando estábamos en grupo, existía una conversación privada entre ella y yo, una especie de diálogo secreto en el que primaban los acuerdos sobre cosas trascendentales —como hasta qué punto se deben freír los ajos— o tan nimias —como cuál es el sentido de la vida—. Nos gustamos. A mí me fascinaba de ella su deferencia y su enorme capacidad para atender varias cosas a la vez.

Nada que añadir a mis tratos con el joven Boris. En confianza, lo llamo Virus. ¿Es mi descubrimiento o el apodo pertenece al patrimonio familiar? Siempre que lo llamé Virus, me hizo mala cara. El problema con tu hijo es que la mala cara le dura veintitrés segundos y acto seguido está como si nada, proponiéndote un nuevo juego, una aventura distinta. Me divierto enormemente con Boris, con mi socio, como le gusta llamarme. Doy vueltas y doy vueltas para recalar en lo que necesito decirte de mí. Que encontré en ti, en Luis, en todos, lo que fui a buscar. El calor y el afecto que me regalaron al punto de transformarme físicamente. Y todo fue por tu acogimiento, por el cariño de esa extraña familia.

Tu prudencia, acaso el temor de que te contestara que sí, pudieron ahorrarte la pregunta de si he vuelto a beber, si regresé a la rumba. ¿Te contesto? No sé si en esta borrachera que ahora mismo tengo –acabo de regresar de un fiestonón multitudinario– pueda ser muy preciso. El punto es que ya no bebo a diario, como sucedía antes de mi visita a tu ciudad. Pero apuro mis alcoholes una o dos veces por semana. Y con la misma periodicidad me levanto mis damas aburridas y las desaburro cuando ellas se desdaman, o mejor dicho, se desmandan.

También –prudente tú– te ahorras las preguntas sobre Carlota. ¿Temías que Luis leyera tu boleta y descubriera nuestro secreto? Es curioso: nunca le conté a Luis toda mi historia con Carlota. Le ahorré la parte melodramática del final. Creo que no resistiría sus burlas. Todavía recuerdo la primera noche cuando mi mejor amigo, con el patrocinio de tus carcajadas, interrumpía mi cuento cantando a Leo Marini: señora bonita, usted tiene dueño...

Pues sucede que no he vuelto a ver a Carlota. Que mi terapia de calor familiar con ustedes ayudó a cicatrizar la herida. Supongo que algún día me tropezaré con ella. Pero no más. Asunto concluido.

Ojalá las profecías de Juana fueran ciertas, pero no veo cómo. En el verano, como ella dice, no tengo vacaciones ni tengo ningún plan que me lleve a verlos. Yo, más que ustedes, deseo volver. Dale un beso a todos, todos. ¿Nos vemos en el verano?

Esteban

✉

DE ESTEBAN A LUIS
Medellín, sábado, febrero 14 . 1976

Licenciado, máster, pe-hache-de: Durante años, la única comunicación verbal que mi madre sostuvo conmigo fueron los gruñidos y reproches, las instrucciones en tono golpeado, el sistema de mensajes perentorios montado por ella para que yo fuera un muchacho bien educado. Mis buenas maneras se deben, más que nada, a que decidí ahorrarme la ofuscación de mi madre cuando me sorprendía faltando a la urbanidad. Soy bien educado, concluirás con tu cinismo, para evitar que me fastidien, para que no me jodan. Tienes razón.

Lo grave es que el asunto se vuelve hábito y me siento mal cuando no cumplo con los cánones del buen comportamiento. Aun contigo, con quien me permito tantas confianzas, el retardo en escribirte para decir gracias, gracias por todo, se me convierte en un remordimiento creciente.

Y la culpa se me alborota cuando recibo tu carta en la que, por lo demás, no puedes disimular la envidia que te da el éxito avasallante que tengo con tus seres queridos y terminas admitiendo que, contra tu voluntad, soy tu mejor amigo. Puede que no sea perfecto, como tú, pero soy irresistible.

Fue delicioso estar contigo. No puedo olvidar nuestras conversaciones, nuestras caminadas, nuestra convivencia. Envidié tu mundo de libros y de discusiones académicas. Y me encantó verte como pez en el agua. Morirás ahogado por el polvo de tiza.

Una aclaración. Con cierta ironía me dices que mi edad verdadera deben ser los diez años de Boris. Te equivocas. Hay quien me ha visto contigo y se admira de cómo me puedo adaptar a un retrasado mental de cinco años como eres tú. Ojalá progreses. Pe-hache-de quiere decir "podrías hilar decentemente".

Te agradezco, más que el juicio escrito, todas las observaciones que me hiciste cuando leímos los fragmentos de mi poema. Insisto en armar un solo poema. Insisto en mi voluntad de una gran obra.

Dale un beso a Raquel. Dale un beso a Claudia y a Juana. Dale un sopapo a Boris. Todo de mi parte. Y, de mi parte, para ti, un abrazo,
Esteban

✉

DE ESTEBAN A LUIS
Medellín, sábado, julio 10 . 1976

Mi querido Luis: Claudia me dijo que Juana es bruja y que profetizó que yo volvería a Nueva York en el verano. No le creí. Me burlé de ella porque no veía posibilidades de estar allá.

Ahora ocurre que Juana tenía razón y que estaré allá contigo muy pronto. Una de las compañías de mi familia celebró un contrato con unos gringos y ellos exigen —me acabo de enterar— que suscriba el documento el presidente de la junta y mayor accionista. Has de saber que ese importante sujeto soy yo. También yo lo ignoraba, pues nunca ejerzo mis papeles en la fortuna familiar, pero el caso es que se necesita mi firma en Nueva York. Debes admitir que, para ser retrasado mental, estoy bastante adelantado.

Llegaré a Nueva York el jueves cinco de agosto. Esa noche están invitados a comer a mi habitación del hotel (así te ahorro corbata) todos los miembros del archifamoso Club de Esperadores de Esteban. Al día siguiente —viernes— me invito a la comida semanal del mismo clan. Tendré que gastar la mañana del viernes en los trámites de la firma del contrato, pero el resto del tiempo, hasta el domingo, todo mi tiempo es tuyo. Toma el que puedas para nosotros y compártelo con Claudia.

Admito que voy feliz. Este viaje, estas circunstancias tan hoteleras y tan jet set, son insólitas, pero las acepté de buena gana pensando sobre todo en la caminada que nos vamos a dar en la mañana del sábado. Ojalá la extravagancia que inventé para la noche del jueves se pueda cumplir. Depende de los compromisos que tengan los miembros de la colonia que mi corazón instaló en Nueva York.

¡Ah! No te preocupes por mi llegada, ni por el aeropuerto. Nos van a recoger y nos instalarán en el hotel. Se me olvidaba decirte que también viaja mi hermano mayor, que es muy buen tipo, pero que no verás —veremos— si no quieres.

El próximo viernes, cuando calculo que habrá llegado esta carta, te llamo para confirmar todo. Con un abrazo,
Esteban

P.D. Esta noche iré a comer a casa de tu madre. Se pondrá feliz cuando le cuente que iré a verte y, con seguridad, me va a entregar una torta para que te lleve, cuestión que dependerá de mi apetito y del grado de amor que te tenga en el momento en que esté en mis manos. Así que pórtate bien conmigo si quieres probar la sazón materna, vale.

Esteban Segunda posdata: ya tenía esta carta en un sobre cerrado con tu dirección, pero en el instante de llegar a la casa vuelvo a abrirlo para añadir una breve crónica de la comida de esta noche. Era dieta de convalesciente, pues tu madre sabía de una gripa que me tuvo dos días en cama y quería consentirme (a mí, que sí me quiere) con sopa de arroz, carne molida, tajadas de plátano maduro, aguacate, huevo frito y, de encima, flan casero y café. Esta frase que escribo ahora y que no dice nada, es para darte tiempo de que recuperes tu color normal, pues el verde que invade tu cara en este instante te queda muy mal. No me envidies. Cómete tu hot dog y consuélate pensando que en esa cena hablamos bien de ti y tu madre llegó a lamentar que no estuvieras para saborear sus exquisiteces.

Desde el matrimonio de tu hermana estoy acostumbrado a comer a solas con doña Gabriela. La visita se desarrolla en la cocina, ella calentando, sirviendo, sonriendo y yo sentado ahí, frente a la mesita. A la hora de servir insiste en hacerlo en el comedor. Y entre los dos ponemos la mesa y llevamos las viandas. Pero esta noche fue distinto. Al llegar, mi primera sorpresa fue el Mercedes Benz blanco parqueado frente a tu casa. Tres niños del vecindario lo miraban por todos los lados, contagiados de una especie de éxtasis. Monumento al lujo. Monumento a la mecánica. La segunda sorpresa fue descubrir que en tu casa estaba el propietario de semejante máquina invitado a comer, tu cuñado, Pelusa, y su esposa, tu hermanita.

Desde el carro que manejan, a ambos se les ve que rebosan de billetes. Él es un maniquí. Lo único que le falta a su reloj es la etiqueta con un precio de cinco cifras en dólares. Cuando se lo elogié, lo confirmé. Doce mil dólares de reloj. Aparte de la posibilidad de saber la hora, Pelusa compró un tema, un tema deslumbrante, con palabras como oro y diamantes.

El reloj es apenas una muestra. Todo Pelusa es así, desde los zapatos hasta el peinado. Y él es un introito de Cecilia. El mismo anillo de diamantes que uno le ve a las señoras ricas que han cumplido veinte años de casadas, ese mismo anillo magnificado en los dedos de esa muchachita que ayer por la mañana llegaba a la casa con raspones en las rodillas de jugar por la calle. Y así toda ella. Están en la prosperidad absoluta y disfrutan exhibiéndola. Hablaron de los viajes a Miami a traer repuestos para el taller, de los planes que ella tiene de abrir una agencia de viajes –hace tiempo le oigo hablar de lo mismo–. También ella aludió a la idea de ir a Nueva York muy pronto, a visitarte, que siempre te llama desde Miami pero que no renuncia al plan de ir a verte.

¿Qué no me gustó? Que interrumpieran mi romance con tu madre. Siempre que la visito y me invita a comer, salgo transfigurado por esa hermosa cualidad de tu madre, que sabe comunicar serenidad. Pero con la lora de tu hermana –por el color de sus ropas más me valdría decir "guacamaya"– que no deja hablar, y con tu cuñado, que todo el tiempo está vigilando su peinado hasta en el reflejo de "la última cena" que está en el comedor de tu casa, ese romance se disuelve en guiños, en expresiones de cariño.

¿Qué me gustó? Me cuesta admitirlo, pero Pelusa y Cecilia se aman, se tratan bien, se divierten el uno con el otro.

La comida transcurrió con esa conversación superficial que tan bien maneja Cecilia, hasta el final, que el asunto cambió de tono. Tu madre, siempre tan en su punto, se tuvo que secar dos lagrimones que le brotaron contra su voluntad cuando Cecilia le dijo que está esperando un bebé.

Serás tío. Serás tío. Felicitaciones. ¿Cómo te quedó el ojo con esta posdata cargada de explosión demográfica? Gran abrazo,

Esteban

DE LUIS A ESTEBAN
Nueva York, martes, noviembre 2 . 1976

Mi querido amigo: Bien sabes que, en general, me mantengo ajeno a la paranoia de las noticias. Escribe un poeta español en una revista que en su mundo ideal, en esa utopía personal que todos soñamos, los periódicos sólo publicarían noticias con diez años de viejas, tiempo suficiente para que un hecho demuestre que tuvo alguna importancia. Sin embargo estoy conmovido por la matanza de Munich. Antes de todo análisis, sólo como acontecimiento aislado de brutalidad humana. Sin interpretaciones, que todas caben. Como simple rito de exterminio. Estoy aterrado.

Pero así, aterrado y todo, me acordé de tu cumpleaños y de la ingratitud recíproca que nos hemos guardado después de la excursión estilo Vanderbilt que te diste por estas tierras.

Pienso que tu silencio se debe a tus innumerables obligaciones de millonario y que este viaje fue la despedida final del amigo de la infancia que emprende su excursión hacia otra clase social. Chao, proletarios, ahí les dejo esos juguetes, fetiches de lo que fui para ustedes. Ahora perteneces al mundo de los que tienen un artefacto plástico, o que chasquean los dedos y un chofer desconocido firma por ti para que Van Gogh pague.

Y, mientras tanto, mi mujer toma fotos de cerquita y de lejos con los lentes que tú le regalaste, gasta el tambor de película que tú le regalaste, imprime en el papel que tú le regalaste, mide no-sé-qué con los aparaticos que tú le regalaste, oye –y me hace oír, yo feliz– la Billie Holiday, la Sara Vaughan, la Ella Fitzgerald que tú le regalaste. Yo estreno uno de los suéteres de cachemir que tú me regalaste, y me ufano con las camisas que tú me regalaste. Y ninguno de nosotros se da cuenta de que nos cambiaste todo eso por ti, que tú no viniste, que vino una chequera a "la irresistible capital del cheque" –como dice Rubén Darío– y nos paseó en robot con bar, teléfono y pasacintas. Pero que Esteban no vino y que de Esteban tan sólo vino el gesto hosco, angustiado, de un hombre de treinta que se muerde los labios, que frunce las comisuras, el mismo gesto del millonario que cuida su fortuna, sigiloso, y firma jugosos contratos delante de la bendición protectora de un Van Gogh.

Me revelaste un mundo que, traducido a la bisutería de la literatura, equivale a esos ensueños de lujo de mis pobres modernistas: tropezar cara a cara con Ingrid Bergman en el corredor de tu hotel, hacerse de lado para que pase el inasible cuerpo del mito. Tener en la mesa vecina a Andy Warhol rodeado de ene enes que lo invitan y que lo oyen. Dicen que le pagan por dejarse ver en las fiestas y que tiene un elenco de dobles que pueden estar decorando varias casas de millonarios a la vez. Un toque de fama, efervescencia de champaña en el aire, para decirlo con una imagen cara a mis verdaderos coetáneos, los modernistas.

Floto en mis hermosos zapatos de ciento cincuenta dólares comprados por tu cuenta de heredero y me pregunto, sin tropezar todavía, si no eres una contradicción ambulante, acerado crítico de los valores que están a tu favor, riquito de pueblo. Terminarás llevando en andas el Santo Sepulcro en la procesión del Viernes Santo, con la capa de la orden litúrgica de la gente bien, que tanto te ha servido de motivo de burla a mi suegro.

A propósito: tu nuevo status ha acallado tus sarcasmos. ¿Era pataleta de adolescente? ¿Dejó de decaer la raza antioqueña con tu ingreso a las juntas directivas? No me quedan dudas acerca de la clase de individuo que te vas volviendo (acaso el que siempre fuiste). Una especie de insolente que trabaja por deporte, un dandy que gasta como los dandys gastan y tiene aventuras sin compromisos, ni heridas, ni intensidad alguna. Un tipo que no está en la vida sino de visita por la vida.

Si la única manera de seguir siendo tu amigo es volverse millonario, pues me dedicaré a hacer plata. Ya lo verás. Además, me quedó gustando. Entretanto, mientras me llega la máquina de fabricar billetes, sigo desarrollando un trabajo sobre la retórica modernista en nuestros días.

Todos los adoradores de los fetiches que dejaste como sustitutos tuyos, siguen preguntando por ti. ¿Volverás a nuestras humildes casas en el futuro? Y te mandan besos cuando les cuento que he decidido interrumpirte con una carta mía. Un abrazo,

Luis ¿Te acuerdas de mí?

✉

DE ESTEBAN A LUIS
Medellín, sábado, diciembre 4. 1976

Mi querido Luis: Debería comenzar diciéndote que eres un hijo de puta, pero te lo repetiré tantas veces en esta carta (y que tu madre me lo perdone, ella nada tiene que ver, tu hijueputez se debe sólo a tu propio esfuerzo) que prefiero entrar con mi contribución a tu recopilación de canciones de corte modernista, como esta joya de "mujer, mujer divina", que canta Pedro Vargas:

Mujer de alabastrina,
eres vibración de sonatina
pasional,
tienes el perfume de un naranjo en flor,
el altivo porte de una majestad,
sabes de los filtros que hay en el amor,
tienes el hechizo de la liviandad.

Seguiré informando de boleros que se me aparezcan en la calle, pues a esta casa no entra música rosa, salvo Pink Floyd. Gusto de millonario. El bolero es para esa gente que está en la vida y no para los que estamos de visita en ella.

¿Qué te has creído? Si te satisface oír que lograste zaherirme, pues sí, los dandys también tenemos cierta susceptibilidad, sobre todo con los amigos íntimos, aquéllos donde, por ejemplo, uno va en diciembre a que lo cuiden porque uno se siente abandonado, decaído, marchito.

Si te satisface oírme decir que, en parte, tienes razón, el dinero nunca ha sido mi problema, que nunca lo necesité y que todo el que tuve en mis manos me lo gasté siempre. Pero te equivocas, ingenuo literato, cuando identificas el problema económico, el de la subsistencia o el de conseguir millones, con la vida verdadera. ¿De manera que el hecho de ser rico me condena a una especie de remedo de vida? No seas ingenuo. No seas codicioso, que mientras yo tenga para gastar, me la gastaré en lo que tú necesites. No te vuelvas codicioso, por favor, y sigue moliendo endecasílabos.

Envidio cierta candidez de los pobres, incluyéndote a ti, que creen que la felicidad es el dinero. Demasiado simple. Demasiado fácil. En cambio nosotros los ricos, y perdona pero tú empezaste, hijo de puta, nosotros los ricos ya sabemos, chequera en el bolsillo, que el negocio de la felicidad es bastante más complicado. Dedícate a hacer dinero en busca de la felicidad. Si no lo haces, morirás inocente, Dios te bendiga. Si consigues plata, entonces te darás cuenta de que todavía no tienes la felicidad. Para redondear, es mejor que sigas pobre, así morirás creyendo que la felicidad se mide en billetes y no te poseerán las incertidumbres de todos los ricos. Además, no padecerás los problemas que suelen tener los camellos en los huecos de las agujas.

Yo fui el primer sorprendido con ese viaje de agosto y con sus circunstancias insólitas. Si te sirve de algo, hijo de puta, te diré que hoy es el día que no sé qué dice el contrato que firmé. Es algo que, simplemente, no me importa. Todo lo que yo quise, cuando me di cuenta de que habitaba un mundo de fantasía, fue compartirlo con mis amigos, satisfacer –también– sus deseos inalcanzables y secretos. Al parecer esto te molestó conmigo de una manera que ignoro cómo sucedió. Uno ofende amando y eso, que ya lo sabía, no tiene ni lógica ni explicación ninguna. El único camino que me queda es repetirte que todo fue un acto de amor, de ese amor que ahora está herido por tu reacción, pero que es el único amor desinteresado y fraterno con que he contado en la vida. Ahora mismo quisiera estar con ustedes allá. Me veo caminando contigo por el Village, por Soho, oyéndote hablar sobre la última película, riéndonos de la escena que acabamos de ver, admirando el gran danés que va por la otra acera. Pero este diciembre se me complicó con la final del fútbol. El Nacional de Zubeldía puede ganar el título y esto seguramente se prolongará. Así que no podré estar durmiendo en tu sofá.

Hace dos noches estuve comiendo en casa de tu madre, tan animosa, tan juvenil, tan adorable como siempre. Esta vez, como única venganza, no te contaré el menú. ¿A qué saben, mezcladas, la curiosidad y la envidia?

Con un abrazo para ti y un beso para tu mujer y tu cuñada,
Esteban

✉

DEL DIARIO DE ESTEBAN
Medellín, sábado, diciembre 4. 1976

Ya no extraño que cada vez que me siento mal, termine tratando de aclararme en este diario. Esta vez no es Carlota –¿y quién es Carlota?– sino Luis. Pero antes quiero dejar por escrito aquí, en mi registro personal, la crónica de mi casual tarde con Pelusa, el marido de Cecilia. Sólo el azar pudo llevarme a un encuentro con semejante personaje. Esta vez fue el carro que falló y el chofer que llamó una grúa. A los po-

cos minutos llegó Pelusa en persona en la grúa, todo deferencias, todo simpatía.
—Vine personalmente cuando supe que estabas aquí.
Con celeridad, colgaron el carro en la grúa, el chofer en la banca de atrás como si fuera un portasuegras y yo en la cabina de la grúa que conducía Pelusa, enfundado en un mameluco color blanco. Mientras reparaban el auto, Pelusa me invitó a su oficina. No se había ausentado más de media hora y, al entrar, una secretaria le informó de varias llamadas de larga distancia. Caucasia, Miami, La Paz, Bogotá, Panamá. Como seis llamadas. Mientras esperé en su oficina, me lo contó todo sin contarme nada. Continuamente se interrumpía para atender alguna de estas llamadas cuya procedencia le comunicaba internamente su secretaria sin que yo pudiera oírla. Eran conversaciones breves en las que Pelusa más escuchaba y anotaba, apenas si asentía con sobreentendidos y con frases hechas que no significaban nada. Entretanto yo miraba alrededor los afiches de automovilismo, los trofeos de deportes a motor ganados por la familia. Cuando colgaba, seguía su imprecisa confesión:
—A esto de reparar carros hay que añadirle el comercio internacional. Y, a ratos, tú me comprendes, el contrabandito. Dicen que con eso se enriqueció tu papá —y me sonreía el tipo buscando mi complicidad a través de las tropelías de mi padre. Contrabandito. Eso quiere decir cualquier cosa, aunque el diminutivo parece restarle peligrosidad. Después me diría "repuestos" y, aun siendo mecánico, tampoco la palabra tendría significado preciso. Pelusa es como una pelusa, imposible de agarrar, liso, inasible. Entra nueva llamada. Pelusa grita pidiendo que le hablen más duro. Anota, grita okey y cuelga.
—Lo importante es ser profesionales del negocio —continuó resumiendo toda su filosofía—. Nada de llevar una mercancía entre la maleta, corriendo todos los riesgos, como hacen tantos aficionados, muy útiles, además porque son carnada para la policía. En cambio aquí todo está bajo control. Los riesgos se han bajado al mínimo y hay especialistas en cada paso que se debe dar.
Otra llamada, idéntica a las anteriores, más apuntes y, enseguida, un mecánico que aparece con mi chofer y que anuncia que la avería está reparada. Esto interrumpe la divagación —¿o la confesión?— de Pelusa. La

despedida es más familiar. Será padre en febrero, Cecilia está muy bien, etcétera.

He transcrito, con memoria de reportero, todo lo que me dijo Pelusa. Lo que siguió fue una interpretación y, a ésta, la verificación.

En principio, en concordancia con su taller, las frases que me soltó Pelusa significan que el tipo contrabandea repuestos. Pero, ¿qué clase de repuestos se pueden contrabandear desde La Paz? A la luz de lo que afirmaba sobre una organización profesional, intuí que el cuñadito de mi mejor amigo se dedica al tráfico de cocaína.

Desde hace dos o tres años son frecuentes los casos de nuevos ricos —taxistas, maleteros, vendedores— que aparecen comprando propiedades después de haber llevado varios kilos de cocaína a Estados Unidos. Con la diferencia de precio, un kilo es suficiente para hacer una fortuna modesta de un día para otro. Sospecho que el asunto comenzó con gentes de barrios populares que tienen parientes en Estados Unidos. También se dio el caso de niños bien, algunos que estudiaron allá y sabían de la demanda, que se arriesgaron a empacar unos kilitos o a mandarlos por correo. Hasta aquí, aunque cada vez más frecuente, el contrabando de cocaína no pasaba de ser un —en principio, efímero— sustituto de la decadente marihuana caribe, que ya no puede competir con la cannabis de Oregon, California o Hawaii. La cocaína era un negocio de oportunidad; levantarse unos gramos aquí y colocarlos allá. ¿Aludió a esto Pelusa cuando hablaba de métodos de aficionados? Podía ser o podía no ser. En el primer caso, el profesionalismo consistiría en el manejo de la materia prima, del proceso industrial, de la entrada a Estados Unidos y de su distribución allá.

Esta interpretación explica, además, las llamadas de Bolivia. No me quedé con la duda. Y en estos tiempos no es difícil averiguar ciertas cosas. Está de moda hacerse rico de un día para otro y quien lo consigue se preocupa de demostrarlo con algunas adquisiciones y unos cuantos símbolos de ostentación. Entre las adquisiciones se cuenta, en primer lugar, antes que todo, un apartamento para la mamá y una finca de café o de ganado, edipo e irrenunciable estirpe campesina juntos en estos aprendices de citadinos, que también optarán por símbolos de ostentación de origen rural: los caballos y la finca de veraneo, sin descartar un carro costosísimo y mucho oro en las muñecas y en el cuello. No tengo claro cómo es la organización del tráfico de cocaína. Ignoro si es una sola organización o si, como es de prever en el individualismo de estas gentes, existen una cantidad de mazamorreros, de hijos con suerte de la cultura del rebusque, que hacen sus operaciones cada uno por aparte. Lo cierto es que hay muchísimo dinero en esto. Tienen aeropuertos y aviones propios. Deben tener laboratorios para procesar pasta de coca y –estas suposiciones– cuentan con colombianos ilegales en varias ciudades de Estados Unidos que pueden ser útiles para la venta al consumidor final. Es inimaginable la cantidad de millones y millones que produce este contrabando. Traté de hacer multiplicaciones: del precio de la coca aquí al precio de la coca allá, de pesos a dólares, de kilos a toneladas, y me perdí. No supe cuántos ceros tenía que añadir.

El fenómeno es más bien reciente pero ya se ve mucho dinero. La propiedad raíz ha multiplicado su precio. Ya nadie habla de decadencia de la raza. Más bien no falta quién se atreva a elogiar la capacidad empresarial de los antioqueños que, sin poseer como recurso propio la materia prima, sin ser puerto obligado de origen, de paso o de destino de la cocaína, sin producir los insumos para procesarla y sin que su territorio sea el lugar donde existe la demanda, es decir, siendo los antioqueños completamente superfluos en las condiciones de mercado de la cocaína, aún así, son los dueños de buena parte de su comercio.

Mi dentista, que es arqueólogo aficionado, varias veces me ha repetido su diagnóstico sobre el pueblo antioqueño. Jugadores. Eso son. Gente que siempre se toma los riesgos. Esta tierra la colonizaron fugitivos, unos judíos, otros prófugos, que iban, aislados unos de otros, de arroyo en arroyo, lavando arenas para encontrar oro. Mazamorreros que arriesgaban todo a cambio de un chicharrón de oro que sólo existía en sus leyendas. ¿Colonos? Qué va, dice mi dentista, se fueron para el Quindío, se fueron para el Sinú, buscando entierros de indios, apostando a la fortuna súbita. Lo del hábito del trabajo es una mentira. Aquí madrugamos para contar con la ayuda de Dios, para que el metal-sol aflore a la hora en que aflora el planeta sol, para tener suerte, como llamamos a eso los antioqueños, los jugadores.

Lo que ahora ocurre puede ser una confirmación de la teoría de mi dentista. Si existe una sociedad predispuesta a los golpes de fortuna –en una mina, en una apuesta, en un contrabando, comprando barato y vendiendo caro– y, de repente, en esa sociedad aparece la fórmula para volverse rico, sucede que mucha gente se mete en el asunto. No falta el pequeño o mediano propietario, el profesional que liquida sus negocios y se confía a un golpe de suerte. Y los que no se meten directamente en el tráfico quieren hacer negocios con los nuevos ricos. Estamos en un momento de impudor, que seguramente va a pasar. Pero, por ahora, todos se exhiben. Los almacenes de Medellín están llenos de contrabando, circulan carros lujosísimos, mis hermanos venden edificios enteros de apartamentos cuando apenas los tienen en planos. Y no faltan los capos menos inteligentes, que aparecen públicamente. No saben que si uno es rico, debe ser anónimo. Y, ahora, los ricos son ellos. De un modo inesperado se cumplen mis teorías sobre este pueblo. Otra clase, del todo nueva, de ricos, más ricos que cualquier rico de antes. Se gastarán una generación limpiando su fortuna. ¿Durarán más de las tres generaciones que, como mucho, duran las fortunas en estos lares?

Por lo pronto, con una rapidez inusitada en los cambios de la cultura, son notorias las transformaciones que imponen estos nuevos ricos. La austeridad tradicional se sustituye por la ostentación más descabellada. Se cuenta de un avión expreso París-Medellín que trajo todo lo necesario –cocineros incluidos– para servir una comida en un apartamento de El Poblado. Circula el relato de una fiesta donde el anfitrión rifa entre sus invitados un apartamento en Miami y un BMW. No falta la repetición, robada a un cuento infantil, de la casa donde las llaves de los lavamanos y los pomos de las puertas son de oro –obvio: también hay vajilla y cubiertos de oro–, y oí el testimonio de una amiga que vio una colección de orfebrería precolombina de un contrabandista de cocaína. Más de cincuenta kilos, decía, de toda clase de figuras, la mayoría demasiado descabelladas para ser auténticas. Esto ya nada tiene que ver con la austeridad que antes se predicaba al observar las costumbres de este pueblo.

La posibilidad de la fortuna fácil para quien se atreva a tomar los riesgos –y cada día son más en vista del comprobado éxito de tantos–, produce otro efecto, y es que hace mucho más complicado el manejo de los negocios lícitos. Es imposible encontrar quien trabaje de obrero o de secretaria (a sabiendas de que terminará sus días igual, de obrero o de secretaria o con una jubilación), cuando la riqueza está al alcance de la mano, fíjese en mi vecino, o en mi prima, o en el de al lado, siempre hay un ejemplo muy próximo, ahora tiene casa, carro, finca y renta. Por eso, no es extraño que mi hermano mayor, que es un beato, quiera irse a vivir a otra parte. Esto se está acabando. Ya no existe la honradez, repite. Terminará manejando los negocios de la familia en USA, desde Boston, al pie de su hijo que es un genio de las matemáticas. La actitud, fortuna fácil, convertida en una virtualidad, en una opción de vida, ha ido penetrando todos los intersticios de esta máquina social. A la vez, el tráfico de cocaína, la actividad misma, por ser ilegal, no puede ampararse en el aparato estatal para dirimir sus conflictos internos. Aquí ocurre lo que ya mostró Hans Magnus Enzerberger. Para el escritor alemán, la función del estado consiste en mantener el monopolio del delito. Tan sólo el estado puede tener determinadas conductas que, si las ejercen los particulares, estarían cometiendo delito: por ejemplo, si un individuo retiene a otro contra su voluntad, sería incurso por secuestro; pero si el estado retiene a alguien, a esto se llama prisión y es legal; por ejemplo, si usted le quita algo a alguien a cambio de nada, esto se llama robo, o estafa, o chantaje, o extorsión o hurto; pero si el estado es el expoliador de dinero a cambio de nada, es que está cobrando impuestos, y cobrar impuestos a cambio de nada, es legal.

Este monopolio del delito –nadie puede hacer la guerra, el estado sí– lo obtiene el estado a cambio de propiciar la satisfacción de necesidades sociales. Cuando el estado impide que la sociedad satisfaga su necesidad de alcohol, de la sociedad brota un pequeño estadito dedicado a satisfacer esa demanda, para lo cual tiene que organizar sus propios sistemas de transporte, impuestos, formas de contratación y métodos de sanción. La explicación de Enzenberger viene perfectamente a lo que estamos viviendo en Medellín. Un pequeño estado maneja el tráfico de la cocaína. Si fiaste y no pagaste, te mueres. Y ese pequeño estado te apuesta, si eres policía, o aduanero, o juez, o quienquiera que se atreviese en sus designios. Te apuesta: le apuesto tanto dinero de soborno por darme gusto contra su propia vida. Si no los complaces, te mueres. Entonces, como pude observar en los partidos de la final de fútbol, uno ve a los tipos, collares y pulseras, cierta panza típica, sobornando con dinero a los despachadores de los aviones para que le quiten el puesto a cualquier desprevenido mortal. Se van a apoderar de todo.

No fue fácil confrontar mis sospechas. Sí, Pelusa está en el negocio. El taller es apenas una cobertura, el entretenimiento de su papá y de su tío.

Después de la última carta de Luis, no me sentí capaz de contarle el asunto a mi amigo. Me trató con tanta impiedad, que revelarle el enredo familiar casi sería una venganza. Además, lo único que tengo es un impreciso testimonio de Pelusa, que no significa una confesión, y el rumor callejero de que está en el negocio. Nada consistente que me permita afirmarle a mi amigo que el padre de su sobrino (¡cáspita!) está traficando con cocaína.

Dejo, sin embargo, fresco el cuento que le oí a Pelusa y que, en algún momento, me puede ser útil con mi hermano de sangre. Mi hermano de sangre: ¿qué le sucedió conmigo? Todavía tengo presente el instante en que, con un murmullo, preguntó Luis:

—¿Es éste Esteban?

Mi sentimiento fue tan notorio, que hasta Raquel se dio cuenta; Luis percibió que asimilé su frase con la misma sorpresa que se recibe un golpe bajo. Me había olvidado de ese mal momento, pero lo volví a recordar con esa carta demoledora que no sé cómo entender.

Lo principal, lo más importante, es que Luis sigue sintiendo por mí el afecto del amigo, que aún su rabia es la rabia del amor. Y releer y releer su carta, para dejar a salvo ese hecho, me da cierta tranquilidad que, no obstante, ha sido suficiente para que su reacción me provoque varios insomnios.

Luis siempre supo que soy de familia rica. Y (a propósito, no se lo dije en mi carta) él es el mejor testigo de las carencias que tuve. Luis se tiene que acordar que, muy niños todavía, llegué a heredar sus pantalones y sus camisas porque mi madre se olvidaba de renovar mi vestuario y yo no tenía qué ponerme. Y esto no ocurrió más tarde por la simple razón de que yo crecí y él se quedó enano y su ropa no me servía. Luis tiene que saber que nunca tuve lujos de rico, salvo vivir confinado en una mansión, ni que guardé ninguna esperanza de ser heredero. El tiene que saber que esta fortuna me cayó por azar. Que yo fui el primer sorprendido. Entonces, ¿por qué me lo reclama como si en lugar de dinero, yo hubiera heredado la lepra?

En todo caso, tengo que volver allá, me tengo que olvidar de este incidente, por ningún motivo mencionarlo en adelante y tratar a mi amigo con la misma confianza con que lo he tratado siempre.

Los poemas del olvido; noche de la memoria. Todo el ejercicio de desaparecer a Carlota de mi vida, resultó. Varias veces he viajado a Cali y ni siquiera he tenido curiosidad de pasar por el bar del hotel. Tampoco me he vedado ese lugar, pero cuando lo he visitado, no me he topado con Carlota. Y ya no me hace falta. Ya no me emborracho, enfermo de desolación, sin dejar de pensar en ella. Ya no cierro los ojos mientras copulo con cualquiera de mis perras sin pudor, para imaginarme que la tengo a ella. Carlota pertenece al pasado y de su historia saqué una buena dosis de desconfianza adicional en el amor y una colección de poemas sobre el olvido, destinados a incorporarse a mi poema de la noche. A pesar de que Luis dice que renuncie al poema largo, sigo obsesionado con esa armazón, con esa superconstrucción de piezas que cazan armónicamente, que cada una –como lo reconoce Luis– es una pequeña pieza autónoma, pero que el conjunto tiene valores que trascienden la sumatoria de méritos de las partes y que, como estructura, tienen una posibilidad adicional, nueva y distinta.

DE LUIS A ESTEBAN
Nueva York, domingo, enero 2. 1977

Mi querido Juanesté: Comienzo por confesarte que mi carta no me preocupó hasta cuando recibí la última tuya, donde pude leer que te habían molestado los términos de la mía.

No dormí. Esa noche yo, dormilón insigne, me quedé preocupadísimo, tratando de recordar qué te escribí y nada, no guardo copias de las cartas que te mando. Total: que ni siquiera podía mirar el cuerpo del delito para medir por mí mismo hasta qué punto se me fue la mano.

Leyendo tu carta (casi me la sé de memoria) me doy cuenta de que te herí. A veces uno vive una vida tan pobre, se aguanta tantos antojos, que cualquier cosa lo hace estallar con facilidad. A lo mejor es lo que tú dices, con tanta ironía, que los pobres creemos que el dinero es la felicidad y que los ricos ya tuvieron la oportunidad de comprobar que no es así.

Quisiera que entendieras mi reclamo como necesidad de tu amistad y tu cercanía. Ganas de que estés aquí, con nosotros, con o sin limusina, pero muchos días, hasta el momento en que nos aburramos, momento que llegará pronto, y perdona el chiste tan inoportuno, cuando estoy más bien tratando de disculparme si fui grosero y de insistirte que me haces falta, nos haces falta.

Ayer en el almuerzo que compartimos aquí, Claudia me pedía que te dijera que te esperamos para el próximo verano. Bien si quieres estar unos días aquí, bien si te pegas a la excursión que planean hacer por carretera de Nueva York a la Florida, donde la abuela de Boris.

Juana me pide que le aconsejes más novelas, que eres un conocedor de su gusto. En la última comida, el viernes pasado, cuando hablábamos de tu próximo viaje, ella se detuvo mirando el vacío y dijo:

—Lo veo vestido de invierno.

Así que atendiendo a las visiones de la bruja de nuestra familia, prepárate para estar con nosotros al fin del año. Ya sé que, como yo, tampoco tú eres demasiado sociable, pero es bueno que sepas que aparte del Club de Esperadores de Esteban, tenemos algunos otros pocos amigos, principalmente de la universidad, amigos que nos han oído hablar de ti y que también esperan conocerte. Abrazo mío y beso de Raquel,
Luis

DE CLAUDIA A ESTEBAN
Nueva York, domingo, noviembre 6. 1977

Mi querido Esteban: La costumbre de nuestras llamadas de viernes, con todas las virtudes de euforia momentánea, además del inconveniente de que siempre se le olvida a uno decir lo más importante, tienen otro defecto aún peor, y es que acaban con las cartas. Que conste que ésta no sólo es mi queja. Nuestro Luis también se lamenta de la interrupción de la correspondencia contigo.

Te escribo para notificarte que a veces se invierten las relaciones de causa a efecto. Antes tú viniste por razón de que mi Juana lo pronosticó, aun contra tus previsiones. Pues bien: en este diciembre tendrás que venir para que Juana, que volvió a profetizar tu visita, no quede mal.

Boris no estará. Viaja a Medellín, después de varios años. Pero aquí te esperamos Juana y yo atentas a ti, y también, ansiosos, Luis y mi Maquel, que siguen como un par de tórtolos, dándose besitos cuando van –siempre abrazados– por la calle, arrunchados el uno con el otro cuando uno los visita o los recibe, sin acabar de catarse, de gustarse, de explorarse, de amarse. Ese solo espectáculo, que a ti te gratifica tanto, justifica que vengas. Y está ese otro espectáculo que Juana y Boris describen tan graciosamente, que parece un acto de circo, según mi hijo, por esa manera como se sincronizan Luis y Raquel para todo. Ambos son del mismo tamaño, ambos ordenados y metódicos. Mi hijo describe cómo preparan el desayuno: los huevos, las tostadas y el café están al mismo tiempo, en la mesa, de modo que no hay uno dando vueltas en la cocina, sino que ambos se instalan al mismo tiempo a desayunar. Igual, dice Boris, es el desmontaje de la escena, en pocos instantes mesa, vajilla y cocina están limpios y, de nuevo al tiempo, como en una danza, ambos están saliendo de la cocina dándose besitos. ¿Qué novela podría escribirse con estos personajes tan contentos, con vidas tan carentes de conflictos?

Ven, pues, muy pronto. Entretanto, recoge en la aduana las cantidades industriales de cariño que te mando, de las que va un beso, como muestra, en esta carta. Y todos te mandan cargamentos indiscriminados de besos, abrazos, saludes, hurras a cargo de ese adorable individuo de doce años, que no sé si es la octava plaga o la octava maravilla. Otro beso de tu pareja.

Claudia

✉

DE LUIS A ESTEBAN
Nueva York, domingo, noviembre 13 . 1977

Mi querido Juan Escaso: Sí, eres un caso. Un caso escaso, que acaso sólo después del ocaso aparece con el acoso del teléfono. Con puntualidad, todos los viernes.

Cuando, cada viernes, como a las nueve suena el bicho, yo hace rato me he pedido hablar de último. Que Boris te pregunte antes, a gritos –Claudia dice que puede colgar, que con ese volumen tú lo puedes escuchar sin necesidad de que use la bocina– cómo va su amado Atlético Nacional. Después de que Juana te dé un breve y afectuoso saludo y te pregunte qué novela le recetas y de que Raquel te hable de fotografía o tome nota del disco que quieres, después de que Claudia te grite "parejo te amo", entonces, ahora vengo yo. Pero no es suficiente. Ni siquiera alcanzamos a iniciar nunca una conversación. Con un agravante que hemos hablado muchas veces. Que nuestro trato es uno cuando estamos los dos solos y otro cuando hay cualquier otro testigo, por cercano que sea. Y en estas llamadas, aunque tú estés en tu biblioteca, encerrado, yo estoy con todo el grupo alrededor, Boris y Claudia hablando al tiempo y, a veces, también Juana y Raquel regalándose momentos de locuacidad.

Soy más perentorio: para simples efectos de que controviertas el trabajo, necesito de ti varias noches de discusión. Bien sé que no eres un experto en Silva, Valencia, Rivera, Castillo, Barba, Rasch, López, pero la peculiar forma de tu ignorancia es muy útil para mí. Algo así como someter mi trabajo a la prueba de las bestias.

Con un abrazo,
Luis

✉

DE ESTEBAN A LUIS
Medellín, viernes, diciembre 2 . 1977

Mi querido pe-hache-de: Sucumbo. Acosan tanto en mis llamadas de los viernes, que finalmente me he decidido a visitarlos. Escribo en la emisora, cuando acabo de llegar de la agencia de viajes. Allá estaré, soportando tu cháchara. De toda esa lista no amo sino a Silva. Barba tiene unos baches lamentables. López es un poeta para dos recreos con lluvia, Rivera un promotor de sí mismo que fabricaba versos con formulita y mejor no te hablo de Valencia. Posdata: ¿Quiénes son Castillo y Rasch?

Por instantes me detengo a preguntarme, asombrado de mí mismo, si voy a Nueva York a eso, a escuchar los delirios anacrónicos de un amigo de la infancia. Pero trago saliva, me digo "valor, Esteban", y sigo adelante, fiel a los juramentos de hermandad que lo obligan a uno a cosas tan ridículas como soportar las especulaciones de un amigo sobre "Anarkos", una de las obras maestras de la literatura universal, mientras el tren subterráneo crepita a dos cuadras y la nieve cae sobre Nueva York.

Finalmente, dile a Juana que seguiré guardando el secreto de que yo le conté de mi viaje antes a ella que a todos ustedes, para que pudiera seguir explotando su fama de profeta. Pero que tranquila, que nadie se va a enterar.

Besos a Raquel, Claudia, Juana y Boris. Y, para ti, hasta vernos, un gran abrazo.

Esteban

✉

DE CLAUDIA A ESTEBAN
Nueva York, domingo, enero 8 . 1978

Amado Parejo: ¡Ah! Qué gusto fue tenerte. Y cómo cuadró todo perfecto, esa especie de simetría de compartir todos unas noches y luego dividirte entre varias noches para tu Luis y varias noches para mí. Noches con sus respectivos días, pero ante todo noches. Fue delicioso. Sobre todo aquella fiesta entre Juana, tú y yo, en mi casa. Hacía mucho que Juana no bebía y esa borrachera de risas y confesiones súbitas fue inolvidable. Juana piensa lo mismo. Y, a pesar de que le hagas tantos chistes sobre sus profecías, ella insiste en que esa sesión memorable se repetirá entre nosotros tres. Dice que, de nuevo, te puede ver con ropas de invierno. No lo olvides. Ella no falla.

Boris te manda saludos y Juana un beso. Y yo millones y millones de besos.

Claudia

✉

DE LUIS A ESTEBAN
Nueva York, viernes, enero 20 . 1978

Juan (no) Estaba: ¡La que te perdiste! Tú la llamarías "experiencia poética" –con razón– pero más en concreto fue conocer un retazo de la historia del jazz.

Hace una semana nos fuimos Claudia y yo a ver baloncesto en el Madison Square Garden. Allí nos tomamos unas cervezas que nos expulsaron al final de la partida con un hambre salvaje. Comimos y bebimos y regresamos a mi apartamento muy tarde, seguros de que encontraríamos a Juana y Raquel ya dormidas. Pues no: estaban emparrandadísimas con una señora negra que parecía cincuentona y resultó setentona, y que cantaba cuando entramos. Como los ángeles cantaba blues. Y nos cantó toda la noche. Es enfermera, pero en los treinta y cuarenta fue cantante profesional. Estaba enfrente de una coetánea de Billie Holiday. Viajaba en bus por carreteras de tierra, de pueblo en pueblo, cantando con orquestas de jazz, en teatros y lugares nocturnos donde sólo entraban negros. Cantó en el Cotton Club y viajó por Europa.

Todo lo supe después de aquella noche en que nos cantó en nuestra casa y nos fascinó y nos embrujó.

Se trata de una experiencia que tiene que ver al mismo tiempo con la electricidad y con la magia. Una experiencia poética, dirías. Ella pronunció frases maravillosas: "el blues es dejar salir mi alma".

De ñapa, llegué por fin al colmo de la cursilería. Eso me hace feliz. Alberta nos cantó, varias veces, una canción desconocida, pero desde el instante en que la oímos, supimos que es nuestra canción. La oímos en el colmo de este amor que crece y crece y supimos –al tiempo– que sólo por el breve apretón de nuestro abrazo permanente de esa noche, que habíamos hallado nuestra canción: *The Love I Have For You*.

Mi aventura se prolonga hasta días después, cuando exploraba la sección de blues en un almacén de discos y –eureka– he aquí que tengo en mis manos *The London Sessions*, una grabación de nuestra amiga realizada en 1934. No te exagero si te digo que hoy en día es mejor cantante.

Feliz de que me envidies, con un abrazo,
Luis

DE ESTEBAN A LUIS
Medellín, sábado, febrero 3 . 1978

Saint Louis Blues: Estoy ocupadísimo en estos días, por lo cual sólo te puedo enviar unas cortas líneas para advertirte que nunca llegas al colmo de la cursilería. Cada día te superas. Con un abrazo, Esteban

P.D. A pesar de todo lo ocupado que estoy, saco raticos para envidiarte tal como lo pides por tu noche negra de basquetbolistas negros y cantante negra. Al menos un semestre antes de tu regreso conociste, por fin, un gringo, o mejor, una gringa. Gran progreso. Beso a tu mujer, beso al resto de la familia, vale, Esteban

DE LUIS A ESTEBAN
Nueva York, domingo, abril 9 . 1978

Juan Estornudo: Lamento tus recientes gripas de comentarista radial, que convierten tu voz en una especie de estropajo sonoro, como lo pude comprobar con nuestra última conversación telefónica del viernes.

Te escribo para organizar mis ideas. Estaba, hasta hoy, mentalmente acondicionado para regresar a Colombia en julio de este año con mi diploma entre el bolsillo, adelantándome un año a lo habitual que son cuatro años para el doctorado. He publicado dos capítulos en las revistas más importantes y ya los he visto citados elogiosamente. En mayo terminaré, señal de que me he rendido. Y he aquí que hoy el decano en persona, un refugiado español de la guerra civil experto en Lope de Vega, me llamó a su oficina para ofrecerme clases hasta el setenta y nueve como profesor invitado en un seminario sobre el modernismo. Le contesté que todo dependía de mi universidad, que era necesario contar con un permiso. Me interrumpió para decirme que él mismo se encargaría de escribir una carta que fuera imposible contestar con una negativa. Añadió que eso significaba un contrato como profesor, mucho más billete que el dinerito de la beca por un compromiso de tres horas semanales de clase. El paraíso.

Ahora, como tantas veces en mi vida, vuelvo a estar en manos del doctor Probeta. Y yo, pobre inocente, me había olvidado de él, cándida marioneta que ignora quién puede disponer de ella a capricho. Después de tres años sin tomarlo en cuenta, de nuevo el remoto fantasma de Juan David Jaramillo se instala en mi vida para decidir si me quedo o me regreso. Eso no quita que esté feliz. Es halagador que piensen en uno. Yo creía que el decano no me conocía y hoy me di cuenta de que me distingue con claridad por el nombre y tiene en su cabeza en qué consiste mi trabajo.

Es irónico, y en esta ciudad lo he sentido con todo su patetismo, en qué medida dependemos del reconocimiento de los demás, cómo nos puede alegrar el simple sueño de prolongar un año más la estancia en este país. Y hasta la idiotez de que uno de mis jefes conozca mi nombre, admito que me gratifica.

Raquel está dichosa. Ella ha trabajado lo suficiente como para tener lista la tesis en mitad del año, de tal manera que cuando presente el proyecto ya el trabajo esté concluido. Y cuenta con un año más para hacer cosas que antes había descartado. Está feliz con la sola idea de prolongar hasta el verano del setenta y nueve nuestra estancia en estos lares.

Si todo nos funciona (santo patrono de las Probetas, ora pro nobis), Raquel tendrá que ir en mitad de este año a Colombia. ¿Necesitas algo? Puedes hacerte una lista de discos, que mi mujercita estará allá para llevártelos.

Entretanto, recibe un beso que ella te manda, y otro de Claudia y de Juana. Con un abrazo, Luis

DE ESTEBAN A LUIS
Medellín, sábado, abril 22 . 1978

Mi querido amigo: Eres un traidor. Los que te queremos ya acariciábamos la fecha cercana en que volverías a estar aquí, próximo y no tan remoto, tan inaccesible. A pesar de que te quedes allá, en el fondo de mi corazoncito me pongo triste, igual que tu madre, lo principal es que tú estés contento y que los planes que te ofrecen sean estimulantes.

Esto me obliga a remover el viejo contrato con Juana, según el cual ella dice cuándo iré y luego yo viajo para no hacerla quedar mal. Esto quiere decir que este diciembre iré unos pocos días a visitarlos y a contarles la nueva realidad que vivimos aquí.

Quisiera poder expresarlo en forma contundente. Nunca antes se vieron tantas, tan cuantiosas y tan instantáneas fortunas como hoy en día aquí. Una cosa que comenzó como un contrabando de aprendices se convirtió –en términos económicos– en el cambio más trascendental de la economía antioqueña desde la industrialización; y, en cifras, no hay una bonanza en la historia de Antioquia que iguale ésta. No son los millones del oro, del contrabando, del café, de la industria. Las ganancias del comercio de cocaína pertenecen a otras dimensiones.

No faltan los juicios maniqueos sobre el imperio de la ilegalidad. Y es obvio que aquí es más claro que se trata de una droga dañina. Pero la atmósfera estaba dada desde antes. Violar la ley es un hábito. Desde mucho antes, las leyes perdieron el respeto que inspiraban. El funcionario tramposo, el contratista que paga comisiones, el evasor de impuestos, las empresas donde el dueño va para un lado y los trabajadores para otro, las organizaciones electorales basadas en cargos públicos. Aquí todo el mundo ha robado y se ha aprovechado de una impunidad generalizada, desde mucho antes de que llegaran estos millones y millones en manos de nuevos ricos que están comprando todo.

Claro, en los viejos ricos, si alguna vez los hubo, viejos, tan sólo por oposición a estos novísimos ricos, en los viejos ricos, digo, la envidia se manifiesta en forma de juicio moral. Pero el juicio moral no los inhibe para estar buscando la manera de aprovecharse de los millones que circulan.

Hay rapiña de todos por negociar con los contrabandistas de cocaína. Su capacidad para absorber empleos está impregnando la sociedad entera y es difícil encontrar una familia en donde no haya alguien, así sea un pariente colateral, que no esté metido en negocios sucios.

La envidia tiene otra evidente manifestación. Ser nuevo rico lleva con facilidad a hacer el ridículo. Los consumos ostentosos no tienen un límite para la imaginación. Venden una cama que vale lo mismo que una casa. Y éste es un botón de muestra. Un colchón de muestra.

No tengo la menor idea de adónde nos llevará todo esto. Pero el cambio es de raíz. Este pueblo es algo distinto que antes no era. Y no alcanzo a imaginarme qué reglas de juego pueden organizar esta nueva y despelotada sociedad.

Saludos a todos,
Esteban

✉

DE LUIS A ESTEBAN
Nueva York, miércoles, mayo 3 . 1978

Mi querido Juan Esteban: Aleluya, aleluya. Perdona la incoherencia. Vengo de la universidad. Llamada intempestiva del decano. Una vez en su presencia, con una sonrisa, sin saludarme, me entregó una carta firmada por –no lo creerás– Juan David Jaramillo, alias doctor Probeta, un párrafo comunicando que el comité tal, en su sesión cual de equis fecha, aprobó su solicitud de prórroga, etcétera.

Le di la mano al decano. Ambos nos reíamos, como niños cómplices en una travesura. Todavía con mi mano entre la suya, cambió de expresión y me dijo con su acento andaluz:

–Usted cumple con su promesa de entregar la tesis de doctorado este mes.

–Está lista. Me dedico al trabajo final de mecanografía.

Recuperó su risa y un nuevo apretón confirmó que estaré aquí hasta el verano del setenta y nueve. Estoy feliz.

Me vine corriendo aquí, con la remota esperanza de encontrar a Raquel. La noticia, antes que para mí, es para ella. Y aquí estoy esperándola. Te escribo más que nada para calmar la emoción.

Juana me dijo que vendrás en diciembre.

Gran abrazo, Luis

VII. Julio 1978 / mayo 1979

DE RAQUEL A JUANA (*continuación*)
Bogotá, noviembre 30. 1983

En la mitad del setenta y ocho regresé a Colombia. La víspera de tomar el avión le pedí a Claudia que amaneciera en la casa para que me acompañara al aeropuerto. Me sentía una niña pequeña, perdida, indefensa. Lloré toda la noche. Hacía un millón de años que no pasaba mis noches sin Luis y recordaba la única vez que me sucedió –cuando él fue a San Luis– como una mezcla de insomnios y pesadillas. Lloraba y lloraba, pegada a Luis, hasta que en cierto momento, entre risas, me regañó Claudia:

–Estás tan llorona, que nadie se ha dado cuenta de que Luis está más triste que tú.

Hicimos el amor largamente y amanecí pegada a él como una garrapata. Luis me preparó una trampa deliciosa: puso el despertador como media hora más temprano y me arrastró todavía dormida hasta la ducha donde, gozosos, llegamos al delirio en un juego erótico de despedida.

Vine por un mes a Colombia, pero desde el primer instante me esforcé por acortar las diligencias para regresar lo más pronto posible. Nos quedaríamos un año más en Nueva York. Luis se había adelantado a presentar su disertación doctoral y recibió el inesperado honor de una invitación de la universidad a quedarse un año más como profesor de un seminario sobre modernismo. Toda mi vida –y entonces toda mi vida era Luis– quedaba en Nueva York húmedo, de verano, donde estaría Luis encerrado en bibliotecas preparando su curso.

Entre llantos y besos, me despedí de él en la casa. Y salí con Claudia en un taxi, con rumbo a Colombia. Me advirtió:

—Desde el despacho de Avianca, te empezarás a sentir en Colombia.

Así fue. El despelote. Para empezar, la fila no era demasiado clara, de modo que admitía unas filtraciones que la volvían más lenta. No era una línea de gente con su equipaje al lado. Eran montañas de maletas que cuidaban hasta tres —uno por detrás, dos por los flancos—, que se sucedían en procura de recibir el paso a bordo. Una niña llevaba cargado su osito. El osito —he aquí el detalle— medía como dos metros. Una señora quería convencer al supervisor de que tres inmensos afiches enmarcados podían llevarse como equipaje de mano. Se discutía a gritos. El supervisor le insistía que los metiera con las maletas. La vieja alegaba que eran cuadros valiosísimos. Nosotros estábamos detrás de la dama —su maletín de mano parecía el neceser de un elefante, a ella le sobraban kilos para calificar de elefanta— y Claudia se entrometió en la discusión:

—Si son tan valiosos, los debe revisar la aduana.

—Así es —confirmó el supervisor.

La mujerona miró a Claudia acuchillándola con su expresión. A mí no me vio —creo que me hubiera asesinado entre el avión—, pero noté la sonrisa de triunfo de mi hermanita.

La mujer renunció a su idea y pagó, y enseguida el supervisor recibió mi modesta maleta, nos atendió como princesas y nos anunció que nos recomendaría a la tripulación. Así fue, gracias a mi hermanita mayor.

Merced a las acciones obtenidas con el supervisor, Claudia, toda cariño, me pudo depositar en el mejor puesto de la clase turista. Recuerdo esa mañana como una percepción vidriosa, como ocurre cuando uno ha llorado mucho. Entre el avión lloré hasta caer dormida, extendida en una fila que tenía para mí sola. Volando, observé que el avión iba semilleno —que es lo mismo que semivacío— y no lograba entender cómo tan pocos pasajeros podían armar un tropel tan acosado y bullicioso en el despacho del aeropuerto. Tres filas atrás, la cabeza del oso tocaba el techo del avión.

Existe una sensación de ausencia que todos hemos tenido. Estar con el cuerpo en una parte pero con el sentimiento permanente de que no estás ahí. Y cuando tratas de estar ahí, esa sensación de ausencia se sobreimpone y te distorsiona la percepción del lugar donde se sitúa tu cuerpo, y esa realidad te arrasa y tú no entiendes nada.

Así, con el sentimiento de no estar ahí, que no me abandonó ni por un instante, permanecí mientras estuve en la amada patria durante el verano del setenta y ocho.

Al llegar a Bogotá, la primera sorpresa fue encontrar al cura Germán López esperándome en el aeropuerto. Él me ofreció posada en su casa en la misma carta en que me informaba que tendría que presentarme en persona con el proyecto de tesis. Le contesté agradeciéndole y fijando la fecha según el calendario que la universidad me ofrecía. Y ahí estaba el cura acompañado de su nuevo amor, que no duró más que un año y que –extraño en él– no culminó en matrimonio: Teresa. Teresa era alta, flaca, desgarbada. Se veía más pequeña porque usaba ropa muy ancha, como una talla más. Tenía un pelo largo, liso, muy liso, que ella manejaba como una crin, moviendo la cabeza con brusquedad para reacomodárselo cuando le estorbaba sobre la cara. Sobria, no hablaba mucho. Más adelante sería testigo de cómo se comportaba a partir del primer sorbo de alcohol que ingería.

Teresa y el cura estaban profundamente enamorados. Ella se había separado hacía un año de un banquero muy importante y llevaba tres meses de intenso romance con el cura. Él estaba feliz. Años después me confesó que su idilio con Teresa fue delicioso y que tuvo la virtud de que terminó para ambos en el mismo instante.

Mientras duró eran la pareja perfecta. Teresa venía de renunciar a un status altísimo, de organizadora de comidas para ministros en su mansión. Era la gerenta de un gerente: camisas impecables, zapatos limpios, vestidos dispuestos, ella de punta en blanco cada vez que la requerían en algún coctel, ella con la casa lista cada vez que tenía que recibir personajes. Ahora era la gerenta de un designio, convertirse en pintora famosa. Como supondrás, Teresa es hoy pintora famosa.

Pues bien, el cura Germán y Teresa integraban mi comité de bienvenida a la patria. Y el cuarto de huéspedes del apartamento de Germán –un cuartico repleto de libros donde acomodaron un catre plegable--, se convirtió en mi provisorio hogar.

El primer asunto que yo quería arreglar con Germán era el de mi amado apartamento bogotano. Él lo tomó para sede de una investigación y el informe final de esa investigación acababa de terminarse. Lo primero que hizo el cura, entre el carro, fue ofrecérmelo como alojamiento:

—Tengo un cuarto listo para ti en mi apartamento, pero si quieres estar en tu propia casa, puedes hacerlo. La única limitación es que tendrías que dormir en el sofá. Si quieres vamos.

Acepté y apenas abrió la puerta supe que no podría permanecer allí ni por un segundo sin estar con Luis. Que los mismos muebles me reclamaban su presencia. El cura se rio cuando le dije que prefería su cuarto de huéspedes, aunque temía interrumpir su intimidad.

—Tú no interrumpes nada. Y la intimidad de dos enamorados es que duermen juntos.

Nos reímos, excepto Teresa. No tenía sentido del humor y no se reía sino cuando alguien, ella de preferencia, se burlaba de los personajes que odiaba en el mundo del arte. Pero aun para esto, se necesitaba que entrara en contacto con el alcohol.

Cuando estamos muy jóvenes tendemos a despreciar ciertas pautas que el cuerpo debe seguir. Necesité la advertencia del cura de que reposara toda la tarde como precaución ante la altura de Bogotá. Fue sano, pero volví a llorar, enferma de ausencia, y sólo dormí cuando me cansé de llorar.

Ya por la noche —el cura anunció un lomo al vino—, después de unos deliciosos langostinos fríos con salsa de mantequilla caliente con ajos molidos, el cura dedicó dos horas a oír la presentación de mi tesis y a corregirme algunas cosas. Yo proponía un escueto reportaje gráfico —sólo algunos títulos para identificar las épocas, los días, las horas— con una cámara fija sobre un punto determinado de Washington Square. Se trataba de dejar el testimonio fotográfico de lo que sucedía allí en diferentes épocas del año.

Al cura le pareció impecable mi planteamiento visual. Se mostró de acuerdo con la sugerencia de Esteban de que incluyera una investigación de archivo sobre el parque, con fotos viejas. Pero insistió en un prólogo teórico y en la inclusión de un poco más de texto.

—Te enfrentas, me advirtió— a una gente que cree que toda información seria está en el lenguaje escrito. Aquí no se cree que una foto o una lámina son fuente de información. Y la foto tiene que estar convalidada por un texto, o no existe. Somos un país sin tradición visual, eso lo discuto a diario con Teresa, que es pintora. Yo no pienso que los textos sean necesarios, pero como pura estrategia, debes anunciarlos para que les parezcas seria.

—¿Y el texto teórico?

—¡Ah! Indispensable. Tú puedes fotografiar el asalto del millón de libras y tu foto puede ser la prueba definitiva de que en Washington Square se consumó el delito y allí está, en tu foto, el cerebro de la organización, y no te darán el grado de periodista, aún así, si tú no has escrito un espeso capítulo inscribiéndote en una teoría que esté de moda en la universidad. ¿Recuerdas la tesis de Luis y el rollo de la larga duración? —¡claro que me acordaba!—. Pues tú tendrás que inventarte una teoría en la cual se encuadre el asunto. Te aconsejo la palabra semiología.

Siguiendo las indicaciones del cura, y sobre su máquina de escribir, rehice todo el plan de mi tesis y la carta de presentación. En esa sesión, que interrumpió Teresa cuando ya terminábamos, logré aclarar seis meses de especulaciones y de trabajo.

Teresa miró las fotos que yo había tomado en los últimos seis meses. Siempre el mismo ángulo del parque a diferentes horas y días. La mañana, barrida por el viento, las tardes de sol en primavera, con toda clase de músicos y maromeros, la policía requisando vendedores de marihuana, las manifestaciones que desfilaban por allí. Teresa miró mi trabajo silenciosa mientras saboreaba su primer vodka y, de repente, rompió a hablar. De ella. De ella y del arte. Entiéndese por arte lo que ella pintaba. Yo y el arte. Ahí fue cuando descubrí la pareja perfecta. Teresa decía cualquier frase insustancial y pretenciosa, y Germán, erudito, de inmediato encontraba su conexión con la cultura universal:

—Me interesa mucho la luz en mis cuadros.

—El mismo asunto que obsesionó a Rembrandt y a Vermeer y a los impresionistas —apuntaba el cura, anestesiado contra despropósitos por su amor a Teresa.

Los cuadros que Teresa le había regalado a Germán estaban en una marquetería y no existían en la casa muestras que le permitieran a la pintora desarrollar sus puntos:

—Pinto en pequeño formato —me notificó.

—Como Klee —intercalaba Germán.

Hace poco leí una entrevista con Teresa, pintora famosa, interrogada en su apartamento de París. "Siempre he pintado en pequeño formato, como lo hicieron Klee y Vermeer. Y con Vermeer también me une la obsesión por la luz." Estoy segura de que toda la carreta que hoy exhibe la desgarbada pintora con aire de basketbolista, se la prestó el cura. Hace poco Germán me mostró una carta muy afectuosa, desde París. Teresa le pedía un texto sobre ella que él tendría que escribir en primera persona y ella firmaría en un catálogo de su próxima gran exposición en Londres. Lo del pequeño formato condujo a la primera pregunta directa que me hizo Teresa.

–A propósito, tu apartamento sería ideal para mí como estudio de apoyo y como depósito de obras para mi exposición del año entrante.

Esto me resolvía un problema y ella lo sabía. El cura intervino:

–Yo lo tomaría con ese destino, si te parece.

Les dije que sí.

Tuve que esperar como tres o cuatro días a la reunión del jurado de cinco profesores que concedían una hora para presentar el proyecto de tesis. Cuando entré en la sala había sólo cuatro. Dos que fueron mis profesores. Uno de ellos me recordaba y yo a él. El otro era un personaje anodino que registré sólo cuando lo oí y recordé vagamente cinco años atrás; él tampoco hizo señas de recordarme. Los otros dos eran desconocidos para mí. Uno de ellos, una mujer joven que identifiqué como una profesora de televisión de la que hablaban muy bien, me indicó que iniciara.

Llevábamos unos cinco minutos, apenas una introducción, un calentamiento, cuando entró el quinto miembro del jurado, la quinta –según constaté, una profesora de historia recién llegada con su máster, famosa por rígida y por buena profesora–, con quien me reconocí de inmediato, ambas sorprendidas, nadie menos que mi compañera de colegio, la gordita peligrosa que pedía en préstamo cajas de colores, la impredecible y entrometida Irene Medina, ahora de conspicua profesora de mi facultad, dueña de parte de mi destino. Interrumpí y ella, instalándose, se disculpó por su retraso y me saludó con mucha amabilidad y sin ocultar su sopresa. De nuevo la mujer que presidía intervino para pedirme que comenzara de nuevo.

Tenía todo muy calculado y tardé casi cincuenta minutos hablando y mostrando fotografías. Vinieron después algunas preguntas, más curiosas que polémicas. No faltó la solicitud de una aclaración acerca del marco teórico y en ese instante amé intensamente al cura. La gordita Irene –idéntica a sí misma, fofita pero muy juvenil– no abrió su boca durante el interrogatorio; tiempo que dedicó a leer la documentación, es decir, a informarse dónde vivía, cuándo aprendí a hacer fotos, etcétera. Lo bueno del procedimiento acordado por la facultad consistía en que, en cierto momento, el jurado te pedía que te retiraras y deliberaba sobre el proyecto. Se sabía que si duraban encerrados más de media hora era muy probable que el proyecto fuera rechazado. Duraron como un cuarto de hora y me hicieron seguir. Un profesor muy joven, de mi edad o menor, me reclamó un complemento a la introducción sobre fotografía y comunicación y otro sobre fotografía y reportería. El proyecto estaba aprobado.

Por simple instinto de supervivencia, me quedé a saludar a Irene. Mi relación con ella se puede contrastar con la de Luis y Esteban. Compañeras de clase durante toda la vida de colegio. Suficiente cercanía como para que cada una conociera la casa de la otra. Luego ambas nos vinimos a Bogotá, vivimos en la misma pensión, fuimos a la misma universidad. Sobre todo en la época del colegio, las dos estábamos en el mismo grupo de ocho o diez que siempre andaban más o menos juntas. Y con todo y eso, al contrario del amor sin reservas que siempre existió entre Esteban y Luis, a pesar de la apariencia de que éramos amigas, nunca me fie de ella. Gozaba sus payasadas y sus impertinencias de adolescente, pero nunca hubo una corriente de afecto entre ambas. Ahora pienso que siempre nos separó una caja de colores.

Sin embargo, en este encuentro prevaleció la solidaridad de viejas conocidas, cierta simpatía respaldada por un pasado común y por la certeza de que era algo momentáneo y que no tendrías –¡horror!– que compartir el espacio de un aula o de una alcoba de pensión. La noté más seria y me di cuenta de que asumía a fondo su papel de joven y brillante profesora de historia; esto borraba su parlanchinería y opacaba su vivacidad. La vivaracha Irene había desaparecido para dar paso a una Irene que daba la impresión de estar sacando mentalmente una raíz cuadrada de siete cifras. Parecía concentrada resolviendo los enigmas de la creación.

A veces el gesto modifica la actitud interior, el ademán determina el pensamiento. Ignoro si es mi desconfianza en ella, pero nunca dejaré de creer que es una farsante. Y que ponía esa cara porque sabía que le producía dividendos. En esa ocasión, la muy seria profesora, físicamente la misma bachiller de años atrás, me saludó con simpatía y me contó de sus últimos años, un posgrado en historia, y de su interés por la investigación. Breve interrogatorio y despedida con un beso y un espero-verte-muy-pronto pronunciado en coro.

En menos de una semana despaché todos mis deberes bogotanos. Una noche, la del día de mi presentación en la universidad, sin darme cuenta de que era viernes, me llamó Luis desde la casa de Claudia. Lloré. Lloré de nuevo diciéndole que lo amaba, que no podía vivir sin él, que no dormía y, desde el otro lado, como un eco, él me decía lo mismo. Y yo: que me sentía boba, elevada, que no entendía nada, que estaba vacía por dentro. Y él lo mismo, que no podía concentrarse. Después pasó Claudia y me contó que Luis no se detenía, que seguía saltando desde que le dije que no me demoraba un mes, que iba una semana a Medellín a saludar a mi papi y me devolvía lo más pronto posible.

Así fue. Al día siguiente volé a Medellín. Hacía tres años que no veía a mi padre y noté que los años se le venían encima sin piedad. Sus movimientos eran más lentos y él había convertido esta limitación en una especie de señorial parsimonia. Estaba pensionado y vivía de un buen sueldo de retiro y de la renta de los apartamentos que compró con el dinero de la finca. Se dedicaba al golf y a las telenovelas y tenía un íntimo amigo, su nieto de diez años, el prócer.

Desde niño le decían el prócer. Era obvio. Lo bautizaron Rafael como homenaje a su abuelo y no se dieron cuenta de que sus apellidos eran el Uribe duplicado. Rafael Uribe Uribe. El prócer. El prócer, el hijo mayor de María, era un niño encantador. Buen estudiante, su principal pasión en la vida son los deportes y, como sabes, está camino de convertirse en golfista profesional. Todo debido a que casi desde que aprendió a caminar se convirtió en la pareja de golf de su abuelo, que le decía "mi tocayo".

El prócer fue el mejor amigo de mi padre hasta su muerte. Y su compañero permanente. La otra pasión de papá, nueva para mí, eran las telenovelas. Las veía todas y las discutía con la servidumbre o con su hija más cercana. Lo vi instalado al teléfono durante media hora alegando con María sobre un incidente de la telenovela de la víspera.

Papá me acogió con cariño. Pero desde la primera noche, una comida en su casa, con Max, María y los niños, fue muy claro que el tema de conversación era muy limitado. Con él y con mi hermana. Tan sólo nos podíamos acompañar como dos animales domésticos que se conocen y se quieren, pero que no tienen nada que decirse.

Al segundo día, desde por la mañana, me fui a la casa de mi suegra. Le entregué los encargos de Luis y el resto del día me lo pasé con ella, respondiéndole a un interrogatorio exhaustivo acerca de Luis, que comprendía desde indagaciones sobre el estado de su ropa interior hasta los más mínimos detalles sobre su salud, incluyendo la dentadura. Y a la hora del almuerzo compareció Esteban, el otro encuentro que yo esperaba. A la comida, inevitablemente, concurrieron Pelusa y Cecilia. Mi cuñada estaba instalando una agencia de viajes y se ofreció a conseguirme el cupo para dentro de una semana, de manera que esto garantizaba mi regreso según me lo dictaban mis ansias.

En un día, pues, vi a quienes tenía que ver. El resto de tiempo lo dediqué a compartirlo con doña Gabriela y con Esteban, a veces con ambos, y a acompañar a mi padre. Luis no era una presencia, pero sí un tema permanente. Con Esteban apenas me desviaba para hablar de fotografía o para criticar a mi cuñada. Con doña Gabriela, para oírle una receta. De resto, alimentaba mi Luis con el Luis de su madre y de su amigo.

Quince días duró mi viaje previsto para un mes. A mi regreso, Luis me esperaba en el aeropuerto, ansioso de mí. Llegué un día a las tres de la tarde y nos fuimos derecho a encerrarnos en nuestra casita hasta el otro día, solos los dos devorándonos y devorando las delicias que mandaba doña Gabriela, apenas interrumpidos por la llamada de bienvenida que nos hicieron Claudia y tú.

Fue regresar a mi centro de gravedad. Venía de donde nací. Venía de mi origen, de mi familia, de mi idioma, pero aparte de los terrenos conocidos, de los atavismos que permitían el buen funcionamiento de la digestión, nunca estuve del todo, siempre me sentí de paso. Regresar no era volver allí; regresar era estar con Luis. Estuve de cuerpo presente, sin atención, sin el ánimo, con el corazón en otra parte. Ahora está desayunando, ahora empaca un sánduche en papel aluminio y sale para la biblioteca. Y lo iba siguiendo con la memoria y con las vísceras, era capaz de percibir su calor húmedo de verano mientras estaba metida entre la cocina de doña Gabriela. Volver a Nueva York fue regresar a mí misma. Bogotá y Medellín, con ser tan míos, fueron algo provisional, una excursión a la realidad anterior, también futura, pero existía un presente, un pleno presente que me colmaba y que tenía el nombre propio de Luis. Yo era de donde estuviera Luis.

A lo largo de la vida, en esa combinación de tres tiempos que somos, varía la proporción de cada uno de ellos. Mientras estuve enamorada todo fue un presente continuo; el pasado reciente, tan repleto de dicha, era avasallado por la fascinación de aquel amor actual, activo, absorbente; el futuro era un vacío intrascendente en el que no pensaba nunca, para qué, embebida en el encantamiento del amor. Ahora es distinto. Olvidar dura tanto como amar y el pasado es pesado. Ingenua de mí, llegué a pensar que recuperaría aquello, que era posible un recomienzo con Luis. Cargué el pasado y el pasado se vengó de mí. Ahora lo que deseo es exorcisarlo. Quiero sustituir este presente vacío por algo, cualquier cosa, que en todo caso no sea ese pasado que voy matando en esta carta.

Mi último año de Nueva York cambió con respecto a los tres anteriores. No más cursos de fotografía. Ahora estudiaba producción de televisión. Suena muy importante, pero en realidad nunca me agarró tantas veces la corriente eléctrica, nunca me quemé tantas veces con reflectores hirvientes, nunca hice el ridículo tantas veces con interrupciones de la grabación y nunca disfruté tanto como con este frenético aprendizaje. A veces, horas enteras, seguía tomando fotos para la tesis y dediqué tiempo a indagar la historia del parque y me convertí en una detective experta en hallar testimonios gráficos del lugar.

En octubre del setenta y ocho la solidaridad familiar nos convocó a Claudia y a mí en el aeropuerto. Días antes una sorpresiva llamada telefónica de María nos reveló que Max, nuestro cuñado, iba a Nueva York a una reunión de una semana en la ONU. Prometimos ir por él al aeropuerto. Para Max fue una agitada semana de trabajo diurno y reuniones sociales nocturnas, que apenas le dejó un día, dedicado por entero a Boris, y una noche, que nos invitó a comer a todos a su elegantísimo y anónimo hotel.

Max es un individuo insulso. Siempre lo fue. El error consiste en suponer que aquel ser tan aburrido, tan atiborrado de lugares comunes, ese personaje aletargante, es tonto. No tiene, como decía Esteban, ni un pelo de tonto. Recuerdo este viaje de mi cuñado por una observación de Esteban.

Yendo hacia el aeropuerto bromeábamos Claudia y yo acerca de la indumentaria que traería Max. Claudia le puso calzoncillos largos, zapatones de caucho y llegó al extremo de colocarle una ruana. Estábamos tan familiarizadas con las bromas acerca de la indumentaria de Max, que Claudia concluía que siempre la realidad superaba la fantasía. Nos quedamos atónitas cuando vimos el Max que vimos. Yo me demoré en reconocerlo. Era un lord. De pies a cabeza. La sobriedad y la elegancia en pasta. No lo creíamos y, aparte de un sincero elogio con el saludo, ninguna se atrevió a agregar el menor comentario acerca de la mona que se vistió de seda y se convirtió en príncipe. Apenas nos mirábamos, estupefactas y ansiosas de depositar a Max en su hotel, para comentar a nuestras anchas la extraña transformación.

La respuesta me la dio Luis esa misma noche recordándome las palabras de Esteban cuando Max nos visitó en Bogotá:

–Es un disfraz. Antes se disfrazaba de pueblerino en la ciudad. Ahora asumió un nuevo personaje. Ahora está disfrazado de diplomático.

Así era. Un camaleón. La noche que nos recibió a comer, pudimos ver las compras de su nuevo vestuario. Era un tránsito misterioso. De un sastre de Sopetrán, de don Matías o de Angelópolis a Nueva York. O, como dijo Claudia, de la quinta porra a la Quinta Avenida. Luis, que entonces tenía ya el vicio de la ropa cara, se enamoró de una camisa de lana, perfecta para el invierno que se venía encima. Max se la regaló, pero lo que más agradecimos fue su amor por Boris, bien correspondido, que salvó la noche. Ninguno de los demás invitados, incluyéndote a ti, tenía un tema para gastar con Max. En cambio Boris pudo interrogar a sus anchas a un Max dispuesto a dar todas las informaciones sobre sus hijos, en especial del prócer, nuestra gloria deportiva familiar.

En diciembre nos visitó Esteban. Un invierno de recogimiento y de conversaciones. Me veo salir a restaurantes, a cines, y de compras de víveres y de antojos para continuar esa interminable conversación que se desarrolló en casa. Casi todos estábamos en vacaciones y, sin excepción, las entendimos como una especie de culto al hogar, al sueño, a la pereza, a la arqueología y ordenación de papeles.

Por las noches estábamos todos en plan de ir a alguna película, de oír determinada música, de comer un plato concreto. Sibaritismo y discusiones y muchas risas. En una ocasión celebrábamos con bromas el acontecimiento único de que Luis nos leyera íntegra una carta de Esteban. Un relato espeluznante sobre las cantidades de dinero que recogen los traficantes de cocaína. Obligamos a Esteban a que nos volviera a leer la carta. Se habló de Zuttiani. Sólo Luis lo conocía. Y se prendió una discusión. Claudia y Luis contra Juana y Esteban. Yo no tomé partido y Boris se hizo del lado de su madre. Del lado del dinero, le dijiste para callarlo la única vez que se metió. Era una discusión desordenada, sin ningún punto central, todo alrededor de la legitimidad de las nuevas fortunas. Luis decía que la podredumbre era anterior, que siempre los ricos violaron la ley. Contrabandearon, evadieron impuestos, compraron funcionarios. Esteban decía que sí, pero que la diferencia ahora era que la cocaína es ilegal y a lo mejor dañina, y que las telas o el oro o el café que contrabandeaban antes no eran ilegales. La diferencia era la clase de mercancía. Claudia replicó con un golpe bajo, diciéndole a Esteban que él no era la persona para hablar contra la cocaína. Luis interrumpía para bajar el tono con una especulación sobre la vocación exportadora de Colombia: oro, café, cocaína, flores, siempre cosas de adorno, lujos, placeres. Claudia lo interrumpió:

–Sin olvidar que también exporta profesores de literatura.

Carcajada general que ahogó la débil réplica de Luis, que sólo oí yo, enamorada, "y enfermeras", le dijo. La discusión se elevó a otros niveles. La ley nunca fue en Colombia el límite de las conductas. Esteban: el tráfico de cocaína ha desatado otras delincuencias, como el secuestro, el robo de carros, el atraco callejero. Y la tentación de la fortuna fácil, dices tú. El asunto impregna toda la sociedad, agrega Esteban, y no hay familia que no tenga a alguien mezclado en el cuento:

–Un día le roban un Mercedes Benz a uno de mis hermanos. Llamada a pedir rescate. Le cobran tanto por devolverle su carro. Trato hecho. Preséntese en tal parte, solo, con el dinero en efectivo. Allá le devolveremos su carro. Mi hermano se presentó con el dinero en la hora y en el sitio convenidos. No le contó a nadie para tragarse el miedo él solito. Supo que no moriría en el trance cuando vio quién le llevaba el carro y le reclamaba el dinero. Un primo. Un primo muy cercano por el parentesco, pero de una rama de la familia que sólo se encuentra en entierros o en bodas. La venganza de mi hermano consistió en regar el cuento entre todos los parientes, incluyendo a su madre. "No se debería meter con la familia para no darnos estas vergüenzas", dijo la señora.

Aquí comienza una fase distinta en toda mi historia, querida Juana. Aquí hay un cambio, un punto axial. Varias cosas que sucedieron en esos días las ignoré durante largo tiempo. Sólo me enteré mucho después. Que Pelusa traficaba con cocaína, lo supe por lo menos dos años después. Que Esteban se lo contó esa noche a Luis, me enteré todavía más tarde. Pero el cambio radical de lo que aquí ocurrió no consiste en que yo conociera esos datos concretos. Se trata de algo más hondo, el cambio de Luis, guardándose una información que utilizaría por tiempo después para transformar su vida y, de paso, mi vida. Anticipaba decisiones llevándome por delante. Aquí se venció su lealtad conmigo y es posible que él mismo lo ignorara, que rechazara mi interpretación.

Por supuesto, ni me di cuenta. Cuando alguien a quien amas con toda tu alma te da un golpe bajo, a tus espaldas, tú tardas años en encontrar el ardid, si acaso no mueres inocente y enamorada.

Esa noche, ya muy tarde, se quedaron solos conversando, casi hasta el amanecer, el par de amigos, Esteban y Luis. Peleaban por el volumen de la música cuando me despedí rumbo a la cama, mucho después de que el resto del club se había marchado. Y fue entonces, según me contó Esteban hace muy poco, cuando Luis se enteró de que Pelusa, su cuñado, tenía negocios de cocaína.

Me salto el resto de la visita de Esteban. No me detengo todo lo que debería en la noche memorable en que, borrachos los tres, Esteban nos leyó sus poemas y lloramos de poesía y de borrachera, principalmente de lo último. Voy directo al enero siguiente.

Cuando me monto en la máquina del tiempo y viajo a esos días de invierno, la Raquel que encuentro está rebosante de amor y de entusiasmo. Por más de tres años, cada seis meses, religiosamente, mi madre iba a Nueva York. Era una fiesta de fin de semana, un encuentro lleno de detalles hermosos. Ella tiene la virtud de producir una placentera sensación física con sus caricias y con las tiernísimas maneras de consentir a sus hijas. Y posee esa capacidad para estar con cada uno, de establecer una relación particular, aun cuando está en grupo. Yo esperaba con ansias el día de enero en que tomaríamos la carretera que nos llevaría a la Florida. Claudia y Juana, Luis y yo. Era un sueño para mí. La playa, el mar, la casa de mamá.

A pesar de que, con frecuencia, Pelusa nos llamaba desde Miami a saludarnos y de que siempre decía que pronto iría a Nueva York, nunca apareció por allá hasta el día de enero –faltaban tres días para nuestro viaje a Miami– en que llegué al edificio, distraída, rebuscando las llaves en el fondo de la cartera, cuando me encontré a Pelusa en la puerta, esperando que llegara alguno de nosotros para darnos la sorpresa. Y, de verdad, me la dio. Con rapidez de reportera obtuve la información esencial. Estaba en un hotel, venía a un negocio a Nueva York, tenía que volver lo más pronto posible a Medellín. Le conté que nosotros estábamos de viaje.

Al poco rato llegó Luis y, de nuevo, miramos las fotos del sobrino y de toda la parentela. Pelusa anunció que trataría de conseguir cupo de regreso al día siguiente. Invitó a Luis a que lo acompañara a su hotel. Se fueron. Más tarde, Luis me llamó a avisarme que se quedaba a comer con su cuñado, que estaban tomándose unos tragos. Llegó tarde, yo dormitaba enfrente del televisor prendido cuando llegó Luis, borrachito, contento. Hicimos el amor entre risas, con desparpajo, con intensidad, con sabiduría.

No le di ninguna trascendencia a aquella primera visita de Pelusa. Yo estaba posesa por el viaje próximo a Miami. Qué más daba una borrachera de Luis con su cuñado. Ni siquiera me provocaba curiosidad. Pasarían muchos meses antes de que yo me enterara de lo que sucedió en esa borrachera. Llegué a olvidarla hasta el día en que comprendí su significado. La Raquel de esos días, te repito, no tenía vida sino para ese paseo a la casa de mi madre.

No puedo hacer un relato de esa temporada. Es apenas un resplandor, una especie de éxtasis de sol, una gran luna de miel con Luis sin que estorbaran para nada las otras cuatro personas que convivían en la misma casa; al contrario, todos contribuían a la corriente de afecto que hace parte del paraíso que disfruté en esos días. Para comenzar, todo el tiempo, veinticuatro horas al día, hasta debajo de la ducha, permanecimos juntos Luis y yo. Recuperábamos el tiempo de arduas ocupaciones, cada uno durante el día caminando a la velocidad de Manhattan en sus propias tareas, de noche y a la mañana, todo crónica, caricia y coito.

Pero ahora podíamos estar juntos todo el tiempo, enamorados, sin alcanzar a saciarnos de conversación, de risas, de besos, de esos silencios con las manos juntas, cuando te cuentas lo que la sangre sabe.

Cada pareja tenía su cuarto y compartíamos en deliciosa convivencia las salidas a la playa –que no interrumpían la rutina diaria de mi madre y su marido– las comidas y charlas en la terraza o el balcón, el cuidado de la casa. Un pedazo de paraíso cuyo encantamiento se prolongó durante los meses siguientes, los últimos que pasamos en Nueva York, salvo el último, que dedicamos íntegro a preparar el viaje. Cancelar una vida. A eso equivalen cuatro años de una ciudad que dejas. Era distinto partir de Bogotá, necesario puerto de regreso. Ahora era el abandono. Sólo el azar permitiría que yo volviera a vivir en Nueva York. Era cancelar la cuenta del banco, cancelar las multas de la biblioteca, cancelar el contrato de arrendamiento, cancelar el teléfono. Cancelar una vida.

Se comienza por esa minuciosa arqueología de uno mismo que es el proceso de desmontar una casa. Nada más parecido a un exorcismo que un trasteo. La palabra mudanza se usa para significar cambio de piel y como sinónimo de trasteo. Dos montañas de cosas, por yuxtaposición caprichosa, hacen patentes los símbolos de lo que vas matando en ti, lo que cancelas; de un lado lo que te llevas, de otro –caótico, heterogéneo, desparramado– todo lo que tiras a la basura. El trabajo es largo y, con las horas, el ánimo cambia:

–¡Cómo se te ocurre botar esto! –le dice el uno al otro rescatando un fetiche de nuestro sicoanalizable montón de desechos. Aparte, en otra montaña, situamos todo lo que tenemos para devolver. Allí se acumulan los utensilios y prendas de casa que encontramos al llegar, más un acervo de objetos que fuimos trayendo de tu casa o de la casa de Claudia. Esta montaña creció tanto, que Luis comentó que estábamos viviendo de prestado.

Al final, decisiones sabias con lo que trasladaríamos a Bogotá. De un lado las cosas que llevaríamos con nosotros. Del otro, toda la parafernalia que podía llegar después, incluyendo libros, papeles, televisor, discos, fotos, etcétera. Era una montaña de cajas y nuestros ahorros no alcanzaban para pagar su porte.

En esos casos, siempre aparece un paisa dispuesto a aprovecharse de tu necesidad. A nosotros nos solucionaba el problema. ¿Te acuerdas? Resulta que nosotros teníamos derecho a regresar al país con la dotación completa de una casa –nevera, lavadora, estufa, muebles, en fin, añádase toda clase de implementos y ropa doméstica–, por razón de haber vivido tanto tiempo por fuera del país. Pues bien, este individuo nos transportaba gratuitamente nuestro modesto equipaje, a cambio de que le cediéramos el cupo para llevar toda una casa nueva a Colombia.

En ese mes tuve una especie de crisis, un desasosiego en que lo explícito era la incertidumbre acerca de qué vendría a hacer aquí, en qué trabajaría. En una noche de viernes en que nos emborrachamos quedaron patentes las reacciones, que en mi memoria de reportera denotan mucho más la intimidad de sus autores, que algo referente a mí. Yo expresaba mis temores: ¿en qué podré trabajar? Y me preguntaba si sería fácil emplearme.

–Tranquila –dijo Luis–. Siempre fuimos pobres, pero si no consigues trabajo, sobreviviremos.

–Despreocúpate que siempre has tenido suerte –dijo Claudia alzando los hombros.

–Tú no te quedas sin nada que hacer –dijiste tú.

–Te dedicas al golf profesional, como el prócer –propuso Boris, para quien su primo era un ídolo que acaba de ganarse un trofeo muy importante.

El golf no es para mí, así que, de todos modos, más allá de la seguridad de que no moriría de hambre que me daba Luis con su queja sobre la pobreza, más allá sobre los votos en el destino y mi laboriosidad que hacían Claudia y tú, en mí pesaba la incertidumbre de cuál sería mi oficio, cómo gastaría mi tiempo, cómo ganaría dinero.

Ésa era la forma explícita de mi desasosiego. Pero estaba también el arraigo en una ciudad prestada. La manera como los ojos van acumulando un paisaje, la silueta de una ciudad, la perspectiva de los grandes edificios, de los cuadros que visitábamos en los museos para refrescar el alma. El modo como el ritmo del cuerpo se acomoda al cambio de estaciones o a la velocidad de locomoción de los transeúntes. La historia del oído que registra las sirenas frecuentes, el estruendo del tránsito. La música que se desplaza con más de un peatón que carga un equipo de sonido ambulante o la música que se estaciona en Washington Square y te deja la huella de un saxofón triste, de un violín anacrónico o de una guitarra, los rumores metálicos del tren subterráneo. Las facilidades para cocinar, para hacer las compras, para todas las rutinas de cuentas y administración personal y casera. Y está lo principal, el arraigo del corazón.

Contigo, con Claudia y con Boris, por una vez, teníamos de cerca algo parecido a una familia, a un sistema de solidaridades y cercanías. Familia era algo que tenía también en Medellín. La diferencia era que mi grupo familiar de Nueva York no imponía la necesidad de mentiras piadosas. Todo podía ser tratado, todo se consideraba posible y comprensible. Con mi padre y con María no era así. Había temas-tabú, asuntos que era mejor no mencionar para no herir susceptibilidades. Y la vida familiar se desarrollaba alrededor de unos vacíos, de unos baches que es mejor eludir en beneficio de lo que contribuya a la convivencia. Esto es inevitable y el ideal es que existan los mínimos temas-tabú. Lo hermoso con nuestra familia newyorkina era que no había ninguno. Que tú, porque todos sabemos que tú eres la causa, contagias un hálito de tolerancia, de apertura de espíritu que nos ayuda a quienes hemos estado cerca de ti. (*Sigue.*)

DE RAQUEL A LUIS
Bogotá, lunes, julio 3 . 1978

Mi amor: Te escribo sin estar en mí, por completo desacomodada en mi tierra que no es mía. No estoy en ninguna parte si no estoy a tu lado, contigo. Si no puedo tocarte.

Hoy, cuando la primera luz del día me regaló el agua de tu lengua, la ducha cayéndonos, nosotros elevándonos, tu abrazo húmedo humedeciéndome por dentro, entraña a entraña, beso bajo el chorro, largo beso. Hoy, cuando he llorado hasta caer rendida de llorar, con el consuelo profesional de las cabineras de Avianca. Hoy, aquí, ya de noche, metida entre un cuarto forrado de libros –excepto una pequeña ventana que da a una calle solitaria–, una habitación extraña donde tu abrazo no me protege, me interrumpo para secarme las lágrimas de tu ausencia, para limpiarme las narices antes de contarte que, de venida del aeropuerto, Germán me ofreció si quería estar en mi casa, literalmente en mi casa, podía pasar estos días en nuestro pequeño nido, que acaba de desocupar como oficina de su investigación. Fuimos hasta allá. Él abrió y me dejó entrar adelante y me permitió unos instantes a solas. El sofá, la mesa, las sillas, al fondo el clóset y el maletero-cama clausurados, los estantes vacíos, sin nuestros libros, sin nuestros discos, sólo dos o tres libros ajenos. La nevera, la misma nevera que me saludó iniciando su ruido esporádico, su ronquido que suele interrumpir de súbito el silencio de nuestro hogar. No pude evitar una breve sonrisa, recordándote decir que los fabricantes saben que mucha gente no puede tener un gato en su casa, aunque quisiera, y por eso ensamblan neveras con ronroneo.

Agradecí el saludo familiar y me imaginé allí sola, de noche, acostada en nuestro sofá y supe que no podría. ¿Cómo sería de noche si, ahí mismo, con Germán y su novia a mis espaldas, a plena luz del día, las cosas palpitaban preguntando por ti, reclamándome que no te traía conmigo. Así que acepté este cuartico donde tengo en mis narices, si te interesa, el *Tractatus* de Wittgenstein, que terminé leyendo en este fatigado insomnio en que no estoy con mi cuerpo porque no te tengo conmigo.

Esta noche ha quedado arreglado un año más de arrendamiento de nuestro nidito. El cura lo tomó para taller y depósito de su novia pintora. Así, pues, tenemos garantizado el regreso a nuestra caja de fósforos.

Germán también me ayudó con el plan de la tesis y esta noche le hice algunas correcciones. Me pregunta mucho por ti y por tu trabajo.

Te amo, te amo, te amo.

Raquel

DE LUIS A RAQUEL
Nueva York, sábado, julio 8. 1978

Todo el tiempo he huido de nuestra casa para huir de la soledad. Esta semana, Claudia ha tenido días libres y hemos ido a ver béisbol y a cine todas las noches. Luego, yo finjo gentileza –ella sonriéndome, burlándose de mí, se aprovecha de mi debilidad– y me ofrezco a llevarla hasta su casa. Al llegar, ritualmente me pregunta si quiero una cerveza o un café, que acepto antes de que termine la frase y me monto en una conversación que termina en la invitación a que pernocte allá. Juana me dice:

–Te da miedo pasar la noche solito.

Boris, que no se pierde una, aprovecha para mofarse:

–Tan grande y le da miedo la oscuridad.

La mamá de la criatura me ayuda un poco:
—La oscuridad no. El miedo le da porque está solo.
¡Ah! Y tiene razón. Hasta hoy apenas me atrevo a asomarme a la casa por la mañanita, cuando la rotundidad de la luz del verano demarca con claridad todos los rincones. Entonces me baño, me cambio de ropa, dejo y recojo materiales que necesitaré en la biblioteca y en mi oficina (¡tengo oficina!) y me encierro allá el resto del día a estudiar para mis clases, lejos de nuestra casa. Entonces te pienso todo el día. A veces te imagino, inmóvil, dormida, a veces eres sólo un pedacito de tu piel, tu brazo, que mi mano acaricia. Y me siento vacío, me duele en la boca del estómago, en especial cuando te recuerdo conmigo, en esa cama que no me he atrevido a ocupar desde el día en que te fuiste.

Esta noche, por fin, estoy determinado a pasarla en nuestra casa. Claudia y Juana tendrán que trabajar y Boris se fue hoy mismo para un campamento de vacaciones por una semana y de ahí sigue para donde su abuela en Miami. De regreso de dejarlo en la estación, me contó Claudia que su hijo le armó una gran pelea por contar en público que le da miedo la oscuridad. Ni siquiera me di cuenta, pero entonces entendí por qué Boris, que explota las debilidades ajenas a fondo, no me molestó más con mi miedo a la oscuridad. Rabo de paja. El único que le conozco a tu sobrino. Camino por el vecindario y, de repente, te diviso en la esquina más distante. Me estoy vistiendo y me llamas desde la cocina. Y todo lo que aprendo, lo que veo, lo que oigo, es para llegar a contártelo a ti.

Sólo pensar que vienes antes, que otra semana en Medellín y ya, me hizo saltar de la dicha. Es mi seguro de que no me voy a enloquecer.

Esta carta apuesta una carrera contra tu regreso. Se va para casa de Esteban persiguiéndote. Obsesionado contigo (y el mundo es testigo de mi frenesí), amándote.

Luis

✉

DE LUIS A ESTEBAN
Nueva York, martes, julio 18 . 1978

Mi querido Juan Special (delivery): Un abrazo de dos segundos para decirte que anoche llegó Raquel sin la carta que le envié a Medellín. De no ser por el poder de mi amor para consolarla, ella no hubiera parado de llorar o a lo mejor hasta se hubiera devuelto por ella.

Special delivery, mi querido y monolingüe Juan Special, que quiere decir, mi muy diligente, que mandes esa carta ya, por entrega inmediata. Las crónicas que nos trajo mi muchachita son tan espeluznantes como los anuncios del apocalipsis en tu última carta. ¿Es tan horripilante, pregunta de pobre, que el dinero circule en cantidades y que la gente se enriquezca? Aquí la prensa hace ya eco del asunto. En todo caso, aquí se empieza a notar la escala del contrabando de perica desde Colombia: no te imaginas la requisa que padeció mi Raquelita en la aduana. Abra paquetes, esto qué es, qué hay entre esa bolsa, todo mientras esculcaban cada prenda, hasta en los bolsillos, acariciaban el volumen de la lona de la maleta buscando un doble fondo. Entretanto, unos perros husmeaban todo cuerpo u objeto en aquella bulliciosa sala de equipajes.

En definitiva, lo único que la consuela es la carta que tú, periodista entrometido, tienes en tus pecaminosas manos. Vade retro. Devuélvela.

Claudia siempre me dice que te dé un beso enorme cuando te escriba. Y Juana agrega otros. Con un abrazo,

Luis

Posdata de Raquel: Luis no me deja leer lo que te ha escrito, pero me concede permiso para intercalar un párrafo mío personal para decirte gracias. Me hiciste pasar unos ratos muy agradables mientras estuve en Medellín. Todavía padezco el conflicto que produce el contraste entre teoría y práctica. Y el contraste, más visible, entre las técnicas que aprendo aquí y los materiales, equipos y recursos de que un reportero gráfico dispone allá. Concluyo que esa carencia desarrolla cierta habilidad, cierto instinto que procura remplazar la técnica. Y a esto se añade la limitación de nuestra precaria cultura gráfica, nuestro "fetichismo por la verdad formal" –la frase es tuya–, producto de un país de curas y abogados educados en la liturgia de la palabra, gente que aprendió de memoria lo que sabe, con los ojos cerrados, sin ningún acervo visual en sus conocimientos, en su manera de (no) ver el mundo o de verlo, si acaso, a través de símbolos gráficos, las palabras escritas. El mundo convertido en letra.

Ya Luis me está regañando porque la posdata de su carta es más larga que la carta misma y yo aún no te agradezco las tardes de piscina, las noches en casa de doña Gabriela, los paseos en carro oyendo música, todas tus atenciones y gentilezas, de las que abuso, pidiéndote una más, a saber, que me envíes la carta que Luis me mandó a tu dirección. Ésta es la segunda carta que me escribe mi amado y te podrás suponer lo importante que es para mí. Con un beso, Raquel.

✉

DEL DIARIO DE ESTEBAN
Medellín, sábado, julio 15. 1978

Hoy sábado, día que de ordinario es de sueño hasta mediodía, se me alteró la rutina. Acabo de llegar del aeropuerto. Fui a despedir a Raquel.

Una semana de Raquel aquí, sin Luis, es repetir en otro, distinto de doña Gabriela, la visión enamorada de un Luis perfecto. Luis el amante tierno, la compañía ideal. Luis el cariñoso, el discreto, el puntual, el detallista, el ordenado, el divertido, el amablemente silencioso. Luis el perfecto. Y aquí estoy solo, en este caserón destinado a los demoledores de edificios, rodeado de jardines, sin nadie a quien ame en kilómetros a la redonda, disfrutando de la envidia que me produce mi amigo. Una envidia sin malignidad, sólo dedicada a admirar su felicidad, su plenitud.

Recuerdo a Claudia diciéndome que yo no, que yo era un picaflor, que no soy hombre de levantar una familia o de persistir con una sola pareja.

¿Existe un determinismo según el cual unos seres humanos pueden pactar la permanencia de su relación sobre una base común –el amor, la convivencia, los hijos, la religión, la economía doméstica– y otros, genéticamente, estén limitados a su propia soledad, impedidos para vincular su vida a la fatalidad de otra, de otras vidas? Qué pregunta tan larga y tan inútil. Suponiendo que esa división sea así de tajante, así de irreductible, la cuestión está en saber de qué lado soy. En el caso de que esa división sea imaginaria, que sea posible el tránsito de una zona a otra, de las parejas a los solitarios –los pares y los nones–, tal cosa querría decir que fluctuamos y entonces sólo por un azar que puede cambiar, he corrido con el destino de no haber celebrado ningún compromiso cotidiano de compartir mi vida por un tiempo largo.

Vivir para contarlo: una hermosa mujercita enamorada que, reportera de su corazón ansioso, por momentos extrae una pequeña libreta de su cartera. Apunta "cosas que no se me pueden olvidar, que tengo que contárselas a Luis". Vivir para contarlo: anota el sabor de una limonada que se toma en la piscina, desliza una frase mía, le hace crónica de una comida en casa de doña Gabriela –yo no fui– el único día que vio al sobrino de Luis, el hijo de Cecilia, un bebé más bien silencioso y observador, un bebé anodino, ojalá doña Gabriela no me oiga nunca.

Raquel me cuenta de los horarios de Luis, de los estudios de Luis, de las publicaciones de Luis, de las comidas con Luis, la música con Luis, el cine con Luis, la vida con Luis, los chistes con Luis. El Luis-mundo, que no me fatiga: me regala otro Luis, mi hermano, mi amigo, el Luis amado y enamorado, un Luis distinto que sólo se completa –para este cercanísimo caso de pares– con su otra imprescindible parte, esta muchachita que, para empezar –requisito para las más finas sutilezas eróticas– es de su misma estatura. Fiel a la exactitud, debería matizar la frase anterior, debería aclarar que se llevan unos pocos y proporcionados centímetros, una acepción más de la deliciosa pequeña diferencia.

A veces, cuando escribe, puedo mirarla a mis anchas: el pelo negro le brilla con cualquier luz que le caiga y tiene una textura casi líquida. La nariz de Raquel es perfecta y el conjunto que forma con la boca explica por qué puede asociarse con una porcelana. Su piel es blanca, sin palideces, y sus ojos, pequeños, tienen una mirada indagadora, curiosa, nunca al extremo de ser extrovertida o inquisidora. Casi siempre, mientras escribe, en sus labios despunta una sonrisa de íntimo placer. Se diría que en esos instantes de delirio habla con Luis, lo sabe enfrente, adivina sin equívocos que él la oye, puede ver sus expresiones.

En algún momento, con gesto distraído, deja la libreta otra vez en su bolso y, sonámbula, camina hacia la piscina, como si supiera que una zambullida la regresará a este mundo donde no habita su Luis. Mientras camina sin verme, ensimismada, observo su cuerpo fino, proporcionado, pequeño: una hermosa mujer de veinticinco años, la mujer de mi amigo, su par.

La víspera del viaje, Raquel me confió las preocupaciones que le suscitaba su padre. Una especie de cansancio de vivir, una entrega a la pasividad, un mundo empequeñeciéndose, limitándose. El golf, las telenovelas.

En la cercanía con Raquel, di un paso que nunca antes me atreví a dar. Si recuento la escena, me recuerdo buscando un tema para eludir la conversación sobre su familia:

–Nunca he hecho esto con alguien distinto de Luis: ¿Quieres que te lea un poema mío? –lo dije, creo, porque ahí en la mesa estaba este cuaderno con mis diarios. Raquel se quedó silenciosa, mirándome un instante mientras fabricaba una risa de aprobación, que irrumpió como un viento fresco.

Una llamada telefónica nos cortó un cuarto de hora de lectura que yo comenzaba a sentir embarazoso. La forma brusca como terminó mi primer recital poético, impidió recoger opiniones de la audiencia. Tan sólo una frase amable cuando nos despedíamos:

–Prométeme que me dejarás leer tus poemas cuando vayas a visitarnos.

–Te lo prometo bajo la condición de que no le cuentes a Luis que leí mis poemas porque me denuncia por genocidio a la estética.

–Entonces es nuestro secreto.

✉

DE LUIS A ESTEBAN
Nueva York, domingo, octubre 15. 1978

Juan Estegua: Algo más, mucho más. Juan es profeta. No un mago que tiene la facultad de prever. No un médium que relata lo que vendrá como si estuviera en el futuro. Tampoco un adivino. Algo tan prosaico como un periodista deportivo con un poder de observación superior al promedio –muy superior– que una noche, hace varios años, un poco ebrio, cuando me burlo de la indumentaria de mi cuñado Max Uribe, me sentencia: es un disfraz. Este tipo sabe con precisión lo que está haciendo y se disfraza para desempeñar su papel de pueblerino. Se disfraza.

Ahora, esto es evidente. El cambio de disfraz lo denuncia. Ahora se viste de diplomático, de hombre de mundo, de pasajero de primera clase. Como es obvio, también su lenguaje cambió con los tiempos. El tipo es una especie de caja de resonancia.

Esta carta es para decirte "a todo señor, todo honor". Tus esquemas fatalistas funcionan. ¿Qué nueva verdad nos revelarás próximamente?

Estamos muy ansiosos de que vengas en diciembre. Lástima que no puedas ir en enero al paseo a Miami. En todo caso será muy grato tenerte en Nueva York para las navidades. Un gran abrazo (las mujeres mandan besos),

Luis

✉

DE ESTEBAN A LUIS
Medellín, sábado, noviembre 11 . 1978

Mi querido Luis: Mientras tú padeces los restos de una clase emergente que va acumulando ahorros de sobornos que vuelven más costosos los servicios que presta el estado, mientras soportas al escalador social y repetidor de idioteces, yo tropiezo con el nuevo tipo humano.

¿Recuerdas a Zuttiani? En el colegio. Con ese apellido es imposible que lo olvides. Jugábamos fútbol juntos. Él era el grandote del mediocampo, que hablaba mucho y marcaba con dureza. El fútbol nos hizo amigos y así descubrí que amaba la música y que tocaba el piano. Después de que fuimos bachilleres no volví a saber de él hasta anoche, que me lo encuentro. Nos emborrachamos con una charla animada en la que, con absoluto desparpajo, me contó varias historias. Te transcribo un botón de muestra.

—Estábamos en Estados Unidos. Mi responsabilidad era recibir el dinero de las ventas. Parecía simple pero, de hecho, era muy difícil. Consistía en recibir bultos y bultos de dinero en una bodega, contarlo y enviarlo adonde se iba a invertir. Teníamos cuadrillas de ocho muchachos organizando los billetes. Al principio los separaban; aquí los de veinte, allá los de diez y así. Pero nadie aguantaba más de tres o cuatro horas el olor de los billetes. Era un perfume húmedo, pesado, penetrante, nauseabundo. Algunos novatos, optimistas, se colocaban un pañuelo, pero eran los primeros que vomitaban sus tripas por el mareo que producía aquel aire contaminado. Hice traer ventiladores, que no lograban espantar el miasma que infestaba el aire, pero que secaba un poco los billetes. A la semana de trabajo, los bultos acumulados rebasaban la capacidad de los hombres de confianza, los que podíamos llevar a la bodega sin que le contaran a la policía, o a los italianos o a los negros. Nos retrasábamos y por eso traté de que nos llegara más organizado el dinero, pero había que sacarlo rápido de los expendios, a veces entre la basura. Nos llegaba en bolsas de supermercados, en cajas de pizza, en bultos, en los más inverosímiles empaques. En una semana, como te digo, estábamos saturados. Con los métodos que teníamos era imposible ir al ritmo que exigía el asunto. El martes hice remover algunos bultos y descubrí que la humedad descomponía los billetes. Algunos fajos se convirtieron en una especie de masa húmeda, ya medio podrida, que despedía un olor que le podría producir náuseas a un verdugo profesional. En adelante, no separábamos los billetes según su denominación. Un tipito callado, de bigotes, nos ayudó con su habilidad mecánica y su experiencia. Fabricamos el horno más grande que he visto en mi vida. Era una cámara de muchos metros de larga adonde entraba una banda metálica y circular, llena de billetes húmedos, que a los pocos segundos salían secos. Se nos chamuscaron billetes o salían tan quebradizos, que bastaba tocarlos para que se volvieran polvo. Nos demoramos varios días cuadrando la temperatura para que salieran secos y perfectos. La banda, que era metálica, se recalentaba y no era fácil controlarla. Y el calor que emanaba convertía el barrido de billetes húmedos, en labores durísimas. El calor y los hedores nos obligaron a cambiar turnos cada cuatro horas. Luego apilábamos los billetes y los metíamos en cajas idénticas que se pesaban. Cada diez o veinte contábamos los billetes y los mandábamos por libras, con un cálculo promedio de la cuantía. Desde cierto momento, el problema menor ha sido cómo conseguir la pasta, procesarla, situarla donde hay demanda y venderla al consumidor final. Todos esos pasos están bien resueltos. El mayor problema consiste en qué hacer con el dinero, desde la manipulación, el conteo, el control y el transporte, hasta cómo invertirlo, cómo legalizarlo. Era una cosa de locos. Millones y millones y millones. Por libras, por kilos, por cajas, por toneladas. Era tan descocada la escena –por contraste, descocado es el adjetivo más inapropiado– que los novatos que traíamos a trabajar, al ver aquello, ese depósito de millones, entraban en un delirio, en una extraña locura. Unos se acariciaban con los billetes, agarraban puñados de billetes y se abrazaban con ellos, se los pasaban por toda la piel, indiferentes al olor que despedían –o, acaso, tan fascinados por el espectáculo, que su olfato aún no

percibía nada–, como si con ese frenesí extraño se contagiaran de riqueza. A los pocos minutos se ponían verdes, los ojos vidriosos, como si la fetidez de los billetes les invadiera los pulmones de un solo golpe intempestivo, instantáneo, y los dejara ahí, fulminados. Otros novatos, también hipnotizados, tiraban los billetes hacia arriba, en carnaval de la abundancia, remedando una lluvia de dinero. Éstos también caían con los ojos torcidos a los pocos minutos, irrigados sus alveólos por el verde perfume. Contar dinero es el trabajo más difícil que he tenido en mi vida.
No te narro más de este mediocampista del colegio. Su retrato quedó en la historia. Hoy salía de viaje. Para Buenos Aires. Para Europa. Nos vemos. Chao Zuttiani.
Por mi parte, querido amigo, también yo estoy de viaje. Estaré en Nueva York en Navidad. Recuérdaselo a Juana para que lo profetice.
Abrazo para ti, besos para las damas, coscorrón al joven demonio.
Esteban

✉

DE LUIS A ESTEBAN
Nueva York, sábado, enero 6 . 1979

Juan Estruendo: Lo único bueno de que te hayas ido, es que pudimos bajarle el volumen a la música. Claudia, que vive a cincuenta cuadras, me lo agradeció como un regalo. El estruendo que armabas no la dejaba dormir. Con tu regreso a Medellín, los decibeles de contaminación por ruido bajaron sensiblemente en la ciudad y en el estado. Menos mal que te dio por Charlie Parker. Tu declaración solemne de que el setenta y ocho fue el peor año en música desde que caminabas por el mundo, es exacta. La he sometido a encuesta –diciendo que es mía, por supuesto– y todo el mundo está de acuerdo. La música disco es lo más monótono del universo. Claudia la defiende, pero sólo porque quisiera acostarse con Travolta, según lo declaró públicamente. En el fondo, te agradece que la despertaras con el saxo de Charlie Parker tocando un *Abril en Portugal* que logró exasperarme.
Menos mal mermó el aturdimiento de soportarte en casa. Pero también bajó el ánimo. Con una semana tuya en Nueva York, comienzo a

enviciarme a mi hermano reportero. Y, cuando te vas, me doy cuenta de que ya dependo de ti.

Varias veces hemos hablado Raquel y yo de la noche en que nos leíste poemas. Reviso las copias de los que tengo y me doy cuenta de que ésos, los de esa noche, no me los enviaste nunca, así que –fiel a mis juramentos– no le pude mostrar nada a Raquel que quería, como yo, aclarar si el entusiasmo se debió a la vodka o a la maestría de tus versos. Si prefieres que sigamos pensando esto último, tal vez mejor no los mandes. En serio: copia siquiera un fragmento en tu próxima carta.

Cuando me oyeron que te iba a escribir, toda la concurrencia a nuestra comida de los viernes me pidió que te repitiera las gracias por las montañas de regalos que dejaste. Eres nuestro verdadero santa Claus. El salto a la TV en colores es el cambio más trascendental en mi vida, desde los tiempos en que era novedad la fotocopia. Claudia gasta parte de sus ocios oyendo la colección de música que le regalaste. Y Raquel hace clic, clic con los enigmáticos objetos que ahora son parte de sus tesoros fotográficos gracias a tus poderes de rey Midas. Y Juana, y Boris, mientras yo, ufano, desfilo con mi chaqueta de piel de ante, con mis zapatos perfectos y bellos como naves espaciales, livianos como el balso, suaves hasta el punto de que simulan no existir mientras camino, con mi camisa de cuadros escoceses, como si me preparara a salir de pesca. Gracias, gracias, santa Claus. Pero muchas más gracias, dicen todos (en honor a la verdad, no todos, debido a Boris) por estar con nosotros. Fue refrescante este recogimiento de invierno, este culto a Epicuro, al Epicuro glotón de los quesos gruyere, de los jamones españoles, de los vinos franceses, de los pescados ahumados, de las ensaladas con vinagreta, de las frutas y los helados, de las carcajadas de medianoche, las charlas sobre nada, las discusiones sobre la cocaína, *Taxi Driver*, Vargas Vila, el fanatismo del suicidio colectivo de Guyana, etcétera, tu compañía es lo que más agradecemos. El angelito de Virus intervino en la conversación en que te invocábamos, diciendo que para él mejor que te ahorraras los pasajes y le mandaras la parte que le corresponde, junto con sus regalos. Mi sobrinito es adorable. Claudia lo agarró por la barbilla y lo miró. Entonces Boris estalló en risas y dijo que mentiras, que Esteban es mi amigo. Luego hizo una pausa y dijo: "mi único amigo con piscina". Ja, le repliqué yo, entonces no eres amigo de tu abuela, que también tiene piscina. Acorralado, la reacción de Boris fue la más inteligente, estalló en risas. Y su hermosa risa disolvió las contradicciones. De Virus a Boris el conquistador.

Lo grave de que te hayas ido es que nuestra bruja de cabecera, Juana, dice que no cree que el club se vuelva a reunir en Nueva York.

Ayer, de improviso, se apareció Moisés Zuluaga. Me invitó a su hotel y comí y me emborraché con él. Me confirmó lo que me contaste en diciembre. Le va muy bien y me dice que le interesa que yo le colabore. ¿Qué opinas?

Mañana vamos por nueve días a Miami. Todos, excepto Boris, que viaja a Medellín, según le prometió a Max. No dudes de que te buscará. Y tranquilo si no te encuentra, no te preocupes por él, que en todo caso él encontrará tu piscina. Por mi parte, sólo pienso en el sol y en la playa. Hace un mes que Raquel no habla de otra cosa. Creo que la alcanzaste a oír. Te repito: estamos ansiosos por los poemas. Con un abrazo,

Luis

✉

DE ESTEBAN A LUIS
Medellín, sábado, enero 18 . 1979

Mi querido amigo: Estás loco. Hoy recibo tus noticias y hoy mismo me pongo en la tarea de escribirte esta carta que ojalá te espere en Nueva York. Y te escribo para decirte una sola cosa: que estás loco.

Estás loco.

Estás loco, estás dando una vuelta entera para tratar de llegar al mismo punto. Y mientras das esa vuelta te vas a encontrar con horrores que ni siquiera te imaginas.

Lo primero que veo es que si te metes a trabajar para Pelusa, entras a un territorio de violencia, pero enseguida se me aparece una instantánea en la que todo lo que puedes observar queda tras las rejas. ¿Te imaginas –licenciado, máster, doctor, pe-hache-de–, separando hemistiquios en la cárcel?

¿Tú, que me has dicho toda la vida que te pagan por lo que más te gusta hacer, involucrado en un oficio de gente acorralada, dispuesta a todo. Metido en un oficio que desconoces, para gente sin hígados?

La vehemencia me vuelve desordenado. Vuelvo al tema anterior para pintarte otro cuadro: imagínate que eres tú quien tenga que usar la violencia. Me niego a pensarte disparándole a alguien.

En los años que llevas en USA no te he oído ninguna queja sobre la organización académica en que estás. Ni siquiera hay un doctor Probeta que te torture. Y la amenaza remota de un enemigo como Probeta, tampoco justifica el cambio de una profesión en la que los enemigos te discuten con plomo y no con reglamentos.

Llevo años oyéndote loas a las ventajas de tu profesión. Que siempre estás aprendiendo, que las vacaciones son muy largas, que la universidad es un útero que te alimenta, que te pagan por leer lo que te gusta. Y, de súbito, cambias todo eso por buscar un incierto punto de equilibrio basado en la riqueza.

Si es por dinero, perdona mi franqueza que tal vez juzgues descaro, pero tú tienes un amigo rico que te puede regalar los gustos que ambicionas. Me disculparás que sea tan directo en esta pregunta: qué libros, qué ropas, qué viajes, dime qué quieres, tan sólo dímelo, frota la lámpara que yo soy tu genio encantado que puede solucionar tus antojos de dinero. Somos hermanos. Si el dinero es la razón de esta aventura, te la puedes ahorrar. No tienes disculpa. Ante mí, ni siquiera tienes la justificación del dinero.

Es mentira eso de que yo consigo tantos milloncitos y me retiro. Nada. No es posible. Primero, porque una vez que estás infectado por el virus de la codicia, nunca poseerás lo suficiente para saciarte. Se te convierte en una obsesión. El que consigue uno, quiere tener dos, quiere tener tres, y así. Nunca estará satisfecho. Y tampoco es posible retirarte porque resulta que caíste en una trampa. En cierto momento ya sabes demasiado. De repente, eres un testigo incómodo, a quien es mejor tener cerca. Sin darte cuenta, en algún momento, sin proponértelo, ya perteneces a un sistema de lealtades y de apoyos y de formas de vida en que eres parte del engranaje y no te puedes retirar por eso, porque afectarías los intereses de los otros.

No me cuentas –en ese breve y terrible párrafo perdido de tu hermosa carta– no me cuentas si Raquel sabe de tus conversaciones con Pelusa. Si aún es tiempo, por favor, no la involucres. No involucres a nadie a quien tú ames. Y a mí, personalmente, si deseas contarme alguna co-

sa, sabes que nos vincula un juramento que no eludo. La promesa de dos niños. Pero no me propongas nada que tenga que ver con el dinero de tus nuevos negocios.
Estás loco, o bobo. Pasar por una pesadilla para lograr una tranquilidad que ya tienes. Todavía es tiempo –espero– de que digas que no.
Con un abrazo, esta vez estremecido,
Esteban
P.D. Te copio algunos fragmentos de mi poema que les leí en Nueva York.

El día no es la luz
es tiniebla transparente que se viste de negro con las horas,
para que las voces del insomnio traspasen el silencio de la noche
y el quiste del desamor se convierta en un llanto de palabras
    quebradas, en un clamor del aire.
El olvido es amor que se convierte en nada interminable de obsesiones
en lento deshacerse,
al final del amor está el olvido y el olvido demora madurándose
y las voces que a veces se escuchan a la madrugada, antes de la
    primera luz,
son eco del silencio angustiado de los seres que olvidan, de los seres
    que amaron y llevan semanas y meses olvidando.
El olvido no es que algo se borre en la memoria,
el olvido te ocupa todo el tiempo, a la hora del trabajo o del aseo,
    cuando comes o rezas no te olvidas de olvidar.
Entretanto en la noche, cuando el silencio es la materia más
    consistente de lo oscuro
se cuelan voces sin dueño, las voces silenciosas de aquellos que
    agonizan olvidando:
–Voy birlando tus apariciones, eludo los instantes en que sólo a ti te
    deseo, le hago el quite a tu ausencia,
eres la mía nunca más,
nadie repite, no hay regresos, lo sabemos, pero no descanso de olvidarte,
me gasto cada noche entera contigo, olvidándote. Tú bien lejos y yo
    aquí contigo
olvidándote,

olvidándote.
–La palabra mata
y yo te voy desbollando con cada sílaba.
Dardo mi verbo, arma mortal.
Lunas en agonía hacen explosión en esta memoria de guerra.
Cuando el amor acaba todo recuerdo tortura, olvidando se
   convierten en espinas las dichas del pasado:
saber que me amaste es aprender que tu amor envenena;
para degradarme hoy, te amé entonces.
Estoy en guerra con lo que tengo de ti, un fantasma que se apodera
   de mis noches
la rabia de saber que no es el tuyo, cuando abrazo otro cuerpo.
Tengo que purificarme de ti, suicidarme de ti, mudar la piel que tu
   acariciaste.
Tengo que matarte en mí para no ser sólo un pedazo de pasado.
–Cómo te voy desamando, qué largo y monótono ejercicio ya no
   amarte y pensar en ti todo el tiempo,
qué tortura sutil sentir que toda mi lujuria está en abrazar un
   cuerpo que ya no abrazaré,
¿cuándo un tiempo sin ti y conmigo, vuelto a mí, recuperado de la
   droga de tu aliento?
Te expulso de mí, te exorciso, te llamo a cada segundo para que
   salgas de mi alma, para que tu fantasma no me anule.
Ah, nuestros momentos de dicha quedan demasiado lejos y ya no
   me justifican los insomnios de este olvido minucioso.
Se me va un día entero olvidando cada minuto de nosotros.
Se me va toda la rabia cuando me doy cuenta, lacerado, de que ni
   siquiera pude herirte.

DE LUIS A ESTEBAN
Nueva York, sábado, febrero 10 . 1979

Mi querido Juan Escándalo: Siempre te he dicho que tienes virtudes para el drama. Lo que es nuevo para mí es esa capacidad histriónica de predicador que exhibes en tu carta. Antes pensaba que sólo se trataba de la habilidad para entresacar esquemas de la realidad y, de allí, elaborar situaciones dramáticas. Por eso, contra tus protestas, contra tus insultos, te pronostiqué que llegarás a guionista de televisión. Tienes un talento natural para el género que se cuela en tu sermón.

Situarme tras las rejas, decretarme cadáver, tratarme de aficionado que no sabe en qué se está metiendo, en fin, no dudo de la habilidad retórica que has adquirido peleando con empresarios de fútbol frente a un micrófono. Argumentos, en todo caso, de un moralismo y de una candidez dignas de quien no sabe de qué está hablando. Sólo te faltó mencionar la amenaza del infierno, aunque supongo que la dejaste a cargo de mi madre. Ah, con ella tampoco me amenazaste: gracias.

Cada día te pareces más a todo lo que has detestado. Triste destino de los niños bien. Poco a poco, para decirlo con tus palabras, vas aceptando el sistema de lealtades que te rodea, el mezquino y pequeñito sistema de moral al uso. Borro. Borro. Perdóname este párrafo. Creo que me contagio de mi hermano de sangre.

Lo que quiero es que estés tranquilo por mí. Yo sé lo que hago. De seguro recuerdas el principio de Tarzán o ley de la selva: Tarzán no suelta un bejuco sino cuando ha agarrado otro; sus más atávicos conocimientos le enseñan que si abandona el primer bejuco antes de asir el segundo, se cae de culo.

Leo de nuevo los fragmentos, como tú prefieres llamarlos, de ese poema que lleva siete años de gestación. A propósito, te insisto en que publiques algo. Cualquier cosa. Como venía diciéndote, cada uno toma sus riesgos. Cuando se adopta el verso largo, el versículo, se está optando por un medio muy difícil. Esos versos sobre el olvido, tan llenos de exclamaciones, son mejores para oír que para leer. Hay ciertas frases –"se me va toda la rabia..."– demasiado antipoéticas, si el concepto cabe en estos tiempos posteriores a *Los raros*. Soy de otra época. Este defecto –¿aparente?– puede resistir en un poema largo; en éste, el efecto emocional no procede del deslumbramiento de cada verso, pues sería demasiado fatigante, sino de una acumulación, de una yuxtaposición como, según creo, lo decías tú mismo.

Si la dureza de mis críticas puede compensarse, de seguro lo mejor es rendirte testimonio del entusiasmo de Raquel por tus poemas, tus fragmentos, según los llamas. Ella no admite los niveles de crítica que te he expuesto y declara que son bellísimos.

Raquel y todos tus fans, te mandan millones de besos.

Luis

✉

DEL DIARIO DE ESTEBAN
Medellín, sábado, febrero 17. 1979

Recibo una carta de Luis que tengo que digerir, desmenuzar minuciosamente, antes de contestarle. ¿Le contestaré, me referiré en mi próxima al tema que ella trata? Puede ser mejor comenzar a hablarle de otra cosa, un tema tan lindo que no sé tratar. Que está ahí intocado, encantado.

Mi duda de fondo sobre la carta de Luis, el punto que nunca queda claro es si ya está trabajando con –¿con o para?– su cuñado.

Ahora no recuerdo qué le dije en mi carta, salvo un punto: no mezcle este asunto con nuestra amistad. Cuénteme lo que quiera, pero no estoy dispuesto a tener relaciones con su dinero.

Entonces o bien no me contó por razón de mi advertencia de que no me mezclara. O bien no dice nada por la razón más simple: no hay nada que decir.

Ojalá sea esto último. En caso contrario –que esté en negocios sucios– tampoco me tengo que meter a tía regañona. Ya le advertí, con un sermón, como él me reclama, los riesgos que corre. En caso de que decida –o ya haya decidido– correr estos riesgos, me debo olvidar de admoniciones y ser fiel a mi juramento de una lealtad sin juicios morales.

Me detengo y, perplejo, aún no me cabe en la cabeza la remota posibilidad de imaginarme a Luis traficando con cocaína. Ese silencioso, apacible, diminuto profesor que amanece leyendo párrafos de José Martí, no puede ser el mismo individuo que se lance a una aventura loca. No puede ser.

El muy sagaz, tacha un párrafo sin tacharlo. Y allí lo deja diciendo que lo borra. Lo deja, obvio, para que yo lo padezca. Porque sabe que me cala. Yo también tengo mis lealtades burguesas y mis valores –a los valores se les llama prejuicios cuando uno no está de acuerdo con ellos– son los de una clase que considera que exportar cocaína es inmoral.

Ignoro si eso es inmoral o no. Lo que sé, es que una sociedad se desquicia por completo cuando la riqueza inmediata está al alcance de la mano. Cuando la posibilidad de ser millonario, multimillonario a los veintidós años, es algo real y concreto. Y cuando hay miles en el mismo empeño, reina el desbarajuste completo. Unos roban carros, otros atracan, otros extorsionan o secuestran, el de más allá lleva unos kilitos, el que está empleado le roba al patrono, el patrono le roba al estado, al estado se lo roban los políticos y los contratistas. Aquél mete contrabando, éste falsifica marcas, ése acapara, el que sigue es usurero. Todos te asaltan, todos te acosan. La policía no alcanza sino para detener o pactar con las ratas, el asaltante callejero, el pequeño maleante; encima crece la maleza de la riqueza fácil, por encima de policía, ley, jueces. Lo que me parece inconcebible es que los atavismos resuciten sin aviso en un discreto profesor de Estética dos. A lo mejor es porque los traficantes necesitan una dosis buena de discreción. Se les olvidó la regla de oro, que si estás en el cuento de acumular dinero, debes ser anónimo. Rico famoso, rico dudoso, decía mi padre (¡mierda, estoy citando a mi padre!). Y estas gentes –en verdad son muchas personas– hacen demasiada ostentación. Para comenzar, su uniforme: cadenas de oro gruesas, gruesísimas, como lazos dorados; pulseras, reloj dorado con una marca famosa, vistoso como un semáforo intermitente. Otra cosa, que no es universal como el oro, pero que cuando aparece es síntoma inequívoco de pertenencia al novedoso oficio: zapatos grises. No falla. Si un individuo tiene zapatos grises, está en el negocio. Y de pronto pasan unos autos inesperados en este país de Renault-4. Unos Mercedes, unos Alfa Romeo, unos Jaguar sacados de revistas del jet set. Eso sin contar los súper camperos cabinados, ya bautizados como mafionetas.

Te avasallan. Se saltan las filas –esto debería decírselo a Luis, que odia que le quiten el turno. Y te amenazan porque, sin querer, te atravesaste en su camino. Unos compran políticos. Otros se quieren meter en persona a la política. Son extremadamente visibles. Exhiben demasiado su poder y su dinero. No saben ser ricos.

✉

DE ESTEBAN A LUIS
Medellín, jueves, marzo 15. 1979

Mi querido Luis: Al colocar la fecha cuento ya en una sola mano los meses que te faltan para regresar al trópico. Y me sobran dedos. Ya no tienen pretexto para quedarse más tiempo y, a pesar de lo contentos que puedan estar, soy egoísta y celebro tenerlos más cerca.
Te estoy diciendo que me haces mucha falta. Que, con demasiada frecuencia, tengo cosas para contarte y que la llamada de los viernes o las cartas no reemplazan la presencia.
En estos últimos días esta necesidad se ha acentuado por la aparición de Marta. Soy un viejo verde de treinta y tres y Marta es un bizcocho de diecinueve años. Divina, mi amigo.
La conocí hace como un mes, cuando llegó a Medellín desde Barranquilla a comenzar la universidad. Una belleza rumbera.
Un día llego a un bar que está de moda y lo que veo en la pista es un espectáculo de sensualidad. Una niñita moviéndose como un ángel del deseo, de la armonía, del ritmo. Cuerpo delgado, perfecto. Piel morena, perfecta. Boca carnosa, perfecta. Piernas largas, perfectas.
Apenas dejó de bailar se fue a la barra, donde estaba con un grupo grande de gente joven. Le caí, le hice chistes, se rio, temblé aún más, pues ya temblaba con esa especie de fascinación que produce la belleza.
Más chistes, un cigarro. ¿Cómo te llamas? Marta. Mucho gusto, Esteban. Más palique, más risas, un trago. Bailamos. Otro trago.
En cierto momento, imbécil de mí, yo creía que me iría con ella esa noche. Viéndola tan joven, tan nueva en su carrera, tan de otra parte, estaba dispuesto a hacer una excepción –ella no era una mujer adúltera ni una pájara experimentada– y llevármela para mi casa. Ya a la madrugada, cuando cerraban, Marta me dio un rápido beso en la mejilla y me dijo chao, nos vemos. Y yo apenas atiné a decir chao sin sacarle siquiera su número de teléfono. Imbécil.
A la semana siguiente, otra vez viernes, día que esperé con ansias, volví al bar donde la encontré feliz, riéndose a carcajadas, bailando, bebiendo. Me le uní y no me rechazó. De frente, le dije que no sabía cómo comunicarme con ella. Me miró durante un segundo con cara de estebicho-qué-quiere, y soltó una carcajada. Me quedé desconcertado sin

saber qué decir. Con cierta intención, enseguida me preguntó cuántos años tienes. Le dije treinta y dos. Nueva carcajada por respuesta. ¿Te parezco muy viejo? le pregunto. Yo tengo diecinueve, me contesta intercalando las palabras entre su risa interminable.

Tiene unos muslos duros, esbeltos, color canela claro.

Esa noche me contó que le hacía falta el mar, que en Medellín no había un lugar donde nadar. Ahí se me prendió un bombillito. Idea luminosa:

–La playa se puede reemplazar por una piscina –le dije a manera de pregunta.

–Sí –respondió– pero yo tampoco tengo piscina.

–En cambio yo sí.

–¿De veras? –insistió incrédula.

–De veras –le afirmé.

–¿Me invitas mañana? –se me adelantó con desparpajo.

–Por supuesto; dime a qué horas.

Así supe dónde vive. A las dos de la tarde del sábado pasé por ella y la llevé hasta mi casa. Primer fiasco: ¿puedo invitar a mi compañera de apartamento? Me lanzó la pregunta con Maribel al lado. La alternativa era sí o sí. Ni modo: sí. Yo esperaba pasar la tarde con ella en la piscina, a solas los dos, a lo mejor emborracharnos un poco y después al asunto que más me interesa. Pero Maribel, la compañera, cambiaba los planes.

Ella se las arregla para que la situación sea, en principio, lo suficientemente equívoca y que después la interpretación literal corresponda a su comportamiento. Lo tácito era que ella venía a mi casa. Que allí estaríamos los dos solos. Pero lo explícito era la invitación a una piscina y, así, era coherente que ella, en apariencia desprevenida, incluyera a su compañera en la tarde de natación.

Lo que sigue es indescriptible. Entre las visiones del cielo y las torturas del infierno. Llegamos, y ellas miran atónitas el caserón donde vivo. Les señalo un cuarto donde pueden colocarse el vestido de baño y me instalo frente a la piscina acompañado de Pink Floyd. Maribel sale con su vestido y Marta, con unos pucheros que provoca morderla a besos, aparece exclamando que no se qué cosa le dañó su vestido de baño, que no podrá tirarse a la piscina y se sienta desconsolada en el borde de una silla, las piernas estiradas, las manos desgonzadas, la boca –¡oh, qué bocota!– en rictus de tristeza, la mirada perdida. Inconsolable, frustrada. La observo y, así, abandonada, niña sin su juguete, me parece aún más deseable. Exhala una frescura, una especie de candorosa perversidad, que me parece irresistible.

Y también me conmueve su expresión. Tengo conciencia de la idiotez del problema que manifiesta. Frustración sabatina de niña consentida que no se puede bañar en una piscina. Pasan algunos minutos. Maribel chapucea y grita que el agua está deliciosa. Marta se lamenta.

–¿Puedo hacer algo por ti? –le pregunto.

–Nada –me dice compungida pero su gesto se transforma de súbito–. Mentiras, si puedes hacer algo –y sonríe.

–¿Qué?

–Que no te escandalices –me contesta poniéndose de pie, decidida. Medio instante después, pudorosa y coqueta, la maldita irrumpe en un trotecito con rumbo al agua. Viene con unos pantaloncitos blancos y nada más. Con los brazos cruzados sobre el pecho oculta y al tiempo muestra ese par de maravillas coronadas por dos botones morenos. Desaparece entre el agua, pero el resto de la tarde –una, dos horas– es una deliciosa tortura para mí. Es divina. Con los ojos le palpo sus nalgas duras y esos senos erguidos, redonditos, prodigiosos. El calzón húmedo le forra toda su más preciada intimidad. Ella se tapa sin taparse. Coloca la toalla donde corresponde y al instante comienza a deslizarse con delicia. No olvides que Maribel está ahí todo el tiempo, tomando con absoluta naturalidad este espectáculo. Y ni qué decir del desparpajo de Marta. Para ella, la lógica del asunto era que le daban la confianza suficiente para poder darse el gusto que buscaba, el agua de una piscina bajo el sol.

Pero tenía que darse cuenta que era demasiado deseable. Se lo dije. De nuevo, su táctica favorita, una carcajada por toda respuesta. Le insisto. Si te molesta, me dice riendo, me visto y me voy. No me molesta, me encanta. Entonces, replica, no veo el problema. El problema, le explico, es que me gustas demasiado, no como un instante, sino como una aventura más excitante. Sí, contesta, para lanzarse al agua.

Otra lección: la palabra "aventura" tan propiciatoria en mis cuentos con adúlteras, aquí pudo espantar este angelito de lujuria.

En algún momento Maribel dijo que tenía que irse. Marta se sumó de inmediato y la tarde acabó como comenzó. Un besito en la puerta del

323

edificio donde vive. Chao. Por lo menos le saqué el teléfono. Y no para entablar un palique telefónico con ella. Confieso que la profundidad de la conversación no penetró ni medio milímetro. Algo de música. Estaba encantada con mi discoteca. Otro gancho, me dije, otra red para atraparla en rock. Te notifico que no le preocupó el volumen de la música. Ni siquiera lo comentó. Tenía su número para buscar una ocasión de encontrarla a solas.

¿Te das cuenta, amigo mío? Atrapado yo por una teenager perversa que me coquetea y me elude. Ignoro si a esto llamas amor. Te enamoraste a primera vista, de manera que en principio existió alguna semejanza. Era una corriente en el cuerpo, una descarga en la espina dorsal. Esa conmoción física que sientes en el pecho cuando tienes la visión de la belleza perfecta, en una mujer que está ahí, enfrente tuyo. Después de esa iniciación, tu asunto tomó el camino de un conocimiento íntimo, una coordinación de los hábitos, un cotidiano respeto que se parece más al amor que este frenesí del deseo, de ganas de desnudarla, acariciarla, besarla, lamerla en todos los centímetros de su piel, hacerla mía, dármele hasta que sepa que estamos refundidos, enloquecerla, enloquecerme, cabalgarla hasta rebotar en el fin del mundo. Oh, qué bocado, amigo.

Eso fue hace una semana. Al lunes la llamé. Quedamos de vernos al día siguiente. En tal parte nos encontramos, dijo. A las ocho y media. Okey, me confirmó.

Allí estuve esperándola pero no llegó. Desde allí le marqué a su teléfono y nadie contestaba. Me quedó mal y al día siguiente la llamé de nuevo. Se me olvidó, me dijo entre risas o bromas, como única disculpa. Invítame a nadar a tu casa el sábado. Estaré ocupado, le mentí: no quería que pensara que siempre estoy disponible. Nos vemos, entonces, se despidió. Nos vemos, me despedí.

Hoy, pues, debería estar aquí pero no quise. Orgullo contra deseo. Pero cualquiera sabe que en una pugna como ésas, el deseo termina primando. La muchachita es olímpica, está consciente de su belleza y de su gracia. Mi misión consiste en doblegar esa coquetería y llevarla a la cama. Esta cinta se autodestruirá en cinco segundos.

He sido, perdona, monotemático en esta carta. Ni te he contado que no dejo de ir cada semana adonde tu madre, donde gozo de su afecto y su sazón. Envídiame. Ella está, como supondrás, ansiosísima de verte: fíjate cómo puede ser de ciega una madre.

De mi parte, cargamentos de besos y abrazos para toda la concurrencia de las comidas de los viernes, y para ti un gran abrazo.

Esteban

VIII. Agosto 1979 / agosto 1980

DE RAQUEL A JUANA (*continuación*)
Bogotá, miércoles, noviembre 30 . 1983

Si el desarraigo de una ciudad entrañable y provisional como Nueva York me producía esos conflictos, no fue menos el desconcierto del regreso a Bogotá, a nuestro nidito que –de nuevo los ángeles custodios nos facilitaban todo– el cura López había dotado con el mercado de cocina y baño y dejaba limpísimo, recién pintado y dispuesto para que lo organizáramos. Amabilidades adicionales, nos recogió en el aeropuerto y nos depositó en la gaveta que siempre habíamos compartido en Bogotá.

Esa misma noche de llegada, en un sistemático esfuerzo de organización muy común en Luis y en mí, instalamos de nuevo toda nuestra casa, libros en los estantes, objetos en su respectivo lugar, ropa alineada debajo de nuestra camita, música maestro. Un lugar especial para el equipo fotográfico, cierta sobreacumulación de papeles que se solucionaría cuando Luis tuviera una oficina en la universidad, en fin, todo en su lugar, cada objeto recuperando su energía peculiar, el centro de gravedad de su aura, por el contacto y la cercanía con nosotros. Y, en el centro, sobre la mesa, el florero irradiaba más colores que las fresias perfumadas que nos regalaban el primer olor de la sabana.

Todo fue colocado con rapidez y diligencia, salvo las maletas, las cuatro maletas, las cuatro putas maletas, como las llamó Luis apropiadamente. No teníamos espacio para acomodarlas. Su sitio habitual era el lugar de nuestra cama. Nos reímos a carcajadas, rendidos del cansancio del viaje, de la organización del apartamento, de las llamadas de saludo a Medellín, soñolientos celebrábamos la hilaridad de la situación.

—O las maletas o nosotros, he aquí el dilema.

Las maletas amanecieron atravesadas en la mitad de todas partes hasta el otro día que, ya lo adivinaste, el cura las recogió y las guardó en su casa.

Y adivinaste también que, más allá del cansancio, reservamos lo mejor de nosotros para hacer el amor esa noche. Era irresistible no repetir lo irrepetible siempre, el acto amoroso, la noche en que recuperábamos el espacio ceremonial de nuestras primeras noches. Ah, repito que es irrepetible el amor. Que, enamorada, cada vez es nuevo y distinto. Cada ocasión es explorar dimensiones diferentes, sin aire, donde nos alimentamos de algo tan denso como el agua, de algo tan leve como el éter que separa los planetas. Y aún irrepetible, por simple dimensión de la geografía, esa noche revivimos las gimnasias amorosas que espacios más amplios nos hicieron olvidar durante mucho tiempo, esa cercanía, esa piel contra piel, esa geometría de los cuerpos para fundirse encima de un ropero. Era tal la armonía, que ambos reímos cuando estábamos en esas ternuras posteriores al orgasmo y la nevera comenzó a ronronear en un signo de reconocimiento.

Siempre cupimos en el territorio precario de la insólita cama. Para dormir, para olernos, para hacer el amor. Y conservamos, sobre todo allí, en la cama, esa coordinación de movimientos que, en otras actividades de la vigilia, provocaba los chistes de Boris.

—Los deberían contratar para cambiar llantas en carreras de fórmula uno.

Estábamos aquí instalados, amándonos, pero no habíamos llegado. A Luis lo esperaba el reenganche en la universidad. A mí, presentar la tesis antes que nada, y luego salir a buscar trabajo, yo profesional desempleada, cifra de una especie tan abundante, que era materia de proselitismo político.

Tenía plazo de un mes para entregar la tesis. Irene Medina, la gorda, me escribió a Nueva York pidiéndome unos libros y contándome que el jurado de la tesis estaba integrado por tres profesores y que ella era uno de esos jueces. He aquí su manera sutil de presionarme para que buscara los materiales que me solicitaba. Préstame tu caja de colores.

Dos o tres días después de nuestra llegada la llamé y me anunció visita para esa misma noche. Por azar, resultamos reunidos el cura Germán López, Irene Medina, Luis y yo. Cupo completo, comentó Luis. Dos en el sofá, dos en la mesa. Luego, cuando Irene me hostigó para que mostrara la tesis, los cuatro alrededor de la mesa. Formidable discusión. Admiraron la calidad de las fotografías y aceptaron que la captación de instantes dignos de ser registrados eran reportería gráfica. Esto era lo que más me importaba. Y a todos les pareció interesante el material gráfico sobre la historia del parque y les sonó coherente la síntesis de los textos que acompañaban el aporte visual. La discusión se prendió cuando el cura hizo una pregunta:

–Bueno, ¿pero esta tesis tiene forma de qué?

Ni siquiera entendí y eso me alarmó a tal punto que, por instinto, sin control, me llevé la mano a la boca. Y observé, para mayor alarma, que la bruja de Irene registraba mi gesto de desconcierto, que fue más obvio cuando Luis salió al quite:

–¿Cómo que forma de qué?

–Pues sí. ¿Cómo está editado? ¿Cuál es su presentación como conjunto?

Capté el punto del cura. Me preocupé demasiado de cada foto, elaboré al máximo los dos capítulos escritos, les di un orden secuencial, intercalé las notas adicionales sobre algunas de las fotos, pero nunca tuve una noción de conjunto. Supuse que la unidad temática, por sí misma, imponía esa visión global. Con más dureza: nunca me pregunté cómo llegaría a este material alguien desprevenido, en Bogotá, que ni siquiera conozca dónde queda Washington Square. Luis, sin embargo, afrontó la discusión. Allí vi, como nunca antes, esa extraña química del verbo. Ahora sabía con claridad cuál era el defecto de mi trabajo, pero la discusión transcurrió con otra lógica.

–Es obvio que tiene una presentación como conjunto –replicó Luis–. Corresponde a un conjunto llamado monografía de tesis, su reverencia.

–No me diga su reverencia, que ya me ascendieron a obispo –interrumpió el cura burlándose de sí mismo.

–La unidad del trabajo –siguió Luis impávido, sonriendo– procede de la unidad del tema y su presentación tiene la coherencia de una monografía de tesis, que contiene una historia y una introducción teórica sobre las fotos, textos que no has leído.

Irene, la gorda Irene, se regodeaba con la discusión. Oía con una concentración de cátcher de béisbol, pero no me perdía de vista. Almacenaba mis gestos junto con cada palabra.

–Admito que no he leído los textos y que es evidente la unidad temática. ¿Pero debe limitarse este material a ser presentado como monografía de grado?

–Con eso lo que estás diciendo –contraatacó Luis– es que te parece muy bueno el trabajo.

–Es posible... –intentó recomenzar Germán, pero Luis interrumpió para decirle:

–Estás muy contradictorio. Primero dices que no tiene unidad como conjunto. Después insinúas que te parece muy bueno el trabajo. Y ambas cosas sin haber leído nada. Tan deleznable la crítica como el elogio.

El cura se rio y todos seguimos con risa la trampa dialéctica de Luis. Jaque mate:

–Me ganaste la discusión –dijo el cura dándole un golpe en el hombro.

–Pues claro –contestó impávido Luis–, es que yo tengo la razón.

Nueva carcajada general que me dio un respiro frente a Irene. Breve silencio con chasquido de copas y la cortina del tiempo no me deja observar si alquien desfiló por la cocina o el baño. Sé que hubo un intervalo en que me di fuerzas para volver explícita esa dicotomía entre el resultado del juego dialéctico y mi convicción más íntima.

–Luis ganó la discusión –reconocí–, pero eso no quita que Germán tenga unas dudas sin resolver. Yo quisiera oírselas.

El cura se dio tiempo de prender un cigarrillo mientras ordenaba las ideas.

–Como Luis ganó la discusión –comenzó con un gesto de caballero– parto de su último supuesto. El trabajo cumple con los requisitos de grado, pero es tan bueno que mucha gente disfrutaría viéndolo. De acuerdo sobre esa base, te pregunto –dijo dirigiéndose a mí, colocando su rostro frente al mío y extendiendo hacia mí la mano abierta que sostenía el cigarrillo– ¿el formato de esas fotos está pensado para ser visto en una pared?

–No... –comencé.

–... Entonces –siguió sin oír mis puntos suspensivos y apoyado en la negativa– no está concebido como una exposición.

–No, no –insistí–, es reportería gráfica. Es para ver en un medio impreso, en una revista, en un libro...

–Tú lo has dicho –volvió a interrumpirme–. Entonces preséntalo como un libro.

—Mira en el diccionario la definición de libro –le dijo Luis– y verás que es aplicable a esta pila de papeles que está sobre la mesa.

—¿Listo como libro, listo como si lo fuéramos a mandar mañana a la imprenta?

Otra vez, por instinto, me llevé la mano a la boca, pero la confesión gestual de mis dudas me abochornó tanto minutos atrás, que ahora mi velocidad de reacción fue mayor:

—Tu consejo, así lo interpreto, es que debo presentar mi trabajo como un proyecto de libro...

—Exacto. Es una tesis de comunicación y debe llevar la forma de un proyecto de comunicación.

—Creo que un criterio de edición puede depurar mucho el trabajo. ¿Todavía hay plazo? –le pregunté a una Irene que no modulaba hasta ese instante.

—El plazo de entrega vence en un mes –declaró con la solemnidad de quien te descubre una ley universal–. Tienes tiempo de incorporar las observaciones de Germán.

En ese mes que me quedaba, todavía nos dimos tiempo de un breve intermedio de saludos en Medellín. Uno de esos extraños fines de semana en que Luis llegó del avión a la cama, ardiendo de fiebre, como si estuviera ansioso de que su madre lo consintiera. Tres días acostado, hasta el lunes, siempre acompañado por doña Gabriela, Esteban y yo. Apenas saqué un almuerzo para ir a saludar a mi padre. De nuevo, golf y telenovelas duante cuatro largas horas. Lo noté viejo. Se movía despacio, muy erguido, muy ufano, sostenido por el orgullo, pero su ímpetu se quedó atrapado en algún hoyo de la cancha de golf del Club Campestre. El resto del tiempo transcurrió en un delicioso encerramiento, ni siquiera interrumpido por Cecilia y su marido que, cosa rara, estaban en Miami. Conversación y buena comida. Curso acelerado de realidad del país, dictado por un pesimista profesional como es Esteban. Risas y amable complicidad de doña Gabriela, tanto con las viandas como con esa prudente sabiduría de quien sabe que inhibe la charla de su hijo y desaparece, se disuelve y nos deja a solas, diciendo bestialidades que se cuelan entre la música.

Apenas salí a la calle, y hoy no preciso si fue la influencia de los cuentos de Esteban, lo cierto es que sentí un Medellín distinto, más efervescente, más abigarrado, más tenso. Pura cuestión de olfato. Intuiciones.

Sigue en esta película la breve e intensa maratón final de mi tesis. Tres semanas dedicadas por completo a rearmarla. Luis a mi lado, recuperando esa cercanía. Nunca, parecía, estuvimos en un lugar distinto a este cubículo de ternura y de fervor.

Presenté el trabajo, presenté el examen –que resultó ser una mera formalidad– y a mediados de agosto, cuando ya Luis había regresado a su rutina, era yo una flamante graduada en comunicación, tenía un cartón en la mano, una cámara colgada en la nuca y no tenía empleo.

Pero no pasaron muchos días. Por intermedio de la facultad me llamaron a una entrevista en una programadora de televisión. Fui y salí aburrida. No sabía qué responder a la mitad de las preguntas y estaba segura de haber contestado estupideces a casi todo. Cuál no sería mi sorpresa cuando me llamaron a firmar contrato al otro día.

Firmar contrato: esto era un largo viacrucis de vueltas y exámenes médicos como si mi labor consistiera en asistir a operaciones de alta cirugía, donde no puede entrar ninguna bacteria. Turnos, antesalas, pinchazos exprimiéndote la sangre –metáfora de lo que harán contigo–, papeles, documentos, sellos, notarías. Otra vez el laberinto que Luis detestaba. Mi paciencia era menos limitada que la suya para estos trámites. A la semana, después de las ordalías, la lucha contra los gigantes, la travesía del desierto y las torturas sobre mi cuerpo, estaba yo trabajando veinte horas diarias, convirtiendo en imágenes los excelentes libretos que me pasaba un historiador para el programa que lanzaría la productora en un mes, los domingos, en el mejor horario de la televisión. Todo era triple-a, todo menos mi sueldo. Pero no me importó y trabajé por completo entregada al asunto. Y resultó bien.

De domingo a jueves me veía mucho con Luis. Pero el jueves yo comenzaba a convertirme en una máquina de veinte horas diarias. El sábado, de madrugada, casi domingo, una camioneta cargada de equipo me depositaba en mi casa, rendida, exhausta, feliz.

Todo iba perfecto. Ocho años de felicidad y ahora parpadeaba y descubría que yo ya estaba grande. Que era la mujer de un profesor lleno de títulos, una profesional que trabajaba en la televisión.

Vuelo perfecto. Nada iba mal. Ni nosotros nos dábamos cuenta de lo felices que éramos. Metidos en la burbuja del amor. El cuerpo sano y saciado de sexo. El alma compensada con una compañía llena de respeto y de ternura. El tiempo copado en oficios gratos. De repente, una falla en aquel paraíso. Una grieta peligrosa. Una fuente inesperada de dolor. De dolor inevitable. El acoso de mi trabajo apenas nos dio tiempo de ir una semana a Medellín. Del veinticuatro de diciembre al primero de enero. El primer día hábil del decenio me esperaban mil tareas del trabajo en Bogotá. Una semanita. La primera noche, gran jolgorio por cuenta de Esteban, luego de opípara cena con doña Gabriela. De nuevo Cecilia, marido e hijo –Pelusita– ausentes, de paseo en Miami. Recuerdo la perversa mirada que me crucé en secreto con Esteban cuando doña Gabriela se quejó de que Luis no conocía a su sobrino.

Al otro día quedé enferma cuando fui a saludar a mi padre. A principios del mes viajó a Cali, acompañando al prócer a jugar un torneo –que nuestro ídolo familiar ganó sin muchos tropiezos– y desde su regreso venía sin alientos de nada.

–No le duele nada, pero nada le apetece –me confió María en cuanto me pescó sin que él nos espiara.

Era notorio. Estaba decaído, mustio. Me sobrecogía de sólo verlo. Intenté superar la melancolía circundante, de poner otro tono y pregunté:

–¿Qué pasa, papá? El televisor apagado a la hora de las telenovelas.

Me dejó fría cuando me contestó con una tristeza profunda, más allá de ese orgullo que siempre le impidió antes admitir cualquier debilidad:

–Me siento enfermo, Maquelita.

Una máquina invisible me penetró el pecho y me trituró pedazos del corazón. Un taco sólido se me atravesó en la garganta. Tuve que aclarar la voz para preguntarle:

–Y ¿ya fue donde el médico?

–No, pero voy a tener que hacerme examinar.

Sin guardar ningún pudor, de inmediato María se avalanzó sobre esa confesión de mi padre. La pobre, después me enteré, llevaba casi un mes bregando a convencerlo de que se dejara ver de un médico. Y nada. Hasta ahora, que él tomaba la iniciativa.

María actuó como si todo estuviera preparado. Esa misma tarde lo visitó un doctor muy famoso, que además lo trató anteriormente, la última vez que estuvo enfermo, es decir, quince o veinte años atrás. Lo auscultó en detalle. Le hizo un interrogatorio exhaustivo y acabó diciéndole que le haría varios exámenes antes de recetarle nada. Era veintiséis de diciembre, de manera que buena parte de las radiografías y demás pruebas eran imposibles antes de año nuevo.

Al fin, mi visita se convirtió en un llevar a mi padre a algunos exámenes –los que pudimos hacer esa semana– y en estar a su lado, observando su cara abstraída, su mirada fija en ningún punto, perdida en una ebullición mental sin forma, cerebro crispado por un dolor íntimo, sin lugar preciso. Casi siempre Luis estaba conmigo leyendo o tomándome la mano durante toda la tarde. En ocasiones, Esteban lo recogía en mi casa e iban a caminar los dos durante horas enteras.

A la semana siguiente, cuando regresamos a Bogotá obligados por mi calendario laboral –Luis, me decía, sólo quería estar donde yo estuviera–, aún no se sabía nada de un diagnóstico sobre los males de mi padre. Y, para mayor incertidumbre, pasaron muchos días sin que los médicos pudieran determinar el origen de ese desaliento, esa inapetencia, esa ensimismada pasividad de mi padre. Una noche yo llamaba a María; a la siguiente, ella me llamaba a mí. Aparte de eso, todos los días hablaba con él, le daba ánimos y él me contestaba con cariño pero haciendo esfuerzos para oírme y aún más para hablar.

A principios de marzo, todavía los médicos no definían su mal, pero él tuvo una crisis de debilidad y un día no pudo levantarse. Pedí permiso de una semana en mi trabajo, permiso concedido a condición de que preparara programas para dos semanas. Solución salomónica: un tema en dos programas. Terminé un sábado por la tarde sintiéndome un trapo, exhausta, dormí sin despertarme durante dieciséis horas seguidas y me levanté el domingo para tomar un avión con destino a Medellín a estar una semana con mi padre. Luis me llevó al aeropuerto y casi lloraba durante la espera; yo, sin el "casi", consumía pañuelitos de papel, triste por irme sin Luis, triste por la incertidumbre acerca de mi padre.

Durante esos siete días conversé más con don Rafa Uribe, mucho, pero muchísimo más, de lo que había hablado con él en toda mi vida anterior. Él fue siempre muy especial conmigo, muy cariñoso, pero ninguno de los dos era muy locuaz. En cambio esas jornadas de domingo a domingo estuvieron llenas de situaciones hermosas y difíciles, sobre todo la primera noche, que marcó el tono del resto de la breve temporada. Él tomó la iniciativa y organizó la tarde en función de ver mi programa. Lo miró concentrado y, al final, me dijo que los había visto todos –de ellos me hablaba por teléfono– y que se sentía muy orgulloso de que su hija hiciera tan buena televisión. Para él, yo hacía todo. Me puse feliz de que le gustara. Me preguntó por mi trabajo, por mis años en Estados Unidos, me preguntó por Luis. De todo eso le podía dar informes que se le convertían en sonrisas. Me dijo que le emocionaba mucho que yo estuviera bien, y que María y sus niños también y que Max era un hombre muy decente –años atrás lo despreciaba un poco, ahora lo llamaba decente, su elogio máximo– y que Claudia ya había dejado el alcohol y las drogas y le iba bien en su profesión. Ni una mención a sus otros conflictos con ella. En fin, que todo iba bien y que por lo tanto –yo lo miré atónita, ojos y boca abiertos en círculos– ya era hora de morirse.

–Papi, por favor, nos haces mucha falta, te queremos mucho –repliqué con espontánea vehemencia.

–Calma, calma, Maquelita –me dijo sin hacer aspavientos–. Ésta no es una cosa dramática. Esto es el destino de todos y vislumbro que yo estoy al final. Ustedes tres están muy bien. Les puedo dejar un apartamento a cada una más una renta. Labor cumplida. Y ya estoy cansado. Ya no puedo hacer las cosas que me gustan. Ansío ir detrás del prócer viendo cómo ese niño golpea la pelota de golf, pero el recorrido de un par-3 me vence. Convengo en que, con el equipaje listo y sin la posibilidad de disfrutar de los placeres favoritos, aún así, todavía no aparece una razón suficiente para querer partir. Pero si añades los dolores...

–¿Dolores? –le pregunté.

–No me quejo por orgullo –confesó en el mismo tono bajo, sin dramatismo– pero tengo unos dolores y un desaliento que no me dejan concentrarme en nada distinto.

–No habías dicho nada –le reclamé.

–No me quejé para no perturbarlas y ahora te lo digo a ti porque tú eres menos vulnerable que María: me voy a morir pronto –yo estaba sumida en llanto; él me abrazó–, tranquila. Con lo que te cuento tú sabes para dónde va toda mi enfermedad y así me ayudas.

Me dijo más, le contesté, pero en la confusión de las lágrimas no recuerdo nada hasta una frase mía acerca de que mis hermanas tendrían que saber esto mismo, y él me pidió que esperáramos un diagnóstico de los médicos.

Pasé una noche horrible. Sin Luis. Con el peso de esa conversación. Lloraba un rato, me quedaba dormida unos minutos y me despertaba aterrorizada cuando sentía vacío el lugar donde el cuerpo dormido estaba acostumbrado a encontrar otro cuerpo. El regreso brusco a la oscuridad de la casa me llevaba de nuevo a la pesadilla de la muerte de mi padre. A la madrugada, media hora antes de sentir a la criada, vino un sueño profundo, con la pesadilla más inolvidable de mi vida. Sueño que estoy dormida y que unos insectos grandes, con un punzón en la proa, me asaltan aterrizando sobre mi cuerpo. Y en el sueño que tengo, allí dormida y picada, sueño que estoy dormida y que unos insectos me pinchan y que sueño con lo mismo. Y así. La pesadilla es insoportable porque, dormida, no me puedo defender de mis atacantes. Me veo dormida y observo caer los insectos sobre mí, tengo la evidencia de que efectivamente estoy dormida, pero dormida no puedo controlar un sueño donde me veo dormida y la pesadilla se convierte en un laberinto de pesadillas donde ignoro de cuál de los sueños me tengo que despertar para librarme de todo el juego de dominó de pesadillas que me ahogan de la angustia. Sé que estaré dormida y prisionera de un mal sueño mientras así, dormida, no resuelva un problema que ni siquiera entiendo. Al fin, un ruido salvador, un golpeteo en la puerta de alguien que me ofrece café, me trae a esta realidad. Todavía me pregunto si, por un azar, entre los vericuetos de aquel corredor de pesadillas, el ruido del despertar se produjera en cualquiera de las vigilias que existían detrás de cada una de las otras pesadillas, entonces qué hubiera pasado.

A pesar de aquella noche –los momentos de mi vida en que he sentido más cerca la locura, la pérdida completa de la razón–, el lunes y todos los días siguientes el tono de cercanía y de confidencia no decayó con mi padre. Él lo puso y también lo sostuvo. No pisé la calle durante toda la semana y me di cuenta de esto cuando salí para el aeropuerto y pasé a darle un saludo a doña Gabriela. No me hizo falta la calle. Todo el universo que tenía me bastaba, y de afuera sólo Luis era mi gran vacío, que él llenaba con llamadas cada noche. Mi padre, menos reservado para hablar de su vida, contándome cosas. María estaba feliz. Decía que yo le hacía mucho bien, que era inaudito que mi padre aceptara comer dos veces en una semana con toda la familia, incluyendo los niños. Y que durante siete días no necesitara ir a exámenes o visitas urgentes de médicos, era algo que entraba en los límites del milagro.

En nuestras conversaciones –él se concedía un agua de manzanilla– contaba su vida dejando el vacío de mi madre, a quien no mencionaba. Le pregunté. El clima de la conversación lo resistía. Me miró y me dijo que la última vez que habló con ella fue dieciocho años atrás y que le gustaría repetirlo. Vino uno de esos silencios marcados no para que yo contestara sino para él darse una pausa:

–Tú tienes su teléfono, supongo. Mi idea –añadió– es que tú la llames y le preguntes si quiere hablar conmigo –otro silencio–. No quiero sorprenderla, prefiero saber antes si ella está dispuesta a algo que no puedo exigirle.

Le expliqué que si ella estaba en la Florida sabía su número y conocía su rutina, que significaba esperar hasta el anochecer. Y que si estaba en Nueva York, Claudia nos informaba el teléfono del hotel. La espera de varias horas hizo posible que él se soltara en el tema tabú de su vida entera. Para él, su mujer lo había traicionado. Alta traición. Cometió la falta más grave que una mujer podía cometer. Él tenía muy claro que en el grupo social que frecuentaba no faltaban los adulterios y las aventuras, pero se respetaban unas reglas de juego entre las parejas y frente a los hijos. Su mujer para toda la vida, un buen día le informa que está enamorada de un sicoanalista y que se va a vivir con él. Reaccioné como un estúpido. Al principio creí que era una broma. Después el desconcierto, la furia, la humillación. "No te vayas." El chantaje de las hijas. Ella impávida. "Encontré el hombre de mi vida. Me voy." Creí que el mundo se acabaría y la odié, la odié varios años hasta un día en que me desperté y supe que ya no la odiaba, que hacía mucho tiempo que ya ni me acordaba de ella, que habían pasado meses sin ejercitar mi odio por ella.

Me impresionaba el tono de su conversación, suave, inalterado, sin vehemencia y sin emociones. Un testimonio, un relato que haces en primera persona sólo como un recurso literario, pero que vivió un ser ajeno y neutro.

Como a las siete de ese lunes, cuando calculé que ya habían comido y que Mariano Arroyo se subía a su taller, supe que era la hora de llamar a mi madre. Ella y yo estamos sincronizadas, como me lo señaló alguna vez y, preciso, me contestó desde el teléfono de la cocina diciéndome que su marido acababa de subirse al taller. Le conté el motivo de la llamada y ella me contestó con naturalidad que sí, que le gustaría hablar con mi padre.

Conversaron más de media hora pero nunca supe los detalles por ninguno de ellos. Apenas algunos datos aislados y la versión que ambos —de común acuerdo supongo— daban de esa llamada telefónica: quedamos de buenos amigos.

El domingo final de mi visita llegó demasiado rápido, pero iba feliz de volver a mi amante. Sólo la intensidad de la situación que viví con mi padre disminuyó en algo mi necesidad de Luis. Pero por las noches, cuando me quedaba a solas, me sorprendía hablando en voz alta, dirigiéndome a un Luis que no estaba allí a mi lado. Por las noches, él me llamaba a contarme su día, a preguntarme por mi padre, a decirme que le hacía falta. Y nos prometíamos aparecernos en el sueño del otro.

Casi al llegar le conté a Luis, con detalles, la primera conversación con mi padre. Esa decisión de morirse. Algo decidido, no a la manera de un suicidio donde hay un principio activo de muerte desencadenado a voluntad —arma, droga, cuerda, vacío— sino suprimiendo los estímulos para seguir adelante: tengo mi obra concluida, no puedo hacer lo que me place, me duele el cuerpo y, por lo tanto, decido que voy a morir.

Luis me oyó la historia y guardó silencio un rato. Estábamos ya en la casa, deshaciendo la maleta el uno, preparando un té el otro, apenas nos habíamos cruzado frases entre el taxi mientras él rumiaba todo mi cuento. Una escena vívida: yo estoy con una bolsa de tela en la mano acomodando la ropa sucia del viaje para la lavandería. En ese instante estoy agachada, Luis sale de la cocina con un pocillo en la mano y dice:

—Creo que debes estar a su lado.

Aplasté el bulto contra el suelo con las manos y lo miré por entre mis piernas. Lo vi al revés, con su pocillo, soltando la risa.

Yo no me reí. Me apoyé en la ropa sucia para recuperar la posición normal y me senté, recibiéndole la bebida caliente. Ahora era yo la dueña del silencio.

Nadie pronunciaba una palabra, Luis alargaba el mutismo instalando un disco, cuando sonó el teléfono. Luis contestó. Breve saludo que no me permitió reconocer al interlocutor.

—El cura nos invita a ver tu programa en su casa y a comer —me dijo tapando la bocina.

Con las manos le pregunté si quería ir. Él, pronunciando para mí sin dejar salir la voz:

—Voy si tienes ánimos de ir.

Terminamos en la casa de Germán comiendo ensalada mientras mirábamos la televisión. Vino después una de esas conversaciones lánguidas que tiene la gente muy ocupada un domingo por la noche, languidez agravada por mi estado de ánimo, contagiando a Luis. Nos despedimos temprano y casi no hablamos hasta después de hacer el amor, a oscuras, antes del sueño.

—Hacerle compañía significa que estaremos lejos —le dije de pronto, continuando con la conversación interrumpida por la tarde.

—Y también que pidas una licencia en tu trabajo.

—No me la conceden —le contesté.

—Entonces significa que tendrás que renunciar.

No contesté nada y él dijo:

—De hambre, no nos morimos. Posiblemente yo me muera, pero de necesidad de ti; ahora lo importante es tu padre.

Ése era el punto y de ahí en adelante todo se desarrolló según ese criterio. Lo importante era que mi padre me necesitaba. Que sus ganas de vivir retoñaron mientras lo acompañé. Y su salud. Esto era lo principal. Me demoré quince días saliéndome del trabajo. ¿Licencia? ¿Por cuánto tiempo? ¿No sabe? Pues imposible. ¿Renuncia? ¿Cómo se le ocurre dejarnos solos así, de súbito? Espere, al menos, que consigamos su reemplazo. Quince días y les dije hasta aquí me trajo el río y chao.

El trabajo fue la única fuente de conflictos por esos días: Luis estaba conmigo en todo mi tiempo libre, casi siempre entre nuestra cajita de fósforos con cocina. Hacíamos el amor y conversábamos, recurrentemente, sobre el mismo tema, mi padre. Entretanto, él permanecía en una situación estancada, en la casa, visitado por médicos que le ordenaban nuevos exámenes.

La víspera del viaje a Medellín —puedo citar fechas exactas: esa víspera fue el sábado veintinueve de marzo de 1980— estallé en llanto y en tristeza. Sucumbí ante la inminencia de que pasarían muchos días sin Luis y además viajaba a esperar la muerte de mi padre. Cuando pensaba en la ausencia de mi amor, la imagen repetida era esa precisa sensación de duermevela cuando te mueves en la cama, entre sueños, y sientes el calor y la cercanía del cuerpo amado, y ese halo sagrado basta para apaciguarte y entregarte con serenidad a la indefensión del sueño. La ausencia era lo contrario, ese mismo instante de la noche en mi cama ancha y solitaria de Medellín; el vacío que te sobresalta en esa exploración del entresueño, de repente un hielo que golpea la piel, la ausencia, el aire vacío donde tendría que estar el calor más amado.

Dormí adherida a él como una garrapata. Hicimos el amor. Intentamos, sin conseguirlo, saciarnos el uno del otro, de madrugada, después del desayuno, ávidos, volvimos el uno sobre el otro, devorándonos. Te amo, te amo, te amo. Y después –Bogotá es lluviosa en estas mañanas de marzo– las maletas entre el taxi fueron la señal para iniciar un llanto que no pude detener hasta cuando me quedé dormida entre el avión que ya volaba a Medellín. El último Luis que divisé, detrás de los vidrios, era un ser desamparado que veía partir a su amor, el amor de su vida, una muchacha que tenía un pañuelo de papel sobre las narices.

Puede ser –especulo para autotorturarme– que ese Luis, el mismo Luis enamorado de la víspera de delirio erótico, sea el último Luis totalmente mío. En el caso de que la verdad de la historia sea que perdí a Luis cuando no contó conmigo para cambiar de oficio, entonces ese muchacho triste que me decía adiós detrás de los vidrios sucios, fue el último Luis íntegramente mío. Y esa noche, sábado veintinueve de marzo de 1980, la última noche en que nos dimos enteros, sin escondernos nada.

Me releo con la duda de si se pueda ser tan tajante con estas cosas. Si el amor desaparece así, en una fecha exacta. Luis dejó de amarme en tal fecha, a tal hora para precisar el lado cómico del asunto. O si somos como la tela de la ropa, que se va decolorando sin que podamos precisar cuándo pierde su tono original. El tiempo le cambia el tamaño a las cosas. En ese instante, montada en ese avión, no me concebía a mí misma sin Luis. Él era algo definitivo en mi vida. Definitivo, pensaba, y por lo tanto eterno. Creía esto aun en los tiempos posteriores, cuando ya ciertas cosas de él, desconocidas antes para mí, me exasperaban. Es más, escribo esta carta para afirmar, de un modo testimonial, a manera de catarsis, que soy posible sola. Que existo sin Luis. Afirmar esa convicción me ha costado tanto, ha consumido tanto de mí, que ya no queda una Raquel que pueda enamorarse. ¿Podría yo vencer este miedo que se me aparece en la boca del estómago?

Pero me adelanto, vuelvo a la lluvia de hoy, cuando te escribo, en vez de aterrizar bajo la lluvia de marzo en Medellín, hace varios años, en otra estación del túnel del tiempo.

Cuando lo vi, noté que la situación estaba estancada. Mi padre, recluido en la casa, muy quieto, muy apático, pero sin impedimentos para caminar, llevando una dieta blanda. Estaba contentísimo de que yo llegara a quedarme con él y me esperaba para que viéramos juntos mi último programa, que disfrutó imponiendo un silencio que sólo podíamos romper en las propagandas. Todos, hasta los niños de María, estaban dispuestos a complacer al abuelo en la velada frente al dios familiar, el aparato de televisión.

El miércoles dos de abril de 1980 llamé a Claudia para contarle lo que yo acababa de saber, que mi padre tenía un cáncer mortal. Recuerdo con exactitud la fecha por un incidente de la llamada. Claudia maldecía como un estibador borracho porque si hubiéramos sabido antes de empezar el mes, el computador podía programar unos turnos que ya estaban en ejecución. Mierda, nos manda una puta máquina, decía. Cuando Claudia está confundida se pone soez, me dijiste una noche. Aquí fue así. No podía estar en Medellín hasta el primero de mayo y además tendría que pedirte que cuidaras a Boris hasta el comienzo de las vacaciones de verano, cuando él se vendría para Medellín. Así como lo hablamos, así ocurrió. Un mes después Claudia estaba en Medellín.

El anuncio del nombre del mal fue una especie de conjuro para precipitar las cosas. A los pocos días –las fechas vuelven a su nebulosa habitual– lo llevamos a la clínica. El nombre cambia todo. El dolor se llama cáncer. La muerte se llama cáncer. El cáncer es el emblema de una fatalidad, de un sino. Es martes –odio los martes–, lluvias de abril. Estamos en el hospital. Él entró a consulta con un médico. Yo espero en una antesala inmensa. Él sale. Voy a su encuentro.

–Yo sabía que algo andaba mal –me dice con ese tono neutro de su afecto y de sus confidencias–. Tengo cáncer.

Yo lo abrazo y abrazados nos vamos hasta el carro. No lloramos. Él, porque sólo esperaba el nombre médico de la muerte que veía cerca. Yo, porque no me sentía con derecho a llorar. Vine a acompañarlo. A estar con él, viajé a Medellín por esa razón y aquí se trataba, para él, de haber encontrado el nombre, el más inexorable, que convenciera a los médicos –y también a nosotros– de lo que él ya sabía: que se estaba muriendo.

Cuatro o cinco días después hospitalizamos a mi padre. Y comenzó a perder, en parte, creo, por las drogas que le administraban. Viví en ese hospital como un mes. A veces, cuando estaba animado, me hablaba un poco o prendía el televisor. Otras, largos ratos, me tenía la mano entre las suyas.

En el momento más inesperado, aparecía doña Gabriela en el hospital. Y siempre, cuidadosamente empacada en papel de aluminio, me traía alguna delicia de su cocina, permanecía un rato conmigo, me decía al despedirse que me tenía siempre presente, que rezaba mucho por mi padre y terminaba mandándole saludos a su hijo, a sabiendas de que todas las noches yo hablaba con él.

También Esteban me visitaba con frecuencia. Su juego de afecto conmigo consistía en sacarme del hospital un rato y hablarme de temas distintos a la salud de mi padre. Su discurso favorito de entonces, renovado cada vez con evidencias recientes, era que los narcos estaban en el curubito de su poder y de su gloria. Insistía en que cometían un error, el error del nuevo rico, que es la ostentación. Y contaba cuentos de ostentación dignos de Babilonia. Me llevaba a comer helados, me paseaba en carro señalándome los lugares de moda. Me mostraba los carros que pasaban. Mira ese Mercedes, ojo a aquel Porsche.

Esteban se hizo más presente desde la llegada de Claudia, que fue muy grata para mí. La víspera hablé con ella cuando acababa de entrar al apartamento en Bogotá. Me pedía que me comunicara con Esteban, que él iría al aeropuerto, para que me llevara con él a recibirla. Luego pasó Luis, besitos y cariños por teléfono, te quiero, me haces falta, pero nada más. Por eso no podía creer cuando vi a Luis al lado de Claudia, caminando en la sala de equipajes. Yo saltaba de la felicidad. Claro, me olvidé del calendario, primero de mayo, festivo y jueves, significaba que Luis venía por todo el puente, hasta el domingo. Cuadró todos sus horarios y no tenía clases el viernes. Yo lo abrazaba y lo besaba y él me contaba que fue muy difícil aguantar la noticia por el teléfono y darme la sorpresa.

Ese fin de semana fue un intermezzo. Mi padre se mejoró notoriamente con la llegada de Claudia. Un día, el día en que ella llegaba, amaneció transformado, eufórico, conversador, hasta glotón. Claudia aquí, mezcla de hija y de profesional de los hospitales, mi hermana preferida. Luis, mi amado Luis, conmigo. Y mi padre recuperado, justo en ese momento. A la vez, Claudia era la recién venida y vivía un gran romance con mi reanimado padre. Todos en la familia, comenzando por ellos dos, conspiramos para dejarlos solos, conversando. Después las conjeturas obvias se confirmaron, él le decía a Claudia lo mismo que me había dicho a mí a lo largo de una semana. Y se reconciliaba con ella.

A su llegada, Claudia se internó con mi padre y yo me fugué con Luis por las noches, tranquila por la mejoría de mi padre, enamorada y feliz. En los ratos en que yo estaba en la clínica, Esteban y Luis andaban juntos. La recuperación de mi padre duró lo mismo que la visita de Luis. Aquí el momento, ya lo supones, para mis llantos de aeropuerto.

Al comenzar la nueva semana, mi padre decayó a su estado anterior. Lo único que cambiaba, y el cambio era notorio, era la química general de la familia, incluyendo al enfermo, con la llegada de Claudia. Asignando símbolos, ella es la fuerza. Y la utilizó para enseñarnos, sin sermones, con su sola presencia, que teníamos que asumir lo inevitable.

Mi padre estaba mal, muy mal, los médicos se declaraban impotentes, pero estaba estancado, como esperando algo que él mismo no sabía qué era. Claudia decidió que lo lleváramos para la casa. Apenas le consulté, él dijo de inmediato que sí. Max, generoso, dijo que pagaba una enfermera de día y otra de noche. Así que después de un mes, o un poco más, mi papá estaba de nuevo en la casa, ya reducido a un catre de hospital, consumido, agotándose.

Cuando llegó Boris se repitió la historia. Se mejoró un poco, sólo por un día, y estuvo un rato con Boris. Y volvió a empeorar. Esa noche tú llamaste para saber cómo había llegado el jovencito de quince años y a preguntar por mi padre. Mi hermana te contó que él mejoraba de repente con la llegada de Boris, así como cuando ella había llegado. Tú le dijiste dos veces, telegráficamente:

—Está esperando a alguien. Está esperando a alguien.

Así pasaron dos meses. A mediados de julio seguía lo mismo. Un día, el dieciséis, llamó mi madre de Nueva York y dijo que al día siguiente venía a Bogotá y que el dieciocho estaría en Medellín. Las tres hermanas decidimos no contarle nada a mi padre hasta confirmar la llegada de ella a Bogotá.

Resumo la historia que he venido contando así: el diecisiete llegó mi madre a Bogotá. Esa misma noche le conté a mi padre que mi madre estaba en Colombia y le pregunté si deseaba que ella lo visitara. Se reanimó al instante. Como conmigo, como cuando llegaron Claudia y Boris, me dijo recuperando el aplomo en la voz:

—Le dije que si salía, nunca volvería a pisar esta casa. Otra razón para querer que venga aquí.

Esa noche recuperó la euforia, conversó con las tres hijas, un poco en broma, repitiendo chistes familiares, anécdotas de la una o de la otra. Las tres creíamos que amanecería de igual ánimo, dispuesto a recibir a su exmujer. Pero no. Se gastó la energía que le quedaba en la euforia de la espera. Amaneció muriéndose y acabó de morirse antes de que ella llegara, cuando venía en camino, como a las ocho de la mañana del dieciocho de julio.

Está esperando a alguien. Esperaba a mi madre. Que la familia que él quiso para su vida, estuviera al menos para su muerte.

Ahora dime una cosa, mi querida Juana: ¿fuiste tú quien convenció a mi madre de que se viniera para Colombia? Tú sabías que, si él esperaba a alguien más, esa persona podía ser ella. Contéstame esas preguntas, o mejor, confírmamelo, pues por adelantado sé que la respuesta es sí. "Está esperando a alguien."

No recuerdo nada de los siguientes dos días, salvo que la primera tarde apareció Luis. Esteban le avisó y allí estuvo conmigo todo el tiempo abrazándome en mi llanto, dándome calor para ese hielo que sentía por dentro.

El viernes nos reunimos todos en la casa de María. Los niños estrenaban abuelita. Era toda una novedad para ellos. Ayer se murió el abuelo, pero hoy tenemos abuela nueva.

El domingo estábamos de regreso a Bogotá. Yo era una mujer sin padre, sin trabajo y pasaría algún tiempo para que me enterara de que ya, ese día, era una mujer sin marido. (*Sigue.*)

✉

DE LUIS A ESTEBAN
Bogotá, sábado, agosto 11. 1979

Mi querido Juan Esteban: Fue como sentirme en el colegio de nuevo. Los olores de la casa, el color de la pared frente a mi cama –con sus sombras y sus manchas, más antiguas en mi memoria que Altamira– los platos de mi madre, tu descarado, inevitable y, lo confieso, delicioso entrometimiento. Y para darle ese toque de irrealidad que tiene cualquier mágico retorno a edades doradas, la presencia de Raquel, ese pedacito de paraíso que lleva mi corazón.

Me tenía que curar con la fuerza del encantamiento de risas y aromas culinarios, de cuentos y música interminable. Para la fiebre, el cirirí de Esteban. Si no te curas, te mueres borracho de oír barbaridades. Menos mal no me leíste tus poemas: el estado de coma hubiera sido inevitable.

Como una regresión al jardín de otros tiempos, con tu ayuda, las caricias de Raquel, los calditos de mamá y mi fiebre de la primera noche, la mejor disculpa para ocultar otra certeza íntima, el atolondramiento del recién llegado.

Ay, amigo, gracias de nuevo por las compañías de esos tres días de pañuelos de papel y bebidas calientes.

Ahora ya estoy embebido en mi rutina. Me sumergí de lleno en los deberes de profesor. Lo primero que noto es que circulan por los pasillos varios profesores que, al principio, confundí con alumnos. Los novatos son otros. Ahora soy un profesor con una especialización. Ya no presto el servicio militar obligatorio de Literatura dos y esas burradas. El profesor Jaramillo no sólo escoge sino que puede proponer cursos. He ascendido sin darme cuenta. Sin darme cuenta he envejecido.

Claro que no todo es miel. Al tercer día de reincorporarme a mi trabajo, voy caminando con rumbo a la biblioteca, distraído me desplazo, cuando he aquí que me tropiezo a boca de jarro, ineludible, frente a frente, al señor vicerrector eterno, el doctor Probeta. Él ya me está penetrando con sus ojos de Torquemada cuando yo lo descubro. Nuestras miradas se cruzan un instante, pero la de él se desvía un tris, atraída por mi boca que está abierta por la sorpresa y por el miedo.

–Luis Jaramillo Pazos, buenos días –me dice ya desviando la mirada.

–Buenos días –contesto como un autómata.

Soy paranoico. No era un saludo. Era una advertencia. Yo no lo olvido. Yo lo recuerdo. La universidad —es decir, yo— lo tiene en la mira, no lo pierde de vista. Cuidadito.

Es una amenaza latente. Un cañón sobre mi oreja. Lo principal es que ya tengo asimilada la rutina diaria de mi trabajo. Y que mi Raquel se graduó sin tropezar con nada. Ahora está buscando trabajo. La llamaron para algo de TV y de seguro la contratan.

El único vacío de mi viaje a Medellín fue no conocer a Marta. Todavía no terminan mis carcajadas desde cuando me contaste que no te has podido acostar con ella. Increíble.

Todavía más inconcebible es que tú persistas a pesar de ese a-que-te-cojo-ratón que lleva año y medio. ¿Tan envuelto te tiene? No la conozco, pero con semejante capacidad de extorsión que tiene sobre ti, esa chica acabará llevándote al altar. Ja, ja, ja.

Y yo me reiré, me reiré, me reiré, Juan Estálamo.

Con un gran abrazo, un beso de Raquel y esperando verte pronto,
Luis

✉

DE ESTEBAN A LUIS
Medellín, sábado, octubre 13 . 1979

Mi buen amigo: Esta mujercita me va a volver loco. Ya aprendí que si le demuestro demasiado interés, ella me incumple, me queda mal, me deja esperando. Busco el encuentro casual con ella. Es fácil. No es la magia de los encuentros de La Maga y Oliveira, librados a un azar de lotería. No, aquí la rutina es unos cuantos lugares de moda. Dos apariciones intempestivas, más en busca de la piscina que de su dueño.

Es divertida y chistosa. Está llena de cuentos para cada oportunidad. Adora el cine y ha visto todas las películas imaginables. Conmigo es muy simpática pero no está lejos de cierta ironía en algunos momentos en que me quiere hacer sentir que está lidiando con un anciano. Siempre que puedo, de todas las maneras posibles, le pido que se acueste conmigo. Se ríe. Me elude. Cambia el tema. Me dice que sí pero ya, y suelta la carcajada, en fin, se me esfuma consciente de todo el poder que ejerce sobre mí.

Anoche nos emborrachamos. Bailamos y bailamos, bebimos y bebimos tanto que ya muy tarde, al fin Marta y yo solos, entramos abrazados a esta casa. Abrazados: no era el abrazo de dos enamorados que se encaminan al lecho. Era el abrazo de dos ebrios que caminan zigzagueantes y se ayudan a mantenerse en pie recostándose sobre un prójimo comprensivo.

–¿Por qué no me llevas a mi casa? –me reclamó arrastrando la voz.

–Porque no puedo manejar más, pero escoge la habitación que quieras...

Se me vino encima apretándome con ambas manos, cambiándole el sentido a nuestro abrazo que de mero apoyo físico pasaba a ser refugio de niña atemorizada:

–No, no, por favor, me da miedo dormir sola.

Casi reptamos hasta mi habitación. En dos segundos, Marta estuvo en ropa interior, metida entre las cobijas, murmurando con voz consentida que apagara la luz.

Se me quitó la borrachera. Después de meses de buscar la oportunidad, aquí estaba, por fin, la niña semidesnuda entre mi cama. Era cuestión de meterse a su lado, en calzoncillos, arrimar la pierna o montar el brazo, insinuar mi calor y mi deseo.

Tu carcajada miserable me indica que, a pesar de la oscuridad, visualizas bien la escena siguiente: luz apagada. Yo, despierto como un búho, extendido al lado de Marta. Marta profunda, visitando submundos, con una respiración lenta como única prueba de que algo de ella estaba conmigo. Arrimo una pierna. No se inmuta. Pongo una mano sobre su vientre desnudo. La deslizo despacio, con suavidad. Ella no se mueve. Respira sin cambiar el compás. Prolongo la caricia. La extiendo a zonas más íntimas. Su contacto cambia la intensidad de la caricia. Marta la siente como algo que le estorba a su sueño. Reacomoda su cuerpo, de tal manera que mi mano traviesa queda posando sobre su nalga como si fuera parte de las cobijas. Oh, piel suave, camino de mis más íntimas torturas. Estoy despierto y excitado. Intento nuevamente. Su piel me produce el efecto de una descarga eléctrica. Ardo. Ella es una materia inerte que sueña. Respiración sin tacto. Ella no me siente y entonces descubro que está durmiendo su borrachera. Que nada la despertará. Que si quiero hacerle el amor tengo que violarla. Que no soy ningún violador y amanezco en mi cama, al lado de la mujer que más deseo sobre la tierra, ella semidesnuda y profundamente dormida, yo despierto, deseándola. Cuando ese gris que acusa toda ebriedad se colaba por entre las cortinas, más víctima de la tensión y del cansancio, el sueño me llegaba a ráfagas. Dormía unos instantes, a lo mejor minutos, y despertaba saltando, como si algo golpeara en la medula espinal. No descansaba, apenas me dejaba vencer por una fatiga que se aparecía en el sueño en forma de pequeñas pesadillas, frases recurrentes, obsesivas, revientacráneos y, de pronto, una pequeña explosión, un sobresalto, y otra vez despierto, sin tocarla pero sintiendo el calor que irradia la nalga de este prodigio que yace indiferente a mi lado.

Sí, ríete maldito, años de levantar brujas con hacer un chasquido y este pequeño demonio del deseo burlándose de mí. Esta mañana, cuando ella despertó, como supondrás, yo estaba furioso. Estaba con una ira horrible que uno no descubre que tiene sino que capta, mientras se oye hablar, toda la irritación de cualquier palabra que pronuncie. Le peleé. Usted cree que yo soy de palo. O que soy marica. Esto es una tortura. Desnudarse, bueno, sí, concedo, casi desnudarse y caer en mi cama toda la noche. Es un tormento. Usted es una hijueputa conmigo.

Lo anterior es apenas un resumen de mi retahíla. Ella, impávida, sin perder el humor que yo extravié en mi duermevela, me contesta con su lógica de computadora:

—Yo amanecí en tu cama porque me daba miedo amanecer sola. Y yo te lo dije. Tú eres el que interpreta mal la situación y te pones en plan de sátiro.

Cambio de estrategia. Bueno, la noche ya pasó pero ahora es ahora y yo sigo loquito por ti, etcétera. Nada. Es una anguila. Se me escurre con una crueldad que ella no capta. Ahora es el momento. Sábado. Solos. Casi desnudos. Aquí. Ahora.

Ahora sí la tengo. ¿La tengo? Nada. Lo único que consigo, cuando se siente acorralada, obligada, es que no me conteste con un chiste. Que su expresión, por una vez, no refleje la risa sino un gesto serio que acompaña su "no" enigmático:

—Hay momentos en que no es posible —por primera vez, me da un beso en los labios.

Nada que contestar. He aprendido que este tipo de insinuaciones suelen estar relacionadas con gineco-enfermedades, gineco-padecimientos y gineco-misterios. Y afirmo, mi amigo, mi potestad de soltero de negarme a saber nada de ese mundo. Me basta con saber que el piso bajo de las mujeres es demasiado delicado. Y yo no quiero que a una mujer le duela cuando yo intento que goce.

Más que pensar en otro nuevo ardid de mi pequeña diabla, conjeturo que su misteriosa respuesta aludía a ese territorio de sensaciones y padecimientos imposibles para un varón.

La muchachita terminó nadando semidesnuda en la piscina mientras esperábamos un desayuno levantamuertos.

Después se fue y yo quedé aquí solo, inspeccionando mi libreta de teléfonos en busca de una adúltera que se escape un sábado por la tarde de su casa –asunto complicado por hijos y marido– para satisfacer toda esta lujuria mezclada con tristeza.

¿Monotemático yo? Espérate a que logre coronar la intimidad de esa diosa. Espérate. Mientras tanto, el tedio y la frustración me sirven para que la comicidad que tiene el relato literal de mis desventuras, tenga la exigua virtud de hacer reír a un amigo.

Celebré mucho el enganche de Raquel en televisión y mi celebración fue más efusiva cuando vi su primer programa. Es excelente. Ella está innovando el concepto visual. Siento mucho por ti, sólo por ti, que el programa sea dominical. Sé que la pierdes por lo menos el sábado, pero queda la satisfacción de la estupenda labor de tu mujercita.

Cuéntale a Raquel que sigo fiel a las llamadas de los viernes a su hermanita y que están muy bien. Claudia, tan hermosa, me dice que se siente incompleta sin ustedes.

Ya sé que los compromisos profesionales de nuestra Raquel limitarán el tiempo de la visita de ustedes a Medellín este fin de año. Pero de todos modos los espero, sin gripas, este próximo diciembre. Con un gran abrazo,
    Esteban

✉

DEL DIARIO DE ESTEBAN
Medellín, sábado, octubre 13. 1979

Logro desahogar parte de mi furor en una carta para Luis. La releo y toda esa ira apenas es un ingrediente de una situación de opereta. Soy un viejo verde. Soy un obseso sexual. Entre ceja y ceja tengo el coño de esa muchachita. Nada me interesa, salvo acostarme con Marta. Y ella me maneja como le da la gana. Me abandona durante semanas y me apabulla con su lógica. Sí, dormí desnuda en su cama porque le advertí que me da miedo dormir sola. ¡A la mierda! Al menos en la carta para Luis, la crueldad del asunto se disimuló con cierto humor. Lo grave es que, por hilarante que logre ser el relato, yo estoy que me reviento de las ansias y de la frustración.

El otro asunto es Luis. Regresa y durante los tres días que está en Medellín conversamos sin interrupción de todos los temas divinos y humanos con la misma naturalidad y la misma confianza de toda la vida. Sin límites.

Nos escribimos y los temas fluyen con espontaneidad. Pero hay un hueco que nunca llené y que es un bache en todo este paisaje. Pelusa le propone a Luis que le ayude en su tráfico de cocaína. Luis me insinúa a mí en una carta que le atrae el ofrecimiento. Yo le escribo una larga carta dedicada a disuadirlo. Él me despacha con un párrafo donde me dice tía regañona y el tema se disuelve en un silencio que yo siento con mucha incomodidad, sobre todo cuando pienso en dos cosas: una, que su nefasto cuñado circula con sus millones infectando la órbita familiar y, dos, que Luis se está quejando a toda hora de su falta de dinero.

DE LUIS A ESTEBAN
Bogotá, miércoles, enero 2. 1980

Mi querido amigo: Cuando el sábado me escapé de la casa de mi suegro enfermo y abandoné a Raquel para conocer a Marta, lo primero que me gustó fue su belleza. Es, como lo decías, de parar la respiración. Y me encantó esa energía que irradia y ese don natural de la réplica oportuna y divertida, que frecuentemente se confunde con la inteligencia. Pero lo esencial es lo primero: la belleza predispone, te vuelve más indulgente, más atento. En eso consiste el poder seductor de la belleza.

Acto seguido, cómo se nota el cariño cuando se dirige o se refiere a ti. Claro que, para lo que te voy a decir más adelante, la pregunta que te formulo, sólo para que tú mismo te la respondas, es si la muchacha es más cariñosa contigo cuando están delante de los demás que cuando están solos. Si es así, preocúpate. Y preocúpate más si, cuando están a solas es seca y distante y evasiva –con su habilidad verbal, adivino que se transformará en un puercoespín nadando en tu piscina y lanzando dardos–. O, planteando la misma pregunta de otra manera: si Marta no es tan cariñosa contigo a solas como lo fue en mi casa delante de todo el mundo, entonces te está haciendo un doble juego.

No tienes que responderme. La pregunta es para ti. En caso de que la respuesta sea no, el doble juego consiste –por un lado– en tratar de ganarse a tus amigos, que deseamos que te quieran bien y que seas feliz con quienes quieres. Por otro lado, esa abundancia de ternuras generan en ti unas expectativas –sí, me ama– que luego no se cumplen y que más te apegan a ella y más te frustran.

Varias veces en la vida tú y yo hemos creído necesario escribirle al otro ciertas cosas que el pudor nos impide comunicar en una conversación y que nuestro sentido de lealtad nos obliga, por duras que parezcan, a decirlas sin tapujos.

Ahora me corresponde a mí el turno y, preciso, en un tema en que no cabe ningún razonamiento. Estás enamorado. Estás ardiendo en deseos por ella. Marta está dentro de ti y no puedes pensar. En un estado como éste, nadie te puede persuadir de nada. Así que lo único que espero como gratificación por hablar, es que me odies. A mi vez, reconozco que la chica es tan atractiva, tan fuera de lo común que cualquiera, hasta un experto en veteranas como tú, se encapricha con ella.

El cuento comienza el sábado pasado, el mismo día que la conocí, cuando la llevaste a mi casa a comer. Recordarás que después del café te despediste, aun antes de que Raquel llegara a pasar la noche. Bastó que Marta dijera que tenía que madrugar para que le obedecieras, a pesar de mi pregunta resentida:

–No se vayan. Esperen a Raquel. ¿Para qué tienen que madrugar un domingo treinta y uno de diciembre?

Me contestó con una carcajada y me dio un beso en la mejilla que traducía "estoy resuelta a irme ya". Nos quedamos mi madre, Cecilia, Moisés y yo.

–¡Qué muchacha tan bonita y tan bien educada! –misión cumplida: el poder de seducción de Marta quedó patente en la frase de mi madre.

–¿Bien educada? –replicó Cecilia–. Si es la más puta que yo conozco.

–Niña, por Dios, no te refieras a nadie en esos términos–, dijo mi madre con suavidad.

–Lo que pasa es que no te gustó porque le coqueteaba a tu marido –le dije en tono de burla.

–¡Ajá! –me miró Cecilia muy seria–. Tú también te diste cuenta.

–No, no me di cuenta. Te estoy tomando el pelo.

–Ojalá me coqueteara –bromeó Moisés–. La morena es divina.

Cecilia sonrió y, fingiendo que le daba un codazo, dijo:

–No es por hablar mal de ella, mamá. Es porque creo que esto lo debe saber Esteban.

–¿Y cuál es la revelación? –pregunté.

–Que la niña es una puta.

–¿Cómo que una puta? ¿Tú la conoces?

Cecilia y su marido se miraron como si convinieran en soltar todo. Ella habló:

–Tú conversabas por teléfono con Raquel cuando nosotros llegamos. Nos saludamos como viejos amigos. Ella va a todos los lugares de moda. Al gimnasio, a los bares, a las galerías.

–Marta vivió con el dueño del gimnasio –reveló Pelusa.

–Pero no se la aguantó. Él es amigo nuestro y sabemos que todavía la ayuda. Ella va mucho allá, se pasea con cara de propietaria y se consigue muchachos muy jóvenes y muy musculosos.

–Pero no parece lo que ustedes dicen... –ensayé.

–Ésa es la gracia. Que es muy bella, que es divertida, que dice cosas inesperadas. En una palabra, que parece una inocente y desprevenida muchacha sin ninguna sagacidad, sin ningún doble juego. Pero se nota que tiene embrujado a Esteban y que él no sabe nada de esto.

En ese momento llegó Raquel, y Cecilia y Pelusa aprovecharon para despedirse. Murió el tema en la conversación, pero se mantuvo en mi cabeza desde ese día.

Cuando te vi el domingo, cuando ayer nos llevaste al aeropuerto, todo el tiempo tuve presente el asunto sin sentirme capaz de contarlo. Apenas llego y tengo un rato, pues me instalo a escribírtelo y a soltar todas mis dudas.

La duda previa, es si te cuento o no te lo cuento. Opto por la primera opción porque necesito cumplir conmigo. No me quedo con el taco en la garganta. No me quedo con la sospecha de que te engañan. Me sentiría sucio contigo.

Pero la duda principal tiene nombre de mujer. Marta. Sé que no tienes ningún nivel crítico en ese estado puro de deseo que padeces. Cualquier argumentación que oigas, la omitirás sin piedad.

Por puro hábito analítico de investigador profesional, considero también la hipótesis de que, así como Marta amanece en tu cama sin hacer el amor contigo, que estás a su lado reventándote, así se comporta con el dueño del gimnasio o con los jóvenes hércules que se levanta por ahí. Supongamos eso. Y es peor, mi amigo. No la puta que te juega a ti el juego de la castidad, sino una extraña especie. La virgen puta. Incapaz para el amor, para cualquier grado de compromiso afectivo, aun el precario compromiso de alcanzar un buen orgasmo con algún amigo. Corazón sin lazos, sólo estará contigo a la hora del jolgorio, nada profundo, ni siquiera ese remedo de la profundidad que es algo intenso. Su incapacidad para ligarse le desarrolló la habilidad para eludir, para alimentar esperanzas. En otras palabras, mientras más la necesites, menos posibilidades tendrás de acostarte con la virgen puta.

La virgen puta. Provoca y no complace. Estimula y se esconde. Si en su alma hay algo de fondo –y es posible que no– debe sufrir mucho: posee todo –la belleza, la gracia, la simpatía, el magnetismo– y no lo concreta en un amor, en un compromiso que ubique el centro de gravedad de su alma. Ella es incumplida: te deja esperando cuando se cita contigo. No te respeta: ni siquiera te avisa que no llegará. Cuando le reclamas una disculpa, reacciona como si la falta fuera tuya diciéndote que no la fastidies, que no la regañes. Para ella vale como ofensa tu irritación y vira el tema de la discusión a tus reclamos y no considera para nada el dato principal, que te dejó plantado una noche entera, que te utilizó. A ella no le importa porque es incapaz de adquirir ningún compromiso. Como pauta de su comportamiento, Marta no puede tener en cuenta a nadie adicional a ella misma. Cuando digo que es despreocupada, me refiero a que no le preocupa otro que no sea ella. Los demás son medios para tener esto o aquello. Los demás, que miren, que disfruten sin tocar la mercancía, ella pasa, inasible, manipulando todo. Mientras más tome de ti, más te cerrará las piernas.

A propósito, otra pregunta, también muy cruel, pero que no es para que me contestes a mí, sino a ti mismo: ¿ya la comenzaste a colmar de regalos y a complacer sus antojos? Entonces te estás comportando como un imbécil.

Te conozco lo suficiente como para adivinar qué estás pensando en este momento. Algo que afirmas cuando te refieres a ella. Marta ha sido siempre "muy honesta". Ella nunca —me dices— ha admitido un compromiso contigo más allá del que manifiestan sus palabras. Entonces presumes de objetivo y, sin temblores de voz, concluyes que ella es una amiga aficionada a tu piscina y tu rumba, y que tú estás tratando de seducir desde hace –¡qué marca!– casi un año. Todo muy objetivo, muy desprovisto de pasión, sin otros significados ocultos. La versión oficial y externa que omite datos más crueles, más secretos, más implícitos.

En realidad existen dos relaciones. Esa primera externa, verbal, codificada. Pero también existe un juego no verbal, lleno de mensajes y con un contenido más profundo que esa versión oficial. Desnudarse en la piscina, acostarse en tu cama por miedo a los espantos, ese a-que-te-cojo-ratón de las esperas, las citas incumplidas, las ironías que se desvanecen en la extremada –y, por eso, sospechosa– deferencia que demuestra contigo delante de tus amigos. Ésos también son lenguajes válidos, mucho más perceptibles y más punzantes que la huera racionalidad que ella manipula y que tú enuncias dándotelas de objetivo. Valen mucho más. Trasmiten mensajes más intensos, comunican mucho más. Y allí, justamente allí, está la trampa que ella te tiende. Negar con las palabras este nivel que usa para mantenerte atado. Atadura de marioneta, ella hace contigo lo que quiera mientras tú aceptes tan sólo un nivel verbal que ella impone como única manera de comunicación contigo, como inapelable criterio de verdad, esa pobre verdad de niña desprevenida: ¿no faltan allí muchos más elementos?

Me detengo. Te diría más, pero admito que ya me estoy excediendo. Lo que a mí me importa es que no sufras, que nadie te hiera, y temo que Marta puede causarte daño porque estás totalmente indefenso ante ella. Estás a su merced y yo creo que no te quiere. Ella no te quiere y te va a maltratar. Ojalá me equivoque, pero ésa es la principal motivación para escribirte este cuento.

Cambio de tema. En primer lugar para una súplica: por favor, contéstame esta carta. Me temo que te vas a enfurecer y no deseo que eso suceda. Y también cambio de tema —el tono es el mismo, sombrío— para contarte de la preocupación de Raquel por su papá. Esta semana le entregan algunos exámenes y le practican otros. El señor está desalentado, sin bríos, sin ganas de vivir, y Raquel está triste. Ojalá sea algo pasajero.

Con un gran abrazo (y besos de Raquel),
Luis

✉

DE ESTEBAN A LUIS
Medellín, miércoles, enero 9 . 1980

Mi amigo: A veces me enfurece más ella que tu carta. Me promete que a tales horas y no me cumple. La llamo y no saben dónde está. Desaparece sin dejar explicación. Y luego, cuando me preparo a pegarle un buen regaño, me colma de frases amables, me da besitos y me domestica.

Admito tus buenas intenciones. Admito que esos cuentos de tu hermanita pueden ser verdad, admito que Marta me maneja a voluntad. Y, ¿de qué me sirve admitirlo si continúo loquito por ella?

Soy un adicto, tengo el vicio de una droga que no he probado.

Soy periodista, ¿sabías? Mi oficio es estar bien informado y nada de lo que me cuentas lo ignoraba. De cada dato, además, tengo varias versiones. Y ¿de qué mierdas me sirve todo esto? ¿Para confirmar que no me quiere, como tú dices? Pero, si no me quiere, ¿cómo explicar todo su afecto anoche en una discoteca? Aún en el extremo de admitir que no me ama, mi orgullo me dice que la seducción consiste en eso, en convencerla de que me ame. Por eso no la hostigo, por eso permito que ella imponga las reglas de juego. Ella tiene la prenda que persigo.

No te preocupes, no te odio por lo que me cuentas. Ahora, más que nunca, envidio tu armonía amorosa, tu apacible y apasionada monogamia. Esa paradoja entre la suavísima relación de trato en la rutina, y los excesos físicos que, enamorado, te has atrevido a confesarme. Prueba *ab absurdum*. Dices que mientras más nos ligamos, menos probabilidades tengo de acostarme con ella. Con lógica, de ahí se seguiría que si me desligo, si me las tiro de indiferente, pues ella se interesará en mí y finalmente me regalará su tesoro. Hice el ensayo, me alejé. Y ¿qué crees que hizo ella? Pues nada, mi amigo. Nada. Y el día en que la busqué –el lugar de moda, el sitio para emborracharme mientras Vivaldi te adormila– allí estaba con un grupo de amigos. No me vio. O se hizo la que no me vio, no importa. Sólo me miró cuando fui a saludarla:

–¿No te he hecho falta?

–La misma que yo a ti –me contesta evasiva.

–Entonces mucha, mucha falta –le sonrío.

–Ahora, no –me dice fingiendo seriedad.

–¿Por qué ahora no?

–Ahora no me haces falta porque estás aquí –beso, y quedo atrapado.

El mismo día, la desolación me lleva a buscar en mi libreta el teléfono de una adúltera disponible.

Mi venganza es tan anodina frente a Marta, que ella ni se entera ni le interesa. Simple extravagancia mía, cierta forma retorcida de mi lujuria. Tu amigo,

Esteban

Posdata. Déjame saber cualquier cosa que suceda con el papá de Raquel. Dile que la acompaño, que estoy con ella. Y dale un beso de mi parte. Dile y dale. Vale, E.

DE LUIS A ESTEBAN
Bogotá, miércoles, marzo 5. 1980

Cuán Estulto: Creo que la frase se la oí a mi viejo amigo, el muy lúcido Juan Esteban. ¿Lo recuerdas? Él decía que nadie más semejante a un imbécil que un enamorado. Ahora te puedo cambiar el nombre sin que puedas chistar: Cuán Estulto.

Contra la peste del amor, contra la alteración de las vísceras que produce el deseo sexual insatisfecho, no hay razonamiento ni potestad alguna que pueda luchar. Nunca el lugar común que identifica el deseo con el fuego es más preciso que cuando se les inscribe en el tiempo. Entonces, cabe esperar que la combustión se extinga por sí sola. Solamente satisfacer la fijación del deseo o esperar –entre la locura, el insomnio y el dolor en la boca del estómago– a que el fuego se consuma en las entrañas.

Ah, lo siento mi pobre Estulto, pero no te puedo dar consuelo. Y, para tu humillación –toco madera– tampoco tengo experiencias personales para contarte.

Salvo el relato despiadado de la ausencia. Esta semana nos hemos separado por fuerza de la enfermedad del padre de Raquel y aquí estoy con todos los pensamientos depresivos del mundo o, al menos, los que tú dejas de sobra. Hace cuatro días que mi niña se fue y regresará dentro de otros cuatro eternos días. Soy una mitad hace noventa y seis horas.

La semana pasada, María le insistió que visitara a su padre. Y en una semana ejecutó todo el trabajo equivalente a quince días y consiguió un permiso. Esa semana demencial casi no nos vimos. Ella llegaba a las tres de la mañana y yo salía a las siete. Pero era obligatorio que el uno despertara al otro. Hicimos el amor a las horas más insólitas. Y, de repente, en medio del último sueño, el sábado, se me apareció, bendita siempre, para desaparecer con rumbo a la casa de su padre horas después. Y desde entonces no tengo sueño porque no la tengo a ella.

Todas las noches hablamos por teléfono. Así descubrí que tengo un rival que todos los amantes del mundo padecemos. Raquel está enamorada de su padre. Un amor que siempre se opacó, por el respeto, ahora, cuando el señor espera la muerte y le habla largas horas, se alborotó sin cortapisas. Ella está tan emocionada –decir que está contenta, sabida la enfermedad de su padre, es un despropósito– que yo no le hago demasiada falta en los momentos en que descubre a don Rafa. Por las noches, cuando se queda sola, me extraña mucho mientras yo aquí casi agonizo por su ausencia.

Tampoco a ti te llamará y me pidió que lo dijera. Desde el domingo está encerrada con su papá, consintiéndolo y conversando, y no piensa pisar la calle hasta el día en que salga para el aeropuerto, camino de la casa de mi madre, a quien apenas saludó por teléfono.

Nadie sabe qué tiene el señor. Los especialistas han ordenado toda clase de exámenes, sin que logren descifrar el enigma. Él retrocede y retrocede en ánimo y alientos y los médicos no han podido dar con el nombre de su enfermedad.

Estos pocos pero larguísimos días han precipitado un sentimiento que me habita desde mi regreso de Nueva York, pero que no se manifestó antes por la compensación afectiva que me brinda Raquel. Bastó que ella me faltara para que se apoderara de mí, con nombre propio, un creciente aburrimiento con mi trabajo.

Ni siquiera me había dado cuenta. Sólo se necesitó que me quedara solito para que la conciencia de ese sentimiento fuera clara. De repente, aparece como una evidencia patética el hecho de que soy profesor de una materia que no representa ningún placer para los estudiantes. Mientras yo disfruto a cabalidad con mis poetas, los alumnos de literatura creen que están cumpliendo un deber sin goces ni placeres. Rígidos personajes que pagan el requisito de unas materias para conseguir un grado. Individuos, la mayoría, que saldrán a enseñar una cosa –¡la poesía!– que ni aman ni disfrutan. Se supone que los niveles de mis cursos son altos, que trato con gente sensible. Pero lo que yo me encuentro es un grupo de seres cuadriculados, empeñados en cumplir con unas materias ojalá con el menor esfuerzo posible.

En los trabajos escasean las ideas originales. Los alumnos copian conceptos de otros, argumentos de autoridad y ninguno arriesga nada, ninguno explora y, por lo tanto, nadie descubre nada y todo el montaje está diseñado para repetir. De manera que quien tenga algún impulso creativo, lo perderá con la fuerza gravitacional de esa marea viscosa de rutinas. Por ejemplo, en este semestre dicto cursos con los mismos títulos que el semestre pasado, pero digo, como es obvio, cosas que antes no dije, producto de mis lecturas y reflexiones del intervalo. Natural, ¿no crees? Pues resulta que una alumna, que invirtió sus buenos pesos comprando unos apuntes de clase del semestre anterior –práctica usual– me reclamó que esas páginas ya no le servían.

Me lo dijo en plena clase, exhibiendo como prueba irrefutable la lectura de unos párrafos sobre el mismo tema de los apuntes anteriores. Bajo el mismo título que figura en el programa académico, yo estaba hablando de otra cosa que nada tenía que ver con lo que expuse el semestre pasado.

El aburrimiento, por fortuna, es ajeno a la ira: ésta es la única cualidad de esa enfermedad que no es unívoca sino que se manifiesta con diferentes sensaciones. El tiempo se detiene. En la clase, cuando van veinte minutos, creo que ya pasó toda la hora y el tema –preparado con entusiasmo– se convierte en la exposición de un breve sumario reducido a su mínima expresión, por el efecto de veinte caras largas y solemnes que te miran, inclinan la cabeza, apuntan algo y luego de nuevo te observan con ojos de vacuno, sin nada que vibre detrás de ellos.

El aburrimiento son las horas de oficina, en teoría destinadas a atender consultas de los estudiantes y a estudiar uno mismo; pero no tienes tiempo de estudiar y las consultas de los alumnos se reducen a reclamos de calificaciones, prórrogas de plazos para los trabajos y solicitudes de firmas para peticiones o declaraciones solemnes. El aburrimiento son las reuniones de profesores para resolver problemas de trámites o para trabajar en la reforma de la universidad; eso es consustancial a la vida académica: la universidad se está reformando; siempre han existido comisiones de profesores que nunca se pondrán de acuerdo, trabajando en la reforma de la facultad; es una labor perpetua y, por lo tanto, inconclusa, además de obligatoria; no se te ocurra faltar a estas reuniones; serás acusado de deslealtad, de falta de amor a la universidad.

El aburrimiento puede ser irritación pero no rabia. La ira se sustituye por el sarcasmo. Como nada te importa un carajo, nada te produce reacciones apasionadas. El desprecio genera ironía. Es así como la dama que me reclamaba no mereció mis iras. Le dije que yo evoluciono, que no soy el mismo del año pasado. Ella insistió:

–¿Evolucionó tanto que cuando habla de los mismos temas se refiere a asuntos completamente distintos y hasta contradictorios?

–Siempre hay mucho que decir y el tiempo no permite decirlo todo –le contesté– y además no soy responsable de versiones escritas por terceros.

Para mi desgracia, todo ocurre el viernes y se desencadena esta semana, cuando lo único que me importa sobre la tierra es estar con mi Raquel. El mismo viernes, la estudiante se quejó al decano. El lunes, me llamó. Tuve cuidado de averiguar si el doctor Probeta, cada vez más viejo, estaba en Bogotá; así supe que estaba de viaje y esto me envalentonó. El cinismo ayuda: con la lógica de la dama, la universidad debería vender grabaciones de las clases y ahorraría profesores. Mi respuesta mató el problema.

Pero no mató el aburrimiento.

Me adelanto a lo que ahora estás pensando y que es verdad. No es la hora de descubrir el agua tibia: que la universidad es mediocre. Los estudiantes dan un promedio menor que mediocre en creatividad y conocimientos y son mejores que los maestros. No puedo venir ahora a denunciar el fenómeno como un descubrimiento. Te lo reconozco: esa falta de imaginación siempre existió, pero antes no tenía el suficiente peso específico para afectarme. Yo lo sabía, pero no me afectaba. Lo soportaba sin darme cuenta.

Ahora, prisionero en una trampa, el asunto me produce un tedio paralizante, una reacción de desdén frente a todo el ambiente de trabajo. Un permiso de cuatro años significa que estoy condenado a trabajar ocho años, el doble, para la universidad. Estoy condenado a ser profesor por los próximos ocho años de mi vida. Ésa es mi deuda y mi tedio me dice que no es justo pagar con parte de la vida. La única manera de librarse es reconociendo el valor de una fianza, pero el dinero de mi salario es una miseria que no alcanza ni siquiera para tener un lugar propio y mucho menos para cancelar esa caución. Una trampa sin salida posible. Nada de esto lo sabe mi Raquel. Ni pienso decírselo con la esperanza de que la enfermedad del aburrimiento tenga curación. Por lo pronto, sólo sé que la ausencia, esa otra peste, tiene remedio, dentro de cuatro días. Dentro de noventa y seis horas. Ruega porque logre sobrevivir. Con un abrazo,
Luis

✉

DE LUIS A ESTEBAN
Bogotá, jueves, mayo 8 . 1980

Mi querido amigo: Debería ser recíproco contigo pero mi corazón no lo admite. Así como tú eres con Raquel, así mismo yo debería comportarme con Marta. Pero no la soporto. Qué pena contigo.

El rato del sábado en que te atreviste a mostrármela culminó con un regaño de Raquel, que me reclamaba la manera tan distante como trataba a Marta y las respuestas tan filosas que le daba. Tuve que confesarle lo mismo que ahora hago contigo: no la soporto, me produce una reacción física de rechazo. Creo que todo en ella es falso. Que te miente con descaro y con habilidad. Y conmigo es demasiado melosa, atenta en exceso; de ahí mi desconfianza instintiva.

En el fondo, agradezco que no sea tu pareja –aunque me molesta que sea tu obsesión–. Si fuera tu pareja, ella se encargaría de alejarte de mí, pues alguien tan zalamero necesariamente oculta rencor.

De resto, cómo disfruté de tu compañía, aun oyendo el drama, ya demasiado monótono, de tu cacería de la virgen puta. Hacía demasiado tiempo que no me burlaba tanto de alguien. Pensaba volver a Medellín pero descubrí que si un profesor de esta universidad dicta más de dos cursos vacacionales, el tiempo se le cuenta como equivalente a un semestre en los ocho años de presidio universitario que debo. Ahora dedico un tiempo extra a preparar dos materias para reducir mi condena. Y voy a hacer todo lo que esté a mi alcance para salir muy rápido de esta penitenciaría.

El puente del primero de mayo fue delicioso. Olvidando los males de don Rafa, que es el único lunar, el resto fue el placer único de respirar el aire de mi Raquel y el regreso a la cocina de mi madre y a tu conversación, que por incoherente no deja de ser grata.

El hecho de que todos sepan cuál es el mal del padre de Raquel, ha disminuido la incertidumbre. Ahora la familia entera está muriendo y cada uno a su modo, hacen el duelo y se preparan para lo inevitable, bajo el ejemplo del mismo señor que fue el primero en saber que se está muriendo.

El inconveniente es que el amor funciona como una adicción física, como la morfina. Voy a Medellín, me sacio sin saciarme nunca, y el Luis que me queda el lunes, ya aquí, abandonado y solo, no me alcanza para nada distinto a pensar en ella. Hace poco más de un mes que se fue y todos los días la llamo, así sea –como ocurrió en los peores días, cuando la declaración del cáncer a don Rafa– para oír al otro lado su respiración y su llanto.

Ayer, viernes, estuvo en mi apartamento el marido de mi hermana. Venía de Miami y siguió esta mañana para Medellín. Anoche nos emborrachamos, yo el abstemio me soplé una botella de vodka con coca-cola, que era la combinación que bebía Moisés.

—Se llama "guerra fría" —me informó.

Aunque no me lo creas, fue una visita agradable y me contó cuentos interesantes y divertidos. Esta mañana madrugó, apenas medio dormido pude despedirme y aquí estoy, tarde de sábado, temblando de dolor de panza, dolor de cabeza, dolor de alma, como fruto de la borrachera. Y con la obligación de condenado de adelantar trabajo para los cursos que voy a dictar. Es una tragedia: miré los temas del curso y ni siquiera entendí de qué se trataba. No fue que leyera y dijera esto no lo sé, esto otro lo tengo que repasar, aquello puedo encontrarlo en tal parte. No. Es que no entendí ni pío.

El medio académico, aun en asuntos tan universales, tan de todo el mundo como la percepción del elemento artístico y creativo del lenguaje, es capaz de armar laberintos mentales inútiles. Y contraproducentes, porque su efecto es alejar a la mayor cantidad de gente del disfrute estético.

A veces, como un juego, puede ser divertido utilizar las categorías mentales de estas jergas, pero casi siempre su efecto es complicar lo sencillo sin conseguir lo que predican, que es la exactitud y la precisión de su lenguaje.

El mito de la ciencia empírica se ha arraigado tanto, que sus valores se han extendido a las ciencias del hombre, con el resultado de querer imponer la lógica de la ley física al comportamiento humano y de introducir taxonomías aconsejables en la botánica o en la zoología, a materias como algo que llaman "análisis literario". Es como aprender un idioma inútil. Contenido se dice significado. Forma se dice significante, sílaba se dice fonema y la llave mágica es la palabra estructura. Gracias Dios mío por haber crecido cuando estaba de moda Sartre y no cuando está de moda Foucault. Leo la autobiografía de Roland Barthes y lo primero que dice es que el sentimiento dominante de su vida, desde la infancia, fue el tedio. Eso me explica muchas cosas. Su obra puede leerse como una venganza. La venganza de un profesor inteligente y mortalmente aburrido. Entonces, ¿por qué demonios tengo yo que ser el instrumento para acabar de tarar a unos pobres alumnos sin remedio, que estudian para ser profesores, es decir, predestinados a multiplicar sus taras en otros estudiantes mucho más indefensos que ellos mismos?

Y aquí me tenéis, tratando de descifrar estas jergas endemoniadas. Desde luego, me niego a enseñarlas, pero tendré que saberlas por si me preguntan algo. Lo peor de todo es que ni siquiera tengo un estímulo económico. Dentro de poco llegarán los corotos que enviamos desde Nueva York y nada va a caber en nuestro apartamento, ni siquiera los libros que necesito. Es absurdo que el sueldo miserable de un, como tú me dices, licenciado-magister-pe-hache-de no alcance para alquilar un espacio donde no me tenga que acomodar de perfil, porque de frente no quepo. No le puedo pedir a Raquel que trabaje. Ahora tiene que dedicarse a su padre. De mi parte, se trata de sacrificar su presencia, que es esencial, y un dinero que nos permitirá arrendar una casa más grande. Este sacrificio me da un barniz que me hace sentir bueno, cuestión que no me sirve de nada, porque también soy un hombre infeliz.

Es curioso, amigo mío, todo debería ir magníficamente, pero me siento acorralado. Por la ausencia de Raquel, por el hastío del trabajo, por la falta de dinero. Hasta el apartamento, el nido con teléfono, la caja de fósforos con ducha, el dedal con lavaplatos –no sé de cuántas maneras lo he llamado– que antes de mi viaje tanto me gustaba, ahora lo siento estrecho e insuficiente. Tú, que no has encontrado el remedio contra el deseo sexual no satisfecho, debes tener para mí la solución que extinga el aburrimiento: una visita tuya un fin de semana me ayudaría muchísimo. Con un abrazo y el encargo de que cuides a mi Raquel.

Luis

✉

DEL DIARIO DE ESTEBAN
Medellín, sábado, julio 5. 1980

Como siempre me ocurre, vuelvo a este diario como a un vomitorio a arrojar lo que me estorba, lo que me indigesta: uno, este amor sin respuesta, esta especie de amor avinagrado que se convirtió en un odio que no renuncia al deseo de seducción; dos, mi viaje a Bogotá a visitar a mi hermano de sangre.

Antes, cualquier gesto de Marta me enamoraba; ella me parecía la belleza absoluta, la inteligencia absoluta, la absoluta simpatía. De repente, su egoísmo y sus chantajes me sembraron una larva de rencor. ¿Por qué, si ella sabe que tanto la quiero, que le ofrezco lo que se le antoje, por qué prefiere los romances de una noche? ¿En qué radica ese egoísmo fundamental que la inhibe para concederme su cuerpo? Entonces siento heridas en mi amor propio y la detesto. En cuántas noches, tras padecer su ausencia, me propongo con firmeza que no la busco más, que jamás volveré a llamarla, que la próxima vez que la encuentre —y juro que esto ocurrirá sólo por casualidad, no porque salga a buscarla— la trataré con distancia, como a una vieja amiga nunca muy cercana, nunca de confianza. Exactamente eso ha sido ella y me prometo tratarla como tal, más allá del rencor, sin darle indicios de que estoy totalmente disponible y de que ella podría hacer conmigo lo que quiera, que me maneja con el dedo meñique, que me convierte en un títere. Juro y rejuro y me propongo abandonar su asedio. Pero soy demasiado débil ante ella. Y vuelvo a caer en una trampa que vulnera mi orgullo.

Sé que ya no la amo y, por esta razón, pienso que mi liga con ella está sostenida sólo por mi obstinación. No me puede vencer. Tendré que tenerla para mí, ya como cuestión de venganza. Del coito como vindicta. Entonces termino emborrachándome con una cuarentona que también busca con quién acostarse para realizar un acto de venganza con su marido.

Encima de este desencuentro conmigo, vino el choque con Luis. Me escribe diciéndome que se siente solo sin Raquel, que está aburrido en la universidad y se queja de la falta de dinero, como es ya su costumbre. Que lo visite, que le haga compañía.

Al fin, después de un mes de intentos fallidos, arranco este último fin de semana para Bogotá. En el avión se me ocurre que los dos estamos mal y me pregunto quién consolará a quién.

Al llegar, de nuevo la misma armonía, la misma solidaridad, inclusive los mismos silencios de comunicación —esa "merienda suculenta de unidad", como diría Vallejo—, tan distintos a esos silencios aislantes, en que se siente un vacío; éstos son unos silencios que acompañan, unos silencios que te dicen "estamos juntos, adelante". Y, a pesar de que ambos estamos mal, el tono fue más bien hilarante, tratando de burlarnos de nosotros mismos.

Llegué como a las seis a su casa. Allí me esperaba. El atardecer era una especie de bienvenida bogotana. Una luz rojiza, horizontal, casi líquida, iluminaba la ciudad perfilándola con nitidez. Las sombras de los árboles, alargadas a esa hora, eran negras, impenetrables. Al fondo, en el poniente, se podían ver nubes rosadas, nubes rojas, en una gama que cambiaba de tonos y se iba oscureciendo. El resto del cielo, poblado de pocas nubes, era de un azul muy oscuro que parecía de cristal.

Nos quedamos frente a la ventana presenciando el espectáculo y luego salimos a caminar por el solo gusto de respirar el aire frío de Bogotá, ese aire que uno siente llegar a los pulmones con su hálito reconfortante. Caminamos largo rato por recovecos bogotanos eludiendo con deliberación las arterias llenas de carros impacientes, que pitan con tanta frecuencia que parecen impulsados por su propio ruido. En cierto momento yo, provinciano visitante, ignoraba por completo donde estaba parado.

–Estoy perdido en este laberinto –le dije a mi amigo–. Pago una invitación a un buen banquete en tu restaurante favorito como rescate por sacarme de este lugar a tierra conocida.

–Pues el hambre acosa. Tomemos un taxi.

La proeza, digna de una condecoración, fue conseguir un taxi en Bogotá un viernes alrededor de las ocho de la noche. Un golpe de suerte nos arrojó al interior de un pequeño vehículo que cumplía una de sus últimas jornadas antes de convertirse en chatarra. La cabina donde nos acomodamos olía a gasolina, de manera que al llegar al restaurante ya estábamos borrachos de respirar el aire explosivo de aquel agónico taxi. Seguimos con generosos aperitivos. El sitio era excelente y nos dimos una buena comida rociada de vino blanco, de tal manera que después del segundo Cointreau salimos muy dispuestos a continuar libando en el apartamento de Luis.

Salvo en las épocas de la universidad, nunca después nos emborrachamos los dos solos. Pero esa noche, por iniciativa, al principio, de Luis, luego con la total complicidad del débil, que soy yo, bebimos hasta muy tarde.

Ya muy borrachos, Luis comenzó a insistir en todo lo que ama a Raquel y yo le repliqué que no me repitiera el mismo cuento. Entonces él se puso a llorar como para ponerle música a su salmodia repetida de todo lo que ama a Raquel. Tal vez por todo el licor que he bebido en mi vida, tengo mucho mejor control que Luis. Además está el tamaño. El diminuto Luis queda embriagado si se toma un dedal lleno de ron. De tal manera que él estaba mucho más borracho que yo. Por intuición, me puse alerta sobre la insistencia de Luis en su adoración por Raquel. Algo me sonaba mal. A tientas, pregunté:

–¿Qué pasa con Raquel?

Él sollozó con más ahínco, levantó su vaso para apurar un trago que le evocara también las palabras, pero volvió a estallar en sollozos que le cortaban las sílabas de un suspirante balbuceo:

–Es que yo la adoro, Esteban.

–Sí, sí, ya lo sé. Pero no entiendo por qué estás llorando.

Fue al baño, donde se tomó su tiempo. Regresó con la cara lavada de quien busca un paliativo para el calor de la ebriedad en el agua fría sobre las mejillas y los párpados.

Se sentó. Bebió otro sorbo que tragó tomando aire y me miró a los ojos.

–Le eché una mentira. Le dije que no la llamaba el sábado porque estaría en una reunión de la universidad en Villa de Leiva.

–Ella me contó, pero aún no sé cuál es la mentira.

–Todo fue mentira. Ésa es la mentira.

–¿Y cuál es la verdad? –pregunté, seguro de la respuesta. Él me miró de una manera que nunca antes le conocí:

–Sólo quiero que sepas que le mentí y cuál fue la mentira. Pero no te contaré la verdad.

Ignoro la expresión de mi cara. Los ademanes son las partes que cada uno ignora más de sí mismo. Pero debió ser muy elocuente. Sólo sé que es el gesto que resulta de sentir una especie de vértigo que comienza en las sienes, se siente en los pómulos, en la garganta, en la médula espinal, un vértigo que se extiende a las vísceras y baja por las piernas dejándolas con el aplomo de una corbata. Una sensación física de desmoronamiento. Aún así, con un gran esfuerzo, tomé mi turno y fui hasta el baño a celebrar con la mente en blanco una de esas largas orinadas en que uno se asombra de la cantidad de líquido que cabe en la vejiga.

Al darme media vuelta, vi a Luis que me esperaba ahí mismo, recostado en la puerta del baño. Como si se hubiera parado detrás de mí al impulso de una decisión súbita. Me tomó del brazo cuando salía y me llevó hasta mi asiento. Después se sentó sin quitarme la mirada de encima. Se preparaba para soltar una frase; le ayudé a tomar impulso entregándole su vaso:

–El pasado weekend estuve en Miami haciendo un trabajo para Pelusa. Me pagaron una cantidad de dinero que no me había ganado antes en el transcurso de toda mi vida. Me fui el sábado y volví el domingo.

El corazón comenzó a saltarme. Sentí en el pecho el ruido de un timbal sinfónico. No sabía qué decir. Le tomé una mano por la muñeca y se la puse sobre mi pecho para que él percibiera las palpitaciones que me produjeron sus palabras.

–Ahora no te vaya a dar un ataque al corazón –me dijo. Ambos reímos–. Así que, además de profesor, eres narcotraficante.

–No, no. Yo no toco ni un gramo de cocaína. Yo...

–Mira, eso ni me lo cuentes. Prefiero ignorar en qué consiste tu trabajo...

–... Tienes razón.

Estábamos muy borrachos, pero el asunto era tan gordo, que produjo en ambos una descarga eléctrica. Su misma intensidad nos venció. Hubo un rato de silencio; bebíamos entrechocando los vasos. Con estos brindis, el mensaje era que seguíamos como hermanos. Rápidamente, Luis comenzó a cabecear vencido por el sueño. Dije que era la hora de acostarse y él se subió por instrumentos a su absurdo lecho, dejándome a mí la tarea de alistar el sofá como mi cama.

El sábado dormimos hasta muy tarde, casi hasta mediodía. Una luz muy brillante me golpeó los ojos y me sacó del sueño con un dolor de cabeza y un malestar que sólo pude curar con un desayuno reforzado que Luis preparó en un estado igual al mío, hasta el punto de que es el primer cocinero que veo realizar su trabajo con gafas de sol.

Sólo hasta la noche, después de una excursión por galerías de arte y una larga y silenciosa caminada bajo el sol bogotano, con varias cervezas como paliativo para el malestar, retomamos el tema de la víspera.

Repetí mis argumentos de una vieja carta. Estás en la otra orilla, bajo leyes de juego distintas, con lealtades nuevas. No sabes en lo que te metiste. Ahora me resumo el discurso de más de una hora que no fue interrumpido por Luis ni una sola vez. Cuando terminé, intercaló una sola frase:

—Mi intención es resolver los problemas de dinero y salirme del negocio después.

Tenía dos argumentos para su frase simplista; sólo utilicé uno: no puedes renunciar. El sistema de lealtades te impide salirte. Ya estás involucrado, ya eres parte de un mecanismo, de un gremio de iniciados sin regreso. Me respondió que exageraba y le repliqué con un dato apabullante de todos los traficantes que conozco, no hay ninguno que se haya retirado. Si te retiras no eres de fiar; y si no eres de fiar, si te vuelves un riesgo, lo más factible es que crean necesario eliminarte.

No le enuncié el otro argumento: nunca satisfarás tus necesidades de dinero. Como los celos, como el deseo, así la codicia. No permiten un control de la razón, son pasiones bajas. Concupiscencias. Nada es suficiente y siempre querrás más y más dinero.

Pero no le dije nada de esto. Me pareció inútil. No lo comprendería y su solo planteamiento desviaría el asunto a una reacción emocional de su parte: estoy preso en una universidad, tú eres rico y no entiendes. Así que evité ese enfoque.

Ya estábamos en un restaurante, camino de la borrachera de esa noche, que Luis buscaba con deliberación y que yo evitaba, cuando surgió el segundo tema:

—¿Le vas a contar a Raquel?

—Creo que no.

—¿Vas a esperar que ella se dé cuenta?

—Ella no se va a dar cuenta.

—Ella sí se va a dar cuenta —le repliqué—. No la subestimes. No la creas tonta.

Luis se dio tiempo de comerse un langostino antes de mirarme:

—Lo que pasa es que yo no tengo el valor de decírselo.

—Pues creo que debes sacarlo de alguna parte. Los dos se van a sentir muy mal si ella lo descubre antes de que se lo cuentes.

Dijo que sí con la cabeza y se bebió un sorbo de vino pasando el mal sabor que le dejaba el asunto. Cambió el tema por cualquier otro y cuando salimos del restaurante nos dirigimos directo a la casa de Luis a terminar la noche con más alcohol. Me di cuenta de que Luis reservó el punto para muy tarde, cuando ya tambaleábamos para ir a la nevera o al baño.

—Cuando yo estaba chiquito —comenzó— tenía un amigo con el que compartía todo. Hicimos un juramento de sangre pincházndonos las manos. Hermanos para toda la vida...

—Conozco la historia —le contesté—. Y nada puede afectar ese juramento, que no significa el acuerdo con lo que el otro hace sino lealtad en todas las situaciones.

—Eso traduce que no estás de acuerdo con mis negocios...

—Tómalo como quieras —le interrumpí—. Soy leal contigo y no quiero saber de nada de lo que haces. Además, a ti te conviene que yo lo ignore.

—Pero ahora me decías —trató de confundirme— que Raquel debería saber todo.

—O estás demasiado borracho o el dinero te volvió imbécil. Ella debe saber lo que yo sé —una pausa—. Ah, en algo tengo que ser muy claro: no quiero tener nada que ver con tu dinero.

Se sintió regañado y contestó con un "está bien" que significaba cualquier cosa. Lo que conversamos después, esa noche, y en la mañana del domingo, no tiene relación con el tema gordo del narcotráfico. Era como si Luis, después de preguntarme si yo seguía siendo amigo suyo, volviera a la frivolidad habitual. Para confirmarse, abordó de nuevo su cantaleta contra Marta. Aquí lo grave para mí es que sus juicios confirman todo lo que sé pero no acepto. Luis les confiere esa temida convalidación externa que reitera mis pensamientos de rechazo. Pero no son suficientes para que mi corazón —y mi sexo— renuncien al encanto de seducirla.

Estoy triste. Veo a Luis metido en una trampa peor y más duradera que su deuda de ocho años. Y todo este embrollo le va a cambiar, si no la termina, su relación con Raquel.

Anoche fui a comer con doña Gabriela. Llevé a Raquel y, cuando iba a recogerla, me di cuenta de que tendría que inventar toda una estratagema para eludir la confesión de Luis que, además, era mi obsesión permanente. Por fortuna, recapacité antes de verlas. Para ellas, el plato principal de la comida sería mi crónica de la visita a Luis. Por una vez en la vida, deseé que Cecilia estuviera presente. Pero fallé. La única concurrencia éramos nosotros tres, de manera que mi capacidad de improvisación se redujo a un extendido relato acerca de la carga de trabajo de sus cursos de vacaciones y a las borracheras que nos pusimos las dos noches de la visita. Ellas no podían creer que el más parco bebedor de licores sucumbiera dos días seguidos.

—Algo anda mal —dijo doña Gabriela con su intuición de madre—, algo anda mal para que Luis se emborrache dos días seguidos.

Supe que ésta era mi prueba de fuego y opté por el humor:

—Anda mal de amigos, doña Gabriela. Usted sabe quién ha sido el culpable de todas las borracheras de Luis —su risa me tranquilizó—. Yo tengo un rollo sentimental muy complicado con la niña que traje aquí el otro día y Luis es la única persona con quien hablo de estas cosas. Yo lo induje las dos noches para usarlo de paño de lágrimas y él aprovechó para darse un descanso de la estudiadera que mantiene.

Sorteé la situación como un artista y el resto de la noche pasó entre buena comida y un largo palique sobre Luis —éste era el congreso de fans de Luis— y sobre el estado de salud de don Rafa Uribe, que ahora espera la muerte con la dignidad de un patriarca que pagó todas las cuotas de su tiquete al cielo de los buenos católicos. A lo mejor padezca una inmersión, más bien breve, en las piscinas de fuego del purgatorio de los buenos católicos, pero será por mera rutina, para que las almas que entren al paraíso estén sin mancha y relucientes para su encuentro con el Dios de los buenos católicos.

He despotricado contra estos bastiones de la "raza", blancos de Medellín que se han ido ennobleciendo a medida que se enriquecen otros. Ahora me parecen un producto arqueológico que, mientras existió —y quedan rescoldos— era inofensivo comparado con esta primera generación de los nuevos blancos, también buenos católicos, que han tenido que hacer sus millones con las leyes de juego de la clandestinidad, sangrienta por obligación, y que han filtrado al resto de la sociedad la instancia de la riqueza inmediata. Frente a esta torpe arrogancia del comerciante de cocaína, contrastan las maneras finas que la educación y la usura imponían a las tropelías de los patriarcas, que sólo traspasaban los límites de la ley para evadir impuestos y contrabandear mercancías mucho más inocentes que la cocaína.

Me gustaría ver la segunda generación de ricos del narcotráfico cruzándose por matrimonio con los hijos de los exricos, de líderes cívicos y políticos —la frustrada ambición de sus padres—, haciendo colectas para la arquidiócesis o para los directorios políticos.

La gran torpeza de estos pioneros ha consistido en ser visibles y en asumir una pública actitud de omnipotencia, cuando todavía no logran legitimar su comercio. Esto les va a traer muchos problemas. Les faltó la discreción de individuos como mi padre o como don Rafa Uribe, quien llegará de seguro a reforzar el equipo de administración del paraíso.

Hago mi balance de los últimos tiempos y la única novedad es la presencia de Claudia en Medellín, una Claudia enclaustrada dirigiendo todo, veterana de hospitales, una Claudia que me puedo robar pocas veces y que de todos modos me ayuda y me compensa. Le presenté a Marta y le pareció bellísima:

–Lo único que me reprime para intentar seducirla –me dijo– es que desconfío de las morenas de ojos verdes. No creas que es mi amistad contigo –agregó riendo.

Le conté mi historia con la muchachita, catarsis de la risa. Ella se reía y yo intentaba resaltar los aspectos ridículos del relato, todos a mi cargo, para que el exorcismo del humor produjera sus efectos curativos. Dos veces la vio Claudia y le bastaron para estar de acuerdo con Luis. Son dos votos y medio, contando mi cabeza, pero manda mi corazón con su precario medio voto. Y persisto.

Hace varios años conocí otra Claudia aquí en Medellín. Una gorda rumbera, coquera, borracha y promiscua. Hoy es una mujer delgada, bonita, sin adicciones y monógama. Ambas, las dos Claudias, tienen en común la locuacidad, el entusiasmo y el humor. Y también las contradicciones íntimas:

–Toda mi rebelión adolescente fue contra mi padre. Cuando mi madre se fue con su amante, ella actuaba según los valores que yo descubría en mí misma. Él era un imbécil que creía en la familia, en las apariencias y en el amor eterno. Él era un inquisidor y lo único que yo hacía era permitir que se manifestara esa parte de su personalidad. Cuando me di cuenta, ya con un hijo y un matrimonio fracasado, de que me gustaban más las mujeres que los hombres, me apresuré a notificárselo a él con el exclusivo propósito de mortificarlo. Cuando me fui de Medellín, era porque estaba harta de la mojigatería, del autoritarismo, de la inautenticidad de esta ciudad o, mejor dicho, de mi padre. Me fui para alejarme de mi padre. Por mucho tiempo, en Nueva York, ni siquiera pensaba en él. No me importaba. Durante años, en los días en que te conocí, confirmé los motivos de mi huida y exhibí frente a él la arrogancia de quien pretende que no va a aprender nada del otro, de que su mundo particular –su intimidad, su oficio, su rutina– merecen un desdén olímpico. Claro, existía esa fuerza irracional de la sangre. Es mi padre. Yo vengo de él, un yo-vengo-de-él que me avergonzaba en la adolescencia –feo, gris, anodino, ni siquiera rico, provinciano– y que después, despojada de esos complejos de la teenager que quiere aparentar más de lo que es, el simple dictado de los genes, ésta es mi materia prima, de esta carne fui hecha. De manera que me pasé más de la mitad de la vida peleando con mi padre u omitiéndolo, ufana de mi madre –"me parezco más a ella"– y, de repente, un dos de abril, Maquel me llama por teléfono para contarme que él se está muriendo y yo me tengo que pasar un mes entero sin poder venir, reclamándome todo el tiempo por qué siempre fui tan ciega para apreciar a mi padre. Ni siquiera lo conocía. Todo mi trato con él fue siempre antagónico. No podía recordar –y esto se lo repetí varias veces a Juana durante el mes– una sola ocasión en que tuviéramos una conversación intercalando opiniones y datos y chistes. Un mes entero en Nueva York reprochándome que carecía de una dimensión humana de mi padre. Para decirlo con las palabras de Juana, yo había matado a mi padre desde hacía muchos años y, de súbito, con una llamada, descubría que estaba vivo, que durante todo ese tiempo en que dejó de existir para mí, él trabajaba, iba a su finca, cuidaba a sus nietos, jugaba golf y pensaba en sus hijas. Pensaba en sus hijas y yo nunca me acordaba de él. Cada año, cuando compraba la agenda, miraba la del año anterior, para anotar con anticipación las fechas de los cumpleaños y las celebraciones. Tratándose de mi padre, ésta era la única manera de recordarlo. Y, ahora, desde lejos, sin poder recuperar el tiempo que nunca me di con él, en compensación inducía a Boris a que me hablara de su abuelo. Él lo conocía otras dimensiones distintas al inquisidor que enfrenté o al burgués provinciano que desdeñé. Y con los cuentos de Boris y una versión más piadosa de mis propios recuerdos, pude construir a un hombre con un admirable sentido del deber. Mientras me olvidé de él por años, todos los días de su vida él me pensaba y rezaba por mí. Un hombre fiel a sus creencias y dispuesto a acomodar sus actos a sus principios morales. Mi problema consistió en que mi moral no coincidía con la suya y yo me puse de niña rebelde a buscar pelea por ese motivo. Pero ahora descubría la coherencia de su vida, coherencia que yo nunca he tenido con la mía. Cuando vine, por fortuna antes del desenlace que llegará sin remedio, tuvo una mejoría que dedicó íntegramente a conversar conmigo. Sabe que se va a morir desde antes de que los médicos se lo informaran. Y espera la muerte con la tranquilidad de quien cumplió con su conciencia y de que ya terminó su tarea. Tiene una voz apacible y cálida. Es un buen hombre a quien tengo que ayudar a morir. Eso fue lo que me pidió. Usted, que trabaja en un hospital, me dijo, está más acostumbrada a estos bretes y me puede ayudar mucho. Casi se reía cuando me solicitaba para la labor que ahora hago. En este último mes he conversado con él más que en toda mi vida anterior. Lo mismo me dijo Raquel de una semana que estuvo con él. Maquelita, la consentida, que vivió con él hasta cuando salió bachiller –y que, a su modo, con suavidad, también huyó– nunca le oyó confidencias antes, ni fue testigo de concesiones, como su cambio con mi madre. Yo, la espontánea, rechazaba desde mi instinto adolescente esa represión de sí mismo que se imponía. Lo patético es que este mes me sirvió para darme cuenta de que ignoraba todo de él; un día, al principio, cuando le llevé ensalada, me preguntó si yo había comprado el tomate; intrigada, dándole una implícita respuesta, le pregunté cómo se había enterado sin moverse de la cama –le arranqué una sonrisa, lo que significaba todo un día de mejoría en un paciente en su estado de debilidad–. Me contó que odiaba el tomate y que no había comprado tomates desde cuando se quedó viviendo solo. Ni rebanadas de tomate crudo, ni salsa de tomate, ese pecado capital del sentido del gusto; tú, que vives en Estados Unidos, me decía, sabes lo que significa rociar con ese sabor dulce y sanguinolento de la ketchup a una salchicha caliente que podría tener encima el amarillo quemado de una mostaza de Dijon. Le dije que tenía que denunciarle que alguien había introducido en la casa un gran contrabando de salsa de tomate. Sonrió de nuevo. Yo la mando conseguir para los nietos que se la echan a todo y arman unas sopas rojo profundo donde flotan las papas fritas. En algunos momentos asume un fondo socarrón y el espíritu exactamente contrario al que conocí, un ser tolerante, como lo descubrí desde el primer día, cuando me preguntó si soy feliz, si mi vida sentimental va bien y le contesté que sí, que muy bien. Pero el cuento del tomate era para significar mi ignorancia de sus hábitos y de sus opiniones, que resultaron no ser tan autocráticas como yo presumía desde mi desprecio.

Un hombre con sus convicciones, pero curtido en la evidencia de que las suyas no eran las únicas. Su única alusión a mi lesbianismo fue un "te tocó un tiempo en que pudiste vivir tu vida afectiva en un ambiente donde no te faltan al respeto". Esto lo dijo cuando me contaba que tuvo que mover influencias, sin que yo supiera, para que se me otorgara la visa que me permitió entrar y quedarme en Estados Unidos. Sutil, pero claro. No es suficiente una nueva versión de alguien para amarlo profundamente. Con esto, es posible conseguir una especie de rescate, de reconciliación con la sangre. Pero existen motivos de ahora que le han dado profundidad a mi amor por mi padre. En esta larga despedida de la vida ha resuelto todos los conflictos, se ha acercado a todos de una forma tan completamente desprevenida, sin exhibir culpas, sin hacer reclamos y –por lo tanto– sin otorgar ni recibir perdones. Aun la historia con mi madre, cuando me la mencionó por primera vez en la vida, se disolvió con el tiempo en sentimientos ajenos a las recriminaciones y sin actitudes tan maniqueas como la absolución o la condena. Lo amo profundamente por eso, por esa nobleza íntima, por esa generosidad, por la sensatez de contarse la vida como una sucesión de historias que pasaron así o asá, y no como un juicio de incriminaciones y culpas.

DEL DIARIO DE ESTEBAN
Medellín, viernes, agosto 15 . 1980

El día del entierro de don Rafa Uribe aparecieron más de dos páginas de *El Colombiano* con invitaciones a sus funerales. Lo dicho: se murió un prócer. Mis principales herencias fueron la visita de Luis, que vino al entierro y, por fin, la compañía de Claudia, que se quedó en Medellín otra semana, dedicada a deshacer la casa y a dormir hasta tarde.

Yo mismo le aconsejé a Luis que regresara lo más pronto posible a Bogotá, que se llevara a Raquel, que procurara que ella estuviera lejos del escenario de espera de la muerte, ojalá en su propia casa y ojalá trabajando. Apenas se murió don Rafa invité a Claudia y Boris a vivir a esta casa.

Desde la última vez que lo vi, en corto tiempo, Boris se transformó de niño –gustos y voz, gestos y faz– en un hombrecito de quince años, alto para su edad, esbelto pero fuerte como un deportista. Es buen mozo y narcisista. Sigue siendo un perfecto manipulador y ha tenido un éxito bárbaro con todas las jovencitas. De pronto, hace algunas semanas, observé que mis sobrinas adolescentes vienen con más frecuencia a la piscina con sus amigas. Y para Claudia y para mí se convirtió en parte del paisaje, bajo el parasol, el espectáculo de Boris rodeado de cinco mujercitas. Claudia se ríe pero no oculta su preocupación.

–Es un egoísta. No le interesa sino lo que le conviene. Así ha sido toda la vida y es mi culpa.

–¡Tu culpa! No seas tonta. Eres la típica enfermera huerfanita capaz de culparse de cualquier cosa.

–Tienes toda la razón, hijo de puta. Mejor te lo digo de otra manera: Boris es idéntico a mí.

–Sí, míralo en este momento. No queda duda de que le encantan las mujercitas. Es idéntico a ti...

–No me tomes el pelo –se reía– y déjame contarte mi historia. Yo tenía dieciocho años cuando me casé con el novio porque me embarazó y no encontramos en Medellín quien me hiciera un aborto. Ahí tienes el proyecto de aborto más bello que puebla la tierra. Mi marido era, es, un buen tipo, pero imagínate yo, la más rumbera, la más borracha, casada con un matemático ensimismado y aficionado a nadar todas las mañanas. El matrimonio no duró y terminé con Boris en casa de mi padre. Yo no sentía ninguna responsabilidad por él. Un apego romántico, que no estorbaba mi rumba, una rumba desaforada y loca. Terminé dejando que mi hermana lo criara y largándome para Nueva York. No me arrepiento. Primero era mi vida. Lo contrario era asumir el deber de criar a Boris en Medellín, convertida yo en una mujer con demasiados conflictos por todas partes, en especial en mi casa. Aquello era un infierno. Me consolaba diciéndome que, en todo caso, Boris estaba mejor donde María que conmigo. Y, aunque esto era cierto en cuanto a la organización de rutinas, no dejaba de ser un pretexto para abandonarlo. Años después, me di cuenta de que Boris tuvo la primera conciencia sin poseer un territorio propio, pero esta conciencia vino acompañada de una particular sagacidad. No conocía la culpa y tenía la habilidad para responsabilizar a todo el mundo. Cuando me lo llevé a Nueva York, las razones que me daba a mí misma tenían que ver, también, con mi egoísmo. La atención que ese niño exigía, me beneficiaría dándome un principio de orden. Fíjate que el asunto era útil para mí. Se trataba de una razón egoísta. También me di cuenta de que nadie ejercía autoridad sobre él; a todos se los comía vivos, comenzando por mi hermana. Y, en ese tiempo su papá estaba fuera del país estudiando para su tercer o cuarto doctorado.

–¿Tú, Claudia Uribe, la anarquista absoluta de esos tiempos, pensando en la autoridad?

–Ay, amigo, supe que era adulta cuando vi que a mi hijo le iba a ir mal si no aparecía alguien que le llevara la contraria.

–Pero es evidente que ese alguien no eres tú –le repliqué.

–No es tan cierto. Pero yo no pensaba en mí sino en Juana. Juana, sin elevar la voz, sin irritarse por dentro ni por fuera, yo lo sabía, podía ejercer la autoridad sobre Boris, sólo para encarrilarlo, sólo para que descubriera ciertas cosas por sí mismo, sólo para que adquiriera la virtud del respeto.

–No puedo creer lo que oigo. La irreverente, la burlona, la casi ofensiva muchacha de los sesenta, la misma que peleaba con su padre por el único placer de fastidiarlo, ahora quiere que su hijo sea respetuoso.

–Tú eres más bruto de lo que pensé –me respondió acariciándome la mano, atenuando con el gesto la agresividad de la palabra–. No hablo de la respetabilidad burguesa, no hablo desde la necesaria simulación de la clase media, que vive entre mentiras piadosas. Yo desafiaba a mi padre porque él no me respetaba como persona, para él no existía en el mundo más verdad que su propia verdad. No podía concebir que yo sintiera el mundo de una manera distinta. Lo hermoso es que le aprendió a la vida que estaba equivocado. Pero mis primeros veinte años fueron, de su parte, un pisoteo descarado a mi sensibilidad, a mi intimidad. Lo único que yo quería, después de darle la vuelta completa a las dichas y miserias de la noche, era algo de tolerancia. El respeto por el otro. El respeto por uno mismo. Eso, que lo aprendí después, eso mismo era lo que yo quería que Boris aprendiera.

–Una ética del egoísta –le insinué.

–Pues prefiero un mundo lleno de egoístas inofensivos, que no hacen daño a nadie, a un mundo de fanáticos, seguros de que su verdad tiene que ser aceptada porque es universal. El punto medio de esa ética del egoísta está marcado con el respeto por el otro. Juana le puede infundir ese respeto a Boris. Este niño llegó a Nueva York con el miedo que producen una ciudad y un idioma desconocidos y, antes que dominar el idioma, se captó todos los mecanismos secretos de poder en la escuela. Y siempre, desde niño, comenzó por utilizar el arma de su propia belleza para seducir y manipular.

–Ya entiendo –le interrumpí con una sonrisa que le anunció la ironía–. Se trata de que haga lo que le dé la gana, pero sin joder a nadie.

–No es exactamente el lenguaje científico de la deontología, cosa extraña en un filósofo como tú –me repuso–, pero admito que la fórmula no calumnia el mensaje. El problema consiste en tu deformación profesional de periodista que tiende a la simplificación. Y las cosas son más complicadas...

–Eso crees por tu deformación profesional de radióloga que ve blanco donde es oscuro y viceversa.

–Estás confirmando lo que digo. Es que las cosas son mucho más complicadas. Ahora, cuando Boris tiene quince años, cuando ya descubrió el sexo y el alcohol, ninguno de los dos son problema. El problema es su codicia. Le interesa el dinero de una manera tal, que ve la realidad a través del signo dólares. Y le gusta el dinero: para salir con amigas, para comprar ropa, para ir a espectáculos. Como todos los niños de su generación, carece de los impulsos de rebeldía que yo tuve, es decir, tiene mucha menos confusión mental. A los quince, Boris sabe lo que quiere: dinero... –Claudia guardó un corto silencio, tomó el vaso y me lanzó la pregunta–: ¿No te parece, entonces, que tengo motivos para estar preocupada?

–No entiendo nada –le contesté–. Me dices que te preocupa porque es idéntico a ti y terminas diciéndome que te preocupa porque es codicioso. Tú no eres codiciosa, luego no entiendo.

–Somos idénticos porque somos egoístas. Y un egoísta con una pasión pasa por encima de todo con tal de satisfacerla. Entonces tiene que tener alguna talanquera. Me preocupa que la pasión de este niño egoísta sea la codicia.

–¿No será que tú eres una hippie medio existencialista de los sesenta, sin ninguna iniciativa empresarial y sin trazas de calvinismo en unas venas donde deberías tener ese ingrediente?

–Es posible, es posible –me contestó pensativa.

Uno de los mayores encantos de Claudia es que cada día cambia de pasado. Hace poco se refería al antagonismo con su padre como un enfrentamiento de valores y ahora como un problema de tolerancia. Es obvio que no existe contradicción entre ambos enfoques, que es cuestión de énfasis. Lecturas de una misma partitura, como esa colección de versiones de *Summertime* que una vez oímos por radio. Billie Holiday, Janis Joplin, Coltrane, Mongo Santamaría, Ella Fitzgerald con Satchmo, todos con la misma canción, fieles a su propio sentido de la fidelidad. Y parecían canciones distintas. Así Claudia, unas veces el *Summertime* de su vida es desgarrador y alucinado como el de Janis, otras hilarante y algo lírico como en la versión de Satchmo y la Fitzgerald, otras veces lúcido y hondo como el *Summertime* de Charlie Parker o coloquial y sereno como la trompeta asordinada de Miles Davis.

Uno tiene el pasado que se merece y Claudia se da el lujo de escogerlo cada día según el clima y el color que le sea más adecuado para seguir viviendo con la alegría que tanto le admiro.

Con respecto a Boris, le desconocía su interés tan obsesivo por el dinero. Lo veo más bien como una marca generacional. Tiene razón cuando me advierte que Boris siempre se sale con la suya, aunque ya abandonó la táctica de las pataletas infantiles. Por tamaño y actitud tiene comportamiento de adulto y todas sus artes para manipular las ejerce con suavidad, seduciendo. Con Marta y con los adolescentes, siempre me pregunto por cuál oculto mecanismo ellos ignoran el poder de encantamiento que tiene la risa en un rostro hermoso y joven.

Los adolescentes ríen mucho menos –tal vez por una ley de compensación para evitar que los adultos caigan fulminados por la belleza– porque para reír necesitan sentirse en confianza, seguros de sí mismos y esto no ocurre siempre. Boris, en cambio, conoce el poder de su sonrisa y es un tipo tan impávido, que la duda es si Boris ha sentido alguna vez un miedo distinto al miedo a la oscuridad. Viviendo en esta casa sabe la manera –aprendida en un pequeño apartamento de Manhattan– de respetar la intimidad de los otros. Como le dije a su madre, hace lo que le da la gana sin joder a nadie. Además, su sabiduría alcanza para ser el rey en la cocina, el ídolo de las criadas y el íntimo amigo del chofer. Claudia, siguiendo las pautas que Juana impone –según me confesó– le exige algunas tareas a Boris, que él cumple con diligencia, como el día en que desocuparon la casa de don Rafa, cuando Boris dirigió la evacuación. Ese día Claudia se emborrachó:

—Es la única manera de tolerar la arqueología de un trasteo —me explicaba esa noche después de un largo baño y retomando, con mi compañía, la ruta del alcohol.

Ya pronto se irán. Claudia ha sido la compañía perfecta durante las vacaciones de estudiante de Marta, que las ha pasado en su Barranquilla. Y logró que no me acordara de ella. Dicen que la distancia es el olvido y yo sí concibo esa razón. Lo malo es que el olvido termina por funcionar en razón inversa a la distancia. Cuando me entere de que está aquí, de nuevo su fantasma tomará posesión de mí.

Entretanto, la cercanía y el desparpajo de Claudia me sirven de ganaciosa compensasión. El calor de los amigos me da una seguridad que me consuela de la zozobra de esta errática conquista de Marta, que en mis peores momentos me planteo como una mera venganza de mi orgullo.

Y las extrañas barajas de la lealtad, que le esconden un as a un amigo por amor a otro amigo. Mi paranoia me dice que el nuevo trabajo de Luis compromete a Raquel hasta el punto de que le cambiará la vida. Y el sismo es tan grande, que sus efectos de seguro se extenderán a otros miembros de la familia. Ya me imagino el día en que Luis llegue a casa de Claudia en Nueva York en uno de sus viajes. Y sin embargo no le soltaré ni una palabra a nadie. Para nadie yo sé esto. Para nadie.

IX. Octubre / diciembre 1980

DE RAQUEL A JUANA (*continuación*)
Bogotá, noviembre 30. 1983

La noche de mi regreso a Bogotá, ya en el apartamento, a solas con Luis después de más de tres meses en Medellín con mi padre, obtuve la compensación de la distancia. En Bogotá, retomada la misma vida de hace años, lejos del escenario de la muerte, era como si ésta no hubiese venido por mi padre. Allí, en el apartamento, de la mano de Luis, mientras le decía que al otro día madrugaba a conseguir un trabajo, supe que no sería difícil olvidar el drama, y supe que él mismo, mi padre, se preocupó de que cada una, con él todavía vivo, hiciera su propio duelo.

Mi primera sorpresa gratificante fue que recuperé mi empleo anterior. Al regresar llamé al gerente de la productora donde trabajé antes, mucho más en búsqueda de una constancia de mi experiencia.

–Si necesitas una carta de recomendación para pedir un empleo –me contestó–, ya tienes empleo.

Comencé a trabajar casi enseguida. De nuevo, pues, estaba absorbida por mi maratón semanal. La vida continuaba.

Un buen día nos llegó el aviso de que el menaje que enviamos desde Nueva York un año antes, por fin había llegado a la aduana. Luis fue a inspeccionarlo y esa noche, compungido, me dijo que había unas cajas con una seña azul, que eran del personaje que nos compró el cupo y otras con señal roja que eran las nuestras.

–Lo triste es que, apiladas, una por una, las cajas rojas no caben en este apartamento. O almacenamos nuestras cosas de Nueva York aquí, o nos acomodamos nosotros.

381

—Busquemos otro apartamento –le insinué.

—Esperaba que tú lo propusieras –me dijo con su habitual cortesía–. Estoy de acuerdo. Me duele mi nidito, pero prefiero un espacio más amplio.

Luis sabía que yo estaba mucho más apegada que él a nuestra caja de fósforos y, con paciencia, esperó a que la idea se me ocurriera a mí. Salimos a buscar y todo lo que nos gustaba pertenecía a economías más prósperas que la nuestra. Los espacios que estaban a nuestro alcance no merecían el nombre de apartamentos. Algunos superaban el área de nuestro diminuto cuchitril, pero la diferencia se pagaba respirando un aire húmedo, con techos o paredes que sudaban unas gotas que se convertían en parte de la atmósfera. En otros, el ruido de la calle era suficiente tributo al espacio. En algunos, la oscuridad reinaba a mediodía en un sábado de agosto. Luis, de mal humor, se quejaba de la pobreza.

Ya estábamos más o menos decididos a permanecer en nuestro pequeño nochero, cuando un día me llamó María por teléfono para decirme que, a partir de ese mes, disponía de la renta de uno de los tres apartamentos que mi padre compró con el producto de la venta de la finca. Teníamos, pues, un dinero extra que permitía buscar algo mejor.

Fue una aparición este espacio que considero mi casa. A mi alrededor ya quedan pocos muebles de los que trajimos entonces; la única continuidad permanece en los libros y en ciertos objetos que a lo mejor nos sobreviven. Miro por la ventana y sé que este urapán de enfrente me conoce, se sabe mi historia. Este urapán que ve a través de paredes o cortinas, nos miró haciendo el amor, me vio esperándolo, nos oyó discutir y ahora me observa solitaria poniéndole fin a su compañía.

Lloré un poco el último día en el antiguo apartamento. La última noche hicimos con intensidad especial el amor en nuestra estrecha cama situada sobre el guardarropa. Ambos teníamos un culto fetichista a esa cama absurda donde no cabía ni medio ser humano y sin embargo nos albergó por años a los dos. Nadie, que no lo viera, creyó nunca que allí, encima de la ropa, a centímetros del cielorraso, cupiéramos ambos en aquel ángulo precario que el amor ensanchaba. Pero pronto el canto permanente de los urapanes, el gorjeo de sus habitantes, la amplitud y la luz de la casa hicieron de este espacio mi hogar, mi territorio.

Lo que sigue te lo cuento como lo supe entonces, no con el significado que luego adquiriría. En este transcurso Luis recibió varias invitaciones a dictar conferencias fuera de Bogotá. El viernes metía sus apuntes, dos o tres libros y algunas ropas en un maletín y volvía el domingo o el lunes. Llegaba rendido de cansancio por la intensidad horaria de estos cursos y pidiendo excusas por no poderme llamar por teléfono.

Como en noviembre, fue invitado a dictar conferencias en una universidad de California durante una semana. Pude coordinar para ir durante esa semana a Medellín para hacer entrevistas y tomas para un programa sobre principios del siglo XX que se me ocurrió cuando descubrí los varios archivos fotográficos de la época que existían en Medellín. Sabía que la separación de Luis era menos ansiosa si cambiaba mi rutina: "si estuvieras aquí, si supieras hasta qué horas son cuatro estas paredes", dice César Vallejo.

El primer golpe fue viajar a Medellín y no tener mi casa adonde llegar. Obvio, podía llegar a la casa de mi hermana, pero ésa no era mi casa; mi casa ahora estaba demolida y construían ahí una torre de ladrillos. Llegué con la certeza del desarraigo –sabiendo que mi único territorio propio quedaba en Bogotá– a la casa de Esteban, que estaba interesadísimo en aprender de mí y se convirtió en mi anfitrión, chofer y asistente durante toda la semana. Su compañía hizo más grato todo el trabajo. Me preguntaba asuntos técnicos del programa con la atención de un alumno aplicado y tomaba apuntes; me esperaba mañanas y tardes y luego me raptaba a casa de doña Gabriela, donde comíamos y conversábamos. Allí recibimos dos o tres llamadas de Luis desde California. Me hacía una falta enorme que cubría con este extraño y agitado Medellín sin casa, en plan de trabajo, de huésped en una mansión, comiendo en la mejor cocina, disfrutando de mi mejor alumno, como Esteban se llamó a sí mismo.

Un día llegamos a la casa de mi suegra y enfrente estaba un lujoso Mercedes Benz parqueado. Entramos sin saber que allí se encontraba su dueña, mi cuñada, la perfumadísima Cecilia de Pelusa, como la bautizó Esteban esa misma noche. La felicité por su auto y ella dijo:

–Pues no entiendo por qué Luis no se compra uno.

–Porque el sueldo de profesor apenas alcanza para taxi colectivo –dijo doña Gabriela.

No reparé en el comentario, es posible que ni lo oyera, que lo recordara después en la minuciosa búsqueda de los momentos en que me fui desmoronando. En ese instante, si escuché, significaba una confirmación adicional de que Cecilia vivía fuera de este mundo, que era una despistada. Mi juicio, además, era consecuente con la respuesta de doña Gabriela. Nuestra economía era otra, no nos planteábamos el proyecto de comprar un carro, cualquier carro.

El rato que Cecilia permaneció con nosotros mi molestia principal no era ella, propiamente, pues adquirí desde antes el hábito de omitirla. Pero su olor era demasiado ostensible, demasiado penetrante, se me imponía de una manera imposible de eludir, mezclado con el oxígeno mismo, y logró exasperarme. Mi confianza me permitió abrir ventanas y procurarme un aire que no me mareara, peligro inminente si me acercaba demasiado a Cecilia o impedía la circulación del aire. Al salir, ya entre el carro, agradecidos con doña Gabriela, no tardamos en recaer en bromas acerca de mi cuñada.

Aquí llega diciembre de 1980. Ambos estamos en Bogotá. Luis recién llegado de California, yo recién venida de Medellín, tratando de cuadrar una semana libre que nos coincida a ambos para ir a Medellín.

Hago un flash back a ese instante. Soy una mujer enamorada de un muchacho que es profesor. Él es mi vida. Confío totalmente en él. Conozco sus hábitos, sus gustos, sus mensajes cifrados. Todo es transparente, límpido, piso un terreno seguro y que comparto con alguien que también comparte todo conmigo. Van casi diez años en esta compenetración erótica, física, total. En esa armonía que nos permite hacer juntos las tareas domésticas como si nos manejara un solo cerebro, según la fantasía de Boris. Diez años de acostumbramiento animal al otro: cada uno termina por convertirse en la sombra de una compleja dualidad que es producto de ambos y que se vuelve la única manera de existencia de los dos. Ninguno existe sin su par. Se completan. Se condicionan en el orden de la ontología. No pueden ser sin el otro.

Era tan inconcebible una falla en ese sólido cimiento, que tardé un día entero en darme cuenta de una evidencia que se presentó por casualidad. Repito fechas exactas. El fin de semana, Luis viajó a una de sus invitaciones a dar conferencias. Iba a Bucaramanga, según me dijo. Llegó el lunes ocho de diciembre, día festivo, ya por la noche, cansadísimo, según declaró.

Al otro día, martes nueve, sonó el teléfono temprano. Alguien llamaba para un asunto de trabajo. Me dictaba un teléfono. Vi una cartulina de paso-a-bordo en el piso, caída al lado de la chaqueta de Luis. La tomé distraída y, en el reverso, entre una propaganda de licores, anoté el teléfono que me dictaban.

Mucho más tarde, ya en la oficina, necesité el teléfono, localicé la pequeña cartulina en mi cartera, marqué el número y comencé a juguetear con el papel distraídamente, sin notar nada a pesar de que –estoy segura, lo recordé luego– lo leí todo. Ah, los sentimientos alteran los sentidos hasta el punto de que uno ve sólo aquello que el corazón quiere que vea.

Ya en la casa, cuando anochecía, Luis aún no llegaba, yo aprovechaba el rato para hacer llamadas de trabajo, de manera que tomé el paso-a-bordo de la cartera, disqué el número y volví a examinar la cartulina. Hablaba por la línea cuando tomé conciencia: era un pasoabordo Miami-Bogotá del día anterior, expedido a nombre de Luis Jaramillo. Yo no escuchaba ya lo que me decían por el teléfono. Luis no venía de Bucaramanga sino de Miami. Me había mentido, me engañó. Apresuré el fin de la llamada y como una autómata me dirigí al lugar donde guardábamos los pasaportes. Allí estaba el de Luis. Lo miré ansiosa, temblando, y conté cinco entradas y salidas de pocos días a los Estados Unidos desde mayo de 1980. Viajes que yo ignoraba por completo que hubieran ocurrido. Dejé el pasaporte en su lugar y salí de la casa llorando, a caminar sin rumbo, a tratar de aclarar la mente.

Temblaba. El corazón me saltaba en el pecho. La sensación física se componía de la certeza de no tener piso, de apoyar los pies sobre el aire, de una náusea, de una opresión en la boca del estómago, de un vértigo en la cabeza que impedía fijar cualquier idea y de un sentimiento de abandono y de tristeza infinitos, imposibles de dominar, imposibles de drenar con el llanto.

Lo único que sabía era que, en lugar de ir a la costa o a Bucaramanga, Luis partió para Estados Unidos y no me contó nada. Ni me preguntaba el objetivo de esos viajes. No se me ocurría la pregunta. Bastaba el hecho de que realizó los viajes y no me contó nada. Me traicionó por ese solo motivo. Y lloraba caminando por la calle. Me metí a un cine y no miré nunca qué película proyectaban. Aproveché esa semidesierta oscuridad para llorar en silencio, sin que nadie me viera.

Eran más de las once cuando se acabó el cine y las luces de la sala expulsaron a unos pocos espectadores y a una lloradora como yo. Camino de la casa sentía como si un hacha me hubiera partido el tronco en bandolera: así palpitaba la herida del corazón al contacto con el frío de la calle. Me fui caminando para alimentarme del aire nocturno de Bogotá y para hacer tiempo de manera que Luis estuviera dormido cuando yo, para él, llegara de trabajar hasta muy tarde, rutina que no era extraña en mí.

Acerté. Dormía cuando llegué y yo me pude deslizar en la cama sin que él se moviera. Al poco rato se acercó a mí y me puso la mano en el pecho. Yo permanecía despierta. No era el insomnio de quien desea dormir y no puede hacer otra cosa que tratar de procurarse el sueño sin conseguirlo; tampoco eran esos sueños febriles que duran un tiempo indefinido entre segundos y horas y que se interrumpen varias veces con despertares bruscos, sudorosos, angustiados. Ni era ese duermevela que limita entre el sueño y la vigilia y los entremezcla de una manera en que la memoria no participa. No, no era nada de eso. Estaba despierta. A oscuras en el cuarto, tenía los ojos totalmente abiertos, acostada boca arriba, la respiración menos entrecortada que en las cuatro horas continuas de lágrimas y sollozos, y despierta, del todo despierta, a veces siguiendo con la mirada el tenue reflejo de los urapanes sobre la pared de la alcoba, asociando las sombras con objetos reconocibles. La veta de la madera del piso se ve como un fantasma acostado, otras veces parece un manatí deslizándose entre el líquido invisible del brillo de la madera. La camisa de Luis, colgada en un saliente de la silla, proyecta un pajarraco sobre la pared blanca. Individualizo cada contorno en medio de la oscuridad. Estoy despierta. Lejos del sueño. Todo lo que he descubierto acerca de Luis ha sido así, desvelada. Luis, profundo, se mueve en este instante. Desliza su mano de mi pecho y la coloca entre mis muslos. Su cuerpo no está completamente boca abajo porque su hombro choca con el mío. Está tres cuartos boca abajo, sostenido por mí, totalmente horizontal. Y, de súbito, un cosquilleo de fiebre y de repulsa se apoderan de mi carne. El cuerpo contiguo, indefenso y desnudo, pegado a mí por años, no despide calor sino un abrasamiento que me produce un sudor picante en los puntos de contacto. Refiero la sensación física, la reacción inconsciente de la piel. Y tengo que hacer un esfuerzo para no moverme bruscamente, para esperar un reacomodo que no moleste mi vigilia. Me niego al sueño. Me niego a perder el precario control que me queda sobre la realidad que se desmorona y la fe absoluta en un hombre que me traicionó. Me siento tan débil, que mi miedo consiste en que si me duermo, al despertar haya perdido para siempre el hilo precario que me ata a la cordura. Toda la noche del martes nueve de diciembre transcurrió así. Vi el gris de las cinco y fracción de la mañana colándose por entre la cortina. Luego un resplandor azul anunció el sol madrugador. A los pocos minutos sonó el reloj que le ordenaba el inicio del día al maestro universitario. Cerré los ojos y me reacomodé en una posición que le hiciera creer a Luis que dormía profundamente. Con sigilo, todavía sonámbulo, fue hasta la nevera en procura de un poco de jugo de naranja. Decía que el sabor del cítrico era lo que realmente lo despertaba. Con igual sigilo, protegiendo mi sueño, se encerró en el baño a cumplir los ritos del aseo mañanero. Percibí cada paso que dio allí adentro y supe un instante antes cuándo iba a salir. Lo supe tan claramente, que abrí los ojos para comprobarlo en el preciso momento en que estaba en el marco de la puerta. Me saludó con una sonrisa. Vino hacia mí, suponía él que a despertarme con un beso. Con el temor a rechazarlo cometí el error de exagerar un poco con el beso; él, entonces, se extendió sobre mí diciéndome al oído:

—Te voy a despertar haciéndote el amor.

Todavía siento su cuerpo recién bañado sobre el mío, su erección, la búsqueda de una posición cómoda, la armonía con que me fue penetrando, el ritmo de su movimiento, primero muy despacio, para sacarme suavemente del sueño, donde suponía que yo estaba. El conocimiento intuitivo de nuestra práctica erótica me permitió acomodarme a su gimnasia. Mi alma, sin embargo, estaba ausente. Luis eyaculó y se quedó unos minutos jugueteando conmigo, acariciándome en silencio. Luego, contrariando toda costumbre, dándome un beso, regresó a la ducha donde se quedó un buen rato, mucho más largo que la duración del agua caliente. Inmóvil, despierta, con los ojos cerrados, yo me lo imaginaba debajo del agua helada.

Oí cuando cerró la llave y sentí el momento en que salía. Algo me obligó a abrir los ojos; era su mirada. Una mirada que no le conocía,

más profunda, con los ojos entrecerrados, una mirada nueva, llena de un fuego sin significado claro para mí. Con una toalla alrededor de la cintura, se recostó en el marco de la puerta del baño y me preguntó:
–¿Qué te sucede?
Decidí evadir el tema. Me sentía incapaz de cualquier debate:
–Tengo dolor de cabeza...
–¿Estás segura de que es dolor de cabeza? –me preguntó para notificarme que él sabía que no era una simple jaqueca, que había algo más, que él lo percibía de un modo misterioso. Yo persistí en mi mentira:
–Sí, desde anoche tengo dolor en las sienes. Dame, por favor, un poco de agua y una pastilla.
Acabó de vestirse y se presentó a la cama con el analgésico y con un vaso.
–¿Tienes tiempo de dormir otro rato? –me preguntó dándome un breve beso en los labios a manera de despedida. Le contesté que sí con un murmullo y él me dijo adiós. Ya salía cuando se devolvió desde la puerta a preguntarme si trabajaba ese miércoles hasta muy tarde. Como una autómata, fingiéndome entredormida, le contesté con dos murmullos que traducían un no.
–Entonces nos vemos esta noche temprano para comer juntos.
–Ajá –le contesté como si ya durmiera.
Me quedé inmóvil con la mente en blanco. Eran las siete y, así, cataléptica pero despierta, permanecí hasta las ocho. A esa hora llamé a la oficina para notificar que amanecí enferma y que no iría a trabajar en todo el día.
Me levanté por algo de fruta. Luego oriné y me volví a acostar. Por fin sin darme cuenta en qué instante, me quedé profundamente dormida.
La brusquedad del timbre del teléfono me sacó de un abismo donde no había ningún sueño, sólo el puro acto de dormir, un lugar vacío, remoto a la vigilia. Era tan persistente el teléfono que me desperté de mal humor y me negué a levantar la bocina.
En pocos segundos recobré la memoria de mi malestar. Luis me mintió. Luis me traicionó. Viajó a lugares distintos de los que me anunció. Eso era todo lo que sabía y ahí comenzaban las preguntas. ¿Por qué motivo me ocultaba esto? ¿Desde cuándo? Y ninguna respuesta. Durante ese día ni siquiera me hice más preguntas. Daba vueltas alrededor de

las dos primeras –sobre todo de la primera– que ni siquiera se me ocurrió la tortura de especular con qué fin realizó esos viajes.

Un café cargado y una aspirina. Quedé despierta y despejada y así me metí a la ducha hasta acabar con el agua caliente, mientras la memoria, con el estímulo del vapor, seleccionaba recuerdos, jugaba a las asociaciones. Ahora entendía la vehemencia de sus disculpas por no lograr telefonearme desde falsos destinos. Yo ni siquiera me daba cuenta de que me mentía. Ahora lo veo así: no era tanta su habilidad para mentir, es más, creo que se asustaba; el equívoco consistía en que yo confundía sus manifestaciones de miedo de que yo lo agarrara en el engaño, con la auténtica expresión emocional de no poder llamarme por teléfono. Yo tenía puesta toda mi fe en él, no dudaba de nada que dijera. Es una ley: no es tanta la sagacidad del engañador sino la candidez del engañado.

En este esquema absolutista de quien ve desmoronarse el mundo, una mentira significaba la eventualidad de todas las mentiras. Una grieta en la fe era la pérdida de la fe. El amor equivalía a una simbiosis absoluta y yo jugaba limpio. Mi ética estaba impuesta por mi relación con Luis. Yo lo amaba pero él, engañándome, pronunciando cualquier mentira, la más anodina, negaba esa simbiosis, ese amor.

Cuando llegué a este punto de mis vericuetos mentales, el agua caliente ya se agotaba por completo. Un escalofrío, que atribuyo al agua helada, me revelaba una nueva convicción íntima: que yo no creía en Luis.

La terapia de limpiar la casa. Ya vestida, sentí la picazón del hambre. Con deliberación la dejé crecer mientras arreglaba la casa. Todo en su lugar, todo limpio. Un sitio agradable para el regreso en la noche. El hambre me lanzó a la calle; un sol de diciembre caía casi vertical y sacaba destellos de luz a las hojas oscuras de los urapanes. La gente llevaba su abrigo –suéter, saco, chaqueta– en el brazo. La temperatura invitaba a estar en mangas de camisa. Así llegué a un pequeño restaurante semi-casero del vecindario, típico establecimiento del tamaño de un garage. Allí confirmé las virtudes tonificantes de una sopa. De la sopa como vía de regreso a la realidad cotidiana. Y luego una presa de pollo al horno con papas y una infusión de manzanilla. Miraba afuera, a la calle, ya para salir, observaba a los niños jugando en la acera de enfrente, el paso de los peatones, el ritmo propio del día; y supe que todos mis delirios de una noche en vela y las matemáticas conclusiones de la ducha, tenían que someterse a una caminada racionalista bajo el sol, que me llevaría a algún cine. En estos momentos es cuando uno comprende los engaños que produce el poder de encantamiento de la oscuridad. En la noche se te ocurren las ideas más originales, las más lógicas conclusiones, los más lúcidos análisis que pierden el brillo cuando la luz del día los oxida. Todos estos fulgores son consistentes sólo si han sufrido la prueba de la luz del día.

A esa tarde debo mi amor infinito por Coppola que me regaló una película tan buena como *Apocalypse Now*, cuando yo necesitaba de los efectos hipnóticos del cine para sobrevivir. Lo logré. Durante la hora del matiné pude congelar todo mi desorden mental, toda mi sensación física de vacío, salir de mí, dejarme inundar de aquel torrente de imágenes terribles.

Al pisar la calle, el sol vespertino se refleja en las montañas y en los edificios de ladrillo con el color del ron. Un hálito de irrealidad viene de esa luz y parece que los seres adquirieran cuerpo y se pudieran adherir al piso por el poder magnético del ruido de la ciudad a esta hora. Miras al cielo, y un azul muy claro te dice que aún es de día; miras alrededor, y las sombras denuncian ya la noche.

Es real el hecho de que me ausenté de mí. Al salir de la película, ya en frío, me preguntaba cómo sería la conversación con Luis por la noche. Sólo entonces recordé la escena matinal con él. No lo engañé con mi forma de hacer el amor; contra todos sus hábitos, él regresó a la ducha, me dio la oportunidad de decirle qué pasaba y yo evadí la respuesta anteponiendo un dolor de cabeza. Así que Luis tenía su propio rollo mental. Era la primera vez en la vida que nos sucedía esto. Pensé –virtud racionalista de la luz diurna sobre las ocurrencias de la noche– que antes de cualquier palabra o decisión, estaba obligada a escuchar a Luis.

Por otra parte, después de la morfina de semejante película, ante un café que me brindé en una pastelería, antes de emprender el retorno a casa, tratando de definir cómo me sentía, de darle nombre a mi malestar, hallé la respuesta con tanta frialdad como quien resuelve un crucigrama y sonríe hacia sus adentros cuando encuentra la palabra que busca. Estaba furiosa. El ardor del estómago era furia, el vacío en el pecho era furia, la confusión era furia, la ebullición en la cabeza era furia. Estaba furiosa porque me sentía traicionada por Luis. Lección segunda: Raquel, contrólate, no te dejes arrebatar por la ira. La primera lección era dejarlo hablar a él, permitirle dar sus explicaciones. Me fui caminando hasta el apartamento bajo una luz color mandarina. Respiraba hondo, gozando el frío del aire del eterno otoño bogotano, ese frío que me refrescaba el alma. Eran como las seis y media y el cielo se negaba a oscurecer. Al abrir la puerta del apartamento, supe que allí estaba Luis por el Charlie Parker que sonaba. Con la llave en el pomo volví a sonreír para mí misma cuando caí en la cuenta de que no había llorado en todo el día, que la víspera agoté las lágrimas y que ya no lloraría más, mucho menos delante de Luis.

Para una pareja como nosotros, el beso de saludo es la mejor manera de saber el estado de ánimo del otro. Se trata de un lenguaje indefinible en palabras. El calor de los labios, la manera como se juntan, la posición del cuerpo y de las manos en el momento del beso, una sumatoria de gestos, de acercamientos o alejamientos, tradujeron en aquel beso específico que él estaba ansioso. Él debió percibir mi frialdad –estaba fría, deliberadamente fría, con el hielo de quien le impone a su ira una calma prefabricada– y distante, la misma distancia nacida de la desconfianza.

–Hola, ¿qué te has hecho? –me saludó con ímpetu–. Te busqué todo el día pero no fuiste a la oficina.

Luis hablaba y, por un juego de espejos, en el fondo de mí, muy lejos, el mensaje se reflejaba de otra manera. Ni siquiera se me ocurrió llamar a la oficina durante el día: no me importaba mi trabajo en un proyecto de vida que se me iba a pique. Ja, un proyecto de vida, y volví a sonreír sin abrir los labios, esta vez con la sonrisa de la derrota.

–No, no fui ni llamé.

–Pues te busqué todo el día. ¿Quieres algo de comer? Te propongo un desayuno –un desayuno era hacer huevos revueltos con cebolla y tomate, calentar pan o arepas, tomar café con leche.

–Delicioso. Tengo hambre.

Como de costumbre, la conversación transcurría a intervalos; a veces pasaban minutos enteros antes de que el otro contestara. Él sacaba cosas de la nevera mientras yo oía repicar el teléfono de la oficina con el interés de saber qué pasó durante ese día de amnesia con los deberes del trabajo. Inútil; no contestaban ya.

–Te llamé por la mañana a tu trabajo y me dijeron que estabas enferma, que no irías. Cuando te llamé aquí, ya habías salido –me dijo entre los golpes del cuchillo contra la madera llena de rodajas de cebolla.

–Se me pasó el dolor de cabeza y me fui para el cine. Entre el fragor de la mantequilla hirviente me preguntó por la película. Desde el tocadiscos –donde repetía el mismo disco– le hablé con entusiasmo de Coppola. No paré de hablar mientras colocaba la mesa. Todo estuvo listo en el momento de servir. Ambos nos sentamos mientras Charlie Parker tocaba con un fondo de violines. Ya se había agotado el introito, estábamos frente a frente y yo esperaba que él comenzara.

–He estado muy mal todo el día. Y de pésimo humor...

No dije nada. Él se daba su tiempo saboreando un pedazo de pan caliente con mantequilla y huevo encima. Tragó y, con un tenedor en la mano, quieto, mirándome con los ojos entrecerrados me dijo:

–Algo te sucede... Lo sentí cuando hicimos el amor... –tomó un sorbo de café sin dejar de mirarme. Con deliberación abrí la boca en signo de pregunta, como si no entendiera de qué me hablaba– ... Por primera vez en la vida te sentí distante, automática..., como si escondieras algo.

Yo estaba estupefacta. Casi me reí de la situación. En lugar de contarme sus mentiras, era yo la que escondía algo. Decidí tomar el toro por los cuernos:

–¿Como si escondiera algo? –le pregunté al rato, cuando los platos estuvieron vacíos y me paraba recogiéndolos. Él tomó aire, se recostó con el pocillo entre los dedos y repitió.

–Sí. Como si tu cabeza estuviera en otro asunto que no te permitía estar conmigo –fui hasta la cocina, dejé los platos, caminé hasta la alcoba y él siguió hablando–. Me dio mucha rabia. Me sentí insultado, como si mi amor no quisiera hacer el amor. Estuve a punto de gritar, de reclamarte tu desatención. Estaba tan bravo, que sólo el agua fría pudo apaciguarme. Me metí otra vez en la ducha para no armar una escena de gritos.

Ya iba yo a replicar, con más dramatismo del que me propuse, cuando –por fortuna– Luis continuó:

–Salí decidido a aclarar qué te sucedía. Con todo mi amor, con toda mi consideración, quería resolver el problema muy rápido y muy apaciblemente. Es una situación de incertidumbre que no puedo resistir, que me descompone. Y desde la puerta misma del baño te pregunté y me evadiste con la disculpa de un dolor de cabeza. Y yo te creí por la simple razón de que te creo todo lo que me digas y te di el analgésico pensando en lo que había sucedido, porque algo me molestaba, algo que no sabía qué era.

Aquí hizo una pausa. Luis se daba unos instantes para continuar; ambos estábamos sentados frente a la mesa. Tengo la memoria precisa de ciertos instantes de mi vida. De esa noche puedo repetir cada cosa que dijimos, cada movimiento, cada expresión. Estaba tan alerta para mantener la sangre fría —conjeturo— que me fijaba en cada detalle, registraba todas las palabras: entonces sobreactuaba la razón y la memoria grababa sin piedad. Charlie Parker, cebolla frita, ventana abierta.

—La clase de ocho fue dictada por un robot. Ahora, encima de intrigado, y a consecuencia de mi primera desastrosa clase del día, me sentía insatisfecho, fastidiado conmigo mismo. Tenía libre de nueve a diez y me fui a caminar por los recovecos de la universidad hasta que supe qué me molestaba y, al contrario de lo que creía, me sentí peor.

Me miraba con ojos muy abiertos y tristes. Me miraba con cierto desamparo:

—Cuando Raquel ha estado enferma, me decía, pues me lo hace saber; yo no insisto en hacer el amor. A mí también me sucede. Ahora lo extraño es que se sienta en la obligación de fingir conmigo. ¿Por qué Raquel se impone hacer el amor, antes de contarme que se siente mal? ¿Qué me oculta?

Todo lo último lo dijo sin moverse, con la misma expresión, con voz entrecortada. La percepción extra que me confería el control de la ira, me revelaba que le podía hacer tragar una por una sus palabras, que todas se le devolvían hasta este "¿qué me oculta?". A la vez, bastaba que yo no dijera nada para que él siguiera hablando; apenas iba en las diez de la mañana de su día. Una pausa, que coincidió con el final del disco. Yo estaba más cerca y lo volteé. Otra vez los violines y el saxo de Charlie Parker. *Saxo con cuerdas*, se llama el disco.

—A partir de ese momento, todo el día me he sentido como un miserable. Te empecé a buscar. Quería aclarar contigo las cosas de inmediato y no te podía encontrar por ninguna parte. Y no paraba de repetir la misma pregunta sin poder hilar una respuesta, sin voluntad de indagarla: ¿qué le sucede a Raquel conmigo? A las tres tenía un examen de tesis y estuve insoportable con el pobre estudiante, víctima inocente de mis torturas íntimas. Lo fastidié todo lo que pude y te juro que si no es porque el cura López estaba presente, le hubiera preguntado por el marco teórico.

Nos reímos y la tensión bajó con el chiste. Él aprovechó para un paréntesis:

—¿Quieres más café?

Asentí y él se dirigió a la cocina a conectar nuestra maravillosa cafetera newyorkina. Regresó hablando:

—Apenas terminó el examen me vine para acá a esperarte y a llamarte a la oficina. Y no he dejado de preguntarme qué te sucede conmigo —una pausa, una breve pausa mientras se sentaba, escrutándome—. He sufrido todo el día con eso y ahora quiero saber de ti qué es lo que pasa.

Silencio. Ya no olía a cebolla. Sentí un vaho de sudor que salía de mi cuerpo. Consecuencias de las caminadas del día, me mentí prometiéndome una ducha para antes de acostarme. Era la tensión. En un instante examiné mis opciones. Estaba la más emocional, que sólo tenía la virtud de la simetría, y que consistía en devolverle uno por uno sus reclamos. Pero la simetría era tan perfecta que su lógica me avasallaba: como los míos, los reclamos de Luis eran los reclamos del amor. Su sufrimiento era el sufrimiento del amor. Así como mi dolor, igual que mi reclamo.

Lo obvio era trenzar una discusión explosiva, orgullo herido versus orgullo herido, contestándole que yo me sentía mal por su culpa. Pero mi inteligencia natural —o la fatalidad de cargar con el rol de hermana menor— siempre me ha vedado echarle culpas a otros. Culpar, además, siempre produce una reacción airada. No, no ligaría una cosa con la otra. Sólo hablaría de mí.

—Lo que sucedió es que yo me sentía muy mal. Tenía el ánimo por los suelos y no dormí ni un segundo durante toda la noche.

Ahora era él quien indagaba con la expresión interrogante de unas cejas arqueadas. Me di tiempo. Metí la mano en el bolsillo de mi chaqueta, saqué el pasaporte de Luis que traje cuando entré en la alcoba, con parsimonia busqué la página donde figuraban los sellos y las fechas y —cuando la localicé— abrí el pasaporte y se lo extendí:

—¿Por qué no me contaste de estos viajes?

Él me recibió el pasaporte con un ademán automático, apenas echó una ojeada a la evidencia, casi tiró el pasaporte sobre la mesa, apoyó ambas manos con los dedos hacia adentro, enfrentados, trayendo el tronco hacia mí:

–¿Quién te contó?

Desde mi infinita y helada furia, consideré necesario mostrar cierta exasperación:

–Por favor, Luis, no me contestes con una pregunta. Ése no es el tema.

Se quedó inmóvil un instante, aterrado al oírme ese tono por primera vez en su vida. Luego aprovechó la posición de sus manos para apoyarse en ellas y ponerse de pies, darse media vuelta y situarse tras el taburete con las manos jugueteando sobre el espaldar. Desde donde yo estaba, era como si el asiento fuera ahora su escudo. La pausa sirvió para que el vapor de la cafetera interviniera en nuestra conversación con su perfume:

–¡El café! –dijimos en coro y nos sonreímos a sabiendas de que esas telepatías verbales significan buenos augurios. Luis se dio media vuelta de nuevo con rumbo a la cocina. Suspiré sin que me oyera. El café interrumpía como las propagandas de TV en el momento en que se van a oír las soluciones a los enigmas.

Porque, con candidez, yo pensaba que la respuesta a mi duda era la solución. No me daba cuenta de que el daño principal estaba hecho –mi pérdida de fe en Luis– y que la inesperada respuesta significaría un cambio en mi vida. Apenas empezaba este desgarramiento de años del que sólo hasta ahora me curo.

Luis sirvió las tazas de café, añadió un tris de leche y las trajo hasta la mesa. Dándose más tiempo, regresó a la cocina por un vaso de agua con hielo, su hábito milenario, que según él contaba, comenzó cuando alguien dijo que la fórmula infalible para conservar la salud eterna era beberse cuatro vasos de agua después de cada comida. Luis se paseó dos veces entre la ventana y la puerta de la alcoba. Ordenaba las ideas, buscaba las palabras. Al fin se detuvo, otra vez detrás de su asiento, otra vez sus dos manos sobre el respaldo:

–... Esteban me lo advirtió... –comenzó con una frase de autorreproche–. No sé por dónde comenzar...

Como en una mala comedia, aquí se acabó el disco y esta vez fue

Luis quien le dio la vuelta. Aún no entraba el saxo a hacer su solo cuando Luis recomenzó con otro tono, con una vehemencia y una dureza que eran inesperadas para mí:

—Mira: desde cuando volvimos de Nueva York yo me siento como un prisionero en mi trabajo. El punto que más me molesta es estar condenado a ocho años de esclavitud. Les debo mi vida y tengo que pagar un rescate en tiempo y en dinero... —seguramente algún gesto que reflejaba mi pensamiento amenazó a Luis con una interrupción; su mano ejecutó el ademán de que me detuviera—. Sí, sí, ya lo sé, no me lo digas: yo sabía en qué me estaba metiendo; cada vez que recibía mis dólares de becario sabía que me sobregiraba en mi vida. Al llegar aquí me encontré con la cuenta de cobro y la rutina de las clases se me convirtió en parte de una condena. Me he pasado la vida ponderando las delicias del magisterio en la universidad, años y años enunciando las justificaciones más ventajosas de ser profesor. Y, al llegar, la condena a ser profesor me lleva a odiar el oficio.

Aquí tomó un sorbo de café caliente dándose un respiro antes de continuar. Yo no entendía para dónde iba el cuento de Luis y cuál era su relación con mi pregunta. Lo que decía era nuevo, pero no extraño, para mí. El semestre anterior no pude ser testigo de su vida diaria, pues yo estaba en Medellín. Notaba una especie de escepticismo, de distanciamiento de Luis con respecto a sus cursos. Pero no lograba captar de qué me estaba hablando.

—La alternativa —continuó— es pagar una fianza por el valor del dinero que la universidad me giró durante la beca. Una fortuna inalcanzable —un sorbo de agua y un ligero cambio de tono, algo más vehemente— un dineral y yo sin un peso. Yo no me di cuenta de lo miserablemente pobre que soy sino cuando vivimos en Estados Unidos. Nosotros éramos dos seres anodinos del tercer mundo que llegaban y, por una especie de capricho, una universidad nos prestaba un espacio donde vivir y otra universidad nos enviaba un cheque mensual. Dependíamos de la nada, mientras alrededor mandaba el dinero. Un poder explícito. A unos pocos minutos estaban los apartamentos más lujosos que cupiera imaginar, las obras de arte, la ropa, un mundo inaccesible donde yo no existía. Ni siquiera existíamos para integrar esa modesta clase media de Nueva York, que ahorra para el gran espectáculo, o para una temporada en Puerto Rico, o para comprarse un abrigo costoso. Ni siquiera éramos eso. Y al regresar aquí, por razón de vivir adentro –pero en la orilla– de la capital del mundo, yo debía varios años de mi vida o un rescate millonario. Y miraba a mi alrededor a la gente de treinta y cinco años que conozco. Esteban nació rico y es mucho más rico de lo que él mismo admite. Moisés, el marido de mi hermana, ya hizo plata. Los más cercanos con dinero y yo con mi vida hipotecada, pagando un arrendamiento y sin más perspectivas de viajes que congresos académicos en pueblos del medio oeste o en pequeñas ciudades de México. Me sentí acorralado.

Creo que me distraje. Algo más dijo, pero no atendí bien mientras pensaba que él se estaba yendo por las ramas. Desde mi infinita furia, que yo controloba dictándome órdenes mentales –tranquila, Raquel– afloraba el fastidio que producen las desviaciones del tema, y más cuando en el tema se va la vida:

–Un día, mientras estabas en Medellín, surgió la oportunidad de un negocio en Miami. Me pagaban muy bien y decidí aceptar el riesgo. Es el primer viaje que está en ese pasaporte. Todo resultó perfecto y gané mucho dinero.

La paradoja consiste en que recuerdo todo lo que sucedió esa noche, pero desconozco las expresiones de mi cara. En este instante de la conversación adivino el desconcierto apoderado de mis gestos. ¿Negocios? ¿Dinero? Eran palabras que no pertenecían al vocabulario de este calmado profesor de literatura. Te juro que la pregunta se me ocurrió mientras la pronunciaba:

–¿Negocios de narcotráfico?

–Pues... pues... –toda su duda me dio la respuesta, que él enunció tras un trastabilleo–. Digamos que sí.

Me puse de pies. Me imponía el dominio de mí misma pero también un grado de energía que subrayara el abuso que sentía:

–¿Y por qué no me dijiste nada? ¿No te das cuenta de que también estás disponiendo de mi vida?

Caminé hasta la ventana. Desde el otro lado de la mesa Luis me siguió y me tomó de atrás, por los hombros:

–No quería mezclarte en un asunto ilegal... Se trataba de conseguir un dinero para comprar mi libertad en la universidad... Se trataba solamente de eso y yo no te quería involucrar...

Se me ocurrieron varias réplicas. Si tú te metes en algo ilegal, automáticamente yo estoy metida. Por encima de todo está la lealtad: debiste contarme. Acababa de enterarme de algo que me apabullaba y quedé bloqueada y confusa. Hoy, en retrospectiva, confirmo esa sensación súbita por algo que, signo de mi desconcierto, ni siquiera se me ocurrió en ese instante. Renunciar en la universidad para trabajar en qué. El otro signo, obvio, de la confusión, era que me sentía saturada de información y, en realidad, no sabía nada. Negocios sucios en Miami. Era todo lo que sabía.

–Oye, estoy muy cansada –dije con un suspiro–. Anoche no dormí nada y he estado muy tensa. Después de esta conversación, lo único que quiero es gastarme toda el agua caliente en una ducha y dormir hasta mañana.

De inmediato, Luis aprovechó el cambio de tema:

–Mientras tanto yo arreglo un poco la cocina.

Estaba yo bajo la ducha –la mente en blanco, vacío el cuerpo– convertida sólo en la sensación del agua caliente cayendo sobre la piel, cuando la cortina del baño se corrió con sigilo y apareció Luis desnudo a compartir la ducha, a acercarse a mí. Me abrazaba y me tocaba en los lugares más sensibles y me decía yo te amo, yo te quiero tener lejos de negocios ilegales, yo te amo, compréndeme, y me acariciaba con una intensidad que me venció. Hicimos el amor con frenesí, con sabiduría sexual, con toda la ternura de quienes se saben completos con el otro.

Dormimos muy juntos como toda la vida –ay, la vida con Luis era toda la vida– y al otro día ambos nos despertamos con la última impresión de la noche, eufóricos y tranquilos, y realizamos las tareas mañaneras veloz y coordinadamente. El primero que se levanta prepara el desayuno mientras el otro se baña; éste se sienta a la mesa el momento exacto en que el otro sirve, y que se bañará enseguida mientras el primero pone orden; salimos al tiempo poco después de las siete. Como si la vida siguiera igual. Ahora se me ocurre que el error que cometí –¿cometimos?– fue hacer el amor esa noche. En la circunstancia precisa, era el lenitivo perfecto. Todo se suavizó. A lo mejor hubiera sido preferible otra noche de insomnio, otra noche rumiando las palabras de Luis y sus consecuencias, para darme cuenta de la trampa en que estaba. O, quizás, la misma furia que se apoderó de mí se hubiera resuelto en un estallido que terminara todo de una vez, de un solo golpe. Sin hacer el amor, en el clima emocional de la conversación, a lo mejor ese día alguno de los dos se hubiera ido del lado del otro. Pero ese coito interrumpió una rabia que debió madurar, prolongó una situación que disfrazaba de amor la desamparada necesidad del otro, el acostumbramiento zoológico.

En los días siguientes comprobé que la mejor droga es el trabajo. La gente hace chistes acerca del alcohol como medio para olvidar las penas. O se pueden pensar otras drogas que tienen el nombre de su virtud principal: estupefacientes. Sustancias que te dejan estupefacto. Pero nada supera el trabajo, la actividad hacia fuera, como remedio contra las preocupaciones íntimas. El martes me decreté enferma y el miércoles encontré un montón de tareas pendientes que se gastaban ese día y otros más. De tal manera que servía de anestesia, de método para el olvido. Tanta ocupación contribuyó a normalizar la vida diaria, hasta el punto de que todo siguió lo mismo en mi vida con Luis, como si no hubiera sucedido nada.

Días antes habíamos convenido en ir por lo menos una semana a Medellín durante la navidad y el fin de año. Luis llamó a su madre a comunicarle la noticia y ella nos esperaba con entusiasmo. Pero mi recargo de trabajo era tanto, que le dije a Luis que no podía acompañarlo, que fuera a cumplirle a doña Gabriela, que estaba muy ilusionada con su visita. Luis me contestó que no me dejaba sola en la navidad, que se iba después del veinticuatro y que pasaba el año nuevo en Medellín. Con malicia, añadía que yo encontraría la manera de escaparme a Medellín el fin de año.

No fue así. Luis estuvo en Medellín una semana y yo me quedé en Bogotá durante la más hermosa semana del año. De noche hace frío pero a las seis de la mañana un sol brillante ilumina la ciudad. El cielo es todo azul y las calles estarán todo el día como a esta primera hora, semivacías. A mediodía hace calor, un calor de veinte grados. Nadie se apresura, todo va a media máquina. La gente se ha ido a su provincia de origen o a sitios de vacaciones. Pocos trabajamos. Aprovecho esa calma para elaborar calendarios detallados de actividades de cada programa. Trabajamos en un computador para establecer rutas críticas por días para cada emisión del año. También aprovecho para caminar bajo el sol, por la tarde, cuando no hay ni una sola nube en el cielo de la sabana y el atardecer es un neto disco rojo que se hunde detrás de la última montaña y que persiste en emitir rayos dorados, al final rayos cobrizos casi horizontales, que alargan las sombras hasta el triple del tamaño de los cuerpos. Durante el período de Bogotá de fin de año, al contrario del día, la noche es helada, el frío congela algunos cultivos y puede despertar a quien se cobije juzgando que la noche será como el día. Bogotá sin nubes y sin atropellos, Bogotá con sol y sin nudos de tránsito. Sola por las noches en la casa, también trabajando, pude decantar mi conversación con Luis.

Habían pasado más de dos semanas y me asombré desde entonces de la memoria exacta que tenía de esa noche, y que aún no se borra, como te consta por el acta que te escribí arriba. Atrás queda la rabia, lavada la misma noche por la ducha y por el coito, olvidada por la restauración de la rutina en nuestra vida diaria. En esta decantación de fin de año, esa furia –que hoy desearía que hubiera reventado y precipitado las cosas– era parte de un olvido honrado, era algo desaparecido.

Mi primer juicio era el más tonto de todos; enunciado en su forma más simple –donde su tontería aparece más obvia– dice: me mintió porque me ama. Lo importante es que me ama. Él se pudo equivocar pensando que me debía tener lo más alejada posible de su asunto. Pero ése es tu propio juicio de valor, Raquel, y tú no le puedes imponer a Luis que actúe con tus criterios y no con los de él. En suma, le justificaba el engaño porque me amaba. Y yo lo amaba. Lo principal, creía, estaba a salvo.

Lo demás eran dudas. Un buen desafío para una periodista. Una lista de interrogantes en desorden, incompleta. Tenía curiosidad de saber qué, concretamente qué tarea desempeñaba Luis en Miami. A partir de esa pregunta, sin ningún dato adicional, la gama de respuestas era infinita y dio pie para muchas fantasías que se acrecentaron después. Tenía curiosidad acerca del dinero que ganó –y que no se le notaba en ninguna parte– y si doña Gabriela sabía algo de todo este enredo.

Un punto creía tener resuelto y tardé algún tiempo en darme cuenta de que estaba en un error. Cuando le pregunté por sus viajes con el pasaporte en la mano, lo primero que dijo Luis fue "Esteban me lo advirtió". Interpreté su frase como si Esteban fuera su compinche. Después supe que Esteban le pidió que me contara antes de que yo, tarde o temprano, lo descubriera por mis propios medios. Pero en ese fin de año yo no dudaba de que Esteban y nadie más, lo indujo a meterse en el negocio de contrabando de drogas. Me parecía evidente. Esteban tenía el capital, conocía a la gente de Medellín, confiaba en Luis más que en él mismo, luego era incuestionable que Esteban lo metió en el baile. Adicionalmente, Luis no me guardaba secretos con nada, excepto su correspondencia, es decir, su mundo con Esteban; si estos viajes permanecían ocultos para mí, significaba que pertenecían a su mundo con Esteban. En una deducción tan lógica, basada en una frase que yo interpretaba como confesión, edifiqué un odio creciente por Esteban, un odio que duró como tres meses hasta cuando se aclaró el enredo que yo misma me armé en la cabeza. Esteban era el niño rico que juega a estar fuera de la ley, juega moviendo las piezas sin aparecer nunca, arriesgando, por ejemplo, a su mejor amigo con viajes a Miami.

El otro punto en que me equivoqué –y esa equivocación me dio tranquilidad– fue tragarme el cuento de que Luis no lo volvería a hacer. Que era para pagar el dinero de su rescate –como él llamaba a la fianza con su universidad– y que no se repetiría. Le creí que era algo pasajero y pretérito, pero también me preguntaba a qué se podía dedicar fuera de un aula, un individuo que se había entregado durante los últimos diez años de su vida a estudiar a Rubén Darío, José Asunción Silva, Machado, Juan Ramón Jiménez y los modernistas. Uno no puede poner un almacén de citas de modernistas, ni emplearse en el departamento de literatura de un banco. Mi pregunta era el viejo y crudo interrogante existencialista: ¿la libertad para qué? A esta edad, treinta y cinco años, el pájaro confunde con una jaula el bosque donde vive. Con más crueldad: lleva adentro la jaula. Y ahora, mucho después, aquí, escribiéndote, se me revela por fin el nombre de esa jaula interior. Luis estaba aprisionado por la codicia, la ambición de ser rico –muy rico y muy pronto– lo cambió, le trastocó todo el orden de sus sentimientos, lo volvió otro que no amé, que no me amó.

Aquí tengo que admitir los efectos ineludibles de nuestra interacción. Él cambiaba y yo no permanecía impermeable a su transformación. Yo cambié también y la novedad que más noto me avergüenza: soy de naturaleza desprevenida, incapaz de conspirar. Y reconozco que la pérdida de confianza en quien más fe tenía en el mundo, me volvió cautelosa. Esa misma prevención, convertida en el instinto que respondía al propósito de que Luis no me volvería a engañar, me formó una especie de coraza. (*Sigue.*)

✉

DE LUIS A ESTEBAN
Bogotá, sábado, octubre 4. 1980

Mi querido Juan Estiran: Nosotros nos estiramos, no propiamente de estatura sino de espacio. Por muchos años pensé que mi pequeño apartamento era carne de mi carne. Y ahora, con menos dolor que el supuesto, lo hemos abandonado.

Hace algunas semanas fuimos a la aduana por las cajas que mandamos desde Nueva York. Cuando las vimos –electrodomésticos, libros, objetos– supimos que no cabían en el apartamento. Nos ayudó nuestro amigo, el cura López, que guardó varias cajas en su casa. Instalamos el televisor pero su tamaño no era a escala del apartamento. Donde lo colocáramos, la imagen le quedaba a uno en las narices. Y su sonido retumbaba de tal manera que nadie resistía un minuto en aquella aturdidora caja de resonancia. Como agravante, por una extraña falla electrónica, el volumen pasaba de inaudible a estruendoso sin término medio.

Decidimos, pues, buscar otro apartamento, cuando nos enteramos que los arrendamientos están tan caros, que tendríamos que reasignar nuestros gastos de nuevo. Notarás mi discreción con otras platas que tengo con Pelusa. Lo importante es resaltar cómo a dos profesionales sin hijos no les alcanza el dinero sino para vivir en una ratonera. Vino la suerte por varios lados. Primero, una llamada de María a Raquel: mi mujer tiene a su nombre un apartamento en El Poblado, que está alquilado por una buena suma y un dinero a su disposición, producto de la venta de la casa de don Rafa Uribe. Estoy casado con una rentista, mi amigo, y esa milagrosa transformación nos dio el margen para buscar algo que pudiéramos sentir como nuestro, como el lugar donde viviremos en adelante.

Y en eso también tuvimos un golpe de suerte. Te escribo desde nuestra nueva casa, en el mismo vecindario de la anterior. Un cuarto piso con ascensor; salita comedor con cocineta y baño anexos –hasta aquí ya tenemos más area que en el otro vividero–, dos cuartos, uno más grande con su baño –nuestra alcoba– y con la misma vista a la calle que la sala, unos árboles frondosos, una fila de urapanes que juegan con el viento y albergan pájaros. Atrás, otra habitación más pequeña que da sobre un parqueadero, como para biblioteca. Para ti, esta última se llama la habitación de Esteban.

Ahora, gran novedad, los tórtolos no tienen nido sino una agradable cama doble con un colchón duro. Allí podemos repetir los mejores momentos de nuestra cama de Nueva York. Nuestra cama, capital del mundo.

Raquel está contentísima en la nueva casa. Lloró durante la mudanza y eso que nos dividimos de tal manera que ella recibiera aquí y yo despachara desde nuestro eterno habitáculo y desde la casa del cura. Todo quedó sabiamente acomodado en un día y ella llenó la casa de flores como para bendecir el lugar.

He viajado dos fines de semana a ciudades de la costa invitado por el ministerio, de tal manera que en la universidad me dan permiso de salir desde el viernes y regresar el lunes. De seguro no sospechas hasta aquí que las invitaciones se deben a un contacto de Moisés y que he realizado los viajes más inverosímiles.

Al volver, llego con cara de venir de Cartagena o de Barranquilla, agotado de dictar un curso intensivo. Raquel ni se lo huele. ¿Te das cuenta? No era necesario decirle nada.

En el segundo viaje, además, me levanté una invitación para dictar conferencias en una universidad de California. Una semana en algún lugar de los alrededores de Los Ángeles. No ha llegado la carta oficial –todo pagado– y por eso aún no le digo nada a Raquel. Tengo un plan perfecto y será mi última excursión para Moisés. Además, creo, disfrutaré mucho dictando mis conferencias a varios profesores. No espero mucho de su imaginación, pero sé que están informados y que encontrarán originales mis puntos de vista sobre la autobiografía de Rubén Darío.

Hay algo tedioso en todo esto: ahora, en materia de Rubén Darío y de modernismo, soy una celebridad menor. No soy Pedro Salinas o Raimundo Lida, pero ya me citan con frecuencia en los estudios sobre el tema. Ahora, pues, cargo con un prestigio más bien estorboso. Los profesores esperan determinadas cosas del que dijo que el modernismo fue otra manifestación, y no la última, del romanticismo. Y yo no estoy dispuesto a responder al estereotipo. En noviembre, California. Puedes dedicar unos minutos a envidiarme.

Raquel me pide que te diga que ahora tienes aquí una habitación que es para ti. Que no tienes pretexto. Eres dueño del estudio, Juan Estudio.

Con un abrazo,
Luis

✉

DE ESTEBAN A LUIS
Medellín, sábado, noviembre 22. 1980

Joven viudo: Cuando leas esta carta ya habrás recuperado a tu mujer, la mujer que menos mereces, gracias a que yo –leal a ti– no hago nada por conquistarla y a que –pequeño detalle que te honra– ella está completamente enamorada de ti.

Mientras te escribo eres viudo y yo disfruto de ella, de su compañía y de su amabilidad –para que sufras, para que los celos te carcoman– y gozo, además, aprendiendo de ella.

Han sido unos días fabulosos. Ser veterano en la emisora –lo que implica una gran libertad de movimientos– y algunos cambios de turno, me significan ahora disponer de todo el tiempo necesario para ser su chofer, su alumno, su interlocutor y hasta su suegro en los ratos que hemos pasado donde doña Gabriela: allí ejerzo mi paternidad sobre ti, que tan indispensable –Dios me perdone– te ha sido en la vida.

Es diminuta. En vestido de baño, frente a la piscina, teléfono en mano Raquel ordena el mundo. Todo le rinde, es eficiencia pura. Y le sobra el tiempo para reírse a carcajadas de un cuento y para desviarse en temas que te comprometen. El primer día habló largo –bueno, es un decir– soltó frases entre intervalos de silencio, a veces volviendo sobre lo mismo, acerca de su desarraigo. No tengo casa. Ya no es mía. Ya está demolida. Puedo llegar donde mi hermana o donde doña Gabriela o aquí. Pero ya no tengo mi casa de Medellín.

Ahora, más tajantemente, mi amigo, la casa de Raquel eres tú. Tu eres su raíz y su territorio más propio es tu territorio, ese espacio físico, esos metros cuadrados donde ella se recoge con la absoluta familiaridad del nido, esa casa que me describías en tu última carta.

Conoces lo suficiente a Raquel como para adivinar que el punto del desarraigo —la palabra es mía, ella no la pronunció— sólo fue un episodio del primer día. El punto es que, sin decírselo a ella, a mí me tocó mucho más hondo, cuando la excursión que emprendimos más tarde me dio la súbita visión de que, a mi manera, vivo en una casa tomada. En realidad, la servidumbre limpia con diligencia todas las habitaciones, pero mi vida se limita a unos pocos espacios que excluyen la necesidad de entrar a los dormitorios de mis padres o mis hermanos.

Raquel me recordó que Boris llamaba a ésta "la casa de los tesoros" y hablaba de unos cuartos repletos de fantásticas riquezas. Yo nunca había explorado los clósets y vestiers de las alcobas más grandes, las del extremo, que eran la habitación y una especie de estudio y costurero privado de mis padres. Allí no entraban sino a limpiar y el único que indagó en algunos cajones de las cómodas fue un Boris muy niño, muy entrometido y muy curioso.

Mientras le contaba esto, una mirada pícara de Raquel ya me invitaba a la excursión.

Entonces, precedidos de la criada que guarda las llaves, dedicamos varias horas a una esculcada no muy minuciosa de ese depósito de tesoros que acumuló mi madre en sus viajes.

No se trata de una colección de nada en particular. Hay relojes, cajas de música, varios objetos de marfil, varios de plata. Estuches con collares —vi perlas, vi oro, vi diamantes—, caballos de bronce, de jade, de ébano, camafeos, binoculares de ópera, un cofre de nácar con anillos, varios frascos antiguos.

Apenas pongo ejemplos. Otro ejemplo es el elefante de marfil que le ragalé a tu mujer. Lo curioso es la escala de esta heterogénea colección. Se trata, sin excepción, de objetos pequeños, siempre pequeños, como para sostener sobre la palma de la mano, fabricados con materiales nobles o ennoblecidos por su antigüedad o su belleza. Los descubrimientos no se detienen ahí. Raquel identificó los autores de unos cuadros que le dieron a mi padre como pago de unas deudas de una quiebra.

Él se quejaba de lo poco que recibió a cambio de lo mucho que le debían. Hay de todo un poco entre pintores de fines del siglo pasado y principios de éste. Ahora mi padre de seguro sonreiría si se enterara de los buenos precios de esta colección que nunca quiso colgar porque le recordaba que lo habían estafado.

Notarás que no te he hablado de Marta en todo lo que he escrito. Primero, porque mi devoción por tu mujer me obliga a olvidar en estos días cualquier urgencia de la carne. Mi papel de suegro me vuelve casto por respeto a la mujer de mi hijo bobo.

Lo segundo es todavía más simpático y es que Marta no aparece por aquí si sabe que Raquel está invitada. Adivina que Raquel no se la traga y prefiere no aparecer.

Y, a mí, ¿qué me sucede? Algo paradójico. Cuando no estoy con ella, alcanzo algún nivel autocrítico. Sé que me usa y segrego la suficiente bilis como para que, si algún día ella me llega a amar, estaré ya tan herido por sus mentiras y manipulaciones que no podré amarla. Pero cuando estoy con ella pierdo el dominio de mi voluntad y soy apenas mi deseo por ella, soy apenas la enamorada contemplación de su piel, de sus movimientos de gata.

Falta el capítulo de tu madre. Todas las noches hemos ido a comer a su casa. Al llegar a una de esas veladas, desde la puerta me quedé estupefacto cuando vi el carro que maneja tu hermanita. Más que un carro, es un tema. Un tema con un no sé cuántos centímetros cúbicos de ingeniería alemana. Tiene la dirección y toda su mecánica con las innovaciones actuales, todas terminadas en "ción", como automatización y sincronización. Cecilia me descrestó con su dominio de la materia. No en vano se ha incorporado a una familia de mecánicos aportando a Pelusa Tercero.

Doña Gabriela, como siempre, adorable. Nos recibe con sus más formidables banquetes, que ni siquiera mereces que te cuente, y una charla de ciencia ficción donde tú eres el héroe. Cecilia le dice que liquide su negocio, que ella no necesita madrugar todos los días y tu madre contesta según es previsible en una mujer paisa. El trabajo como deber, como vía para conseguir algo que comprende la salvación del alma en la otra vida y la tranquilidad de conciencia en ésta. Ella lo expresa alzando un poco los hombros, las manos empuñadas entre los bolsillos de su delantal:

—¿Qué me voy a poner a hacer? Yo ya no tengo edad para tener malos pensamientos, que tientan solamente a los ociosos.

Lo otro —Cecilia lo contaba a su manera tras esa enésima negativa de doña Gabriela— es que ella tiene clientes desde hace más de veinte años. Y piensa que ellos necesitan las tortas que les prepara, que ella tiene un deber con ellos y que es responsable de un hábito que ella misma le creó a un montón de gente.

Le gusta su trabajo. Lo disfruta y se ufana de conocerle los secretos; dónde conseguir ciertos ingredientes, cómo se empacan ciertas tortas, cuándo prender y apagar el horno.

—Además se ahorra su platica —le digo.

—Por ahí tengo mis guacas —me contesta.

Está muy ansiosa de verte este diciembre y yo también te espero —agárrate del hisopo— para leerte poemas. Tu mujer te manda un beso.

Esteban

DEL DIARIO DE ESTEBAN
Medellín, sábado, diciembre 27. 1980

Larga y descarnada conversación con Luis. Al fin, antes de lo que yo temía, Raquel se dio cuenta de las andanzas de Luis. Lo grave es que él no tiene conciencia de que esto modifica su relación con ella.

Me dio una versión muy gris de la conversación en que ella le preguntó, pasaporte en mano, qué hacía en Estados Unidos con tanta frecuencia. Le reclamó, en concreto, que le ocultara parte de su vida. Él respondió que lo hacía para no involucrarla, por amor. Y está convencido de que todo quedó ahí. Como prueba, exhibe el hecho de que después, durante dos semanas, su vida en común ha sido como siempre.

Creo que Luis se equivoca y se lo dije. Ella, aunque no quiera, a pesar de aceptar sus argumentos en un plano racional, por instinto desconfía ya de él. Para recuperar esa fe, él tiene que ser honesto con ella. No puede volver a mentirle porque ella lo adivinará antes de que él haya acabado de mentir.

El gran conflicto comienza cuando Luis le dice que no se volverán a repetir esos misteriosos viajes. Seguramente él mismo cree en su sinceridad cuando enuncia su promesa. Pocos días después está en Medellín contándome que Pelusa lo presiona para que emprenda otra de sus excursiones. Luis le contestó que Raquel se enteró y que él le prometió que no se metía más en el negocio. Entonces Pelusa, con esa lógica machista que doblega la autoestima hasta de individuos como Luis, le pregunta si en su casa manda él o su mujer. El secreto, le digo, es que entre ustedes dos no manda ninguno.

X. Enero / agosto 1981

DE RAQUEL A JUANA (*continuación*)
Bogotá, miércoles, noviembre 30. 1983

A mediados de enero de 1981 Esteban se vino para Bogotá y se instaló en nuestro apartamento. Le escribió antes a Luis pidiéndole posada y Luis me consultó a mí. Entonces revivió mi ira con Esteban pero me di cuenta de que era el momento de exorcisarla y consentí.

Un domingo por la mañana, cuando todavía estaba yo en la cama, sonó el timbre. Luis, que estaba pendiente de su amigo, bajó a recibirlo y tuvo tiempo de instalarlo en su cuarto mientras yo me daba una ducha. Esteban nos invitó a almorzar a su restaurante preferido de Bogotá. Largo y bullicioso paseo en taxi, abundante vino en la mesa donde él nos contaba el motivo de su asilo en Bogotá, que tú conoces en la hilarante versión de Boris.

Del lado de Esteban, las cosas no resultaban tan graciosas. Ocurre que él es un picaflor que nunca se ha comprometido con ninguna mujer. Desde hacía mucho más de un año perseguía a una niña costeña, universitaria, muy bella, sin conseguir llevarla a la cama. Al parecer ella se acostaba con todo el que le gustaba, pero nunca con Esteban. Y él, cada vez más seducido por ella hasta el día, que tú conoces, en que la niña entró sin saberlo a colocarse el vestido de baño al cuarto donde dormía Boris, vio a mi sobrino dormido, desnudo como acostumbra, y ya lo estaba violando cuando entró Esteban al cuarto y zuáquete, los sorprendió en pleno coito y mandó la muchachita al cuerno de la luna.

Ella comenzó a asediarlo de tal modo, que él decidió venirse un tiempo para Bogotá y vivir con nosotros.

Ésa fue la historia que nos contó en el almuerzo, entre copas de un vino tinto francés exquisito y con una agradecida dosis de risas por cuenta de la intervención salvadora de Claudia, que lo redimió de la tragedia burlándose de él en el mismo instante en que ocurría. De seguro has oído esa historia más de una vez de labios de Claudia, confidente íntima de Esteban, ella puyándolo, induciéndolo a que rompiera con la jovencita, la virgen puta, como la llamaba Luis con regocijo y crueldad.

A la hora del café, irrigado con licores espesos y dulces, Luis le espetó la frase que nos hizo soltar interminables carcajadas:

–En conclusión, no eres un poeta cuadernícola sino cuernícola.

Al paso que íbamos, llegaríamos borrachos a la emisión del programa de TV en que yo trabajaba. En el taxi de regreso, entre el tintineo jubiloso de las botellas que llevábamos a casa, les reclamé que no podría ver mi programa y se burlaron de mí con risueña complacencia.

–¿Tu programa? –preguntaba Esteban–. En los créditos figura un sabio en historia.

–¡No se meta con mi mujer! –interrumpía Luis agarrando por el cuello a su amigo, que iba adelante, a la derecha del chofer.

–En los créditos dice que ella es la asistente del director... –contestaba Esteban con sonrisa maliciosa.

–¿Y ustedes saben dónde está el director desde hace como un año? En Oxford, en Inglaterra.

–Ahora descubro –me miraba Luis con cara de pícaro sin quitarme la mano de mi pierna– que tú no haces nada.

–¿Cómo que nada?

–Pues claro, ¿en qué se puede asistir a alguien que está ausente hace un año?

Risas. Al fin pude explicar lo obvio, en aquellas bromas sucesivas:

–Tengo que hacer todo lo que no hace el director, o sea dirigir.

–Entonces –dijo Esteban muy serio, tratando de enmendar la plana de la broma– tú no eres la asistente...

–No –interrumpió Luis–, ella es la asistonta.

Al salir del taxi todavía nos reíamos de la asistonta, tan tonta que trabaja de directora y le pagan como asistente.

En el ascensor les aclaré que el director colaboraba en la elección de los temas y me ayudaba de un modo irremplazable en la localización de las fuentes.

–Bueno –dijo Esteban mientras acomodábamos quesos y jamones y delicias en la nevera– pero quedamos en que el señor vive lejos y tú haces el programa.

–Basta de bromas con mi mujer –advirtió socarrón Luis, amenazando a su amigo con la carátula del disco que oíamos y oíamos esos días inmersos en el mundo del jazz, unas piezas efusivas de Louis Armstrong.

–De acuerdo, de acuerdo –contestó Esteban–. Ya nos burlamos del poeta cuernícola. Ya nos burlamos de la asistonta. Ahora es el turno del que nos falta.

Nuevas risas de aprobación. Aquí supe la verdad con respecto a mi error anterior sobre Esteban. Sonó la pequeña explosión del corcho que sacaba. Se dio tiempo de escanciar –el verbo era de Luis– el vino entre las tres copas, mirando maliciosamente a Luis y preparando su disparo. Tomó su copa y con un movimiento de cabeza nos invitó a hacer lo mismo.

–Brindemos porque nunca capturen a nuestro narcotraficante.

Luis se dio tiempo de reír, pero su cara cambió de color. Entre la carcajada le espetó a su amigo:

–¡Eres un hijueputa!

Era la primera vez que volvíamos sobre el tema desde la noche de diciembre. No sé cuántas horas había dedicado a pensar sobre el asunto desde entonces. Cientos. Pero también en eso había cambiado con Luis; antes le decía todo lo que se pasaba por mi cabeza y ahora, cautelosa, guardaba mis especulaciones dando la impresión falsa de olvido. Era la primera vez que volvía el cuento de los viajes secretos a Estados Unidos.

–¿Cómo le dices hijueputa a un buen amigo que propone el conjuro de un brindis contra lo que te amenaza?

–Nada me amenaza y eso ya se acabó.

–Tú no sabes si ya se acabó. La amenaza puede venir de ese lado, que te obliguen a continuar –le repuso Esteban sin darle respiro.

En ese instante me di cuenta de que Esteban no era el socio de aventuras ilegales de Luis y de que él sabía que yo ya estaba enterada de sus actividades. Desde ese momento se creó una difícil complicidad entre Esteban y yo; coincidíamos en un desacuerdo con Luis, el ser más cercano a ambos. Hasta hoy, esa complicidad se mantuvo y hoy todavía la amistad subsiste.

Había algo más en el brindis de Esteban. Delante de mí, las burlas siempre las comenzaba la propia víctima, con la implícita autorización de que le ayudara el otro a pasar con humor un mal momento. Por primera vez, uno de ellos faltaba a ese código de honor. Esteban hostigaba a Luis por un flanco inesperado.

—Salud —dijo Luis extendiendo de nuevo la copa y de nuevo bebiendo.

El tema se diluyó cuando Luis lo desvió hacia la música.

Al otro día Luis madrugó para la universidad mientras yo me regalaba unas horas adicionales de sueño; me desperté cuando sentí un ruido extraño dentro de la casa. Fue la seña para meterme a la ducha. A los pocos minutos, tras un saludo de habitación a habitación, cuando salí, Esteban calentaba arepas y fritaba cebolla y tomate y se preparaba a mezclarles unos huevos revueltos. Le ayudé a alistar todo y nos regalamos un abundante desayuno; me atreví a decirle para descargar mi conciencia:

—Tengo que hacerte una confesión.

Me preguntó con la expresión y yo me di tiempo para intrigarlo un poco.

—Hasta ayer —comencé— estuve convencida de que tú eras socio de Luis en ese rollo en que se metió.

—¿Te refieres a sus negocios ilegales?

—A los mismos. Resulta que cuando le pregunté por sus viajes a Estados Unidos, lo primero que dijo fue "Esteban me lo advirtió...", y yo pensé...

—Yo le advertí que tú lo descubrirías.

—¡Ajá! Ahora entiendo —exclamé con suspiro y sonrisa.

—¿De manera que me odiaste?

—Pues claro, lo deduje de una frase.

—Con lo cual se prueba que toda deducción debe ser comprobada de nuevo.

—Se te salió el filósofo.

—Y el filósofo te dice que supo antes que tú, pero después de que Luis se metió en el contrabando de drogas.

Fue útil, en verdad fue filosófico de parte de Esteban decirme que se había enterado después de que Luis se involucró en ese mundo. Por esos días en que mi verdad –la verdad de mi sobrevivencia, mi consuelo– era que Luis me ocultó sus negocios por amor. Y esa verdad se corroboraba con esta nueva evidencia: también dejó de lado a su mejor amigo. Protegió a sus seres más queridos.

Esteban se quedó en la casa algo más de dos meses. Mi memoria no es fiel, pero pudieron ser tres meses. Era el huésped perfecto. Poseía la virtud mágica de estar presente en momentos gratos de compartir comida o cháchara y de desaparecer –silencioso en su cuarto o fuera de casa– cuando el recogimiento, el estudio, la intimidad o el amor lo exigían. Nunca percibí que sobrara, que ocupara un espacio que fuera necesario para proteger nuestra territorialidad animal. Y, como siempre, generoso sin cálculo, mantenía la nevera llena de viandas. Como nunca antes, vivíamos mucho fuera de casa, gracias a las invitaciones a comer, fruto de la vocación de explorador de restaurantes que tiene Esteban.

Un buen día, fue nuestro visitante quien más pronto reaccionó al reflejo pavloviano del timbre telefónico. Alguien le habló tan pronto le reconoció la voz al contestar y su expresión tuvo un cambio notorio. Por puro respeto dejé de mirarlo mientras mantuvo la conversación y me distraje en otra cosa. Colgó y dijo:

–Marta está en Bogotá.

No recuerdo si fue ese mismo día cuando discutimos y llevamos a cabo la mentira que le echamos a Marta para alejarla de Esteban. Creo que Luis la inventó, pero yo colaboré a ponerla en práctica. Incidentalmente, también vale anotar que dio resultado. Pero aquí resalto ese otro cambio que este enredo denotaba en nosotros.

Hijos de nuestro tiempo, los adolescentes de los sesenta, que reaccionábamos con brusquedad contra la hipocresía que le atribuíamos a nuestros mayores, que atacábamos las contradicciones entre la prédica y la práctica, reivindicamos la sinceridad, una sinceridad a rajatabla, que incluía no callarse asuntos que una prudencia adulta aconsejaría omitir. Pero el acto de fe en una autenticidad que creíamos nueva en la humanidad, obligaba a no ocultar los sentimientos. Sólo que a esa edad los sentimientos se confunden con los impulsos. La prohibición no se limitaba a evitar la mentira, sino a una lucha activa contra cualquier impostura que nos llevaba a pregonar la verdad.

Luego, ángeles caídos, poseedores de una inútil revelación, con la vida aprendimos el valor de la mentira piadosa. Ahora no se trataba de ser auténticos –lo que inevitablemente lleva a cierta actitud apostólica y a más de un enfrentamiento inútil–. Ahora, en esta etapa de la vida, el objetivo era una indefinible felicidad edificada en los cimientos de un cuerpo sano en búsqueda esforzada, y siempre patética, de la eterna juventud.

Entonces, valía la mentira en procura de un tranquilo pasar, que era lo más parecido a la felicidad que podíamos alcanzar. Valía la mentira piadosa, la mentira que no daña a nadie y le evita a alguien –tiene piedad de él– una mortificación.

La presencia de Marta, con unos intereses egoístas, molestaba a nuestro amigo. Alejarla con una treta se valía en el juego de la vida.

¿Por qué te cuento este incidente sin importancia? ¿Por qué motivo especulo con tanta condescendencia sobre la mentira piadosa? Para ser más cruel conmigo develando justificaciones íntimas de mis errores. Sólo para eso. En otras palabras; digo que la mentira piadosa vale para proteger a Esteban, para darle la razón a Luis con el ocultamiento de sus viajes. Eso pensaba entonces, anestesiada, sin darme cuenta de que cualquier mentira, piadosa o no, era capaz de acabar con la fe total que yo llegué a tenerle a Luis.

No olvido los sucesos del fin de semana en que Esteban volvió a Medellín después de tan grata temporada. Él anunció su regreso un día en que Pelusa llamó a Luis y le dijo que vendría a Bogotá. De inmediato Esteban dijo que volvía a su casa. Sin embargo, se encontraron la noche del viernes, víspera del viaje, cuando Luis llegó con Pelusa al apartamento. Venía con un maletín de viajero en la mano.

Pelusa se quedó un largo rato, comió con nosotros y después de la comida destapó una botella de vodka y nos invitó a beber. Nos tomamos tres o cuatro tragos y ya estábamos achispados cuando emergió de su bolsillo un frasco diminuto con cocaína. Esteban y Pelusa inhalaron con entusiasmo y no nos insistieron a Luis y a mí para que los acompañáramos. Poco después Pelusa declaró que se iría a su hotel y que vendría por la mañana a las siete. A esa hora salía Esteban para el aeropuerto, de manera que, en mi confusión alcohólica, entendí que se irían juntos. El último recuerdo que tengo de esa noche: al entrar a la alcoba apoyada en Luis, tropecé con el maletín verde que traía Pelusa.

A las seis de la mañana del sábado me despertó el estrépito de las puertas del guardarropa. Vi a Luis sacando prendas que empacaba en el maletín. Todavía dormida le pregunté qué hacía. Él vino hasta la cama, se sentó, me abrazó y dijo:

–Me voy ahora para Miami. Regreso mañana mismo.

El golpe de la noticia me despertó del todo y sólo atiné a decir:

–Me voy con ustedes para el aeropuerto –y de un salto llegué a la ducha donde el malestar del alcohol de la víspera me transportaba a una especie de irrealidad que me impedía pensar sobre el significado de este viaje. Era tal el atolondramiento que tardé en observar que no salía agua suficiente y que yo tiritaba bajo un goteo discontinuo y escaso. Me demoré en deducir que Esteban se duchaba en ese mismo momento y que era mejor cerrar la llave del baño y esperar un rato. Temblaba de frío pero sentí hervir el estómago. Envuelta en la toalla, encerrada en el baño, preparé una pastilla efervescente, le mezclé un analgésico y me bebí ese explosivo. Hasta ahí y durante otros minutos más, mi conciencia apenas me alcanzaba para controlar el malestar físico. Vomité y la náusea me sirvió para una lenta mejoría. Tuve que permanecer un rato muy quieta, sentada en la taza, con la cabeza entre las manos y los ojos cerrados. No es hora de que note que el mundo me da vueltas, me decía, eso era anoche. Ahora ya no más. Flotaba y es posible que me haya quedado dormida durante siete segundos. Mi percepción consciente estaba en otro nivel y tuve un sobresalto al oír las voces de Esteban y de Luis al otro lado de la puerta, que me sirvieron de señal para lanzarme a la ducha. Donde hay un pequeño calentador eléctrico, el tercero que se baña alcanzará residuos del agua caliente: ésta es una ley física, que siempre se cumple –el primer corolario es que no hallará ninguna toalla seca y cerca– pero yo estaba decidida a aprovechar los restos de agua tibia para entrar con menos brusquedad en el mundo de los vivos y quedarme un rato bajo el agua fría.

Bajo la ducha fría, a las seis de la mañana en Bogotá, las cosas de la vida son sólidas y tienen la superficie áspera. Poco a poco el agua perdió su calor y, con los ojos cerrados, dejaba que el chorro helado me cayera en la testa y el agua me rodara por las sienes. Bajo la ducha fría supe que el asunto de fondo no era la mentira de casi un año, el ocultamiento de sus viajes. El meollo consistía en que Luis se dedicaba a negocios ilícitos. Ahora sabía que su socio era Pelusa. Y secándome tuve un estremecimiento al recordar que Luis me prometió que estos viajes no se repetirían.

Salí furiosa, envuelta en una toalla gigante. Al sentirme, Esteban me ofreció desayuno desde la cocina. Le grité que sí y me vestí rápidamente; en las vueltas, vi el maletín verde. Lo abrí y, aparte de la ropa de Luis, encontré papeles bancarios, chequeras, documentos que no entendí. Suspiré. Al menos no contenía cocaína. Me di prisa. Quería enfrentar a Luis antes de que Pelusa llegara. Aparecí en la sala en el momento justo en que servían huevos y café, pan tostado y queso. Al sentarme a la mesa, con indiferencia, ocupada en algún arreglo menor de mi vestuario, me sabía observada por Luis. Esteban prologaba los preparativos y nos servía café a los tres. De repente me incorporé un poco, enfrenté su mirada con la mía y con mucha serenidad pregunté:

—¿No me prometiste que estos viajes no se repetirían?

Por instinto, Luis tomó el borde de la mesa con sus manos y miró a Esteban, como pidiéndole ayuda. Cafetera en mano, al oír la pregunta, Esteban se retiró a la cocina con el ánimo de dejarnos solos. Yo no le quitaba los ojos de encima a Luis. Lo observaba con ojos fríos de entomóloga; estaba furiosa, pero en frío. Él volvió a mirar a Esteban y murmuró:

—Cuando te lo prometí, creía que era el último.

—Y ¿qué te hizo romper la promesa? —pregunté en ese mismo tono neutro sin moverme. Hubo un breve silencio que interrumpió el timbre del citófono. Esteban contestó, oyó el mensaje al otro lado y lo comunicó a la tensa concurrencia:

—El señor Moisés Zuluaga viene subiendo en el ascensor.

Luis me miró, señaló con la cabeza hacia la puerta y dijo:

—Moisés. Moisés me hizo romperla.

Tocaron a la puerta y Luis se levantó a abrirla y entonces Esteban y yo nos miramos por un instante. Luis le ofreció desayuno a Pelusa pero éste dijo que no, que ya había desayunado, miró el reloj y dijo, nerviosamente, que nos esperaba.

Pelusa tenía un taxi contratado y en él nos acomodamos los cuatro. No despegué los labios en todo el viaje y apenas permití, con pasividad, que Luis me pusiera la mano en la rodilla. La única conversación giró acerca del itinerario de Esteban, que estaba a punto de que lo dejara el avión. En secreto, deseé que fuera cierto y que Esteban se tuviera que quedar en Bogotá. Lloraría en su hombro. Pero delante de Luis o de Pelusa no me podía dar el lujo de las lágrimas.

Tras una apresurada despedida –ah, y yo necesitaba abrazarlo en ese preciso instante– dejamos a Esteban en la puerta de los vuelos nacionales, lo vimos correr con su maleta al despacho con la esperanza de alcanzar el avión y seguimos hasta el lado de los vuelos internacionales en un silencio de velorio.

Sólo cuando, todavía sin hablar palabra, hacíamos la fila en el despacho, me di cuenta de que Pelusa no viajaba. Supuse –¿o me lo dijo el mismo Luis?– que si él lo obligaba, pues se iba acompañándolo. Y no. Asiendo un maletín verde que no le pertenecía, Luis era el único de nosotros que esperaba su turno. Cuando lo atendían se oyó el llamado a la sala, de manera que también aquí la despedida fue breve. Pelusa estaba siempre al lado, como asegurándose de que yo no estallara. Luis me abrazó y, con un beso muy apretujado de su parte, me murmuró:

–Tienes que entenderlo, por favor. Por favor –era Luis quien tenía los ojos encharcados, no yo. Me volvió a abrazar y se alejó. Pasaron varios instantes sin que saliera de un ensimismamiento que se rompió para encontrarme a solas con Moisés Zuluaga.

–Acompáñame a desayunar en alguna cafetería del aeropuerto.

–¿No habías desayunado ya? –le pregunté recordando la escena de la casa.

–No. Lo que pasa es que tan temprano en la mañana no me da hambre.

Acompáñame, por favor.

Mientras caminamos –él concentrado en vigilar su aspecto y su peinado en el reflejo de las vitrinas– yo pensaba que este individuo era el socio de Luis en sus actividades ilícitas. El culpable. Estaba iracunda pero me daba tiempo, estaba decidida a no seguir mis impulsos y toda la energía me alcanzaba para mantener ese silencio reconcentrado y furioso.

Duró hasta el momento en que Pelusa engullía varios platos al tiempo. Con la boca llena me espetó:

–Me contó Luis que tú no sabías nada de nuestros negocios... –hice que no con la cabeza–. Y que no los aceptas.

No hice ningún gesto. Levanté la mirada en señal de que me prepa-

raba a oírlo y de que entendía que lo dicho era un introito. Tomó café para despejar la garganta y pronunció su discurso:
—A todas les pasa lo mismo. Al principio se aterran y les dan remordimientos y, después, apenas ven la plata, son las primeras que colaboran.
—Yo no soy así —le dije con aspereza. Pelusa me tomó el brazo que tenía cerca. Cualquiera que nos observara percibiría el gesto como un acercamiento. Se necesitaba tener el brazo bajo la presión de sus dedos para saber que ejercía una fuerza adicional en respaldo a su advertencia:
—Pues no sé cómo seas ni me importa. Lo que me importa es que estás casada con Luis y el marido manda a la mujer y ella hace lo que él diga —apretó un poco más, lo que me obligó a un rictus de dolor y a intentar sacudirme para soltarme. No lo conseguí; el sonrió con crueldad pero amainó la dolorosa presión:
—Éste es un negocio que funciona entre gente conocida. Aquí uno sabe quién es la mamá de los socios. Es la única manera de protegerse. Somos una familia. Y si tu marido escogió pertenecer a esa familia, tú no te puedes negar —me soltó—. ¿Comprendes? —me preguntó.
—Sí.
No ocultó su sonrisa. Enseguida me ofreció llevarme de nuevo a casa. No hablamos en el camino. Sólo él habló al despedirnos:
—Tranquila. Mañana vuelve tu marido. No te preocupes.
Estaba tan cansada y tan confusa, que llegué a dormir las horas que todavía necesitaba. Me despertó el malestar. El alcohol me destroza y ese sábado todo el caos del corazón y de la cabeza se me disfrazó de jaqueca, de mareo, de retorcijones del estómago.
El domingo, estaba despierta desde muy temprano y con una necesidad de actividad que atenué poniendo en orden la casa.
Ignoro si fue la muerte de mi padre o la crisis que viví antes con Luis. Lo principal es que surgía aquí una Raquel nueva para mí, una Raquel que, además, me ha acompañado desde esa mañana de domingo. Se trata de una Raquel capaz de anestesiar el dolor, capaz de aplazar un problema hasta poderlo pensar en frío. He matado el impulso. Esto es lo que algunos consideran llegar a adulto, dejar de ser joven. Matar el impulso.
Por más que trato de reconstruir mis conclusiones de aquella mañana de domingo, se me ocurren las mismas que ahora. Al fin no sé si es mi razonamiento de hoy o una fiel memoria lo que me dicta estas frases.

Aquella mañana de ese gris sin neblina tan propio de Bogotá. Unas nubes altas, casi negras, pero definitivamente grises que, aunque lejanas en el cielo, parecen pegarse al color de las cosas. Y el verde de los urapanes se contagia de un aura gris y el ladrillo de los edificios se opaca entre un gris húmedo y los edificios de concreto parecen camuflados con el color del aire y el gris se cuela en el espíritu a la manera de una dulce tristeza y hasta los ruidos de la calle se opacan como si forcejearan atravesando el gris del aire.

Suponía que Luis decía la verdad: rompía su promesa obligado; el mismo Pelusa me lo confirmaba. Esto no me conducía a la compasión. Estaba en una trampa, pero él mismo era el autor de su propia trampa. Hoy pienso que nadie admite durante mucho tiempo que está en una trampa. La trampa –virtudes del lenguaje, metamorfosis de las verdades y mentiras íntimas– se transformará en algo distinto. En una forma de martirio o en una versión del paraíso. Se puede convertir en una vocación tardía, que es lo más parecido a un destino que se asume como tal, como una dichosa pero inexorable aventura.

En mi meditación dominical –lápiz, papel, doble columna, enumeraciones, flechas– Luis estaba en una trampa y yo lo acompañaba en la misma trampa. El parentesco político, la ligazón de familia, me daba la seguridad de que Pelusa no me golpearía ni me haría ningún daño y que su rudo apretón era su modo de decirme que los hombres mandan. Ahora bien: era mejor que tomara sus palabras como una amenaza. Su marido se metió en un clan donde la mujer es propiedad del marido y el marido propiedad del clan.

Elaboré una cuidadosa lista de preguntas –tachada y retachada, pasada en limpio repensando el enunciado y el orden– que basaba en el interrogante principal: quiero saber en qué grado de riesgo está Luis y en qué grado estoy yo misma, también habitante de la trampa. Al final, con la lista en la mano, se aclaraba el panorama de mi ignorancia. Pero sabía que tenía que escoger el momento preciso. No se trataba de esa escena que comienza "tenemos que hablar, ven y siéntate aquí", que le oí varias veces a mi padre y otras tantas a algunas maestras, en ambos casos siempre para reprimendas o interrogatorios. Conversaciones forzadas que, por mi mal recuerdo, me impulsaban a evitar un montaje de ese estilo cuando Luis regresara. Estaba decidida a intercalar las preguntas en los momentos oportunos para incitar, ante todo, la veracidad de las respuestas de Luis.

A veces, cuando preparo el programa, me entrevisto con personajes llenos de historias divertidas que luego, cuando los grabamos, pierden su espontaneidad. Yo no quería interrogatorios con Luis.

Cavilé largo rato acerca de esa despectiva sentencia de Pelusa. Las mujeres comienzan oponiéndose al negocio y después se convierten en incondicionales aliados. No me veía así, pero temía al tono de ley inexorable que le imprimía Pelusa.

Antes del mediodía, con todo y la lista de preguntas, la confusión acerca de mi propia vida era completa, vista la otra alternativa: me salgo de la trampa, me salgo de Luis. Soy una mujer soltera.

Decido llamar a Claudia Bogotá-New York. Me contesta Boris. Me cuenta que pronto saldrán para el estadio de Flushing a ver un partido de los Mets. Adivino que dispongo de pocos minutos para oír el consejo de mi hermana, que es fanática de los Yankees y que sólo por amor a su hijo se resiste un partido de los Mets. Me saluda quejándose:

—Soy alérgica a la liga nacional y tengo un hijo fanático de los Mets.

—Yo tengo un problema grave y necesito tu consejo.

—Espérate un minuto —luego supe que Claudia te entregó dos boletas y las llaves del carro y los despachó anunciándoles que llegaría en un taxi. Bendita mi hermana. Yo tenía bien pensada la manera de contarle, con la cautela de suprimir por el teléfono las alusiones al comercio de la cocaína.

—Estoy en un embrollo y no sé qué hacer con mi vida.

—¿Puedes contarme el embrollo?

—Que Luis se metió en un negocio que no tiene salida y yo estoy involucrada, quiera o no quiera —Claudia guardó un silencio que interpreté como que demandaba aclaraciones—. ¿Te acuerdas de Pelusa, el marido de su hermana? Pelusa es el socio en esos negocios.

—Ya te entiendo —me cortó Claudia imponiéndome la discreción.

—Estamos en una trampa.

—¿Están los dos o está él?

—No. Estamos. Pelusa me lo hizo saber.

Aquí hubo otro silencio. Creí que la llamada se había cortado e intenté resucitarla con un "aló":

—Aquí estoy... —dijo Claudia—. Me distraje pensando en lo que me estás contando.

—No sé qué hacer...

—Dime una cosa: ¿amas a Luis? ¿Te ama Luis?

—Sí, lo amo, lo amo mucho —le contesté sin dudarlo—. Y también creo que él me ama.

Nuevo silencio. Nuevo "aló":

—Aquí sigo... —y no podía faltar el contrapunto cómico de mi hermana—. No me acose, que la sabiduría es lenta...

—¿Cuál sabiduría, si no he oído ningún sabio consejo? —le seguí el juego.

—A ver... óigame bien jovencita. No se ponga colorada con lo que le voy a preguntar. No se trata del compromiso honesto que es el amor, ni de la convivencia diaria que es el amor. La pregunta es otra. Desnúdese. ¿Desea usted a Luis, se excita con sólo desearlo, descubre cada vez un color distinto cuando se acuesta con él? ¡Contésteme!

—Sí.

—¿Le parece imprescindible ese deseo? ¿La colma?

—Sí.

—Entonces, Maquelita, siga su instinto. Es posible que me equivoque, pero doy ese consejo pensando que lo escaso en la vida es eso. Una pareja que tire bien y que se desee con ardor. Mira a tu alrededor y ves la infelicidad en todas las caras, y es la infelicidad de los que no tienen una pareja para hacer el amor con amor. El insulto no debería ser "malparidos" sino "maltirados".

Me reí con una carcajada que se oyó en la gran manzana, pero que Claudia omitió:

—De manera que es mejor que tomes el riesgo de la trampa, si en la trampa está tu nido de amor.

—¿Puede la sabiduría equivocarse?

—Claro que puede. No te digo que voy ahora para un partido de los Mets...

—Vete para tu partido.

—Me quedo preocupada. Te llamo en estos días con cualquier pretexto.

—Te quiero mucho.

—Te quiero mucho.

Clic. Luis me enseñó a odiar el teléfono y sin embargo, buena o mala, la orientación de Claudia —nunca sabré qué sería de mí si ese domingo hubiera mandado a la mierda todo mi mundo con Luis–, sólo oír su voz me daba ánimos, me hacía sentir acompañada.

Esa noche, previa llamada, me invité a comer a casa de Germán López. Estaba eufórica, debido a la decisión inducida por Claudia. La ley del deseo. Vimos el programa, hablamos de películas, de libros, me habló —bien— de los versos de Esteban, en fin, me quedé casi hasta la media noche sin darme cuenta de la hora, no sólo debido a la deliciosa cháchara del cura, sino también a mi saturación de sueño de la víspera.

El cura me dejó en la puerta de la casa un poco después de la medianoche. Entré desprevenida, esperando encontrarla vacía. Y allí estaba Luis profundamente dormido. Nos despertamos en la mañana del lunes.

—¿Cómo te fue? —yo ya había vuelto carne la decisión de seguir a su lado, me sentía segura con las justificaciones que me regaló Claudia.

—Bien, bien, pero llegué rendido. Me duché y me quedé dormido esperándote. Supuse que estabas en el cine.

—¿Te salieron bien las cosas?

—Sí, sí —me miró abrazándome. Capté que sentía mi pregunta como una especie de solidaridad —yacíamos los dos bajo la luz seis a eme que filtraban las cortinas y él se me acercó hasta estar piel contra piel. Piyama contra piyama, me corregía el mismo Luis.

—Tengo que volver el próximo fin de semana...

—¿Corres algún peligro?

Él me miró, volteando toda la cara hacia mi cara. Lo tenía listo para la primera de mi lista de preguntas:

—Quiero saber si tocas la cocaína en algún punto de tu viaje.

—No. Nunca la veo. Mi trabajo es otro. El manejo del dinero, que es un asunto muy complicado y, a la vez, de puro sentido común.

La vida siguió lo mismo por dos o tres meses. Yo trabajaba toda la semana. Luis viajaba desde los viernes o los sábados. Algunas mañanas hacíamos el amor bajo la ducha y repetíamos la ceremonia con ardor. Hablábamos los mismos tópicos de la vida diaria y manteníamos un clima de respeto mutuo.

Ese respeto mutuo tenía ya un alto componente de mutua cautela.

Obtuve poco a poco las respuestas a mi lista de preguntas pero, repensando, no creo que sucediera como lo digo arriba, que buscara las oportunidades de indefensión de Luis para espetarle mis interrogantes. Cada día de esos meses en algún momento, me acordaba del asunto: Raquel, eres la mujer de un mafioso. Mondo y lirondo y redondo el enunciado. Eres la mujer de un mafioso. Pero no era algo que me torturara obsesivamente o me produjera imsomnios depresivos. Frecuentes y súbitas cachetadas íntimas me recordaban mi nueva condición, acaso un estremecimiento ante lo desconocido. Pero nada obsesivo gracias al trabajo. Trabajaba por tres y no me daba cuenta de que cumplía jornadas de quince horas diarias. Almorzaba en el escritorio, celebraba reuniones entre los taxis, salía de la oficina dejando órdenes a mi paso, mientras firmaba papeles mantenía dos conversaciones al mismo tiempo, en fin, no me concedía ni un solo instante para que mis pensamientos recalaran en las nuevas actividades de Luis.

Una mañana, viéndome pegada al teléfono, citando a uno, contratando a otro, coordinando otros dos, me dijo Luis que estaba trabajando demasiado.

–Me gusta trabajar. No me siento cansada.

–¿No te gustarían unas vacaciones, visitar a tu mamá y a tu hermana? Me sorprendió. Ni siquiera me soñaba en la posibilidad cercana de verlas y ahora, he aquí que Luis me proponía un viaje. Me invitaba.

Arreglamos todo en pocos días. Pedí vacaciones que empezarían tan pronto Luis terminara el semestre en la universidad. Llamamos a Miami y a Nueva York y cuadramos un itinerario que comenzaba con la costa oeste –Los Ángeles, San Francisco, gira por tierras de California–, dos días en Chicago y el resto repartido entre Nueva York y mi madre. Vacaciones. El profesor y la productora.

El detalle que nunca te conté consistía en la ceremonia que celebramos en cada ciudad adonde fuimos. Al llegar, Luis localizaba la zona bancaria. Recuerdo el demente recorrido por una calle de San Francisco. El edificio de cada banco era un auténtico templo. Columnatas, esculturas. Templos griegos, templos estilo francés, templos de una arquitectura aparatosa, imponente arquitectura cuyo eclecticismo está al servicio de lo monumental. Mármol, mucho mármol y –por dentro– espacios con el techo más alto que el de un teatro, inmensos salones solemnísimos donde, detrás de las rejas de bronce, trabajan como hormigas montones de hombres con corbata y señoras maquilladas.

En cada banco adonde llegábamos, Luis extraía un fajo de un maletín y abría una cuenta o depósito a término y me hacía firmar en todos como beneficiaria. Eso hicimos en cada ciudad. Abrimos –hoy lo sé– exactamente setenta cuentas en cinco ciudades por más de medio millón de dólares. Ninguna cuenta sobrepasaba un límite muy bajo, de tal manera que –ahora también lo sé– se volvía invisible.

En un lujoso, lujosísimo apartamento de un superostentoso hotel, al otro día de nuestra llegada, me di cuenta de la verdad profunda de la ley de Pelusa. Por ese Luis que yo amaba, ya con desgarramientos, estaba dispuesta a demasiadas concesiones. Y todo lo hubiera concedido si las cosas no hubieran tomado otro rumbo.

Me lo solicitó como un favor. Me dijo que tenía mucho dinero, que él lo había ganado y que necesitaba mi ayuda para guardarlo bien guardado. Vamos a hacer una cosa completamente legal. Me pregunté dónde estaba ese dinero, sin saber responderme hasta el día siguiente cuando, muy temprano, salíamos para nuestro tour de bancos, Luis me invitó a las cajas de seguridad del hotel; allí le entregaron un maletín de donde salían los fajos que íbamos depositando en cada banco hasta vaciarlo. Al llegar a San Francisco, deduje que la misma persona le había dejado allí un maletín idéntico al de Los Ángeles. De los maletines también salían los pagos de unos hoteles de decoración recargada y cuenta como la decoración. Y de allí salía el dinero para todos los antojos de Luis.

En esos días cándidos, en esos días en que actuaba bajo el automatismo del amor, no percibía el ridículo con nosotros mismos. Esa ostentación de gran vida –el hotel más caro, la ropa más cara– no es lo que un profesor de literatura y su tímida mujercita pueden llevar a cabo con propiedad. Nuestra vida siempre fue modesta, sin ninguna ambición de riqueza, rodeada apenas de pequeños regalos de buen gusto. Comprar un queso fino –ambos deliramos por los buenos quesos– tenía el placer adicional de corresponder a un ahorro, era un gasto extra que se sentía en la cuenta del mercado. Tal era nuestra economía y no conocíamos ninguna otra. De manera que paseando por los comercios lujosos de Nueva York, por ejemplo, éramos como habitantes de la selva, sin categorías definidas ni dominio de los precisos códigos de la moda, el buen gusto, los consumos de ostentación y las formas elegantes de quemar el tedio y el dinero, consumiendo éste sin que el aburrimiento disminuya. En su confusión, Luis decidió que la actitud más elegante o la más apropiada, era lucir una especie de irónico desdén en los comercios y en el lobby de un hotel cargado de arañas, decorado con jarrones chinos y repleto de gente –la mitad uniformada de portero, botones, camarero, ascensorista, siempre de colores inverosímiles como el rojo de los cardenales, un verde robado a una fábrica de billares o un aguamarina que sólo conocía en los vestidos de las cantantes negras.

Lo elegante –¿sería ése su sentido de la elegancia?– era una especie de distanciamiento para el que estaba bien dotado con la práctica del humor académico, que es frío. Superpuesto a ese pensamiento, se me ocurre que ésta era sólo la máscara del provincialismo y la ineptitud: se sentía inseguro y apelaba a una expresión que denotaba que ya sabía qué hacer en cada caso.

Me refiero a él, pero yo también hacía mi parte del ridículo. Es más, si me midiera con la misma dureza que lo mido a él, diría que mi inseguridad se ocultaba con una permanente actitud de asombro. Él actuaba como si ya todo lo hubiera experimentado, y yo sobreactuaba exagerando mi sorpresa al descubrir los placeres que compra el dinero. Cada uno miente a su modo.

En Nueva York, Luis quiso resucitar los días de limusina y gran mundo que pasamos con Esteban. Claudia se enfureció con Luis cuando se enteró de que tenía reservaciones en el Waldorf Astoria y nos obligó a quedarnos en su casa, instalados en el cuarto de Boris que se fue para tu apartamento.

La primera noche nos emborrachamos los tres. Ninguna gran y escandalosa borrachera de bebedores habituales, sino una lenta ceremonia en que cada sorbo es un rito y el calor de la buena comida, la música, el alcohol y el verano, entra también lento, moroso, y el ánimo está en disposición de un humor relajado.

Conoces a Claudia como para adivinar que no se calló la boca con Luis y le dijo que era un imbécil por hacer lo que estaba haciendo. Y él le contestó que ya se estaba acostumbrando a la envidia que producen los ricos. Pero yo te perdono, le agregó con indulgencia.

–No tienes nada qué perdonarme –le replicó Claudia–, si ni siquiera sabes ser rico.

—Pero estoy feliz aprendiendo, a pesar de que tú no me dejaste tomar la lección del Waldorf Astoria.

—A ese hotel no llegan los ricos, no seas imbécil —y enseguida se oyó una nota condescendiente de Claudia que le golpeaba el hombro como un maestro comprensivo que le explica por segunda vez al más retardado de la clase—. A ese hotel llegan los empleados de los ricos, los gerentes bien pagados.

—El presidente de este país llega al Waldorf —objetó Luis.

—El presidente es un gerente, pero los dueños del país llegan a otras partes. Los verdaderos ricos no pasan por donde hay fotógrafos. Y más los que han hecho su fortuna con negocios ilegales.

Vino después la eterna discusión en la que siempre hace falta Esteban, el más experto en el tema. Primero, el argumento de autoridad, la frase de san Anselmo —casi siempre— y de san Agustín —cuando la memoria dubita— de que todo rico es un ladrón, en toda fortuna hay un crimen.

—De manera que la mía también tiene el pecado original de toda fortuna que es alguna actividad ilegal —concluyó Luis.

—El hecho de que exista una sola opción para volverse rico, que consiste en hacer algo ilegal, inmoral o vergonzoso, no justifica que uno se dedique a actividades ilegales. Ése es un dato histórico, pero no es una justificación moral.

—Yo no me siento mal. A mí no me remuerde la conciencia —le replicó Luis.

En el tono de nuestra borrachera, la discusión no era vehemente. Casi se reían. Mucho después supe que esta conversación se prolongó entre ellos, sin ningún testigo, con mucha más violencia. Ella le reclamó que se metiera en el asunto sin contar conmigo, lo regañó por dedicarse a semejante estupidez y le magnificó la amenaza que significaba el creciente interés de la Casa Blanca por la riqueza de los contrabandistas de cocaína.

Siempre me has dicho que ese viaje nuestro fue para ti el confuso recuerdo de unos días de fiebre. La fiebre significa pesadillas y una especie de delirio en la vigilia que niega o transforma las percepciones de los sentidos. El eco se acentúa como propiedad del sonido. Todo lo que suene tiene ecos. Y los demás sentidos también adquieren un eco, una resonancia; el eco no es la sombra de los objetos: las cosas tienen eco para el ojo —además de tener sombra— y la sombra, a su vez, tiene un eco, una afiebrada vibración. Igual es el tacto: el eco de la caricia eriza la piel aun después del contacto físico. Y los sabores se prolongan con la fiebre en un eco obsesivo, sediento.

Ese efecto del sonido trasladado a los demás sentidos suscita una defensa en el cuerpo, que es bloquear el olfato con las gripas. Cuando el olfato –por efecto de la fiebre– tiene eco, entonces perdemos la noción del tiempo, el eco de los aromas nos hace rebotar en el pasado, y los olores se cuelan en el sueño de la fiebre y se convierten en pesadillas que nos hacen temer por la locura.

Enfermera experta, te administrabas un sueño profundo y nosotros te cuidábamos. Te confieso que por encima de la preocupación por tu enfermedad, yo estaba poseída por la euforia de estar con Claudia y de que estuviéramos juntas contigo.

Con toda crudeza, Claudia me dio en el clavo con respecto al cambio que notaba en mi relación con Luis:

–Estás enamorada pero sientes zozobra, tienes miedo.

Eso era exacto. Yo trataba de no pensar en eso y cuando estaba con él, desnudos en la cama, sentía que éste era el mismo desconocido de quien me enamoré a primera vista el domingo 3 de octubre de 1972. Lo amé cuando lo vi sin saber qué hacía. Entonces, ¿qué diferencia existe diez años después, cuando no sé qué hizo para ganarse todo ese dineral, cuando ignoro cuáles son las profundidades de este desconocido que amo?

–Hablemos del miedo –dijiste tú envuelta en una manta, sentada en una poltrona con una taza agarrada con ambas manos. Te miré sin saber qué decir.

–¿Qué te da miedo? –preguntó Claudia.

No contesté. No sabía contestar, pero esa conversación, en que cada una metía la cucharada, me sirvió para esclarecer un poco más mi percepción. Era un miedo producto de la ignorancia y de la incertidumbre: no sabía en qué estaba metida, no sabía qué tanto me comprometía a mí. Uso los versos de tu frase que no olvido:

–Ni te comprometas ni te metas.

Tu consejo me fue muy útil, mucho más pronto de lo que pensaba entonces.

Del final de viaje tengo un recuerdo inolvidable, una especie de éxtasis colectivo. Tú debes tener memoria de esa tarde de sábado. Boris estaba en un curso de vacaciones, de español, pues le preocupaba contagiarse del pobrísimo idioma de los hispanos de Nueva York, o simplemente olvidarlo. Y tenía que presentar un trabajo sobre algún libro de una lista entregada por el profesor. Le propuso a Luis que le hiciera el trabajo y Luis, maestro al fin y al cabo, nos invitó a que leyéramos en voz alta *El coronel no tiene quien le escriba*. Y después de un brunch de once y media, leímos en voz alta esa maravilla. Al terminar, todos nos miramos con una sonrisa, confirmándonos unos a otros que éramos copartícipes del mismo prodigio fabricado con palabras.

Fue gratificante ver a mi madre tan bien, tan saludable, tan establecida con su marido, tan llena de placeres que dosifica en pequeño, con la cautela de una alcohólica: el mar, la luz, los viajes, la buena comida, sus diligencias de negocios. Ahora les va muy bien y tienen todo el dinero que quieren por cuenta de las litografías del doctor Arroyo.

Se repitieron, por supuesto, las noches de recitaciones, en que oíamos al marido de mi madre decir los poemas de Rubén Darío. Pensando en la experiencia que acabábamos de tener con *El coronel no tiene quien le escriba*, le dije a Luis:

–Rubén Darío se parece a García Márquez.

–De algún modo sí –me contestó el experto– pero no tanto ellos sino la emoción que producen.

–Puede que sí...

–... Es la emoción de la poesía, la capacidad de arrobarnos con las palabras, de ponernos a soñar despiertos, ese vacío en el estómago que es aire contenido por la emoción. Con diferentes genialidades, los tipos se roban tu atención y la transforman con sus palabras en una epifanía.

Fue hermoso lo que me dijo y lo recuerdo, además, porque fue la última conversación emocionada que tuvimos sobre literatura. Depués, por casualidad, nos recomendamos algunos libros con un tienes-que-leerlo muy diferente a esos oye-esto, cuando el uno le interrumpía al otro para leerle un hermoso texto. Esa forma de compartir nos llevó en otros tiempos a leer en voz alta mucho Borges, mucho Cortázar, mucho Monterroso, mucho Cabrera Infante. Y teníamos en el inventario de un invierno de Nueva York la lectura completa de *Cien años de soledad*. (*Sigue.*)

DEL DIARIO DE ESTEBAN
Medellín, martes, enero 6. 1981

Una relación de los hechos. Una fría relación de los hechos. Ayer domingo llegó Boris a Medellín. Un problema de aviones impidió que su tía María, con toda su familia, regresara de Cartagena, de manera que Raquel me llamó para que lo recibiera aquí en mi casa. El joven de voz ronca y uno ochenta de estatura aceptó encantado alojarse en la casa de los tesoros, donde estuvo el año pasado con su madre.

Esta mañana, como a las diez, me asomé a su cuarto con la intención de invitarlo a llamar a su madre, pero dormía profundamente.

No pasaron más de quince minutos cuando, desde la piscina, donde desayunaba, oí el ladrido de los perros y el timbre de la puerta. Marta acababa de regresar de sus vacaciones costeñas y venía a saludarme. Su piel estaba más oscura, quemada en muchas tardes de playa. Su risa era mucho más blanca, más seductora. Me saludó con efusión, respondió a mis besos con intensidad inesperada que compensaba la larga ausencia y reavivaba la llama del deseo. Me dijo que quería aprovechar el sol de la mañana en la piscina, que iría a cambiarse.

Regresé a terminar mi desayuno, abstraído, y estaba en la repetición del café, cuando interrumpió el teléfono. Contesté la extensión que tenía a mi lado y me encontré –otra grata nueva– con la voz de Claudia que llamaba desde Nueva York, viendo caer una nevada, a preguntar por su hijo.

–Llegó muy bien –le contesté–. Mejor te lo paso y después de que lo saludes conversamos.

A partir de este instante le impongo una absoluta fidelidad a mi crónica: caminé hasta el cuarto donde hacía poco había visto a Boris profundamente dormido. Iba decidido a despertarlo. Abrí la puerta de su habitación y lo que vi fue a Marta desnuda sentada sobre Boris desnudo, que le hacía el amor. El ruido de la chapa los asustó y frente a mí tenía dos caras con boca y ojos completamente abiertos. Me quedé parado en la puerta y reaccioné de una manera tan inesperada, que yo mismo me enteraba de lo que decía a medida que escuchaba mis palabras:

–Boris, te llama tu mamá por teléfono. Tú –dije mirando a Marta desnuda, indefensa y desconcertada, sin respuesta posible por primera vez desde que la conocí– vete de esta casa, por favor.

Y salí. Regresé al teléfono, tomé el auricular:
—No te imaginas lo que acabo de ver —le dije a Claudia—. Hace media hora fui al cuarto de Boris y estaba completamente dormido. Hace quince minutos llegó Marta y dijo que se pondría el vestido de baño. Ahora tú llamas, yo voy a despertar a tu hijo y los encuentro tirando.

Claudia se reía a carcajadas:
—No puedo mandar a mi hijo a tu casa porque allá lo violan.
—¿No te das cuenta de la bofetada que me da Marta?
—Pues menos mal estoy contigo cuando te acaba de ocurrir. Es horrible decir te-lo-dije, pero me alegro de que te hiera el amor propio tan de frente, para que la mandes a la mierda... —una pausa— ¿o ya la perdonaste?
—No. Apenas los vi le dije a él que tú lo estabas llamando y a ella le dije que se fuera de esta casa.
—...
—Ahí los veo. Él viene en vestido de baño y lo voy a hacer esperar. Que ella se largue mientras yo converso contigo.
—Pues mejor, porque si ella te habla ahora, es capaz de convencerte de que fue un accidente.
—No te preocupes. Están tras la vidriera y yo en este mismo momento le estoy diciendo adiós con la mano a esa puta.
—Ella es capaz de hacerse la boba.
—Esa oportunidad ya le pasó: no se puso el vestido de baño; tiene la ropa con que vino; de veras se sintió expulsada de esta casa.
—Tú sigue diciéndole adiós con la mano.
—No me hagas reír, te estoy obedeciendo —surtió efecto. La vi darse media vuelta con rumbo a la puerta de entrada—. Ya se va.
—Y tú no vayas a matar a mi pobre Virus en un ataque de celos.
—Tranquila. Creo que lo violaron. Ahí viene. No le menciones el asunto —le entregué la bocina.
—Hola, mami. Llegué a un hotel maravilloso, mami —dijo por el teléfono, pero dirigiéndose a mí con la más ancha de sus sonrisas—. Aquí lo despiertan a uno las caricias de una muchacha desnuda. Es una delicia.

Ella le contestó algo que él recibió con más risas:
—Sí, sí, a veces no hay coordinación y entran las llamadas cuando apenas lo están acabando de despertar a uno.

Boris me seguía mirando, pendiente de mi aprobación, que manifesté con risas; ya me había hecho el cuadro y Boris resultaba inocente: Marta entra en un dormitorio con la intención de cambiar su ropa de calle por un vestido de baño. Allí ve a un muchacho muy joven y muy bien plantado que duerme desnudo. Ella se quita su ropa y decide acariciarlo. Él se despierta y se encuentra semejante aparición. En el peor de los casos él está entredormido y la ve desnudarse y emite alguna exclamación admirativa y ella responde. El capítulo siguiente, en ambas hipótesis, era obvio y yo los sorprendí cuando estaban en él.

Boris habló con Claudia y se lanzó a la cocina a pedir un desayuno para tres personas. Adolescente insaciable, mientras tragaba me reclamó:

—¿Por qué la echaste? Esa pelada es divina.

Ante tanta franqueza, me decidí por los mismos términos:

—Porque me dio rabia. Llevo como dos años tratando de acostarme con ella y ella no ha querido.

—Ni va a querer —me dijo pasando de la franqueza a la brutalidad.

—Y ¿por qué no va a querer?

—Porque tu estás muy viejo para ella —sentenció dándome el golpe final.

Como a las once salí para la emisora y dejé a Boris, libreta de teléfonos en mano, llamando a sus amiguitas de Medellín. Yo iba tranquilo. Con una decisión hecha. A la mierda con Marta. No quiero volver a verla en mi vida. No deseo saber de ella nunca más.

Al llegar a la oficina me entregaron los consabidos papelitos con razones telefónicas. Marta me había llamado ya. Poco después de mediodía repitió su llamada. Pasé. Voz helada, imitando a los locutores de noticias de la emisora:

—Aló.

—Oye, quiero hablar contigo... —dijo cuando reconoció mi voz, adelantándose al saludo.

—Pues yo no quiero hablar contigo.

—Por favor... —este "por favor" sería normal en cualquier otro, pero para mí era nuevo por completo en Marta. ¿Marta rogándome? ¡No podía ser! Pero no cedí.

—Vete a la mierda, chao.

—Esteban...

—Chao —repetí con cierto énfasis.

—Chao.

Llamó dos veces más en la tarde y me hice negar de manera que ella se diera cuenta de que yo estaba ahí y mandaba la razón de que había salido.

Hasta aquí lo que ha sucedido este día. Ahora es casi media noche y ya Boris duerme. Me cuento el cuento antes de elucubrar nada, antes de escribir en este diario cualquier decisión ulterior, porque así creo que limpio mi alma de tanta basura sentimental que obstruía los desaguaderos del alma. Es como si mi intimidad fuera un cuerpo poroso, necesitado de aire, y padeciera de repente la adherencia del detritus de mi deseo de acostarme con ella y –durante mucho tiempo– ese residuo impidió que mi alma respirara, que estuviera en contacto lúcido con el mundo, y lo único que entraba por esos poros era el veneno de mi encantamiento por esa puta de mierda.

Ahora me siento limpio de Marta, lavado de Marta. Me deshice de ella y mi descanso es tal, que mi orgullo no está maltrecho. Pertenece al pasado. Es la única mujer con quien he intentado irme a la cama y me dijo que no. Ahora ya no me importa. Ahora pasará a ser una historia de borrachos. Cuando esté en el quinto trago con los periodistas y locutores de la oficina, la historia de Marta, la virgen puta como la llama Luis, me servirá para demostrar que las mujeres son tan putas que la única que no me lo quiso dar, era la más puta de todas.

Repasando el día, lo que más agradezco es que mi descubrimiento haya ocurrido en medio de una llamada de Claudia. Poderle contar todo mientras ocurría y someter la escena a su humor, fue el mejor exorcismo. Eso contribuyó a mantenerme en mis cabales. Lección primera: uno puede perder un amor, aun en esa precaria forma de esperanza inútil –flor de desconsuelo–, como ahora que perdí lo que nunca tuve, pero no puede perder el humor de sus amigos, la capacidad que ellos tengan para hallar el lado hilarante de los peores momentos.

Alguna vez, con dureza, Luis me advirtió que no creara lazos de dinero con Marta. Es obvio que no cumplí con su recomendación. Regalos espléndidos, de los que no me arrepiento, y algunas ayudas periódicas que terminan por crear un vínculo económico. Servir como fiador en un almacén donde tiene un crédito por un equipo de sonido y un televisor, a sabiendas de que ella no tiene para las cuotas, traduce una conversación mensual sobre el dinero para pagar el abono. Pequeños lazos, superpuestos a los únicos lazos que de verdad importan, y que terminan por sustituirlos y por establecer sus propias ataduras.

Entonces, en frío, bebiendo un poco, sé que será difícil romper con ella. Quedan unos lastres que tendré qué cortar bruscamente. Tengo que contar con toda mi dureza. Con toda mi creciente aversión al amor.

Puedo pedir unas vacaciones e irme para Bogotá una temporada. Si no es necesario, puedo aceptar por vía de ensayo el traslado a la emisora de Bogotá, que me han ofrecido desde hace años. Mi filosofía del amor proviene del bolero: dicen que la distancia es el olvido, me repito, y para mí es fácil asilarme en Bogotá.

Te fuiste muñeca turbia, sol de otros días,
vi tu espalda alejarse y aquí ya no dolía.
Me quedé solo oyendo la voz de ese vigía
que desde adentro ayuda contra toda agonía:
—no duele en el amor —oí que me decía—
es el orgullo herido que se cura en un día.

DE ESTEBAN A LUIS
Medellín, martes, enero 6 . 1981

Mi querido amigo: Hoy recibí una lección que, cuando te cuente toda la historia con detalles, tendrás tiempo de burlarte de mí a mandíbula batiente. Prepárate para una narración con puertas que se abren, mientras dos seres lujuriosos y jóvenes se devoran desnudos, con cuernos que crecen, con teenagers violados por jóvenes pero experimentadas muchachas. Prepárate.

Entretanto voy a lo simple: al fin pude mandar a la mierda a Marta sin perturbarme demasiado. Pero no basta con mandarla a la mierda. Es necesario quitármela de encima. Ella tiene demasiados motivos para asediarme —esto es una profecía pues todo ocurrió apenas esta mañana— y, por lo tanto, puede ser sano poner distancia.

Cuando leas esta carta, según mi cálculo, será el próximo viernes nueve de enero. Esa noche te llamaré para preguntarte si la habitación denominada "el cuarto de Esteban" está disponible para mí a partir, digamos, del próximo domingo. Estaré en puro plan de vacaciones y mi pregunta es si no perturbo la marcha de la familia con una invasión que puede durar más de una semana.

Mientras transcurre este plazo antes de asilarme, quiero afirmar mi territorialidad, rechazarla mientras ella me busca. Cerrarle mis puertas y luego desaparecer durante una temporada.

Dígame profesor, doctor, pe-hache-de, si yo quepo en su hogar. Y perdóneme por la insistencia en pedirle que lo consulte con Raquel.

Con un abrazo –y un beso para ella, mi maestra–,
Esteban

✉

DEL DIARIO DE ESTEBAN
Bogotá, viernes, marzo 27. 1981

Estábamos los tres –Raquel, Luis y yo–, ella mirando papeles de trabajo, él cocinando, yo leyendo, los tres en silencio, cuando sonó el teléfono que está a mi lado. Contesté con un "aló" y, sin darme tiempo de más, como acostumbra, oí una voz conocida:
–Hola Esteban. ¡Sorpresa! Soy Marta y estoy aquí en Bogotá.
Creo que cambié de colores. Es una gran limitación humana no poder verse uno mismo desde afuera. Hablando de esto, Luis me citaba un poeta mexicano, Jorge Cuesta: "Soy el que nunca está fuera del que verse al frente aspira". Raquel me miró y se dio cuenta de inmediato de que me estaba cayendo una descarga eléctrica. Reaccioné con agresividad:
–Pues la sorpresa es desagradable.
–Oye, cálmate. Además necesito tu ayuda para poder regresar.
–Pues devuélvete a pie.
–Por favor...
–Y no me llames. Chao.
Colgué. Luis salió de la cocina preguntando quién llamaba.
–Marta –contesté–. Averiguó dónde estaba y se vino para Bogotá.

—Y tú, ¿qué vas a hacer?
—Devolverme para Medellín.
Todavía se reían cuando dijo:
—Entonces vas a huir.
—No, pero la voy a despistar. Me quedo una semana más en Bogotá y luego me regreso.

Ahora, cuando repaso con fidelidad notarial lo ocurrido esta noche, veo que me ofusqué, pero más que por una voluntad de rechazo o por algo relacionado con mis sentimientos, me molestó que me interrumpiera, que descubriera mi refugio. Ahora más que nunca sé que no puedo hacer ninguna concesión. Ni verla. Ella es hábil y tiró un lance para volver a lo mismo: ayúdame a regresar. Pues que se pudra. Pequeño placer: siempre me reprocho que se me ocurra la réplica perfecta tres horas después del instante en que la necesitaba. El placer de hoy consistió en espetarle a la bandida que regrese caminando a Medellín. No son sino veinte jornadas.

Este largo asedio a Marta era un problema de lujuria. Y soy un individuo lujurioso. Ahora veo el asunto de otra manera: he hecho muy buenas migas con Germán López el cura de quien supe por primera vez cuando Luis me contaba de su examen de grado. Él es más amigo de Raquel, pero esto basta para que sea muy cercano a esta pareja de monjes. Hemos congeniado, conversamos largas horas y desde el principio descubrimos lo putos que somos. Él lleva no sé cuántos matrimonios —sin contar concubinatos, se encarga él mismo de aclarar—. También insiste en aclarar que siempre se enamora tan perdidamente que va a dar al altar con toda la irresponsabilidad imputable a un enamorado, un obnubilado que cree que ahora sí va a durar toda la vida. Y nunca ha traspasado los cinco años. Con el primero, el pudor —exagerado en su caso porque renunció al sacerdocio para casarse— le demoró la separación mucho más allá del momento en que ya su mujer lo exasperaba. Pero los otros matrimonios —precisa— los ha roto siempre en el mismo instante en que ve que no funcionan. El último lo terminó hace más de un año, el mismo día en que descubrió que ella no lo amaba. Él estaba enamorado pero no le importó; ese mismo día se separó de ella.

En los intervalos de estas aventuras más duraderas en las que el cura mezcla corazón y sexo, el cura putea. Tiene un repertorio de deliciosas amiguitas organizado por orden alfabético en una libreta de teléfonos.

Son tantas, que el nombre no es suficiente identificación: en latín, anota alguna característica que la individualice.

—¿Como "lunar en la nalga", por ejemplo? —le pregunto.

—Ese ejemplo es demasiado obvio. En demasiadas nalgas hay lunares. Tendría que ser un lunar muy especial.

Varias noches —previo permiso pedido a los padrastos que me alojan— me he escapado a pequeñas fiestas en casa del cura, donde él invita dos amigas de su lista, una para él y una para mí. Todo es muy explícito. Los cuatro sabemos que terminaremos, después de unos tragos y alguna danza, cada pareja en uno de los cuartos de la casa, dedicados al sexo con devoción y luego a un sueño que también se rematará con más sexo a la mañana siguiente. El cura es inagotable y me invita con frecuencia. También es generoso con su apartamento y, sobre todo, con su lista de amigas, que poco a poco pasan a mi libreta de teléfonos.

Estas aventuras eróticas, además de revelarme una Bogotá desconocida para mí —algo así como la vida sexual en una ciudad grande, una vida perversa y anónima— me confieren la satisfacción glandular necesaria para rechazar a Marta.

✉

DEL DIARIO DE ESTEBAN
Bogotá, lunes, marzo 30 . 1981

Dos días de asedio telefónico de Marta. Desde anoche —y anoche me quedé en casa del cura con una sardina de veinte años a quien podía perdonarle algo de torpeza a cambio de acariciar esa piel fresca y dura—. En la mañana, dos llamadas de Marta, que contestó Luis. Colgaba sin hablar. A mediodía contestó Raquel y ahí sí Marta se le identificó y trató de sacarle la dirección de esta casa. Raquel dijo que si yo necesitaba dársela, yo se la daría, pero que yo no estaba. Cuando volví por la tarde, casi anocheciendo, Luis había regresado de la universidad una hora antes y ya Marta había llamado dos veces.

Mi plan era cortar las llamadas apenas timbrara la próxima vez. Y seguir negándome de ahí en adelante.

—¿De veras no te importa nada? —me preguntó Luis.

–No me interesa verla y ya no me acuerdo de ella.
–¿Te remordería la conciencia si le echo una mentira?
–Creo que no.
–Entonces ¿qué tal si le digo que mañana te madrugas para la costa en carro, con unos amigos?
–¿Por qué esa historia tan retorcida? –le pregunté.
–Porque cumple todos los requisitos: no podemos decir que te vas para Medellín, porque ella se regresa, no te encuentra, descubre la mentira y es posible que adivine que sigues aquí. No te mandamos para un lugar concreto –Cartagena, Santa Marta– sino para una geografía extensa donde hay playas sin teléfono y donde un carro puede llegar. El carro garantiza la movilidad y también evita que ella se madrugue para emboscarte en el aeropuerto.

Oyéndole esa explicación tan precisa, tan lógica, me quedé asombrado:

–Has leído todos los cuentos de Chesterton.

Al poco rato llegó Raquel, a quien le contamos nuestro plan de niños traviesos.

–¿Cómo te parece? –preguntó Luis en actitud de recibir sus elogios al plan perfecto con una graciosa cara de conspirador. Ella lo desengañó con su respuesta:

–Es demasiado escueto y demasiado inesperado. Hay que darle un toque de realismo. Además, el plan tiene un hueco. Si Esteban se madruga mañana, ella va a llamar toda la noche –todo esto lo dijo mientras marcaba un teléfono.

–Hola, Germán –Luis y yo supimos que hablaba con el cura que la saludó del otro lado de la línea–. Necesito que me ayudes en una conspiración. Te va a llamar ahora una muchacha preguntando por Esteban. Tú le contestarás con una pregunta: que si ese Esteban es el del paseo a la costa. Ella te va a decir que sí. Entonces tú le vas a responder que lo sientes, que hace cinco minutos pasaron por tu hermana y que ya deben ir camino de Bucaramanga –el cura repetía la lección mientras Raquel sonreía de una manera que, estoy seguro, el cura percibía–. Chao.

Luis y yo nos mirábamos:

–Vale más trabajar en televisión que leer los cuentos del padre Brown –dijo Luis.

–Las mujeres somos muy intuitivas. Tenemos que enredar la situación con algo de dramatismo. Esperen que llame y yo me encargo de contestar –así fue. Poco después sonó el teléfono y Raquel contestó:
–No, no está. Él se fue hace como una hora. Lo invitaron a un paseo a la costa en carro con un amigo y dos amigas y vino por sus cosas y se fue –silencio para la palabra de Marta–. No, no sé adónde van a ir. Pero si tienes prisa de comunicarte con él, espérate un instante que, a lo mejor, tengo el teléfono de la casa a donde iban a recoger una de las niñas que van al paseo. Por favor espera un instante –Raquel descargó el teléfono fingiendo que iba en busca de una anotación y, con ademán cómico, nos señalaba que nos refugiáramos en la alcoba, que nuestras risas contenidas podían ser escuchadas por Marta. Volvió a tomar el auricular, le dictó unos dígitos y tuvo el cinismo de despedirse deseándole suerte.

Después supe –a cambio de contarle a Germán López mi historia con Marta– que ella llamó enseguida y que él hizo su papelón con fidelidad al guion de Raquel y con el realismo necesario para que la otra se tragara el cuento. Espere un instante que hace nada que bajaron. Lo siento, llamé a la portería del edificio pero acababan de arrancar. Santo remedio. Hoy no ha llamado en todo el día, lo que indica que se tragó todo el montaje. Luis, con chistes, presumía de inventor de coartadas, pero yo le replicaba que el éxito se debió a los efectos de montaje que inventó Raquel. Marta no creería nunca la mentira escueta.

Cada vez quiero más a Raquel. Al otro día de llegar a esta casa –qué descaro, ya llevo como dos meses– me dijo que se sentía culpable de haber pensado que yo era el socio de Luis en sus negocios sucios. Esta confidencia nos acercó. Es equilibrada, práctica, inteligente, diligente y no ha perdido nada de su lozanía de niña de veinte años. Nadie creería que ya está muy cerca de los treinta. Observo algunos cambios en Luis: él fue siempre un hombre apacible y tranquilo, silencioso y con cierto humor un poco intelectual. Ahora ese humor es más ácido y su tranquilidad se ha transformado en desdén.

La noche que Marta llamó nos quedamos conversando hasta tarde y bebiendo café mezclado con brandy como fórmula para contrarrestar el frío. Su honesta intención inicial era servirme como paño de lágrimas, todavía sin creer que la situación no me afectaba más que en ese plano superficial de la exasperación, y que a la hora de la charla nocturna era cuestión olvidada.

Muy pronto, la conversación derivó a un discurso sobre la trivialidad del oficio de maestro universitario que verbalizaba la apatía de Luis:

–Me pregunto cada vez con más frecuencia para qué sirve este trabajo de profesor de literatura. Qué utilidad tiene. El discurso teórico nos llevaría a un lindo cuadro: ayudo a formar maestros gracias a la pasión por los buenos libros que contribuí a desarrollar; ellos van a infundir ese mismo amor en los jóvenes, un gusto por las tardes de lectura, hipnotizados por la silenciosa fascinación de unas páginas que no olvidarán nunca; un poeta argentino dice que un país puede considerarse civilizado cuando la gente roba libros de poesía.

–Los libreros no piensan lo mismo.

–Es que todo es mentira. Mis alumnos no educan así a sus estudiantes porque ellos mismos no tienen esa pasión. No pueden trasmitirla porque no hace parte de su carne. Es decir: yo también fracasé, no pude prender esa llama más que en uno o dos de cada cien. De resto, estoy atrapado por un sistema que aniquila toda individualidad y trata de uniformar los lenguajes y de encasillar los análisis con jerga y dogmas tan cambiantes como las modas. Cualquier toque de humor está vedado. En un departamento de literatura las cosas tienen que ser muy serias. No importa que sean tontas si se pronuncian o se escriben con gravedad, en un tono equivalente, si fuera posible, a dar un pésame con notas de pie de página –mi carcajada le sirvió como pausa para beber un sorbo de café con el aroma seco del cognac–. Esa solemne vacuidad trivializa impunemente cualquier semilla de imaginación. No, no es el humor por su hilaridad lo que vuelve triviales las cosas importantes. Lo esencial son los libros, las novelas, los poemas, que mejoran a los hombres que tomen contacto con ellos; les den más dicha o más sabiduría, les regalen un goce o un descubrimiento. Lo trascendental en la vida no es lo contrario de lo trivial. Más trivializa lo trascendental quien lo envuelve en dogmas y lo esquematiza. El que convierte la literatura en enumeración de instrucciones: y esto siempre lo hacen con cara larga de estreñimiento.

–Puede ser cierto –le intercalo en este sorbo– pero eso lo hacen otros profesores y no tiene por qué afectarte a ti.

–Te equivocas. Esa unanimidad en la actitud se convierte en norma de la organización y los alumnos –que en toda la alharaca de su juventud son dóciles como corderitos a los lenguajes y a las modas– se convierten en los primeros guardianes de esa ética represiva de cualquier manifestación que no sea seria. Yo no tengo estudiantes sino fiscales de una causa, la seriedad, ojalá esquematizada... Porque no te olvides que las cosas serias, ante todo, son asunto de la memoria. Entonces estas bestias salen de la universidad con un título que les da derecho a obligar a un niño de quince años a leerse el Quijote completo en unas vacaciones de semana santa, y a escribir un ensayo sobre cualquiera de estos temas: los zurdos en el Quijote, los eclipses, los judíos, el renacimiento, las Indias, los cerdos en el Quijote. Cuestión que llevará al niño a tomarle aversión eterna a uno de los libros más maravillosos que existen sobre la tierra y, a partir de ahí, a odiar todos los demás libros con que tropiece en adelante.

–¿Y los pocos alumnos excepcionales no te justifican?

–En cierto modo sí. El otro día una niña muy fea y muy brillante me presentó un trabajo sobre las profesiones de los poetas colombianos, y explicaba que nuestra poesía no es experimental y que aquí no hubo vanguardias porque la mayoría de los poetas –del siglo pasado y ahora– trabajan en la enseñanza. Cuando no, entonces son abogados –con mente rígida y normativa– o políticos interesados, ante todo, en aparentar la pulcritud de quien no arriesga nada. Pero quizás lo que más me justifica es mi propio trabajo. Las horas que gasto en libros viejos que nadie ha retirado de la biblioteca en treinta años o que están aún vírgenes, leyéndolos para retrasmitir alguna línea perdurable. Trabajo de arqueólogo de joyas, más que de entomólogo o taxonomista.

Por lo menos algo lo justifica –una alumna gorda, fea y lúcida y ciertos libros que huelen a moho y que se disputa con las polillas. Algo lo justifica, pero yo no supe decirle que todas las cosas pueden reducirse al absurdo, que es fácil predicar de cualquiera que es superfluo en el mundo. Hasta de los más importantes.

Su inconformidad se manifiesta en cierta ironía, en una actitud entre despectiva y apática que puede reventar en hastío y esterilidad, o que puede ser la antesala de las justificaciones para ceder a las presiones de Pelusa. Es significativo que en todo el tiempo que llevo en Bogotá, en tantas conversaciones que hemos tenido a solas, en tantas caminadas, muchas sin lluvia pero que las recuerdo como una sola, larguísima y placentera caminada bajo una llovizna espantabobos, no nos hemos referido a mi trabajo, ni a Cecilia, para poner dos temas al azar como ejemplos de que esa omisión es casual, que simplemente no se nos ha ocurrido.

✉

DEL DIARIO DE ESTEBAN
Bogotá, miércoles, abril 15 . 1981

Llevo tres meses aquí. Las vacaciones se convirtieron en licencia tolerante, con el halago adicional de que reclaman mi regreso. Va llegando la hora, en este momento en que la causa de mi exilio me parece tan remota como si otro la hubiera padecido. Ahora, ciertas historias se trastocan en el tiempo, y algo que me sucedió en el pasado remoto, de súbito ha revivido con intensidad, mientras el reciente asedio frustrado de Marta pertenece a una edad ya sin memoria.

Anoche me llama Germán por el teléfono y me invita. Irá a comer una antigua y queridísima amiga suya que ahora anda en un trance difícil. Llegué antes que la invitada y el cura tuvo tiempo de hablarme de una mujer que conoció hace mil años, una mujer llena de mundo que enviudó muy joven y quedó rica y asediada por toda clase de chulos que eludió sin privarse de nada. Viajes, libros, obras de arte y, sospechaba él sin confirmarlo, amantes ocasionales. Ahora, en la plenitud de su vida, acababa de recibir la noticia de que moriría de cáncer. La historia me pareció conmovedora, pero la recibí con esa neutralidad anestesiada de quien no conoce a la víctima –hasta el punto de no atender a su nombre cuando él me lo dijo–, apenas con una exigua emoción reflejada por tratarse de una amiga del cura López.

Sonó el timbre y entró una mujer muy delgada, muy elegante en su atavío y en sus movimientos, de pelo cano, peinado hacia atrás y recogido con una moña sobre el occipital, de cara muy blanca e insólitas gafas oscuras a esa hora de la noche.

–Los presento, un amigo de Medellín...

–Mucho gusto –dijo ella quitándose las gafas– puedes llamarme Carlota.

Me quedé paralizado un instante con su mano derecha, que sentí helada, entre la mía. Ella aprovechó mi desconcierto para agregar:

—Perdón por los anteojos, pero me molesta mucho la contaminación de Bogotá.
—¡Qué gusto verte! –logré desatar al fin–. Puedes llamarme Carlos.
Sonreímos. Todavía su mano estaba entre la mía:
—Tienes la mano muy fría.
—Bogotá es una nevera.
En breves instantes, diciendo cosas anodinas, suprimimos a nuestro anfitrión, a quien recordamos al tiempo. El cura que yo vi, con su infaltable cigarro en la mano, tenía las cejas arqueadas y los ojos abiertos en redondo por la sorpresa:
—¿Carlos y Carlota? –preguntó.
—Por favor –contestó ella– llámanos así esta noche. Prohibido pronunciar nuestros verdaderos nombres.
—Lo que tú digas –dijo él– con la condición de que vengas a la cocina y te sirvas un trago.
Por breves instantes me dejaron solo y me dieron tiempo de recapacitar en la historia que me contó antes Germán. Una mujer con todo en la vida y un cáncer mortal.
—De manera que ustedes se conocen... –reinició el cura Germán la conversación cuando estuvimos de nuevo en la acogedora sala, Roberto Ledesma cantando boleros al fondo.
—Sí, hace años nos conocimos, pero pasó mucho tiempo sin vernos.
—¿Dónde se conocieron? –preguntó el cura siguiendo el curso natural de la charla.
—Por pura casualidad –contestó ella diciendo la verdad pero sin añadir nada–. Nos vimos mucho en una época.
—... Una época feliz –añadí halagándola en secreto, gesto que ella agradeció con una mirada rápida y directa a los ojos.
Antes de servir la comida, una llamada telefónica llevó al cura a atender algún asunto desde su cuarto, dejándome solo con ella. Le tomé la mano en gesto de amistad:
—De verdad fueron épocas felices. La pasamos muy bien. Y ahora reconozco que fuiste muy sabia colocando los límites que impusiste. Lo otro nos hubiera enredado.
Ella me apretaba asintiendo.
—Nadie nos quita lo bailado –repitió el viejo dicho. Sonaba la voz de

Miltinho: "al recordar aquel lugar por siempre amado, siento el hechizo de aquel paraíso que tuve a tu lado"–. Tú también eres un buen recuerdo para mí. Pero si no nos permitimos el sentimentalismo en esos tiempos, mucho menos nos lo vamos a permitir ahora...

–Tienes razón –dije en el preciso instante en que regresaba el cura invitándonos a pasar a la cocina. En su casa es un rito que sus invitados se sirvan en la cocina y pasen cada uno con su plato al comedor.

Durante la comida, ella habló de su enfermedad como si fuera una intrusa en su rutina.

–Voy a luchar contra ella. No voy a dejar de hacer nada que no hiciera antes, hasta el momento en que me venza.

Y tal es su actitud. Nos despedimos con mucho afecto y la promesa de que nos veremos otra vez, algún día. Promesa falsa, cuya falsedad no importa. Un buen recuerdo, una aventura feliz, algo mucho más cercano, aun con lo remoto, que todo ese embrollo que me formé con Marta. ¿Quién es Marta?

DEL DIARIO DE ESTEBAN
Bogotá, miércoles, abril 29 . 1981

Lo dicho. Es hora de regresar a Medellín. Hoy sonó el teléfono y era Pelusa que me saludó con simpatía y me pidió que le pasara a su cuñado. Luis habló con él y, al colgar, anunció que Pelusa viene a Bogotá el próximo fin de semana.

–Pues yo me regreso a Medellín antes –declaré.

–No te preocupes –advirtió Raquel–. Moisés siempre avisa que va a venir y nunca ha venido.

–Y si viene –añadió Luis– en esta casa pueden acomodarse los dos.

Yo no quiero ni siquiera correr el riesgo de mezclarme con Pelusa. No me gusta el tipo por muy pariente que sea de mi mejor amigo. Además, esta visita me augura malos presagios.

DEL DIARIO DE ESTEBAN
Medellín, sábado, mayo 1. 1981

Luis y Raquel me obligaron a aplazar mi regreso hasta hoy sábado, que vuelvo a mirar mi piscina como si no hubiera salido de esta casa, a no ser por lo que dice este diario, que comprueba que estuve ausente casi cuatro meses.

Y todo marchó a la perfección. Fui por el olvido y lo conseguí de manera que ya no me acuerdo qué era lo que iba a olvidar. Todo estuvo perfecto hasta hoy, justamente, la mañana de mi regreso.

Repaso mis notas de este tiempo, aquí en este cuaderno, y no encuentro registro del tema del comercio de cocaína. Los misteriosos viajes de Luis a Miami parecían cosa del pasado, ya olvidada, excluida de las conversaciones. Ayer, de improviso, apareció Luis con Pelusa en el apartamento. Comimos, nos emborrachamos, Pelusa tenía cocaína y ambos esnifeamos. El verbo es esnifear, le dije al profesor. Ni aspirar ni inhalar son verbos para el rito de la cocaína. El verbo es esnifear. Esnifear fue el únivo lazo de complicidad que acepté con Pelusa. El empresario de taller de mecánica mantiene conmigo la misma simpatía de una ocasión en que terminé en su oficina y es el mismo narciso que se mira de reojo en el vidrio de los cuadros de la sala, y que cuando regresa del baño es evidente que gastó más de la mitad del tiempo frente al espejo, puliendo el aspecto de su cara, su peinado y su ropaje. Lo nuevo es cierto gesto de dureza, reflejo de un empecinamiento –de la falta de escrúpulos para conseguir lo que se propone. En esto último hay un juicio moral implícito y en mi actitud de anoche y esta mañana la natural hostilidad con alguien con quien me toca compartir un rato, pero que literalmente me robó a mi amigo.

Después de que Pelusa se despidió, anunciando que volvería esta mañana, siguió acostar a Raquel, que no aguanta más de dos tragos y que se quedó dormida en el sofá. Luis ejecutó la faena con mucha delicadeza y mucha eficacia –a pesar de que también estaba borrachito– y volvió a la sala donde yo esnifeaba una herencia que Pelusa me dejó al despedirse.

–Me voy mañana para Miami –comenzó Luis. Extendió la mano para que me callara–. No vengas a regañarme un instante después de que metiste cocaína.

–No, no te voy a regañar. Pero siempre entendí que trabajabas en estos negocios para pagar tu rescate y que luego te salías.
–No es posible –declaró–. Ahora sé que no es posible. Moisés me dijo que yo no me podía salir, que contaban conmigo, que era parte de la organización. Le dije que no me interesaba, que Raquel se oponía. Y me contestó que no me preocupara por Raquel, que las mujeres terminan aceptando. Lo principal es que no tengo boleta de salida.
–Es horrible decir "yo te lo dije".
Silencio. Luego una voz apagada:
–Me siento muy borracho. Me voy a dormir.
Me pidió que lo despertara en la mañana y se refugió en su alcoba. Fue una evasión. No tenía nada que contestar, se sentía acorralado y con miedo.

En el insomnio alcohólico de la cocaína, en ese delirio que el protagonista pretende que siempre es muy lúcido, me quedé pensando que Luis ni siquiera evadía mi conversación por temor a un reclamo de mi parte. Su cabeza no se apartaba ni un instante del punto de cómo contarle a Raquel que había vuelto a las andadas.

Todos los seres vivos tenemos un reloj biológico que en mi caso actúa de una manera particular los días en que voy a viajar. No necesito despertador. Esta mañana, antes de la primera luz, como a las cinco y media, ya estaba despierto. Desperté a Luis y él se pidió ducharse primero. Tuve apenas un par de minutos a solas con Luis antes de que apareciera Raquel. En la cocina, preparando el desayuno, le pregunté:
–¿Ya le contaste a Raquel?
–No.
–Por lo que la conozco, no cuentes con su apoyo.

En ese momento –ya servíamos– apareció Raquel. No dijo "buenos días" y adiviné que estaba furiosa. Prolongué la servida del café cuando la oí casi continuar la conversación, preguntándole a Luis por la promesa de que los viajes no se repetirían. Me fui para la cocina. Fue una huida para dejarlos dirimir el problema a solas. Abrí la nevera en busca de nada y me dedicaba a una ruidosa nada para apagar el sonido de la conversación del comedor, cuando anunciaron desde la portería que Pelusa subía para el apartamento.

Nunca hubo una reunión de cuatro, sin contar al taxista, en la que cada uno aportara una dosis tan grande de silencio. La silenciosa rabia de Raquel, el miedo silencioso de Luis, mi mezcla de silenciosa distancia –con Pelusa– y de prudente silencio –ante la situación entre Luis y Raquel–, eran capaces de aniquilar cualquier intento de pronunciar una palabra. Tan solo se oyó a Pelusa preguntarme por cuál terminal salía mi avión y, al final, una apresurada despedida.

✉

DEL DIARIO DE ESTEBAN
Medellín, lunes, mayo 4. 1981

Estoy sorprendido con lo que ha sucedido en mi trabajo. En la emisora pasan cuñas celebrando mi regreso a la sección deportiva y suena el teléfono con una frecuencia inesperada para mí, de gente desconocida diciéndome que hacía falta. Siempre que pienso en mi trabajo, sé que me importa un pito. Me gustan sus rutinas, tengo el apego que se tiene con muchos años de hacer lo mismo; pero, a la vez, lo siento como absolutamente prescindible. Como que mañana podría amanecer diciendo que me voy a dedicar a cultivar orégano, o a escribir una novela, o que me voy a vivir a algún lugar con nombre alcohólico como Oporto, Jerez, Ginebra, Champaña, Burdeos, Cognac. Debe existir un apacible lugar, mi verdadera tierra, que se llame Vodka. O que podría dedicarme al periodismo escrito o a la televisión, para descender a fantasías más verosímiles. En todo caso, mi trabajo es como un juego que lleva años entreteniéndome pero que mañana puede aburrirme. Por el momento tengo a mi favor que me gusta el fútbol, ese espectáculo del domingo, esa especie de religión colectiva. Ninguna religión más tangible que la pasión de un individuo por la camiseta roja o la camiseta verde. En él se percibe un fuego primitivo que se resuelve con unos gritos, sin dañar a nadie. Y conservo la curiosidad suficiente para disfrutar del juego y para averiguar los vericuetos de la contienda.

Al volver, con la frescura de la ausencia, pude percibir todos los olores de esta ciudad y de los estamentos donde se toman las decisiones gordas. Ahora es más explícito que nunca el poder del dinero de la coca. Son los dueños de todo. Para empezar, la propiedad raíz, rural y urbana, el suelo que pisamos, es de ellos.

Son los dueños de todo y ostentan su poder sobre vidas y opiniones y haciendas. Son los dueños del contrabando, de fábricas, del deporte, de mucha gente con uniforme y sin uniforme. Son los propietarios –y lo exhiben– de las virtudes sociales. La beneficencia en grande. Robin Hood montado en carros carísimos que inundan las calles. A esa alharaca antioqueña, a esa manera de gritar cuando se habla, a ese estruendo excesivo que el origen campesino del paisa impone a su trato, estos nuevos ricos añaden la ostentación sin pudores de los signos de su nueva riqueza. Son los dueños de todo. Hasta de mi mejor amigo.

Hace media hora lo llamé con ganas de saber cómo le fue en su aventura de fin de semana. Lo veo como un aprendiz, como una paloma en un universo de vívoras y lo llamo, no niego, con la preocupación de padre que él mismo me atribuye:

–Hola, amigo.

–Hola, qué gusto oírte. Raquel te va a odiar cuando sepa que llamaste cuando ella no estaba.

–¿Cómo está ella, cómo va todo con ella?

–Divinamente... Ella entendió que estoy en una trampa...

–... Que te metiste en una trampa para pagar el rescate de otra trampa donde estabas, y que ahora no tienes cómo pagar la salida de esta nueva trampa.

–Eres un hijo de puta.

–Y tú eres la lumbrera, licenciado, máster, doctor, pe-hache-de, un genio que cambia una trampita por una tramputa, que es una trampa la hijueputa.

Se rio, pero repitió su única réplica:

–El hijueputa eres tú.

–Yo lo que quiero es saber si corres algún peligro.

–Ella me preguntó exactamente lo mismo.

–Es la pregunta que se le ocurre a la gente que te quiere.

–Puedes estar tranquilo.

–Ésa es la respuesta que prefabricaste para calmar a la gente que te quiere.

–No. Es la verdad. Si necesitas un dato más exacto, te informaré lo mismo que le dije a Raquel: estoy lejos del comercio de alto riesgo. Espero que entiendas lo que te estoy diciendo.

—Sí, entiendo. ¿Cuándo vienes para que conversemos?
—No lo sé. El próximo fin de semana vuelvo a Estados Unidos.
—Usted estudió como quince años y va a terminar de cabinero de Avianca.
—No es mala idea, hijo de puta.
—Chao, un beso a su mujer.
—Chao, un beso a su perro.

DE LUIS A ESTEBAN
Nueva York, lunes, julio 17. 1981

Juan Estático: Sí, tú quieto en Medellín, inmóvil en la provincia, negado a mi insistencia de que nos cayeras en esta capital del mundo que hierve, húmeda, en un verano para turistas. Te escribo esta única noche en que las damas están en casa de Juana y yo me preparo, por una vez, a acostarme temprano y a descansar de todo el agite de nuestra gira.

Hasta aquí todo ha sido perfecto. Tú, que me amenazabas con las iras de Raquel, tú —miserable— que me advertías que perdería el amor de Raquel, y aquí estoy con ella junto a mí, siempre la misma, y yo enamorado, apegado a ella, insaciado. No sé qué haría sin mi Raquel.

El único problema ha sido Claudia. Tan pronto tuvimos un rato a solas, un día en que Raquel y Boris salieron a no sé qué antojo del muchachito, Claudia la tomó conmigo. Parecía una catarata y yo, prudente, no le di ninguna pelea. Me atacó de frente: narco, delincuente, mafioso, corruptor, miserable, hijueputa, traidor. Todo me lo repitió varias veces y de varias maneras, pero lo que más me dijo fue machista. Perdón, para ser literal, lo que más me dijo fue machista de mierda. Usted cree que mi hermana es un mueble que coloca a su antojo donde le da la gana, alguien que no piensa, alguien que no tiene derecho a decidir en situaciones que la afectan directamente. Machista de mierda. Irresponsable de mierda. La dejé desahogarse. Cualquier interrupción era suicida y, al final, sin ánimo polémico, le dije lo que yo creo, que no le conté para no herirla y no comprometerla.

Esa réplica bastó para que Claudia cambiara el tono. Pasó al sarcasmo. Ya qué carajo, ya qué remedio. Mi pobre hermanita, sin saber cuándo, resultó casada con un mafioso, con un delincuente. Cualquier cosa que diga no importa, lo que importa es que usted es un empleado de los narcotraficantes.

Me molesta mucho ese trato. Al fin y al cabo, quién es mejor que quién. Y si vamos al daño que hace la cocaína, mucho más criminales son los fabricantes de aguardiente, sin mencionar el cáncer que produce el tabaco, la contaminación asesina que generan los carros, el colesterol que expenden las cafeterías de comidas rápidas. Todos esos negocios afectan a mucha más gente y sin embargo sus dueños se pavonean como patriarcas de la tribu. La cocaína no es más que un lujo de burgueses ocupados. Un estimulante para publicistas, políticos, parlamentarios, periodistas, poetas, putas, presidiarios, policías, profesiones –con pé– que necesitan de la noche o de la labia. Sin contar músicos, magos, monseñores, médicos, maromeros, ministros, modelos y hasta místicos.

La cocaína no es el demonio que pintan. Sí, es muy buen negocio y por eso se está volviendo una obsesión nacional. Van a hacer lo mismo que con el cannabis, esa especie de yerba aromática para seminaristas, convertida en vaho del demonio por cuenta de la propaganda. La prohibición de la marihuana es tan estúpida como si, por ejemplo, el chocolate, que hacía levitar a los aztecas, estuviera vedado y perseguido. Los gringos hicieron grandes campañas y grandes barbaridades persiguiendo la marihuana mientras tuvieron que importarla. Pero cuando los cultivos –tercero o cuarto producto en la agricultura estadounidense– estuvieron en Hawaii o en Oregon, en Lousiana o Tennessee, entonces la marihuana desapareció del centro del escenario.

El regaño de Claudia me molestó y tuve que contar hasta veinte para no chocar con ella. Llegué a sospechar que habló contigo porque varios de sus argumentos parecen calcados de tus sermones. Ya veo por qué ustedes dos se la van tan estupendamente. Son igualitos. Ninguno de los dos tuvo mucho que ver con sus familias y los dos creen que se criaron solos y a sí mismos. No se cómo te soporto.

A tu amigo Boris lo veo poco, en las grandes comidas o en los paseos colectivos. Debe ser que su madre quiere sustraerlo de las influencias del delincuente de la familia o del machista de mierda. Y es obvio. A Boris le fascina el dinero hasta un punto en que sería fácil tentarlo a que me ayude. Añádele a los cargos el de corruptor de menores. Nuestro pequeño –es más alto que yo– Maquiavelo anda mucho con su tía favorita haciéndose comprar regalos por mi cuenta.

Resucitamos la institución de la comida de los viernes. Ahí vi a Juana, que está un poco enferma, pero siempre con ese humor oportunísimo de toda la vida.

Todavía nos espera Miami. Quisiera llegar al hotel adonde siempre voy, pero la presencia de Raquel impone que nos alojemos donde doña Ester. Ella, como lo supondrás, ignora que he visitado con frecuencia sus vecindarios. Y también me espera comunicarle a Raquel que he decidido pagar mi rescate de la universidad y presentar mi renuncia. Si tuviera diez años menos aprovecharía la ocasión para montar un espectáculo ridiculizando al doctor Probeta, para atacarle su amor propio. En cambio ahora pienso que voy a mandar la renuncia por correo. No quiero seguir tragando polvo de tiza. No soy un multimillonario como tú, rata heredera, pero lo que hice con imaginación y algo de adrenalina me sirve para pagar más de lo que pueda gastarme. Aún no le cuento a Raquel y no sé qué cara vaya a poner.

Entretanto, lo único que siento es que no estés con nosotros aquí.
Un abrazo,
Luis

P.D. Esta carta todavía no se va. Algo pasó en Nueva York que me impidió juntar estampillas y buzón, de manera que me siento en la obligación de completar la crónica.

Juana estuvo enferma toda la semana y ayer todavía estaba en casa. Llámala. Ella, ciega, no adivina el sátiro que habita en ti y te tiene en gran estima. Y la pobre y despistadísima Claudia te adora. Mi parejo. En el fondo ella desearía que tú, su parejo, estuvieras casado con Raquel y no yo, machista de mierda.

Hubo más. El sábado, una especie de experiencia mística. No te exagero. Fue en casa de Juana y estábamos ella, Claudia, Boris, Raquel y yo. No desayunamos sino que hicimos esa comida intermedia que aquí llaman brunch, y que no tiene equivalente en castellano, y nos instalamos en la sala a leer *El coronel no tiene quien le escriba*. Yo tenía el libro entre las manos y leía para todos. Boris me seguía con un ejemplar para él solo y Claudia también sostenía entre sus manos su propio texto.

Raquel –acostumbrada– y Juana –con un poder de concentración superior al normal– me oían leer. Casi al empezar me di cuenta de que esas palabras que pronunciaba nos tenían hipnotizados. Cuando llegué a la última página habían pasado tres o cuatro horas en el tiempo exterior a nuestra sala porque el relato de García Márquez detuvo el tiempo para nosotros y lo transformó en otra cosa, completamente real, que puedo describir en dos planos: nosotros –los cinco maravillados lectores– estuvimos en el tiempo de la novela, nos incrustamos con nuestros pellejos, de verdad verdad, en la larga espera del coronel, ayudados por un verano hirviente de Manhattan revivimos el clima áspero de la tierra del coronel. Y, a la vez que esa larga duración en el tiempo del relato, entre la primera y la última página, todos tuvimos la sensación de que apenas transcurrieron unos minutos. Al último "mierda" del libro siguió un silencio contenido y a éste un suspiro general. Nos miramos todos. Boris rompió el silencio:

–Es mejor que cualquier película.

Estamos donde mis "suegros". Suena horrible, con lo amables que son. Viven bien y sin prisa. Te reirás pensando que la iniciativa empresarial forma parte de los genes del antioqueño. El doctor Arroyo está industrializado. La rutina que llevan es la misma. Cinco días a la semana, Mariano Arroyo se instala en algún lugar de la playa y pinta pequeñas acuarelas o dibuja sus bocetos. Me cuenta que hay sitios donde ha estado tres años. No faltan las críticas que lo comparan, por su persistencia en un lugar, con Andrew Wyeth, con Albers por su insistencia en la misma composición, con las catedrales de Monet por sus variaciones de luz sobre el mismo paisaje. Doña Ester cuenta todo esto muy orgullosa, pero él se ríe y dice que son escritores contratados por la galería que vende sus cuadros. Estas marinas, que pinta un hombre que se considera aficionado y estudiante de dibujo, se convirtieron en una característica del lugar y ya los turistas las buscan. Ha vendido series enteras de litografías para los hoteles y edificios de apartamentos de lujo. Ahora, cuando los turistas encuentran al artista que ya han visto en varias partes, pagan más por una obra que tenga dedicatoria personal del autor. Pasaron los tiempos en que daban un descuento con respecto a los precios de las vitrinas que todavía hoy tienen alquiladas en diferentes puntos de la ciudad. Todavía el señor repite de memoria los ver-

sos de Rubén Darío y, lo más impresionante, el aspecto y la manera de moverse de ambos denota que no envejecen. Se los dije:
–Es que nadie envejece poco a poco. Uno envejece de golpe. A totazos. Una mañana amanece con muchas más canas que la víspera. Y las arrugas aparecen de un día para otro.
¿Tendrá razón? Si es así, debes cuidarte mucho, anciano. Repito mi abrazo y el beso de Raquel, Luis

✉

DEL DIARIO DE ESTEBAN
Medellín, martes, agosto 4 . 1981

Es extraño recibir correspondencia con una caligrafía desconocida en el sobre y sin ningún nombre –sólo una dirección– en el remite.

Esta mañana, junto con una carta de Luis que me trajo nuevas preocupaciones, el cartero dejó otro sobre para mí que, por la curiosidad de averiguar su procedencia, abrí antes que la carta de mi amigo.

Pegada con un clip a otro sobre venía una breve nota: "El pasado veinticinco de julio murió en Cali una persona a quien yo estimaba mucho y que tú conocías como Carlota. Murió tranquila y sin dolores. La última vez que la vi –hace una semana– me preguntó por ti y me dijo que te recordaba con mucho afecto. También me pidió que, después de que muriera –pues ya sabía muy inmediato su destino– te entregara el sobre que va con esta nota. Germán López".

El sobre es pequeño, para enviar esquelas, fabricado con un papel marfil, grueso, con una red de venas que le dan una textura levemente corrugada. Estaba cerrado con una cinta transparente en sustitución de la goma o el lacre, y en todo el centro decía en letras minúsculas y muy parejas: *Carlos*. Adentro había una nota y una tarjeta plastificada. Dice la nota: "Perdona la pequeña trampa, pero siempre supe quién eras. Pasamos muy buenos momentos, gracias, Carlota". La tarjeta plastificada era un carnet de la emisora expedido a mi nombre en 1973, que seguramente me sacó de la cartera mientras yo estaba en la ducha, acaso desde la noche de nuestro primer encuentro.

Me reí al darme cuenta del engaño. Repasando las páginas que escribí en este mismo cuaderno, observo que si hubiera descubierto su trampa en ese entonces, la historia se hubiera modificado de algún modo. Era una mujer sabia y ahora está muerta: está muerta aquélla con quien he tenido la relación más semejante al amor.

También recibo carta de Luis. Me alarma que diga que va a renunciar a su empleo de profesor universitario. Y me parece abominable que él mismo se llame "el narcotraficante de la familia", o algo así: eso denota un irreversible sentimiento de identidad con un oficio que es su modo de vida. Le escribí una carta muy dura.

✉

DE ESTEBAN A LUIS
Medellín, martes, agosto 4. 1981

Mi querido Luis: El mismo día que llega tu carta recibo un sobre del cura López contándome que Carlota murió. Tú me soportaste la crónica de la aventura demencial y deliciosa con esa misteriosa mujer. Tú fuiste casi testigo de mi reencuentro con ella hace unos meses. Y, ahora, la muerte.

Ella fue lo más duradero que tuve. Y lo más intenso. Esa mujer sin nombre ni biografía me volvió monógamo. Cuando la monogamia siempre me pareció un prejuicio que conduce a la pérdida de las demás oportunidades de placer.

Es tu turno de reír. También recibo una nota de ella devolviéndome un carnet de la emisora que me robó cuando me conoció y confesándome que siempre supo quién era yo. En lugar de sentir la rabia del engaño, me pareció gracioso. Ella fue terca en negar cualquier acercamiento sentimental. Sexo puro, desbocado, desinhibido. Y se negó siempre a que cualquier asomo del pasado o de nuestras identidades por fuera de los cuartos de hotel, interrumpiera en una relación que limitaba con los bordes de la cama. Toda una posición ante la vida, adoptada como un dogma. Y ahora vengo a enterarme de su trampa. Que conocía mi nombre, mi oficio. Que de seguro, con esos datos, averiguó más de mi vida.

Fue hermoso y, sin remedio, pertenece al pasado. Ése que esperaba ansioso el sábado para acostarse con Carlota en un hotel anónimo, no es el Esteban de hoy. No tengo la menor curiosidad por saber su nombre ni su biografía. Ahora que está a mi alcance, que bastaría con preguntarle al cura López, me parece que tiene mucho más encanto mantener el misterio. Dos amantes sin nombre, que se meten a la cama ansiosos del calor del cuerpo del otro y que detrás de la puerta han dejado un oficio, una rutina, una casa, unos apellidos, unas identidades que son superfluas ante la inmediatez de la piel, ante la ansiedad de la entrega. La que se murió fue una mujer con nombre y familia, con rutinas y lugares, con biografía. Ésa no era mi Carlota que yo, romántico como no lo fui con ella, recuerdo eterna, vital, elástica.

También recibí tu carta donde me cuentas, como si nada, que piensas renunciar a la universidad. Pura pataleta pueril. Eres un niño chiquito, inconsciente e irresponsable. Fíjate que no te estoy diciendo "machista de mierda". Irresponsable. No sabes que el problema de tu riqueza de nuevo rico —ni tú te escapas a la ridiculez del esquema de comportamiento del nuevo rico— es que te sientas libre. Sólo que —pequeñito detalle así de chiquitico— ignoras para qué eres libre. Tienes un dinero que no sabes en qué gastar y, en tu confusión, vislumbras que necesitas más tiempo para derrocharlo. No conoces, ingenuo, las amenazas del tedio. Te va a comer el tedio.

Te va a comer el tedio.

Pero eso no es todo. Está, además, y mucho más importante, la autoestima. Me produce escalofrío que, aun en chiste, te refieras a ti mismo como el delincuente de la familia. Entonces, ¿para qué toda esa retahíla de licenciado, máster y pe-hache-de? A lo que voy es a que, aun contra nuestra actitud tan arrogante, típica de los adolescentes de los sesenta, que presumíamos que no nos importaba la opinión de la gente, que eso era subsidiario del deber principal que consistía en ser nosotros mismos, lo más esencial para los hombres de todos los tiempos es la aprobación de los demás. Si existen las leyes naturales, ésta es una que no se ha modificado en ninguna sociedad. Queremos tener un lugar dentro de la manada, que el vecino no nos tema; queremos, si es posible, que nos admiren, que nos quieran y aspiramos a que, al menos no nos rechacen. Hasta esos artistas extravagantes que a veces aparecen con gestos de agresión a los demás, tratando de fastidiarlos, lo único que intentan es un procedimiento de choque para, primero, atraer la atención y luego, como corderitos fieles a la ley natural, conseguir la admiración del prójimo.

El oficio que tú tienes, del que maldices por superfluo, te da el primer beneficio de una tranquilidad que, ahora, no alcanzas a notar. Cuando la portera del edificio o la vecina de apartamento –que sólo te ha saludado en el ascensor– dicen que el señor del cuarto piso es profesor de la universidad, un dejo de orgullo acompaña la expresión. Viven cerca –pensarán– de un sabio, de un pacífico hombre de estudio. Eso ocurre en todos los ámbitos de tu vida y lo vas a perder cuando no tengas un oficio respetable. Y vas a notar la pérdida cuando ya sea irremediable.

Me temo que estoy muy teórico y, por eso, te resumo todo el tema con una pregunta: ¿qué le vas a decir a tu mamá?

Cuando leas esta carta, que espero que encuentres al llegar del aeropuerto, es posible que ya le hayas contado a Raquel. Aunque, conociéndote, seguramente le presentarás el asunto como un hecho cumplido.

Llamé a Juana y a Claudia. Fue una conversación deliciosa. Ambas me repitieron la historia de la lectura de *El coronel no tiene quien le escriba*. Que fue como un encantamiento, dice Juana, que ya está en plena recuperación.

Ojalá ésta llegue antes de que cometas la barbaridad de dejar tu trabajo. Un beso para ella y para ti un sopapo.

Esteban

✉

DE LUIS A ESTEBAN
Bogotá, martes, agosto 18 . 1981

Mi querido Juan Estarde: Siempre has dicho que todo está predeterminado y que crees en una fatalidad ineludible, en un destino, en un azar en que no intervenimos.

Tu carta, joven fatalista, llegó al otro día de presentada mi renuncia: estaba escrito que mi saturación de clases y las cadenas del que paga las deudas con su vida, me llevarían a retirarme de la universidad. De nada sirvieron tus advertencias moralistas, mal escogidas tratándose de mí: nunca me ha importado la opinión ajena, y lo que tú haces es reducir tus miedos de niño bien a la ley natural del comportamiento humano. Eso no se vale. Si deseas la prueba contraria, te autorizo para tomar mi caso.

No domino el género de la autobiografía –ni llevo un diario como tú– y mucho menos en la modalidad argumental que me obligas a usarla, con la simple intención de que me sirvas de testigo y de que tu propio testimonio te haga tragar tus leyes eternas de la naturaleza humana. A ti te constan las dificultades que tuve cuando supieron en el colegio que el estudiante con mejores calificaciones estudiaría literatura. La tradición era la ingeniería o la medicina. ¿Pero una carrera para aguantar hambre? Eso era inconcebible. Me llamó hasta el rector. Y algún hijueputa me llamó "poeta" con ese mismo tono con que se diría "leproso". Poeta significaba despistado. A mí no me importaron esas críticas. Me vine para Bogotá y estudié literatura. A ti te consta esa ocasión –que con tu ley recién expedida acerca del comportamiento humano–, pasa a ser una de dos cosas: o bien una ocasión histórica en que pequé contra la naturaleza humana o bien una sencilla demostración de que estás hablando bobadas.

Me importa más mi libertad que la opinión de los demás.

De manera, joven predicador, que no fue relevante que tu sermón llegara después de consumada mi decisión, pues tan inconsistente cháchara no la hubiera modificado. Por el momento, estoy feliz. Leo libros sin sacarles fichas. Duermo hasta tarde. A veces salgo a citas de negocios, otras veces me quedo con mi muchacha y bebo uno o dos tragos con ella y el alcohol nos ayuda a enamorarnos más.

Entretanto, protejo tu corazón estéril. Anoche vino a comer el cura López y nos contó la vida y milagros de Carlota. Y su nombre. Tranquilo: no sabrás su historia. Hay algo, sin embargo, que quiero decirte: en el relato del cura no cabría tu romance con ella. Tú fuiste lo exótico de su vida. La nota insólita.

Dime qué música quieres, que pronto estaré viajando. Raquel te manda un beso,

Luis

XI. Septiembre / diciembre 1981

DE RAQUEL A JUANA (*continuación*)
Bogotá, miércoles 30 . 1983

Pocos, muy pocos días después del regreso de aquellas vacaciones a Bogotá, vino el primero de varios cambios bruscos que modificaron mi vida y, creo, también mi alma. Una noche como a las ocho yo acababa de entrar cuando llegó Luis con una sonrisa de triunfo que pocas veces le había visto.

–Pagué mi rescate. Soy libre.

–¿Qué rescate? –le pregunté sin entender.

–Hoy presenté mi renuncia en la universidad a partir de la fecha y giré un cheque por el valor de mi deuda y de mi fianza. Soy libre.

–Y ¿a qué te vas a dedicar?

Se quedó mirándome y se llevó la mano a la boca:

–No se me había ocurrido esa pregunta –comentó mientras ponía un disco.

–¿Renunciaste hoy y ni siquiera sabes qué vas a hacer?

–No, no me lo había planteado. Lo que me importaba era salir de esa cárcel. No me aguantaba más.

No recuerdo si la siguiente pregunta la formulé enseguida o días después:

–¿Vas a buscar trabajo en otra universidad?

–Por el momento, no quiero enseñar.

No volvió a enseñar más. En adelante sus únicos compromisos de trabajo serían con el comercio de cocaína. Pero en los días siguientes, Luis se dedicó a dormir hasta tarde, a leer novelas, a hacer lo-que-siempre-he-querido, asunto que pronto se agotó. Un cambio de profesión es como un cambio de naturaleza. Mudas de piel –o de vestuario, que es lo mismo– y además te transformas por dentro, te vuelves otro, cambias de signo astrológico, de humor. Lo primero es que la trampa deja de ser una trampa. Cuando me dijo que rompía su promesa de no volver a sus viajes misteriosos porque lo obligaban, me lo contó como quien está en una trampa. Ahora que abandonaba su oficio, declaraba que se había asociado con su cuñado para "negocios de importación", pero en la conversación de la intimidad admitía su identidad con el contrabando de cocaína. Sus hábitos también se transformaron. Todas las semanas desaparecía una o dos noches y llegaba con aliento alcohólico. Citas de negocios, me decía, y yo no preguntaba nada más, repitiéndome aquello de "ni te comprometas ni te metas". Inevitablemente, apareció el discurso justificativo. La coca le ha traído mucha riqueza al país. Una nueva clase empresarial surgida entre un mundo de riesgos. No, la coca no es dañida. Si a eso vamos, ¿por qué es legal la grasa de cerdo? ¿Por qué es legal el ron? Me hacía reír con sus ejemplos absurdos: está comprobado que el heno produce una fiebre alérgica muy peligrosa y sin embargo el heno no está prohibido.

Durante el paseo por Estados Unidos hacíamos el amor con frecuencia y con pasión. Ahora, después de su renuncia, como si nuestra libido fuera nueva, distinta a la anterior, nuestros coitos eran muy placenteros debido al conocimiento de nuestros cuerpos y de nuestros gustos, pero había –de mi lado y del suyo– un ingrediente de cálculo, así ese cálculo se tradujera en una especie de sabiduría erótica. Amor con zozobra, amor con desconfianza, sentenció Claudia pocos días antes y ahora pienso que comenzaba a pesar otro miedo adicional: el temor a lo desconocido que se manifiesta en un apego irracional a la rutina y al mundito que nos rodea. Conservar el acceso a su cuerpo era más precioso que lo desconocido que venía con su cambio de oficio a una zona al margen de la ley.

La falta de obligaciones matutinas y sus reuniones misteriosas transformaron a Luis en un ser noctámbulo e inclinado al alcohol. Nuestro bar creció y cada vez que estábamos juntos en la casa me invitaba a un trago, que acepté muchas veces. Como sabes, con dos tengo para que cualquier juez me declare ebria perdida. Bebíamos juntos pero la conversación no trascendía a la intimidad de los borrachos. Aun con el whisky, ambos manteníamos nuestras precauciones con el otro. Amor con desconfianza o la costumbre del deseo. Porque, borrachitos, hacíamos el amor por horas y horas, con juegos eróticos que prolongaban nuestro placer largamente.

Un mes, máximo mes y medio después de nuestro regreso de Estados Unidos, en septiembre del ochenta y uno, volvía una noche de mi trabajo a la casa. Cuando llegué al edificio, me extrañó la fila de tres autos Mercedes Benz, lujosísimos, parqueados todos al frente. El vecindario subió de nivel social, me dije. Subí con una sonrisa debida al nuevo e inesperado status del barrio. Con la llave en la mano oí el estruendo de la música y las voces. Abrí y vi seis personas que te enumero antes de seguir con la narración: Luis y Pelusa eran los conocidos. Los otros me fueron presentados como un compañero de colegio de Luis, a quien todos llamaban Zuttiani y otro —no le entendí el nombre, ni era necesario, pues se dirigían a él como el Gordo— abrazado a su pareja. A Zuttiani lo acompañaba una muchacha muy joven y muy bella, que no despegaba palabra; él estaba muy elegante y hablaba con un aire cosmopolita de hombre de todas partes del mundo. Todo, para él, hacía referencia a un lugar, muy remoto, adonde estuvo la semana pasada o hace un mes. El otro, abrazado en el sofá a una muchacha también muda, me pareció un ser repugnante y lo odié en el mismo instante en que lo vi. En medio de la borrachera —sobra decir que bebían y hablaban de beber, metían coca y hablaban de las virtudes de la coca— este gordo barrigón inmundo se dedicaba a besuquear a su muchacha y en sus movimientos de abrazo envolvente —era de una lascivia vulgar— le noté un arma en la cintura. Su aspecto, por la ropa que llevaba, por esos bigotes y esa piel grasosa, por sus ademanes lascivos pero bruscos, por su decidida mala educación, era el de un matón. El arma era la plena prueba, pero no era necesario verla para inferir su oficio. Odié que una persona así estuviera en mi casa. Odié ese montoncito de cocaína en la mesa frente al sofá. Y ese individuo, el Gordo, con su enorme revólver en el cinturón, me reveló un tema que tenía bloqueado. Y que reventaría más tarde, esa misma noche. Pelusa se miraba en los vidrios de los cuadros y visitaba el espejo del baño con frecuencia. Cada vez, me imagino, espejito espejito, comprobaba de nuevo con satisfacción todo lo bello que era. Consideraba sexy tener desabotonado hasta el segundo botón de la camisa. Entonces uno podía extasiarse ante una pesada cadena de oro que le rodeaba el cuello. Tenía también una esclava muy dorada. El Gordo era una joyería con departamento de manteca en la panza. Varias cadenas, un reloj que producía resplandores y que sonaba como el Big Ben cada equis minutos, varios anillos, una esclava en la muñeca que no tenía reloj. Era impresionante.

La conversación era animada y en tono alto, tratando de sobrepasar el volumen de Benny Goodman. Cuando entré, después de las presentaciones –yo estaba aturdida–, le pidieron a Luis que continuara con lo que estaba diciendo y que yo interrumpí con mi entrada, y le oí la teoría que los demás escuchaban con tanta admiración que, inclusive, el Gordo interrumpió el asedio a su muchachita, que aprovechó el instante para refugiarse en el baño:

–Colombia es territorio predestinado a producir y a exportar vicios o cosas superfluas. Somos eficientes para los adornos de la vida. Los indios producían coca, yagé, adornos de oro. Los conquistadores españoles vinieron tras el oro y el oro se llevaron. El oro que no se come, el oro que no cura. Penetraron las costas en busca de Eldorado y los nativos, inteligentes, para librarse de ellos, les decían que Eldorado estaba más allá, detrás de las siguientes montañas. Después exportamos tabaco y café y marihuana y cocaína y flores. Vicios y adornos, nada útil. Lo más útil han sido las frutas.

–Conocí una puta colombiana en Birmania –anotó Zuttiani.

–Lo cual añade otra prueba a la tesis. Exportamos putas –concluyó Luis con las risas de la concurrencia.

Te imaginarás la insistencia de borrachos para que me incorporara a la rumba. Tómate un trago con nosotros. No, gracias. No me senté con ellos. Y por el desconcierto que me produjo encontrar invadida mi casa, ni descargué la cartera y el maletín lleno de papeles. Tan pronto pude, me refugié en nuestra habitación. Tenía que terminar de llegar y reponerme de la sorpresa que me causaba tan inesperada y abundante visita. Estaba asqueada y furiosa. Me repugnaba la presencia de ese gordo en mi casa. Y a la vez me daba cuenta de que no podía quedarme encerrada en la alcoba, que tenía que estar con los invitados de Luis.

Salí y entré directo a la cocina y me serví un vaso de té helado. Es una bebida que me gusta y –para un observador superficial– tiene la virtud de confundirse con el whisky. El té me servía para evitar esa insistencia de los borrachos para que los abstemios bebamos.

El Gordo besuqueaba y babeaba. Pelusa se refería al carro que acaba de comprar y los demás le oían con un interés que, al menos en el Luis que yo conocía, era falso. Él no sabía nada de carros y no se interesaba en ellos. En medio de la cháchara, en algún instante, él me miró y yo le sostuve la mirada con la insolencia de la rabia. Él tomó nota y le interrumpió a Pelusa:

–Zuttiani dijo que nos invitaba a comer a todos.

–Tengo mucho hambre –declaró el Gordo interrumpiendo su besuqueo. La niñita que le acompañaba dejó oír su voz por primera vez:

–Sí, sí, vamos a comer –y se puso de pies, precipitando la marcha.

Yo aproveché para quitar la música y el silencio nos permitió notar que antes hablábamos –hablaban– a los gritos.

Cuando salían, Pelusa me invitó a ir y dije que no. Él insistió en ese mismo tono que utilizó cuando dejamos a Luis en el aeropuerto. Le contesté en voz muy baja, casi en un murmullo, pero con un énfasis de aspereza que cortó la insistencia y lo obligó a fruncir el ceño:

–No voy a ir. Tengo mucho trabajo mañana y no voy a ir. Gracias.

Luis fue testigo de la escena. Me despedí de él con un beso muy frío, sin mirarlo, y noté cómo él se quedaba desconcertado por un instante. Parada en la ventana vi cómo abordaban de a dos por carro el trío de Mercedes Benz y partían a la velocidad del borracho.

El desorden de vasos y humo me sirvió de terapia. Organicé la casa y la actividad fue útil para bajar la ofuscación.

Luis llegó esa noche muy tarde pero yo todavía estaba despierta. Él movía la boca en un rictus que después descubrí que era efecto de los excesos con la cocaína. A la vez, la coca moderaba ciertos síntomas de la embriaguez.

–No me gusta llegar a mi casa y encontrar un pistolero de visita –le dije como saludo, sin ocultar mi molestia.

–¿Qué pistolero? –me preguntó con señas de que no esperaba encontrarme despierta y, menos, ofuscada.

–Un gordo inmundo con un revólver en la cintura delante de una montaña de cocaína en la mesa de la sala y encima de una pobre putica.

Silencio. Luego, una réplica por el flanco:
—Pelusa se molestó mucho porque no nos acompañaste y me reclamó varias veces.

Yo estaba ya acostada, pero mientras oía a Luis me levanté sin darme cuenta, como pura reacción refleja a sus palabras, de manera que cuando contesté ya me paseaba por la alcoba, otra vez hablando en un murmullo casi golpeado, en el mismo tono con que antes le respondí a Pelusa:

—Pelusa se puede molestar todo lo que le dé la gana. Esa gente no me gusta y no quiero tener nada que ver con ellos. No me gusta Pelusa, ni me gusta Zuttiani...

—Mira, mira el reloj que Zuttiani me regaló esta noche —me interrumpió mostrándome un Rolex de oro.

—... ni me gusta ese matón que trajiste a mi casa —continué apenas echándole una breve mirada al reloj— ni me gusta andar en un paseo en donde las otras mujeres fueron alquiladas esa misma tarde.

—No te pongas así. Yo le dije que tú tenías que madrugar por tu trabajo de mañana.

—Si quieres yo le digo personalmente que no es bienvenido en esta casa.

—Se ofendería mucho. No te olvides que es parte de la familia.

—Será parte de tu familia. Yo nunca he ido a su casa ni pienso volver.

—Estás muy ofuscada. Es mejor que te calmes. Yo me voy a meter en la ducha para bajar esta rumba y este regaño.

Lo que me hacía falta era desahogar mis iras con Luis. Quedé tan exhausta, que me dormí profundamente antes de que Luis saliera de la ducha.

Me desperté cuando, en algún reacomodo, mi cabeza tocó algo áspero y tostado en lugar de la tela de la almohada. Era una nota de Luis que leí en el parpadeo del despertar con la luz del día que se colaba por la ventana: "Mi Raquel: comprenderás que no tuve oportunidad de decirte anoche que tengo que madrugar para un viaje. Siento los malentendidos y las discusiones. Te amo, Luis".

Bajo la ducha me pregunté cómo sería esa misma mañana con los dos ahí, después del horror de la noche anterior. Con mi rabia, yo hubiera mantenido el tono de la discusión, como si el sueño fuera apenas otra interrupción.

Comenzaba a encontrarle una ventaja al viaje de Luis; su ausencia me daba tiempo de calmarme. Si él estuviera ahí en ese mismo instante, yo estaría furiosa, poseída por la necesidad de mostrarle mi rechazo por sus nuevos socios y amigos. Y, sin él, bajo la ducha, estaba tranquila. Con la inteligencia que nos da cierto instinto para sobrevivir lejos de la angustia, permanecí en ese estado de ánimo durante dos o tres días, una especie de calma suficiente para sumergirme en el trabajo y para evitar la recurrencia del tema en mi memoria. Un día me desperté de esa atolondrada calma que manipulaba conmigo. Almorzaba en la casa. Me salí del trabajo y fui a calentar en mi cocina algo de la comida de la víspera. Sonaba Ella Fitzgerald y yo tenía una presa de pollo en la mano cuando se acabó el disco y me di cuenta de que habían pasado dos noches sin Luis, dos noches, que antes significaban dos eternidades y apenas ahora pensaba en eso, después de dos noches, sin que yo explotara.

No exploté. Un jueves, acabando de llegar de la oficina, resuelta ya la intriga de todos los días –llegó o no llegó– el timbre del teléfono me puso a conversar con Germán López. Estaba en plena cháchara con el cura cuando se abrió la puerta del apartamento. Eran Luis y –de nuevo– Pelusa. Dije "un momento" por la bocina y saludé con beso y besos a los intempestivos viajeros. Luego retomé la bocina y mentí con maestría:

–Son las siete. Le pido que por favor terminen el plan a las siete y media. Yo voy a esa hora y lo discutimos. Podemos visitar las locaciones.

Luis y Pelusa me escuchaban expectantes de que yo me despidiera de la llamada telefónica. Al otro lado me oía Germán que me contestó:

–Te espero aquí a las siete y media.

–Perfecto. Allá estaré. Gracias.

Saludé de nuevo, con familiaridad, como si nada hubiera sucedido entre Luis y yo. ¿Se trajo a Pelusa como escudo para evitar un choque? No lo sé. Yo no tenía ya la furia que lleva al choque. Al ver a Pelusa supe que no quería estar ni un minuto con él: fue esta reacción instintiva la que me llevó a mentir tan rápido. Por lo que decía por el teléfono, Luis y Pelusa se tragaron el cuento de que tenía trabajo pendiente esa misma noche. El trabajo como tema: sirviéndoles un trago a los recién llegados les conté de mis ocupaciones y que no me alcanzaba el tiempo. Dirigiéndome a Luis, le hablaba de mis labores recientes. Y, claro, preciso el día que regresan, yo me tengo que volar a la oficina porque cometimos un error en la programación de las filmaciones que son mañana. Pelusa dijo que si yo lo deseaba, pues no trabajara. Con la más expresiva sonrisa que pude, con una deliberación que le diera respuestas a Pelusa en todos los lenguajes –el idioma del gesto, el código eléctrico del entusiasmo– le dije "adoro mi trabajo, adoro mi trabajo", dos veces, como cuando tú dictas tus sentencias.

Me llevaron hasta mi oficina en el taxi que los dejaría a ellos después en el hotel de Pelusa. Esperé como cinco minutos. Llamé desde la recepción a Germán y luego tomé un taxi que me condujo hasta su casa, donde pasé una velada relajante, discutiendo sobre películas, oyendo música nueva para mí y riéndome y bebiendo.

Esa noche Luis y yo regresamos casi al tiempo a la casa. Entonados, de manera que sin hablar casi, comunicándonos con esa telepatía común a todos los que viven juntos, celebramos el rito de preparar sendos tragos. Lo que siguió fue una noche entera de caricias intensas, de total entrega. La inhibición que me volvía cautelosa y, por ende, calculadora, desapareció por virtud del alcohol. Ah, era todo lo que yo necesitaba después de tantos meses en que escamoteaba mi situación con Luis en un mar de ocupaciones que no me conferían un instante para detenerme a pensar. El cuerpo requería este abandono y este delirio. Fuimos sabios, sapientísimos y mi borroso recuerdo que no distingue detalles en una noche de deslumbramientos, tan sólo identifica dos breves horas de sueño, a la madrugada, y el reinicio de nuestra íntima complacencia.

Salí muy temprano a trabajar y en la mañana despaché todos los asuntos pendientes. Me sentía muy lúcida. Un almuerzo con los técnicos y fuera... No lo pensé, pero era como si una intuición me ordenara despachar todos mis asuntos de oficina en unas horas breves, para dedicar el resto de la tarde –con un relajamiento físico muy parecido a la placidez de una noche de refinado erotismo– a intentar hallar el punto donde estaba parada. Primer paso: un cine. Segundo paso: una caminada para poner en orden la última semana.

Ya era de noche cuando llegué a la casa, exagerando la nota de cansancio, que le dio a Luis el pretexto para ofrecerme un trago. Lo acepté. Siguió una formidable borrachera catártica: en pocas palabras, le puse de presente mi repugnancia por el submundo del negocio prohibido. Fui explícita con mi rechazo a la violencia, a la posibilidad de violencia que significa un arma cerca. El que tiene un revólver es porque está dispuesto a matar. Luis, con la habilidad profesional del maestro, se extendió en todos los argumentos, pero yo lo oía sin oírlo, atenta al bang-bang de unos disparos imaginarios que anulaban cualquier silogismo. Me quedé dormida en la sala, podría decirse, como disculpa, que de la borrachera, cuando lo que en verdad sucedió fue que el alcohol arrulló una sordera voluntaria. Desperté al otro día, en mi cama, cuando mi mejilla dormida tocó un papel que decía: "Te amo, te amo, regreso en tres días, Luis".

No quiero hacer un diario a pesar de que estos acontecimientos más recientes, estos cambios de humor en que la única constante de mi alma era la incertidumbre, casi que podría recontarlos día a día. Sería fatigante. Debo optar por la síntesis, por ir trazando el resto a brochazos, para ejercitarme en distinguir lo más significativo y para evitar el regodeo en los malos momentos, cuando el amor se sustituye por la mezcla indeterminada de deseo y costumbre, y de la satisfacción del deseo queda una especie de hastío, y la rutina va dejando un sabor permanente a mentira en cada una de las palabras que sostienen ese mundito precario.

A partir de entonces, cada semana Luis desaparecía dos o tres días. Al regresar, como cumpliendo un deber que yo no le imponía, me entregaba espléndidos regalos. Se trataba de ser espléndido, eso era lo importante: joyas con marcas de diseñadores famosos, relojes –varios–, una especie de alcancía de varios miles de dólares en joyas, en oro y plata y piedras y marcas registradas. Cuando estaba en Bogotá, casi todas las noches llegaba tarde. Por fin éramos la típica pareja burguesa que tanto habíamos detestado.

Un día de aquellos meses, la fecha exacta consta en el documento, Luis me llamó a la oficina y me dijo que tenía una sorpresa para mí, que me invitaba a comer en un restaurante del norte. Acepté con la misma deferencia que él me hablaba y le agradecí la invitación con esa cortesía exagerada que estaba sustituyendo al instinto del afecto.

Un restaurante de moda y por lo tanto caro, un restaurante pretencioso y por lo tanto demorado, un restaurante con músicos y por lo tanto malo. Luis, eufórico, tomaba la inepta pomposidad de los meseros con un humor que me comunicó el propósito de que nos divirtiéramos esa noche a pesar o a costa de lo que fuera. A la hora del café, achispados con dos botellas de un vino francés que me supo a ambrosía, Luis me dijo que era la hora de revelar la sorpresa que me tenía. Un taxi nos llevó a una zona de edificios elegantes, entramos a uno de ellos y, en el ascensor, con una llave que sacó de su bolsillo, impulsó el aparato hasta el último piso.

Claudia te debe haber descrito el apartamento. La sorpresa de que el ascensor se abriera sobre un hall con un tapete oriental en el centro y dos espejos franceses a los lados, no me dejó reaccionar mientras caminé los ocho pasos que conducen al umbral del salón. Era tan grande que le comenté a Luis:

–Esta sala es dos veces nuestro apartamento. ¿A quién le estamos haciendo la visita?

No oí lo que Luis me contestó, si algo dijo, porque me quedé atónita con mi visión. Al mirar a la derecha, una terraza tras las vidrieras, una amplia terraza que dejaba ver las luces de Bogotá. Hermosa vista.

Volteé a mirarlo y en el giro se apoderó de mí la sensación de una estudiada elegancia:

–¿Quién vive aquí?

–¿Cómo te parece? –me sonrió.

–Anonadante.

–Ven, sentémonos –dijo señalándome un sofá frente a una mesita–. ¿Quieres una copa, por ejemplo, del vino que nos dieron en el restaurante?

–¿Y cómo lo vas a conseguir?

–Mírala –y tomó de una mesita-bar la botella del Burdeos idéntica a la del restaurante y dos copas. Se trataba, ante todo, de ser espléndido.

–Te confieso una conspiración: el vino de la comida lo llevé yo al restaurante.

–¿Y cómo trajiste esta botella hasta aquí?

–¡Ésa es la sorpresa! Ven y te muestro estos papeles.

El apartamento era mío. Sucedió que uno o dos días después de volver de nuestra gira por Estados Unidos me llamó Luis a la oficina y me dijo que, para manejar las cuentas que estaban a mi nombre, necesitaba que le firmara un documento que un empleado de notaría pasaría por mi oficina a recoger. Así fue, pero yo me olvidé del asunto. Luis compró para mí esa mansión usando el poder que le firmé.

—Un edificio nuevo, un apartamento para estrenar –le dije mirando alternativamente la decoración y la cara de Luis– pero dotado con todo, con muebles, con lámparas, con vino tinto y copas de cristal para vino tinto...

—Contraté expertos. Y luego fui a un mercado y vas a encontrar leche en la nevera, si quieres. Y jabón en el baño.

Yo estaba tan azorada que aún no me movía del sofá. Y tardé unos instantes en oír a Luis que me invitaba con la mano extendida a recorrer la casa. No te la describo. Son cuatrocientos y pico metros de casa. Cada pared con su cuadro, cada mesa con su lámpara, cada lugar con su cada detalle sacado de revista de decoración y pagado con una chequera ilimitada. Y menos me pidas que describa la alcoba; ahora lo haría con rabia. La tumba de nuestro amor. Un escenario desproporcionado, recargado, decorado con minuciosa deliberación –Claudia diría después con más precisión, que estaba decorado con sevicia–, que no alcanzaba la neutralidad que logran los más lujosos hoteles, limitado a ser una especie de maniática vitrina donde cada mueble está en el lugar que le señalan la geometría o el convencionalismo, sin el toque personal del capricho humano que permita sospechar que una alcoba tiene dueño. Me adelanté a Luis:

—Tú sabes que esta casa es demasiado avasallante. No te atrevas a preguntarme qué opino porque soy incapaz de responder.

Me abrazó y me dio un beso que respondí con amplitud, como una ofrenda de agradecimiento:

—Esta casa es tuya. Y yo la necesito así de grande para atender asuntos de negocios.

—Gracias. Por hoy son demasiadas sorpresas y quiero regresar a casita.

Volvimos en silencio, pero ambos pensábamos, lo juro, en lo mismo, y que podía reducirse a la incógnita de si cerrábamos la casa donde ahora vivíamos. Él cavilaba sobre si yo aceptaría trastearme a ese campo de golf con techo, yo, la habitante de la caja de fósforos. Me preguntaba si Luis me pediría que abandonáramos una casa por otra. Esa misma noche me entregó una llave y me dijo que mirara con despacio –y de día– y que luego le contara mi opinión.

Fui una tarde a las cinco; un sol ya rojizo atravesaba la lluvia que caía sobre la terraza. Lo recorrí sola, sonámbula, sin pensar en nada, y luego me senté en un ángulo del salón que dominaba ese amplio panorama y –en ese estado en que uno flota y está separado de la realidad por una especie de ausencia que mezcla con el aire– supe que yo no podría vivir allí. Más que habitáculo, lugar para seres humanos, aquello parecía una exhibición. Una impecable y profesionalísima y helada vitrina.

No soy fetichista. Hay gente que adorna su casa con una colección de búhos o de platos. Conocí una señora ya abuela, en Medellín, que tenía su casa atestada de sapos. Sapos de madera, sapos de cerámica, sapos de cristal, sapos de felpa, de icopor, de cera, de cobre. Sapos en todas partes de su casa, sapos hasta en la cocina y en el jardín el más horrible sapo que arrojaba agua por la boca. Una vida entera dedicada a los sapos. Y Boris, que no sabe nada de geología, desde niño hasta hoy ha recogido piedras, pequeñas piedritas de todos los colores. De cada paseo trae una piedrita muy pulida que encontró en un camino, en el fondo de un río, y las va acumulando en un cajón de su mesa de trabajo. De vez en cuando, lo sabes, escoge las piedras que más le gustan, tira las demás a la basura y reinicia la colección.

No colecciono nada. En cada lugar que he vivido, aún el apartamento amoblado de Nueva York, coloqué un afiche allí, un frasco vacío allá, un florero en aquella mesa, cuando me aburrí cambié el afiche por otro, en fin, por la sola inercia de vivir, volví mío el lugar. El despertador lo compré en tal tienda, la cajita de música me la regaló fulana, el marfil de Esteban, de este portarretratos me enamoré en equis ocasión. Los objetos y las paredes están contagiados de mí y me conocen. Tengo una relación de inmediatez y de pertenencia con unos utensilios –mi cuchillo favorito para cortar la carne, mi vaso favorito, mi pocillo de peltre, la cabecita egipcia que tú me diste, son pocos ejemplos de un amable universo de fetiches– convivo de tal modo con ellos que puedo comprender a plenitud, con las vísceras, la costumbre de muchas civilizaciones de enterrar a los muertos con las pertenencias y adornos que los identificaban.

Tenía que agradecerle a Luis el regalo, pero no viviría allí. Y menos si tenía que recibir a Pelusa y a Zuttiani. Fue fácil. Estuvimos de acuerdo en que mantendríamos las dos casas. Objeté que mi trabajo no me dejaba el tiempo necesario para administrar una casa como la del norte. Me tranquilizó. Ya había contratado una especie de ama de llaves que, el mismo día que iniciaba su trabajo, se me presentó en la oficina a ponerse a mis órdenes. No lo pensé mucho, era una transacción. Teníamos dos casas. Vivimos en una. Luis atiende sus asuntos en la otra. Cada uno conseguía lo que quería. Eso creí.

El resultado fue otro. Casi sin notarlo, dejamos de vernos. Una especie de orgullo me vedaba ir al apartamento del norte. ¿Orgullo? Era más bien un cierto pudor que me obligaba a contestar que no a la pregunta de si invitaría a un buen amigo a esa casa, por ejemplo, al cura López. Una casa embarazosa donde no me sabía desenvolver. ¿Dónde está la vajilla? ¿Cuál es la llave del agua caliente? ¿Cómo se abre la puerta de la terraza? ¿En qué lugar están las tijeras, el destornillador, los clips, los alfileres, el abrelatas? Y podía jurar que el minucioso Luis previó todo esto y compró todo.

Yo no iba al apartamento del norte y Luis no venía a este apartamento. Viajaba y, al volver –escogiendo las horas en que yo estaba en la oficina– pasaba por mi casa, mi casa de siempre, me dejaba un gran regalo con una nota muy te-amo y una posdata de que pasaría la noche en la casa del norte. Esta misma distancia fue apareciendo en su expresión, en su tono. Refinó más la ironía. Me cosificó. (*Sigue.*)

✉

DE LUIS A ESTEBAN
Miami, viernes, septiembre 25 . 1981

Mi querido Juan Esteban: Hace mil años no volvemos a aquella expresión marcada por el tremendismo de nuestra adolescencia. Situación límite. Tú la encontraste primero en una novela de Conrad y luego desarrollada como teoría filosófica en un pequeño libro de Karl Jaspers que molimos y regalamos y subrayamos. Situación límite.

El pudor ante la grandilocuencia –creo que me dediqué a los modernistas porque así neutralizaba, codificándolo, el tono solemne, las grandes palabras–, también el pudor ante mí mismo, cierto desprecio por el Luis adolescente que fue demasiado trascendental, demasiado reflexivo, todas estas cosas juntas empolvaron con el desuso la famosa situación límite de nuestros dieciocho años.

Ahora en estos mucho menos románticos treinta y cinco, casi el doble de la edad en que leía filósofos existencialistas, vuelvo a la expresión porque, en mis divagaciones, tropecé con ella. Estoy en una situación límite. Por una actitud mental que considero sana, no soy demasiado introspectivo. Con rapidez, en esa fase depresiva y metafísica de la adolescencia, me di cuenta de que me hacía daño rumiar los sentimientos. En eso consiste mi equilibrio. Si lo tengo, en eso creo que consiste. Soy frío, si quieres. Mediatizo los impulsos. Tengo, además, claridad con las cosas que detesto. En cuanto al amor, cuando se me apareció fue de una manera tan avasallante y en una circunstancia tan afortunada, que mi racionalidad nunca ha intervenido en él. No sé, pues, cómo soy por dentro. Ni sé definir este largo amor que he vivido. No creo en el autoanálisis ni en el sicoanálisis como medios idóneos para llegar a la dicha a que aspiro. Con esta falta de inmanencia, vale decir más bien que mi amor por Raquel me ha vivido. Con tal fluidez, con tal naturalidad, que ese amor ha llegado a convertirse en el aire que respiro. La primera vez que nos separamos llegué a oír su voz, a olerla como si estuviera a mi lado.

Me conoces. Nunca me he propuesto nada con Raquel. No me he propuesto ser gentil o grosero, ser coqueto o indiferente, desearla o rehuirla. No hay deliberación posible en mi comportamiento con Raquel. Ni siquiera se trata de un comportamiento. Al contrario: todo lo que le he dicho y no dicho en la vida, todas mis expresiones y ademanes, han sido espontáneos y gratos por la sola causa de que con ella me siento completamente a gusto y mi cuerpo se acomoda al de ella sin que ninguno de los dos tenga que pensarlo. Este amor nunca ha pasado por un nivel de deliberación. Somos. Transcurrimos juntos, apegados, telepáticos. Sólo el deseo nos recuerda que somos dos. Cuando la deseo me doy cuenta de que no soy ella. De resto, actuamos como uno solo. Boris, viéndonos arreglar la casa en Nueva York, decía que somos una máquina de dos piezas.

No recuerdo ni una sola discusión áspera, ni un solo reclamo ofuscado hasta hace pocos días. A priori, yo siempre acepté todo de ella. Igual ella; asintió a todo, incluyendo los asuntos que no aceptaría.

Un día que estoy con Pelusa, Zuttiani y otra gente, ella llega y casi me devora de una mirada. Me llevé la visita apenas me apuñaló con sus ojos. Todos me reclamaron que ella no nos acompañara. Moisés le insistió y ella le contestó de una manera que lo dejó molesto. Cuando volví por la noche me esperaba para regañarme, para decirme que no quería matones en casa, todo porque le vio un arma a otro que estaba allí. Traté de cambiarle el tema con tanto desacierto, que lo único que se me ocurrió contarle, la protesta de Moisés porque no viniera con nosotros, la lanzó contra Moisés y contra los amigos de mis amigos.

Puedes pensar que soy un cándido, pero lo que más me afectó de la escena consistía en que me agarró por completo desprevenido. Yo volvía, otra noche, a respirar mi aire, a estar con ella –algún otro día le contaría el reclamo de Moisés– a vivir el amor que siempre he vivido y me encontré una mujer herida y furiosa. Me refugié en la ducha y, ahí mismo, decidí que me madrugaba para Miami. Moisés me había invitado, le dije que no, pero bastaba un telefonazo al hotel y nos encontraríamos en el aeropuerto a las cinco y media. Huiría. Sales de la ducha –Luis– y le dices a Raquel que tienes que madrugar de viaje y punto. Te alejas mientras se calma la situación.

Corrí con suerte. Gasté toda el agua caliente y cuando salí encontré a Raquel profundamente dormida. Creo que gastó tantas energías en su regaño –descubro la quinta pata del gato: para ella también era la primera vez que chocaba conmigo– que se quedó profunda de inmediato. Yo llamé a Moisés, preparé el maletín, le escribí una nota de despedida antes de acostarme, sin que ella se moviera.

En el avión tuve tiempo de volver sobre la escena de la víspera, cuando Moisés me volvió a reclamar que Raquel rechazara su invitación a acompañarnos. A mi cuñado le expliqué que Raquel tiene sus propias ocupaciones, pero yo me quedé cavilando acerca de la insistencia de Moisés en el tema. Entonces volví al regaño que ella me pegó la víspera y lo repasé: Raquel no alzó la voz; hablaba en una especie de murmullo, pero marcando cada palabra. Y sólo reaccionó con brusquedad, levantándose de la cama, cuando le mencioné el reclamo de Moisés. Pero no modificó el tono, de una suavidad mucho más intimidante que si gritara. La diferencia la marcan sus ojos. Endurece la mirada de un modo que nunca pensé que pudiera. No es una metáfora: un rayo ardiente me atravesaba, unas veces por el entrecejo hasta el occipital, otras entraba por la mitad del pecho, cruzaba por la médula espinal, producía allí una explosión que calcinaba corazón y pulmones, y salía por la espalda a derretir la pared.

Dormí poco, a ratos, y apagué el despertador antes de que sonara. Repetí la ducha de la víspera, esta vez en breve y salí de puntillas dejándole la nota en la almohada a una Raquel que ni siquiera se movió. Estuve tres días de viaje y regresé con Moisés a Bogotá. Llegamos a su hotel y luego él se ofreció a acompañarme a la casa, en consideración a ciertos documentos valiosos que yo traía. Mi error consistió en aceptar. Supuse que tres días eran suficientes para que Raquel se calmara y así fue. Ella hablaba por teléfono cuando entramos pero se dio tiempo de saludar, a mí con cariño y a Pelusa con deferencia. Terminó su conversación con rapidez: estaba ocupadísima con asuntos de su trabajo. Me di tiempo de observarla de nuevo –ya sin la expectativa de ver cómo me recibía– y de nuevo adorándola, enamorándome de ella a primera vista, como cada vez que la vi en los diez años anteriores. Me pareció imposible que esa mirada taladrante que me sacó del país tres días atrás, viniera de esa parte mía que ahora tenía ante mí, una Raquel llena de entusiasmo por su trabajo, contándonos sus tropiezos como si fueran una aventura. Ella tenía que salir a solucionar problemas, de manera que la dejamos en un taxi en su oficina y nos fuimos a comer al hotel de Pelusa.

Y allí otra vez, y ahora con un tono de conversación de familia, con ese implícito grado de compromiso que convierte los consejos en llamadas al orden acerca de las reglas del clan, entre intimidatorio y solemne, Moisés me dijo que nuestros negocios conllevan un grado tal de riesgo, que la relación familiar es una garantía. Le expliqué lo obvio, que Raquel es una periodista profesional, que su trabajo le apasiona, le recordé que ella misma se lo dijo, de modo que no tengo ningún motivo para pedirle que renuncie. En fin, le di argumentos de esa índole. Se quedó callado, pensativo, masticando un bocado de carne y después me dijo que yo estudié mucho y que soy muy convincente, que él no sabía qué contestar pero que, en todo caso, él no se sentía a sus anchas con ella.

Sigue el capítulo más duro. La situación límite. Esa noche, ya de madrugada, Raquel acababa de entrar cuando abrí la puerta del apartamento. Al besarnos nos sentimos el aliento del licor y, con una sonrisa, sin hablarnos, fuimos a servirnos unas copas. Un dry martini para estrenar el vaso de plata, con una tapa que permite agitar la mezcla de vermouth y ginebra con hielo a la manera de James Bond. Un dry martini antes y luego, con pasión contenida con el único propósito de aumentar el goce, jugando hasta ponernos eléctricos con un solo rozamiento de un dedo, todavía entre la música de la sala, nos dedicamos a amarnos con fervor, con sabiduría, con ternura, virtudes todas compensadas con la intensidad y con la precisión sincronizada de los momentos cumbres y con el sereno y largo jugueteo que siguió al éxtasis.

Casi nos amanecimos amándonos y nos quedamos dormidos muy juntos, refundidos el uno con el otro en un nudo tan armónico, que a ninguno incomodaba.

Las urgencias del trabajo despertaron a Raquel muy temprano, pero se dio tiempo para repetir el rito del amor, yéndonos juntos, fundidos, al paraíso.

Llena de energía, plena de gracia, se despidió con un beso dejándome un té en agua caliente al lado de la cama, que bebí en la orilla de un largo sueño que cubrió toda la mañana.

Otra vez devuelto a mí mismo, ufano de mi amor, resucitado, llegó la noche y con ella una Raquel extenuada, que aceptó una copa y la invitación a que yo asara un lomo de res y preparara una ensalada con vinagreta. Bebiendo, ella planteó con su temible susurro el tema de mis negocios y mis socios. Le di todos mis argumentos, le repetí que no corro peligro. Atacó por el aspecto ilegal del asunto y volví sobre mis puntos, siempre renovados, con nuevos argumentos. ¿Por qué no se prohíben los televisores que contaminan con sus ondas y pueden producir desórdenes celulares? Raquel se rio.

Raquel se rio y allí se produjo la más inverosímil transformación de su rostro. Todavía algo de ella se reía cuando apareció La Mirada. La Mirada con mayúscula. Esos taladros que salen de sus ojos. Entonces ella toda se metamorfosea, se vuelve de un material más duro que la carne, de donde emana aquel rayo. Quien la toque, morirá electrocutado.

En un instante, mi propuesta para prohibir los tranquilizantes –mueren más suicidas por sobredosis de tranquilizantes que por sobredosis de cocaína– que produjo su efímero clima humorístico, quedó sepultada en una era geológica anterior a la última glaciación por esa Mirada que acompañaba un razonamiento pronunciado en un murmullo:

–Todos nos reímos cuando hablas de los daños que producen el alcohol, el cigarrillo, los tranquilizantes, los alimentos grasos, el consumo de ciertas fuentes energéticas –como el petróleo y el aceite de ballena–, la televisión, las armas, la goma de mascar, la fabricación y uso de ciertas sustancias químicas, los detergentes. Tengo buena memoria y creo que la enumeración está completa y ya nos hemos reído lo suficiente con tu lógica de profesor. Pero te olvidaste de la diferencia. Los cazadores de ballenas o los fabricantes de cigarrillos o de automóviles, con todo el daño que producen, no tienen ejércitos privados. No exhiben la violencia del tráfico de drogas.

Me fulminaba, me descuartizaba mientras sus palabras, no obstante que tenían muy poco volumen, se oían nítidas por encima de la música.

Le expliqué, casi sin mirarla, una lección repetida. Esto es un negocio. A ningún comerciante le interesa la violencia. Es mala para las ganancias. Una equivocación los sacó de la ley, entonces los comerciantes de un producto ilegal no pueden recurrir a la ley cuando tienen desacuerdos. De ahí se sigue la necesidad de tener una policía interna que evite problemas. En todo edificio hay un cuerpo de cuidanderos, en toda organización hay una revisión, una auditoría. Aquí con el problema adicional de que las utilidades son muy, pero muy buenas, es necesario atajar la codicia de algunos avivatos. No se lo dije a Raquel, pero entre la gente del negocio, el asunto está claro siempre. Los tropiezos vienen con los extorsionistas de las aduanas, de la policía, de la ley, que aceptan un tanto y después quieren más. Gente poco seria. Ah, explicación perfecta, impecable, explicación de profesor, simétrica, redonda, clara. Explicación desmoronada otra vez por su helado murmullo:

–No tolero armas cerca de mí. No toleraría la disposición o la necesidad de usarlas por parte de alguien que esté cerca. Esa visita del otro día me produjo náuseas por eso. Me puedes dar las explicaciones que quieras, pero yo me niego a tener cerca gente armada. Me produce repugnancia.

Hubo un silencio tan sonoro como la pica que abría una grieta entre nosotros. Bebíamos. Entre la música bebíamos. Volví al tema. Tenía que contestar y le dije que mi trabajo estaba fuera de la zona de peligro. Bebimos y, de súbito, en medio de mi silencio divagante, rehuyendo la mirada de Raquel, me di cuenta de que se había quedado dormida. Se emborrachó para quedarse dormida, para decirme con su sueño profundo que hay algo mío que no acepta. Y me lo dice pocas horas después de la más total entrega y yo quedo en la orilla del abismo, en la situación límite de la incertidumbre.

La acosté sin que diera señas de despertarse y –de nuevo inventando una rutina– preparé mi maleta para salir de viaje. En mi borrachera escribí una nota de amor y salí a la mañana siguiente para Miami.

Caminé toda la tarde por la playa. Me metí al mar. Tomé limonada. Ejercité bajo el sol mis escasas habilidades para pensar en problemas del corazón. Una posición moral de rechazo ante la idea tanguera del amor, de repudio al amor visto como tragedia o melodrama o fuente de desgarramientos íntimos, me lleva a mi torpeza para pensar sobre estos temas, para deliberarlos. Aún más, considero esta torpeza como una virtud de mi carácter.

Y héteme aquí, un rato en el bar del hotel, otro viendo béisbol por televisión, y metido a fondo en el embrollo de procesar en mi cabeza mi amor por Raquel. Algo tan imposible como si mi pensamiento tuviera que controlar los precisos mecanismos de circulación de la sangre.

Llevo ya varias horas intentando hacerme un recuento de los hechos en esta carta que es mucho más para mí que para ti.

A estas alturas, cuando el camarero me trae hasta la habitación mi tercer scotch en las rocas y un pollo a la plancha al que se le nota a simple vista que no sabe a nada, tengo ya decisiones que te cuento.

No vamos a abandonar la casa actual, si ella no quiere, pero voy a comprarle un superapartamento en el norte de Bogotá y allí voy a hacer la vida social que necesitan mis negocios. Si Raquel quiere, participa. Es su casa. Si no quiere, no participa, de todos modos es su casa.

En todo caso yo la amo. Y a pesar de La Mirada, todas sus palabras, así me ardan, son palabras de amor. La amo, me ama y la seguiré buscando.

Me releo y profetizo que te vas a burlar de mí, mentecato. No te lo perdonaría. Es tal la situación límite, que comienzas a hacerme falta,

Luis

✉

DE ESTEBAN A LUIS
Medellín, sábado, octubre 17 . 1981

Mi querido amigo: Las mujeres engañan a la perfección, si quieren. Los hombres no. Esto confirma que son superiores a los hombres. Ellas están poseídas por una justificación de orden altísimo, capaz de exorcizar cualquier culpa por el engaño. Los hombres –de desatinada estirpe racionalista– cuando mentimos cometemos el error de pensar que estamos mintiendo y ese pensamiento se nos sale en un gesto de más, en un énfasis innecesario que revela todo el timo y pone en evidencia nuestra ineptitud para el engaño. Carlota supo mi nombre y jugó –dándole carácter moral– un juego donde no existían ni nombres ni biografías. No obstante hizo trampa, tomó sus precauciones cuando se lanzó a la aventura de encontrarse conmigo cada semana en una ciudad distinta. Me engañó cuanto quiso. Y te apuesto a que si yo hubiera esculcado su cartera –como ella hizo conmigo contraviniendo sus propias reglas– y le escamoteara un documento que me revelara su nombre y –después de esto– continuara con el engaño, con seguridad Carlota me habría descubierto ese mismo día.

Raquel te sigue amando. Pero te perdió la confianza. No le gustan tus andanzas desde el mismo momento en que se enteró de ellas. Y tampoco le gusta que ya no seas el profesorcito que vivía con Raquel y sus rutinas, rutinas que formaban parte de las suyas. Hablas muy emocionado de cómo han sido tus diez años de amor con ella: estoy seguro de que, para que tú sientas lo que sientes, es condición necesaria que ella sienta igual. No dudo de esa correlación, de esa armonía. Pero creo que la armonía se rompió. Tú la rompiste cambiando las reglas de juego.

Ella te ha engañado aplazando el estallido y está prevenida contigo desde antes de la noche en que tú llegaste a tu situación límite. Tú no te percatabas porque eres un cándido y –además– porque ella no quería que te enteraras. Ella te engañó porque quiere proteger el amor que todavía te profesa y que es mucho. Ella se apega a esa sabiduría sexual de que tú hablas y que es lo máximo a que pueden aspirar muchas parejas que se aman. Ella quiere proteger ese buen amor que le queda, pero que –es necesario que lo sepas con la crudeza de un testigo fiable– no es ese amor total, esa simbiosis, esa transparencia de antes.

Para bien o para mal, hay transacciones que la gente no hace. Unos no toleran a otros por motivos irracionales. Raquel no transa con la violencia. Ése es su punto y está claro en el resumen que hiciste en tu carta. Pero no figura tan explícito el otro punto, el origen de la fisura: faltaste a la confianza de Raquel, decidiste por ella sin que siquiera se enterara. Jugaste con ella.

También están muy claras las dicotomías que te planteas, que yo enuncio con toda crudeza: compras una casa para la lealtad con Pelusa y estás dispuesto a conservar la otra casa para mantener la lealtad de Raquel. Y cedes a priori porque intuyes que Raquel no aceptaría ser la anfitriona de individuos como Zuttiani. Y eso que te perdono a Pelusa, gracias a las concesiones de parentesco. Pero Zuttiani es un mal tipo. Con su cara de yo-no-fui que tiene desde niño y es un reverendo malparido. ¡Por Dios, hijo mío! Yo tomaría un seguro que me garantizara que no tengo a Zuttiani en mil kilómetros a la redonda. Pero no lo venden. Hace poco me relataron un repertorio de historias de Zuttiani que algún día te contaré y que no te escribo en esta carta porque en el correo la pueden rechazar por el olor nauseabundo que despediría la sola mención de alguna de ellas. Paso. Muchas veces, hijo mío, hijo mío de puta, hemos hablado de las malas compañías. Muchas menos veces del íncubo y el súcubo, que es lo mismo, hijo mío. Andas en malas compañías. ¿Te acuerdas del doctor Probeta? Sospecho que no. Era el símbolo remoto del poder, es decir, del mal. Era la única amenaza –distante, inocua en el fondo– que percibías en tu vida de gusano de seda modernista. Ahora el mal, las malas, las malas compañías andan a tu lado, en tu casa, probeta explosiva Zuttiani, sin contar a tu cuñadito que, perdóname, no es un ángel.

Para reconocer algún mérito en Pelusa –y atrévete a decir que no soy objetivo en mi animadversión– él me parece un individuo muchísimo más inteligente que un licenciado-magister-doctor-pe-hache-de que yo conozco. Por lo menos Pelusa mantuvo la fachada de su taller de mecánica. Pero el doctorcito se dedicó a los "negocios". Humillante falta de precisión en el lenguaje de un experto en poesía. Debe ser que perdiste la pasión por los libros, que ellos eran el sustituto de otro papel que ahora consume tus ocios, el papel moneda. ¿Hace cuánto no lees un libro?

También es humillante el abuso de la situación límite, recordándome lecturas del bachillerato. Confundes tu cursilería de académico, a lo sumo tu desánimo de vanidoso que se cree invulnerable, acaso crees que situación límite es la dicotomía entre la fatalidad de no poder salirte de un mundo que Raquel no va a pisar. Eres un pretencioso. La situación límite no es un modelo de análisis para las culpas de un tonto que está acorralado a consecuencia de algo tan mezquino como su propia codicia.

Lo más vergonzoso no es la imprecisión en el lenguaje, mero pecado de profesor, precaria cobertura de realidades más vulgares. Me parece mucho más patética tu ceguera sobre los daños que produce tu oficio, los más profundos, los más difíciles de curar. No se refieren a las alteraciones en la salud de los viciosos. Lo peor tampoco es la violencia. Lo peor es que la sociedad entera se desquicia cuando es posible ser rico de un día para otro. Negocios con utilidades fabulosas. La cocaína es la industria pionera: altísimo riesgo, directamente proporcional a la ganancia. De ahí siguen la extorsión, el secuestro, el robo de carros, el asesino de la motocicleta. El trabajador le roba al propietario, el propietario al cliente y al gobierno, el cliente escamotea algo. El contratista paga y el funcionario agarra su tajada. La diferencia la pagamos todos de mala gana. El resultado es un lugar donde no existen leyes de convivencia. El despelote general.

Admito durante el tiempo que dure este párrafo que los contrabandistas de cocaína son comerciantes que están interesados en las ganancias y que la violencia es mala para los negocios. Si hay guerra, la gente no se va de rumba y, por lo tanto, no mete cocaína. Lo admito. Y admito que el tráfico de cocaína implica una organización sofisticada, imaginativa, y con varios frentes. Te puedo admitir eso y todo lo que desees y nada desdice el daño que nos han hecho: nos convirtieron en una sociedad despiadada. Acabaron de desacreditar la virtud de la compasión. Crecimos en un medio en que se suponía como humillante que alguien se apiadara de uno. Ibamos por el camino preciso hacia este punto: aquí nadie tiene compasión de nadie.

Y eso es lo peor. La sangre es una consecuencia, pero no la única. Una sociedad en la que muchos de sus miembros acarician la posibilidad de amanecer ricos mañana, es una sociedad invivible. Los traficantes de cocaína alteraron los valores sociales de una manera que nos volvió invivible la vida. Me dirás que a ese resultado contribuyeron unas autoridades corrompidas. Pero aquí lo que sucede es que la corrupción –que existió desde siempre– ahora es más visible porque las tajadas son mayores. El factor desencadenante se llama cocaína.

En términos de larga duración, históricamente, Medellín es una ciudad en decadencia, condenada a desaparecer, a minimizarse; como Mompox o Tunja. Medellín perdió su rol. Ya no es el valle florido donde crecía la precaria agricultura de la Antioquia colonial de mineros; tampoco es el cruce de caminos entre las coloniales Antioquia y Rionegro, ni el epicentro novocentista de comerciantes que acumulaban las utilidades del café y del oro para poner fábricas que abastecerían el mercado nacional; ahora nadie que planee las cosas pondría una fábrica en Medellín. Ahora Medellín no es nada; no tiene un rol económico ni político; y puede que cuando muramos siga siendo la segunda ciudad de este país, sólo porque las ciudades se demoran en decaer; pero es fatal su ley. Tal vez la única contribución de los comerciantes de cocaína ha sido prolongar la agonía de Medellín, con la inyección de dinero y la valorización desmesurada de sus tierras. No saben en qué meter la plata.

Y preveo que el volumen de sus utilidades los perderá. Las muestran demasiado, con una ostentación que hace dos daños a la vez: crea una emulación de los consumos –que es el nombre que Veblen daba a la envidia– y los vuelve demasiado visibles, tanto que muy pronto van a dejar de ser asunto de policía para convertirse en problema de estado.

Estoy muy trascendental y tengo la sensación de que ya te he dicho todo esto antes. No me importa repetirlo, aun con la desesperanzada certeza de que no me oirás, de que –acaso– ya no puedes oírme.

Prefirieron hablar de fútbol. Del olor del estadio. Ayer jugaban acá y, por enésima vez, volví a repasar el repertorio de un domingo de fútbol. El aliento de la cerveza derramada, momentáneas brisas que vienen del país de la carne asada o del reino crocante del maíz tostado, perfume penetrante del linimento, el viento sin aromas de la mitad del partido y el vaho del anís cuando la gente deja el estadio y se bebe un aguardiente porque su equipo ganó o porque su equipo perdió. En el estadio, sin sangre ni sacrificios, se transforma toda la agresividad en un juego, y yo disfruto cada vez este juego y todo el colorido que lo rodea. Soy el cronista de una fiesta.

Con una venia para el nuevo rico,
Esteban

✉

DEL DIARIO DE ESTEBAN
Medellín, martes, noviembre 3 . 1981

Recibo una carta de Luis y la contesto. Y, al releer mi respuesta, descubro los baches, las mentiras piadosas. Debí comenzar diciéndole que es un egoísta, pero en lugar de esto, con blandura, le escribo unas frases haciéndole venias a su amor.

Cuando un amor desaparece, surge la duda de si acaso alguna vez existió. Nunca nadie aportará una prueba incontrovertible de que un amor fue real –y mucho menos si uno cree que el amor no existe–. La foto de un matrimonio, un testigo o la declaración de uno o de ambos involucrados pueden demostrar cosas distintas. Detrás de un matrimonio puede existir interés en dinero o status, o prisa por cubrir un embarazo incómodo. Una pareja puede fingir delante de terceros o fingirse a sí misma un amor que no se tiene.

Un buen día uno de ellos, mi amigo, comete el error de alterar esa rutina, es decir, de suscitar incertidumbre en Raquel. No digamos de qué modo, bien pudo ser otro cualquiera. Ponerle cuernos, convertirse en barman, volverse avaro o militante de una religión, cualquier religión. El punto consiste en modificar la costumbre de una manera que el miedo y –por lo tanto– la reacción defensiva, se apoderen de ella.

El egoísmo de Luis consistió en suponerlo todo. Como lo dice en su carta, él nunca pensó en el amor, él se dejó poseer: demasiada literatura detrás de todo esto. Fue útil, lo reconozco. Se dejó vivir por un instinto, por un apego –cimentado en el horror al vacío– al que llamaremos amor para darle el nombre con que él lo conoció. El exceso de egoísmo, que lo perdió, consistió en prescindir de Raquel para cambiar la serena costumbre que los alejaba del miedo, esa seguridad de treintones que ahora llamo amor.

Nadie comprueba el amor y, mucho menos, nadie comprueba el amor correspondido. Por esto, el punto puede colocarse en un espejo para verlo, invertido, del lado de Raquel. Ella es el sujeto pasivo de la frase. Él le quitó el piso. Él acabó con su rutina sin contar con ella. Tampoco hablemos de amor en ella: también costumbre, miedo a estar sola, miedo al cambio, apego. Ella lo llamaba amor y su exceso de confianza es ahora cautela y realismo, un realismo que sólo puede alcanzar la mujer y que ningún hombre logrará nunca. Lo más colombiano que tiene *Cien años de soledad* es que la vida diaria depende siempre de las mujeres. Úrsulas.

Lo previsible que sucede aquí es que cuando el hombre comienza a ausentarse, la mujer se preña. Una atadura permanente, un compromiso de la sangre. Ignoro cuál será la reacción final de Raquel. No la conozco hasta ese punto y sospecho que ni ella misma se conoce. Por el momento está en la fase de la angustia. El otro día me llamó a la oficina. Mi lealtad con ella me impidió contárselo a Luis en mi carta. Su voz venía de varias noches de sueño intermitente y sonaba cascada por jornadas de llanto. Trataba de ser normal, de anular el toque de dramatismo, pero no podía evitar esa ronquera que la angustia le imponía al tono. Además, lo inesperado de que Raquel llamara, era motivo de alarma. ¿Sabes de Luis? Hace diez días me dijo que regresaba en tres y no tengo ni noticias. No, yo no sabía nada de mi amigo y le rogaba que me telefoneara tan pronto entrara a la casa, a la hora que fuera.

Raquel está en el momento de su mayor angustia, de su miedo mayor. Mil años, media vida junto a un profesor. Junto quiere decir pegada, adherida, ensamblada. Y, de súbito, el profesor deja de ser profesor y se convierte en un ser extraño que lleva hampones a su casa o compra un apartamento nuevo para vivir dos vidas.

El otro cuento es doña Gabriela. Había pasado un tiempo largo sin que yo la visitara. Buscando porqués, me imagino que las andanzas de Luis me impedían volver; doña Gabriela adivinaría al verme que yo le oculto algo. No me diría nada, no preguntaría, pero la conversación se volvería tan artificial como la de quienes piensan en un tema y hablan de otro. Por adición, si doña Gabriela ya sabe que Luis no trabaja en la universidad y que cambió de oficio, puede pensar que yo soy su socio, como creyó Raquel en algún momento. El reclamo que tarde o temprano vendría, llegó en forma de una invitación el sábado pasado, antier. Un mensaje en la oficina de parte de doña Gabriela, que me esperaba a comer.

Al llegar reconocí el Mercedes deportivo de Cecilia. Toqué la puerta ya resignado a encontrarme con la hermana de Luis, pero alcancé a sorprenderme cuando al entrar, me hallé con que también Pelusa estaba invitado. Mi paranoia me dicta el libreto de que estaban allí como estorbos. Se trataba de impedir cualquier intimidad mía con la señora. En ningún instante pude charlar a solas con ella, ni en la cocina, y los temas de conversación fluctuaron entre el viaje con el nieto a Miami y un interrogatorio de Pelusa acerca de las historias íntimas del fútbol profesional. Ahí descubro, emocionado, que doña Gabriela se convirtió en aficionada al fútbol, además muy enterada, a fuerza del afecto por mí que la lleva a sintonizarme todos los días.

Nada de Luis, nada de Raquel. Allí estaban Pelusa y Cecilia para impedir cualquier alusión. Sólo hubo un momento, muy a los saludos, por culpa de la misma Cecilia, cuando doña Gabriela salía de la cocina a saludarme:

–Supe que Raquel te llamó a preguntarte por Luis... –comenzó en voz baja.

Desde la puerta de la cocina doña Gabriela cortó la respuesta que aún ahora no se me ha ocurrido y preguntó:

–¿Qué están diciendo de Raquel?

–Que es una entrometida –repuso Cecilia al instante.

–Estoy segura de que no –le dijo doña Gabriela apenas llegó al grupo–. Nunca se ha metido en tu vida.

El saludo acabó con el tema y Cecilia aprovechó la interrupción de mi llegada para hablar de otra cosa.

De manera que me quedé sin saber si doña Gabriela notó algo en mí o si sabe de las andanzas de Luis y –mierda, no me había dado cuenta– de Cecilia. Porque no dudo de que la muchachita es el mejor compinche de Pelusa. Mejor dicho, doña Gabriela, esa santa, es la madre de una familia entera dedicada a la cocaína. Cuando la canonicen –o la cocainicen– los ornamentos de su misa serán blancos. Dios, y ella que es parte de Dios, me perdonen.

Comí delicioso, con la innovación del alcohol que compartí con Pelusa y Cecilia por igual. Me despedí achispado y, entre el carro, sentí los deseos de una mujer y me dirigí a un sitio de moda. Tan de moda, que en la noche de sábado eran visibles un grupo de gente afuera y filas de carros estacionados a ambos lados de la calle. Al pasar por el frente se me acercó una mujercita vestida un poco estrafalariamente, muy maquillada, muy olorosa y me saludó por mi nombre a dos metros de la ventanilla del carro. Pensé que el impedimento para reconocer a quien me saludaba tan familiarmente era la penumbra, pero cuando estuvo a pocos centímetros aún tardé un instante en descubrir otra Marta distinta a la que tanto me desveló. Y, al adivinar quién era, un corrientazo me recorrió el cuerpo. Advertencia que interpreté como señal de huida. La saludé desde el carro y me alejé dejándola con el pensamiento de que iría a buscar un sitio para estacionar el carro y volvía por ella. Me refugié en un bar donde siempre hay pájaras nocturnas que beben solas en la barra y terminé acostado con una mujer bastante silenciosa que soltaba expresiones obscenas con un volumen tal, que en cierto momento unos golpecitos en la puerta del cuarto del hotel, precedieron a la pregunta de si todo va bien, señora, por favor señora, conteste usted. Sí, todo está bien, no interrumpa, y segundos después profería alaridos dignos de una flagelación.

A Marta la borré. No la quiero ver. No deseo que se me atraviese en mi camino, ave de mal agüero, testigo –y causa– de la más larga y estúpida frustración de mi vida; culpable hasta de represar mi capacidad para escribir. Al menos me sirve para eso, de chivo expiatorio.

DE LUIS A ESTEBAN
Miami, domingo, noviembre 29 . 1981

Mi querido Juan Estúpido: No sé por dónde empezar. Acaso por una consideración general, por una explicación que nunca antes hallé. Alguna vez te jactabas de que, como comentarista de fútbol, tú nunca te referías a los chismes de la organización deportiva y a las peleas de los empresarios del espectáculo. Tu único tema, te ufanabas, era el juego, el fútbol. Yo admiraba a mi amigo. Su honestidad de no referirse a asuntos relacionados más con el derecho o con la política que con el deporte. Pero ahora descubro que disfrazabas de posición moral una fundamental ineptitud para entender cómo funcionamos los seres humanos, los seres de carne y hueso. El niño bien que tuvo infancia de patito feo, el farsante a quien le llovió la fortuna y que vive en el mismo espacio que hoy querrían ocupar cien millonarios. Cínico que nunca tuviste problemas de dinero.

Cínico, sólo eso tienes de humano, el cinismo, además del forro. Lo primero es tu sociología de bolsillo, típica de un individuo incapaz de analizar algo distinto de una jugada de gol. Marciano de mierda (desde cuando me dijeron "machista de mierda" conozco la eficacia de ese insulto), desconoces las pasiones que un hombre o una mujer puedan sentir.

Eres un puto, siempre lo fuiste, un promiscuo que buscaba masturbarse entre una vagina, un asco de tipo sin más intimidad que la que un buen y comprensivo amigo de la infancia podía brindarle, con algo de compasión por ti, para que veas que no se ha perdido del todo. Eres un puto que nunca entendió la monogamia –cuestión que se puede captar como concepto racional– y mucho menos conoce lo que es el amor. La diferencia entre Esteban y cualquier otro ser humano estriba en que éste puede amar, lunático de mierda. Entonces ¿para qué explicarte el grado de intimidad y el compromiso que nacen del amor?

Si te complace, te comunico que he roto mi monogamia. En una rumba con Pelusa, aquí en Miami, apareció una gringa sensacional. Se llama Sarah y –ya adivinaste– es judía. De Nueva York. Es fisioterapista y trabaja en un gimnasio. Tiene veinticinco años y aparenta veinte. Estábamos en el apartamento de Pelusa, frente al mar, bebíamos y metíamos coca. Hasta Sarah, tan saludable y tan vegetariana, estaba desbocada –y desnarigada–. Bailamos. Me lleva un poco más de media cabeza. Me apretó de tal modo que me excité y estábamos tan juntos que ella pudo sentir mi erección. Me pongo pornográfico y mejor acorto el cuento: terminamos en mi alcoba en gran tirada. Fue delicioso y no me sentí traicionando a Raquel. Sarah me mordía la oreja murmurándome y luego jadeando. Una aventura, ni Sarah adivinará nunca qué tan novedosa, para mí que llevaba tantos años encerrado por propia voluntad en el lecho de la monogamia.

No creo que sea un engaño a Raquel, como no fue un engaño diferirle ciertas noticias. Hablo de engaño debido a que en tu carta, tu vocación futbolística y marciana y de simplificador de la vida, elabora una teoría acerca de la facilidad para engañar que tienen las mujeres, al contrario de la ineptitud de los hombres. Con razón he sospechado que hay en ti un argumentista de telenovelas. Eres un esquematizador. Con la paradoja de que, en tu débil elaboración teórica, Raquel me engaña, pero no para ocultarme nada que ella haya hecho, sino para ocultarme que adivina mis pasos y que no se refiere a ellos para conservar el amor. Eres un poeta fracasado. No un mal poeta que escribe malos versos, sino un sujeto que quiso escribir versos, buenos o malos, no importa, y no es capaz de hacerlo. Puede que yo haya abandonado la enseñanza de la literatura, pero sí te puedo contar, para que me envidies y para que te rías, una historia acerca de la salvación por la poesía. De paso, el cuento te obligará a tragarte el sarcasmo de tu pregunta acerca del último libro que leí.

En ciertos negocios que desarrollo, nunca tengo necesidad de correr grandes riesgos, a pesar de que en algunos momentos –más por la responsabilidad que por el riesgo– se gasta mucha adrenalina. Sin embargo hace poco, por una urgencia que no viene al cuento, yo debía llevar varios, muchos millones de dólares en efectivo entre un maletín. No encontramos a nadie de confianza que pudiera desplazarse con la celeridad que era menester, de manera que, por una vez, me correspondía tomar el riesgo.

En la mano, comprado en el aeropuerto, leí en mis ratos de espera *Hojas de hierba* de Walt Whitman. Me sentía tranquilo. Sabía que estaba protegido, que ninguna persona me molestaría, que los agentes de inmigración y los de la aduana y los federales que me tropezara, habían sido comprados. La víspera, vi al agente de la CIA o de la DEA o del FBI o de cualquier otro trío de letras, que estaría en el túnel, en la requisa de los equipajes de mano, y que me dejaría pasar al avión sin problemas. Leí aquel torrente de Whitman emocionado, pensando en todo lo contemporáneo que es; me imaginaba un Whitman resucitado, caminando por el aeropuerto de Miami, dejándose invitar por mí a las mejores salchichas del mundo, inmerso con naturalidad en esa agitación, hombre y poeta de hoy.

Llamaron a la sala, pasé por bandas con cámaras de rayos equis, me metí en el túnel que me llevaría al avión y que daba una curva larga; mucha gente venía detrás de mí, de manera que no me podía devolver cuando noté que ninguno de los tres agentes que esculcaban los equipajes de mano era el personaje que visitó la víspera la casa de Pelusa. Estaba acorralado. Por un instante vislumbré que yéndome bien, perdería esta fortuna a cambio de que me dejaran montar en el avión. Perdería una cantidad inalcanzable para mí. Cuarenta kilos en billetes de cien dólares. Si salía bien librado, ésta era la pérdida. Ahora, si salía mal, me pudriría en una cárcel de la Florida. Y yo, que me sentía tan seguro, me di cuenta al llegar al agente que me requisaría, que no tenía una historia verosímil de por qué cargaba yo con una suma tan descomunal.

En la mano derecha llevaba el maletín con el dinero. En la mano izquiera portaba el libro de Whitman. El oficial me señaló el maletín implicando la orden de que lo abriera. Dándome una fracción de margen, lo miré pidiéndole que sostuviera el libro para hacer aquella operación que requería de ambas manos. Él reconoció el libro, hizo ademán de que me detuviera y dijo:

—¡Ah, Whitman! Adoro *Hojas de hierba*. "El sapo es una obra maestra de Dios", adoro a Whitman. Siga señor —me enfocó con su mirada perdida en el poema y me devolvió el libro, salvoconducto que anulaba toda sospecha sobre mi maletín.

Ésta es la verdadera salvación por la poesía, poeta fracasado. La esquiva dama de la poesía, que agradece a su modo, a unos regalándoles la inspiración, a otros el deleite de disfrutar de poemas ya escritos, a mi me agradece media vida de dedicación a enseñarla colocando a otro de sus adoradores en el lugar donde estaba el verdugo de unas desdichas que nunca me ocurrieron. La salvación por la poesía.

Lo contrario es la poesía salvándose de los peores poetas: entonces ella, todopoderosa, les impone el silencio y los pobrecitos nunca podrán componer un verso más.

Regresa a la cancha. Tú no sirves para nada más, riquito inútil y miope, lleno de temores que disfrazan con juicios morales tu visión recortada de lo que está ocurriendo, a pesar de que vives en Medellín y de que deberías observar el cambio histórico que se desencadena ante tus propias narices. Nunca se había producido tanta riqueza para una región en tan poco tiempo. No te doy muchas señas —nadie dice qué tanto dinero tiene, muchos lo ignoran— pero en Medellín viven tipos que podrían salir en las listas de los más ricos del mundo. Varios. Y, en la lista de los más ricos de América Latina, si es que existe, cabrían no varios, sino muchos. El cambio es tal, las fortunas son de tales escalas, que una verdadera lista de los más ricos del país desplazaría a unos lugares ridículos a las más conocidas antiguas fortunas. Ése es el tamaño del cambio. Y uno habla con esos tipos –sin mencionar los miles que cuentan con una riqueza que les permite disfrutar de todas las comodidades– y ellos quieren que esa riqueza esté aquí, al servicio del pueblo, para que no haya miseria. Pero antes tendrán que cambiar las reglas del juego. La ley, que es dura según dicen, también es lenta y se retrasa ante los cambios históricos, mucho más si esos cambios se vienen como una avalancha, un salto cualitativo en las posibilidades económicas de un montón de colombianos. Llegará el momento en que ese punto se arregle –a pesar de algunos tercos como ciertos reporteros de fútbol– en beneficio de todos, ya regidos por unas leyes que reconozcan la realidad social.

Ni entiendes de qué te estoy hablando. Tú, cabeza de chorlito, aturdido por unos cuantos casos de sangre que acompañan el acontecimiento, no percibes el salto histórico en que estamos. Tú, que me reprochas la imprecisión en el lenguaje, te enredas en las palabras y me llamas narcotraficante. Te aclaro que la cocaína no es un narcótico, si esto sirve de paliativo a la transformación histórica que ocurre ante tus narices manchadas de un polvillo blanco, sin que te des por enterado. Un país donde hay muchos ricos es un país rico. Una región donde se concentren los ricos, es una región riquísima. Dejamos de ser pobres –¿sabes qué es eso, pobreza?– y podemos ser todos prósperos. El tamaño de este cambio toca fibras históricas.

Entraste a este planeta, marciano de mierda, por un colegio de curas medievales que te taladraron el cráneo –a falta de cerebro– con categorías morales para observar cualquier cosa que no sean los asuntos de tu oficio. ¿O existe en el fútbol un equipo de buenos y un equipo de malos? Tu carta está sembrada de juicios maniqueos. Las malas compañías: no dudo de que presumes de ser buena compañía tú –puto confeso– por quien conocí yerba, coca y alcohol, buena compañía tú, abominador de tus orígenes, con qué derecho lo dices, comparándote con tipos iguales a ti, que crecieron contigo, que jugaron contigo fútbol, tu único contacto con las pasiones humanas. Tu trabajo consiste en describir patadas por radio y tu mentira se comprueba con la evidencia de que los oyentes que nada ven, entienden cada uno a su modo los galimatías que describen las patadas. Ya sé, no me interrumpas, me faltan los cabezazos. Tú, marciano, que siempre creíste que el único oficio de la cabeza es golpear un balón. Pónme atención: así como los pies sirven para golpear un balón y para caminar, fíjate bien, dos funciones, así también la cabeza es instrumento para darle a la pelota y también sirve para pensar. Eureka, no te emociones tanto con ese descubrimiento tardío. Pensar. Dos funciones. Darle al balón y pensar. Pensar. Impedido para pensar, no puedes percibir un cambio histórico trascendental y te enredas en tus prejuicios parroquiales y valoras lo que ves con un lente moral modelo 1750, antes aún de la llegada de los aires de la ilustración a la única tierra donde has vivido. El colmo de los colmos es que esa conciencia ética de madre superiora de un convento de clausura, juzgue la compra del apartamento del norte como una especie de conflicto de lealtades antagónicas entre Pelusa y Raquel. No seas melodramático. Estás equivocado. Pelusa y Raquel no se caen bien, lo reconozco, pero eso no me genera a mí ningún conflicto, del mismo modo —el ejemplo es para que entiendas— que tu antipatía contra mi hermana me tiene sin cuidado en mis relaciones con ella y contigo. Sin tanto recoveco mental: le regalé el apartamento a Raquel y lo uso para atender mis negocios. Tengo la oficina en un lugar donde puedo dormir, porque trabajo mucho por las noches. Entiéndelo así —recuerda: cabecear y también pensar— y no te enredes en condenas maniqueas. Un apartamento grande, bien situado, bien arreglado— una buena inversión a nombre de la mismísima Raquel, para que no dudes, y que no tiene que cuidar, para eso está mi mayordoma, doña Eugenia, una genia que todos los días deja en orden la casa, hasta comida si le pido. La oficina perfecta. ¿Algún reproche? ¿Cometí algún pecado?

Un día, dentro de muchos, muchos años, cuando un nieto tuyo —si llegas a tener hijos y ellos se reproducen— te pregunte cuál fue la causa de ese cambio maravilloso que ocurrió en esta época, entonces tendrás que decirle que existía la demanda insatisfecha por un estimulante y que se dieron las circunstancias para que algunos colombianos se apoderaran de ese mercado. En parte intervino una tecnología ociosa, que eran los antiguos contrabandistas de marihuana, desplazados por la producción interna de Estados Unidos. Esos tipos sabían a quién teníamos que comprar. Y nosotros teníamos los contactos hacia el sur. Y de pronto un grupo grande de gente de aquí es dueña de un mercado que produce una riqueza incalculable. Un milagro. Una genialidad. Cuéntale eso a tu nieto.

Perdona, me despido, suena el teléfono de la habitación; es Sarah que viene por mí para ir a bailar; te cambio por la rumba con un abrazo,

Luis

P.D. Mañana estaré con mi Raquel en Bogotá, amándola, sin recordar esta noche que me espera y que terminará en una aventura adonde no llevaré el corazón. Vale, Luis

✉

DEL DIARIO DE ESTEBAN
Medellín, jueves, diciembre 10 . 1981

Hoy ocurrió y hoy mismo me apresuro a dejar testimonio. No quiero opinar. Sólo reportería. Narración escueta.

Mañana calurosa, con el sol de diciembre invadiéndolo todo. Muy temprano, el teléfono me trajo la voz de doña Gabriela, grata, serena, diciéndome que me esperaba —sin falta— a almorzar a mediodía y que me necesitaba por ahí hasta las cuatro. Me anunció una sorpresa que me gustaría. Adiviné la sorpresa de inmediato: Luis estaría presente, pero no le dije nada.

Preciso, cuando llegué a la cita, allí estaba Luis, un Luis quemado por el sol, vestido muy Miami. Me llamó la atención el reloj que traía, vistoso y caro. Almorzamos en una especie de algarabía, hablando al tiempo de temas intrascendentes, de nimiedades del pasado que precisaba la memoria de doña Gabriela, mucho más fiel que la nuestra. Los tres, juntos, en nuestra fiesta privada, tan contentos que el tema obvio no se nos ocurrió durante todo el almuerzo, ni para que Luis confesara, ni para que doña Gabriela le preguntara, ni para que yo, de sapo, lo pusiera en el tapete. Le queríamos exprimir todo el jugo a este almuerzo, a sabiendas de que Luis había llegado esta mañana de un lugar indeterminado de clima ardiente —a juzgar por su indumentaria— y en este momento sigue por tierra para la costa y luego toma avión en un largo viaje que lo llevará a Bogotá en enero.

Cuando acabamos, Luis anunció con solemnidad que tenía una sorpresa para su madre y me pidió que fuéramos en mi carro, que era necesario salir. Él disponía de dos horas antes de continuar su viaje. Nos llevó a un edificio de apartamentos arriba de El Poblado. No era casualidad que la constructora fuera de mi familia. Apartamentos carísimos. Adiviné de entrada: lo mismo que le hizo a Raquel. Observé, también, que doña Gabriela no entendía nada, no revelaba nada. En fin, tras pretencioso parqueadero debajo de los árboles, tras un vestíbulo de entrada al edificio que parecía de hotel, con salas y cuadros y una especie de ujier con guantes blancos y revólver, no exagero. Acorto, llegamos al pent-house. Un apartamento inmenso, gigantesco, desproporcionado, que recorrimos íntegro, Luis adelante con su madre —aquí el sauna, allí el bar, etcétera— enseñándole cada lugar. Atrás yo registraba la escena con dolor. ¿Dolor? No sé cómo llamar una sensación física —encogimiento en las tripas y escalofrío en la piel— que acompañaba la pregunta que el desconcierto sembraba en mi cabeza. ¿Es éste mi amigo? ¿Es éste mi hermano? Y yo veía a un tipo vestido como Luis nunca se vistió, tan a la moda, que podría pasar por turista elegante en un centro comercial de Miami, pero que, así ataviado, se vuelve notorio y algo extravagante en Medellín. Admito que este Luis de piel bronceada por playas y aceites, se movía con desenvoltura. Una naturalidad excesiva para el Luis que siempre conocí.

Todos los muebles son nuevos; pienso que se trata del apartamento modelo, pero luego me extraña: es raro, porque nunca se usa el pent-house que es más grande y distinto, como apartamento modelo para ventas.

Luis, ya en la sala, confirma que no, no es el apartamento modelo y le pregunta a doña Gabriela que cuándo se va a trastear. Ella no entiende y da un paso atrás. Intervengo para decirle que Luis le está regalando el apartamento. Él se monta en mis palabras, que sí, que efectivamente es un regalo para ella, que él ya lo pagó, que no falta sino la firma de ella en la escritura. Ella escucha a Luis, pero está dedicada a mirar todo lo que hay allí, los sofás y las sillas, las mesitas, los cuadros, el tapete, las lámparas, y yo entiendo de inmediato y lanzo mi objeción en forma de pregunta: ¿usted cree que su mamá podría vivir aquí? Su primer impulso es contestar por ella pero antes de pronunciar cualquier palabra, noto que evita el desatino y se dirige a doña Gabriela: ¿le gustaría vivir aquí? Ella duda y Luis y yo sabemos que esa duda quiere decir que no. Voy en auxilio de la señora y le digo a Luis: quedamos en que usted le regala este apartamento a doña Gabriela y ella verá si vive aquí o no. Él dice que sí pero si ella promete que firma la escritura. Ella asiente y Luis da un salto —otra vez un gesto de Luis— y la reunión se acaba y nos vamos a la casa de doña Gabriela, su casa verdadera. Cuando llegamos, al frente esperan a Luis entre un carro y él se despide ahí mismo, en la calle, y mi amigo se va.

Me quedé con doña Gabriela. Sabía que ella no me diría nada por su iniciativa. Yo la tomé, ofreciéndole llevarla a la notaría:

—Yo sé que le prometí a Luis... —inició ella una retractación que yo interrumpí.

—Ese dinero en sus manos no va a usarlo nadie en asuntos inconvenientes —buen eufemismo, "inconvenientes", que se me ocurrió en el instante preciso, como una revelación— y además una promesa es una promesa.

Aceptó y esa misma tarde la llevé a la notaría.

Hasta aquí mi crónica, mi ejercicio de periodista. Ahora quisiera desnudar la situación, "convertirla en esquema", como me criticaría el mismo Luis.

Comienzo por él. Ahora acepta su condición y vive sin pudores los papeles que le impone su oficio. Releo su última carta y me da escalofrío la tranquilidad —el cinismo, mejor— con que afronta sus riesgos. Riesgos que pueden, ahí sí, meterlo en una cárcel verdadera, con rejas y guardianes y sistemas internos de extorsión y de poder, una cárcel sin comillas para ese profesorcito que se ponía histérico por un contrato con su universidad y que llamaba "cárcel" a aquello y ahora, con la arrogancia de quien compra policías y guardacostas, ese mismo individuo toma la legalidad y sus sanciones como una anécdota del oficio.

Cinismo, cinismo, la palabra me bombardea como una calificación de su rol. ¿Mero calificativo? ¿Demasiada connotación moral? La situación le da valor a la ley cuasi-darwiniana de que uno acaba pareciéndose a los de su oficio. Por dentro y por fuera. Estos nuevos ricos, campesinos o doctores, lo primero que compran es una casa para su Edipo. Algo ostentoso y caro: yo pensaba en doña Gabriela, acostumbrada al bullicio

491

de su barrio: moriría aplastada por el silencio en ese edificio de El Poblado. Implícita, sin nunca mencionarla, está la confesión que viene con el regalo. Yo, profesor hasta hace nada, un pobre asalariado de mierda, en pocos meses tengo tanto dinero que le puedo regalar este caserón. Mire mamá, este es dinero rápido.

Además de que él mismo ya se acepta como parte de un oficio, además de que se lo confiesa a su madre sin decirle nada, con el solo regalo, encima de que ya se viste y se mueve con la desenvoltura del contrabandista, lo otro nuevo es cierta expresión ansiosa, como si una parte de su alma estuviera pendiente de algo remoto, de una noticia que no llega. Dicho desde mi propio ángulo: en ningún instante sentí que Luis estuviera completo con nosotros; una parte de él permaneció ausente en todo momento. No tan insolente o tan torpe como para mirar el reloj con frecuencia en señal de que tiene contadas las horas para estar con su madre. Se trata de algo en su expresión, de un ademán de ausencia, de un ansia remota.

También están mis celos. Verlo desaparecer entre unos amigos que lo esperan, caras que no conozco y disfraces de playa. Insisto: gente notoria. Sus nuevas solidaridades, sus nuevas lealtades, sus nuevos y desconocidos iguales.

Disecciono el Luis que vi, mi mejor amigo, mi único hermano. Lo disecciono con rabia, amándolo, pero también fastidiado con él. Y todavía más irritado después de releer su última carta, que confirma –aún más, enfatiza– todas mis impresiones de hoy. La carta termina llamando "genialidad" al comercio de la cocaína. La palabra es bien elocuente en el experto en una época que le rendía culto a la genialidad, cuando el mayor elogio a un artista era llamarlo genio.

Que le ponga cuernos a Raquel es todo un síntoma del cambio de valores que le impone la convivencia con sus colegas. Si no se acuesta con las mejores hembras, no pertenece al clan. Esta exhibición de poder es inherente al nuevo oficio. Un cambio todavía más radical es que alardee ante mí, a pesar de que ese alarde, que culmina negando que se siente culpable, puede ser justamente eso, un rescoldo de culpa.

Si continúo la disección de los personajes de hoy debería pasar por alto a doña Gabriela. Basta que yo enuncie una justificación moral convincente, para que acepte la fortuna que le regalan en propiedad raíz.

Y lo hace convencida de estar en lo correcto. Para nada malo puede servir un apartamento que es de ella. Y, conociéndola, el argumento es inobjetable. Dios la bendiga.

Sigo yo. El Esteban del curso de este día. Cuando releo la carta de Luis, observo que la palabra más precisa que se me ocurre para describirlo a él, es la misma que él utiliza para llamarme. Cínico. Y es ahí donde observo que el profesor pierde consistencia. Soy un cínico que no conoce las pasiones humanas, me dice. ¡Cuánto me hubiera herido si tuviéramos veinte años! Pero a estas alturas no me roza su ataque. Ya no creo que nadie pueda reivindicar para sí, con exclusividad, la condición humana. Ignoro si soy incapaz para el amor de una manera irremediable. También ignoro si esta carencia es fruto de una niñez desamparada de afectos –¿será ésta, Luis, una historia humana?–. Detesto ponerme patético, pero capaz o incapaz para el amor, sobrevivo como cazador nocturno.

Nunca he tenido el orgullo de sentirme poeta. Éste es el motivo, conjeturo, por el que nunca he publicado ningún poema. Esa falta de ufanía –no soy un artista, reconozco– me sirve para no molestarme por los insultos de Luis. Me bastan, siempre me han bastado, el placer de la lectura y el esporádico placer de componer unos versos que me ayuden a vivir.

En cambio, de sólo fastidiarme la impertinencia de Luis –sin que me enfurezca–, sí me preocupa mi comportamiento con doña Gabriela. Mientras lo hacía, no lo pensé. En ese instante me motivaba el interés de la señora. Pero después pensé que yo la obligaba a aceptar el regalo para vender un pent-house. Debería dedicar un párrafo entero a analizar las casas que venden mis hermanos en una compañía de la que soy el mayor accionista. Entonces descubriría la esencia de nuestro cambio como sociedad.

De víctima de una mentalidad de fortuna fácil, toda esta sociedad pasó a ser cómplice. Apartamentos como éstos –tan lujosos que exceden las necesidades de la gente y les inventa unas nuevas– sólo los compran los ostentosos, los nuevos ricos, los tontos como Luis.

Ahora ya no soy víctima. Ahora soy cómplice.

Aquí descubro mi empeño, mi empeño ridículo en tratar de hacerle saber a doña Gabriela que yo no trabajo en lo mismo que Luis. Al mismo tiempo que actúo como vendedor, le declaro que no estoy metido en asuntos "inconvenientes". Hipócrita. Soy un hipócrita. Ya no soy víctima. Y puede que no fabrique o transporte o venda la cocaína. Pero termino lucrándome de los dólares que produce cuando algún hermano mío, sin yo saberlo siquiera, le vende este elefante blanco a Luis.

XII. Diciembre 1981 / febrero 1982

DE RAQUEL A JUANA (*continuación*)
Bogotá, miércoles, noviembre 30. 1983

Pasaron varios meses así. Al principio, tres semanas, anestesiada por el trabajo. Luis aparecía esporádicamente, bebíamos un poco y hacíamos el amor. De repente me sentí mal y mal y mal. Y muy triste. No me daba tiempo para pensar en que mi vida de pareja se desmoronaba, pero amanecía llorando –sin motivo, me decía–, llorando inconsolable. En el más puro estilo de las telenovelas, me diagnostiqué que mi enfermedad era amor no correspondido. Padecía de falta de Luis. Luis era el remedio. Este hallazgo ocurrió justo en el momento en que Luis desapareció muchos más días de la cuenta. Me puse ansiosa. Llamé a Esteban. Era el único a quien se me ocurrió preguntarle. Él tampoco sabía donde estaba Luis. Lo único que conseguí fue preocupar a Esteban.

Desesperada, enseguida cometí una torpeza. Tengo el desatino de portarme como una idiota con la gente que menos me gusta. Llamé a Cecilia, la hermana de Luis. Le dije que esperaba a Luis desde hacía varios días y que nadie, ni Esteban, sabía de él. Ella no demostró ninguna preocupación y me dijo de muy buenas maneras que el marido manda y que no preguntara esas cosas por teléfono. Chao.

Para empeorar el asunto, una noche como a las siete, cuando yo apenas iniciaba mi llanto de esa noche, tuve que tomar agua y aclarar la voz para correr a contestar al teléfono, esperanzada en que fuera Luis. No. Era la mamá de Luis, doña Gabriela, que llamaba porque hacía más de tres meses no sabía nada de su hijo, que quería hablar con él. Le contesté sin pensar que yo tampoco sabía de él hacía una semana y rompí a llorar, o mejor, continué mi llanto ante la buena señora, que me dijo que tranquila, que ella iba a rezar, que por favor la llamara en cuanto supiera algo de él. No me hizo ninguna pregunta, ningún comentario y se despidió, como siempre, con mucho afecto.

Dos o tres o un millón de noches después, en aquel noviembre o principios de diciembre del ochenta y uno, me dedicaba a llorar después de oír el repique del apartamento del norte sin que nadie contestara, cuando llegó Luis. Me abracé a él como una garrapata. Él no esperaba esa efusión y no supo cómo responder. Me sentí rechazada y esto me autorizó para continuar el llanto que su arribo interrumpió, primero de manera contenida, luego manteniendo la respiración hasta estallar en gemidos, todavía abrazada a él.

—Oye, ¿qué pasa?

—Es que tú me hacías mucha falta —le dije entre sollozos.

Me apretó como para decir aquí estoy y luego casi me apartó para retomar el maletín que traía y repetir con palabras su abrazo:

—Aquí estoy.

Me forcé a calmarme:

—Antes que nada, llama a doña Gabriela que está pendiente de saber de ti.

Se volteó. Adelgazó los labios de una manera intimidante; era otro el que me dijo sin mirarme, mientras marcaba el teléfono:

—Eeeeh, fuiste capaz de alarmar a toda la familia y de preguntar cosas que no se deben por el teléfono—. Capté lo que me decía en el instante en que doña Gabriela, que con seguridad olfateó a su hijo en el timbre telefónico, contestó la llamada, y Luis la saludó con cariño, humanizando por completo su expresión.

Para dejarlo solo con su madre tomé el maletín y lo llevé a la alcoba. Me entretuve lavándome la cara, alejando las huellas de las lágrimas, y limpiándome la nariz y ya salía del baño —con otro aire lejano al llanto— cuando entró al cuarto Luis con una expresión de desconcierto, diciendo que su madre adivinaba en qué labores andaba él.

—Mejor —observé—. Tú nunca hubieras sabido cómo decirle.

—Tienes razón —me sonrió por primera vez y yo, en mitad del sortilegio de su risa, recuperé ese Luis mío. Acababa de lavar mi llanto y mi ira, exorcizaba las ansias con esta ablución del rostro y las manos. Me disponía ahora para las dignidades del amor.

Logré darle la vuelta a la aspereza inicial y nos dimos tiempo de una noche inolvidable, con la ayuda de la vodka y de nuestros cuerpos nos entregamos por entero. A la mañana siguiente se repitió la historia de la boletica: "Chao amor, de viaje me voy; aquí estoy en un próximo hoy".

–Podrá saber mucho de Rubén Darío –comentó Claudia a los pocos días, cuando leyó la nota pegada tras la puerta de un armario al lado de dos fotos y una postal– pero es un poeta malísimo.

Este viaje y los siguientes repitieron el ciclo del regreso –entre tres y nueve días– y una noche juntos entre la incertidumbre del próximo encuentro.

Yo me estaba reventando. Llamé a Claudia. Después de noches de llanto o de ese sueño que en lugar de reposo te brinda la sensación de que toda la noche has estado resolviendo problemas de álgebra o de ajedrez en un salón lleno de humo y con la frustración de que no encontraste la solución para ninguno de ellos. Aquí el enigma lo vivían mi piel y mis entrañas, la necesidad física de Luis. Su ausencia me convirtió en mitad. Yo era la mitad de algo que Luis completaba. Sin él, yo era una mitad.

Estamos a principios de diciembre y llamo a Claudia. Para estar segura de encontrarla la llamo a medianoche. Dios la bendiga. Hasta su sobresalto inicial se convirtió en terapia para mí. Apenas logra despertarse y reconocerme me pregunta:

–¿Hay alguien enfermo? ¿Se murió alguno?

Cuando le digo que no, que son males del corazón, les quita toda importancia. Primero la vida –"representada para mí en este preciso instante por el concierto para clarinete de Mozart, que me está arrullando"– y la salud. Después está la idiotez del amor. Estoy llorando y logro reírme en medio de los suspiros y las lágrimas. Contándole, las palabras que encuentro son alarmantes. Me siento abandonada. El mal del amor no correspondido, que es la tediosa escena de la espera, una espera agotadora que deja tan poco de mí, que cuando él llega, por fin, después de todas las esperas, me aferro ansiosa y él se siente asediado, fastidiado y más lo alejo.

Recuento esa conversación de medianoche con mi hermanita mayor y me abochorno. La alarmé hasta el punto de que me dijo que podía tomar vacaciones de dos semanas en el fin de año, que si la invitaba por una semana a Bogotá. Hermosa.

Tanto quiero a Claudia, que me bastó su anuncio para organizar mi vida en torno a la cuenta regresiva de nuestro encuentro. Desplacé mi centro de gravedad y me olvidé de esperar a Luis para contar los días que faltaban para ver a Claudia. Me entusiasmé de tal modo, que la convencí para que llegara en una semana.

Y en una semana apareció en Bogotá. Apareció. Me dijo que llegaba el domingo y el sábado el portero del edificio me pescó por azar en la oficina y me dijo que allí estaba una señora que se llamaba Claudia Uribe.

Dejé todo lo que estaba haciendo. Una emergencia familiar. Usted se encarga de esto, usted de lo otro y usted de lo más allá. Chao. Nos vemos el lunes. Yo los llamo esta noche. Y me lancé a pescar un taxi para estar lo más pronto con mi hermanita, que esperaba sentada sobre su maleta en la portería de mi edificio después de horas de salir de su casa.

–Hoy salía Boris para Miami –se excusó por llegar sin aviso– y decidí ahorrar viajes al aeropuerto y empaqué mi maleta por si conseguía cupo. Estoy desde las seis de la mañana en el aeropuerto de Nueva York.

Abrazos, besos y unas cuantas lágrimas, todas a mi cargo. Las llamadas de llegué bien y de saludo y la emoción de Esteban al saber que su pareja pronto iría a verlo.

Los primeros días de Claudia en Bogotá son un confuso conjunto de recuerdos entremezclados. Salir a restaurantes, conversar y conversar, caminando entre la casa. Esa noche de sábado, el día de su llegada, apenas dio para una ducha, una comida improvisada y, a la cama, a conversar, yo esperaba que hasta muy tarde, pero Claudia se durmió al poco rato, vencida por el cansancio.

Al otro día –domingo– comenzó nuestra fiesta. Levantarse tarde, organizar el trabajo por teléfono, e instalarse sin prisas, sin ocultamientos, a sostener una especie de terapia, de reacción química de mis confusiones y contradicciones con el realismo y el humor de Claudia. Ella preguntaba, repetía preguntas planteando cada cosa desde distintos ángulos, resumía sin diagnosticar nada.

Conoces a Claudia mejor que yo. Después de miles de años compartiendo, tengo la certeza de que ella es obra tuya –y tú de ella– y hay gestos, expresiones, reacciones idénticas en ambas. De repente Claudia se levantó y comenzó a pasearse. La luz de la tarde, brillante, dominical, se colaba por entre los árboles ennegrecidos a mis ojos en semejante contraluz. Yo sabía de antemano que ese paseo silencioso –y que me imponía silencio– era para ordenar sus ideas. Miraba al piso caminando como si las palabras que buscaba estuvieran en el suelo:

–En resumen, por lo que me has contado, Luis te pone cachos con el narcotráfico –intenté una réplica pero ella me ordenó, graciosamente, que cerrara el pico–. Tú llevas años casada con un maestro de universidad y, un buen día, sin consultarte, inicia actividades con una banda de contrabandistas de cocaína. Tú lo sorprendes seis meses después y te armas un drama de celos. Las cosas se tranquilizan y hasta se van juntos de vacaciones. Al regresar, él renuncia a su trabajo de toda la vida y se lanza de lleno a su nuevo oficio y tú encuentras el motivo para rechazar la nueva situación. La violencia, los socios que se van volviendo amigos. Entonces él, que ahora navega en dinero, que es un nuevo rico, que no sabe qué hacer con la plata y que –y esto es lo peor– actúa bajo la convicción de que cualquier problema se soluciona con dinero y de que todo se puede comprar, tu marido compra otra casa para ti y para él atender sus asuntos. La casa es tuya. Tú puedes habitarla cuando quieras. Tú decides que no, que prefieres vivir aquí –pausa. Cambio de tono–. ¿Dónde tienes las llaves?

La inesperada pregunta me bajó de ese alelado seguir el curso de la historia, contada a ráfagas, tajando el tiempo. Me demoré en contestar:

–Las llaves..., las llaves, sí, tengo las llaves.

–Vamos para allá.

En cinco minutos, impulsada por la energía avasallante de Claudia, estábamos entre un taxi con rumbo al norte de Bogotá, entre el tránsito fluido del domingo lleno de sol. Me imagino que habrás oído la crónica de Claudia de aquella visita. Su primera impresión denotaba asombro e hilaridad. Un no-lo-puedo-creer se oyó repetidas veces en nuestro recorrido de la casa. Era mi tercera visita, y en las dos anteriores yo no había observado nada. Eran unos recorridos fantasmales, en momentos en que no me interesaba nada en particular, en que me ocupaba sólo de definir si podría respirar aquel aire sintiéndolo como mi casa. Esta vez, el galope inalcanzable de Claudia me obligó a un primer reconocimiento, que se detuvo en una inspección de la nevera, a la que siguió una estación en la cocina para servirnos quesos, patés, hielera, galleticas saladas, un jamón ahumado y unas ostras en lata. Hicimos una segunda estación en el carrito del bar. Claudia lo acercó al más confortable de los cinco sofás del salón, mientras yo me preocupaba de que el concierto para piano número tres de Beethoven iniciara conmigo un romance interminable, hasta hoy, desde esa tarde catártica.

Nos instalamos a beber y a reírnos, a comer y a seguir con mi historia, interrumpida por la pregunta acerca de las llaves del apartamento.

Ya estaba de noche y nosotras ebrias. Claudia llevaba un largo rato elogiando y burlándose a la vez de la mansión, como ella la bautizó para siempre. Decidió que no era honesto ridiculizar ciertas cosas sin que Luis se enterara y me escribió una nota que yo debía poner con buena letra y no con sus mamarrachos, para dejarla pegada con cinta en uno de los espejos de la entrada. Aún conservo el manuscrito de mi hermanita. "Querido cuñado: el apartamento es despampanante y tiene cosas muy bonitas. Pero hay otras fatales y otras cuantas ridículas. He puesto con papel y cinta las señas de las que tienes que cambiar o suprimir. Este espejo –y el del frente– son una burda imitación chapineruna de lunas francesas. Cámbialos. Adornos de baratillo. Un beso, Claudia."

Le pregunté cómo sabía tanto de estas cosas y, olímpica, me contestó alzando los hombros:

–Porque vi la etiqueta, querida –y descolgó el espejo, lo volteó, y leyó una etiqueta de marca de madera procesada made in Colombia. Lo dejó descolgado y al revés, para hacer todavía más visible el aviso que colgaba pegado con cinta de enmascarar. Le insistí:

–¿Cómo supiste que eran falsos si la etiqueta está por detrás?

–¡Rayos equis! No te olvides que yo trabajo en radiología y uno se va contagiando.

Siguió una excursión por toda la casa en la que gastamos casi un block entero dejando papelitos pegados, a veces con una simple equis, otras con comentarios breves, como éste, sobre una puerta: "la alcoba es lo peor; parece la habitación de un peluquero travesti". O sentencias como "ridículo", "tíralo a la basura", "este cuadro no lo pintó un artista sino uno de tus enemigos", etcétera. Al final, mirando alrededor aún con ese oscilante desenfoque de diez tragos –al segundo ya estoy ebria– el salón se veía lleno de papelitos; y el comedor y la casa entera, alcoba por alcoba.

–Lo malo –dije– es que mañana viene el ama de llaves y pone orden y quita los papelitos.

–¡Nada! –ordenó Claudia–. Tú, la propietaria, dejas una nota en la recepción ordenándole que no toque nada y que te llame si tiene algún problema.

Pasamos una semana juntas. Yo iba por la mañana a la oficina, organizaba el trabajo y me perdía el resto de la jornada para estar con mi hermana, todo el tiempo a solas, todo el tiempo juntas, solas salvo una noche que el cura nos invitó y conoció, por fin, a Claudia. Se simpatizaron hasta el punto de que Germán, encantado con mi hermanita, comenzó a coquetearle de tal modo que Claudia, primero para estupor y luego para carcajada del cura, le fue soltando:

–Mira, soy lesbiana, pero puedes estar seguro de que cuando quiera estar con un hombre, serás el primero que busque.

Durante esa deliciosa semana, Claudia me oyó, me preguntó, se burló de mí, me obligó al regocijo constante. La mañana que partía para Medellín por cuatro días (prometido, cuatro días y regreso) le reclamé que no me había aconsejado nada y me contestó que a su vuelta, que en todo caso me notaba más tranquila. Y era cierto.

Aproveché el intervalo de espera –ahora mi vida giraba en torno a mi Claudia, a tu Claudia– para adelantar mi trabajo y planear un período de otra semana con ella, hasta después de la Navidad. En esos mismos días me llamó la mayordoma de la mansión –a partir de Claudia se llamaría la mansión– para avisarme que recibió una llamada de don Moisés, que pasaría una noche allí, con rumbo a Medellín. Impulsada por Claudia llamé a Cecilia, la hermana de Luis, y le pedí que le contara a su marido que el apartamento estaba en reparaciones y que tendría que llegar a un hotel. Aparte del saludo y de la despedida –ambas lacónicas–, lo único que ella pronunció fue un "gracias-por-avisar". Con esta llamada, sin que me diera cuenta, con este acto de posesión, me estaba convirtiendo en dueña del apartamento.

Al cabo de pocos días Claudia regresó de Medellín y seguimos en el plan de estar juntas, de caminarnos el sol de diciembre bogotano, incluyendo varios viajes a la mansión, que permanecía llena de papelitos. En esas dos o más visitas, añadimos nuevas equis y textos adicionales a montones de objetos de la casa: lámparas –"ni Aladino recibiría este trasto, ala"–, sillas, adornos, mesas. En la puerta de la alcoba: "barbies". Eran tantos los papeles por todas partes –pegados entre carcajadas de Claudia que yo secundaba– que la mansión tomó el aspecto de una venta de bodega.

A ratos, sin esperarlo, en medio de un helado que chupábamos caminando por calles del norte, entre la cama, por la mañana, en medio de una charla trivial, Claudia me soltaba mensajes, muchos que no oí en su momento, pero que luego he recordado en el instante exacto en que me son útiles. Claudia me reveló que podría sobrevivir al desamor, cuestión que era imposible que se me ocurriera. También me dijo que yo tenía otros horizontes. Que podía renunciar a mi trabajo y viajar, irme para donde ella un tiempo: cada vez veo más claro que ése es el verdadero propósito de esta carta; decirte que aquí todo se acabó, que me esperes en Nueva York.

No le había contado mis intercambios verbales con Pelusa, cuando ya me advertía, en forma de pregunta, si yo era capaz de ser la mujer de un narcotraficante, desempeñar ese papel como desempeñaba el de esposa de un profesor.

–De algún modo, ingrato y ansioso, ya lo eres. ¿Compartes sus valores y su mundo?

A lo largo de esta carta, de esta catarsis, he dado como cierto mi rechazo a un modo de vida nuevo en Luis y he supuesto que ese cambio de profesión terminó con nuestro amor. A partir de ahí, Claudia o tú misma, por ejemplo, han admirado cierta consistencia ética en mi comportamiento con Luis. A simple vista, me negué a un modo de vida. No me integré a un clan con todo el dinero que allí había, con los niveles de consumo y de ostentación propios de él y que –tengo que admitirlo– hubieran requerido un aprendizaje. De ahí deducen un valor moral, algo así como una cristiana resistencia a las tentaciones. Mentira. No era la fidelidad a unos principios que determinaban mi conducta. Ahora, hoy, mientras te y me escribo, pienso que lo que sucedió, sucedió en mi corazón. En Luis y en mi corazón. Él comenzó a cambiar. De hábitos, de tareas, de vestuario, de humor, de gestos, de manera de moverse. Un cambio de piel, una metamorfosis. No era el mismo que yo amaba antes y su transformación no me gustaba y mi corazón vacilaba ante ciertos destellos momentáneos de su nueva y desconocida personalidad. Cierta sonrisa perversa, típica del nuevo Mister Hyde, el color subido de la camisa, cierto nuevo desparpajo, notoria propensión al sarcasmo, algún destello que atraía la atención de los desconocidos.

Fui tomando una distancia, que denotaba la obvia inconformidad mía con el nuevo Luis; pero no es la oposición rotunda, dogmática, en nombre de la humanidad contra su plaga principal, la cocaína. No. Nunca formé parte de ninguna cruzada. Detesto la cocaína, de la misma manera que tampoco quiero las cucarachas cerca de mí. Pero aun con lo directamente afectada que pude estarlo, creo que la humanidad tiene problemas mucho más graves como el hambre, el armamentismo y la depredación del planeta, y que la coca es un muy útil sofisma de distracción. No, yo no fui tan dura, ni tan moralmente firme con Luis. Le acepté todos sus regalos, y no son minucias, todas son pequeñas maravillas, miles y miles de dólares. Más una fortuna en cuentas y depósitos. Más la mansión. Soy rica. Y todo lo recibí sin preguntar por los cadáveres que tanto me repugnan y que podrían estar detrás de mi fortuna. No soy tan inocente.

Claudia estuvo conmigo hasta después de la Navidad y mi recuerdo, aun con lo reciente, es confuso. No preciso una sucesión de noches y días, de programas y paseos. Todo es como un prolongado instante –cines, conversaciones, comilonas, caminadas, carcajadas– en que todo sucede al tiempo, un instante lleno de risas, de juegos verbales, de burlas cariñosas de la una a la otra, de caricias de hermanitas.

Después de Navidad, un día, sin más –tú la conoces– me declaró un mañana-me-tengo-que-ir y me invitó al banquete de despedida. Cometí el error de emborracharme con tres amarettos después de comida y, aún peor, incurrí en el error de intentar un llanto con la cantaleta de me-vas-a-hacer-mucha-falta. Claudia me detuvo:

–Si le voy a hacer tanta falta, venga conmigo. ¿Qué la detiene? O deja de llorar o viene conmigo para que yo le pueda creer ese llanto de cocodrilo.

Me tuve que secar las lágrimas mientras me reía. Bendita mi hermana. Bendita nuestra Claudia.

Transcurrieron varios días y la euforia que me dejó la visita de Claudia me duraba como parte dominante de mi ánimo, por encima de mis incertidumbres sobre Luis. La principal incertidumbre, la más inmediata, la incertidumbre de la espera, ya se había apoderado de mí cuando, a fines de enero, después de dos meses, llegué al apartamento y encontré a Luis.

Beso de saludo, regalos de viaje –la misma pluma Mont Blanc que tengo en la mano– y una estatuilla china de marfil tallado. Actuaba con una naturalidad absoluta, como si hubiéramos desayunado juntos esa mañana. Yo estaba tan sorprendida, que ni siquiera alcancé a reaccionar con preguntas y reclamos y me dejé envolver por ese clima de naturalidad que me imponía Luis, debo decirlo, vestido con pantalón blanco de lino y una camisa apropiada para las playas de Hawaii o para el cantante de una orquesta de wawancó. ¡Ah!, omití este disfraz y me pude meter en su tono desprevenido. Me propuso que fuéramos a un restaurante del norte y que pasáramos la noche en la mansión.

—Acepto la invitación a comer, pero prefiero que tú vayas mañana solo al apartamento, con calma...

—¿Sucedió algo?

—...

—¿Sucedió algo?

—No, ninguna tragedia... Bueno, depende de cómo tú lo tomes... –parte de su cambio era una irritabilidad nueva, que tenía su particular efecto en un tono brusco, cortado:

—Aclara de una vez qué está pasando.

—Pues que estuve allá con Claudia y ella descubrió que había cosas falsas y demasiadas aberraciones en la decoración y llenó la casa de papelitos con críticas que, a lo mejor, no te gusten.

Él sonreía.

—¿Muchas cosas?

—Muchas cosas. El apartamento está lleno de papelitos. Se notan de tal manera, que la misma Claudia dijo que tenía el aspecto de una venta de bodega.

—Se supone que contraté lo mejor. Eso quiere decir que trataron de engañarme.

—Te engañaron –corregí el tiempo.

—Te cambio la invitación —me dijo—. Vamos al restaurante, después me acompañas a ver la venta de bodega y después nos venimos para acá.

—Trato hecho.

Luis tomó con humor las burlas de Claudia, pero estaba impresionado por la cantidad de gatos en vez de liebres que tenía alrededor.

—Necesito alguien de confianza que me asesore —dijo Luis.

—Tengo la persona —le contesté y marqué el teléfono de una mujer que trabajaba conmigo en el programa. Una niña rica bogotana, educada en Londres, experta en antigüedades, decoración, historia del arte y sus mercados. Buena amiga mía. Buena compañera de trabajo. Bastaba mi llamada para que me ayudara. Cuando la tuve al teléfono no supe cómo explicarle, de manera que fui directo al grano:

—Resulta que compramos un apartamento totalmente decorado y nos engañaron. ¿Tú me podrías ayudar?

—Encantada.

—Un beso, un beso —me despedí citándola al otro día temprano.

Enseguida Luis llamó al decorador:

—Yo le pagué mucho dinero y a tiempo —comenzó sin saludarlo: los labios adelgazados como cuchillas, los ojos perdidos en otra dimensión en donde la mirada busca palabras de hielo—. Usted me engañó. Usted me metió el dedo en la boca... No me interrumpa. Voy a ir a sus almacenes y voy a escoger cosas a cambio. Y si no me gusta lo que usted tiene, yo le devuelvo sus monigotes y usted paga donde yo encuentre lo que necesito. No me replique que usted no sabe con quién se está metiendo —bajó a un tono grave, inapelable—. Lo espero mañana a las nueve aquí o paga las consecuencias.

Otro golpe, otro descubrimiento: tiró el teléfono y aquella bestia fría y amenazante cambió en un parpadeo. Todavía apoyado en el auricular, sobre la mesa del teléfono —que tenía su papelito: "nada más cursi que un teléfono made in Korea de color metálico imitando que es antiguo: escenografía película Jayne Mansfield" —sonrió otro Luis, apaciguado y tranquilo:

—Ya verás cómo en dos días transformo todo esto —y tomándome el hombro— ¿de veras quieres cambiar toda la alcoba?

—¡De veras!

No fue en dos días, pero en una semana lo rediseñó siguiendo los consejos de mi amiga y por cuenta del decorador que no chistó por el reclamo. El pobre —ni tan pobre ni tan inocente— cambió todo lo que Luis le dijo que cambiara, aplastado por las amenazas veladas pero firmes del nuevo Luis.

El resultado fue espléndido. Semejante espacio. Amplio, lleno de luz y de paisaje, con unos muebles lujosos pero sobrios, con algunos adornos bellos —excepcionales en algunos casos— pero siempre ejemplarmente sobrios. Un cambio total. Un cambio total que me convirtió en propietaria formal ante Luis y que me llevó a cohabitarlo con él. Él se aprovechó de que yo propusiera la asesora en decoración para someter las decisiones a mi aprobación y convertirme en dueña. Y ahora, cuando el apartamento era más mío, cuando yo decidí todo, cuando la alcoba era la alcoba que yo escogí, era fácil para Luis persuadirme de que aceptara pasar algunas noches allí.

Ése fue el último período en que vi a Luis. Duró como un mes en que él estuvo dedicado a nada. Primero, entretuvo sus días en rehacer la mansión y luego en leer novelas y dormir. A las seis o siete de la noche, previa llamada, iba por mí a la oficina y me llevaba a cine o a restaurantes. Muchas noches las pasamos en el apartamento del norte y por eso llamo a esa alcoba la tumba de nuestro amor. Allí hicimos el amor las últimas veces, allí me di cuenta de que Luis era otro, más distante, más duro, más sarcástico. Nuestro trato se mantenía en un terreno neutral. Hablábamos de cine, de libros, de comida, de noticias, oíamos obsesivamente la música de Miles Davis, la última pasión musical que compartimos y —con precisión y experiencia— hacíamos el amor por las noches y por las mañanas.

Hacia mis adentros, también me anestesié con esa misma neutralidad. Ahí estaba Luis. Nos divertíamos juntos. Nuestros cuerpos se saciaban compartiendo el lecho. No me hacía preguntas. No se me ocurrían. (*Sigue.*)

✉

DEL DIARIO DE ESTEBAN
Medellín, sábado, diciembre 26 . 1981

Claudia aparece. Aparece aquí y ahora duerme en esta misma casa. Anteanoche me llama y me dice que quiere llegar a esta casa y no donde su propia hermana. Por mí, perfecto. Ayer, después de mediodía, ya estábamos instalados frente a la piscina. Claudia posee las virtudes de la lucidez. Virtuosamente las posee, es decir, con discreción, casi con inconsciencia. No es una gran filósofa, ni una erudita o una académica: existe una química entre nosotros dos. Ella tiene el poder de interpretar ciertas cosas, de observar a la gente desde determinado ángulo que resulta iluminante para mí. Ella le aporta a mi visión del mundo. Crezco cuando estoy a su lado.

Ayer me dio unas puntadas acerca de mí que pareciera que ha leído mi diario. El punto ayer era la relación entre sus dos hermanas. Por un lado Raquel con espontaneidad, por simples diferencias de caracteres y de modos de vida, se ha ido distanciando de María. Su único tema común –desde el punto de vista de Raquel– era su padre. Tal vez la madre también las juntaría. De este modo a Raquel –metida en su trabajo y en sus embrollos con Luis– se le ha olvidado la existencia de María. Cuando se murió papá, sin darse cuenta, Raquel mató a María, la suprimió de su vida, me dice Claudia.

–De tal modo la ignora –agrega– que no se da cuenta de que la otra no la quiere.

Claudia se fue anoche a comer con María y su marido a un restaurante. Y no resisto copiar el relato que me hizo, después de obligarme a esperarla con una botella de whisky lista.

–Ahora Max es el político moderno. Su apariencia es fruto de una larga deliberación: el tono del traje, su combinación armónica con camisa y corbata. Ella, para salir a comer, está vestida para salir a comer. La correspondencia exacta entre la ropa y las circunstancias. Me querían llevar al club más tradicional del centro y les dije que no, que odio el lugar de donde me tocaba sacar a mi mamá completamente borracha –Claudia se da una pausa, se burla de la cara que estoy poniendo y continúa–. Sí, ese horror se repitió varias veces. Yo tenía catorce años. Apenas mencioné el asunto, Max y María se miraron y yo comprendí: recuperé de nuevo esa mentalidad de la clase media antioqueña, guardianes de las buenas costumbres, entendiendo por buenas costumbres salvar las apariencias. Entonces la vida se les va llenando de temas tabú. De asuntos super trascendentales que sólo se atreven a tocar cuando las situaciones están a punto de explotar; y entonces rodean la conversación de ceremonias. Tenemos que hablar. Encontrémonos para parlamentar. Y uno cae, convencido de que van al grano de entrada. Nada. Primero las grandes declaraciones de principios.

—Bueno, al grano tú —le reclamé.

—... ¿Te imaginas? Restaurante caro en El Poblado —siguió como si no me oyera—. Un aperitivo y un brindis por el reencuentro. Con espontaneidad, desprevenida, le digo a María que casi no se ven con Maquel, y Max arranca diciéndome —como respuesta— que él está en una carrera política, en un movimiento para sanear las costumbres y todavía estaría en una perorata vacía si yo no hubiera interrumpido para preguntarle qué tenía que ver eso con Raquel. Entonces María, con su cara de tragedia típica de todas las señoras de esta urbe, tomándome la mano para asegurarse de que mis pulsaciones continuarán después de la terrible noticia, acercándome la cara para asegurarse de que nadie más que yo la va a oír, me dice que si no me he dado cuenta a qué negocios se dedican Luis y Raquel. Y antes de que yo diga nada, me aprieta la mano para declarar que al tráfico de cocaína. Max toma la palabra para decir que ellos están contra el narcotráfico. Ella intercala —¿ensayada?— una frase acerca de que ellos tienen tres hijos. Se me aparece en la cara una risita. La risita viene de fuera, de las palabras espesas de mi hermanita y su marido. María conoce la risita y le teme. Veo en su rostro que ha registrado la risita:

—Te estabas burlando de nosotros —me reclama.

—Y tú te estás burlando de ellos.

La risita no es mi culpa. Viene de afuera. Como si me picara un insecto. Se impone como un rictus, toda la vida me ha sucedido así. Primero la risita, que es una descarada mueca de burla. Y luego me riego a decir barbaridades. Es la única manera de no tragarme la risita, de no envenenarme. Si digo lo que hay en mis vísceras y en mi cabeza, entonces la risita se evapora, se funde con el aire, se va como ha venido.

—Ya sé de la risita. Cuenta qué les dijiste —la acosé.

–Ah, querido, fue un banquete. Primero que todo hablé un poco más alto que lo normal. De inmediato, María perdió todo el control. Casi ni me oía, mirando a lado y lado, vigilando que nadie me oyera. Apabullé a mi hermanita con el solo volumen de mi voz que le preguntaba, una ocasión sin que su desconcierto me oyera, otra vez todavía más duro, como para sacudirla: lo que me quieres decir es que no te juntas con Raquel porque temes que ella convierta a tus hijos en unos drogadictos...
–Eres una bárbara –le interrumpí a Claudia– y tú sabes que ellos no quieren decir eso.
–Pues no estoy tan segura de las cuestiones tan espantosas que pueden pasar por la mente corrompida de un moralista. Pero eso no importa. Era mi manera de entrarle a María para aclarar lo que me interesaba, que Raquel no está en el negocio. Y para decirle a ambos que éste no es un problema de buenos y malos. Y le saqué en cara a Max que él, con su demagogia puritana, era el mismo abogado tramposo, el mismo negociador de licitaciones que tenía una casa y otro montón de riquezas a punta de comisiones de contratos con el estado. El tipo se puso verde. María –pobrecita– vigilaba que nadie oyera los horrores que yo decía, y con ademanes que omití olímpica, trataba de morigerar mi volumen. Bajé la guardia. Les dije que era un ejemplo. Que si querían cambiaba de ejemplo y me ponía yo misma por caso. Lesbiana. La palabra, como me temía, les produjo un colapso. Lesbiana, y sin embargo una mujer inofensiva que cría un hijo y trabaja en un hospital. Y lesbiana. Es decir, si ellos querían, buena y mala a la vez, en todo caso una mezcla. Como Max, como María, como Luis, como todo el mundo. Y aquí todo el mundo está en la mezcolanza. Mira tú, María, aceptas y agradeces el regalo que Raquel te mandó conmigo. Sabes que es un reloj carísimo, que vale miles de dólares y eso le añade efusión a los agradecimientos. Y en ese momento, cuando te entregué el regalo, no te atacó ningún reato. Es sólo la teoría. Que no me vean con ella, que no sepan que en mi familia también ocurrió aquello que me avergüenza y que también me reporta relojes de diez mil dólares.
Le interrumpí para contarle que, en cuanto al narcotráfico, la penetración del poder de sus dólares entre todos los poros de esta sociedad era total. Ahora pasamos, le repetí mi frase trascendental, de víctimas a cómplices.

–No exageres– me advirtió Claudia–. Si tú tienes un modo de vida legítimo, por ejemplo, tomar radiografías, tú no sabes de dónde sacó su dinero el paciente que te paga la radiografía. Si el tipo cometió un asesinato para conseguir tu pago, eso no te convierte en cómplice.
–Con el ejemplo me derrotas, pero el ejemplo no es tan exacto. Puede que, en cada caso, el señor que le vende el mercado o la finca o lo que sea a un narcotraficante, esté en el comercio legítimo. El problema comienza cuando las cantidades de dinero que circulan son tan monstruosamente gigantescas, que impregnan a toda la sociedad. Todos quieren lucrarse, todos quieren ganar, y se desencadena la locura de la codicia, que es una locura sanguinaria y despiadada. Vivimos en una sociedad despiadada, sin piedad.

Cuando llegamos a mi prédica, ya estábamos demasiado borrachos y Claudia, de nuevo, se burló de mí, defensor de los valores cristianos, y dijo que ya era hora de acostarme, que estaba hablando demasiadas bobadas, que me ponía la piyama y terminó nuestra primera noche de encuentro.

DEL DIARIO DE ESTEBAN
Medellín, miércoles, diciembre 30 . 1981

Casi una semana de Claudia. Juntos como un par de mancornas. Y borrachos. Yo, que casi nunca bebo, me dice, y llego a tu casa y me convierto en una alcohólica. Beber, comer, conversar, reír. Así pasamos las horas y las horas.

Claudia es dura y desparpajada. Me obliga a hablarle de mis poemas y a leerle. ¡Qué remotos los días en que aspiraba a un solo gran poema, un poema totalizador, un formidable nocturno donde rondaran todos los espíritus de la oscuridad! Le cuento todo esto antes de que se revuelque de la risa con mis versos de ahora. Y me dice que le gustan más estos juegos que escribo, pero también me reprocha mis ambivalencias con la poesía.

–Nunca te quisiste comprometer a publicar un verso y ésa fue una cobardía con tu vocación más profunda.

—...

—... Tú lo que siempre has querido ser es un poeta, pero nunca enfrentaste el destino. Ni hacia afuera, exponiendo tus versos a la imprenta, ni hacia adentro, trabajando con persistencia... Éste es un país sin constancia. Aquí nadie acicatea en la misma cosa, sino que aprovechan el talento natural para recostar su pereza. Tú nunca te comprometiste, día a día, con ganas o sin ganas, en una tarea larga, de años, a terminar siquiera la primera versión de tu famoso poema. No. Ése era el sueño para algún día, pero ese día nunca llegó y, si llegó, fue cuando no tenías las energías necesarias para emprender la labor.

Yo estaba estupefacto. Luis no lograba conmoverme, diciendo idioteces sobre mis relaciones con la poesía, y viene mi pareja y me da en toda la línea de flotación y me dice que le fui infiel a la poesía, que perdí mi vida evadiendo a la dueña de mi tiempo. Y no se quedó ahí, la última noche me instó para que me largue de Medellín:

—La sensación más triste que se apodera de mí cada vez que vengo, es que el tiempo no pasa. En su lugar, han adoptado un remedo del tiempo y, entonces, cada cinco años, cuando regresas, te muestran una avenida nueva, un centro comercial recién inagurado: son las ilusiones que no permiten observar la verdad de un tiempo detenido. Cada vez que llego, me duele que la gente esté estancada, en lo mismo, sin ninguna curiosidad nueva, haciendo el mismo oficio de la misma manera, inmersos en el remolino de una rutina que no cambia, afincados en unas opiniones que no cambian, salpicados del mismo lodo, de la misma comedia frívola.

—Te refieres a mí...

—Me refiero también a ti. Tú eres parte del cuento. Ya me has contado chistes que te oí hace tres años. Tú sabes que te estás repitiendo, que no creces. Tú tienes bastante lucidez para captar las sutilezas de lo que sucede aquí, pero esa especial percepción no te excluye del cuento. Tú eres parte de la farsa, tú estás salpicado de la mierda que todos aquí producen y todos aquí se tragan.

Tiene razón. También hablamos de Luis. De Luis y de Raquel. Le conté todo lo que he pensado. Ella fue más tajante:

—Luis va a terminar mal. Es algo que no me atrevo a decirle a Raquel. Con ella mi trabajo es distinto. Pero sé que Luis va a terminar muy mal.

—Pero, ¿por qué?– le repliqué–. El tipo tiene sangre fría, es inteligente. No tiene por qué terminar mal.

—No seas ingenuo, muchacho. Puede que Luis tenga la inteligencia del académico. Un tipo muy estudioso, que ha estado más de la mitad de su vida entre los libros y que tiene la agudeza para distinguir entre el análisis brillante de un texto y una babosada. Pero ésta no es la inteligencia que se necesita para ser un buen contrabandista de cocaína. Ésta es gente que negocia con un dedo en el gatillo. ¿Tú crees que semejante gallina que es Luis, es capaz de disparar?

—Es curioso, le dije. Tú presentas el mismo argumento de Raquel, pero al revés. Ella detesta la violencia y la sangre que hay en el tráfico. Y tú dices que él es incapaz de apretar un gatillo y de ahí deduces que es un inepto para ese trabajo.

—En el fondo estamos diciendo lo mismo. El sentido de la objeción de Raquel es idéntico: rechaza que Luis, incapaz de disparar un arma, trabaje en un ambiente en que esa capacidad es parte del desempeño diario. Pero mi cuento no se detiene en ese punto tan crítico —como si fuera piloto de avión pero, digamos, ciego—. La falta de inteligencia de Luis consiste en que él no conoce a la gente. Él es un crédulo, que no se da cuenta cuándo lo están engañando.

—No creas... —defiendo a mi amigo— él es perspicaz.

—Mira Esteban: durante seis meses Raquel estuvo a su lado, iracunda con él, y él ni siquiera lo notó. No, Luis es un cándido. A Luis lo engañan muy fácilmente, el mundo no funciona como dicen los libros. La gente es agresiva y traidora y Luis es demasiado abstraído, demasiado inocente.

—Bueno, pero los hechos te contradicen —vuelvo a la carga— porque ha sobrevivido hasta ahora. Y con mucha prosperidad.

—Excesiva como para que sea sana. Demasiada prosperidad y demasiado instantánea. Eso acaba con la cordura de la gente y con la medida del placer; y produce una clase peligrosísima de individuos: gente hastiada. Y el que está hastiado con facilidad se vuelve destructivo, arrogante, atropellador de los demás. Creo que eso es parte de la vida en esta ciudad. Pero me desvío al caso general cuando el asunto es esta ridícula cursilería de Luis. Imagínate que cuando llegó a Nueva York a mediados de este año, tenía reservaciones en el Waldorf Astoria. No te rías. Yo me calenté y les grité que no fueran imbéciles, que ellos tenían una casa en Manhattan. Dos casas, si querían. Allá también le pude decir que me parecía un estúpido y que creía que era un inepto para la profesión que había escogido.

–Estás delirando –le interrumpí a Claudia–. El hecho es que él ha sobrevivido y con esplendor.

–¿Cuál esplendor? –contraatacó–. ¿El esplendor económico? Será el único: y le ha servido, por ejemplo, para comprar un apartamento suntuoso con un montón de basura adentro. Lo estafaron. A él, un profesor, un hombre culto, que ve sus bolsillos repletos de un momento a otro y se enloquece. De resto, ¿cuál esplendor? ¿No te das cuenta de que Luis perdió a Raquel?

–Pero si ella sigue enamorada de Luis...

–De otro Luis. Además el amor no importa. El amor es un accidente. El amor es una ilusión. Lo importante es que la carga emocional de Raquel, que lleva ya un año, transformó ese sentimiento. Lo volvió aprensivo de una manera en que jamás volverá a ser igual. No te mientas, Esteban. No te mientas en nombre de tu amistad con Luis. Ya esa pareja no tiene remedio. Ninguno de los dos lo sabe y ambos harán esfuerzos para que las cosas marchen y, lo peor, saldrán heridos después de esos intentos. Mi drama consiste en que, por anticipado, sé todo esto y de nada valdría que se lo advirtiera a mi hermanita. O que tú se lo dijeras a Luis. Ninguno escucharía, y a lo mejor reaccionaría con violencia. Mi juego con Raquel –Claudia la llama Maquelita– consiste en desbaratarle a Luis, y tú me perdonarás, pero mi tratamiento consiste en burlarme de tu amigo delante de mi hermana. Y ni te imaginas los motivos de burla que me proporciona la mansión que se compró en Bogotá.

DE CLAUDIA A ESTEBAN
Nueva York, jueves, diciembre 31 . 1981

Mi amado parejo: Una calma narcotizante en el hospital el último día del año. Te escribo desde la antesala de radiología, donde nadie ha llegado en mi turno de la noche de Año Nuevo. Aquí, en la lentitud del tiempo ocioso, de súbito me acuerdo de los versos tuyos que me hacían reír o que me parecían juegos de lenguaje, pero apenas rescato frasecitas. Eso, de paso, es lo que me gustó de tus poemas. No soy una experta pero gozo con algunos poemas que me he ido aprendiendo de memoria porque para mi manera de sentir, dicen situaciones cumbres de la vida. Por ejemplo, cada vez que veo una rosa roja, me acuerdo y repito el poema de León de Greiff: "esta rosa fue testigo de ése que si amor no fue, ningún otro amor sería". En ningún verso dice que la rosa del poema es roja, pero yo no me acuerdo del poema sino con las rosas rojas, no las amarillas, o las redundantes rosas rosas que son las rosas color de rosa.

Los versos tuyos me provocan una sonrisa hacia adentro, que me da rabia no saberlos, no tenerlos a mano –por ejemplo en una noche como ésta– para divertirme leyéndolos. Ignoro si te ofendo, pero para mí son trabalenguas poéticos. El hecho de que no tenga conmigo tus juguetes verbales te favorece en el sentido de que, por sustitución, dedico mis ratos a escribirte estas líneas y a decirte que te quiero, mi parejo, que disfruté mucho contigo en Medellín, que Juana también te quiere y que Boris te quiere. (¿Quiere usted mandarme sus versos?)

Un gran beso de Año Nuevo de tu pareja indisoluble,
Claudia

DE ESTEBAN A CLAUDIA
Medellín, miércoles, enero 6 . 1982

Mi pareja: Hoy recibí tu carta y me cambió el día. Es la época en que se trabaja poco y las horas pasan lentas. Debo estar en la emisora y no hay noticias deportivas suficientes para los programas. Estoy pues, en la antesala de radiología –como tú– y aprovechando el hastío de la tarde caliente para contestar tu carta, que le dio otro aspecto a esta especie de aturdimiento.

Me parece una atrocidad decir que mis más profundas inspiraciones son "trabalenguas poéticos". Te perdono con la indulgencia que mi vanidad posee. Me halaga que sean útiles en el turno de Año Nuevo de una enfermera de radiología.

Anagramas

I
Sumo y asumo los sumos zumos y sus humos
la dura quemadura que madura, que me dura, que me dora,
las trabas, las tramas, las trampas, los trebejos,
ni tronos, ni tretas, ni trotes.
Sé mi sed de ser
pero no ato el hato de datos y sólo al rato
conozco –tosco– al mosco.
Ahí voy con los que soy y lo que doy.

II
Las actas, las cartas, las llamadas:
palabras vanas, nada.

III
Las aras, las balas, las plagas;
satán da la cara.

IV
Me basta bastante:
un remo roto, un rito rico, un raro rato,
ni una rata en la ruta,
fruslerías y frutas,
un faro, un aro,
un ronroneante y mínimo minino,
ni mi timidez ni mi ira,
ni siquiera intimísimos miedos,
sólo todo lo gozoso,
lúdica música única.

Pequeño poema a Pessoa

I
Desuno lo uno,
cato caos,
vislumbro el umbral,
adentro siento el sacro secreto,
la música única,
el ojo rojo,
el avance del trance,
los varios que soy.

II
Esta cosa corriente que corroe,
la rutina que arruina,
sonso sonsonete sin zozobra,
monótona caravana de la nada;
manera que tiene el ser de no ser,
forma de ser para el perecer,
tiempo roto en rutinas,
ruidosas y raudas repeticiones
redundancias y rancias reiteraciones,
rimbombante ronroneo,
rígidas irritaciones.

Uno et pluribus

El brindis
con el énfasis
en el análisis
y la catarsis
del virus
de la crisis:
luego el éxtasis.
Los brindises
con los énfasises

en los análisises
y las catársises
de los viruses
de las crisises:
luego los éxtasises.

DEL DIARIO DE ESTEBAN
Medellín, lunes, febrero 1 . 1982

Me llama doña Gabriela. Me da almuerzo y, mientras como, me dice que ese apartamento que Luis le regaló es una esclavitud. Que va cada semana a limpiarlo y que se gasta el día entero. No se usa nada y las cuentas de servicios son astronómicas. Allá hay cosas que ella no sabe ni cómo usar ni para qué sirven. La tranquilizo. Le digo que yo me hago cargo, que en la oficina de mis hermanos hay una mujer de confianza que aceptaría un trabajo extra. Que no se preocupe, que yo pago y arreglo después con Luis. Llego a casa, llamo a Luis y todo queda organizado. Si no lo desea, doña Gabriela no tendrá que volver a su apartamento en el resto de su vida.

XIII. Febrero / mayo 1982

DE RAQUEL A JUANA (*continuación*)
Bogotá, miércoles, noviembre 30. 1983

Hacia febrero del ochenta y dos –hace ya casi dos años–, Luis dedicado a nada, yo a mi trabajo, estábamos en una especie de marasmo sin acosos que ya se prolongaba por más de un mes, hasta el día en que mataron a Pelusa. Eran las once de la mañana de un sábado. Como a las siete, Luis se levantó y preparó un desayuno suculento. Después seguimos en la cama, la música nos sostenía medio dormidos, medio despiertos, cuando sonó el teléfono. Contesté. Era Cecilia, la hermana de Luis. Me saludó con voz neutra. Le pregunté cómo estaba y con mucha tranquilidad me dijo que tenía malas noticias pero que se las quería dar primero a Luis. Se lo pasé.

Él saludó con brevedad, escuchó concentrado, se fue incorporando a medida que oía y terminó de pies, en piyama, paseándose al lado de la cama en una extensión de tres pasos y medio que le permitía el cable del teléfono. Al despedirse pronunció pocas palabras, colgó y se sentó en la cama, inmóvil, perdidamente serio, mirándome y buscando las palabras que pronunciaría. Me tomó de la barbilla con suavidad y me contó que a Pelusa le habían vaciado tres pistolas. Lo llevaron todavía vivo a un hospital de Miami con más de veinte disparos en el cuerpo. Cecilia estaba muy tranquila, con pleno control emocional. Acababa de llegar del aeropuerto con el cadáver. Le comunicaron la noticia desde la víspera, pero ella no quiso contarle a nadie hasta ver los despojos y estar segura de que era su marido. Me sobrecogió la sangre fría de Cecilia. La mariposa, el perfume flotante, no tenía sangre o poseía sangre de batracio. Pelusa estaba muerto y lo enterrarían, con mucha discreción, esa misma mañana.

–El punto –dijo Luis aguzando la mirada y adelgazando los labios como para rebanar las palabras– es que yo puedo estar en peligro...

–¿Sabes quiénes lo mataron? –la reportera lanzó la primera pregunta. Me incorporé y la mano que acariciaba mi barbilla quedó sobre mis piernas.

–No. No sé. Puede ser un traidor. Puede ser la policía, la policía de allá, la de acá, la de algún país en la mitad. Hay policías persiguiéndonos y policías comprados. Hay gente que está en el comercio y que se siente dueña de algún territorio. Puede ser cualquiera. Cualquier grupo guerrillero, cualquier policía, cualquier deudor, cualquier rival, cualquier aduanero. O puede ser una casualidad y en ese caso yo no corro peligro.

–... Pero es mejor tomar precauciones –anoté como si lo siguiera por telepatía.

–... Pero es mejor tomar precauciones –dijo él confirmando mi anticipación–. Y por eso voy a desaparecer durante algún tiempo. De hecho, hace un mes que estoy aquí sin hacer nada, sin ver a nadie del negocio, y todo ha estado muy tranquilo. Pero es preferible desocupar por un rato el escenario habitual, como simple cautela.

Le tomé la mano y él volvió a acostarse a mi lado. Sonaba *Kind of Blue*. Miles Davis jugueteaba, deliraba, reía con su trompeta. En ese instante, la certeza de la separación inminente se convirtió en deseo. Al tiempo nos volcamos el uno sobre el otro, al principio moviéndonos y besándonos al ritmo de la música, luego más allá de cualquier sonido, más allá de nosotros mismos en un tiernísimo coito de despedida. Al volver a este planeta, Miles Davis enloquecía con *Basin Street Blues* dándole una atmósfera intemporal a ese reposo íntimo y compartido que nos envolvía a ambos. No hablábamos. Besitos, abrazos, caricias, dedos que juegan con dedos y este mismo disco alucinante que ahora oigo otra vez, oigo por enésima vez: y siempre descubro incrédula que la trompeta de Miles Davis puede lograr que un instante simule con éxito que dura una hora. Desde la música puedo explicarme también la prolongación erótica de aquella mañana en que Miles Davis nos ayudaba estirando el tiempo. Un rato de silencio.

Una interrupción para repetir el disco y reiniciar aquel sueño de delirios compartidos. El sonido que comenzaba alentándonos, desaparecía mientras nosotros flotábamos, y volvía a acompañarnos como una especie de sustrato de nuestra más íntima comunicación. Sólo hablamos durante la ducha, que duró lo mismo que el agua caliente. Allí me dijo que se perdería un tiempo, que me entregaría sus chequeras al salir, que no me preocupara por él, que me dejaba su plata de bolsillo, que de algún modo se comunicaría conmigo, que él sabía dónde escabullirse. Me dio instrucciones para abrir una caja oculta de la mansión y luego, con una prisa que tenía más relación con su imposibilidad de hablar conmigo que con la inminencia de que apareciera un perseguidor, hizo una maleta más bien ligera. Después hurgó en los cajones donde guardaba los originales de su tesis de doctorado y –entre los sobres empolvados de cada capítulo– fueron apareciendo chequeras y títulos por un montón de millones.

–No te preocupes: tú tienes firma en todas ellas.

Soy mucho más rica de lo que yo misma alcanzo a entender, yo la honesta, yo la opositora a sus oficios de comerciante de coca, yo usando esta herencia suya que él me entregó la última vez que lo vi.

La última vez que lo vi. Ese sábado de febrero del ochenta y dos. Casi saliendo, me advirtió que guardara todos esos documentos en una cajilla de seguridad y, con un largo beso, Luis desapareció hasta hoy.

Repaso aquel día y nada aparece con precisión, salvo la música. Tengo la certeza de que hicimos y repetimos el amor a plenitud, a pleno goce, con infinita ternura. Pero no puedo recordar que se haya mencionado la palabra amor. No le dije que lo amaba, no me dijo que me amaba. Entonces es ahí donde comienzan los juegos de la duda amorosa.

Los juegos: el más sencillo y el más consolador es que si yo –que lo amaba– no le declaré mi amor, él bien pudo estar en la misma situación. En beneficio de esta hipótesis podía mencionarse la feliz armonía de nuestros encuentros sexuales. Pero el juego se tornaba diabólico: no me dijo que me amaba porque no me amaba. O éste, que era una traición a mí misma: no le dije que lo amaba porque, desde entonces, yo no lo amaba. En favor de esto último estaba nuestra propia historia de una pareja que, para sobrevivir, cada uno necesitaba el aire que el otro respiraba; después vino el pacto de la costumbre, tras una ruptura brusca, un pacto sostenido por el buen entendimiento sexual. En fin, margarita de cuatro pétalos que puedo deshojar infinitamente, nos amábamos, sólo él me amaba, sólo yo lo amaba, nos desamábamos...

¿Qué hace una mujer abandonada por un marido prófugo de no-se-sabe-quién, el resto del día en que él ha partido? En mi caso, por reflejo atávico, puse todo en orden trabajando como una abeja y recordé la frase inmortal de Claudia: la mejor droga es el trabajo. Me sumergí por completo en mi programa de televisión, meterme en mi oficina como si viviera en ella, convertir ese diminuto recinto lleno de papeles y de apuntes en unos tableros, en una especie de hábitat natural.

Sumergida, la oficina fue pecera y trabajé más de un año sin detenerme, sin descansar más que una semana, cuando fui a Miami a ver a mi madre. Durante ese año febril de llegar rendida al apartamento y desvestirme casi a oscuras, desaparecí de todo el mundo. No vi a mi único amigo, Germán López, y hablé por teléfono con las tres mujeres de mi familia sólo las veces que ellas me llamaron.

Desde aquel sábado de febrero transcurrieron casi dos meses hasta el día en que apareció Esteban en mi oficina. Al verlo, intuí al heraldo de Luis, de ese Luis que yo mataba de día con la rutina del trabajo y ansiaba tener a mi lado siempre que me despertaba por las mañanas.

No le permití que descargara la maleta y se la entregué al mensajero de la oficina, acostumbrado a llevar mi equipaje a la portería del edificio de mi apartamento, cada vez que yo regresaba de algún viaje.

Esteban intentó una protesta, basado en la paranoia –que yo no había sentido– de que éramos vigilados con celo por el asesino de Pelusa. Me rebelé. Esteban era mi huésped y yo no se lo escondía a nadie. Nos fuimos caminando hasta mi casa. El centro de Bogotá estaba atiborrado de gente, cierta nerviosa agitación de viernes flotando en la atmósfera, una atmósfera ya gris y un viento helado. Caminando entre la multitud recibí la información útil del espía. Luis se escondía en Medellín, en el apartamento que le había regalado a su madre. Esteban celebraba que, en su encierro, Luis se interesó de nuevo por escribir ensayos sobre el modernismo. En cambio, mi atención estaba detenida en el extraño lugar de su refugio:

–Está acorralado –afirmé.

Esteban no contestó enseguida, se quedó pensativo un instante y le dio un giro al tema:

—No está desesperado.
—Medellín es la boca del lobo y allá fue a dar por exclusión. Si le toman la pista ¿adónde se puede ir?
—No lo sé.
Nadie lo supo nunca.
Me centré en la paranoia de Esteban. Me contó que a doña Gabriela y a Cecilia las estaban vigilando y siguiendo.
—Eso se siente. De algún modo uno se da cuenta —comenté—. Y yo no he notado nada de manera que no creo que me estén siguiendo.
—A mí tampoco —declaró Esteban.
Llegamos a la casa con claras intenciones de cocinar y de conversar. Fue un grato encuentro y una dulce embriaguez de vino tinto que ablandó las lenguas y permitió cierto grado de intimidad en la charla. Ése, como todos los días de los diez años anteriores, yo estaba convencida hasta el tuétano de mi amor por Luis. Más allá de mis especulaciones sin esperanza de regreso —que pertenecen a un hoy mucho más escéptico— yo no dudaba entonces de mi amor por Luis. Para la Raquel de ese día —hace casi dos años— se trataba de un amor que tuvo su mal momento, pero ese mal momento era la excepción en una larga historia, en una especie de milagro, todavía más prodigioso en una pareja sin hijos, sin compromisos frente a unos menores.

Tampoco dudaba del amor de Luis, todavía menos en el contexto de la conversación con Esteban, que me traía mensajes ansiosos de Luis, y que me gratificaba con la noticia de que tres segundos después de encontrarse con él, recibió el encargo de venir a verme.

Al calor de los tragos y de ese encuentro con el buen amigo después de meses de narcotizarme con mi trabajo, aún conservaba el realismo que me permitía vislumbrar otra verdad más profunda de nuestra relación.
—Suponiendo que todo vuelva a la normalidad, que podamos vivir juntos de nuevo, habrá que partir de que en el último tiempo los dos hemos cambiado y que la relación no volverá a ser igual.

Esteban me resultó con unas frases de cartilla, señalando que ninguna relación podía hacerse con el pasado, que hay una dinámica. Le interrumpí diciéndole que ésos eran lugares comunes.
—Lo que yo quiero decir es que sería muy difícil la convivencia.

Ya Esteban ni se acordará de esto, pero fue una verdad que aprendí a medida que me la oía, como si la lengua pensara por sí misma al estímulo de una botella entera de vino de Burdeos. La ironía del punto era que se trataba de mera teoría. Especulaba, convencida de que volvería a encontrarme conviviendo con él. Aún más: me pensaba con Luis, me suponía como su apéndice, añadida a él, parte de un proyecto de vida común.

Mentira. Han pasado muchos meses sin verlo. Las últimas noticias suyas datan de tres meses después. Luego de ese momento, he tenido una vida construida a base de alertas, de sutiles búsquedas, de una espera continua, consciente, minuciosa, una espera que atravesaba el sueño. Hay, sin embargo, dos incidentes anteriores a ese período que abarca el año más largo de mi vida. Ambos ocurrieron con intervalo de dos o tres días en mayo de mil novecientos ochenta y dos.

Estaba tan metida en mi trabajo, que me olvidé por completo del apartamento del norte hasta el día en que recibí una llamada de la mayordoma que lo mantenía en orden. Con todas sus buenas maneras me dijo que celebraba que yo hubiera vuelto, que cómo encontré todo.

—¿Cómo así que cómo encontré todo? Yo no he estado allá desde el principio del año...

—Pues anoche alguien entró y revisó todo. Por eso pensé que era usted.

—No, no. Por favor, mire si se llevaron algo y la vuelvo a llamar después.

—Como diga... Además tengo que molestarla por dinero. Se acabaron los fondos que me dejó el profesor Jaramillo.

—Sí, no se preocupe. Revise, por favor, mientras yo hago una llamada urgente.

Colgué y, de inmediato, llamé a la portería del edificio de mi apartamento.

—Sí, señora Raquel —me confirmó el portero—. Esta mañana estuvieron acá los señores de la telefónica. Me dijeron que usted les prestó la llave y yo los dejé entrar.

Me fui para la casa en cuanto colgué. Entraron con su propia llave, esculcaron todo minuciosamente y no se llevaron nada. Nada. Como si buscaran pistas de Luis, pero sin ningún interés depredador. No tenía necesidad de llamar a la mansión para confirmar lo mismo, que era una

inspección, pero tranquilicé a Eugenia con una mentira piadosa mientras ella me decía que no se robaron nada:
—No se preocupe. Fue una tía de Luis que vino de Medellín.

Había algo más. El apartamento del norte era el escenario perfecto para grabar la presentación del programa. Lo alquilé por horas a los productores y me quité de encima el problema de los gastos. Ahora me vigilaban. ¿Estarían intervenidos los teléfonos? ¿Había alguien que me seguía? Nunca lo noté, pero durante muchos días se apoderó de mí la misma paranoia que observé en Esteban pocas semanas antes. Adquirí el hábito de asomarme a la ventana para ver quién rondaba por el vecindario. Nunca divisé al individuo de sombrero alicaído, con un periódico doblado en ocho, ni al tipo entretenido con un cigarrillo sin prender, metido entre un carro estacionado. La realidad no es como en las películas pero aun así, me sentía vulnerable. Cambié la cerradura de la puerta de entrada a sabiendas de que éste no sería un obstáculo para un invasor todopoderoso.

Interrogué a los porteros de ambos edificios. Nunca antes vieron a los invasores. En la mansión fue una mujer. En mi apartamento dos hombres. Ni una huella visible, ni la menor sustracción; y el toque profesional de una búsqueda exhaustiva.

Tres días después estaba yo en la oficina en uno de esos momentos de la tarde particularmente atareados cuando, como si fuera la máquina del tiempo, vi enfrente mío a Esteban con su maletín en la mano. Y repetí la película. Ordenes al mensajero de que trasladara la maleta a mi edificio, caminada con Esteban que llevaba, según me contó, una noche entera de insomnio y un día entero de aeropuerto cerrado por lluvia. Me resumió:

—Desapareció. Ayer por la mañana, cuando llegó Concepción, él no estaba. Alguien requisó todo el lugar. De inmediato me avisó y poco después él la llamó por teléfono para decirle que estaba bien, que no nos preocupáramos.

No comenté nada. Caminé al lado suyo con la mente en blanco. Él dijo:

—Le perdimos la pista...

El silencio se apoderó de nosotros. Nos detuvimos en una pastelería a tomar un café espeso y silencioso en que nos mirábamos con la transparencia de dos amigos que no lloran pero que están compartiendo su dolor, su desconcierto. Al salir, con afecto, me llevó abrazada hasta la casa, también en silencio. Al llegar a la casa, ambos nos regañamos por estar en ese ánimo tan sombrío y procuramos alegrarnos con algo de comida y de cháchara. Esteban me contó de la obsesión de Luis con Miles Davis y me habló del ánimo con que él estaba trabajando.

–Esculcaron toda la casa –relató– y, al parecer, no se llevaron nada.

–¿Quieres decir que alguien entró y revisó todo después de que Luis se escapó?

–Así parece que ocurrió.

–Pues hace como tres días se entraron a esta casa y a la mansión y miraron cosa por cosa y procuraron dejarlo todo como estaba y, según parece, tampoco se llevaron cosa alguna.

–... Ni encontraron nada, a juzgar por el hecho de que siguen buscando.

El tema nos dio para una esperanzadora especulación. A lo mejor no estaban buscando a Luis por Luis, sino porque necesitaban algo, un dato, un documento, algo, y sospechaban que Luis lo tenía en su poder o, al menos, que sabía donde estaba.

Especulación: nunca he podido comprobar si esto es verdad. Luis, entonces lo ignoraba, no volvió a aparecer. Y no sé si está vivo o muerto.

No estuvimos muy parlanchines aquella noche. Esteban estaba muy cansado y, encima, creo que la tristeza nos dominó y se convirtió en sueño.

Al otro día, Esteban madrugó para Medellín, cumplida su misión de informarme que Luis había desaparecido. (*Sigue.*)

DEL DIARIO DE ESTEBAN
Medellín, martes, febrero 16 . 1982

Siempre que llegué de sorpresa a casa de doña Gabriela, toda la vida, el ambiente era apacible. Un mundo sin problemas. Hoy llegué muy temprano a almorzar, como a las doce, a decir que le echaran un poco más de agua a la sopa y me recibió una doña Gabriela vestida de negro.

En breves palabras me contó que Moisés Zuluaga está muerto, que su hija es viuda. Todos sus gestos están impregnados de un dolor profundo, de un hondo respeto a la cercanía de la muerte, pero no hay llanto, sólo la voz se le quiebra en sus momentos de mayor debilidad.

Me cuenta que su hija está bien. Me elogia su valor y su estoicismo y yo tengo que disimular fingiendo que la admiro y sin poderme imaginar cómo semejante personaje, Cecilia, no toma el asunto como lo que es, una muchachita histérica.

Almorzamos casi en silencio. Con parquedad me informa que lo mataron a tiros hace una semana en Miami. Cecilia fue por el cadáver y el mismo día que lo trajo, lo llevaron al cementario. Pongo cara de circunstancia enfrentado a las paradojas del dolor. No siento ninguna pena porque un pájaro de cuenta como Pelusa se haya ido de este mundo. Pero me rebota cualquier cosa que pueda herir a doña Gabriela. Y me inspira tanto respeto su dolor, que me inhibo para hablar y le rindo homenaje con mi silencio.

Todo suena muy lindo, pero el resultado es una estupidez que no me perdono: no hablamos de Luis y caí tarde en la cuenta de que el asesinato de Pelusa significa que Luis está en peligro. No puedo cometer la torpeza de llamar a doña Gabriela a preguntarle por su hijo. Toda la noche y toda la tarde marqué el teléfono de Luis en Bogotá sin conseguir respuesta, de manera que no tengo otra salida que ir mañana a la agencia de viajes de Cecilia a darle el pésame y a preguntarle por su hermano.

Me detengo un momento y descubro que estoy iracundo. Iracundo con el muerto. ¿Tendrán espejos en los infiernos? ¿Habrá ido a un cielo de lunas de platas dónde mirarse? No tenía derecho a dañarle la vida a doña Gabriela. Ella es la víctima inocente. La santa que parió lobos de codicia y ahora padece con una muerte vergonzosa, a tiros, de un forajido de mala entraña.

A pesar de mi incertidumbre de esta hora, cambio de opinión y más bien me felicito por no haberle preguntado a doña Gabriela por Luis. Me temo que hubiera significado remover otra llaga. Imposible que ella no observe que su hijo está en peligro, pero si su inocencia de santa la lleva a ignorarlo, yo no tendría derecho a sembrarle dudas.

✉

DEL DIARIO DE ESTEBAN
Medellín, miércoles, febrero 17. 1982

Cecilia es otra. Todavía se perfuma como una Pompadour, pero es otra. Sigue sin nada por dentro –aún menos ahora, porque parece que hubiera disuelto su corazón–. Es de hielo. Entre frases, casi en clave, me cuenta que Luis está perdido, oculto, y me advierte que su madre sabe una verdad a medias, que Luis está de viaje. En lenguaje semejante, dando vueltas, por alusiones y eufemismos, le pregunto si sabe quién mató a su marido o, mejor, quién persigue a Luis y me contesta con un no. La conversación está agotada. Un beso –es como besar un colibrí de mármol–, un beso en la mejilla y chao.

Encima de todo, me doy cuenta de que, si lo persiguen, es posible que vigilen su teléfono y esto me veda cualquier llamada a Raquel. Pero tampoco puedo olvidarme de ella.

DEL DIARIO DE ESTEBAN
Medellín, miércoles, abril 14. 1982

Hoy a mediodía estaba en el estudio de la emisora a la hora en que la gente opina sobre deportes. De súbito entró una llamada:
–Su nombre por favor...
–Mi nombre es Félix Rubén García Sarmiento –de inmediato reconocí la voz y la clave. Le hice señas al control de sonido de que retuviera la llamada e improvisé:
–El señor García Sarmiento es el ganador de nuestro concurso de la semana pasada. Le vamos a pedir que espere un poco en la línea mientras atendemos otra llamada –la gente del programa me miraba sin entender y, con gestos, le pedí a otro periodista que continuara al frente. Me retiré de la cabina y tomé el teléfono:
–Aló, señor, ya estamos fuera del aire. Dígame dónde puedo localizarlo.
–Hotel Intercontinental, habitación número tal.
–Salgo de inmediato para allá.

En pocos minutos estuve en su alcoba. Lleva mes y medio oculto. Lo persiguen. Está pálido y se mueve nerviosamente. Sospecho que bebe en exceso para matar el miedo y el tedio. Habla poco de su miedo, pero todos sus movimientos suponen la necesidad de mantenerse oculto. Me cuenta que ha vagado por hoteles de medio Colombia y que quiere matar el aburrimiento trabajando en lo que hacía antes.

–¿Quieres escribir sobre Rubén Darío?

–Más o menos. Oye –me dice cambiando de tema apenas en apariencia– ¿me dijiste que mi madre nunca va al apartamento que yo le regalé?

–No. Las llaves están en poder de una empleada de toda la confianza de la oficina de mis hermanos.

–¿Tú crees –me precisó la pregunta– que nadie relacione ese apartamento conmigo y con mi familia?

–Nadie. Y confío en Concepción. Ella te puede cocinar y servir de correo y nunca dirá nada a nadie.

–Dile que mañana a las nueve llego allá con mi maleta. Creo que están vigilando a mi madre y a mi hermana. Entonces sólo quiero que sepan que me viste, pero no les cuentes dónde estoy.

–¿Tú crees que a mí me estén vigilando?

–Eso lo sabremos mañana cuando descubran mi cadáver. Si sobrevivo, traduce que no te relacionan conmigo, ni te relacionarán hasta el día en que veas a mi madre. Ahí te empezarán a seguir.

–Por el momento, me atreveré a hacerte la visita en el apartamento.

Tuve que regresar a la emisora a continuar con la programación de mediodía, la más abundante, de la que me había fugado. Hace media hora le marqué al hotel.

–¿Señor García Sarmiento? Su cita está lista para mañana a las nueve de la mañana y su almuerzo es a las tres de la tarde con un invitado.

–Gracias. Lo esperaré.

Dediqué la tarde a hacerle un mercado que mi chofer llevó con Concepción, el hada madrina de Luis, que hace veinte años trabaja en el aseo y el café de la oficina de mi padre. Los de la familia somos dioses para ella, yo en especial. Ella ha cuidado del apartamento de doña Gabriela y ahora un íntimo amigo se encierra allá, en secreto, a escribir. Es un secreto, Concepción.

Hasta aquí he actuado como el hermano de sangre, más allá de toda crítica. Lo vi quince minutos y lo noto cansado, atemorizado, hastiado, pero son juicios del instante.

✉

DEL DIARIO DE ESTEBAN
Medellín, jueves, abril 15. 1982

A las tres termina la programación de mediodía y ya me acostumbré a tomar el almuerzo a esa hora. Llegué con quince minutos adicionales de trayecto, pero ya Luis maldecía de hambre y me insultó por eso, con camaradería, estableciendo de inmediato un clima de confianza, de humor y de afecto manifestado en agresividad sólo aparente y muy juguetona. En medio de los chistes, sin patetismo, aparece una declaración patética:
–Hacía más de dos meses no conversaba con nadie conocido.
Está eufórico y locuaz. Manifiesta mucha mayor seguridad en este lugar. Siente que puede establecerse aquí un tiempo sin que nadie note nada. Mientras se enfrían las cosas. Me pasa una lista de libros que necesita para algo que quiere escribir. Debo conseguirlos para mañana. Me da un papel con algunas compras urgentes.

Cuento mi cuento al revés. Mientras almorzamos, Luis me interrogó ansiosamente por su Raquel y su mamá. Satisfecho con mis relatos de su madre, incluyendo el luto, me regaña por no saber nada de Raquel.
–Su tarea consiste en ir lo más pronto posible a Bogotá y hablar con ella. Quiero que esté tranquila. Quiero saber cómo está.
–Lo más pronto posible... –comienzo dubitativo y él interrumpe:
–¡Mañana!

Mañana es viernes y mañana voy para Bogotá. Hablamos mucho rato hasta las cinco y media cuando me despachó a las librerías en búsqueda de más de veinte títulos. De buena gana salí –a pesar de mis deseos de quedarme– estimulado por la prisa de Luis en emprender una tarea académica para no morirse de aburrimiento en su encierro. No le hice la primera pregunta que mañana me espetará Raquel: ¿quién te persigue? Ni siquiera hablamos de su huida, pero se explayó hablando de su ensayo, como buen augurio acerca de su tranquilidad.

–Le tengo un título provisional que parece una parodia pero que es un hecho real: "la internacional modernista", que actúa al filo del siglo como formuladora de ciertas utopías y creadora de moldes estéticos mucho más perdurables en la retórica latinoamericana: un romanticismo con el sentido modernista de la elegancia. La internacional modernista precede y equivale a la internacional del bolero y de la música latinoamericana en nuestros días. En una época en que las retóricas populares no disponían del disco, ciertos escritores, Rubén Darío, Vargas Vila, Gómez Carrillo, Martí, Rodó, Gutiérrez Nájera, Silva, Machado —Luis hace una lista mucho más larga— forjan unos arquetipos de belleza en el lenguaje que se prolongan a través del siglo xx en todos los niveles —el sentido de la decoración, las normas de cortesía, la retórica de los oradores políticos y del periodismo de página editorial—. Y la misma canción latinoamericana, principalmente el bolero.

De repente, me despacha para las librerías y me recomienda que le mande la mini biblioteca esta misma noche.

—Su tarea consiste en ir mañana mismo a Bogotá y estar aquí el sábado con noticias.

—Como usted mande.

Le logré levantar una buena cantidad de volúmenes de su bibliografía, los suficientes como para tenerlo entretenido varios días.

DEL DIARIO DE ESTEBAN
Bogotá, viernes, abril 16 . 1982

Esta mañana fui a la agencia de Cecilia por un tiquete de ida y vuelta a Bogotá. De nuevo las frases redundantes, llenas de alusiones y sobreentendidos para preguntarle si la vigilan. Y otras tantas curvas para enterarme de que sí ha notado que la siguen a ella y a su madre. Varias elipsis para decirle que Luis está bien, que se lo cuente a doña Gabriela. Cecilia escribe algo en un papelito y me lo pasa: "salga con el tiquete en la mano". Obedezco. Para quienquiera que monte guardia sobre Cecilia, yo soy un cliente de su agencia de viajes.

Tomé el avión a mediodía y llegué directo a la oficina de Raquel.

Raquel y Luis son simétricos, como dos huesos parietales que coinciden en aristas y entradas y se ajustan a la perfección.
—¿Sabe quién lo persigue?
—No, no lo sabe.
Insinúo que nos vemos sólo en su oficina y que luego yo me voy a un hotel.
—Mira Esteban, ni tú ni yo nos estamos escondiendo de nadie. Tú siempre llegas a mi casa en Bogotá y a mi casa seguirás llegando. Lo más impresionante es esa telepatía en la construcción de la frase y en el tono neutral, sin melodrama, cuando Raquel celebraba mi visita:
—Hace meses que no converso con ningún amigo.
—Lo mismo me dijo Luis.
Nos quedamos en su casa cocinando y conversando. Hablamos de libros y de películas. Ella me hace oír los discos de Miles Davis, la última creencia religiosa de Luis antes de salir de esta casa. Se ríe cuando comento:
—Miles Davis es famoso porque después de una improvisación genial y prolongada del saxo o del piano, él hace ta-ta dos veces con su sordina y ahí se acaba la canción.
—No se lo digas a Luis, que te asesina —me advierte entre una carcajada.
Más tarde, después de comer, cuando ya vencemos los restos de la segunda —¿o tercera?— botella de vino tinto, entramos en un tono más personal en el que los monólogos se alternan y nadie oye a nadie. Raquel me habla de un tema conocido, el amor entre Luis y ella. Mientras divaga, siguiendo sus propias palabras, yo le doy una versión moderada de descreyente del amor. Nunca me he enamorado. El amor comienza con un deseo loco y se establece sobre el temor y la costumbre. La fidelidad es un nombre piadoso de la monotonía, cuando más un sistema recíproco de extorsión. El amor es un impulso lascivo encubierto de amagos de solidaridad. Frases que le producían risa y luego, antes de caer vencida por el sueño, un comentario aplastante:
—Tú le quitas el nombre genérico del amor a un montón de cosas que vienen juntas: deseo, respeto, consideración, discreción, gustos, aficiones. La fidelidad no es más que un resultado, el resultado de no querer estar sino con el otro. Tomándolo aisladamente, puedes llamar a eso

costumbre. Y a los hijos puedes llamarlos compromiso. Pero si juntas todo eso —deseo, respeto, etcétera—, así reunido se llama amor. Que no es eterno. Es verdad. Pero ¿quién dijo que la obra humana tiene la inmovilidad de lo eterno? Lo importante es cada mañana, los días que uno tras otro son la vida, como decía Aurelio Arturo.

Me quedé admirado por su fluidez. Vistas así las cosas, tenía razón. Era cuestión de nombres. Mi orgullo, sin embargo, no declinó ante ella y preferí el silencio, que dejó oír de nuevo la religiosa cadencia de Miles Davis, que nunca, aun tan religioso, ha sido santo de mi estridente y rockera devoción. Observé que Raquel cabeceaba y culpé a Miles Davis.

—Esa trompeta es un somnífero —le dije y ella sonrió con los ojos entrecerrados—. ¿O te durmió tu elocuencia? —ella siguió sonriendo, pero era otro el sentido de la sonrisa que le suscitaba mi pregunta, una sonrisa para ella misma, una sonrisa beatífica:

—Ésas son las poquitas cosas que he descubierto en esta vida.

—La única que yo he descubierto es que te vas a caer del sueño. Vete a la cama.

—Sí —dijo incorporándose. Te dejo a Miles Davis para que te arrulle. Besito de buenas noches —media vuelta, como un robot, y a dormir.

Esto ocurrió hace como una hora. Todavía oigo a Miles Davis, fondo musical de esta crónica del día.

DEL DIARIO DE ESTEBAN
Medellín, sábado, abril 17. 1982

La bitácora del día comienza con un despertar bogotano más bien tarde que anuncia un desayuno abundante. Jugo, café, huevos con jamón, pan francés. Todo está medido con respecto a mi vuelo. En cierto momento, en medio de un silencioso desayuno de piyama, Raquel salta con brusquedad y me pregunta, mejor, me reclama:

—¿No quitaste los discos de Miles Davis?

—No, no —contesto alzando las manos, como si me apuntaran con un arma.

—Menos mal. Tengo casi todos mis discos grabados en casets para oír en la oficina. Me faltaban algunos que dejé grabando anoche para completarle la colección a Luis.

Yo ni me di cuenta en qué momento instaló las cintas. Eran dos y la tarea siguiente, después del desayuno, fue la copia de los nombres de las canciones y de los músicos. Mi devoto regalo de Raquel para Luis fue una colección de diez casets de Miles Davis. Nunca vi tanto fervor al recibir un presente.

–Raquel me conoce. Raquel sabe qué me hace falta. Raquel me ama. Y yo detesto a Miles Davis. Después de copiar la información erudita para Luis, todavía tenemos tiempo de ir a conocer la mansión del norte. La última sorpresa es que aparece un viejo amigo y compinche de aventuras eróticas, el cura Germán López. En carro nos llevará a la mansión –que él tampoco conoce– y luego al aeropuerto.

Al saludarnos, su memoria de profesor halaga mi vanidad de poeta:

–¿Cómo estás? –le pregunto repitiendo una fórmula pero con verdadero interés en él.

–Ahí voy con lo que soy y lo que doy –me cita mirándome entre el humo de su cigarrillo.

El apartamento es bello. Y todo lo que tiene dentro ayuda a hacerlo grato. El cura y yo nos quedamos algo más que admirados con la mansión.

Del aeropuerto de Medellín fui directamente al refugio de Luis con los libros que me ordenó que le trajera de su casa –una maletada de libros–. Me abrió Concepción, que dedicaba el sábado a una limpieza general y a labores de lavandería. Luis me recibió en el comedor, donde se había instalado con sus libros.

–Estos trescientos metros de apartamento no tienen un lugar donde sentarse a escribir.

–Por aquí no pasó tu decoradora de Bogotá –le dije con intención irónica. Sonrió y dijo:

–Tienes razón. Este lugar está espantosamente arreglado.

–Pero el sitio es amplio y hermoso.

De entrada, Luis me impuso el tema de Raquel. Abrazaba la música de Miles Davis.

–Te adelanto que está bien y que te extraña mucho, pero me niego a seguir tu orden. Te relato mi día de ayer.

Entonces le conté mi visita a Cecilia. Hice una narración satírica, que

Luis recibía con sonrisas, sin interrumpir ni acosar, esperando la parte bogotana del cuento, que llegó después de una alargada burla de Cecilia y sus perfumes. En el punto sobre la insistencia de Raquel para que me quede en su casa, el comentario de Luis cierra el círculo de la simetría telepática.

–Tienes razón. Si no me matan mañana, podemos descartar a los que conocen mi mundo en Bogotá.

Aprovecho para tocarle el punto por primera vez:

–¿De veras no sabes quién te persigue?

–Tengo mis sospechas pero son demasiado vagas.

–A lo mejor nadie te busca.

–Entonces, ¿por qué vigilan a Cecilia y a mi madre? ¿Por qué –se contestó él mismo– si no para encontrarme?

–No vigilan a Raquel...

–Ya requisaron los apartamentos...

–¿Por qué te escondes en Medellín, en la boca del lobo? –pregunté acordándome de Raquel.

–La ley de Poe.

–¿La ley de Poe?

–"La carta robada." Un cuento de Poe. Desmantelan una casa para encontrar un documento y no aparece a pesar de que siempre estuvo en su lugar habitual, a la vista de todos.

–Has leído demasiada literatura...

–Puede ser, pero también dependo de las averiguaciones que pueda hacer Cecilia.

–¿Cecilia?

–Yo sé que tú detestas a Cecilia. Y que la crees superficial y bruta, pero te aseguro que es mucho más inteligente que tú o que yo. Ella no tiene inteligencia abstracta y por eso fue mala estudiante y eso le ayudó a tener fama de cerrada de entendederas. Pero no conozco a nadie con una mejor inteligencia práctica y con más talento para organizar. Mi madre siempre elogia la eficacia de Cecilia cuando le ayuda a preparar tortas. Cecilia se aprovecha de su manto de torpe: ella es el verdadero cerebro de nuestros negocios, pero esto no lo sabíamos sino Pelusa y yo. Y ahora tú. Dependo de Cecilia porque ella tiene toda la información. El problema es que todas las líneas de comunicación están cortadas.

–Me hablas de una Cecilia que yo no conozco.
–Que te has negado a reconocer a pesar de los elogios de mi madre y de que yo te he dicho toda la vida que ella no me preocupa, que ella se defiende sola.
–Yo no le conté que te había visto.
–No importa. Lo importante es que ella sepa que tú me puedes trasmitir información.
–El lunes paso por la agencia. Conversamos toda la tarde. Me hizo contarle de Raquel y repitió la misma música de Miles Davis con obsesión. Se desvió hacia su trabajo. Estaba completamente absorbido por su tema y ya logró sustituir la parte del aburrimiento que nace del ocio por una actitud alegre, curiosa hacia sus libros y materiales. En cierto momento le digo:
–Dar tantas vueltas para terminar en lo mismo.
–Tienes razón –contesta sonriendo.

DEL DIARIO DE ESTEBAN
Medellín, miércoles, mayo 19. 1982

Hablamos de todo, menos de lo que más curiosidad me da, a saber, la situación que origina la autoprisión de Luis. Edificamos una charla entretenida, de especial modo relajada, si se toma el dato de la tensión de la situación misma, pero que se ha impuesto la tarea de hacer rodeos alrededor de un único tema vedado.

La falta de luz natural y las noches en vela han resecado la piel de mi amigo. No tiene arrugas pero pueden adivinarse ya los lugares adonde se le resquebrajará la piel. Desde cuando llegó al apartamento de doña Gabriela suprimió el alcohol y esto le ha ayudado. La quietud lo ha engordado un poco –sólo un poco– y su humor ha acentuado la nota agria.

Todos los días, máximo cada dos, me paso un buen rato con mi amigo. Su trabajo es lo que parece entusiasmarlo más. Lo saca de su paranoia habitual. Sin embargo, hoy me confesó que apenas está en una fa-

se de lecturas, de tomar apuntes y que siente oxidada su capacidad de concentración.
  —Es el miedo —le digo.
  —¿Cuál miedo? —me replica mirándome a la cara.
  No le contesto. Le sostengo la mirada y me río de su pregunta. Él cambia la expresión y, derrotado, me interroga con intención cómica:
  —¿Se nota mucho?
  Guardo diez segundos de silencio como para subrayar su confesión y me pongo condescendiente:
  —Lo controlas muy bien, a pesar de que veo tu situación muy crítica.
  —¿Tú qué sabes de mi situación? —me replica subiendo la voz.
  —Pues nada en concreto —le contesto de inmediato— porque usted elude el tema —le cambio el tú por el usted—, pero lo suficiente como para que me parezca crítica la situación de un tipo escondido y huyendo.
  Se silenció por un rato, pero se paseaba de un extremo a otro de un comedor ridículamente azul. Y su paso imponía silencio. Estaba elaborando una respuesta. Se paró del otro lado de la mesa, colocó sus manos encima del espaldar de un asiento y dijo:
  —Estoy acorralado. Que te baste esto: estoy acorralado. Así de simple. No quiero que tú sepas lo poco que yo sé —y es casi nada— pero lo más grave es que no entiendo en qué estoy metido. Imagínate un laberinto en el que no sabes la salida y en cada paso que das, te juegas la vida. Me escondí en sitios absurdos y me encontraron. Me escapé de milagro, pero eso no hace más que aplazar la ejecución de una sentencia. Y no sé qué hice, cuál es mi error, ni quién me lo está cobrando.
  —¿Y por qué sigue visible tu hermana?
  —Porque nadie, salvo tú y yo, sabe que ella está metida en el negocio. Y porque todo el mundo está convencido de que es una tonta. La vigilan porque creen que ella los conducirá a mí.
  —¿Y tienes idea de qué vas a hacer?
  —No, no lo sé. Seguir huyendo mientras pueda, esperar, esconderme.
  Guardo silencio y luego, cambiando el tono, le digo:
  —Es la primera vez que hablamos de esto.
  —Lo que pasa es que la situación es tan absurda y tan simple, que no hay nada que decir de ella.

✉

DEL DIARIO DE ESTEBAN
Medellín, domingo, mayo 23. 1982

Mal día con Luis. El peor de la vida de nuestra amistad. Llegué a su casa como a las ocho de la noche después de un día muy atareado y encontré un Luis de pésimo humor. No hablaba y, cuando lo hacía, era con brusquedad. Intenté virar el asunto:
—Creo que me voy. Esto parece el camerino del equipo perdedor.
—Lárgate, niño bonito. Tú nunca te has pasado en una cárcel, sin una mujer, sin poder salir, a punto de que te disparen.

Debía mantener la calma, pero las ofuscadas palabras de Luis, entre insulto, reclamo y gemido de víctima, le pudieron al control que yo tenía:
—Pues no, nunca he tenido que huir ni esconderme, porque nunca me las tiré de vivo, como tú.
—No, nunca —me interrumpió gritando—, tú te pasaste la vida sin romperte ni mancharte.
—¿Otra vez la misma cantaleta? —pregunté con una sonrisa sarcástica—. Pobrecito, que además se tragó todas las mentiras de los sesenta, esa especie de amoralismo piadoso que produjo tantos suicidas, alcohólicos, huéspedes de clínicas siquiátricas, que produjo tantos enfermos de lujuria o de codicia, tantos infelices con ese cuento de vivir la vida. Y, ahora, acorralado, vuelto mierda de tanto romperte y tanto mancharte, vienes a acusarme de que yo no estoy jodido como tú. Vete a la mierda.
—Me iría, pero no me puedo mover de aquí.

Su intempestiva respuesta le bajó el tono a la discusión y ambos nos reímos. Pero estábamos tan molestos que lo único que pudimos acomodar en los minutos que siguieron fue un silencio carrasposo, áspero. Cuando empezó la discusión yo me paré y tomé mi chaqueta. Ahora, en silencio, comencé a ponérmela y declaré:
—Creo que el que se larga soy yo.

Él sonrió, pero también estaba inmerso en su propio malestar, anterior a mi llegada y sabía lo difícil que era mejorar el clima y no me insistió en que me quedara, ni siquiera yo intercalé mi hambre como pretexto para alargar mi visita y se limitó a acompañarme a la puerta.

En otro tono, cuando ya llegaba el ascensor, se despidió con un encargo:
—Necesito una buena borrachera. Prométame que mañana viene con algo de alcohol.
—Prometido.

✉

DEL DIARIO DE ESTEBAN
Medellín, martes, mayo 25 . 1982

Quiero ser lo que soy en mi trabajo. Cronista. Quiero evitar indagaciones de mi alma o del alma de Luis para evitar la confusión en esas materias inmateriales. Esas materias sin materia. Cronista.
Anoche llegué con dos botellas de whisky al apartamento absurdo y azul donde se asila Luis, después de un día lleno de trabajo y de malentendidos. No era buen augurio, hasta el punto de que preferí llegar un poco tarde y darme una ducha y comer algo antes de dirigirme a su jaula de oro. Olvidé la peculiar circunstancia de su encierro. Al llegar estaba impaciente:
—Creí que no vendrías.
Noté la diferencia: Luis recapacitó sobre los gritos de la noche anterior y se sintió culpable por haber comenzado. Ni muerto se disculparía conmigo. Por eso me despistó su manera de comenzar la conversación:
—Tengo que aclarar algo con usted.
—Antes de aclarar nada —le dije en tono regocijante— déjeme cambiar la música de Miles Davis por otra cosa y tomarme un trago.
—Brindo por Miles Davis.
—Brindo por Miles Davis y enseguida lo reemplazo por los Rolling Stones.
—Concedido.
—Estoy rendido. Tuve un día agitadísimo, de manera que necesito un trago y por lo menos una canción de los Rolling a todo volumen.
—De acuerdo, pero yo decido qué es a-todo-volumen.
Fue perfecto porque la música apagaba cualquier intento de conversación y esto me daba tiempo de emborracharme. Un trago y ya estoy

en tono distinto. Igual le sucede a Luis, que aguanta mucho menos licor. Además, los Rolling tienen el don de la euforia y pueden trasmitirlo a los iniciados. Es el producto de cierto énfasis de los ritmos y de los bajos, la capacidad de volar que le confiere la guitarra eléctrica y el toque de sensualidad de ángel caído que le imprime Mick Jagger. Estábamos tan envueltos, que cuando Luis quiso mermarle al sonido y convertir la música en acompañamiento de la conversación, bastó una seña para que me concediera otra descarga de sonido, no todo lo alucinante que podía ser por su volumen, pero eficaz en cuanto a los poderes del ángel de la euforia. Renovamos el trago:

—Brindo por los Rolling Stones.

Luis aprovechó el final de la siguiente canción para "adecentar el volumen", como diría doña Gabriela. Comienzo atacando:

—Digamos que Miles Davis es muy buen músico. Y Coltrane y Evans y todos los que lo acompañan. Pero ni yo, que soy metafísico según me sentenciaste hace años, resisto más de dos horas seguidas de Miles Davis.

—Es metafísico —precisa Luis— pero es mucho más que eso. Posee una sensualidad especial...

—Como para oírlo tomado de la mano con la amada después del orgasmo —le interrumpo. Se demora un segundo antes de soltar la carcajada y en ese mismo segundo comprendo por qué ambos, Raquel y Luis, tienen tal devoción por el trompetista de San Luis. Mi amigo dice que soy dado a esquematizar y, si es así, desde hace años puedo esquematizar nuestras maneras de argumentar. Luis es claro y directo, acaso por su práctica de profesor, y sólo abre paréntesis para intercalar datos o para usar un humor que puede oscilar entre la paradoja, la ironía y el sarcasmo. Yo soy más errático pero más descriptivo —y ahí yo también reflejo mi oficio—. Mi humor se manifiesta en cierta capacidad para enumerar.

En el rato de silencio que imponen los Rolling, exorcisé los demonios de la discusión de la víspera.

—Digamos —dice en plan de paz extendiéndome su vaso— que Miles Davis no es el músico que te llevarías a una isla desierta —choco su vaso y digo:

—En la sección de jazz llevaría un trompetista. Brindemos antes de pronunciar el sagrado nombre de Satchmo —nuevo choque de vasos.

De manera que estábamos lo suficientemente borrachos y lo suficientemente contentos para el momento en que Luis comenzó las aclaraciones anunciadas. Bebimos con más moderación en ese rato largo en que él hablaba y yo apenas interrumpía con preguntas de reportero. No puedo, a pesar de que fue apenas anoche, recordar todo lo que dijo. Hay una cortina de alcohol en la memoria, acaso una amnesia que imponen las emociones que no tengo claras, que enuncio apenas como posibilidad. Entonces hago un resumen:

—Tengo que aclarar algo. Algo que me pica porque ha sido motivo de conflicto contigo y con Raquel y con Claudia. Y que en este momento se agudiza. Es obvio que estar encerrado y fugitivo no es la mejor circunstancia de un individuo. Y precisamente por ese motivo, porque estoy en situación difícil, es más sencillo creerme lo que te voy a decir. Aún más después de verme ofuscado como estaba anoche, seguramente por la carga del encierro. Y, aunque Raquel no me lo crea, a estas alturas no me arrepiento de la decisión que tomé cuando me dediqué a este negocio.

—¿No me decías que estás acorralado?

—Sí, es cierto. Pero confío en que me libro de ésta, así como salí del aduanero de Miami con Walt Whitman. Suponiendo que no, el dolor ni siquiera sería mío. Lo siento por Raquel, por mi familia, por ti y les ruego que me disculpen por mi muerte. Pero confío en que voy a salir. Éste es un riesgo en un negocio muy arriesgado.

—Cada vez más arriesgado. Están dejando de ser invisibles. Se están convirtiendo en el enemigo público número uno.

—Es cierto. Y eso es añadir problemas. Pero ése es el mensaje. Ya no me veo a mí mismo dando clases. Era un oficio que cada vez me gustaba menos. La universidad me parecía una farsa y yo era vendedor de un específico inocuo pero inútil, un mentiroso que había evitado, por pereza, cometer un único pecado, que era convertir su prestigio académico en poder. No creo, sin embargo, que yo tenga vocación de redentor como para creer que mis críticas —o, mejor, las reacciones de mi piel y de mis vísceras, todo en los predios del instinto— fueran importantes para la institución universitaria. A lo que más se resiste una institución es a tolerar que se ponga en cuestión su existencia o su poder de convalidación de la estupidez disfrazada de gravedad.

—Vaya al grano, vaya al grano.

–Lo importante para mí, era que yo mismo estaba anegado, empantanado, estancado. No iba ni para adelante ni para atrás, perdía movilidad. Movilidad física y movilidad mental. En un trabajo creativo –y yo creía que dar clases era un trabajo creativo– uno debe comenzar a preocuparse cuando gasta tiempo tratando de recordar lo que dijo en el semestre anterior sobre el mismo tema, que ejercitando la capacidad de encadenar ideas con imaginación y coherencia, es decir, con creatividad. Yo no podía. Estaba estancado. Tan sólo sobrevivía insertado en el camaleón general de la mediocre institución. Mi estancamiento ni se notaba. Ni yo lo notaba en cierto momento y eso me desesperó. Necesitaba salir de ese narcótico de la rutina, necesitaba un mundo desconocido, nuevas incógnitas, nuevos desafíos, nuevos aprendizajes.

–¿Sin ningún lindero moral? –le interrumpí.

–Tú sabes que la moral nunca ha sido mi fuerte. Procuro no joder a nadie y trato de evitar que me atropellen. Si cometo alguna falta, procuro repararla y creo que nadie puede quejarse de que sea injusto o de que le haya hecho daño. El resto de juicios éticos sobre el tráfico de cocaína, puede aplicarse confortablemente a casi todas las mercancías, de manera que no me siento provocando más daño con mi negocio que el que hacen muchos comerciantes de productos legales.

–¿No estarás contándome una versión rosa del cuento de un profesor que estaba aburrido de ser pobre?

–No vengas con ésas. A todo el mundo le aburre ser pobre. Se necesitaría que viviéramos en una sociedad en que los hombres más estimados, los más dignos del respeto unánime de todos, los ídolos sociales por encima de los personajes de televisión y los deportistas ganadores, fueran los hombres generosos. Así, a nadie le interesaría ser rico, sino generoso. Pero usted y yo vivimos, por si no lo sabía, en algo distinto a una cofradía universal y no somos generosos sino con los que amamos y queremos ser ricos y no ser pobres. De manera que no me venga con ésas.

–Pero eso fue lo que sucedió. Tengo cartas de la época que lo prueban –añadí sonriendo como si fuera un abogado.

–Y que también prueban que me sentía hastiado. ¿Qué sucedió? Pues surgió algo que solucionaba un problema de dinero y me daba libertad pagando una fianza...

–... Posibilidad que no tienes en tu cárcel actual...

–A lo mejor sí. A lo mejor esta persecución es un problema de dinero. Lo que pasa es que usted no tiene sentido del dinero. Usted es un niño rico. Pero tal vez mi libertad de esta cárcel también sea asunto de billetes. En todo caso, además era la aventura, en todo el sentido de la palabra. Los viajes, lo desconocido, los riesgos. Y eso me parecía excitante.
–Te gusta segregar adrenalina.
–Puede ser. Pero uno va tomando la distancia que le permite cierta impavidez profesional para afrontar cualquier situación inesperada. Y eso me gusta.
–¿Y los peligros de la ilegalidad? –ataco de nuevo.
–Son crecientes y eso es malo, pero todas las razones médicas y morales son fungibles y rápidamente serán anacrónicas. La cocaína no es el demonio. El resto de argumentos sobre la ilegalidad aluden a las ventajas del asunto. Contribuir a ampliar las fronteras de la percepción –si quieres una bien propia de los sesenta– y aumentar el volumen de las ganancias –si quieres un argumento propio de la naturaleza humana.
–¿Quieres decir que la naturaleza humana es distinta de la generación de los sesenta? –lo tergiverso con malicia.
–Quiero decir que a ninguna generación le interesó tanto la naturaleza humana como a la mía, a pesar de que me demoré algún tiempo en llegar a uno de los aspectos más interesantes, como las ganas de riqueza.

Nos reímos. Esto dio tiempo para voltear la cinta de los Rolling por enésima vez, para repetir el rito de aprovisionar nuestros vasos de hielo y alcohol, y para intentar una orinada, siempre y cuando lograra localizar el baño más cercano a esta sala azul.

Resultó ser un baño azul. Mosaicos azules hasta el techo, una lámina de un arlequín de Picasso –inútil añadirlo, de la época azul– y un inodoro azul. ¿Quién se imaginó Luis que era su madre cuando le compró este derroche azul, esta desmesura azul, este azul mal gusto?

Se lo iba a preguntar a mi regreso a la sala cuando encontré allí, sobre un inmenso sofá –superfluo: azul– a mi amigo en estado de catalepsia alcohólica. Y como tantas veces antes lo alcé sin que se despertara desde el sofá azul hasta la cama azul y allí lo deposité.

Tuve que permanecer un largo rato más en el apartamento. Me lavé la cara, tomé café amargo, busqué bajar la borrachera de manera que

543

pudiera manejar la corta distancia entre este azul hostigamiento y mi casa. Largo rato hasta decidir que no era suicida tomar un auto. Ahora, sol intenso, la cabeza está a punto de explotarme. Tengo sed. Y apenas alientos para dejar, fresca, una crónica de mi descubrimiento: prefiero ser narcotraficante a profesor.

✉

DEL DIARIO DE ESTEBAN
Medellín, jueves, mayo 27. 1982

Ayer, después de la borrachera, fui a llevarle libros y revistas, pero yo tenía que trabajar. Ambos aludimos a la borrachera. Me dijo que le sirvió de catarsis. Le dije que aprendí cosas que antes ignoraba. Chao. Chao. Lo noté eufórico, embebido en su trabajo.

Hoy, a las ocho de la mañana, me despierta una llamada urgente de Concepción. Trabajé hasta muy tarde y levanté el teléfono medio dormido.

—Se fue, don Esteban.

Al principio no entendí y dije cualquier cosa incoherente.

—Sí, don Esteban. Esta mañana llegué y noté que alguien había esculcado la cocina y revisé toda la casa y don Luis no estaba...

—Voy para allá. Espéreme allá.

—No, no patroncito —me dijo la sagacísima mujer— es mejor que no lo vean por aquí. Yo me voy ya para la oficina y allá le cuento.

—Perfecto, Concepción.

Me admiraba la astucia de esta mujer. Llegó a la hora de costumbre y, al entrar a su cocina, de inmediato percibió que otra mano había tocado todo, como quien revisa, como quien busca algo. Entonces recorrió toda la casa y descubrió que Luis no estaba y que alguien examinó exhaustivamente cada rincón del apartamento. Entonces me llamó y, al colgar, sonó el teléfono. Era la primera vez que lo oía timbrar desde el primer día en que trabajó ahí. Contestó y oyó la voz de Luis que hablaba desde un teléfono público. Le dijo que me avisara que estaba bien: que por milagro se dio cuenta de que lo perseguían, que trataría de comunicarse conmigo y que me entregara el maletín que ella tenía y se despidió.

—¿Cuál maletín? —le pregunté.

Me contó que, recién llegado, le dijo que le guardara un maletín aquí en la oficina. Y le entregó un maletín con cerradura de clave.

—¿Le dijo cómo abrirlo?

—No. A lo mejor la señorita Claudia sabe, porque me dijo que marcara su teléfono.

Le agradecí a la buena mujer y me quedé sentado, enfrente del maletín, pensando en mi mejor amigo. ¿Cómo lo encontraron, dónde estará? Y no se me aparta la imagen de una especie de perpetuo fugitivo a quien la paranoia le queda afuera, en la realidad misma.

Llamé a Cecilia y en circunloquios le conté que su hermano se había ido y que llamó para decir que estaba bien. Con sequedad y distancia recibió la noticia y se despidió.

Muy temprano —estaba ansioso, fuera de mí— se me prendió un bombillito de consuelo en la cabeza: ignorando adonde está Luis, puedo regresar a la casa de doña Gabriela.

Pasé mucho rato abstraído, sin volver a ver el maletín que tenía frente a mí. Extraño que Claudia supiera cómo abrirlo. La llamé a sabiendas de que a esa hora de la mañana no la encontraría y tuve que aplazar mi intriga hasta hace un rato, al llegar a casa, cuando lo primero que hice fue llamar a Claudia. Efusión y luego sorpresa. Breve relato a mi cargo de los avatares últimos de su cuñado y luego el cuento del maletín.

—Yo no me sé la clave para abrirlo, pero las instrucciones deben tener algún sentido. ¿Cómo fue la razón? —preguntó Claudia.

—Que marcara tu número telefónico...

Claudia guardó un instante de silencio y luego comenzó a darme órdenes:

—¿Tienes ahí el maletín?

—Sí.

—Ahora marca mi teléfono en la clave del maletín.

—Espera un momento... Aquí voy... Ya...

—¿Abrió?

—¡Abrió!

—¿Y qué hay adentro?

—¡Eres una entrometida!

–Tú me metiste en esto. Además –agregó hilarante– tengo que proteger los intereses de la familia.

–Pues hay papeles y chequeras y mucho dinero. Aquí hay un sobre que dice "para Esteban". Después te cuento qué hay adentro. Espera un momento. Es una carta larguísima con indicaciones acerca de los papeles. Creo que la leeré mañana.

–Suena como a instrucciones póstumas.

–Pareces querer poco a tu cuñado.

–No es cuestión de amor –contestó Claudia–. Es que Luis huele a cadaverina.

–Pero no te duele.

–Me duele por ti, que lo amas, y me duele por mi hermanita, que cree que lo ama. Pero Luis ya no les pertenece. Yo, de ti, me haría a la idea de que si lo vuelves a ver es un milagro.

El realismo de Claudia me apabulla. Semejante a su hermana, a quien el amor no la obnubila para decir que Luis está acorralado; el que se esconde en la boca del lobo, está próximo a que se lo traguen.

La boca del lobo: esta mañana Concepción se quejó con el portero de que alguien había entrado y esculcado en el apartamento. Y el tipo le contestó que la única persona que cruzó las puertas del edificio en toda la noche fue Luis. Al enterarme de esto, pedí a la dependencia de ventas de la oficina de mis hermanos que me pasaran la lista de compradores en el edificio del apartamento de doña Gabriela. Hablé con el vendedor. Veinticuatro apartamentos y, según su información, dieciocho de ellos nuevos ricos. Nadie lo puede probar, pero su aspecto y la forma como pagaron indica que pueden ser narcotraficantes, me dice el empleado sin comprometerse. De manera que las probabilidades de que haya trabajo interno, desde un apartamento vecino, son altísimas, pienso, y ahí se detienen mis intenciones de hacer periodismo investigativo.

Aquí acaba mi crónica del día. Estoy triste y desconcertado. Y tengo una sensación de pérdida como si, de veras, nunca más vea a mi amigo. Buena parte del día estuve asustado, como si Luis me trasmitiera el miedo a estar perseguido de cerca. Y, a la vez, una especie de rabia, sintiéndome víctima de una injusticia inapelable en que, acorralado, no pudiera dar las explicaciones del caso. Después de oír a Claudia, soy yo mismo el condenado y no por reflejo. Estoy condenado a no saber más de mi amigo, a convivir con un fantasama que tiene la virtud de aparecer en cualquier momento.

Ahora quiero forzarme a pensar lo mejor. Que este encierro también tiene un rescate, como en la universidad. Que Cecilia, u otro colega de Luis pagan una fianza por la vida de mi hermano de sangre, y cualquier día de estos él reaparezca en su casa en Bogotá, y el timbre del teléfono me trasmita, por anticipado, el mensaje de que es él, que habla abrazado a su mujercita y la vida sigue igual.

Las palabras de Claudia me afectaron y mucho más la metáfora de la boca del lobo comprobada con los datos que me pasa el vendedor de los apartamentos.

Mañana madrugo para Bogotá. Es mi deber contarle todo a Raquel.

DEL DIARIO DE ESTEBAN
Medellín, domingo, mayo 30 . 1982

Trato de reconstruir mi visita a Raquel en Bogotá, y todo lo que logro es la imagen de alguien que repite movimientos: llegar a su oficina, caminar con ella por el centro de una ciudad que no me es familiar, compendiar la información antes de los comentarios. Ahora lo nuevo es la tristeza enamorada de Raquel. Por la noche, ese pasmo de ambos, ese mal de ausencia. Al otro día madrugo otra vez para Medellín. He cumplido mi tarea. O eso creí, hasta abrir otra vez el maletín, ya con tiempo de leer las instrucciones de Luis. Como dijo Claudia, parece un testamento, con la diferencia de que me advierte que no me preocupe de que se haya quedado sin dinero, que él tiene otros recursos. Esto no lo diría un muerto. Pero el resto de puntos son para repartir esta pequeña gran fortuna. Hay unas libretas de ahorros en dólares, con firma de Raquel. Hay cheques que simplemente debo guardar hasta que Luis reaparezca, hay dinero en efectivo para solventar cualquier necesidad de su familia o de la familia de Raquel. Parece un patriarca. No le faltó sino dejar dinero para los niños pobres.

DEL DIARIO DE ESTEBAN
Medellín, martes, agosto 3 . 1982

Vuelvo donde doña Gabriela. Almorzamos y ella me dice que conmigo es la única persona con que habla de Luis. Le relato la historia de su exilio en el apartamento azul y con esto ella entiende por qué no volví a su casa. Doña Gabriela no cree que Luis esté muerto, pero está convencida de que nunca más lo verá. Luis está vivo, pero a condición de que no aparezca. Aquí, con los suyos, está condenado a muerte. Él lo sabe y –añade– creo que espera que nosotros también lo sepamos y que aceptemos la situación. Resumo en un párrafo todo lo que ella me dice a lo largo del almuerzo. Doña Gabriela es la más sabia. Raquel lo espera sin descanso, dedica la mitad de su atención a estar pendiente de él, pulsa contra ella en sus noches solitarias, sintiéndose incompleta sin el cuerpo que ha tenido a su lado por años y años. Aun sin pensar en Luis, su sangre está esperándolo, sus palpitaciones están marcadas por la ausencia de Luis.

Y yo, su amigo, sigo esperando una carta suya, como las muchas que he recibido de él durante años y todos los días me siento ante el micrófono a las doce del día a recibir llamadas de los oyentes y, cada vez que repica el teléfono, espero que se oiga la voz de mi hermano identificándose con el mismo nombre de cuna de Rubén Darío, Félix Rubén García.

XIV. Agosto 1982 / noviembre 1982

DE RAQUEL A JUANA (*continuación*)
Bogotá, miércoles, noviembre 30 . 1983

Hace ya más de un año, hacia mayo del año pasado, en los días que siguieron a la desaparición de Luis, creí que me enloquecería. Su perpetua huida, de la que sólo conocía el episodio de Medellín, se me convirtió en una obsesión, en una especie de carencia permanente, en esa impotente certeza de querer a alguien que tiene que cortar los hilos de comunicación conmigo si quiere sobrevivir. De noche, en las horas más inverosímiles, me despertaba llorando, como si escapara de una pesadilla que no podía recordar. De día parecía abstraída, ausente, pasmada. Con la mente en blanco, repitiéndome, como una autómata, frases hechas durante demenciales duermevelas. No me atrevía a llamar a Claudia, segura de que ella me regañaría y de que yo me sentía tan vulnerable como para no resistir una reprimenda de mi hermana.

Estas crisis son demasiado notorias. Hasta el punto de que un día, como dos semanas después de la visita de Esteban, vino mi jefe hasta mi oficina y me dijo que yo estaba muy recargada de trabajo, que me fuera unos días de vacaciones.

Terminé en Miami, en casa de mi madre, durante quince días de junio del ochenta y dos. Fue como un paraíso, gracias a los consejos de Claudia, a quien llamé poco antes de viajar y le conté mi cuento. Como esperaba, se burló de mí y me dijo que yo me echaba mentiras y, sobre todo, me insistió en que fuera a Miami a descansar y no a rumiar. Eso hice. Leí best sellers, salí a la playa, charlé con mi madre y su marido y casi me olvidé de Luis, de mi necesidad de él y de su huida.

Fue como un intermedio en que el drama baja de tensión y los actores se transforman en otra cosa, en alguien, muy relajado, que descansa para volver a la brega y a la tensión del drama. Tal me sucedió a mí. Al volver yo era otra, sin las ansias llorosas de hacía poco, pero inmersa en la obsesión de que Luis reaparecería. De junio a junio. Esperé durante un año con la devoción de una loca. Llegué al extremo de cocinar para dos porque tenía la certeza de que esa noche determinada él abriría la puerta. Fui, varias veces, a cada uno de los restaurantes de Bogotá que sabía que le gustaban, con la secreta esperanza de encontrarlo de comensal. Por semanas enteras me imaginaba que ahora estaba con barbas y que se vestía de una manera distinta a como siempre se vistió.

Me aislé en una soledad desencantada y áspera. No veía a nadie, no llevaba ninguna vida social, no hablaba con nadie, a no ser que se tratara de temas de trabajo. También hice tonterías extremas. De repente, entre sollozos, me despertaba pensando que Luis seguía su investigación, que de seguro todos los días se ocultaba en la Biblioteca Nacional. Amanecía insomne, con los ojos muy abiertos, llenándome de evidencias de que allí lo encontraría; obvio; el lugar más ajeno a un asesino es una biblioteca.

Desde las ocho de la mañana estuve un día esperando a que abrieran. Y hasta mediodía observando quien entraba al lugar. Llegué a la conclusión de que si fuera un almacén, la Biblioteca Nacional quebraría, de tan escasa clientela que tiene. Melancólica, almorcé con la mirada perdida en el vacío, sin ver el plato, sintiéndome un ser abandonado y estúpido.

Caminé un rato y decidí entrar a la biblioteca. Con tan poca concurrencia, de seguro recordarían si alguien estaba investigando sobre Rubén Darío, José Asunción y el modernismo. No, nadie preguntó por estos temas últimamente.

Después de tanta certeza de que al fin le tomaba la pista, la decepción era mayor cuando me daba cuenta de que no, que era otra fantasía, que Luis no estaba a mi alcance. Entonces me palpaba para cerciorarme de que no era un insecto. Entraba en un período depresivo, en que pensaba que Luis se había muerto o en unas ansias que espantaban el sueño, pendiente de que él apareciera en cualquier momento.

Leí sobre desapariciones y cambios de identidad. Argumento de Dashiell Hammett: un hombre común y corriente, vendedor, un buen día, impresionado –un objeto de una construcción ha caído y ha matado a una persona que pasa a su lado– decide desaparecer para siempre del pueblo donde vive. Esa teja era para él, piensa, luego era un aviso de que se suprimiera. Desaparece dejando mujer e hijos, que lo dan por muerto hasta un día, muchos años después, en que un pequeño detalle induce a su mujer a buscarlo y contrata a Sam Spade y Sam Spade encuentra al hombre que vive en una ciudad vecina la vida anónima de un vendedor que se ha vuelto a casar y ha reiniciado su ruta como si la de antes nunca hubiera sucedido, como un hombre distinto, con otro nombre y otras aficiones.

Periódicamente, las llamadas a Esteban o a doña Gabriela con sus no-he-sabido-nada desconsoladores, que congelaban cualquier conversación. Y, en ciertas afiebradas noches, un loco deseo de su cuerpo, un ardor sin lenitivo, un gemido de ausencia que no podía reprimir durante horas.

Un año contando minutos. Un año de espera infructuosa y deliberada, hasta hace unos pocos meses en que me di cuenta de que ya no lo amo. Lo espero con una especie de rencor malsano, fruto venenoso de la espera que ha crecido como una lama sobre el afecto.

No sé si este desamor ocurrió poco a poco, pero recuerdo el instante en que lo supe, una mañana de junio, tras una noche entera de desearlo con desolación, que me levanté y tropecé en el espejo del baño con una cara demacrada y reseca. Me estoy marchitando mientras espero, me dije, y supe en ese instante que nunca le podría condonar a Luis el último año, aislada de todo y de todos, tan sólo entregada como una autómata al trabajo, a esperar que él llegara, y a decaer físicamente.

Me duché llena de rabia conmigo misma, reprochándome mi último año, diciéndome tonta, acordándome de todos los regaños de Claudia y, al salir, sabía que tenía que escapar del lodazal en remolino donde daba vueltas destruyéndome.

No gané, sin embargo, demasiado. La rabia y el desamor son tan desolados como la espera. Y también, como la espera, paralizan. Luis seguía presente en mi atención. Insultándolo en un olvido activo, en que gastaba cada segundo en olvidarlo, recordando durante el segundo entero a quién me dedicaba a olvidar durante veinticuatro horas diarias.

Aun en los momentos en que lo deseaba, lo deseaba con rabia y más rabia me daba fijar en él, y sólo en él –único hombre con quien me he ido a la cama– mis necesidades eróticas.

Estuve en ese estado miserable por algo más de un mes, siempre sola, siempre aislada, siempre sin ver a nadie por fuera de mis agitadas horas de trabajo, guardando para mí todas mis ansias, mis contradicciones, mis deseos, mis iras. Hasta una noche en que llamé a Esteban. Lo hacía –lo hago– con frecuencia. Por entonces, lo principal –casi lo único si cuentas con el laconismo de mis tristezas– era indagar con él si sabía algo nuevo de Luis, pero estaba tan mal, tan baja de defensas, que no me pude contener y le conté a Esteban toda mi angustia, entre lágrimas, incoherente, me quejé de mí, de Luis, de la soledad y, de súbito, me sentí tan avergonzada ante Esteban, que interrumpí la llamada con la sensación de haber molestado a alguien. Ahora, encima de mis ansias, le daba preocupaciones a Esteban. Pero, en ese estado, uno toma decisiones torpes. Mejor: aún no sé si fue una decisión o un descuido. Interrumpí la comunicación y no supe o no pude colgar el auricular y me dediqué a seguir llorando hasta quedarme dormida.

Al otro día me despertaron unos golpes en la puerta. No quiero pensar en la imagen que vio Germán López apenas abrí. Un espectro, en piyama, dormido, con los ojos rojos por el llanto. Ni que añadir que hacía por lo menos un año que no nos veíamos y adivino que él observó algo más, a juzgar por la pregunta que me hizo mientras me abrazaba con intensidad:

–¿Qué te ha pasado? ¿Qué te han hecho?

Le prometí que esa misma semana iría a comer a su casa y me dio el mensaje de Esteban: que lo llamara con urgencia. Fue ahí cuando me di cuenta de que el teléfono se quedó descolgado desde la víspera. Cuando le marqué me contestó al primer timbrazo y pude oír un suspiro sonoro cuando Esteban escuchó mi voz. Toda su urgencia consistía en que la víspera, al notarme tan deprimida, resolvió llamar a Claudia y pedirle que hablara conmigo. El teléfono descolgado los asustó y ahora mi hermanita estaba en su casa esperando mi telefonazo.

Le agradecí que le pusiera la queja a Claudia y la llamé al despedirme, muy aplomada, segura de que la calmaría. Ante todo deseaba no ser problema para ella. Sólo que me desmoroné. Apenas me saludó y me manifestó que estaba ansiosa por mí, yo arranqué a llorar, a decirle que no dormía, que estaba mal, que me mantenía a la espera de Luis, que no veía a nadie, en fin, todo un memorial de agravios a mí misma, con la dosis de autocompasión que me permitía mi relación con Claudia.

–Usted lo que quiere es que todo el mundo llore con usted, haciéndole coro –me cortó de tal manera que me obligó a tragar aire y me quedé sin habla–. Usted lo que quiere que le conteste es que sí, que estamos de acuerdo, que la vida es una mierda –era tan inesperado el ataque, que me tomó sin ninguna defensa. Era verdad, eso era lo que esperaba, la lástima de mí misma.

–Sí –acepté tenuemente.

–Pues nada, Maquelita. Usted va a salir adelante.

Contesté con algún otro remilgo que motivó su oferta:

–Usted lo que necesita es el cariño de la gente que la quiere. Urgentemente. Y yo voy a ir el próximo fin de semana a darle un round de cariño.

–¿De veras...?

Me cambió el ánimo. Sólo podía estar tres días. Llegar viernes y regresar lunes, a trabajar esa misma noche. Era un acto de heroísmo pero ella misma no quedaría tranquila si no venía. Y para mí fue milagroso.

Fui por ella al aeropuerto y no dejé de estar a su lado, adorándola, aferrada a ella, durante los tres días siguientes. Fui feliz, me reí, dormí bien y seguido. Y me divirtieron y me curaron las burlas de mi hermana. Por supuesto, con deliciosa perversidad, comenzó por las venganzas:

–¿Recuerdas, hace años, que yo estaba gordísima como un tanque, y era fea y borracha?

–El milagro de la santa hepatitis...

–¿Y recuerdas que todo el mundo me decía que parecía una marrana?

–Sí, sí...

–Pues ahora la fea eres tú. Tienes una piel que parece robada en el museo de cera, resquebrajada y marchita. Y no es que tengas ojeras, sino que tus ojos quedan en el fondo de dos huecos que proyectan sombras y que dejan salir una mirada exánime. Eres un espectro, un espanto. Espantosa viene de espanto. Feísima. Mejor no salgas de noche que asustas a los niños.

Me hacía reír, pero dedicaba la mayor parte de su tiempo a oírme, a hacerme preguntas y a intercalar comentarios, casi siempre sarcásticos.

El viernes venía Claudia de pasar la noche en vela, trabajando de tal manera, que caímos temprano, ella con el cansancio de su trasnocho y su viaje, yo por fin flotando en sueños después de esas intermitencias de llanto y pesadillas del último año. El sábado, casi terminábamos de desayunar cuando Claudia me espetó la pregunta de fondo:

—¿Todavía amas a Luis?

—No —le contesté y, antes de que añadiera un "pero" tan importante como ese "no" que ya había pronunciado, Claudia se me avalanzó y me abrazó y me besó, tan de sorpresa que me quedé atónita y luego, al instante, ella entendió que me faltaba algo por decir. Entonces le dije los "peros", confusamente, como los sentía. Sí, un mes atrás, un martes de junio, ante el espejo, supe que ya no lo amaba, que estaba atada con pasión a Luis, pero que esa pasión era una especie de rabia, un reproche, y que ese ejercicio de desamor acompañaba mi respiración de cada instante. Aún en las horas de trabajo estaba en el permanente oficio de olvidarlo.

Me escuchó atentamente y, como quien guía a un niño, me obligó a hacer todas las diligencias para salir a caminar en una resplandeciente mañana de sábado. Por la séptima llegamos a una plaza de Bolívar llena de sol y allí Claudia me daba golpecitos en la espalda mientras yo hacía el ejercicio, prueba máxima de la paciencia, de comerme uno a uno, y no a manotadas, una bolsa de maíces tostados.

—No tienes nada de qué preocuparte. Si ya no lo amas, no hay problema. Ahora estás enlodada en un lugar y unas ocupaciones que están del todo vinculados a tu vida en común con Luis. Es cuestión de hábitos. Los fantasmas no son más que malas costumbres del corazón. Asociaciones libres de lugares, de rutinas. Vives donde vivías con él. Alrededor tienes sus cosas, las que siempre compartiste con él. ¿Cómo no te va a atormentar su ausencia?

—Pero aquí vivo, aquí trabajo.

—¡No te mientas! Tú puedes vivir en cualquier parte. Tú eres rica.

—Yo no vivo de mi renta sino de mi trabajo.

—Es cierto, pero al contrario de casi todo el mundo, no le sucede nada a tu economía si tiras tu trabajo. Y tienes que salirte de este hueco donde estás.

—...

–Lo que pasa es que tienes miedo, pero te hago una sola pregunta: hoy en día, palpables, a tu alcance, ¿dónde tienes tus seres queridos en el mundo? No, no me contestes, que yo, vanidosa, voy a contestar por ti. Muy creída yo, sí, pero ese lugar es Nueva York. De manera que dejas todo esto y te vas a vivir en mi casa.

Me dejó completamente sorprendida. Los supuestos de su consejo eran exactos. Pero yo no comtemplaba en mis planes de vida salirme de mi trabajo y, mucho menos, irme para Nueva York.

–Tú no tienes planes de vida –me contestó despiadada, ante mi primer argumento.

El resto de la visita fue una labor de persuación de mi hermana. Hasta que acepté.

–Me voy para Nueva York –le prometí sin convencimiento.

Y me despedí de ella, casi en la puerta del avión, prometiéndole que me iría a vivir a su casa.

Aquí debo detenerme para hablar de la dificultad de partir. Sólo hasta hace algunos días, después de que Claudia regresó a Nueva York, volví a las pesadillas y a los insomnios, regresé a la tristeza infinita. En ésas, había pasado una semana, entró una llamada de Claudia preguntándome qué diligencias estaba haciendo con miras al viaje.

–Ninguna.

–Usted se volvió boba del todo. ¿Qué le pasa? Apuesto a que volvió a los lloriqueos y a las angustias...

Acertaba, como siempre, y me dejaba sin ningún argumento. Se lo dije y fue para peor:

–No es cuestión de ganar una discusión a punta de sacar los mejores argumentos. Se trata de usted, hermanita, se trata de su piel de muerta y de sus ojos hundidos, se trata de su sueño y de su tranquilidad.

–Tiene razón.

–No me diga que tengo la razón, carajo. De nada me sirve tener la razón si mi hermanita sigue en una arena movediza, en una pesadilla y no quiere salir de ella. Piense en usted, Maquelita. Un beso.

No me dio tiempo de contestar nada. Colgó cuando terminó para significar, sin tapujos –privilegios de la autoridad– que me estaba regañando.

Me dejó atónita, suspendida en el eco de sus palabras. Eran como una cachetada y surtieron ese efecto. Ahí tomé la decisión que ahora me tiene escribiéndote. Dejo todo esto. Me voy para Nueva York.

Aún así, tuve que confrontar mis propias resistencias íntimas. A medida que envejezco noto más dificultad para partir. Y también confronté los argumentos de Germán López, a quien veo con frecuencia después de aquella aparición matutina en mi casa, llevando mensajes de Esteban. Germán invierte toda la argumentación:

—No me opongo a que te vayas, pero quiero que estés segura —y me lanza la pregunta que antes no me hice—: ¿sabes qué vas a hacer?

Lo miré y leyendo en mi cara él supo la respuesta:

—¿A qué te vas entonces? ¿Huyendo? —y me recitó partes de un poema de Cavafis—. Aunque huyas la ciudad irá contigo.

—No sé si voy huyendo. Tómalo como unas vacaciones de alguien que ha tomado una semana en tres años. El descanso de una mujer a quien se le desapareció su marido.

Guardaba para mí el secreto de que ya no lo amaba, que gastaba todo mi tiempo desamándolo. Así que el comentario de la esposa de un desaparecido le dio al asunto una respetabilidad que ya no era cuestionable para Germán.

Sin embargo, subsiste la pregunta. ¿Qué voy a hacer allá? ¿Estoy huyendo acaso? Te pareceré cínica, pero no tengo interés en las respuestas. Aquí no tengo vida hace más de un año, ésa es mi certeza. Y hago fe en el diagnóstico de Claudia; estoy viviendo la misma vida que vivía con Luis, por lo tanto estoy partida por la mitad con la ausencia de un Luis que ya no amo.

A estas alturas, hace casi un año y medio que Luis desapareció y sin embargo sigo pensándolo vivo. Estoy segura de que no ha muerto a pesar de que en este lapso se han agudizado la persecución a los narcotraficantes, sus guerras internas, y los cruces de fuego que involucran a las guerrillas, la policía, el gobierno, los militares y hasta los agentes extranjeros. Nunca supe quién o quiénes persiguen a Luis, pero siempre parto de la certeza de que está vivo. Doña Gabriela dice lo mismo y que si quiere seguir con vida, no debe restablecer ningún lazo con su vida anterior.

En mí, ese convencimiento de que está vivo se relaciona también con el deseo. Luis es el único hombre que ha hecho el amor conmigo y en mis ratos de más desolación, por necesidad, aunque me niegue a amarlo, mis fantasías eróticas –contra mi voluntad, contra mí misma– siempre son con este fantasma que durmió conmigo diez años.

Me secó y mi única esperanza es que la vida me cambie. Me secó y me siento incapaz para el amor, marchita, y eso me da rabia con ese Luis de aire que ahora vivirá con otro nombre.

Llevo ya cinco meses arrancando, un verbo que es literal cuando se piensa que uno va echando raíces. Primero fue la renuncia al trabajo. No, no me podía ir de inmediato. Por lo menos tres meses para dejar todo en orden. Discusiones, que perdí. Tres meses.

Luego desmontar la casa, hacer las vueltas para la visa, dejar encargados de las propiedades. En eso he estado estas últimas semanas en los ratos que me deja mi ocupación principal que es esta carta que te escribo a ti, mero pretexto para escribirme a mí misma para aclararme.

Basta que vuelvas al principio de esta carta para recordar que ésta –al revés de las demás historias– comienza con un "fuimos muy felices".

Ahora, cuando todo ha sido escrito como para cerciorarme de que sí sucedió, ahora, vacía y sola, lista a partir, a empezar la vida, bien podría terminar con un comienzo: "Había una vez una mujer..."

Ya se acerca la fecha de partida. Ahora ya vivo en la casa de Germán López. Todo está listo.

Cierro los ojos en busca de ser otra, tras un olvido que no me robe mi tiempo, sin saber qué será de mí. Allá voy.

Raquel

Fotocomposición: Alfavit, S. A. de C. V.
Impresión: Encuadernación Técnica Editorial, S. A.
Calz. San Lorenzo 279, 45-48, 09880 México, D. F.
13-V-1999
Edición de 2000 ejemplares

Autores latinoamericanos en Biblioteca Era

Jorge Boccanera
 Sólo venimos a soñar. La poesía de Luis Cardoza y Aragón
Miguel Bonasso
 Recuerdo de la muerte
Luis Cardoza y Aragón
 Pintura contemporánea de México
 Ojo/voz
 Miguel Ángel Asturias. Casi novela
 Lázaro
Bolívar Echeverría
 La modernidad de lo barroco
Eduardo Galeano
 Días y noches de amor y de guerra
Gabriel García Márquez
 El coronel no tiene quien le escriba
 La mala hora
José Luis González
 La galería
Darío Jaramillo Agudelo
 Cartas cruzadas
Noé Jitrik
 Limbo
José Lezama Lima
 Paradiso
 Oppiano Licario
 Muerte de Narciso. Antología poética
 Diarios (1939-49 / 1956-58)
Antonio Marimón
 Mis voces cantando
Miguel Méndez
 Que no mueran los sueños
Augusto Monterroso
 La palabra mágica
 La Oveja negra y demás fábulas
 Obras completas (y otros cuentos)
 Movimiento perpetuo
 Lo demás es silencio
José Rodríguez Feo
 Mi correspondencia con Lezama Lima